因为女人

阎真 著

湖南文艺出版社

图书在版编目（CIP）数据

因为女人 / 阎真著. -- 长沙 ：湖南文艺出版社，2021.3（2025.10重印）
（阎真作品插图典藏版）
ISBN 978-7-5404-9846-7

Ⅰ．①因… Ⅱ．①阎… Ⅲ．①长篇小说－中国－当代 Ⅳ．①I247.5

中国版本图书馆CIP数据核字（2020）第215139号

因为女人
YINWEI NVREN

阎真　著

出 版 人：陈新文
责任编辑：陈小真　袁甲平
装帧设计：弘毅麦田
插图绘制：曹　勇
湖南文艺出版社出版、发行
（湖南省长沙市东二环一段508号　　邮编：410014）
网址：www.hnwy.net
湖南省新华书店经销
长沙鸿发印务实业有限公司印刷

2021年3月第1版　　2025年10月第4次印刷
开本：880 mm×1230mm　　1/32
印张：16.75
字数：432 千字
书号：ISBN 978-7-5404-9846-7
定价：56.80元

本社邮购电话：0731-85983015
若有质量问题，请直接与本社出版科联系调换女人并不是生就的,而宁可说是逐渐形成的。在生理、心理或经济上,没有任何命运能决定人类女性在社会的表现形象。决定这种介于男性与阉人之间的、所谓具有女性气质的人的,是整个文明。

——(法)西蒙娜·德·波伏娃

女性的气质和心理首先是一个生理性事实,然后才是一个文明的存在;也就是说,其首先是文明的前提,然后才是文明的结果。生理事实在最大程度上决定了女性的文化和心理状态,而不是相反。把女性的性别气质和心理特征仅仅描述为文明的结果,就无法理解她们生存的真实状态。在这里,文明不仅仅是由传统和习俗形成的。在这个意义上我们可以说,性别就是文化。

——阎真

1

那声音好像有点熟,有点熟,有点……是的,是有点熟。

这天晚上,柳依依在蒙娜丽莎中西餐厅吃了饭,正准备离去,忽然听到隔壁小包厢传来了那个声音。餐厅里播放着《泰坦尼克号》的主题歌,歌声中流溢着令人迷醉的温情,一点一点,执着地,有穿透力地,要渗入人的深心。人们的谈话声在音乐声中嗡嗡地响成一片,也不知为什么,柳依依就从哄闹声中捕捉到了那个声音。声音像蟋蟀的触须,在不经意间触动了她心中的某个角落,这种意外的感觉带来一种似有似无的微痒,使她本能地感到这声音与自己有着某种特别的关系,就产生了探求的愿望。当服务小姐掀开帘子把账单送来,她缓缓坐了下去,抿嘴微笑着,手指以职业化的优雅点点桌面说:"再来杯贵妃茶。"

那是一个男人的声音,正与一个女人说话,说什么听不真切。柳依依移动一下身体,似乎是为自己找到了一个更舒适的姿势,斜在沙发上,耳朵也就靠近了包厢的隔板。她屏息静听,反复细辨,最后确切地告诉自己,这声音是熟悉的。她在记忆中挖掘,掘,掘,想把它和某个形象联系起来,却没能成功。一种轻微的挫折感激发了她的反抗情绪,我真的就那么迟钝了吗?

其实,只要她站起来,就可以从包厢的缝隙中看到说话的人。可她偏不,跟自己赌气似的,一定要把这个人从记忆中提拎出来,像警察从人群中把小偷提拎出来,这样才有成就感。她在心中细细地挖掘,又掘，再掘，不屈不挠，好几次像抓住了线索的这一头，沿着它荡回到记忆中的特定角落。许多面孔飘了过来，又飘了过去，影影绰绰，似真似幻，却停不住，都在真相显露前的那一瞬间消散了。气恼中柳依依叹息一声，似乎是对自己失望，又像是对别人失望。她更加明确地感到了心中那种搔不着的痒，比搔得着的痒更痒。追索的渴望越来越强烈，就像在《动物世界》中看到过的那只非洲猎豹，伏着身子，准备对羚牛扑过去。她缓缓地把右手抬高，手掌向下，弓起来，悬在眼前，想象着这就是那只非洲猎豹。手指抖动着，像那只豹在袭击之前抖动着背脊。突然，那只手向前猛地一蹿，在虚空之中抓了一把。没有，还是什么都没有。

这时，音乐突然停了，音响中传来轻微的嘈杂声。柳依依想象着有一只苍白的手在换唱盘，手掌巨大，布满了她大脑的全部空间。这时她听清了那女人的声音："地球是转的，人是变的，何况一个男人，一个自称精品男人的男人？嘿嘿嘿。"那男人说："不是精品，是极品。"女的说："好厚的皮！我身上都能抖下虱子了。"男的说："不一定每个男人都是转的。"女的说："你也别表白了，我是自愿的傻瓜，行了吧？"男的说："谁有勇气去骗一个女孩，特别是像你这样漂亮的女孩？"一种记忆陡然鲜明起来，像一头抹香鲸刷地跃出海面，在蓝天下显出那清晰的身姿，在空中划出优美的弧线。这时，那女的咯咯笑了起来："我知道你是骗我的，只要你愿意骗，我就愿意受这个骗。"

夏伟凯。一张面孔朦胧地浮现上来，瞬间像电光一闪，就清晰了，是他从篮球场下来时，腋下夹着球，头发短短地立着，有一点点翘，憨憨地笑着走过来的神态。算一算不见他已经有十三年了。自己三十五，他也三十八了。

他带了那女孩从北京来麓城游玩，两人正发生着一种争执，女孩还要去庐山，他却想明天就回北京了。女孩说："你人在这里，心惦一种记忆陡然鲜明起来,像一头抹香鲸刷地跃出海面,在蓝天下显出那清晰的身姿,在空中划出优美的弧线。

着你老婆，我回去了一定要看看她什么样子，可能是个七仙女下凡吧，值得你这样惦念。"夏伟凯说："可怜可怜我这个没有自由的人吧。出来这好几天了，回去说不圆，这出戏就唱不下去了。"女孩说："暴露了吧，你跟我是演戏，我拧掉你耳朵。"又说："那你跟她掀开来说，要不我去说，相信她是懂道理的。再说她也该下岗了。"夏伟凯说："哪个三十多岁的女人愿退出历史舞台？再说你该回去上课了。"女孩说："差不多就是个黄脸婆了，还想把持着政权？"两人又说起了蜜里调糖的话，亲吻啧啧有声。柳依依听不下去，就坐到了包厢的另一边，一根指头拨开窗帘，往外面看。

窗外是个小水池。不断有水贴着玻璃窗流下来，外面的景象就有些朦朦胧胧的了。在流水的缝隙中，柳依依看到池中浮着睡莲，花在夜里已经闭合。池的中心是一个丰乳的外国女人抱着孩子的雕像，在灯光下都静静的。池那端是一些孩子在草坪上嬉戏，一个女孩挽着男朋友的胳膊很神气地走了过去，接着是一对相互搀扶着的老人。马路那边是八一广场，一座巨大的华灯直耸上去，以君临天下的霸气把整个广场照得亮如白昼，广场周围的高楼上各种灯光广告不停地跳动，以缤纷的色彩簇拥着那座华灯，像一群温顺的侍女。这是世界的实，又是世界的虚，人这一辈子，就徘徊在这虚实之间，宛若一个蝴蝶梦。这太平盛世的景象让柳依依感到悲哀，岁月如此平静地滑过去，而自己在这滑动中感受沧桑，像一朵曾经盛开的月季花。在这个年代，一个平凡女人所能做的，就是做一个女人，这是她的事业所在、寄托所在，可这几乎就是一个预设的败局。而自己，在不知不觉之间，无可挽回地，也入了这个局了。

今天晚上，柳依依本不该独自坐在这里的。公司里的人，都到麓山玩去了。自己本是爱热闹的，却在客车远远开来的那一刻，突然失去了感觉，找个借口离开了。事情很突兀，连自己也没想到。今天从家里出来的时候，因为心情好，戴了一副艳红镜框的茶镜，等车的时候，不知哪里跑来一只纯白的小狗，大家都拍手要它到自己身边来。柳依依也扭着腰肢拍手说："狗狗，姐姐给你东西吃。"小狗果然跑过来了，她抚着小狗说："知道你最喜欢姐姐。"这时小丽就说："柳大姐越来越年轻了。"柳依依心往下一沉，"大姐"这个词像一根鱼刺卡在喉咙里，而"姐姐"两个字也被意识到有了点装雏的意味。的确，到了自己这个年龄，还戴着艳红的茶镜，还扭身子表达着幅度那么大的肢体语言，是不合时宜的。别人不说，小丽大学刚毕业，说出来了。上次她还对自己说："你年轻的时候肯定很漂亮。"让自己感伤了半天。也不怪她，只怪自己，谁叫自己不再年轻？在这个年代，你不年轻不漂亮，那不但是有错，简直就是有罪啊。

　　隔壁的包厢有一点响动，是夏伟凯在买单。柳依依想喊服务员买单，又怕他听出自己的声音，犹豫了一下，那两人就从包厢边走过去了。她触了电似的站起来，跟了上去。服务员追上来，柳依依把手里捏着的一百块钱递过去。

　　那两人走得很慢，开始是手牵手十指环扣，后来女的就双手挽着男的胳膊，头倚在他的肩上。灯光下柳依依隔着一段距离跟在后面，随时准备装着理头发用手把脸遮住。她对自己的行为感到惭愧，可还是抵抗不了跟踪的诱惑。十多年过去了，但她还是能从他的身影中看出当年的那个人来，太熟悉太熟悉了啊。那女孩说话越来越嗲，身子也扭得更厉害，说一句话就换一个动作，柳依依恨不得找根绳子把她绑起来。这姿态让柳依依又嫉恨又羡慕，那是她的权利，她在行使自己的权利，也就有了通向世界的一条便捷的路。那是自己曾经拥有过，也行使过的权利，都是过去的事了。她几次在心中设想着超越那两个人，然后装着不经意地一回头，看看到底是两张怎样的面孔，特别是想看看那个女孩，可就是没有勇气。最后终于超了过去，还是没敢回头，万一那一瞬间夏伟凯认出了自己怎么办？她掏出手机装着接电话，停下来，侧着脸，让他们从身边过去了。她急急地追上几步，突然，停了下来，看着他们渐行渐远，夏伟凯穿着白衬衣的宽肩在人群中闪了一下，消失了。

柳依依往回走，心里恨自己没有勇气，认出来又怎么样？为什么不自信？忽然，她在心中阴郁地笑了，恶意地、残酷地，笑了。一个女人，在经历了十多年的岁月之后，还会有人认出你的面孔？嘿，嘿嘿。柳依依在这残酷中感到了一种快意，像用刀划破了血管，让闷在里面的血喷了出来。没有什么比时间更怀有恶意，更能给女人的自信以实质性打击。她想起那句话，"差不多就是个黄脸婆了"，好像就是说给自己听的。是的，没人对自己说过这样的话，但生活中种种迹象都在确证这个事实。她不恨那个女孩，甚至有点同情她，她也会有那一天的，不会太久。

柳依依想拦一辆出租车回家，手刚伸出去又改变了主意。她打了个电话，保姆苏姨告诉她，琴琴已经睡了，她没问丈夫回没回，不想要苏姨知道自己很在意这个。他现在在哪里，跟谁在一起，在干什么，她真不敢往深处细想，想了心中就发痛，这痛又提醒着自己的失败。没有办法，上帝在男人那一边，他太残忍，没有办法。夏伟凯瞒着妻子，带着小自己近二十岁的女学生有情有调地出来玩，这事不可能发生在自己身上，不可能。人家要你年轻，漂亮，才有情绪，才愿付出，这实在是没办法的事。柳依依突然感到自己在这个世界上非常孤独，与生活种种联系的线索都是不可靠的，不可靠，说断就断。最真实的，只有自己和女儿琴琴的关系了，可她又那么小。这种孤独感使她恐惧，这又是一个不敢往深处细想的事情。有这么多事情不敢往深处想，又不得不想，想了是傻，可不想也是傻，女人真是没法不傻。

夜已深了，影子在灯下长长短短。有人撞到了她的手臂，很疼，她一抬头，那人已经走过去了。她突然注意到眼前是一幅巨大的霓虹灯广告，"雪浪花洗浴中心"，是新开张的，自己记忆中没有。她想着有谁需要到如此豪华的地方来洗浴，叹了口气。她一路看了过去，觉得这夜是有浮力的，也是有侵蚀力的，只有夜才能将城市的本质裸呈出来。那些霓虹灯招牌闪耀着，"热舞会所""皇家足浴""佳人夜总会""梦幻休闲中心"，什么也没诉说，可又诉说着一切。在十字路口，巨型的电视屏幕在播放香港回归十周年的庆典，一会儿又打出了字幕："热吻大赛，谁是麓城热吻第一人？"柳依依盯着屏幕看了几秒，叹了口气，对这个世界，自己实在也不能再幻想什么，要求什么。

快到家的时候，柳依依去掏钥匙，手触到了挎包里的那副艳红茶镜，摸了出来，挂在了路边的一棵樟树上。走出几步，回头望了望，再走几步，又回头望望，轻轻叹了口气，那声音不像自己的，而是从岁月深处的某个角落传来，渗透着穿越时间的疲惫。茶镜在灯光下微微晃荡，泛出一点一点的艳红。她下意识地向那边伸出右手，似乎想拿回什么，又像要送出什么。这样停了几秒钟，她猛醒过来，那是自己的手，对面其实并没有人。

2

记忆像一只狼，在严寒的冬季把深埋的骨头从雪地里扒出来，细细地咀嚼。

其实，柳依依知道，不论那些记忆在自己心中如何有声有泪、有血有肉，说出来都只是陈词滥调，没人要听，连朋友都不要听，太平常了啊。对记忆的咀嚼是孤独的。无数的人,女人,和自己一样,都在沉默中细细地咀嚼。记忆像死亡一样,也是属于个人的。

当年,柳依依还在财经大学读书,她是从一个边远的县城考入这所省城名校的。这对她来说,意味着一切的一切。同学们都羡慕她,妈妈高兴得要发疯,逢人便问对方的儿女在哪里,干啥,然后话题一转,说到柳依依,说到财经大学。柳依依是大家的骄傲,也是宝贝中的宝贝了。在大学读了一年,她的信心受了挫,有点从鹤立鸡群到鸡立鹤群的意思。天下聪明人多的是,就说自己下铺的苗小慧吧,爱打扮,爱社交,还有点狐媚气,可考起试来就是行。柳依依本来心中哼哼地看不起她,可一年下来,倒是服了她,那点狐媚气渐渐地看惯了,竟成了交心的朋友。在大二的时候,柳依依就把自己看透了,不是什么干大事的人!大事干不了,小事还得干。小事吧,就是找份好工作,再找个好男人,还有一套房子、一个孩子。想到这些她在心里笑了一笑,脸上也热热的。这是放弃,又是争取,她对自己是个女人有了更深的认识,甚至有点省悟的意味。

放弃远大理想她并没有痛苦,反而感到了如释重负的轻松。轻松下来她在心中越来越清晰地描绘着一个男性的形象,可当她想把那形象具体化,在身边找到原型,又陷入了迷惑和糊涂。都不像,不像。不知不觉地,她有了新的理想,新的执着。有了新的理想她并不急着马上就去兑现,自己还不到二十岁,还早,还早呢。像苗小慧那么浮躁,匆忙,好像跟时间赛跑似的,不好。生活像大海,自己只要一瓢水就够了,只要一瓢。她觉得把一个男孩不确定的形象放在心中细细描绘,慢慢品味,渐渐清晰,也是一种幸福。青春承诺着期待,也承诺着自信与骄傲。这青春不是虚幻的,掬在手中是有分量的,沉甸甸像金子一样的。

大二的寒假,柳依依在家待得烦、腻,不管父母如何挽留,还是提前去了学校,打算好好看看英语,在四级考试中跟别的同学一比高低。早上妈妈送她去搭长途汽车,她撒娇说:"爸,人家要你也去嘛!"说着用肩膀去撞爸爸。爸爸说有事,她把提包塞到爸爸手里,爸爸就跟她出了门。路上爸爸说:"你一个女孩,我也不指望你往天上飞,可你别自己往地上栽,你懂不懂?不要让你妈和我伤心。"柳依依不懂,似乎又懂了一点,可越是懂就越不想懂,干脆不作声。爸爸把她送到车站就回去了,妈妈去买了票,回到她身边坐下说:"你爸有个心事,他看你这次回来要打扮了,真是大姑娘了,怕你定力不够,沉不住气,要我来送你,给你说说,把话说透。"柳依依晃着身子,头扭到一边,双手捂着耳朵说:"妈,你干什么嘛。不听不听不听!"妈妈把她的手抓下来,摁在自己的膝上说:"懂了就好,还要记得。你不要让你老爸伤心,还有我。"柳依依拼命扭着身子说:"咦呀咦呀咦呀,烦不烦呢!"妈妈摸着她的手,不作声,半天又偷袭似的自言自语:"所有的后果都是女人来承担啊。"又转向她,"你可怜可怜你爸,还有我,啊?"把她的手紧紧攥着,摇了一摇。

  多此一举。一路上柳依依都在生闷气,爸爸妈妈的忧虑真的是多此一举,都把自己看成什么了?又觉得可笑,对自己的女儿这点信心都没有?要沉住气,要有定力,什么话嘛!到了寝室,掏出钥匙竟打不开门,锁从里面给顶上了。柳依依好高兴,有伴了,兴奋地喊:"谁在里面?快开门,我是依依!"停了一会儿竟没动静,她想可能是睡着了,把门拼命摇了几摇:"我是依依呢,我是依依!"里面有人说:"依依你等一下。"是苗小慧的声音。柳依依更兴奋了:"小慧快点快点快点,我是依依呢!我是依依!"门开了,除了苗小慧,还有一个男孩。两人都望着她笑,神情有点怪。柳依依似乎察觉到了点什么,又不敢相信。再看那男孩,看不出什么,看苗小慧,脚下踩着两只不同颜色的布拖鞋,一男一女。她把提包放到自己床上去,眼睛却瞟着苗小慧的床上，也看不出什么，被子叠得好好的，毯子也不乱。男孩对她说："依依跟我们去吃饭啊。"苗小慧说："你以为依依是随便请得动的？要请你下次正经出几滴血。"走到门口，转过身来，把右手食指放在唇边，对柳依依轻轻嘘了一声。

柳依依心中本来还疑疑惑惑的，苗小慧这么一嘘，倒有了豁然开朗的感觉。他们？她没想到苗小慧竟敢把事情做到那一步，白天，在宿舍里！今天如果不是撞上自己而是撞上别人呢？柳依依爬到上铺，拥了被子坐着，拿出英语书来看。她捧着书，眼盯着那一行行单词，心却是散的，乱糟糟地想着不着边际的事，眼睛却不肯离开书，好像跟自己赌气似的，又像骗自己也要骗得有模有样。

柳依依心中天南地北不知转了多少个圈，还是回到苗小慧这件事情上来了，赌气不去想都不行。这种内心的固执使她对自己感到陌生，好像头脑不是自己的似的。她眼睛盯着门，耳朵也特别敏感，盼望着苗小慧这就回来，这样她就脱离了危险，而自己正有一百多个问题要问她，比如，爸爸妈妈知道了怎么办？万一怀孕了怎么办？以后的丈夫不是他你怎么过关？你不喜欢他了怎么办？他不喜欢你了又怎么办？好多好多。

等到十点多钟，她绝望了，熄了灯钻进被窝。黑暗中她睁了眼，要把黑暗后面的什么看透似的。她还在为苗小慧担忧，这么晚了，还在外面，不知她现在处于怎样的状态。想到"状态"两个字，柳依依心中闪现一幅模糊的画面，全身颤抖了一下。她似乎给了自己一种默许，放纵自己去回忆那男孩的模样，的确，也算得上是一个阳光男孩。柳依依心中幻出很多阳光男孩不确定的身影，一只手羞羞怯怯地在身上摸索着，犹疑地，缓慢地，还是伸到了内衣里，轻轻摸索，在那些特别的地方不经意地多停留了一下。这就是自己，柳依依。她感到心里很潮湿，这潮湿洋溢着自恋的意味，突然，在黑暗中，她偷偷地轻笑了几声。

十一点多，苗小慧还没回来，柳依依终于下了决心不再等了。她下了床，去水房解手。走到门边，她感觉到了，那种潮湿是有根有据的。她一只脚跨到门外，停了一会儿，有点羞愧地吐了吐舌头。

这一夜柳依依没有睡好，失眠了。她想着上午爸爸妈妈对她说的那些话，下午知道了苗小慧的事，晚上自己又这么心神不定，这中间难道有什么神秘的联系吗？小闹钟在嘀嗒嘀嗒地响，她感到了时间的节奏，人生的又一层帷幕在这节奏之中悄然开启。

3

第三天早晨苗小慧回来了。当时柳依依正在床上似睡非睡，苗小慧在门外说："就你自己吗，依依？要不我等会儿再过来吧。"柳依依尖叫说："小慧，别走！"马上跳下床去，把门开了，说："你什么时候这么淑女了，敲个门也细声细气，你真那么淑女你——嘿嘿。"苗小慧说："就你自己在，你把锁顶上干啥？"柳依依说："不是每个人顶上锁都会有故事的，我会不会有故事你不知道？"苗小慧说："这不又过了一个寒假吗？现在信息时代，什么都上了高速公路，信息都上去了，何况少女之心？"

苗小慧坐到床上去，伸出头仰望上面说："依依你还想睡不，想睡我就陪你睡一觉。"柳依依差点脱口说出"你有人陪"几个字，转口说："你要我，我，我，我陪？他，他呢？"苗小慧说："上车了，走了。你怎么来这么早？"柳依依说："来早点看看有谁调皮没有——你胆子真大啊！"苗小慧打哈欠说："我真的想睡了，眼都睁不开了。"

柳依依说:"你睡,我不吵你,真的你好几天都没好好睡一觉了。"苗小慧说:"依依你说话都带骨头了啊!好一个纯情少女!其实你什么都懂,句句话扎在穴位上。"

柳依依睡不着,想着苗小慧这半年多来,好几个男孩围着她转,有本校的,也有外校的。总有人请她去看电影看录像,跳舞吃饭,连自己也蹭了几顿吃的。她那点狐媚硬是有一种神秘的信息散发出去,他们硬是吃她那一套。想想男生也是有点贱,嗅着了腥嘿嘿地笑着就上来了。她周旋在几个男生之中,若即若离,每次能不能见面的理由都非常充分,居然也摆得平。真的想不通那些男生怎么就那么容易摆平,把那些漏洞百出的理由统统都吃了下去。苗小慧当着他们的面撒娇,背后却嘲笑他们。原来她后面还有个人,这个人才是真正的主角。这天大的秘密竟然没跟自己交代过,不够朋友!等她醒来了要审个山高月小水落石出。

柳依依探头去看苗小慧,看见她正睁着眼睛出神。柳依依说:"早就知道你睡不着,你心在车上——是汽车还是火车?"苗小慧说:"好郁闷的。"柳依依说:"那你跟我说说,散散心嘛,什么了不起的秘密呢?"苗小慧说:"好烦躁的,我们上街去不?我陪你上街去,你买几件衣服把自己武装一下。大学时代你还不把自己秀出来,将来后悔药都没处找。女孩一年是一年呢。"柳依依想,我哪有你那么好的经济条件?嘴里说:"怪不得你那么着急。我不急。"苗小慧说:"你以为你的青春是个富矿,挖不完呀,也只比我小一岁呢。"

街上人多得不得了。苗小慧说:"这才有进了城的感觉。"走在人群中她们很自信,别人的目光向她们透露着信息,她们才是这个城市风景中的风景。往下看那些中学生吧,嘻嘻哈哈的,女人味还没出来;往上看少妇们吧,岁月已经开始侵蚀她们的骄傲。只有她们正当其时,背着小背包,上面拴只小松鼠娃娃熊,随着步态一颠一闪的,都有了气韵。那气韵是属于她们的，城市以含蓄的谦卑向她们招手，那其实是男人的姿态。

苗小慧自作主张，给柳依依买了三件衣服。三件衣服体现着一种思想，那就是怎么把身体的魅力凸显出来。买白毛衣时，柳依依觉得太短了，又容易脏。苗小慧说："白色是纯洁，正好就把你的清纯托出来了。短一点好，不然你这腰身就可惜了。短点，伸个懒腰露出点肚脐，弯下身子小腰也透了点信息，他们想认真看清楚时又没了，让他们去想吧，他们想不去想都做不到啊。那咱依依的身价就出来了——掏钱吧。"柳依依还没想清楚，不由自主地把钱付了。又买了条牛仔裤，柳依依想买普通的，苗小慧非买低腰的不可，说："过几天就是春天了，你别让这一春又那么过去了，那太可惜了，你以为自己还有多少个好春天吧？"

她们到一家小店去吃饭。柳依依坐下说："妖精，你想把我也变成妖精吧。"苗小慧嘿嘿笑说："我真的是妖精吗？你故意抬举我吧。"柳依依拧她说："你看这个人还要脸不？跟着你我都不要脸了，还把肚脐眼儿露出来呢。"苗小慧："你不趁现在有资格露抓紧露几年，过几年你露出来别人说你是怪物。"又看着外面说："你看那些人吧。"柳依依顺着她的目光往外看，玻璃门的上方贴着广告，来来往往的人都只能看到腿，数不清的腿晃过来晃过去，可以猜测大概都是些什么人。柳依依说："这些腿让人感到世界不真实似的。"苗小慧说："我真的都感到年龄的压力了。觉得自己在他们脚步的节奏中苍老了。"柳依依说："呸！苍老？你要脸不！"

苗小慧告诉柳依依，那男孩叫樊吉。高二时她发现隔壁班这个帅哥，打听到名字，却没机会接近。有一天看到传达室有他一封信，就偷偷拿了，丢在地上踩上几个鞋印，然后去问他，捡到一封信，是不是你的？就认识了。从那以后他的身影老在她心中晃来晃去，整天心神不定,高考都考砸了,而他考到了北京体育学院。高考失败让她对他怨恨起来,咬咬牙再不理他。第二年考上大学也没理他,好像就这么过去了。去年国庆节他从北京挤火车,站了十几个小时来麓城看她,她一下子感动了,就发展了。柳依依说:"什么叫就发展了?"苗小慧说:"傻子,发展了就是发展到没有什么可发展的了。"柳依依吃惊说:"那么容易就发展了?"苗小慧说:"连我自己也糊里糊涂,没想太多,没下决心,感动了,就发展了。事后连自己都不相信,就这样上了人生一个台阶?"柳依依说:"不怕你爸妈伤心?"苗小慧说:"那难道我还向他们汇报?现在是三年一个代沟,我跟他们隔了有十个代沟,要他们理解,那怎么可能呢?要他们说,没结婚就发展了,还不如死了呢。"柳依依说:"那你一辈子就大局已定了啊!"苗小慧说:"也不一定,没有谁规定发展了就大局已定。"柳依依身子往前一倾,几乎要站起来:"什么意思?那你还想变?"苗小慧说:"我说了我是稀里糊涂走下来的,慢慢再想清楚,生活没有一个起点,边想边过,说不定一辈子想不清楚呢?"柳依依挤挤眼诡笑说:"生活,说得多好听,好诗意!你干脆在前面再缀上一个字。"食指凌空写了一个"性"字。苗小慧怔了一下,马上省悟了,低了头用脚作势要踢她说:"你这丫头,没走在我前面,我就不信,整个一个专家。你交代吧!"柳依依说:"我捏一个男朋友向你交代你要听吗?我不想那么早找,留着这点空间给自己去想象,还幸福些,再说我也不像有些人急着一定要做什么,我不做也没事。"苗小慧筷子在她饭碗里戳了一下说:"这话我可不敢说。"又说:"男人你要调动他很容易的,他们的眼光很单纯,也是那个字。"说着手指凌空画了几下,"你以为我叫你买衣服是害你花钱吧。"

4

大学里的女孩一年不同一年。

柳依依知道，说一年不同一年，那还没把那种节奏感说出来，其实女孩是一学期不同一学期的。上个学期还很遥远的事情，到了这个学期，就跑到跟前来了，跟配置了现代化装备的快速反应部队似的。就说同寝室这几个女孩吧，上学期说起感情的事，还是羞答答说梦似的，这学期一开学，就有点显山露水迫不及待了。闻雅说有个男孩追求自己，绿头苍蝇嗡嗡嗡嗡的，讨厌。可没几天，晚上自习也不去，跟那"绿头"看电影去了。看了电影回来，还是说讨厌，只是对自己太好了，没办法。"你不理他，他硬要理你，黏着你，你没一点办法呢。"那神态是恨不得向全世界宣布自己有了男朋友，而且爱她爱到骨头里去了。好自豪啊，好骄傲啊，她把自己的骄傲自豪拿给全寝室的人分享。

闻雅的骄傲表演完了，苗小慧也把自己的男朋友宣布了出来，还特别强调有好几年了。苗小慧说："就是他害了我呢，不然凭我怎么还复读一年？恨他，恨他，差点害我一辈子！我不知道他怎么就不能等考上大学再说？"看着两人有点争冠军的意思，柳依依坐在上铺看戏似的眯眯笑，头一点一点的。又有伊帆加入进来，交代自己跟男朋友已经明确了，就在这个寒假。她说："我就是心太软了，经不起追，我主要是看他实在是太可怜了，太可怜了，太可怜了，咱们就发扬人道主义吧！"她把那个"太"字拉得长长的，一次比一次长，眼睛望着大家，看大家是不是体会到了那种可怜的程度。

气氛很热烈，以前说到这件事，从来没这样张扬过。十一点熄灯了，大家缩在被子里，还在说这件事。伊帆说："那次辩论赛启发了我，大学时不恋爱，那还到什么时候去恋爱呢？"上期的辩论赛，寝室的人全去了,辩题就是"大学生应不应该谈恋爱",本来分了正方和反方,可辩着辩着,两方几乎成了一方。从那以后,大家才把这问题当作一个问题来谈了,去了羞涩,去了含蓄,多了理直气壮,理所当然。

柳依依一直在听着,没说几句话。她并不觉得没有男朋友是一件多么没面子的事情。自己想要有,那不是分分钟的事吗?昨天去理工大学看老乡,他宿舍一个叫宋旭升的男生就瞟了自己那么多眼,又叫老乡帮忙牵线,被自己一个羞涩的微笑打发了。吴安安没说几句话。吴安安身材还过得去,就是生了一张干干的苦脸,这让她有点自卑,平时也不谈感情的话题。柳依依觉得自己的沉默与吴安安的沉默不同。自己的沉默是自信,是等待,不轻易出手是因为骄傲;而吴安安呢,她的沉默是在掩饰,在逃避。柳依依今天本来也想参与讨论的,可见吴安安不作声,自己也就不作声,有点体恤弱者的意味在里面,让吴安安感到自己并不孤立。在热烈的气氛中,也许吴安安感到了压力,沉不住气地说:"你们一个个都那么着急,还怕将来嫁不掉?我就不怕,男孩到我面前晃来晃去,叫他上一边去!"苗小慧与吴安安之间有着一种隐隐的对抗,有男孩来找苗小慧,苗小慧不在的话,吴安安总是给他们脸色看。苗小慧知道了,在背后说:"我才不跟她计较呢,要理解她嘛,理解万岁嘛。如果哪天万一,万一有个头脑发了晕的男孩来找她,我怎么也得想办法把他留住,不然她错过了这个万一,又到哪里去寻找下一个万一呢?"

吴安安也加入了讨论,又这么理直气壮,让柳依依感到意外。她觉得吴安安可笑,太可笑了,本来自己跟她还有着一种默契,就当个局外人、边缘人,又怎么样?谁知她不甘寂寞,还是跳了出来,这不是叫我难堪吗?难道就我一个人是没人看得上的?这样想着,柳依依不由得说:"吴安安你还有什么艳遇老实交代!"吴安安说:"那有什么好讲的?谁没有好多经历?"苗小慧说:"我要是你就要吊一吊那男孩的胃口，让他看得见，摸不着，晚上在舞厅里朦朦胧胧让他心里痒痒的，白天在校园里阳光普照看清了还要让他心里痒痒的，那才是我的本事。"吴安安似乎体会到了这话中的刻毒，没有答话。伊帆、闻雅几个仍热烈地讨论下去，吴安安突然说："妖精们呀，再说就天亮了。看你们怎么熬得到毕业？"苗小慧几个都不作声了，似乎在体会这话的意味。终于闻雅说："熬不到就不熬，没有谁规定了一定要熬着。"苗小慧说："我们几个都是妖精，连柳依依也是妖精，吴安安最好，只有吴安安不是妖精。"柳依依怕她们发生冲突，说："苗小慧你别把我算到你们妖精阵营里，我不是妖精，是吧吴安安？我们不是妖精，是吧？"她想着吴安安可能会发作，自己该怎么来调和。等了一会儿，吴安安竟没吭一声。她有点可怜吴安安，那么倔的人，竟把这话咽了下去，真可怜啊。

第二天早上到水房洗脸，苗小慧说："依依你昨晚站错立场了。"柳依依说："你们也不要那样打击别人啊，要是我肯定承受不了。"苗小慧说："那是谁先惹谁？熬不到毕业，这是什么话？我们想熬就熬，不想熬就不熬，她是想熬得熬，不想熬也得熬。不是我咒她，弄不好要熬一生一世呢。"她告诉柳依依，有个金融系的男生来追自己，她告诉那男生自己已经有男朋友了。那男生要她帮忙介绍一个，她说："我们宿舍只剩一朵花没主了，开得不那么鲜艳。"男生说要看看，就带他来宿舍看了。那男生当时神色就不自然，出来了对她说："下次她在宿舍里，你千万别叫我来啊，拜托了。"苗小慧边说边咪咪地笑。柳依依说："你别跟别人讲，传到吴安安那里去了，她真的会跳楼的。"苗小慧说："那确实，要实行革命的人道主义嘛。再说，我也不想当杀人犯。"

接下来几天，苗小慧她们几个在宿舍里特别活跃，只要吴安安在，她嘴里就哼着"年轻，没有什么不可以"，这是一种化妆品的广告词。她哼得抑扬顿挫，头还一晃一晃的。伊帆说："小慧啊，你这个话我苗小慧马上说:"我特别喜欢别人把我当妖精,不是谁都有资格当妖精的。"

坚决不同意，吃饭可以，上厕所可以，杀人放火都可以，只有妖精不可以。"说着斜了眼瞟着吴安安。吴安安马上歪到床上，靠着被子，脸朝着墙，捧起一本书来看。闻雅说："法律规定了杀人放火不可以，没规定妖精不可以。伊帆你的法律基础还打了八十多分，要是我，最多也只能给你五十九分。"吴安安还是一声不吭，捧着书一动不动。柳依依没想到她会这么老实，有点可怜她。女孩吧，没有男孩来追她，连艳遇都没有，就没了气势。她们的价值，是由异性的热情来证明的，没有这种证明，再多骄傲的理由都不是充分的理由。

她们几个还在说什么，看来吴安安的"妖精"那几句话把她们惹恼了，不能善罢甘休，现在有种乘胜追击，打落水狗的意味了。柳依依说："我觉得妖精还是不可以，是吧，安安？"吴安安头也不回，说了句："谁知道！"苗小慧马上说："我特别喜欢别人把我当妖精，不是谁都有资格当妖精的。"柳依依眨着眼，朝吴安安努努嘴，示意她别说。苗小慧也眨眼努嘴，示意着就是要说给吴安安听。伊帆也跟着眨眼努嘴。柳依依把桌上的报纸卷成一筒，朝苗小慧打来说："那我是孙悟空，看金箍棒不砸死你，妖精！白骨精！"苗小慧笑着往门口那边躲，柳依依追过去，把她推到门外去了。

5

舞厅是校园里最有色彩的一道风景。舞厅是许多故事的发源地。舞厅是喜剧和悲剧开幕的场所，但从来不是闭幕之处。

大学生的生活很单调，因为口袋里的钱不丰富。对柳依依这样的女孩来说，那种单调就更单调了。在这单调之中，舞厅就算是有点神秘性丰富性的地方。舞厅像一个不确定的许诺，暗含了许多可能性，展开了种种想象的空间，因此有了诱惑的魅力。舞厅的灯光是昏暗的，这昏暗就是它的情调，这情调有点暧昧，来舞厅的男生女生，就是冲着暧昧来的。一个班上的男生女生，同学之情焐了几年也焐不出那种热情，就因为少了这点暧昧。舞厅的音乐是悠扬的，急促的，狂热的，抒情的，每个人都可以在其中找到自己需要的节奏。舞厅实现了一些平时不可能实现的事情，你可以在音乐响起的那个瞬间，直奔早就瞄好的漂亮女孩而去，以优雅而矫情的绅士风度请她伴你共舞。这些女神的手心和腰身是你平时只能远远观赏的，现在却被你搂着了。这就是文章的引言了，如果运气好，这引言可衍生成一本大书；运气不好呢，哪怕只有一段引言，也比什么都没有要好，至少有了一个令人回味的周末。

但是柳依依对舞厅没有那么多期待和想象。苗小慧邀她一起去跳舞，她就去了，跳了几次，也算个会跳舞的了。要开始一个故事对她来说太容易了。只要去了，一次两次，最多三次五次，把那些男孩子的询问回答下去，就接上头了。那样的询问她不知听多少次了："哪个系的？几年级啦？"她总是笑着说："可不可以不回答？"他们就不问了。她根本就不想到舞厅里去寻找爱情，迷离的灯光下，影影绰绰的，脸都没看清，就把门打开让他们进来，自己没那么贱。她怀疑那些男生在这天晚上就问过若干个女孩了，他们的热情不值钱。也曾有几个大胆的男生，开始说她舞跳得好，又夸她身材好，甚至把"你好有魅力"都说出来了。她知道这是他们进攻的一种方式，为他们的大胆感到吃惊，但还是默认了这些赞美。不管怎样，这话听听还是很舒服的。她心中有条界线，舒服归舒服，但不能因这陶醉就咬了他们下的钩子，如果那样，将来真的成就了好事，对方恐怕也不会有太好的感觉。从舞厅发源的爱情有种萍水相逢的意味，神圣不起来，碰着谁不是碰？

苗小慧说柳依依对舞厅有偏见。她是有偏见。去年夏天她去跳舞，有个男生搂着她，一边滔滔不绝地说话，一边指头在她腰上轻轻地上下滑动。她开始以为自己太敏感了，没说什么，那男生以为她默认了，摸索的幅度更大。这太明显了，她马上甩开他的手，也不解释，转身就走。因为这件事她好几个周末没去跳舞，后来还是苗小慧强拉硬拽，周末也实在无处可去，才又去了舞厅。反正那是个自由世界，谁也不能强迫你。有了这点把握，柳依依就坦然了。

柳依依把爱情看得很神圣，太神圣，这让她放弃了很多机会。这个问题她已经反反复复想过了。一个女孩，由于有了太多的期待、太多的寄托，就不能不反反复复地想。她看清楚了自己，没法去做一个什么大人物，有个安宁的前景就很满足了，而这前景取决于爱情的成败。柳依依觉得爱情对女人和男人来说，意义是不一样的，毕竟女人和男人，不是一样的人啊，何况一个平凡的女人。

后来闻雅的事让柳依依对发源于舞厅的故事有了更高的警觉。闻雅的男朋友姓韩，她自己开始把他叫作绿头苍蝇，宿舍的人也跟着叫。后来她跟他认真了，别人再这么叫她就不高兴，大家就不当她面叫了，可叫惯了，背地还那么叫着，简称"绿头"。他俩就是上学期期末在舞厅认识的。本来闻雅不想认真，只是跳舞时多说了几句话，也是想享受一下异性的热情，那绿头就叮上来了。绿头在她们宿舍一坐就是一个多小时，滔滔不绝，闻雅不冷不热他也不在乎。柳依依不明白，一个男人怎么可以这样贱，就没了好印象。看着大家都不自在，闻雅只好带他出去，回来还是称他"绿头"。这使柳依依大为惊异，这也叫恋爱，游戏似的就当了真？苗小慧交际广，到金融系打听来消息，那是一个见谁叮谁的角色，已经出了名的，就告诉了闻雅。闻雅当时表示要跟他一刀两断，可还是禁不住他锲而不舍地叮，屈服了说："只要他以后不叮别人就行了。"柳依依想不通，闻雅也算个心气高的，怎么会接受他？她把这意思含蓄地表示了，闻雅说："以后有个男人一天到晚在你耳朵边上吹你捧你，你飘呀飘，飘飘飘的你有什么办法？"柳依依又想不通，这"飘飘飘"也可以是爱情的理由？

这天傍晚绿头又到宿舍来了，闻雅淡淡的爱理不理。他不断使眼色要闻雅出去说话，闻雅装作没看见。柳依依觉得自己是多余的人，提了书包就走。闻雅说："依依，我话还没跟你说完呢。"柳依依站住了，不知有啥话没说完，看看她的脸色，明白了，又坐了下来。绿头韧性极好，不急不躁，说些不相干的话，大有奉陪到底的气度。闻雅不看他，他就跟柳依依说话，从上哪几门课问起，说到她的发型，又问她用什么牌子的护肤霜，再说她的皮肤适合哪种，竟都很内行。闻雅说："依依，我去下五号，就来。"扯了卫生纸出去，一去竟不回头。绿头不急不躁，跟柳依依说话。柳依依先是应付着，不停望着门口，盼着闻雅快回，说着说着，竟说上了路，觉得他并不那么讨厌。柳依依口有点渴了，舌尖舔舔嘴唇，他马上说："你喝水吗？"起身去倒水，竟知道柳依依的茶杯是哪一只。柳依依感到惊讶："这家伙心真细啊。"说了不知多久，苗小慧进来了说："你今天没去自习？"绿头客气地告辞去了。苗小慧说："闻雅呢？他又想来叮你了吧！"柳依依说："他没叮我，也没说什么别的话。闻雅一去不回，害得我陪葬一个晚上。"苗小慧说："像蚊子叮得出血苍蝇叮得生蛆才算叮？闻雅已经不理他了。"柳依依有些心慌，觉得自己做了亏心事似的说："其实他也不像蚊子苍蝇，他没说什么别的。"苗小慧说："那是人家的本事，潜移默化。凭他把你这样的人搞定，那是小菜一碟。他最多只有一米六多吧，在外面吹牛，再高五厘米，打遍财大无敌手。"又说："他叮了闻雅，又到别的学校去叮，被闻雅发现了，吹灯拔蜡了。"柳依依说："不早告诉我，要她赔我时间。"

等闻雅回寝室，柳依依去观察她，她还和平时一样有说有笑。柳依依觉得她这神态有点表演的意味，在掩饰着自己心中的痛苦，心想："她真的好坚强啊！"大家都上床了，闻雅端了盆到水房洗衣服，柳依依想，她从来没这么晚去洗过衣服，这个反常的举动是她伤心的表现。柳依依丢下书，溜下床找几件衣服甩到脸盆里，也到水房去了。她站在闻雅身边，揉着衣服说："苗小慧告诉我了，你跟他……吵架了吧。他既然对不起你，你也要想得通。"闻雅轻轻笑了笑说："我还会去为他伤心？献殷勤献得我都烦了，敷衍他一下。"柳依依说："你好潇洒啊。"闻雅说："有些事你只好抱一个平常心，以游戏的心情对待，不然你难免伤心。世界变来变去，是吧？你不变你要伤心，是吧？"柳依依听了这话非常惊讶，如果对这件事也抱平常心，那什么事还值得专注执着呢？可她又很难反驳闻雅的话，嘴里说："那是啊，那是。"

　　这天晚上柳依依久久不能入睡，头脑里被千军万马踩过似的乱七八糟。她轻轻爬起来，裹着被子坐着。窗外是木兰路，从四楼看下去，木兰路的轮廓在昏暗的路灯下显了出来，她每天都几次经过这条路，却从来没注意到它晚上原来就是这个样子。偶尔还有学生成双成对地从路上经过，手牵手的，搂着腰的，攀着肩的。还有一对，是男孩背着女孩，悠闲得很，俩人在嬉笑着，似乎男的背不动了，女的还扭着身子不肯下来。起风了，春天的气息渗了进来。窗帘在风中微微飘荡，这窗帘是用来遮挡对面男生宿舍的视线的，晚上就拉开了。风把桌子上张爱玲的《传奇》吹得沙沙地轻响。

　　柳依依发了一阵呆，还是想起了"平常心"那句话。这句话对她的冲击太大了，简直有一种摧毁的力量。平时也有同学把爱情说得一钱不值，柳依依知道她们是在开玩笑，是在掩饰自己对爱的珍重。很久以来，她苦等那种受到震撼、心心相印的感觉，没有感觉她不愿开始。现在她却想着，有必要那么认真吗？不能潇洒点吗？这些想法在她头脑中闪来闪去，像无数苍蝇在一间房子里飞舞，她感到了厌恶。自己没什么理想，也没什么信仰，爱情就是理想也是信仰了。如果把这点理想信仰也放弃了，人生就真的悬空了呀！木兰路上已经看不到人影在走动了，风还在吹着，把那本书吹得沙沙响。柳依依突然觉得，这个春夜的沙沙声，是岁月也是历史被轻轻翻过去的声音。于是，那细碎的沙沙声，就有了一种惊心动魄的意味。

6

宿舍里装上电话了。

电话将每个人的情感都展示在别人的面前，没了隐私。开始几天，苗小慧她们几个对着话筒还半吞半吐的，眼睛瞟着别人，希望她们离开一会儿似的。可老这样也不是个办法，没多久就干脆放开了。柳依依每天看着她们几个对着话筒轮番表演，手舞足蹈。刚才还有说有笑呢，一会儿又有哭有泪了。有时她不明白，话说得好好的，也没听出有啥冲突，怎么就声泪俱下了呢？有一次她看见苗小慧声音和表情嗲在一起，就说："你是撒娇吧？"苗小慧："我现在还不抓紧时间撒撒娇，将来撒娇有谁睬你！"柳依依说："他不睬你，你也不睬他，让他发急！"苗小慧说："到了那天，别人才不会急呢，你想让他发急，到头来为难的是自己，还得找台阶下。"柳依依说："他怎么不急，怎么会不急？"苗小慧啧啧了几声说："怎么跟你说？你还年轻吗？漂亮吗？你凭什么让他急，没本钱了！"柳依依皱了眉说："没这么现实吧，男人？"

苗小慧的电话有时多得让人讨厌，又让人嫉妒。有天，清早电话就来了，她躺在床上接电话，没个完。柳依依上完两节课回来，她还在通话，不知仍是早上那个电话呢，还是另一个电话。柳依依十一点多再从图书馆回来，苗小慧捏着话筒还在说，见柳依依进来，就点点头，又冲着话筒说："我说的话你要记得！哪句话？你的记性狗叼走啦？只准你宠我一个人！"十分的骄傲，十分的狂妄，十分的自豪。她放下话筒，柳依依说："这还是早上那个电话？"苗小慧得意地点头："是啊，是啊。"柳依依说："都说了些什么，我怎么听着都是废话？"苗小慧说："两个人能把废话讲得津津有味恋恋不舍，那才能走到一起呢。"柳依依说："真的羡慕你呢，有人跟你说这么些废话，又宠着你，还只准宠你一个人。"苗小慧说："多少人想宠你，你又不给他机会。"柳依依说："真的没看见他在哪里。"苗小慧说："身边怎么瞧怎么没有，都跑到琼瑶小说里去了。你抱着那些书当镜子四周去照，第一他是白马，帅得很；第二他是王子，富得流油，身体晃一晃都作钱响；第三还要痴情，没你他就不能活，三者缺一不可。依依你等吧，你等着吧，他会蹿到你这里来的，像你养的宠物狗。"柳依依说："我没想那么多，我只要他对我好就可以了。"苗小慧笑了说："这年头对谁好不是好，谁离了谁不能活？你真想碰到一个离了你就不能活的人吧，那是梁山伯，是罗密欧，是罗切斯特，那样的男人上帝他捏过几个了，不想再捏了。"柳依依玩笑似的说："我偏要上帝为我捏一个出来。"

　　星期五中午，伊帆端了饭回宿舍说："木兰路上有人拿粉笔在地上写了广告，雅芳公司招周末的销售小姐，我们去报名吧，三十块钱一天呢。"闻雅说："去玩一下啰。"就插了卡打电话。柳依依说："吴安安你也去玩两天吧。"吴安安说："你要我陪你去，我就只好陪你。"闻雅对着话筒嚷嚷说："肯定都是有气质的，还漂亮呢，达到了妖精的水平，不是妖精你打她的回票。"又转了头问苗小慧："我们去几个？"柳依依手指一个个点着说："她、她、她、你、我，一共是五个人。"闻雅询问地看着苗小慧，眼皮夸张地一眨："几个？雅芳是做美容产品的呢！"吴安安说："哦，想起来了，我明天还有事，依依那我下次再陪你去。"苗小慧马上说："吴安安你真的不去？那就四个人。"柳依依突然感到了一种残忍，现实就是按这种标准来选择的，这是一道专为女性设置的屏障,其实是男人设置的,它无影无形不可捉摸,却又历历在目无处不在,不动声色却又张牙舞爪,连这么一件小事都要体现出来,不知吴安安怎么受得了呢?细想之下,她又为自己感到庆幸,对父母也有了更多的感激之情。他们给了自己生命,而且,给得精彩。这样想着她又有了点伤心,这么多年来,为了自己读书,他们真没有过好日子啊!

晚上宿舍的人都跑掉了,连苗小慧都说去邻校找老乡,也跑掉了。有个叫栾劲的男生打电话来邀柳依依去跳舞,她犹豫了一下,还是推掉了。既然自己没把他放到心里去,他的意图又那么明显,往前走是很难堪的。放下电话她又惘然若失,这让她体会到陷阱就摆在你眼前,等着你眨了眼往里面跳,这是多么自然的一件事情。对面吴安安正捧了一本书,眼睛却望着窗外的树发呆。柳依依说:"安安你一门心思把学习搞好,别人就没办法了。"这话说得含糊,又说得明白,说完以后更觉得说得太明白了。本来是掏心窝子的话,听着跟骂人竟差不多,比骂人还厉害,把伤口撕开来展示血肉似的。她歉疚似的望了吴安安一下,吴安安并没有生气的意思,这更让她感到了吴安安的无奈,于是说:"我们跳舞去吧。"想给她一种心理上的弥补。吴安安说:"你想去?你去我就陪你去。"

跳舞的时候柳依依老有男孩来邀,吴安安老没人邀。跳了几曲,柳依依意识到了自己有责任顾及吴安安的处境,这给了她很大的压力。柳依依正在兴头上,不想走开,脑子一转,突然发现了问题在哪里。吴安安坐在舞厅最亮的地方,小卖部的灯光把她的脸照得清清楚楚,这对她不利,她却没意识到这一点。在下一支舞曲响起来时,柳依依拉着她跳了一曲,跳完又似乎不经意地把她拉到光线最暗的角落坐下。果然吴安安就有了机会,有个男孩去请她了,柳依依放了心,想着跳了这曲再把她带到哪个黑暗的角落去。当一曲舞跳到一半,柳依依转到那个角落，发现吴安安又坐到那里了。跳完这一曲柳依依坐回去，也不问什么。吴安安说："他带得不好，不过我也不太会跳。"柳依依感到，舞厅不是吴安安来的地方，说："我们走吧，没一点意思。"吴安安说："你想走，那我们走吧。"

晚上苗小慧回来，柳依依把去跳舞的事悄悄告诉了她。苗小慧说："你总是心太软，心太软，要是我，第一不跟她去，让她把难堪都摊开在你面前，那太不人道了吧。第二我跳舞是去找快乐的，我不觉得自己有责任去照顾别人的情绪。"柳依依又后悔把这件事告诉苗小慧，像是为了证明自己在舞厅的光彩和好心肠似的。

星期六一大早，伊帆就哇哇地叫大家起来。出门的时候几个人都很兴奋，吴安安还没醒似的。柳依依出门时，望了望吴安安，她正一只胳膊支起身子，朝门边望着，看见柳依依望着她，马上又睡了下去，闭上眼睛。

坐公交车到了华盛商场，还没开门。雅芳公司已经有两个女职员在门口等她们，发给她们几张宣传资料，统一宣传的口径。开门后，女职员指挥她们在大门口边架好几张桌子，铺上台布，把产品放好，又每人胸前挂上红色的宽边绶带。中午的时候，她们在吃盒饭，总经理开小车来了，四十来岁，气宇轩昂。那两个女职员对总经理毕恭毕敬，她们几个也跟着恭敬起来。他看了一番就走了，走的时候说："六点半钟来接你们去吃饭啊。"总经理走了，女职员说："今天还是托你们的福呢，薛经理从来没请我们吃过饭，请促销员也是第一次呢。"听了这话柳依依心里噔的一下：刚才薛经理的目光在自己身上停了三次，那是男人的目光啊，柳依依再迟钝，男人的目光还是看得懂的。

晚饭在福天酒楼，那豪华的气派，她们几个都有点受宠若惊的感觉。进了包厢，闻雅说："薛经理你今天亏本了，我们又没做出什么成绩。"薛经理说："你就这么小看雅芳？我把自己定位为一个儒商，钱肯定是要赚的，仁义情义更要讲，不在小地方抠抠抠的，那抠不出几粒芝麻来。"几个人都被他的大气震倒了。饭吃到一半，薛经理说："你们慢慢吃，我有事先走了。"把名片递给大家。递给身边的柳依依时，右手沉到桌面以下，翘起拇指和小指，轻微而明显地往上一提。柳依依心中一跳，她接到了一个明确的信号，他要自己打电话给他。接到之后又有点疑惑，怕是自己刚才看花了眼。薛经理离开的时候，柳依依忍不住还是询问地望了他一眼，他眼皮眨了眨，下巴也几乎不可察觉地点了点。确认之后，柳依依几乎是情不自禁地也点了点头。点头表达的是明白呢，还是应允？她自己也不清楚。

7

柳依依把这件事放在心中闷了好几天，几次想告诉苗小慧，还是忍住了。好多次她都下了决心不打电话，决心很坚定似的，也打算把这件事告诉苗小慧了。可越是坚定就越是容易动摇，总有一种神秘的诱惑促使她去试一试。她想打电话的时候，就告诫自己，还没谈过恋爱就去当第三者？可这时她又反过来想，为什么一定要想着打了电话就是那件事呢？一个成熟的男人，自己正有许多事情要请教呢。还有，生活中有这么多为难的事情，有个人帮自己又有什么不好？这些想法在柳依依头脑中冲撞了无数个来回，竟找不到一条出路，就像一锅米饭怎么也焖不熟。

星期五到了，晚饭后柳依依坐在宿舍里有点呆呆的，吴安安背着书包要去图书馆，询问地望她一眼，她装着没看懂，吴安安就走了。天渐渐黑了下来，夜色苍茫中柳依依突然感到极其孤独，这是一种明确的物质化的感受,越来越沉重,像有一根神秘的管道正缓缓向心中注着水银。柳依依微张了唇,喘息着,想缓解这种沉重。正在这时,电话铃响了。她感激地望了话筒一眼,接了电话,竟是薛经理打来的,他不由分说地要到宿舍门口来接她,她没有犹豫就答应了,并告诉薛经理,自己这就到离宿舍稍远的某个僻静之处去等。

放下电话,柳依依简直不相信自己这么轻易地就答应了他。她有一种惊恐,似乎有什么重要事情会发生。这样想着,马上又向自己掩盖这件事情的意义,这只是这个寂寞夜晚的一次偶然的放松,然后,什么事也没有。柳依依化了妆,对着镜子觉得自己别有用心,有一种识破自己内心隐秘的醒悟,就想擦了,素面朝天地去,清清白白,坦坦荡荡。可她实在舍不得化妆后那张更加娇好的脸,想着平时跳舞还化点淡妆呢,就妥协了。到了那里薛经理正探头往外看,见了她把车门推开,她一闪就进去了。

车开起来,薛经理问她:"去哪儿?"柳依依说:"我怎么知道去哪儿?"薛经理说:"那就听我安排。"以前柳依依也知道经常有车到学校来接女生,非常地看不起,今天自己坐到了车上,也并没觉得就那么可悲可鄙,自然而然似的。车开到市中心,到了岚园俱乐部。柳依依听苗小慧说过这个地方,这是省城顶尖级富人休闲的地方,会员制的,一个会员证都是十万八万,一般人有钱也进不来。苗小慧当时告诉她,三年级的系花某某傍上了一个富豪,到这里来过,回去还有意无意地透露几句。柳依依没想到自己有一天也会到这里来,一下就激动了。车停了,一个戴着黄色无檐软帽披着紫红色风衣的青年跑过来,打开车门,戴白手套的手挡着车门顶。柳依依有点不知所措,扬一下手想叫他把手拿开。那青年往后退了一点,毕恭毕敬站着,右手还是那么挡着。柳依依这才明白,那只手挡着车门顶是一种礼节。进了大门,薛经理说:"你还不知道那门童把手放在那儿是什么意思吧?"那么标准的帅哥被他称为"门童",柳依依更增添了对俱乐部的神往,突然强烈地感到了钱真是个了不起的东西,自己学会计的,平时也没有过如此强烈的感受。柳依依说:"我知道的,就是没想到会与自己有什么关系。"薛经理说:"说起来叉开腿站在那里都是一个人,那是一回事吗?"

俱乐部金碧辉煌,柳依依有一种眩晕的感觉,似乎是受不了这么强烈的刺激。给他们引路的是一个穿紫红旗袍的小姐,气质很高雅的样子。柳依依感到了一种压力,自己穿得太平常了,跟周围太不谐调。越往里面走灯光越暗淡,拐了不知几个弯,来到一间包房。房内没有灯,一张桌子横摆着,桌上一个盒子,上面浮着一块蜡烛,发出幽微的光来。两人面对面坐了,薛经理问她喝什么,她说:"不知道。"薛经理对小姐说:"来两杯咖啡,一个果盘。"一会儿咖啡果盘端上来,那几种水果柳依依一样都不认识,也不敢问。柳依依这时看清了房间的样子,墙是软包装的,一边是电视机,还有一套音响,另一边是一张很宽的沙发。柳依依说:"怎么这里面的沙发这么大?"薛经理似笑非笑地笑了笑说:"不知道。"就按了铃,叫服务员进来说:"你们这里的沙发特别宽,你跟这位小姐解释一下。"服务员掩口笑了一笑说:"我们这是高档的嘛,休闲会所嘛,老板有时忍不住要休息一下的嘛。"薛经理暧昧地笑了笑。那笑让柳依依明白了一点什么,又不敢肯定,就不再问。薛经理问她是什么地方的人,几年级了,学习累不累,还有好多问题,柳依依都一一回答了。柳依依也想问他几个问题,至少问问他结婚没有,自己很想知道,却不敢问,又觉得自己的想法很怪,哪有四十岁的人还没结婚的呢?薛经理见她不作声,用勺敲着果盘说:"你吃点吧,不吃就太浪费了。"柳依依吃了几块,问这是什么,那是什么,都是没听说过名字的水果。薛经理说:"你吃完它,这一盘两百多块钱呢。"柳依依正把一块水果叉到嘴边,听了马上停下来说:"这么贵?我都不敢吃了,是我一个月的生活费了。"薛经理说:"告诉你咖啡八十块一杯,你又会不喝了。"柳依依说:"有钱也不要这样花,太可惜了。"薛经理说:"钱花了才是自己的。再说为你花了,我心里很踏实,很平衡。"柳依依受宠若惊,一下子拉近了与他的心理距离,同时又接到了一个很明确的信号,接到之后还要装着无知无觉。柳依依说:"还是太可惜了。"她忽然不知哪来的勇气说:"你这么花钱,你家里不会批评你呀?"薛经理不回答,叹了口气说:"现在大学生好幸福啊,愿谈恋爱就谈恋爱,愿怎么谈就怎么谈,我当年读大学,不准谈。这才十几年,开放了,我们没赶上,追不回来了。"柳依依说:"你是成功人士,我们宿舍女孩一天到晚羡慕成功人士,有车有房,更别说岚园俱乐部的会员了。你还羡慕我们穷学生?"

薛经理半天叹口气说:"如果有人一天到晚批评你,怨你,你幸福得起来吗?"柳依依明白了,又觉得自己应该装糊涂,可还是忍不住说:"有谁敢总是批评你呢?"薛经理说:"你说还有谁敢批评我呢?省长他敢批评我吗?"柳依依不敢问下去,就不作声,薛经理沉默一会儿,又叹口气。柳依依说:"我听你叹几次气了,到了你们这个分上还有什么要叹气的呀!"薛经理很认真地说:"我说我不幸福,你相信不?心里空空的,穷得只剩下钱了。可能你不理解。等会儿我就要回家了,房子大大的,不想进去,进去就要受抱怨,怨,怨,怨!谁愿一天到晚被怨来怨去,真的一点情绪都没有了。"柳依依在心中笑了一下,她记起了在一本书上看到过,已婚男人征服女孩的第一步,就是"痛说家史",看来男人都是沿着这条路线走的。她明白这是一个危险的步骤,可又实在抵抗不了好奇心的诱惑,就说:"没那么严重吧。"她意识到这句话打开了一道屏障,对方会放马冲过来的,他是何等精明之人啊。果然薛经理抓住了这个话头说:"没那么严重?其实已经不是受不受得了那几句怨的问题了,是心里空了,真不知以后往哪里走才有一条出路。"柳依依不敢去推动他,可又不能去阻挡他,犹豫之间说:"我不相信有那么严重。"说了这话柳依依后悔了,这不是她想说的话,可心里仿佛有鬼似的。为了让她相信事情有多么严重,薛经理说了一连串的故事。开始柳依依并不怎么在意,觉得是表演性的,但当薛经理讲到半途,柳依依认真了,心里融化了似的,同情起他来。一个男人,讲得这么动情,这么真切,那不可能是编出来的。一个女孩,她对男人说的故事认可不认可,主要不在于她对这些故事的真实性有多么认可,而在于她对讲故事的人有多么认可。

薛经理说:"我怎么会说起这些?我从不对任何人说的,今天不知怎么就对你说了。"柳依依说:"那为什么?"薛经理说:"为什么?天知道,有眼缘吧。什么都有一个缘字在里面,不然那天好几个女孩,我怎么就打电话给你呢?那些夸张浮华的女孩,没感觉。我们公司多少女孩?没感觉,没感觉啊。你跟她们的气质不同,朴素之中渗透出来的美,才是本质的美。"柳依依说:"我真的没觉得自己有什么特别,你看我的衣服,都是特别一般的。"薛经理说:"女人的韵味是男人品出来的,那些小小男生还不会品,可惜了你。"柳依依心想,不管你怎么说,我都不会昏头昏脑,嘴里说:"知道你这些话是骗我说的,可是我听着还是很舒服。"薛经理说:"你的男朋友,他还是有眼光的,起码他看中的不是那些挑逗性很强的女孩吧。"柳依依说:"我没男朋友。"薛经理吃惊地说:"不可能吧,现在的女孩!"柳依依说:"没骗你。"薛经理说:"那可能,我今天故意晚点打电话给你,你如果出去了,那就是约会去了,没缘分,什么都有一个缘字在里面,下次我也不会再打了——那些男孩子眼睛里夹的都是豆豉吗?"柳依依忙说:"是我自己呢,还没去想这些事呢,我自己。再说我也没有觉得自己有那么好。"薛经理说:"谁说没有那么好?我坚决不这么认为。"柳依依心里飘飘的,嘴里说:"我没那么好,我就是没那么好。"薛经理说:"不是,不是。"柳依依说:"就是,就是!"

十点多钟,他俩从俱乐部出来,薛经理说:"还兜兜风去吗,或者送你回去?"柳依依说:"随你,你不怕回去晚了挨批评?"薛经理说:"那就转转。"开了车上了麓城大道。风吹进来,柳依依说:"有点冷了。"薛经理右手攀了她的肩,往自己身边搂了搂,不说话。柳依依闻到了一股男人的气味,非常明确,是男人的气味,就有点迷醉,有一种强烈冲动,身子本能地要往那边倒过去。突然,有一种奇异的力量阻挡了她,她说:"车跑这么快,你一只手掌握方向盘不会出事吗?"薛经理马上松开了她说:"一张巧巧嘴,也好。"又说:"是想对得起将来的那个谁吗?那个谁会像你对得起他一样对得起你吗?"柳依依说:"会的。"她觉得会的,这是自己的信念。到十一点,薛经理送她到了学校。下了车,柳依依说:"今天谢谢你了。"薛经理说:"你说谢谢我就生气了。"她走了没多远,车又追了上来,薛经理探头说:"过两天,你们宿舍安静了,打个电话给我。我打电话给你,又怕宿舍里太吵了。"柳依依说:"明白。"薛经理说:"你过来。"柳依依把头低下去,想着万一他要吻自己怎么办。薛经理凑在她耳边柔声说:"真的明白?我喜欢明白的女孩。"

8

从岚园回来,柳依依知道了还有另外一个世界,自己想象力之外的世界,充满诱惑,充满魅力。过了星期二,她想着自己该打那个电话了,可宿舍总有人,找不到机会。星期三下了第一节课,她不声不响地溜回宿舍来打电话。这个举动使她想到,再怎么装傻骗自己,那点私情的意味还是越来越浓了。意识到这一点,她在拨号之前犹豫了一下,还是拨了号。薛经理在办公室,他跟她讲了半天话,天南地北的,却没说什么特别的事,叫柳依依非常纳闷,心悬着放不下来,若有所失似的。最后她实在忍不住了,问道:"有什么事没有,叫我打电话?"薛经理说:"一定要有事才算事?听听你的声音,那也是事吧。"柳依依心里很温情,像一勺糖溶化在水中,嘴里说:"从没人说我的声音好听,你说好听的给我听吧,我不要听。"薛经理说:"我说真的,你不要我说真的,我就不说了。"

到周末,薛经理把柳依依接走了,他又要到岚园去,柳依依不肯,她不想在这种暧昧的状态下欠他太多。薛经理说:"那我们去跳舞。"就到了麓城宾馆的舞厅。这是这个城市唯一的一家五星级宾馆,进去了柳依依说:"你怎么总往这些地方跑?"薛经理在大理石地板上跺一脚,再跺一脚说:"这些地方就是为我们这些人准备的,我们不来,那还有谁能来呢?谁?叉开腿站在那里都是一个人,可不是一回事啊!"舞厅人不多,地板啊音响啊,感觉硬是跟学校的舞厅不同。柳依依把这种感觉告诉薛经理,他说:"你现在才知道什么叫生活吗?没想过这样的生活也可以属于自己吗?其实很简单。"柳依依没作声,心想,真有那么简单吗?跳到下半场慢四的时候,灯一盏盏熄了,一团漆黑。柳依依有点紧张,万一他把身体贴上来怎么办?还好薛经理君子似的,边跳边在她耳边悄声说话,并没什么特别的举动。柳依依想,他真有什么动作呢,恐怕自己也只好认了,难道把他推开?自己要么不到这种氛围中来,既然来了又想划清界限,那不可能。跳完这一曲,柳依依在舞池的台阶上摔了一跤,薛经理反应快,一手拉住她的胳膊,一手托住她的前胸。柳依依站直,他的手就松开了。柳依依坐在那里,觉得乳房有点异样,一点一点的热从里面渗出来。

又跳一曲,薛经理照例牵着柳依依的手回到座位上,在舞池的那一级台阶上还很细心地提醒她不要摔着了。但这一次却没有像前面一样,坐下来手就分开。柳依依等了几分钟,薛经理像忘了那只手似的,说话时一直握着她的左手。这么一握,两人的关系似乎有了点微妙的变化。又过了一会儿,柳依依把手轻轻往回抽了抽,薛经理似乎没意识到似的,手上却稍稍用了点力。柳依依想,既然这是他的意志,那就只好服从。她想着是不是要做出一种表示,比如要去端茶杯,要去洗手间,把那只手解放出来,终于还是放弃了。他是薛经理,不是自己班上的同学。她感到自己没有足够的勇气去反抗他的意志。又过了一会儿,薛经理松了她的手去拿茶喝,柳依依的手还放在那儿不动,她不想做出他一松手自己就马上跑掉的姿态。薛经理喝了茶,并没再次握住她的手,她把手收回来,松了口气。

  喝着茶薛经理说:"有些事想跟你说说。"柳依依说:"你说。"薛经理说:"你这么聪明的女孩,你当然知道我想说什么。"柳依依心跳起来,说:"我傻,我不知道你想说的是什么。"薛经理笑了一声说:"依依你傻你是装傻,我不知道你是羞羞的呢,还是有别的想法,你告诉我。"柳依依在犹豫之间感到自己还是没有勇气反抗他的意志,于是说:"我真的好傻的。"薛经理拍拍她的手背说:"依依你逼我直说,那我就说了——做我的情人,愿不愿意?"柳依依觉得迷失了方向,不知道自己该同意呢,还是拒绝?还有,同意又怎么同意,拒绝又怎么拒绝?突然她特别想反抗他的意志,再不反抗,就没有机会了。她正想找到恰当的反抗方式时,却情不自禁地说了一句:"情人是什么意思?"薛经理笑出声来说:"情人是什么意思,一个大学生还要我来解释?"柳依依说:"我们班上同学谈恋爱,就谈谈恋爱,那也是情人呢。"薛经理说:"你看我一个成熟的男人,还会去玩那些小孩子的游戏吗?"话说到这个分上,柳依依不知怎么回答了,再装傻就太矫情了,只好实话实说:"我一下子想不好。"薛经理说:"没谈过恋爱的女孩,按说我该慢慢来的,可我太忙了,我的耐心也不那么好。摊开说吧,你做我的情人了，我对你就有责任了。我们先花一个月时间培养感情，水到渠成吧。你同意了，我对你全面负责，从现在起每个月给你两千块钱，将来工作也由我安排。你觉得呢？"柳依依说："我一下子还没转过弯来。"薛经理很理解地说："按说我不该找你，你还是个那个什么……什么……没有经历过第一次的啊。不说你，连我心里也有压力，别人说……说，说……说没有过经历的人麻烦，这话不假。但你想一想，你今年二十岁啊，如果二十七八结婚，还不算晚吧，中间还有七八年，你就那么纯洁地度过，不可能吧，七八年呢！青春飞扬的七八年呢！那对自己太残忍了吧，太对不起自己的青春了吧。人活着就要对得起自己，如果那是错，那也错得对！青春反正是要有地方寄托的，错误反正是要犯的，其实你能够选择的就是寄托在哪里对自己更合算。哪里？哪里？女孩的青春是有价的，在哪里才能使这种价值最充分地体现出来呢？哪里？但青春不是人民币，不能存银行保值，也没利息。你想过没有，如白驹过隙啊！你们学会计的应该算一算这笔账，这可是一笔大账啊！一笔大账！让自己寂寞着，闲着，从经济学的角度说，那不是把优质资源浪费了吗？如果你不是这么美好，那也就算了。可惜，可惜啊！"柳依依不作声，她明白了他的话，明白之后却陷入更大的糊涂了。自己认为理所当然不言而喻的那些想法，在他看来都是不能成立的，更不是真理。她感到了一种压力，慌乱中抚着额头说："我真的糊涂了。"薛经理宽容地笑了说："慢慢就想明白了，不着急。当然还有一个更根本的问题，"他说着竖起右手食指，显出做报告的姿态，"你能不能接受我这个人？我不是要找一个女人，女人大把，太多，遍地都是，我要下作的话，精力根本来不及。我不想那样，我想找一个作风正派的情人。"柳依依说："我很幸运啊。"薛经理说："你想想你对面坐的是谁！有多少女孩想坐在他对面却没有机会！"又说："我能不能把你的话理解为我们之间已经没有什么障碍了？这是最佳薛经理说:"你今晚一定要回去吗,不想见识见识五星级宾馆的套间是个什么味道吗?"

组合，优势互补嘛，双赢嘛！"柳依依不想就这么顺从了他的意志，忽然想也没想就说了一句话："我妈妈知道了会骂我的。"薛经理拍手笑起来，拍了三下，说："有力量！凭这句就把我征服了。乖乖女！你打算怎么跟她老人家汇报？"

舞会散了，薛经理说："你今晚一定要回去吗，不想见识见识五星级宾馆的套间是个什么味道吗？"这话说得柳依依心跳，她想，一定要转个弯了，不能心软，就这么一直顺着他的意志。下了决心，她说："那太贵了，五星级呢。"这是一个女孩执着的坚守，也是温婉的抵抗，说坚守，这就是最后的防线了，不可能到了套间里再去坚守，那是不可能的。薛经理说："我是伪君子，因为说到底，我还是有某种想法的。可毕竟还是君子，不会强迫别人的意愿。"柳依依说："你不是要我跟妈妈汇报吗？"薛经理朗声笑了说："等你，等你。"又说："依依，你给我几年时间，我会特别珍惜的，我明白女孩的青春有价，价值几何，我肯定比那些毛头小鬼懂得珍惜。在心里算算这笔账吧！任何时候你不想待在这里了，你要走你随时可以走，我不强留你，强留也留不下你的心，那我有什么意思？"柳依依说："我随时可以走，那也就是说，你随时可以走，我怕你。"薛经理又笑了说："那我们签一份合同三年，三年后分不开再续签，我每天都在签合同，也不在乎多了这一份，你相信我是讲诚信的人。"

9

对薛经理的建议，柳依依憋在心里想了一个星期，结论是不能接受。得出这个结论她有点恨自己，觉得自己变坏了，这么简单的问题，竟把自己折磨得如此痛苦。决定之后又有点遗憾，一种梦幻的生活，发出灿烂的光辉，在眼前闪闪地召唤着，靠近它只要一个念头，梦想的一切全部实现，却被自己拒绝了。有了这个痛苦的结论，柳依依觉得自己还算是个好女孩，不是坏女孩。一个女孩，她要坏，又能怎么坏呢？她不能去偷去抢，她也只能有那点坏。

柳依依的痛苦，是想向自己证明薛经理的话都是不能成立的。她把那些话放在心中反复地想，想一句句驳倒，却很困难。这种无力感使她绝望，几度怀疑自己的选择是没有充分理由的。她痛恨自己这种骑墙的姿态，可越是恨就越是想要证明那些话不对，越是想证明就越是难以证明，好像那些话是不倒翁，踢倒了马上又重新立了起来。薛经理并不是那么不能接受，尽管他有家，也许还有其他女人，这让她想起来就咽不下去，可他这个人温文尔雅，通情达理，并不是那么难以接受啊！柳依依在心中反复权衡，自己没有别的信仰，爱情是自己唯一的信仰。没有了这点信仰，什么事都会做出来的，那太可怕，太可怕了。以信仰的名义，这就是理由了。哪怕在这个市场时代，这笔账也应该这样来算。

柳依依找机会给薛经理打了电话，把自己的想法说了，最后说："我怕我家里骂我。"薛经理嗯嗯几声，柳依依想抓住这沉默的瞬间放下电话，薛经理说："依依，我问你一个问题，你是不是觉得自己很美好？"柳依依嗯了一声，薛经理说："这么美好，一辈子只有一个人欣赏，对得起这份美好吗？不委屈吗？多一个人欣赏不行吗？"柳依依几乎被他说动了，慌乱中说："我怕我爸爸妈妈。"说完马上把电话挂了。那边马上又打过来，柳依依站着，一只手按在红色的电话机上，铃声叮叮地响，她喘息着，那只手轻轻颤抖，额上的汗也渗了出来。铃声停下来，她如释重负地叹了口气。

事件就这么过去了，柳依依心里平静下来。这种平静使她觉得，自己的选择是正确的。可薛经理有些话还是沉入了她的心底，女人的美好是要男人来品味的，青春有价，却是无法存入银行的，这都是真的。她越来越明确地意识到了自己内心的激情，她不想再对自己遮遮掩掩。

　　五一节前两天，樊吉从北京来看苗小慧，苗小慧在宿舍里"樊吉樊吉"地叫着。柳依依说："樊吉你看，你来了小慧舌头都大了。"他们去外面了，吴安安嘟囔说："猫叫春。"晚上快熄灯的时候，闻雅问："苗小慧怎么还不回来？"一边挤眉弄眼地诡笑。伊帆说："这正常得很。"柳依依说："苗小慧说她到她姨妈家去了。"吴安安噘着嘴，做出不相信的神态。这时学生干事带着两个班干部来查房，柳依依说："苗小慧说她到她姨妈家去了。"干事还是把苗小慧的名字记下，走了。过了五一，系里贴出了通报，苗小慧和另外三个女同学没有归寝，受了批评。看通报时柳依依前面有两个高年级的男生议论，一个说："现在晚上跑出去的都是女生，干什么去了系里也不追问，睁只眼闭只眼。"另一个说："只要没违反计划生育就可以了。"一个说："稍微有点水平的女生眼睛都望着外面，看不起我们。那些老板是什么东西，她们真不嫌脏。"另一个说："有了钱脏也是干净，丑也是美，老头是英俊少年。再说，你以为她们自己有多干净，她看不起我，我还嫌她脏呢。"一个说："在这个时代脏的意识已经很淡漠了。"另一个说："一切为欲望让路。"他们转过身来，看见了柳依依，相视一笑。

　　连续几个周末，苗小慧都说到老乡那里去玩，回来得特别晚，回来后却什么也不说。柳依依觉得很怪，平时她回来总有一大堆话要说的，再说她也没有连续几周去老乡那儿玩过。又想到她最近接电话，支支吾吾听不出对方是什么人，又在说什么事情，就更怪了。难道她有了新的男朋友？那不会吧，她跟樊吉都发展了。

　　一天在图书馆七楼，苗小慧和柳依依靠着玻璃窗说话。苗小慧说："你说学体育的，将来怕没什么发展吧？"柳依依说："你还想把樊吉休了呀？你们都那么好了。"苗小慧说："我没觉得我们有那么好。"柳依依吃惊地说："不那么好，那你，那你……那你跟他，不是都发展了吗？"苗小慧说："我最近在想，樊吉又当不了体育明星，我一辈子跟了他，他怎会有出息？那我不是一朵鲜花，好鲜好鲜的鲜花，插在牛屎上？"柳依依拧她的脸说："看看这朵好鲜好鲜的鲜花到底有多鲜。"松了手说，"是有那么鲜呢。"苗小慧摸摸自己的脸，说："你看我今天像林青霞吗？"柳依依说："像！你看我今天像巩俐吗？像！"苗小慧又摸摸柳依依的脸："你不觉得自己特别美好吗？"柳依依嘻嘻笑说："癞痢壳都觉得自己特别美好。"苗小慧说："有时候我觉得，这么美好的青春，只有一个人来欣赏，那太可惜了。我为自己感到委屈呢。"柳依依觉得这话耳熟，说："那难道你还想要两个人来……来……欣赏你？"苗小慧哧哧笑说："你总喜欢把话说穿。跟了樊吉，我真的有点不甘心，除了个头高点，什么都没有，将来恐怕就是个体育老师，我怎么跟他？人活着要对得起自己，跟了个一穷二白，怎么对得起自己？青春这么美好，可又不能存到银行里去保值。青春是有价的，我不想把优质资源浪费了。我们学会计的应该算算这笔账，这可是一笔大账啊！一笔大账！"柳依依心里一跳，这不是上个月薛经理对自己说过的吗？她有了一种非常强烈的冲动，想知道这是偶然的巧合呢，还是他们之间有了特殊的联系？柳依依喉咙伸缩了几下，发出一种奇怪的响声，忍住了。她说："小慧你最近听别人说起我没有？"苗小慧说："没有啊，你怎么突然问这个？"柳依依看她神态，知道她即使跟薛经理有了来往，也不会知道自己的事。她说："我没你那么胆大，你胆子太大了，你敢想要几个人来……欣赏你。"苗小慧说："我在家里把门关了，连袜子也不穿，对着穿衣镜看自己，越看越喜欢，越喜欢就越不甘心，怎么能只有一个人来欣赏？将来回忆都很单调。这样想我心里就飘飘飘地飘起来了。"柳依依说："你要小心啊，有些人没安好心。"苗小慧说:"我知道。可男人一天到晚想什么?总不是什么很高尚的情调吧。你又不能不跟他们打交道。说起来我又觉得自己很可怜。在他们的想象中,我是个啥?"柳依依说:"你自己的穿着那么超前,肚脐眼儿一闪一闪的,野得很,要别人用那么文雅的眼光欣赏你,那怎么可能?"又点着苗小慧的鼻子说:"你就是想要别人欣赏你的野性,野——性。"她突然意识到应该给她一个朋友的忠告,"太危险了,特别是那些有钱的男人,成功人士,他们整天就想着活着要对得起自己,对不对得起你,他是不想的,太危险了。"苗小慧脸上掠过一丝惊异,马上又消失了,说:"说真的对女人不公平呢,只能精彩这么几年,骄傲这么几年,那也只好抓紧精彩精彩,骄傲骄傲,不然就更没想的了。依依你最近是不是碰到过那些……那些,危险的人?"柳依依笑着掩饰说:"我没野性,没人欣赏。"

  柳依依很安心,觉得自己对朋友该说的都说了,有用没用那是她的事。几天后的一个黄昏,柳依依去图书馆,问苗小慧去不去,苗小慧说不去。柳依依拐到一家小店买发卡,出来看见前面几十米似乎是苗小慧。她想跑过去吓她一跳,跑近了看见后面一辆车跟上来,在苗小慧前面停了。苗小慧还悠闲地走着,突然车的前门打开,苗小慧一扭身子就闪了进去。柳依依还没反应过来,车又启动了。她这才注意到这正是薛经理的那辆车,心里一沉。她茫茫然进了图书馆,坐在那里想,薛经理要的只不过是个女孩,是谁都行,年轻漂亮就行,谈什么眼缘,可笑,可笑。这些人玩感情游戏都没耐心认真来玩,那么多温文尔雅的话都是烟幕,内心的焦点就是床,床,床。可怕,可怕。柳依依把头埋在臂弯中,心里跳出一个词:脚猪。她记起小时候有一次看到有人赶着种猪去配种,几个小孩跟在后面喊着"脚猪,脚猪",现在她想起薛经理,不知怎么就记起来了,那猪身上某个引人注目的器官左右晃荡。她厌恶地皱皱眉,摇摇头,想甩开这个记忆。

10

柳依依本来想找个机会劝劝苗小慧，至少告诉她薛经理是怎么回事吧，还特别想把那种令人厌恶的联想告诉她。可苗小慧一天到晚兴兴头头的，竟找不到一个适当的机会来说，柳依依就算了。虽然是朋友，但朋友也不是什么话都可以撕开来说的，弄得不好，就撕破了脸，朋友也做不成了。

柳依依最想不通的，就是苗小慧跟樊吉通电话时，还是情深深意切切一片痴心的样子，该哭有哭该笑有笑。别人都看不懂，柳依依看去却惊叹不已，世界上有这么会表演的人，这个人竟还是自己的朋友。柳依依对这个世界有了一种强烈的陌生感，什么是真什么是假，自己根本没有把握，像跌入了一个失重的空间。而且真假之间的界线也很模糊，看苗小慧跟樊吉通话的神态，那无论如何都是真的。柳依依想象着樊吉在那头接电话的神态，男人真傻啊。

苗小慧生活有了很明显的变化。去食堂吃饭，她平时都是一块两块的大锅菜，现在基本上都是小炒了。开始她叫柳依依一起吃，柳依依说："你请客还差不多。"本来是说着玩的，可苗小慧真的请了客，每人一份六块钱的红烧带鱼。这样有了几次，柳依依吃饭就躲着她了。这让柳依依感到，穷人和富人是走不到一起去的。好在苗小慧足够聪明，一点也不炫耀，还经常陪着柳依依去吃大锅菜。一天两人上街，柳依依想买双皮鞋。柳依依老想往大众化的地方走，苗小慧却只对专卖店的东西有兴趣。苗小慧看中一双新款的贵之步皮鞋，要五百多块，买了下来。柳依依本来想买双五十元左右的鞋，在苗小慧的劝说下，鬼使神差似的，竟买了双两百多的红蜻蜓。买了鞋心里一点都不踏实，想到家里为了自己读书，已经是一穷二白，房子都渗水了，墙上有大片的水渍，也没钱翻修。她想着这份潇洒本来可以是自己的，人都想潇洒点啊。回到宿舍，看着那双鞋，心里闷闷的，若有所失。

过了几天是苗小慧二十一岁生日，她请了一大群女生还有几个男生去吃饭。大家说就在附近的小店热闹热闹算了，苗小慧说："你们对我这么好，我也想对你们好点。"就去陶然酒家，中午去的。柳依依知道晚上一定还有人为她再过一次的。生日宴上苗小慧是绝对的中心人物，那些男生好不容易逮着机会尽情喝啤酒，对苗小慧说了好多赞美的话。有个男生平时不爱说话的，今天有了醉意，反复表白自己怎么暗恋苗小慧。别的同学起哄说："亲热一个，亲热一个。"那男生真的走到苗小慧身边要亲她，苗小慧侧了脸让他吻了一下。他还想去吻她的唇，苗小慧躲开了，把手伸给他。他捧着苗小慧的手，在手背上反复吻了几次，仍不肯松开。柳依依突然感到自己心中有一点嫉妒，很向往这种作为中心人物被人捧着宠着的感觉。说起来有钱到底还是一件好事啊。真的是有钱能使鬼推磨，还能使磨推鬼吗？

苗小慧穿衣要讲品牌了，否则就"没品位"。周末几天不见人影，回来拿相片看知道她去庐山了，去张家界了，去广州了。柳依依说："樊吉照相的技术还可以嘛。"她就含笑不语。她经常请同学吃饭、唱歌、跳健美操，说："快乐有人分享就更快乐。"大家都知道她跟大款挂上钩了，都不点破，只说："樊吉家里是做生意的吧？"柳依依把这些看在眼中，明白了女孩最大的资本就是她自身，这是她们通向生活的捷径，不利用就要多走很长很长的路。怪不得那么多女孩都对身体精心打造，那不过是为了使资本增值，投资回报是一本万利。看着苗小慧这么爱自己，又有能力爱自己，柳依依的失落感日渐明确起来，最后就像一个电影特写镜头定格在心中。她觉得糊涂了，难道是自己错了，丧失了一个机会？这天晚饭后，柳依依对苗小慧说："去走走吗？"苗小慧说去江边，两人就去了。江边学生很多，大多数是情侣，一对对亲热得很，旁若无人。两人手牵手说着话，说到某个分上，柳依依顺势说："你太不够朋友了，只管自己幸福就够了。"说出来她自己也有些惊讶，自己并没有这样的想法啊。又发现了今天叫苗小慧出来，心中隐隐约约有预谋似的。苗小慧吃惊地打量她说："你知道了？你也要吗？你不会吧你？"柳依依嘿嘿笑了，不置可否。苗小慧说："我就是想提前过上白领优雅而体面的生活，反正我也没丢失什么。"柳依依说："那你爱不爱他呢？"苗小慧哼哼了几声："反正是这么回事，他需要的你拥有，你需要的他拥有，没有相互需要事情就不可能。优势互补嘛，双赢嘛，这样的好事，年轻才有呢。"柳依依说："那么爱情，爱情呢？那不是买卖吗？"苗小慧说："我没你那么崇拜爱情，其实现在的爱情最多只是好感，有好感就不错了。"这些话柳依依怎么也咽不下去。柳依依想，既然是男人和女人，有好感那太容易了，瞧着顺眼就行，这样爱情就太没价值了，也太轻易了。柳依依说："小慧你怎么有这么可怕的想法，碰到一个顺眼的就有好感就可以有故事，那你还打算有多少故事？再说你不怕那些人有想法？"苗小慧："你别把他们想得那么好，他们连三陪小姐都不嫌，还嫌我？你年不年轻漂不漂亮对他们很重要，你纯不纯洁，那可就无所谓了。你想要他把你当女神？我要是跟你一样纯，别人还觉得麻烦呢，不骗你。"柳依依说："小慧你胆子太大了。"苗小慧说："依依你就是太纯洁了，不然我要他给你介绍一个你要不要？他在他们那个圈子里有很多朋友的。他还问我同学中还有没有像我这样的女孩，想介绍给他朋友。"苗小慧一口一个"他"，似乎提示着柳依依问似的。可她能跟苗小慧去讨论薛经理吗？柳依依说："我有你胆子一半大我就不怕了。"苗小慧说："你不是胆小，你太相信爱情了。"柳依依说："真的吗？真的吗？"柳依依觉得苗小慧的确了解自己，她想承认真是这么回事，不知怎么竟有些羞愧似的，说不出口。

这时有人拦住她们问："坐船吗？"要她们坐小木船夜游麓江。柳依依问："多少钱？"那人说："三十。"柳依依摇头说："十。"苗小慧说："我们上去吧，我来安排。"

夜色四合，两岸的嘈杂声都听不见，只有船上的马达在嘟嘟响着。江水在岸上看着并不宽，也不急，到了江心感到了它的浩浩荡荡。两人用手拂着水，风迎面吹着，把衣服鼓起来，月亮也被船泛起的水波震碎了。她们抬头看城市的夜景，有的高楼在夜色中灯火辉煌，有的在黑暗中显出挺拔的身影。远处的桥上一辆辆车缓缓驰过，喇叭声隐约可闻。柳依依说："好爽啊。"苗小慧说："要你是跟男朋友来就更爽了。"柳依依很兴奋，不停地说话，突然发现苗小慧沉默不语，就攀着苗小慧的肩说："怎么了你？"苗小慧说："突然心里就难过了。"说着鼻子一抽一抽地哭了。柳依依说："怎么了你？"苗小慧说："没什么。"又说："我真的活到四十岁就不想活了，那时候谁还会有情绪跟你来坐船呢。那时候江上轻风山间明月还是这么美好，可我不美好了，这美好对我也没意义了。"柳依依说："到那时有那时的美好。"苗小慧说："那是骗自己玩的，打肿脸装肥，男人谁会这么看？我们谁又能永葆青春呢？这不是个迟早要上演的人生悲剧吗？男人到那天还有一场大戏要唱，还有很多精彩故事上演，可女人呢？谁看见过四十岁的女人在茶楼咖啡厅跟一个男人促膝谈心？她丈夫不会，别人就更不会了。我真的受不了那种冷落。"船夫隔着船舱问她们要不要喝水，用一个茶缸从江中舀了水，自己喝了，又舀一杯，送到船头来。月亮悬在高楼之上，像观音的面庞，安宁而明净，给人间温柔的注视。船漂下去，快赶上月亮似的，可过了一阵，还是不近不远的那点距离。苗小慧指了江中漂着的月亮说："人生虚得很，也快得很，就像那个月亮，又像那个水。"柳依依说："别想那么多。"苗小慧说："我本来也不想去想，可还是想起来了。我的邻居，我讲给你听吧。那年我刚进初中,也懂事了。我家对面搬来一对年轻夫妻,原是医学院的同学,都当了医生,二十八九的样子,女的长得好呢,男的也长得好呢,相亲相爱的样子呢,引来多少羡慕的眼光!后来生了个女儿也长得好呢。可没几年,女的看着看着就不行了,眼角皱纹也有了,脸上斑也有了。男的还是青春焕发,跑到外面去跳舞。可能出了点什么问题,女的就吵,跑到我家对我妈哭诉,说男的当年怎么怎么追她才追上的。可女人说当年有什么用呢?男的对她说,你不要吵,吵散了我往二十岁找,你就要往五十岁找了。结果真的吵散了,男的真的找了个二十出头的,女的真的找了个近五十岁的。我一路看过来,真的寒心呢。最寒心的是那个女儿,刚生下来她爸爸抱着她一口一个公主,说等她十八岁要给她买辆皇冠车,可怜公主不到八岁,她爸爸就跑了。那小姑娘原来聪明伶俐,这次寒假回去,看她怎么有点呆了。男人的欲望是要有人来付账的啊!这从头到尾不到十年的事,我一路看过来,真的心寒呢,兔死狐悲呢。趁着还有十来年,有一天算一天,瞎折腾一下算了,懒得认真了,有什么意义?"柳依依听着,沉默了半天,说:"那世界上还有什么事值得认真呢,我们女的?"

11

那晚从江上回来,柳依依好几天都心情黯淡。她把苗小慧的话翻来覆去想了好久,又把薛经理的话翻来覆去想了好久,就灰了心似的。一个女孩对爱情的灰心,其实就是对世界的灰心。这灰心有点像跟世界赌气,而这赌气又有点撒娇的意味,其实是自信的,有本钱的,又是倔强不服输的。柳依依拿怀疑的眼光去观察校园里的情侣，看他们一对对情切切意绵绵，那情意千秋万代也不可磨灭似的，又觉得自己对世界其实不必那么灰心。柳依依爱想事，还喜欢往深里想，可再怎么想也是女孩子的想，终究是感性的，又是理想主义的。说到底那种灰心来自别人的经验，并不和着自己的血泪，因此是肤浅的，算不得数。那么过了十来天，柳依依心情又开朗了，想着世上总有一些不幸的女人，痴心喂狗的女人，怎么会轮到自己呢？

六月初的四级英语考试还有十来天，全年级的同学都着了魔似的，整天捧着书看。会计系也因为全校的院系竞争关系，在大门口扯出一条横幅，"离英语四级考试还有十天"，日期一天一换，催命似的。柳依依这天去图书馆，刚坐下就来了一个男孩，指了她旁边的座位说："没人吧？"不等她回答就坐下来，侧过脸朝她笑一笑。柳依依看他的笑意，跟自己有点熟似的，也跟着笑了笑。笑过以后又想不起来在哪里见过，眼睛盯着书，心中想要回忆起来，就侧脸瞟了一眼。那男孩马上侧过脸来，又笑一笑，头也难以察觉似的点了点。看他的神态越发像个熟人，至少是有过一面之交的。这么想着她又慢慢偏了头看了几次，尽量掩饰着动作的幅度，像一个小偷窥视他人的财物。每次她偏着头，那男孩接了通知似的，也偏过头来，眼神若有所询。这男孩很高，跟樊吉差不多，这是一个明显的标志，但自己却没有印象。舞厅吗？同乡那里吗？柳依依在心中反复搜索，都否定了。她把书用力翻了几页，赌气不去想，刚做出决定又用力把书合上，赌气偏要去想。想了好一会儿想不起来，心中又有一种怨气，恨那男孩既然不认识自己，那么有意味地笑干什么。她几次抓起书包想走，却还是没走，好像被一颗钉子钉在椅子上。这样心神不定地看了一晚上书，下自习的铃响第一遍时，她觉得有了充分的理由离开，把书匆匆塞进书包，动作有点虚张声势，也不望那男孩一眼，毫不犹豫地站起来，走了出去。下了一层楼,柳依依忍不住往上看了一眼,没人跟上来,她长嘘一声,像松了一口气,又像叹了一口气。

回到宿舍,柳依依把苗小慧叫到楼道尽头的小阳台上说:"今天碰到了一件怪事。"这样说了,又感到自己太把这事当回事了,这种夸张正说明自己把事情放在心上了。意识到这一点她用轻描淡写的口吻把事情说了。苗小慧说:"是个帅哥不呢?"柳依依说:"没看清,好像也还有那么高。"苗小慧捏了捏她的下巴说:"好像有那么高,又没看清,你跟我讲话还这么含着蓄着?"柳依依说:"人家是没看清嘛。"苗小慧说:"我听都听清了你没看清?我不但看清了他,还看清了你。"一根指头在她胸前戳了一下说:"你说我看清没有,你说!"柳依依说:"不知道你什么意思。"苗小慧说:"好一个冰雪聪明的小姐,今天忽然就傻了!"柳依依叫屈说:"我真的没那意思。"苗小慧掩嘴笑说:"你说的那个意思是什么意思?"柳依依说:"人家是没什么想法嘛。"苗小慧说:"这么纯良的女孩她会有什么不健康的想法?"柳依依说:"别拿我开心好吗?"苗小慧说:"好个可怜人儿,我不审你我也知道后面的一二三。"又说:"那我们说正经的吧。"柳依依:"他以后不会来骚扰我吧。"苗小慧说:"如果他以后来,那就……怎么说呢?如果他以后不来,那就……又怎么说呢?"柳依依说:"你跟我说话这么含着蓄着干什么!"苗小慧说:"我只看清你,要我说我就说你!怕只怕他以后……以后不来……不来骚扰,你,那怎么办?"柳依依说:"那正好。我就要考四级了,不想要别人来讨厌,害得我没考好,我就跟他没个完。"苗小慧说:"真的,他敢不来骚扰你,我就跟他没个完。"

第二天,苗小慧几次冲着柳依依挤眉弄眼,又嘿嘿嘿怪笑几声。柳依依指了她说:"大家来看,这个人有神经病呢。"吃了晚饭柳依依说:"去教室自习吗?"苗小慧吃惊地望着她:"去教室?我要去图书馆。"又嘿嘿嘿地笑。柳依依说:"那一起去吧。"苗小慧说:"你一个人去,还是你一个人去好,没人干扰你。"柳依依一定要邀苗小慧一起去,想证明自己没别的想法。到底有没有想法,她自己也是朦朦胧胧的。这朦胧给了她一点期待,想否认也否认不了。到了图书馆门口苗小慧说:"我去买瓶矿泉水。"不等她回答就跑开了。柳依依感到她真的是善解人意。苗小慧走了,柳依依就毫不犹豫地往那间阅览室走去,心中对自己说:"我去那儿是去惯了的,我又没做坏事,为什么要躲开?"

进了阅览室,柳依依扫了一眼,发现昨天那男生面向大门坐着,正抬头望她。她往前走,到处都是空位子。那男生把自己旁边位子上的书包挪开,轻轻努了努嘴,似乎在示意她坐在那儿。柳依依觉得到处都是空位子,没有什么理由要坐到那里去,迟疑着把书包放到了另一个位子上,书包带仍在手上抓着。那男生露出失望的表情,嘴唇的动作更明显了。柳依依站在那里想:"一个男生,又不认识的,这么示意一下我就过去了,那太没身份了。"这么想着,手却提起了书包,走到那男生身边坐下了。坐下来又有点后悔,太没身份了,简直是掉价,就跟自己赌气似的扭了头去看书,不理他的微笑。

眼盯着书似看非看好一会儿,柳依依觉得浑身都别扭,将这种不自然的状态坚持了这么久,很吃力的,就往后靠了靠身子。旁边的男生见她有了动静,稍稍凑过来悄声问:"读大二吧?"柳依依觉得刚才难受了这么久,都是他的错,没有理由不怨他,于是说:"可不可以不回答?"侧了头去看他,他正很诚恳地甚至带点谦卑地望着自己,又说:"你怎么知道?"他手指在她的书上轻轻拍了两下说:"也是过来人呢。我三年前考过的,现在读研究生了。"柳依依想着,你读研究生关我啥事,谁问你啦?偏不问他在哪读啥专业,说:"那你很聪明呀!"像表扬一个孩子似的。她为自己赢得了主动感到兴奋,至少把面子挽回来了，乘胜追击说："真的好聪明呀，都考上研究生了，天啊。"嘴唇啧啧地响了几下。"上帝啊！"那男生很认真地说："没你想的那么难呢。"柳依依轻笑了一下，想着他心眼儿倒实在，嘲讽都听不出来。这样想着心上有了优势，索性转过身子直视着他。因为怕影响别人看书，俩人说话悄悄的，头凑在一起像一对情侣。交谈中柳依依知道了他叫夏伟凯，是隔壁麓江大学的研究生，学工业自动化的。问他为什么跑到财经大学来自习，回答说是那边图书馆位子太挤了，占不到。说着话夏伟凯的一星唾沫溅到了柳依依下巴上。这样的经历柳依依以前也有过，心里总是腻得很，也不管对面的男孩是否难堪，马上抹去。可今天的感觉有点奇怪，是什么意味也有些模糊。她抬起手想把唾沫抹去，瞥见夏伟凯正看着自己，又把手放了下来。下巴上那一星点还停留在那里，感觉非常明显，意味却更加模糊起来。突然，鬼使神差地，她伸出舌头在那里舔了一下，似乎没够着，又像没舔干净，又舔了一下，口中就有了许多唾沫，像刚调制出来的鸡尾酒。含着这些唾沫不好说话，左右瞧瞧，也没地方吐掉，看夏伟凯正询问地望着自己，等着回答一个什么问题。柳依依还没来及细想，就把唾液都咽了下去。意识到这一点她大吃一惊，有点生自己的气：什么意思嘛！又说了一阵，柳依依觉得自己话太多，太投入，说："我要考了，别吵我啊。"就扭头去看书，看了一阵身子又稍稍倾过去说："你怎么突然就不说话了？"

  下自习的预备铃响了，夏伟凯一只手按着一张小纸条推过来，上面写着："我可以知道你宿舍的电话号码吗？"柳依依在上面写了"有这个必要吗"几个字，一犹豫，还是把号码写上去了，站起来，把椅子放好，嘴里轻轻地自语："明天不来这里自习，效率太低了。"夏伟凯也匆匆站起来，想跟她一起走，她以一个轻微的手势止住了他。

12

接下来几天，柳依依觉得应该有点什么事情会发生，等了三天，什么事也没有。夏伟凯越是没个消息，柳依依就越是急于向苗小慧证明自己并没把他放在心上。第四天是周末，她心中越来越沮丧，自己太相信那个电话号码了。她设想着那张小纸条的命运，是他给丢了呢，还是他根本没在意？不管哪种情况，都是可恨的，丢了可恨，不在意更可恨。她一个人独处的时候，把"可恨"这两个字用牙齿嚼碎了再吐出来，让自己听到，听到之后，觉得那可恨更可恨了，于是用力地甩着头，想把那些记忆沿着大脑的切线抛出去。这一番自我表演之后，柳依依又想着那张小纸条大概是掉了，它太小了，就那么一点点长。她右手拇指和食指张开，在左手手掌上比画了一下，想确切地记起那纸条到底有多长。比画之后她叹息地摇摇头，它的确是太小了，夹在书中很容易就掉了。她生动地想象着那张纸条在不经意中飘落在地上的状态。

吃了晚饭柳依依把小书包背在背后准备出门。吴安安望着她说："依依，今天星期五呢。"那意思是想跟她一起到哪去玩。柳依依觉得她可怜，周末也没个去处，一狠心说："只几天就是四级考试了。"就去了图书馆。上了台阶，进了大门，本应从左边上楼去那间阅览室的，柳依依偏偏从右边上楼，去别的阅览室。她不愿向自己承认是来找夏伟凯。她隐约地希望着别的阅览室都已经人满，那自己就只好往那间阅览室去了。可每个阅览室都有很多空座位，这让她心中怨气更大，就坐下来，抽出书来看，不去想夏伟凯。看了会儿书，心中越来越虚，觉得跟自己赌气毫无意义，其实是拗不过心中那种盲目的力量的。这让她感到了恐慌，觉得自己是一个陌生人。她突然想到，如果夏伟凯在那里等自己,已经等得不耐烦,等得灰心失望,正准备离开呢?这个想法在她心中亮了一下,她马上站起来,抓起书包就往外面跑,边跑边想象着自己在那阅览室门口跟怨气冲冲往外走的他撞了个满怀。到了门口,她镇定了一下,慢慢走进去,几十个人看得清清楚楚,他不在。柳依依心里非常失望,马上转了出来,在走廊上转了个弯,在黑暗中停了下来。这时她觉得自己清醒过来了,如梦初醒似的,这几天自己简直就是发热病,自作多情!还迫不及待地告诉苗小慧呢。下楼时她跺着脚恨自己:"羞耻,羞耻,羞耻!"

　　柳依依在校园里没方向地走了一阵,觉得去哪里都不合适,都找不到心灵到位的感觉。黑暗中一辆单车冲过来,丁零丁零地响着铃。她停了一步,单车掠了过去,一阵风在她脸上一闪,吓了她一跳。骑车的人丢下一句:"长眼看路!"就远去了。柳依依觉得非常委屈,就差那么一点就被撞着了,还要挨骂,什么道理!委屈之后又恨恨起来,朝着单车消失的方向嚅动着嘴唇,自己也不明白在说些什么。又觉得苗小慧可恨,到周末总是这样不明不白跑掉了,还有吴安安也可恨,居然想要自己陪她去跳舞。这样想着,她嚅动着嘴唇,似乎在说些什么,又似乎是想骂人,可自己也不知道到底想说什么,又到底想骂谁。恨着恨着她下了决心,马上就跳舞去,疯疯地跳一晚,还来得及赶上上下半场之间的迪斯科。这时她忽然明白了自己,恨了这个恨那个,其实真正恨的还是夏伟凯,别人都是由于他可恨才变得可恨的。

　　回到宿舍,吴安安捧了一本书歪在床上发呆,柳依依怕她缠上自己,丢下书包自言自语:"老乡他们在那里等我。"就出了门。到门口吴安安说:"哦,哦,刚才有人打电话找你呢。"柳依依觉得有了点什么盼望,紧张的心马上松弛了许多,转回来说:"是谁呀?"吴安安说:"他没说。"柳依依特别想知道那人是男是女,又不想让吴安安察觉这一点,就说:"他说了什么没有?"吴安安说:"是个男的。"柳依依吃了一惊,吴安安答非所问,倒好像知道自己的心思似的。她想做出满不在乎的神态,可实在抵抗不了知道谜底的诱惑,说:"听声音是二十多岁还是四十左右?"

这时电话铃又响了,吴安安说:"又来了,你自己问他几岁吧。"柳依依想着应该做出从容不迫的姿态,响了三下还没有接,心想响到第六声时再接。可响到第四声,她心里就发虚了,现在,自己是太需要一个电话了。电话是夏伟凯打来的,柳依依说:"怎么才打电话来呢?"夏伟凯在那边啊呀啊呀好几声才说:"啊呀,那张记了号码的纸找不到了,我到处找,还跑回到你们图书馆去找,我以为找不到了,都绝望了。刚才不留神又在本子里发现了,啊呀我高兴呢,比哥伦布发现了新大陆还高兴。对不起啊。"柳依依憋了一肚子气,本打算狠狠地抱怨几句,听了这番话,怨气一下就消掉了,还仿佛看到了他急得满头大汗的样子,嘴里仍说:"你可能是要记的人太多了,纸条也有那么几十张,都搞混了,不知道谁是谁了。"夏伟凯又急急地解释一番,有点语无伦次,那样子倒像被柳依依说中了似的。解释了半天,夏伟凯提出要见她,说:"我马上骑单车到你们楼下来接你。"柳依依说:"我住在学生四舍,就是……"柳依依描述一番,觉得没讲清楚,谁知夏伟凯说:"就是篮球场北边那一幢。你过十分钟就下来啊。"柳依依心里很乐意,但她毕竟是柳依依,还有几分冷静,一个刚知道名字的男生,这么说一句就答应了他晚上去约会,那太没身份了,于是说:"我约好了到老乡那里去,他们在等我,都等急了。下次再说吧。"她觉得自己说得很得体,既守住了身份,又留下了空间。夏伟凯还反复地劝她,他越劝她,她就越放心,也更坚定了自己的想法。放下电话,她发现自己憋了几天的怨气一点都没有了,甚至觉得对不起他。他那么诚恳地要来接自己,自己却让他失望。想到来接自己这件事,柳依依突然意识到了问题,他怎么那么准确地知道四舍的位置,而且要自己"下来"？既然知道，在门口等着不就等到了吗，还急得要命到处找那张纸条？柳依依对自己提出了一连串的问题，越是清醒问题越多，问题越多越是糊涂。她恨不得不理他，一开始就有问题，将来问题还不知多少，又恨不得马上找到他，问个水落石出，不然心这么悬着，像一桶水，被搁置在一口深井的中间。柳依依等了五分钟，希望着电话铃又一次响起来，忽然发现吴安安正若有所询地望着自己，马上一拍手说："哎哟哟哟，老乡还在等我呢，他们会骂人了。"就跑了出去。

13

柳依依把事情想得非常复杂，非常神秘，在夏伟凯这里却非常简单。半个月前，他到财经大学来找一个熟人，在木兰路偶然看到了柳依依。那是一个周末的黄昏，柳依依把书包背在背后去自习。夏伟凯漫不经心地走着，忽然觉得前面这女生书包上缀着的小酷狗很有意思，随着主人的步态一弹一弹地颤动。他走近了几步，想把小酷狗看得更仔细些，把绒毛的质感也看清了。不知怎么一来，他又注意到了那个深蓝色书包，还有女孩会在周末背着书包去自习，这让他感到好奇。好奇之后觉得她有点可怜，肯定就是那种在情场竞争中被淘汰的，而唯一可能的理由，就是缺乏魅力。这样想着他放慢了脚步，以最佳的距离去观察她，惊奇地发现她的身材相当的好，属于惹人想入非非一类。那剩下可能的解释就是长相惨不忍睹了。怀着被自己激发出来的好奇心，夏伟凯加快了脚步，从柳依依身边走过，侧着头瞟了一眼，走过了又回头瞟了一眼。瞟了这两眼他心里动了一下，迅速调整了自己原来的结论，这女生是属于眼界特高那一类的，正因为这眼界，把

夏伟凯漫不经心地走着,忽然觉得前面这女生书包上缀着的小酷狗很有意思,随着主人的步态一弹一弹地颤动。

自己和其他男孩隔开来了。柳依依对别人观察自己浑然不觉，有人回头望一眼也早就习以为常。夏伟凯在心动之后就有了个想法，熟人也不去找了，跟在柳依依后面进了图书馆。

那天晚上他一直远远地守着柳依依，隔着几张桌子，从斜侧面去看她。一直等到下了自习，他看见柳依依站起来，把椅子轻轻送到桌子下，心中一阵感动。这女孩动作优雅，教养也这么好，这一瞬间他的心动变成了一个决定。他一直跟在她后面，看着她回到四舍，上了楼，才放了心。

以后几天他摸清了柳依依的行踪，在图书馆找到了接触的机会，又得到了电话号码。回到宿舍他就把事情向同学们公开了，讨教下一步行动的策略。一个叫老鱼的同学给了他一个建议，要他缓几天再打电话，让最初的触动在对方心里充分发酵，发酵后自然就会变成一种饥渴。似乎是消失了，却再一次出现了，失而复得的惊喜本身就值得珍惜。夏伟凯本来有些迫不及待的意思，可还是接受了老鱼的建议。忍了几天，才打电话过去。柳依依第一句话就是"怎么才打电话来呢"，他觉得鱼哥料事如神，她有怨气了，这怨气正是感情发酵的结果。他按着事先跟老鱼商量好的，说纸条找不见了。可接下来的情况又叫他糊涂了，本来想着顺理成章把她约出来，可她拒绝了。这拒绝伤了他的自尊，自己是何等骄傲的人，还没有被女孩拒绝过的历史记录呢。放下电话闷闷地想了半天，一会儿觉得放弃算了，一会儿觉得放不下来，最后想起柳依依放椅子的那个动作，忽然明白了自己真实的想法。等老鱼回来，夏伟凯向他讨教。老鱼说："真迷住你了？"又说："她要你下次再说，你就下次再说。女孩开始总是要拿一拿身份的，这点身份感都没有的女孩，省心是省心了，一碗白开水，喝几口你就没意思了，送给你白喝你都觉得寡淡的。"

"下次"该是什么时候，夏伟凯晚上想了很久，觉得至少应该是三天之后。第二天清早,他又改变了主意,决定"下次"就在今天。下午正好有一场跟财经大学研究生会的篮球赛,自己要上场的,这是个机会。电话铃响起的时候,苗小慧接了,平时樊吉都是这个时候打电话来的。一听是找柳依依的,就把话筒从蚊帐中伸出来,递给上铺的柳依依,又把头探出来诡秘地笑了笑。柳依依接了电话说:"我下周一就考四级呢。"不肯去。夏伟凯又劝了好久,几乎是恳求了。柳依依心里本是想去看看他在球场上是什么样子,这又有了足够的主动性,在同学面前又有了面子,就说:"下午心情好,就稍微来一下。"

　　下午柳依依早早就去了,想占一个好位置。到了才发现没有多少观众,球场的一圈都没站满。夏伟凯正在热身,东张西望,看见了她,就跑过来说:"谢谢你来看我。"柳依依看他穿着运动装,比平时更潇洒,更有了认可的感觉,嘴里说:"以为我来看麓江大学的吧?我是来给财大加油的呢。"夏伟凯说:"等会儿我打得他们哇哇哭,你别哭啊。"就跑开了。球赛开始后柳依依拼命给财大加油,因为财大的观众少,柳依依以一当十似的拼命喊,也不顾喉咙会不会哑。财大队每进一球,她就用力鼓掌,手都拍痛了。其实她平时对篮球毫无感觉,今天的激动完全莫名其妙,自己也无法理解。她喊着嚷着,眼睛却盯着夏伟凯。夏伟凯每进一个球,就朝她这边望一望,竖起大拇指表扬自己,她马上偏了头,表示没有看见。下半场打了一半的时候,财大一直领先,柳依依非常兴奋。在最后几分钟,柳依依突然发现自己的心情变了,不知道该为谁急为谁兴奋才好。犹豫了几分钟,她发现自己真正担心的还是麓江大学,就对夏伟凯做了加油的手势。夏伟凯点点头,突然大发神威,连进三球,柳依依拍手喊好。叫过几次,又猛然省悟自己扮演错了角色。可是情况紧急,她也顾不得了。最后四十秒麓江大学还差一分,柳依依被一只无形的手扼住了喉咙似的,有点喘不过气来。这时夏伟凯得球了,柳依依憋着一口气,心都提了上来。球又传了出去，不到一秒钟又传回到夏伟凯手中，只见他起跳，投篮，球在篮筐上弹了一下。柳依依闭上眼不敢看，心里痛苦地抽搐了一下。这时终场的哨声响了，有人在欢呼，柳依依想判断是哪边的人在欢呼，听不出来，就鼓起勇气睁开了眼，看见夏伟凯腋下夹着球，憨憨地笑着向她走来，额上短发立起来，有一点点翘。她问："哪边赢了？"夏伟凯说："你没看见？肯定是我们呀。"柳依依说："刚才那个球进去了？"夏伟凯露出明显的失望说："我进的，你没看见？我，我啊！"柳依依说："人家生怕它进去了，好讨厌的，早知道有这么讨厌，我今天就不来看了。"夏伟凯说："我今天表现太好了，你知道我为什么能表现这么好吗？"柳依依说："关我什么事？不想知道。"夏伟凯说："就知道你知道，知道就好。"

夏伟凯请柳依依吃晚饭，柳依依想着明天就考四级了，心里着急，又一想有好多问题正想问他呢，就决定留下了，嘴里说："我明天考四级呢。"等着夏伟凯来劝她。谁知他并不像前几次那样来劝她，说："那还是你考试重要，下次再耽误你吧。"柳依依想着，这人倒也实在，问道："你们一餐饭要吃很久吗？"

柳依依在学友餐馆等了几分钟，夏伟凯就洗了澡，换了衬衣来了，看他穿戴得整整齐齐，还打了领带，心里很满意，嘴里却说："学生打什么领带呢，走在校园里很滑稽的。"夏伟凯说："那要看要见的人是谁吧。"柳依依心里很爽，说："我哪有那么重要啊。"夏伟凯点了几个贵一点的菜，每点一个柳依依都说："不要，不要。"心里还是很满意他的姿态。夏伟凯说："将来你肯定很会当家的。"柳依依不接他的话。他又说："我发现你很善解人意。"柳依依说："那你心里想着点一份冬瓜一份南瓜就好了，说对了吧？"夏伟凯说："现在是学生，将来咱们专进大店，专点贵的。"柳依依说："谁知道？"

两人吃着说着，先说到自己，又说到同学。说到同学都是无拘无束的，说到自己却有点小心翼翼，像进入了雷区的战士。夏伟凯几次想把两人打通了来说，往深里说，柳依依都机巧地绕开了，只限于图书馆和球场上的情节。她舀了一小碗汤，喝了几口说："太油了。"夏伟凯把汤端了过去，一口喝了，把碗递给她说："要换个碗吗？"柳依依犹豫了一下，说："没事。"她觉得自己很奇怪，平时是很讲究的，别人用过的碗就会有心理障碍，跟苗小慧这么好，也都没有突破过这条界线，想不到今天这么容易就接受了这个事实。她笑了一下说："太奇怪了。"夏伟凯说："这奇怪吗？没缘分天天在一起没一点感觉不奇怪，有缘分望一眼就有了感觉也不奇怪，都是命中注定的。"柳依依觉得"缘分"这两个字的确很能说明自己的心态，可她不想这么快就承认他给两人关系定的位，甚至想反抗这种定位。她把事情看得太神圣，而神圣是不能在一瞬间就轻易达到的。她需要障碍，把它克服，那是一种证明。如果没有，就要制造出来，以完成这个证明。她说："说不上。"低头吃菜，装作对他的话没有引起特别的关注。

饭菜都吃完了，连碗都被收走了，邻桌的人都换了两三批，他们俩还在说话。柳依依几次说到要走，明天就要考四级了，可还是坐着没动，心里舍不得眼前这点时光。天黑了她突然站起来说："真的要走了。"用力拍了一下桌子，像给今天的会面画了一个句号。夏伟凯在黑暗中把单车推过来，扶她在后面坐好。骑起来柳依依身子在晃，夏伟凯说："你抓住我。"她不知抓哪里才好，光是抓了衬衣，一点都不得力。夏伟凯说："抓住我。"把"我"拉长了做了强调。柳依依慌乱之中搂了他的腰，马上又缩回来，两根手指抠紧了他的皮带。她的手指贴在他的腰上，有一种灼热的感觉，像导体通了电似的，这是她在那些舞会上从来没有体验过的感觉。这一天她想说的话都没有说，不想说的话却说了很多。她拒绝着，没有让一种默契得到确认，这种拒绝其实是一个女孩竭尽全力的求索。

14

考完英语四级柳依依松了一口气。吃过晚饭，她感到心里有点异样，开始没有在意，打算按计划跟苗小慧到卡拉OK唱歌去。渐渐地那点异样的感觉变成了一种焦虑，好像在身体中某个无名的神秘角落，有一种能量源源释放出来，聚集在胸口。明确地意识到了这一点她吃了一惊，马上想到英语四级可能有什么问题，考得不像自己预想的那么好。她想静下心来把下午考过的题目回想一遍，可心里乱糟糟的像长着草。把勉强回忆出来的几个题目跟吴安安对了一下，还不放心，又跟苗小慧对了一下，都没有错，就放心了些。可这样焦虑并没有缓解，反而越来越沉重了，在胸口形成了一个明显的郁结。这种莫名其妙的感觉是从来不曾有过的，当她再一次去认真辨析是怎么回事时，她突然明白了，自己一点都不想去唱歌，而是想见到夏伟凯。明白了这一点她感到羞愧，甚至有点恨自己，对一个刚认识的男人，怎么能这样呢？她想对自己心中的愿望置之不理，先是找了两件衣服到水房慢慢搓洗了，又爬到床上去整理，把毛巾被叠得整整齐齐，盘腿坐在床上，更加强烈地感觉到了胸口的郁结，那是物质的、肉感的、圆形的，有着明显的边缘。她不想向这种愿望屈服，就斜了身子对苗小慧说："你看镜子里的你，好漂亮好漂亮好漂亮的啊，要我是你我就会爱上我自己，就要明目张胆地自恋，理直气壮，所向披靡！要我是樊吉我根本睡不着，退了学整天在你床边守着。"苗小慧说："樊吉真的不放心，他后悔得要命。"柳依依说："他后悔什么？"苗小慧说："后悔不该那样，你知道的，现在就要他亲自来守了。当时要他别那样，他一定要，后果自负了吧？"

唱着歌，柳依依觉得没一点意思，歌曲乏味，在场的同学乏味，那几个男生尤其乏味。他们看柳依依提不起兴趣，很关切地问她怎么了，柳依依应付地挤出一个笑说："四级把我考趴了。"栾劲一年多来总想找到跟她接近的机会，这时走过来说："吼一嗓子宣泄一下，精神就回来了。"讨好地要帮她点歌，还要跟她对唱。柳依依觉得烦，勉强笑了说："喉咙不舒服。"似乎为了证实，又摸了摸喉咙，干干地咳了几声。她把眼前这几个男同学逐个打量，放在心中揣摩，觉得他们没有任何一个人在任何一个方面可以跟夏伟凯相比，就是樊吉也不能比。樊吉高大，搞运动，可夏伟凯也高大，也搞运动，他还是学理科的呢，研究生呢。优势是那么明显，这也是她的心理优势。栾劲在唱"妹妹你大胆地往前走"，头深深地低下去，很投入的样子，不时地往她这边瞟一眼，看她注意了自己没有，似乎在期望着她的感动。柳依依觉得他的姿态不对，声音不对，什么都不对。她装着有所触动的样子，把头似点非点地点了两下。栾劲受到了鼓励，身体有了更夸张的抒情幅度，眼神也有些飘，意味深长似的，好像在传递神秘的信息，这是专为她一个人的表演。柳依依不想表示有什么特别的兴趣，趁他看着电视屏幕，把头转过去凑在苗小慧耳边说话。栾劲唱完了，望着柳依依，若有所失的样子。

　　柳依依终于觉得无法再待下去，用手抚着额头。苗小慧总算注意到了她这个特别的姿势，问她怎么了。柳依依心里感谢她的敏感，说："突然头就晕起来了，心里也有点憋闷。"苗小慧说："包厢里待久了是有点闷。"提议陪她出去走一圈，栾劲也自告奋勇要陪她。这热情让柳依依感到焦急，说："你们唱，你们唱。"只好坐着不动，怕扫了大家的兴。又坚持了一会儿，柳依依突然站了起来，跨了一步，又退回来坐下，对苗小慧说："你们唱啊，我可能要去看看医生。"就出去了。出门走了不远，栾劲追上来说："依依你去哪里，我送你好吗？"是乞求的样子。柳依依心里着急，几乎生硬地说："就在这边走走，好想自己安静一会儿。"栾劲顽强地说:"让我陪你安静安静好吗?"又说:"依依,你看,这一年多了,我心里,是吧?我……我喜欢……你。"柳依依说:"我没有觉得自己有哪点好,不值得别人喜欢。"栾劲说:"你哪点都好,我真的,心里……你哪点都好。"柳依依快步往前走说:"没觉得我有哪点好,没点感觉。"栾劲快步跟上说:"你好,你就是好,我把你当作……"柳依依心里烦得不行,猛地站住说:"我到底有哪点好,我改了还不行吗?"栾劲半张着嘴呆住了。柳依依说:"对不起。"一路小跑走了。

走到路口,柳依依站住了,不知该往哪个方向走。向右是回宿舍,向左是去麓江大学。她本能地向左转,但一想自己显得那么急迫,那合适吗?再说,到哪里去找他呢?她奇怪自己刚才在包厢怎么没想到这些问题。柳依依后悔了,不该出来的,现在只能回宿舍了。快到大门口时,看见一个高个的人在东张西望,那不是夏伟凯吗?柳依依走过去说:"你来干什么?"夏伟凯这才看见柳依依,说:"你回来了!"跨上一步要把她抱着举起来似的,双手伸过来凌空一举,"打电话说你不在,唱歌去了,我就赶过来在这里死等,你总有一天要回来的吧。想进去看看,传达室的阿姨死也不肯,是不是我长得像个坏人?"柳依依感动了,说:"你等了多久?是刚来的吧?"夏伟凯急急地说:"都有一个多小时了。"边说边用右手把左手的指头挨个数过去,好像那一个多小时在手上似的。

夏伟凯推着单车,柳依依跟着他走,心里很踏实,焦虑也明显缓解了。她很感激夏伟凯来找自己,又等了这么久。她想着在自己最需要他的时候,他竟然也最需要自己,竟然还跑到门口来傻等,而自己竟然中途出来,又回了宿舍,好像有什么神奇的力量做了安排。这是凑巧吗?缘分啊缘分!有了缘分才有这默契,除了缘分就再不可能有其他解释了。

夏伟凯骑了车沿着江边跑,柳依依说:"到哪里去?"夏伟凯说:

"那边，这边人太多。"柳依依说："人多怕什么，又不做贼。"夏伟凯说："人多太热闹。"到了一片树林边，他把车停了，很自然地牵了她往里面走，一边说："小心摔着。"柳依依觉得很温暖，自己也有人关爱了。她突然又意识到了什么，说："我不会摔的。"用力想把手抽回来，他却把她的手攥得更紧。柳依依觉得他现在还没有这么大的权利，可他既然行使了，她也就接受了。她有点心跳，这跟跳舞时手被男生抓着感觉完全不同。

树林中有一些椅子，坐的都是一对对的恋人，微光中看得出他们亲昵的姿势，见有人走过，也若无其事。柳依依说："这个地方不好。"夏伟凯也不回答，牵着她转来转去，总算找到了一张椅子。坐下后柳依依把手抽回来说："这个地方不好。"夏伟凯说："怎么不好？很多故事都是从这里开始的呢。"柳依依说："太黑了。"夏伟凯说："黑才好呢，难道到聚光灯下去？"柳依依扭着身子说："黑不好，黑就是不好。"

黑暗中柳依依看不清夏伟凯的脸，但闻到了他身上的气息，似乎是汗气，却有着一种迷醉。两人说着话，不知怎么一来，话题就转向了缘分，说了半天都是在说同学的故事，与他们自身无关似的。好几次碰到了边缘上，又被柳依依拉开了。绕了几个圈，两人都感到，非要回到这个中心地带来不可，绕不开的，否则太难受了。终于夏伟凯说："你不觉得我跟你就很有缘分吗？"柳依依感到否定不行，可肯定更不行，说："那也不知道是哪一种缘分呢。"夏伟凯马上说："就是那一种。"那一种到底是哪一种，没说清楚，可比说清楚了还要清楚。柳依依想逼问一句，那一种到底是哪一种，可那又太装傻了，太矫情了，而且还有催促表态的意思，就含糊说："不知道。"想着前面讨论了半天，都是为后面做铺垫的，就像一个有默契的精心设计。夏伟凯说："我心里把你当作自己的女朋友了。"柳依依心跳得快，没想到他这么快就把这话说了出来，本来还以为要绕来绕去绕多少个圈才能绕到这个分上呢,她说:"不知道。"夏伟凯把身子移了过来,一只胳膊搭在她肩上说:"现在知道了吗?"柳依依肩动了几下,想把那只胳膊甩下来,但没甩下来,就不动了。这样沉默了一会儿,柳依依想着事情来得太突然,虽然是愿意的,还是太快了,太突然了,爱情的崇高被贬低了。她又抖了抖肩,那只胳膊顽强地停在那里。柳依依怕他难堪,没有勇气做进一步的反抗,说了声"讨厌",就不再抖动。

月亮特别的亮,亮得发白,像黑夜里的太阳。月光从树影中流泻下来,把地上的小草都照得清清楚楚。无数的小虫组成了无休止的鸣奏,像各种乐器的和声,配合得恰到好处。突然间会有几声鸟叫从这鸣奏之中一跃而出,像一个悲怆的强音,带有警醒的意味。柳依依低着头,看着脚下的树叶、小草,最后目光在那双运动鞋上停住了。她呆呆地望着那双鞋,鞋在月光下显现出清晰的面目。她想象着一双男人的大手怎么去穿好鞋带,又怎么打出这样的蝴蝶结,然后一拉,系紧。又想到穿着这双鞋的男人,自己刚认识的,现在正搂着自己。虽然是小心翼翼的,带点羞涩地搂着,可毕竟还是搂着,那条搁在她肩上的胳膊,越来越有了灼热的、物质的意味。这样静默了一会儿,柳依依说:"可以了吧?"夏伟凯说:"还早呢。"问得非常模糊,答得也非常模糊。柳依依不知他是真不理解呢,还是故意答非所问。她把肩抖了几下,觉得信息已经够明确了。夏伟凯说:"冷吗?"把身子又往她这边靠了靠。柳依依又把肩抖了几下,幅度更大说:"你又不傻。"夏伟凯说:"因为我不傻,所以我不傻。"说着把头一偏,脸贴紧了柳依依的脸。柳依依想躲避,头却被那只突然变得坚强的胳膊固定了。她说:"还早呢。"他说:"不早。"她说:"就是早,就是早!"拒绝之中带着娇嗔,倒有了允诺的意味。他说:"就是不早,就是不早。"嘴唇就堵在她的唇上了。她把牙关咬紧,发出含混的呜呜之声,身子也往后靠去。他身子前倾,几乎压在她身上,舌尖用力地拱着,想把她的牙关拱开。她终于张开了嘴,想用舌头把他的舌顶回去,反被他用力一吸,吸了过去。柳依依挣扎着说:"我的舌子!我的舌子!"突然失去了反抗的愿望,含糊地说着"太早了,太早了",就由他去了。

过了好一会儿,柳依依喘息着说:"那我问你,你怎么知道我住在学生四舍,还住在楼上?"夏伟凯哼哼哈哈一会儿,把事情从头到尾细细说了。柳依依说:"我就知道那张纸条没丢。"夏伟凯说:"真丢了我也能找到你,我天天到图书馆门口去等,到四舍门口去等,在头发等白之前,总有一天会等到你吧。"柳依依感动了,身子前倾了一点,夏伟凯得到了这个明显的信号,把她抱起来,放在膝上,柳依依一只手弯在他的脖子上问:"你干吗喜欢我?还有那么多好女孩呢。"夏伟凯说:"你好可爱。"柳依依说:"你知道吗,对一个女孩来说,可爱是最低层次的评价,可怜,无人爱。跟你讲真的,今天是我的初吻,我守了好几年,没想到献给你了。"夏伟凯说:"我知道,知道。"柳依依说:"你怎么知道的?"夏伟凯说:"我当然知道,反正知道,没法装的。"柳依依心里震了一下说:"难道还有什么不同吗?"问得含糊而温柔,却又明确而尖锐。夏伟凯顿了一顿说:"谁知道呢?不知道啊,不知道。"柳依依心里有点难过,想追问下去,但问了只会使自己更加难过。叹了口气,她说:"我还不知道你是不是个好人呢。"这既是进攻,又是逃避,说着她双脚着了地,从夏伟凯身上移开,"我真的不知道。"夏伟凯急急地说:"怎么不是好人?"双手上下拍打着身子,拍得啪啪响,"哪点不好?看哪点不好?"柳依依说:"算了。"就抬起头去看树影,看月亮,心想着今天的柳依依不再是昨天的柳依依了,有点悲哀。哪怕只是接个吻吧,不算回事,校园里经常看得见的,可对自己算得上惊天动地的大事,这么轻易就完成了,心有不甘似的。看看月亮在树影后面飘忽不定,想着今天除非自己不来,来了这事情就在等着自己,绕不过去的,简直就是万事俱备的,又是天衣无缝的。

15

　　柳依依想，第一关就这样被突破，太快太轻易了，与自己的想象完全不同。本来想着应该有万水千山的距离，又有惊天动地的意味，都没有，神圣和神秘没有得到隆重的证实。第一步就这样迈了出去，那就算了，难道还能退回来吗？以后还有很多关口呢，就不能如此轻率了，还是慢慢来，慢慢来的好。

　　可是到了月光下面，这些筹划一点用都没有。问题是她爱他，他有令女孩心动的一切，她不能不爱，也没有理由不爱。可这爱总得用身体的亲密来证实，不然就有着一个明显的缺口。柳依依每天都想见到夏伟凯，如饥似渴，不见不行。两个人每见一次面，感情就往前走一步，身体也往前走一步，势如破竹。柳依依早就知道谈恋爱不光是用嘴来谈的，因此也就特别慎重，放弃了很多机会。她不愿像有些女孩一样，若无其事地从不同的男人怀中滚过，那太下作了，也太辱没了爱。她们把自己的经历真真假假地讲给每个男人听，那是讲故事；把肉麻的话也讲给每个男人听，那也是讲故事。会讲故事的女孩很多，苗小慧就是一个。她两边讲着故事，都天衣无缝。柳依依不愿讲故事，不会讲故事，也没必要讲故事。故事一开讲，情义就成了预设的表演。苗小慧会表演，柳依依不会。正因为不愿也不会表演，柳依依跟男生交往特别谨慎。可这谨慎到了夏伟凯这里，失效了。柳依依有了经验，夏伟凯每次说"太热闹了"，就会把她带到僻静的地方去，去了之后就会有新的请求。柳依依有一点反抗，每次都表示不去，说那些地方蚊子太多，咬人。可经不起夏伟凯的劝说。他说："爱情是私人的事情，要有一个私人的空间。"他说得有道理，柳依依不得不听。而且，在月光下面的反抗也显得有些矫情。既然抱着了吻着了，别的过程似乎顺理成章。除非自己不走第一步，走了第一步就没法确定界线在哪里。柳依依明白了界线不在衣服，也不在身体的哪个环节，而在思想。既然嘴里说着爱，身体就没法不爱。柳依依也明白，这些过程一步步都要走下来的，可她不想走这么快。她跟夏伟凯明说了，他也答应了。可答应是一回事，临场发挥又是一回事，柳依依的设想总是落了空。

　　月光是理由、树影藤风是理由，蝉鸣鸟叫更是理由。每一次设想落空，柳依依就为自己找了这些理由。那天晚上形势有点紧张，柳依依按照原来的预想，再也不能发展下去了，就把自己夹紧了，双手也护在小腹上，嘴里求饶说："别啦，别啦。"夏伟凯不作声，一边吻她，一只大手特别地顽强、执着，一点一点地往下，爬行着，蠕动着，见缝插针。僵持了一会儿，两人都不退却。夏伟凯嘴得了空说："我们看月亮啊。"又说："听鸟叫啊。"自己却不抬头，双手在活动，嘴也在活动，埋头苦干的样子。柳依依说："下次吧，下次吧。"夏伟凯含糊地应着，另一只手又从后面偷袭。柳依依防不胜防，就放弃了。放弃之后觉得刚才的坚守没有什么特别的必要，他给予的也正是自己需要的。夏伟凯说："要是我是柳依依就好了，我天天这样抱自己，爱抚自己，一天爱个二十五小时就差不多够了。"柳依依喘得不行，心里也是一片潮湿，说："为什么……在一起……要这样？"夏伟凯说："为什么不？谁叫我是男人，你是女人？"柳依依觉得这不是理由，天下男人多了，女人也多了。她有点不高兴，就不作声。夏伟凯马上悟到了自己的错误说："这不能怪我，都怪你。"柳依依说："自己这么坏还怪我？"夏伟凯说："都怪你，谁叫你这么水灵这么可爱呢？说到底要怪你爸爸妈妈。"柳依依用拳头捶他的胸说："又是可爱！又是可爱！"夏伟凯道："我总不能说你不可爱吧，那太不实事求是了。我在心里把你当作圣女呢，初吻都给我了，这年头到哪里去找？"柳依依说:"还不止初吻呢。"夏伟凯说:"那还有初……初,怎么说才好呢?"停下的手又活动起来,"什么时候把这也给我算了。"柳依依说:"你别跟我说这些话,小心我生气了!你怎么这么讨厌!"夏伟凯说:"有个人讨厌是你的福气。不然你现在正躺在宿舍的床上,望着天花板发呆。"她说:"你知不知道自己很讨厌?就怪你,怪你,害得人家身上一点隐私都没有了。"

  月光穿过树叶照在他们身上,有流泻的动感,又有金属的质感,柳依依甚至还感到了脸上有一种清凉的温热。她奇怪自己为什么从来没有这么细致地去体验月光。树影落在夏伟凯的脸上,朦朦胧胧,似有似无,柳依依有一种不知今夕何夕的感觉。她想:"这就是我啦,这就是他啦,这就是我们啦。"思绪要往时间深处飞,却想不清是往过去飞呢,还是往未来飞。她心中有了一种感动,觉得这月亮就是一个最可靠的见证。她问:"你在想什么?"希望他跟自己有同样的体验。夏伟凯说:"想你。"这个答案很实在,可又太平庸,不该在此时此境来说。她说:"你说几句生动点的话好吗?骗我都舍不得骗。"夏伟凯说:"叫我怎么说?我的心里很膨胀的,只有一个你在里面,都放不下了。"柳依依说:"听着像假的似的,不过比可爱还是好听一点。"夏伟凯急了说:"还要怎样才是真呢?还要怎样?"他解开衬衣,把胸口拍得砰砰响说:"你看呀,你看!"把她的头搂过去,让她的耳朵贴着胸口,"听到没有?"柳依依静听了一会儿说:"听是听到了,听不出真假。"夏伟凯说:"要怎样才证明呢?剖开看好吗?"柳依依说:"那我问你,你的初吻献给谁了?"夏伟凯说:"怎么想起问这个问题?"柳依依说:"是个女孩都会想。我看你很有经验,你说真的,我不生气。"夏伟凯叹气说:"问这么仔细的问题干什么呢?没什么意思吧。"柳依依用力把他的手抽出来说:"我知道了,我已经知道了!"夏伟凯哭丧着脸说:"我又不会撒谎。我们向前看好不好?"柳依依说:"我知道了,我已经知道了!"她觉得一张门忽然打开了,里面还有很多不敢窥视的秘密,自己怎么从来就没想过这个问题?夏伟凯慌了说:"你别胡思乱想,自己吓自己。我自己都不知道,你知道什么?"说着轻轻摸她的头。她把头偏开来,他的手又跟了过来,如此几次,她就不闪避了,让他去。柳依依觉得自己太没有志气了,他这么抚摸几下,自己心中的怨气就迅速消退,刚才想着会有一场大风暴,现在只有微风细雨了。她对自己又恨又怨,又怨又恨,突然站了起来说:"我走了。"心里清楚,这不是跟夏伟凯赌气,而是跟自己赌气。上了马路,柳依依越走越快,夏伟凯推了单车一声不响地跟在后面。柳依依说:"你跟着我干什么?"夏伟凯说:"宪法也没规定不能跟着你。"柳依依说:"讨厌。"夏伟凯说:"这个厌没法不讨,不但今天讨,明天讨,还要天天讨,月月讨,年年讨,海枯石烂讨厌到底。"柳依依说:"女人好蠢啊,她们选择性地失聪失明,不愿看见听见的都看不见听不见。"夏伟凯说:"那是她们的生存智慧。"她说:"我不智慧。"他说:"你智慧。"她说:"我就不智慧。"他说:"你就智慧。"她说:"讨厌。"他说:"还要讨一辈子的,没办法,实在是没有办法。"柳依依觉得这又是一个承诺,而且是比承诺更真实的承诺,就说:"知道人家心里委屈,你就不会说几句好听点的话安慰人家一下子呀?"夏伟凯把她推到路边,吻她说:"这样安慰,人家会愿意吗?"她的头埋在他胸前,突然,呜呜地哭起来。

16

事情完全不按柳依依想象的那样发展,这让她有点不安,也有点惭愧。她原来想,自己的爱情应该是像简·爱和罗切斯特那样的,缓慢的，优雅的，从容不迫的，绅士和淑女般的，在精神上渐渐靠近。可现在吧，自己的设想一点都没实现，完全被夏伟凯裹挟着走。每次见了面，就要亲密亲密，突破突破，是急峻的、粗俗的，如饥似渴的，总之是身体在这里扮演着主角。在不安中柳依依对夏伟凯提到了简·爱，意思还没充分表达，就被他打回来了："那是什么年代的故事啊。"她觉得这不是理由，可又是最充分的理由，自己都被搞糊涂了。柳依依想，不能再往前走了，再亲密亲密突破突破就到底了，她不愿意就这样走到底。本来柳依依还有着一种骄傲，觉得别人的爱情都太俗气了，真的就那么急不可耐吗？欲望在这里充当主角吗？羞、俗、丑。可现在自己也不例外，骄傲不起来了。因此她不愿跟别人深谈自己的爱情，跟苗小慧也隐瞒了许多细节。她不说，苗小慧也不深究，只是盯着她意味深长地笑笑，笑得她心里发虚。

　　可柳依依并没有因此而怨恨夏伟凯。怨恨是有的，就在每次被突破的那个瞬间，可事后想起来倒有撒娇的意味，怨恨是苍白的、矫情的。不但不怨，还爱得很，夏伟凯不来电话，她就着急，心中有一块明显的空缺，占据着很具体的空间。有时候她对着电话也有那么一番表演，"我不……我要……呀呢……"一边下意识地扭着身体，闲着的那只手也一晃一晃的，好像夏伟凯就在对面。意识到自己对着话筒发嗲她有点羞怯，可闻雅和苗小慧只是挤着眼笑笑表示理解，她的羞怯就消失了，下次还那样。这也让她明白了以前的骄傲清高没有依据，像一个公主突然发现自己的生母并不是皇后，而只是一个下等的宫女。每次打完电话，她就偷偷地把自己认为精彩的那些话记在一个专门的笔记本上。夏伟凯说了"我想你想到半夜睡不着""你是我心中唯一的女神"，她就记成"他想我想到半夜睡不着""我是他心中唯一的女神"。记下之后又忍不住点评几句，诸如："这是他心里真实的感受吗？我相信是的。"等等。记了有几十条了，她有时就斜靠在床上一句一句地细看，脸上也陶醉了。

有一次苗小慧进来了她没察觉，还在偷偷地笑着。苗小慧手伸上来拍她说："让我们也分享一点吧。"她本能地把笔记本一藏。苗小慧说："读《圣经》，《圣经》。"这时闻雅说："前几天我男朋友写信来，说他想我想到半夜睡不着。"柳依依吃了一惊，怎么她的男朋友也会说这样的话？心里便有些失望，本来自己还以为这些话是自己独享的呢。苗小慧说："你相信这是他心里的真实感受吗？"闻雅说："我相信是的。他还说我是他心中唯一的女神呢。"柳依依又吃一惊，失望的情绪更浓了，夏伟凯这些话是从哪里抄来的吗？这时她们俩哈哈大笑起来，柳依依突然明白了，生气了说："坏蛋坏蛋，两个坏蛋。"苗小慧拍拍她的身子说："昨天你自己放在桌子上，我也不知道是什么，就看了两句，两句。"伸出两根手指，"闻雅可以证明，就两句，是吧，闻雅？"闻雅也伸出两根手指说："我也只看了两句，苗小慧可以证明，也就两句，是吧，苗小慧？"柳依依说："坏蛋坏蛋！"苗小慧说："可惜没有人对我说这么漂亮的话，比贾宝玉还漂亮，不然我也会记下来，慢慢地去品味。"柳依依得到了安慰似的，心里舒坦了，嘴上说："恐怕他们说的是蜜里加糖，甜得你晕，你还是他作风正派的情人呢。"又说："他是不是那样说的，樊吉他？"

柳依依实在忍不住要跟别人交流一下自己的感想，找了机会对苗小慧说："怎么现在谈恋爱跟以前有点不同啊。"苗小慧说："以前主要是用心来谈，现在吧，哈哈。"柳依依佩服苗小慧的敏感，自己想说什么，才小荷露了个尖尖角呢，她就明白了。柳依依反而不好怎么说了，顿了一顿，想怎么才能把话往深里说。苗小慧说："发展得怎么样了？"柳依依掩饰着说："就那样。"苗小慧明白了似的说："发展到没什么可发展了吧？"柳依依连连摇头，"没有没有没有，坐火箭也不能那么快啊。"苗小慧说："那他比我想象的还好一点，我看他壮壮的，精力充沛的样子，以为他怎么也饶不了你呢。"柳依依说："他还没那么坏呢。"想着反正苗小慧也是过来人，就把所有的事跟她说了。苗小慧说："依依是个好姑娘，要我碰见那样的帅哥，我早就崩溃了，决堤了。"柳依依终于把最想说的话说了出来："要是有一天他真的想那样，我怎么对付他？你，"她差点说出"你有经验"，"你，你教教我呀。"苗小慧捏了她的脸蛋说："我掐你的小肉肉，你要我教？小鸡小鸭都会做不要教的，你要我教？"柳依依嚷嚷说："痛呢，人家。又不是要你教……教，你就教教人家怎么应付嘛。"苗小慧说："男人的底牌，都是那一张，早晚会开出来的。狼早晚要来的，快了，你听我说，快了。你对他到底是怎么想的？"柳依依不明白，谈恋爱嘛，还怎么想？苗小慧说："你想跟他有将来呢，还是没将来？"柳依依更不明白了，不想有将来，谈恋爱干啥。她说："什么话嘛。"苗小慧说："校园里的爱情有两种。一种是游戏性的，两人都知道没有将来，双方有一种默契的，暂时解解渴吧，这是遍布校园的伪爱情。还有一种是认真的，打算一生一世相依偎的，这是传统的爱情。"

柳依依听了心跳，说："哪个女生会那么傻，傻到拿自己的感情，还有，"她不知怎么表达才好，就双手在身上拍着，从胸前一直拍到大腿，"还有，这，这，开玩笑呢？"说完又觉得这话说得不好，至少不该对苗小慧这么说。见苗小慧一点不介意，就放了心说："你了解我的，我怎么敢去游戏？"她觉得这话说得很好，自己不做，是因为不敢，而不是有多么高尚，这样就把苗小慧绕开了，"再说我也没有那么渴那么急着要解。"苗小慧说："如果你是游戏呢，倒可以开放点，你不开放怎么体验游戏的过程？这是没办法的事。你想要经典的爱情吧，你就夹紧着点。"说着两只胳膊用力在腰间夹了夹，"来日方长，不急于这一时，看个两年，把那个人看清楚，看透。游戏性爱情，感觉不好，一脚蹬了，反正是游戏。认了真再感觉不好，求生不得求死不行，最惨的就是这一种。"柳依依大彻大悟说："知道了知道了，我可不想去扮演悲剧的主角。"苗小慧说："你不游戏不等于别人不游戏。"柳依依心想，他怎么会呢？怎么会呢？就哈哈地笑了说："那我按你的指示看个两年，看清看透了，咱们再说别的。"苗小慧说："理论上是一回事，实践起来又是一回事，唉！"柳依依按捺不住好奇心说："你是个伟大的理论家，什么都懂，你怎么……也，"发现又犯了忌，"也……呢？"苗小慧叹气说："理论到时候都缴械投降了，只怪我是个人啊，是个人啊！"

17

"有些事情可以边谈边做。"

那天刚考试完，柳依依正在夏伟凯宿舍里跟他说考试的事情，在说话的间隙中，他突然说了这句话。柳依依心里被撞了一下似的，心想苗小慧并非诸葛亮，怎么也料事如神，说快了真的就快了，狼这么快就来了。她对男孩一个最基本的要求，就是要全神贯注地关注自己，大地方要关注，小地方更要关注。所以柳依依这时特别不高兴。她把头转到一边，不作声。考试没考好，六门课有三门感觉不好。说起来都怪夏伟凯分了自己的心，复习的时候心都是散的。还没抱怨完呢，心里还扭着个结呢，他倒把心事转到那里去了，真叫人失望。夏伟凯见她不作声，左哄右哄，说了自己一百多个不是。柳依依嘟着嘴，头仰起来侧到一边，好像在仔细观察墙角的一只蜘蛛。夏伟凯用力拍着胸口说："我的心一直在你身上，向毛主席保证。"柳依依忍不住笑了一声，马上又掩了嘴，想再严肃，可再也严肃不起来，一根指头点了他的额头说:"你知道自己的罪吗?"夏伟凯说:"知道,把你的心搞乱了。"又说:"我真的没想到自己有这么大的魅力呢。"柳依依手指在他额上连摁三下,"无耻无耻无耻。"夏伟凯头往后仰了三下说:"真没料到我竟然无耻到了这种地步。"一把将她端起来,放在自己腿上,"竟然把依依的思想都搞乱了,真的无耻。"

在学友餐馆吃了晚饭,夏伟凯丢了汤勺说:"走吧。"出了门柳依依以为他会带自己散步去,看他往宿舍走,就说:"不走走?"他说:"这不是在走吗?"怪怪地笑了笑,"运动的方式也是多种多样的嘛。"这话让柳依依疑疑惑惑,那怪怪的笑给了这话一种注释。她绕开了不去追问,说:"人家想跟你走走嘛。"

放了暑假,江边的人就少多了,情侣们比平时也更大胆一些,勾肩搭背,旁若无人。大堤的斜坡草地上每隔那么一小段距离,就有一对依偎地躺着。夏伟凯买了一爪香蕉,一人一只剥开,你喂我一口,我喂你一口,一只喂完又剥开第二只,你喂我一口,我喂你一口。有一次,两人同时把香蕉往对方嘴里塞过去,一点一点地塞进去,吃完,最后把香蕉皮贴在对方唇上,不动,互相望着,眼睛都特别地亮,眼神也特别地飘,突然,同时哈哈大笑起来。柳依依说:"没想到香蕉还可以这样吃。"夏伟凯说:"吃出境界来了。"又说:"有些事情可以那么做,做出境界来,你也没想到吗?"柳依依说:"又来了,又来了。"

柳依依想,果然是谈恋爱的都不急着赶回去,这堤上看得出来,其他的人已经不多了。他们也攀着肩坐在堤坡上,柳依依先指了夕阳跟他说话,要他观察那色彩的细微变化,他也跟着说,应付似的。她又说夕阳下的江水,风起时波纹是什么感觉,没风时又是什么感觉。夏伟凯应付着,几次答非所问。柳依依生气说:"你在想什么!"夏伟凯回过神来说:"我在想什么?"又说:"我在想什么你不知道?"柳依一人一只剥开,你喂我一口,我喂你一口,一只喂完又剥开第二只,你喂我一口,我喂你一口。

依说:"又来了,又来了。"天黑了,他说:"游泳吗?"她说:"不会游,淹死了谁负责?"他说:"有我呢,有我呢。"她说:"没游泳衣。"他说:"天黑黑的,谁看得见你?"又说:"谈了这么久的江水,也下去一下吧。"又说:"有些事可以边谈边干。"怪怪地笑着,见她生气地看自己,双手做游泳的姿势,"边谈边干。"柳依依说:"谁跟你边谈边干?"说着指了江水,"要干你自己干。"突然意识到了这"干"字的意味有点太粗俗,又掩饰说:"要去你自己去。"

夏伟凯把沙滩裤脱了塞给柳依依,就下了水。柳依依说:"你真的去?"他已经游出了十多米,只剩下一个黑色的轮廓。柳依依说:"你小心啊!"没有回答。她弯下腰贴着水面看去,看见了他的身影,又听见了很清晰的击水声。渐渐地看不见了,也听不见了,她突然感到一阵窒息的紧张,挣扎着叫了一声:"你还在水里吗?"他在夜中回答:"在这里呢!"柳依依听着不像他的声音,有一种悠远的感觉,是时间深处传来的。她的心抽搐了一下,强烈地意识到他是自己所需要的,不能没有他。这样想着她带着哭声说:"你回来吧,你回来吧!"声音在夜中显得凄惨,把她自己也给吓住了。她几乎就要喊"救命",喊出来的却是:"快回来呀,快回来呀!"夏伟凯在远处回答:"就来了,就来了!"不一会儿就从水面浮了出来,站在浅水中了。柳依依踩着浅水跑过去,夏伟凯也跑过来,两人在水中抱着了。她紧紧搂着他的腰,低了头去撞他前胸,"你吓我,你吓我!"觉得很踏实了,像经历了一次生死劫。他们踩在水中静静地相拥着,一声不响,力气都越来越大,要把对方压到自己身体中去似的。柳依依心中湿湿的,荡过来又荡过去,那感觉很熟悉,又很陌生,是没有经历过的强烈。夏伟凯把她抱起来,扛到肩上,往岸边走去。柳依依双手垂下来,一动不动,觉得自己是一点力气也没有了。

夏伟凯把柳依依放在一块石头上,说:"我换衣服。"柳依依把沙滩裤递给了他，转身坐着，耳朵却分外灵敏，想象也分外活跃，好像他的一举一动都看见了似的。她听见有水的响声，说："干什么呢？"他说："把裤头搓一下。"她说："好了没有？"他说："好了。"她转过身，朦胧看见他赤裸着站在水中，正在拧三角裤的水。她心中轰的一震，身子马上转回来，好像是没看清，又好像看清了，心里惭愧着自己的眼怎么一下又那么尖，专往不该看的地方看。她说："你胡说什么？没好你说好了。"他笑了说："我说裤头洗好了，你不是问我干什么吗？"又说："这次真的好了，不骗你。"也爬上石头坐下说："别生气嘛，没关系嘛，我跟你谁是谁嘛，反正也是早晚的事嘛。"柳依依说："不知道！"夏伟凯说："你不知道我知道。"把她抱了过去，"这都不知道，还是个大学生呢，太矫情了吧。"

　　柳依依不接他的话，她要绕开这个问题。说了一阵不着边际的话，夏伟凯说："今天月亮又是这么圆。"柳依依抬头看，想起第一次被他带到小树林去，已经有一个月了。这一个月发生的事情太多，太快，但也可以说什么也没有发生。想到这一点她安心了一点，那是自己的底线。她说："你把衣服穿起来。"他拍着自己赤裸的胸说："很好！"又说："你不觉得月亮有很强的诱惑性吗？"柳依依省悟到他绕来绕去又绕回来了，说："别说月亮吧，还不就是个月亮，闭着眼睛也知道它是个月亮。"他说："那说我们自己。我不知道你到底喜欢我不。"她说："谁说不喜欢，不但喜欢，还爱呢。我用没爱过别人的心来爱你，那是不一样的，绝对不一样。人的感情就是一碗汤，有的汤被鬼呛了头遍了，看上去还是那碗汤，味道已经不一样了。再呛过两遍三遍，那汤还不如白开水了，真的只能解渴了。"夏伟凯说："现在有太多的人不计较汤，只要肉，还说这是现代化的爱情呢。"柳依依说："你不是也很现代化了吗？"夏伟凯拍着胸口说："我这碗汤浓浓的鲜鲜的原汁原味全心全意煲在这里。"柳依依说："信你？我还没来得及去了解了解你呢。"夏伟凯说："你还是联邦调查局的吧？那我问你，你那么喜欢我还爱我，为什么跟我有这么远的距离？"她摇了摇他的身子说："这哪里有距离？"他说："怎么没距离？你爸爸跟你妈妈……"她拼命摇着他说："别说，别说，人家不要听嘛！"他停了会儿说："跟你说真的，今天晚上我们宿舍里的人都回去了，老鱼也去找他女朋友那个去了。"她说："我们说点别的好不好？"他叹了口气，低着头，很忧伤似的。柳依依觉得对不起他，一下一下摸着他的后脑勺说："来日方长啊，你相信我吧。"这似乎是一个承诺，但她自己也不知承诺了什么，就更像是一种拖延的战术。夏伟凯摇摇头："依依啊，没有你今天晚上真的过不去了。"柳依依感到了很大的压力。既然爱他，就不应该让他过不去，他过不去，也就是自己过不去，没尽到责任啊。那么遥远的问题，这么快就摆到了眼前，而且刻不容缓，她没有心理准备。她心中沉沉地说："没那么严重吧。"他生气地说："你不理解我们，我们跟你们是不一样的！"柳依依觉得这是道理，又不是道理，如果薛经理也跟自己这么说呢？她说："我不想理解别的男人，只想理解你，那你也得理解理解我吧。我们才认识两个月呢。"他说："两个月还不够？那要多久，你说！劳改犯也有个刑期呢。"她说："明年吧，我也不说等到我毕业，明年吧。"他拼命摇她的身子："等不到，等不到！"她说："那你以前是怎么等的？你就当是没有我，以前怎么等，现在还怎么等。"他说："以前怎么等？自己跟自己等！以前是没有饭吃的饿死鬼，反正没有饭，也就算了。现在把鱼啊肉啊海鲜啊鱼翅啊还有剁辣椒啊放到饿死鬼眼前，又不让他吃，你想想想想那滋味吧！"把大腿拍得啪啪响说："这是肉呢，肉做的呢，肉呢。"柳依依心在乱跳，突然觉得他有些陌生，说："你今天怎么了？"又说："我不是鱼啊翅啊，还肉呢，肉呢，再这么现代化，我就走了。"她想推开他走，又想到本来就对不起他了，这样说了就更对不起他，就没有动。

夏伟凯低头沉默一会儿，猛然抬起头用力一甩说："算了。"又说："依依你别生我的气啊，我实在是太……太喜欢你了。"又低了头自言自语轻声说："太喜欢了。"柳依依本来憋了气，听他这么一说，心情马上就转回来了。她说："谁知道你太喜欢谁？"这是撒娇，又是追问，还有点催逼的意味。果然，夏伟凯马上说："你啦，当然只有你了，是吧？"表忠心似的说了一大通话，有点语无伦次，是指天发誓的，又是慌不择路的，正因为如此，也显得特别真切。柳依依把眼闭了，享受着这些誓言，心中又有了一种感动。

夏伟凯说："这么久我的胳膊都抱麻木了。"把柳依依提起来，要她把裙子搂起分开双腿坐在自己身上。柳依依坐下去，觉得有点不好，说："还是刚才那样。"夏伟凯紧紧抱着她说："依依，你好，你好。"她感到他身上的某个地方顶着她在轻轻蠕动，起起伏伏的，越来越明显。她觉得他今天有些异样，忽然想起他只穿了一条沙滩裤，说："不好，这样不好。"他说："依依，你好，你好。你不让我那样，让我这样一下也不行吗？"她想挣开，他紧紧抱着她，带着哭声说："依依，你好，你好。"身体不停起伏，喘息起来，越来越急促。她说："别，别。"他说："别，别，别动，求求你，别动。"更紧地贴着她。她还没想清该怎么办，他就大喘几下，松开了她。她说："怎么了？"他说："好了。"她觉得听懂了，又没听懂，也不敢问，觉得身上有点异样，站起来一摸，大腿上濡湿了一块，黏黏。她说："流出来什么鬼东西，把人家身上都弄脏了。"他不回答，说："依依，你好，你好。唉，怪只怪我身体太好了。"

18

柳依依第二天就回家去了。她本来想跟夏伟凯多待几天，可昨晚的事让她有点担心，他再来缠她，她就没地方可退了。正好樊吉来了，苗小慧小声问她："依依你今天回不回去？"她马上说："回去。"就这么定了。

夏伟凯送她到汽车站，给她买了票，说："找个地方。"柳依依顺从地让他牵着，在附近到处转。转了一圈他说："这里人真的太多了。"打开她的包，把遮阳伞拿出来，对着太阳撑开，就在墙角把她抱着，猛烈地亲吻。柳依依一边迎合着他，一边含糊地说："有人，有人。"夏伟凯也含糊地说："不认识他。"这时柳依依几乎动摇了，跟他返回学校，还来得及，来得及，为什么要跟自己过不去呢？柳依依眼角余光在伞沿下瞟见总是有人从身边经过，就不断调整着伞的方向，想挡住他们的视线。可来往的人太多了，顾东顾不了西，就干脆不理会他们，让他们看。遮阳伞随着身体的晃动而晃动，阳光一闪一闪地射到她的眼中，她感到了晕眩，说："头好晕啊，等会儿可能会晕车的。"他说："等会儿给你买晕车的药。"她心中抱怨他傻，难道要自己说不上车了吗？她虚伪地担忧着开车后的情况，甚至夸张地描述起去年的某一次，上车前也是这种状态，结果呕吐得几近昏厥。把这个故事讲了两遍之后，连她自己也相信了，对昏厥的担忧也就更真切了。

在家里待了两天，柳依依就待不住了，惶惶不可终日，想回省城去，想见到夏伟凯，如饥似渴。幸好还有电话，她每天最期待的事情就是他从家里打来的电话，只有电话才能缓解她的焦虑。这渴望让她想到那些有毒瘾的人，非吸那一口不行。这种想象让她感到恐惧，对一个男人，一个认识不久的男人，不能这样。她像一个被解除了思想武装的人，完全被本能推动着走。本来她还想在暑假这两个月仔细体验一下自己内心的情感走向，现在感到这完全是多余的。回家时走得急，她把那个笔记本留在学校了，就把电话传过来的那些发烫的句子记在一张纸上，准备开学后再誊到笔记本上去。

一个在上海上学的高中同学来看她，来了三次以后她才明白了他的意思。她悄悄抵抗着，不让他有表白的机会，希望他在不伤自尊的状态下退却。但他很执着，也许是有点迟钝，或者是上海给了他太好的自我感觉。她有点着急，想着如果他直接切入正题，自己怎么给他一个委婉的回绝。这天他兴奋地赞美上海，她就说上海怎么怎么不好。他以极大的热情证明上海的好处，想说服她，似乎证明了这一点就证明了自己追求的合理性。这时电话响了，是夏伟凯打来的。柳依依获救似的抓住这个机会，对着话筒说了一大串热烈的话，声音中也有了更多的娇羞，身体也比平时扭动的幅度更大一些。她放下话筒，那同学惊异地问："你有男朋友啦？"似乎从来没想过这个问题。又问在哪里上学，听说是在麓城，极惋惜地叹了一声，好像麓城是个说不出口的地方。这激起了柳依依的反抗，干脆把夏伟凯详细地介绍了一番。有些方面她想夸张一点，可不用夸张就有那么好，那同学听了后，再也不说上海怎么怎么好，又尴尬地坐了会儿，就匆匆走了。

柳依依静静地坐在床沿上，感到了刚才是不经意地对自己完成了一次证明，这种证明具有终极性意义。夏伟凯有那么好，真有那么好，不夸张也有那么好，这种好是自己没有充分意识到的，要说他有什么不好还真的说不出来。她双手交叉着攀在肩上，闭了眼去体验自己内心的感受，一种温情在身体内游动，似乎是圆形的，又像是椭圆的，或者干脆就是一条鱼，清晰而缓慢地，在身体中游动。当她想确定它的位置，它又消逝了，不，是又向前移动了。真幸福，太幸福，真太幸福。自己这几年的等待，还有对薛经理的拒绝，都得到了最最充分的回报。她马上拿起电话把刚才的情况和自己的感受告诉夏伟凯说:"你以后不必躲躲闪闪等他们上班去了再来电话,让他们知道,让他们问我,没关系的,他们应该知道我长大了,我长大了。"

爸爸妈妈知道了这件事,并没有柳依依期待中的兴奋,都沉默着。她加大力度反复诉说夏伟凯这么好那么好,还不能说服他们,就生气地说:"爸呀,那还要怎么好才算好呢?"爸爸不作声,望着妈妈,妈妈说:"依依,人家那么好,你是不是也有那么好?"柳依依扭着身子说:"爸呀,妈她说你的女儿不好,你也不生气啊!"爸爸笑了说:"谁敢说我女儿不好?"柳依依说:"妈呀,爸他都说你女儿好呢。我好他好,两个好加在一起,不更好吗?"妈妈说:"交个朋友可以,看两年,别谈恋爱!二十岁才冒出来一个尖尖角,知道谈什么恋爱?"柳依依觉得这话简直可笑得要命,不知今天到了啥年啥月。可又不能告诉他们,那么些同学二十岁都在学校周边租房同居了呢,我谈谈恋爱还不行吗?她撒娇说:"爸妈,妈爸,别老是把人家看成小孩,我长大了呢。"爸爸妈妈都怔住了,盯着她,呆了似的,似乎不愿承认这个事实。一会儿妈妈爆发似的说:"你长大了?谁说你长大了?高中毕业才两年就长大了?"爸说:"依依,你还小呢,你真的觉得自己长大了吗?"声调中有着一种悲哀,很可怜似的。柳依依声音低了下去说:"爸妈,妈爸,你看人家是长大了嘛!看嘛,看嘛。"爸爸妈妈呆看了她一会儿,爸爸说:"我们的依依是长大了,懂事了,不是吗?懂事了,懂事了。"柳依依听着"懂事"这两个字,心里羞愧得不行:"爸呀,人家……人家……"她不知怎么往下说,说自己懂事不懂事都不行。妈妈说:"懂事了就是理由了?懂事了更要懂事,知道什么事做得做不得!"这太明显了,柳依依觉得简直无法承受。妈妈还是不顾一切说下去:"我以前交代你的事情,那也是你爸爸的心事,你要记得!"柳依依把头扭着望着窗外,用力地噘着嘴。爸爸说:"依依长大了,是长大了,早上七八点钟的太阳了，朝气蓬勃，是吧？我就相信我的依依是懂事的，是吧？也是有原则的，是吧？"柳依依赌气不作声，爸爸说："是吧，依依？"爸爸在催促她表态，她不愿意，表了态就等于承认自己有了危险的倾向。她心里又不得不承认爸爸妈妈的敏感，他们是过来人，知道事情会怎么进展，他们焦虑着，想阻挠这个进展。这是他们的原则，他们想让这个原则也成为她的原则。妈妈说："爸跟你说的你要听进去，你也抛句话出来，让他晚上睡得着，依依！"柳依依说："我不是小孩子了。"她想表明你们说的我都懂得，但他们马上做了另一种理解。妈妈说："你别跟我装大，你是长大了，但还没长得那么大。你有那么大了吗？"爸爸说："你还小嘛，早上七八点钟嘛，有些事情来日方长嘛。"柳依依心里很烦，也羞得不行，求饶地说："别跟我说这些话，爸呀，妈呀！"

19

　　柳依依知道爸爸妈妈的担心不是多余的，太不多余了，他们担忧的事情也可说箭在弦上了。他们的话她不爱听，不愿听，可听了以后还是反复思考了。思考的结果是，不要着急，慢慢来。

　　可感情上还是慢不下来，不但慢不了，这列车还要轰轰烈烈往前开，凭着每天一次两次的电话也能轰轰烈烈往前开，像按时充电的电动列车。爸爸妈妈上班去了，电话就来了，每次通话都有一两个小时。最难熬的是周末那两天，爸爸妈妈在家，就不敢通电话。只要他们出去一小会儿，柳依依就马上拨电话过去，抢时间说几句话，像丛林中的抗日战士，抓住机会就一场游击战。

爸爸妈妈那段时间好几次似乎是不经意地说起这个那个熟人的事情，有多年前的事，也有最近的事，最后都不可避免地落到一个话题上，就是谁家的女儿在恋爱中吃了哑巴亏。第三次说到类似的故事时，柳依依才意识到这是一个精心的安排，带有阴谋的意味。有一次当妈妈说到县医院一个女孩宫外孕大出血，差点丢命时，柳依依忍无可忍，把气恼都挂在脸上冲出了房间。以后好几天，她跟爸爸妈妈说话都有点别扭，大家都像在回避什么，掩盖什么。

夏伟凯每次来电话，最后都不可避免地落到一个话题上，那就是"边谈边做"。柳依依装傻说："做什么呢？"夏伟凯说："我们之间有什么，我们就做什么。"柳依依说："我不知道有什么。"夏伟凯说："爱。"又说："有没有？"柳依依说："你讲点别的吧。"夏伟凯说："别的也讲，这个也讲，不然感情往哪里发展嘛，总得有个方向发展嘛。"开始柳依依很不习惯，怎能在电话中一本正经地讨论这个问题？讨论的次数多了，也就习惯了，偶尔不讨论，反而有点意外。讨论来讨论去，虽然没有什么进展，羞怯感却没有了，中学生理课学来的那些名词也能够脱口而出。

暑假过了一半，夏伟凯回了学校。电话还是天天有，核心话题却换了一个，那就是要她尽快回学校去。柳依依找了种种借口，提出要提前返校，爸爸妈妈都不同意。最后爸爸说："是小夏在麓城等你吧？"目光探究似的望着她。柳依依避开那目光，不作声。爸爸说："你们的事情，我们做大人的，这么压着也不太好。我做了你妈的思想工作，她也没那么死板了。"柳依依双手放在腿上，乖孩子一样坐着，低头噘嘴说："爸呀，那你们同意人家啦？"爸爸说："我不同意，你同意吗？"柳依依欢快地扭着身子说："人家当然不同意嘛。"爸说："你叫他过来，我和你妈看一看可不可以？"柳依依站起来，右手兴奋地一扬："当然可以啦。"又说："爸呀，你看了你们也会喜欢的，凭什么不喜欢嘛。"

　　柳依依马上抓起电话就去拨号，拨了几个号突然犹豫了，万一他不愿来，自己怎么对爸爸说呢？那样就连回旋的余地都没有了。她少拨了两个号，放下话筒说："他不在宿舍。"脸上有点不自在，怕爸爸看出了她这小小的诡计。熬了一个中午，下午等爸爸妈妈都上班去了，柳依依又拨了电话，把事情说了。她本来还打算费一番口舌，强调他这次来的重要意义，可夏伟凯一口就答应了说："拜见了岳父岳母，你就是我媳妇了，对吧？是媳妇就没有什么距离了，对吧？"打完电话，她心中特别安心，他这么爽快，说明了他的诚意，这让她特别安心。

　　第二天下午柳依依到县汽车站接了夏伟凯，两人叫了一辆电动三轮车回家。上车前夏伟凯买了一瓶酸奶，坐下来脸贴着脸，低着头两根吸管插在里面，吸得滋溜溜地响。夏伟凯用胳膊把柳依依用力地搂住，搂得她脖子都有点痛了，她没作声。夏伟凯说："我再用点力，就把你压进我的身子里去了，我们就合二为一了，什么问题都解决了。"柳依依不作声，看着外面的街道、菜市场、服装店，那熟悉的景象一幕一幕向后退去，头顶的小方框有阳光射进来，不断有树叶从方框中一掠而过。正是放学的时间，一群群小孩在街边打闹嬉戏……柳依依想起了很多年以前，自己也在这街道上，在树荫下挎着小书包跑着，忽然有一种想哭的感觉。

　　到了家门口，柳依依忽然记起一件事，问："你中午吃饭没有？"夏伟凯奇怪地说："吃了。"她说："多不多？"他说："多呢，多。"柳依依叹一口气说："吃那么多干什么？不会少吃几碗吗？"又说："我爸妈就喜欢吃饭吃得多的，你今晚起码要吃三碗，三大碗，不然他们会有想法的。一个男人饭都不能吃，那他能做什么！"夏伟凯连连点头："三碗，三大碗，你怎么不早说呢？中午在路边店吃饭，饭不算钱，上车前夏伟凯买了一瓶酸奶,坐下来脸贴着脸,低着头两根吸管插在里面,吸得滋溜溜地响。

我就狠狠地吃了三大碗,老板娘都看着我翻白眼了。"她说:"等会儿你到厕所把肚子处理干净啊。"他说:"你别告诉他们提醒我了,看我壁虎崽爬窗户——露一小手,给岳母娘看。"

爸爸妈妈看了夏伟凯,满心满意地喜欢,真的就像柳依依说的那样,凭什么不喜欢嘛。柳依依看了爸爸妈妈的神态,脸上都放出光来了,扬着眉努着嘴向妈妈示意,那意思也很丰富:我说得不假吧,我眼光还不错吧,掩饰不住地得意。吃晚饭前夏伟凯去了两次厕所,妈妈问柳依依:"闹肚子啊?"柳依依心里好笑,说:"你灌那么多西瓜给人家嘛。"妈妈装饭时果然给夏伟凯狠狠地装一大碗,柳依依对夏伟凯使个眼色,夏伟凯微微地笑笑。第二碗饭柳依依抢着去装,在锅中把饭戳得松松的,一点一点装进去,浮浮的一碗。夏伟凯果然吃了三碗饭,妈妈收碗时说:"小夏不错,不错。"柳依依说:"我妈夸你呢。"又说:"妈你说他哪点不错嘛。"妈妈说:"什么都不错,吃饭也不错。"柳依依又转过头来说:"看我妈就偏心了,我吃了二十年从来没表扬过我一次,你这吃一餐就说你不错。"

第二天爸爸妈妈上班去了,两个年轻人尽情地亲热了一番。夏伟凯说:"他们平时中途回来吗?"柳依依说:"平时当然不回,今天就不一定了。"他说:"他们回来干什么?"她说:"他们可能看出你是什么人了。"他说:"我是什么人,我哪点不合别人的意?"柳依依想说,你是用下半身说话的人,没说出来,只是说:"你是什么人?我看别的男孩没像你这么把有些事挂在心头念念不忘。"正说着外面钥匙开着门响,是妈妈提着菜回来了。柳依依说:"妈呀,你这么来来回回地跑什么嘛,让我去买好了。"妈妈说:"今天菜多,送回来算了。"柳依依说:"妈呀,你不要操那么多心,你放心我好了,我保证比你买得还好。"妈妈说:"那明天交给你买。我依依这么大了,还有什么不放心的?别人不知道,我自己的女儿也不知道吗?我放心得很,放心得很！"匆匆走了。

关上门夏伟凯说："你妈警惕性好高啊。吃饭要胀死我，其他事情又要饿死我，好惨啊。唉，多大点事呢。"柳依依突然觉得他有点陌生，太自我太自我了。她说："是你特别自私呢，还是男人都这么自私？"他说："是个男人他就没办法不自这点私，你看那些伟大人物，"他一口气说了孙中山、郭沫若等一大堆名字，"那么伟大的人都做不到的事情，"伸出大拇指，"我这个小人物怎么能够做到？"又伸出小指比画着。柳依依说："你提醒我了，他们家里那些女人被牺牲掉了，守了几十年的寂寞岁月然后死掉，你还想牺牲我吧。"夏伟凯马上说："他们是伟大人物，我怎么能比？"

20

夏伟凯在柳依依家住了十天，真有点上门女婿的意思了。柳依依的妈妈越看越喜欢，忍不住在单位公布了。于是有几位阿姨到她家来做客，回去了都对自己的女儿说："你看人家柳依依吧！"妈妈把这些话告诉柳依依，柳依依觉得很光彩，很有面子，自己的男朋友都成为一个标杆人物了。柳依依每天都带夏伟凯出去走，嘴里说是去逛街，去散步，心里希望着碰见中学的同学。果然也碰到过几次，别人问起来，她就有一大堆的话要说。有一个女同学，在广州读书的，跟她说了一会儿话，居然对站在旁边的夏伟凯问也不问一句。柳依依好半天不高兴，回到家，想通了。那同学不是没找到男朋友，就是男朋友实在不怎么样，她嫉妒自己。被别人嫉妒是多么大的幸福啊！她想好了，下次再碰见了她，一定要先打几个哈哈，再说，什么时候把你的男朋友也给我们看看!

离开学还有十几天,在夏伟凯的催促下,柳依依跟爸爸妈妈说,要回学校准备准备功课,爸爸妈妈也同意了。走的前一天,妈妈悄悄对柳依依说:"依依啊,你跟小夏谈恋爱,那就好好谈啊,听见没有?"迟疑了一下又说:"别的妈也管不着了,可不能过线,听见没有?"柳依依羞得不敢抬头,慌乱中拼命点了点头。妈妈说:"这是你爸要我交代你的,他怕你们年轻人头脑发热。到时候他不冷静,你得冷静,咱们是女人,女人啊!"柳依依跺脚说:"妈呀,谁是女人嘛!"妈妈笑了笑,在她手腕上用力拧了一下:"女孩,女孩!"

吃晚饭时妈妈说:"小夏,还有依依,你们还小,是吧?我和她爸都不想让她这么早就找男朋友,现在你们已经这样了,我们也不说那些话了,你们谈啊,我们不反对,那就好好谈啊。谈啊,谈谈,谈。"柳依依紧张得要命,生怕妈妈说出什么话来,说:"妈呀!"嘟着嘴把头低了,斜着眼望着妈妈。爸爸说:"叫你们好好谈,没说错嘛。小夏,对吗?"夏伟凯连连点头:"对的,对的。"爸爸说:"好好谈啊,谈就是谈嘛,精神交流嘛。年轻人我们很理解,我们也年轻过的。年轻人有些事情头脑发热,这时候就要冷静了,要想想了,要冷静想想了。"柳依依嘟着嘴低了头,斜着眼去看爸爸,意思恳求他别说。爸爸说:"要冷静,年轻人,是吧?不冷静的时候更要冷静。"夏伟凯连连点头说:"对的,对的。"又说:"我们从来没不冷静,我们没吵过架,是吗依依?

第二天在汽车上,夏伟凯说:"你爸妈昨天说话怪怪的,好像有点什么意思在里面。要冷静,要冷静,那么冷静还是年轻人吗?都什么年代了!"柳依依说:"他们年轻的时候经常吵架,差一点都吵散了,他们怕我们也吵架呢。"他说:"我怎么觉得有点那意思在里面,怕我把你给吃了似的。说真的吃了你也是合情合理的,晚一天还不如早一天呢。"

他们坐的这一边正当着太阳,热烘烘照在脸上。柳依依说:"好照人啊。"夏伟凯把衬衣脱下来,把两人的头都罩住说:"可别把我爱人晒黑了。"她说:"谁是你爱人!"他说:"你不是我爱的人吗?"罩起来马上发现这就有了一个私人的空间,夏伟凯指头在腮边点了一下说:"我的脸在这里。"柳依依凑上去亲了一下。他头转到另一侧说:"这也是我的脸。"她又凑上去亲了一下。他说:"还有呢。"把舌尖吐出来,夹在唇间。她说:"世上哪有这么臭美的人嘛。"他们把衬衣再拉下些,把脸遮住了,用力地亲吻。夏伟凯说:"在你家里我还得憋着,还不如在车上呢。"柳依依说:"头晕。"就趴在夏伟凯膝上睡了。闭着眼她闻到了他身上的气息,很明确的,男人的气息。客车颠簸着,发动机在隆隆地响,他的手在抚着她的头发,很温柔的。她突然自己就感动了,想要流泪,身子也颤抖了一下。

　　回到宿舍,苗小慧已经回来了,樊吉也在,已经待了很多天似的,一双男人的拖鞋随意地横在地上。苗小慧说:"依依你就回来啦?"一起吃了晚饭,柳依依去找夏伟凯。苗小慧说:"等会儿给我打个电话,我好安排。"柳依依应了,心想,难道她以为我会睡在夏伟凯那边吗?想说晚上要回来的,犹豫了一下,还是在电话中说吧。

　　晚上他们去江边玩,又到那树林里亲热了。情切切意绵绵,气氛够了,情绪也有了。夏伟凯要带她去自己的宿舍,没别人的。柳依依觉得这就该冷静了,不去了。但一想到要给苗小慧打电话,就说:"那我就去打个电话。"

　　回到宿舍,两个人说话,柳依依几次说:"该打电话了。"却没有动。夏伟凯说:"今晚总得给我一个机会了吧?"柳依依说:"你还要什么机会?"他说:"要你的机会。"她说:"可以给的都给你了,剩下那一点点是不能给的。"他跳起来说:"那是一点点?天啊!"摊开双手,头朝上望去,"天啊!"她说:"不跟你说。"拿起话筒准备拨号。他把她抱起来放在膝上,亲她的耳根,也不说话。她的心软了,希望苗小慧在，这样就有了不回去的理由；又希望她不在，就有了回去的理由。通了电话，苗小慧还在，柳依依心里有点不高兴，这不是给自己出难题吗？柳依依放下电话说："真的讨厌。"夏伟凯在胸前画十字说："感谢上帝，感谢上帝。"她说："那就说好了，可以做的事就可以做，不可以做的事就不可以做。"他说："当然，可以做的事就可以做。"她说："话别只听半边。"他说："当然，打你骂你，那样的事情是不可以做的，只有关于爱方面的事可以做。"两人坐在床上说话，柳依依说："你到那个床去，我要睡了。"夏伟凯说："再抱一下嘛。"把灯灭了，说黑话。

黑夜就是一种承诺，男人的气息在黑暗中更加清晰，也更加有征服的力度。柳依依被上下折腾着，身子软软的，喘不过气来，在夜中听得清自己呼吸的节奏，沉重而急促。夏伟凯搂了她的脖子倒在枕头上说："这样说话轻松些。"却没有几句话，只是折腾，过了一会儿他说："有些东西你不觉得多余吗？"手在后面一碰，她还没反应过来，乳罩就被卸掉了。柳依依抱着胸缩成一团说："你说话要算数啊。"他说："我说了可以做的就可以做的。"她说："不可以的。"不论他怎么亲吻抚摸，她都不退让。夏伟凯说："难道你有些方面很冷淡？不会吧？"柳依依急急地说："不会，不会。"夏伟凯说："看看！其实也有那么潮湿嘛。"柳依依说："是的，是的。唉，不是，不是，我们说点别的好不好？"他说了一大堆的话，她都不为所动。他说："我不跟你说了，让别人来说服你。"爬起来摸来一个收音机。

他站在床边调收音机的时候，她在微光中看着他，这是她第一次清楚地看到一个完整的男人，身上热流一涌。她马上闭了眼，把牙关一咬。他躺下来说："你听过《麓城夜话》没有？你这就打个热线电话过去，把我们现在的情况跟张健说说，问问他你该怎么办？"张健是热线主持人，苗小慧经常在熄灯后听他的节目，听得精彩了就拔了耳机让大家都听。柳依依说："张健他能说出什么好话来？"夏伟凯说：

"你不崇拜他？好多女生都崇拜他呢。"张健正在回答听众的问题，有问爱上了导师怎么办的，有问怀了孕男朋友不愿结婚怎么办的。有个女孩说同居六年青春已过却被抛弃，从一开始就哭，最后喘得说不出话来，把热线挂了。夏伟凯说："今天怎么都是这些？"柳依依说："我说了吧，我说了吧。"这时一个女孩打进来了，说自己跟男朋友认识半年，男朋友一再要求，该怎么办？夏伟凯说："说你呢，听听，说你呢。"张健说："有要求是自然法则，自然是没有过错的。尊重自然就是尊重自己幸福的权利。在这里强调道德，那是不人道的，只要两人感情好，做什么都可以，又没妨碍他人。"又说了许多关于性权利的理论。夏伟凯推柳依依说："自然法则，自然法则。"这时那个女孩又说："我最担心的就是自己也像刚才那个女孩那样，青春和身体都付出了，结果什么都没有，那就太惨了。"张健说："你是个聪明的女孩，你有眼光，你不会看人吗？你对你们感情的真实性没有判断吗？"女孩就不说什么了。柳依依心想，前面那个女孩就不聪明没眼光不会判断吗？怎么还落到那个下场呢？夏伟凯说："听听，你反抗自然法则，你错了。"

柳依依觉得无路可逃了，突然冒出来一个灵感说："我爸爸。"夏伟凯说："那你准备向他汇报？就算汇报了，他也会理解的。唉，多大点事呢。"不论他怎么说，她只是捂着不肯。最后他生气了说："难道我还会用力气来征服吗？再怎么着我还不会做强奸犯吧。"说着一只手支起身子，斜在床上。柳依依马上感到了一种空虚，轻轻用了点力，想把他拉回来。他歪在那里不动说："那你？"柳依依喉咙里哼出一点声音："别，别……"他说："别什么别！"她不作声。他下了床，摸到另一张床上躺下说："我憋死自己算了，要不自己给自己找条出路，不然怎么办？"她支起身子，黑暗中看不清他，说："别，别……"他说："别什么别！"又说："只有一个解释，那就是你对我的感情还有保留,不然那为什么?"柳依依用带哭的声音说:"没,没,没有。"他说:"没有是嘴里说的。"她想说,你爱一个女孩就不要把她逼那么紧。想到这个"逼"字她心里有了反抗的勇气,不再说话,轻轻地把乳罩内衣穿好,平躺着。两人在黑暗中沉默,都不说话,宿舍里静得听得到对方的呼吸声。柳依依感到了窒息的压力,一会儿想把他叫过来,一会儿想还是不能叫。她给自己找了许多叫过来的理由,又找了许多不能叫的理由,徘徊着知道自己又到了人生的某个关口。女人的关口对许多人来说轻轻一滑就溜了过去,像冰上滚玻璃球似的,对她来说却是这么艰难。她怯怯地叫他:"凯。"他没有应。她想他是睡着了,心一宽,松了口气,事情可以推到明天再说了。

夜在房间里荡漾,渐渐地深了,也凉爽了,给人物质般的感觉。月光把窗棂照得清晰,在水泥地上留下一线鲜明的影迹。柳依依睁了眼盯着夜的深处,伸手去触摸它,用两个指头捏住了似的。她想起了很多年以前,又很多年以后,以前和以后都不真实,悠远、虚飘、渺茫,只有眼前这点时间,这个人,才是真实的。人是为今天活的,也只能这样想了,还怎么想?于是也可以赌一赌了。赌输了,至少也抓住了今天,明天到了明天不就是今天吗?她支起身子看夏伟凯,没有动静。她想喊他,羞怯感阻挡了她,觉得那有点伤自尊,也有点贱。

柳依依听见那边发出欷欷的轻响,是夏伟凯起来了。她马上躺了下去,睁着眼,等他过来。如果他一定要,那就一定是要的,自己也就不必再坚持了。夏伟凯下了床,没有过来,在门口摸索了一会儿,开门出去了。一会儿他回来了,拿着什么在身上擦,原来他刚才是摸了毛巾洗澡去了。她以为他会过来,但他把毛巾放在书桌上,又躺回去了。柳依依感到意外,想弄出一点响声来提醒他,告诉他自己还醒着。她动了动喉咙,在黑暗中听见了喉咙蠕动的声音,就打算轻咳几声,听着那边已经没了动静,就放弃了。

第二天柳依依醒来，看见夏伟凯坐在床沿看自己。她说："你这样看我干什么？"他说："看你好看，我昨晚梦见你了。"她说："我有那么幸运吗？是个什么梦？"他说："不告诉你，不好，不太光彩，太不光彩。现在我才知道什么叫梦想了，那就是梦中的理想。"她手指点了他的额头说："你的理想就这么一点点啊。"他说："这还是一点点？很伟大呢，还实现不了呢。"又唱起一首歌："我有一个理想，是个美好的理想，等我长大以后，要做……"停下来问："要做什么？做什么？"她说："你要做什么，我怎么知道？"他说："你不知道我要做什么？我要做，做……你，你不知道谁知道？"又说："将来结婚了，家里什么事也不要你做，一不做饭，二不做菜，三不做家务，只做一件事就可以了。"她推他说："还在这圈里，这个人真的没救了。"又想起昨晚的事，说："你半夜起来两次，是梦游吧？"他笑了说："三次呢，去洗澡了。都怪你让我身上热烘烘的睡不着。只好用冷水降降温了。"柳依依心一热，摸着他的手说："那你叫我呀。"他说："叫醒了你也没用啊，是吧？"她说："是我不好。"又说："后来就没那么热了吧？"他说："后来我自己给自己降温了，不然怎么睡得着啊。"她说："是洗澡降的温吧？那行吗？"他说："男人有男人的办法，你别问，不然一个个都憋死了。"柳依依明白了，又有一点点不明白，最后还是明白了，说："是我不好。"

21

箭在弦上，不得不发。柳依依整天都在想着这几个字。她很冷静，很冷静，可越是冷静就越是觉得不得不发。夏伟凯整天都闷闷的，有点心不在焉,有几次说话都答非所问。柳依依并不怨他,相反,她在怨自己,怀着真诚的内疚怨自己。自己应该让他高兴,那是一种责任。他这么不高兴,是自己没有尽到责任。

柳依依整天都在调整自己的心情,等待着夜晚的到来。吃了晚饭,回宿舍去拿换洗的衣服,洗澡时她细细地抚摸着自己,悠缓地,爱惜地,有点感伤,也有点怜悯。冷水流了下来,有一种穿透性的力量,要渗到皮肤中去似的。她用沐浴露,这是她刚才特地买来的。虽然旧的还没有用完,但她还是买了一瓶。她喜欢完美,在这个时候更渴望完美。可惜没有仪式,只能到以后再补了。在把龙头关上的那一瞬间,她感到了一种静,溅水的声音停止后的静。两年了,她从来没有在宿舍中听到过这样一种静。她闭了眼体会了一下,静中什么都没有,可又包蕴着一切。这静是近切的、遥远的,热情的、忧郁的,感性的、理智的,现实的、来世的。静中有一些东西浮了上来,又有一些东西沉了下去。柳依依有点承受不了似的,泪水在眼眶中涌动。在沐浴露中她感到了自己的美好,青春的美好。她洗得特别仔细,把身上每一个部位都反复搓揉了,有一种告别的意味。明天的柳依依就不是今天的柳依依了,她想。忽然,自己也没料到,她轻轻笑了一声,又笑了几声,心情顿时好了起来,豁然开朗。

在宿舍门口,柳依依听见电话铃在响,跑过去想接,又一想如果是薛经理找苗小慧的,自己该怎么说?犹豫了一下,铃声停了。这时苗小慧和樊吉从外面吃了饭回来,苗小慧说:"依依你到哪里去了?昨天到今天,你家里一直在找你。"柳依依说:"对不起啊。我昨天做……那个什么去了。"苗小慧嘻嘻笑说:"依依做……做那个什么去了。是吧,樊吉?"柳依依说:"谁做了?谁做了?别人做没做我不知道,"她瞟樊吉一眼,"我是没做的,向党保证"。苗小慧说:"你急什么,谁说你做了什么?她什么都没做,是吧,樊吉?"

柳依依拨了家里的电话，妈妈劈头一句就问："依依你昨晚到哪里去了？"柳依依心里一跳，想着自己并没怎么样，便理直气壮地说："到同学那里去了。"妈妈说："哪个同学？"柳依依想说一个老乡的名字，又想起她是去过自己家的，万一妈妈不顾脸面去追问呢？于是就说了班上一个女孩的名字："张秀菊。"妈妈说："是男的还是女的？"柳依依说："妈呀，你自己看嘛。"妈妈说："自己有床睡到别人床上干什么？你女孩不要乱睡床啊，睡错了地方没你的好果子吃，我看几十年看得多了。"柳依依说："妈呀，人家跟别人去说说话嘛。"妈妈马上说："说说话？跟苗小慧不能说话？"柳依依被问住了，苗小慧凑在她身边说："张秀菊失恋了。"柳依依马上说："张秀菊失恋了，想找个人说说话。"妈妈停了一会儿没作声，松了口气似的说："依依呀，你爸活在这个世界上是为你活的，你知道你爸爸的心病，你不要气死他，让他再工作几年。"放了电话，柳依依说："昨天半夜吵你们了，今天还要吵，她要我跟你说我爸病了，要随时联系。"苗小慧说："你有个好妈妈呢。"樊吉说："你妈妈把你当孩子管？"

他们走了，柳依依在灯下发呆，若有所失。过一会儿又觉得这样也好，就这么跟夏伟凯说，半夜还要接电话，不怨自己。她打电话把事情跟夏伟凯说了，夏伟凯说："这不是问题，我到你那里去，反正也没别人。"柳依依说："楼下有管门的呢，这里是女生宿舍。"他说："苗小慧的那个什么人进得来，我就进不来？"没多久夏伟凯真上来了。柳依依说："你怎么进来的？幸亏不是贼，是贼怎么办？"他说："只有你家里把我当贼。"她说："那你的意思你不是贼？"他笑了说："那所有的男人都是贼。他是男人，你要他不做坏事，那不可能，因为他是男人啊！"柳依依说："是男人也算理由啊，听不懂。凯呀，你看我家里都这样了，你就晚一点吧。"他说："已经太晚了，太晚了，你去问问，有几个人半年了还这么一尘不染？都什么年代了！不正常啊！"

都是人啊!"他弯了腰拍了拍身上,从头到脚,又从脚到头,"听听,肉做的呢,听听,这是铁的声音吗?我错就错在这身子骨是肉做的,肉呢。"

柳依依看他那神态,忍不住笑了说:"别肉肉肉的,好像那点肉啊肉啊有多么神圣。"夏伟凯皱着眉叹气:"为什么不?自然法则。如果我三十岁结婚,你要我等到三十岁你二十七岁,那人道吗?对你自己也太残酷了吧。不要说等七年,等七天对我也是一个考验。"柳依依觉得又被逼到角落了,无处逃跑了,说:"你看我家里……求你了。"

夏伟凯叹气摇头说:"从没见过像你这么难说服的人。"她听出话中有一条尾巴,就抓住了说:"那你以前还说服过谁?说服过几个人?"他拼命摇头:"没有,没有。"她说:"你那个没有没有听上去怎么就像有有有?"夏伟凯双手拼命地挥着,"骗你吗?骗你干什么?谁有勇气骗一个女孩,特别是像你这样漂亮的女孩?"柳依依看他那着急的样子,忍不住哧地一笑:"骗我干什么?凭你这句话我就觉得你这人值得怀疑。你老实交代,我不追究。"夏伟凯吞吞吐吐起来,吞吐了半天说:"读本科时都是会有一点经历的,那都过去了。"就说了一点经历。柳依依说:"太没意思了,太没意思了。"他说:"那不怪我,怪你,谁叫你不早点出现,都怪你,怪你。就是你害得我浪费了一点感情。"她说:"那一点是多少?还浪费了什么?我不敢想。你前面是同班同学就相好了,后面是毕业分到外地去了就分手了,这么简单?中间做了什么,中间?"他说:"没做。"她说:"你老是肉呢肉呢,肉做的呢,这么讲给我听,就不会讲给别人听?"夏伟凯垂着头说:"一点情绪都没有了,送给我我也不想要了。"叹一声气,走了。

第二天早上,已过了吃饭的时间,柳依依还躺在床上。她在等夏伟凯的电话,觉得这么躺着接电话舒服一些。她在心里计算着时间,估计他快醒来了,快醒来了,一醒来就会来电话。而自己,虽然用不着把气继续赌下去，但撒娇似的抱怨还是得有几句的，她已经打好了腹稿，没点良心，自私的男人，只顾自己的感受，打个电话累死你吗，等等。

快九点钟的时候她开始不安起来，他还在睡吗？到了十点钟，这种不安已经变成了愤怒，存心要气我吗？她心里恨啊恨啊恨啊，恨了半天忽然明白了，越是恨就越是放不下来。明白了以后就更加恨，越是放不下来就越是恨。

十一点钟太阳晒到了床上，柳依依看着光影在床沿一点点移动，沉静而执着。当光线移到了她预设的那个位置，她起来了。她在心里唱着一首歌，是刚刚流行起来的，"你说，你爱了不该爱的人，你的心中满是伤痕"，唱了几句，不唱了，觉得这歌有点不吉利，这么好的太阳，为什么要唱这首歌？

下午的时间是一分钟一分钟地数过去的，她恨自己为什么这么清醒？清醒给她带来了痛苦。她忽然明白了为什么有些人那么喜欢喝酒，而且要喝醉，只有酒可以把痛苦暂时地掩盖。痛苦像散兵游勇，慢慢凝聚起来，到晚上已经在胸口凝成了一个清晰的结，成了一个集团军。

晚上过了九点，柳依依觉得忍耐已经到了极限，一次又一次偷偷地瞟着电话，想着是不是主动打过去。每次这么想着，马上又否定了，那太没身份了，太贱了，这一贱恐怕今后就贱到底了。无论如何，这个电话不能打，打了就是彻底失败。渴望是因为爱，可是，爱也是一种博弈，也是这么残酷啊！柳依依忍了又忍，忍了又忍，终于把这个想法压了下去。

快十点钟的时候，电话铃响了。柳依依胸口抽搐了一下，抓起电话却是找苗小慧的，是薛经理的声音。过了一会儿，苗小慧闯进来，捂着胸口喘气，问："刚才有电话找我吗？"柳依依说："有。"苗小慧也不问谁打来的，就去拨电话。拨一次没人接，再拨一次还是没人接。

苗小慧喘了一会儿说:"依依怎么一个人待在宿舍里?"柳依依说:"不像你,有那么多人爱呢。"又问:"樊吉呢?"苗小慧说:"把他放在旅馆里了,让他去。"说着又一次去拨电话。她想,苗小慧胆子真大啊,居然敢在两个男人面前耍花枪,居然摆得这么平。男人们也真蠢啊,被情欲蒙了心,就什么也看不清了。

放了电话苗小慧自言自语说了句:"算了。"又问:"你真的不理夏伟凯了?"这正是柳依依特别想说的话题,觉得苗小慧真是善解人意。她说:"吵架了。"轻轻甩了甩头发,又笑了一笑。苗小慧望了她笑。柳依依说:"怪怪地笑什么?"苗小慧说:"笑你。夏伟凯怎么敢跟你吵?"柳依依更感到了她的聪明,给自己留足了面子,就把事情经过说了,连夏伟凯以前有过女朋友也说了。苗小慧说:"咱们不理他,看他怎么办。"柳依依说:"我没理他,我一天都没理他。"苗小慧说:"可怜的依依,还跟我玩潇洒,还不让我笑呢。"说着捏了捏柳依依的鼻尖,"你放心,他自然会来找你。"柳依依不放心,追问说:"你怎么知道?"苗小慧说:"我是诸葛亮呢,诸葛亮的算盘别人不能问,不然就不灵了,他借东风告诉谁了没有?"听了这话,柳依依心中马上松弛了下来。

两人睡在床上说话,柳依依说:"你今天不走了?"苗小慧说:"我专门回来陪你的。依依你没救了。"柳依依说:"我怎么就没救了?我没事我要谁救?"苗小慧说:"你中毒了。"柳依依说:"我不抽烟不中尼古丁毒,不喝酒没酒精中毒,更不会喝农药,我中什么毒?"苗小慧说:"你中夏伟凯的毒了,他是那种让女生中毒的男生。依依你小心点,这样的男生是要害死几个人的。"柳依依说:"我是要小心点。"又说:"樊吉害了你吧?"苗小慧说:"我跟你不同,我有抗体了。反正我就当他是一桶水,要提也提得起,要放也放得下。"柳依依说:"那我没你潇洒。"苗小慧说:"夏伟凯那样的人,要什么有什么的,容易走到女孩心里去呢。"柳依依说:"他牙不暴,我最怕男孩暴牙,声音没出来，暴牙先出来了。可能我在生理方面太敏感了。"第二天清早苗小慧匆匆走了。柳依依想想今天是星期六，她是去会樊吉呢，还是会薛经理？真替她着急，感情怎么转得过来？

到中午夏伟凯没来电话，到晚上还是没来电话。快睡觉时苗小慧来了个电话，问她夏伟凯来电话没有，又说："快了。"这话让柳依依大为宽心，问："真的吗？"苗小慧说："我什么时候说过假的？"柳依依想问，夏伟凯会不会就这样放弃自己，但这太伤自尊了，就没有问。唉，越是想问的事情就越不敢问。

等到晚上，柳依依熄了灯，坐在窗前，仰头看着天一点点黑下去，沉沉地黑下去。开始那黑中还透了点蓝，看久了那蓝也没有了，一味的黑，沉沉的黑。她想找到月亮，把头探到窗口，没有。再去找星星，认真地，顽强地找，也没有。天空只有一个黑，无法穿透的，沉沉的黑。柳依依对着那黑黑的天嚅动着嘴唇，似乎想说什么，又说不出来，没什么可说。她摸索到床上躺下，怀着一种悲凉，一只手在身上缓缓地游动，另一只手也在缓缓游动，柔情地、爱怜地游动，似乎想唤醒一种回忆，品味一段历史。柳依依的视野中没有大千世界，万代千秋，这点历史就是最有意味的历史了，这点痛就是最深切的痛了。手指每滑动到一处，指尖在皮肤上细细地摩挲，那感觉在滑与痒之间，忽然又粗暴地捏揉，那感觉在胀与痛之间。突然，她意识到，这其实是在不自觉地模仿，有点羞愧，又有点拙劣。意识到这一点，她的手停在小腹处，好一会儿，毫无理由地，又缓缓地向四周滑动。这么青春，这么美好，又这么寂寞，这么哀伤。她想哦哦呻吟几声，就哼了出来，声音怪怪的，被黑暗吸了去。她吃了一惊，想不到自己会发出这样一种陌生的声音。

她把双手收了回来，有点舍不得似的，但还是很坚决地收了回来，攀到双肩上。她想着爱情是如此脆弱，说完就完了，不需要一个理由、一种说明，甚至一个借口，也没有一个明确的句号。世界上的事，是这样难以把握，总是在自己的意料之外，看不懂，不懂。这么熟悉的人，天天面对面的，忽然就成了一个看不懂的陌生人。

22

清晨，柳依依被电话给惊醒了，看一看天还没有亮透。她第一个念头就是，家里又来查岗了。她不去理它，铃声执着地响着，最后无可奈何地停止了。可几分钟之后又响了起来，还是不理。响第四次的时候，柳依依想着爸妈急得团团转的神情，她心软了，心软之后又特别愤怒，抓起话筒准备把十几个几十个"干什么嘛"像炸弹一样扔过去。一听却是夏伟凯的声音："我昨晚一晚都没睡着。"柳依依说："你没睡着关我什么事！"就把电话挂了。挂了之后她呆了一阵，怎么会这样？这不是自己想做的。铃声又响了，不理，再一次响，还是不理。这种倔强让自己心痛，又有一种自残的快意。

铃声又响起来，柳依依用毯子捂着头，可铃声却分外真切，一声一声震得心里发抖。她缩在毯子底下，两个食指把耳朵塞住，那声音还是清清楚楚。铃声停了，柳依依爬起来探身看了看电话筒，有点遗憾似的。这时铃声再一次响起，她浑身一颤抖，差一点掉下床去，来不及用毯子蒙头，就赶紧用手指塞住耳朵。就这样铃声反反复复响了十来次，柳依依心里也惊了十来次，有点承受不了似的。最后，不响了，长久地沉寂了。她有点不习惯又有点不相信似的，支起身子看了话筒几次，最后，绝望地躺了下来。

就这么完了，完了，完了。柳依依反复想着这几个字，无法再做更深入的思考。完了,完了,就这么完了。她在心中机械地念着这几个字,开始还有疼痛的感觉,渐渐地麻木了。就这么完了,完了,完了,这种默念最后成了一种惯性,再也不表示任何意义。

就这样躺了几个小时,饥饿感上来了,越来越强烈。她抵抗着,不想理这种感觉,可越想抵抗就越是明显。她看了看表,快两点钟了,已经一天没吃东西了。她爬起来,感到身体特别虚弱。下床的时候一脚没踩稳,一只手扶了一下桌子,没有扶住,一下摔在了水泥地上。她呜呜地哭起来,躺在那里不动,强烈地感到应该有人过来将她扶起。哭了一会儿,似乎在等待什么,水泥的凉意渗到身体里面去,她清楚了,不会有人出现的,不会有,不会有意外的惊喜。她支撑着站起来,梦游一般地洗漱之后,她下楼去想买点东西吃。刚出大门,她似乎感到一个身影靠拢过来,还没看清,就被抱住了,是夏伟凯。她想推开他,可他的力气大。他说:"我在门口等了四个小时了,还没吃中饭呢,怕去吃饭正好错过了你。我想溜进去,没溜成,那老太太认识我了,硬是不让。四个小时呢,就这么站了四个小时呢。"柳依依再一次推他,推不开,就说:"有人看呢。"拼命挣了几下,夏伟凯松了手。柳依依觉得身上突然有了气力,快步地往前走。夏伟凯紧紧跟着,一边说:"这两天我想了很多,无论如何,无论如何……"柳依依说:"你是谁,我不认识你,你跟着我干什么?"他说:"无论如何,依依,是我不好,无论如何是我不好,一个男人怎么能跟女孩赌气呢。"她说:"那是你的权利,男女平等,宪法没有规定男人不可以赌气。"他笑了说:"依依你怎么一下子口才变得这么好了?"她仍快步往前走说:"我没有才,有才也是蠢材,蠢材。我怎么这么蠢?"他仍紧紧跟着她说:"你不蠢,你很不蠢,非常不蠢,你太不蠢了。"她说:"我就是蠢,很蠢,非常蠢,太蠢了。我不蠢我会爱上这么一个没良心的男人?"他说:"我站了四个小时我没良心?我腿都站软了。"说着一条腿歪了一歪,"我还饿着呢，我腿都站软了。"她说："我吃饱了，我饱得头发昏。"他用手攀着她的肩说："依依你看在我站了四个小时的分上……"她一下把他的手甩开，说："你再跟着我，我打110了。"可不知怎么一来，自己也没料到，她笑了，"真的打110了。"他也笑了说："我陪你找地方打去。"她停下了说："谁跟你笑，好没脸！"他说："谁好没脸，跟我笑？"她忍不住笑了说："没脸没脸，你承认你没脸。"他说："我是没脸，的确没脸，有脸我就不会站到腿发软了还那么站着了。"他又一次攀着她的肩，她也顾不得马路边有人来来往往，把身子侧过来，头顶着他的胸，用力地撞了几下，呜呜地哭了。

后来柳依依问苗小慧："你怎么知道他还会找我，你又不是诸葛亮，你以为自己真的是诸葛亮吧！"苗小慧伸出双手掐了掐手指说："我会算。"又说："我了解男人。"柳依依说："不可能吧，我都没把握，我跟他这么熟呢。你怎么说得那么坚定？"苗小慧："我又没说我了解夏伟凯，我说我了解男人。"柳依依心中有一点不快，怎么能将夏伟凯与一般的男人混为一谈呢？她笑出声来掩饰着自己的失望说："男人怎么了？你说，男人。"苗小慧说："男人吧，就是狼人，没吃到的东西他一定要吃到才甘心的。狼在沙漠中追骆驼，有时候追几天几夜几百里呢，追得吐血呢。除非他不想追，想追是一定要追到底的。实在追不上，那是另外一回事。"柳依依说："我又不是骆驼。"苗小慧说："不是骆驼就不能吃？再说，一定要用嘴巴吃才算吃吗？"柳依依扬手打她说："小慧你太那个什么了，皮好厚啊。"苗小慧说："这话不是我说的，是陶教授说的。"上学期末陶教授到班上来分配学年小论文的指导教师，给苗小慧分了个刚毕业的研究生。苗小慧看别的同学分的都是教授副教授，就不高兴，要求换一个。陶教授说："人家是帅哥呢。"苗小慧说："结婚没有？"陶教授说："婚倒是结了。"苗小慧说："结了婚那还是换一个好，帅哥怎么样，又不能煮了吃。"陶教授说："一定要嘴巴吃才算吃吗？"全教室都笑了。柳依依说："男人没你说的那么坏吧？"苗小慧马上摇手说："别人都这样，夏伟凯例外，例外。你别去向他汇报，我惹人恨干什么？"柳依依迟疑地说："他真的也是这样？"苗小慧说："例外，例外，我是说樊吉呢。我可不敢踹翻你的偶像，那是有罪的。"柳依依说："谁把他当偶像了，他只是会打一点篮球。"苗小慧说："喜欢一个人自然会找到崇拜的理由。难道天下男人都那么值得崇拜？都是由爱而生的。"柳依依说："谁崇拜他了？"苗小慧嘻嘻笑说："算了依依，跟我装雏干什么？崇拜是件好事，女人除非不爱，爱了总有一大堆理由，能吃三碗饭都是理由。"柳依依不作声，她回忆起当时对苗小慧讲"三碗饭"的故事时，的确是太眉飞色舞了点。苗小慧双手在空中画了一个大圈，"一大堆理由，我们就是有这点不争气，哄自己哄得跑马溜溜的山似的。"

男人是狼人。柳依依把这话想了很久，觉得有点对，很对。想到最后又觉得毫无意义，对又怎么着，不对又怎么着？以后就不跟他们来往了吗？而且，跟夏伟凯在一起的时候，自然而然就是情切切意绵绵的感觉，一点都没有与狼共舞的恐惧感，半点都没有。有时她久久地端详着他的侧影，觉得把这样的阳光男孩与狼放在一起联想，无论如何都太残忍了，无论如何。

开学不久就是国庆长假，还差两个星期他们就开始讨论怎么度过更有意义。柳依依说到城郊爬山去，到海底世界去，夏伟凯都说没想象力，提出到庐山去玩。柳依依犹豫了一下，觉得要花太多的钱，可又实在无法抵挡这个诱惑。两人把钱算了算，就决定了。可出去几天，怎么住呢？这个问题把柳依依难住了。见了夏伟凯她说："还是算了吧，我们还是在附近玩玩算了。"夏伟凯说："国庆去庐山，定了的啊。"她说："不想花那么多钱。"他说："又不要你花钱。"她说："正因为不要我花钱我才不想花那么多钱。"他说："我的钱就是你的钱，我们都这样了还分你的我的，我生气了。"她笑了说："谁跟你这样了？"他说："你跟我这样了。"凑过来在她脸上亲了一下，"以后还要那样呢。"挤着眼诡笑。柳依依说："美得你呢，想吧。"她把地图找出来，沿着路线把钱细细地算了一遍，晚上住宿都算了双份的钱，说："我说太贵了吧。"夏伟凯木着脸不作声。柳依依说："真的太贵了。"夏伟凯说："依依你有什么话就直说，你又不是不知道我蠢，你一绕就把我绕晕了，不知东南西北。"他脸上有种沉重，这让柳依依感到意外，本打算笑笑让气氛轻松下来，却再笑不下去。夏伟凯说："我好蠢啊，别人这样想的，我还以为她那样想的呢。"柳依依说："什么这样那样，别含一半吐一半。"夏伟凯说："我自作多情，人家没把我怎么样，我倒以为她把我怎么样了。"柳依依说："谁没把你怎么样，要怎么样才算怎么样？"夏伟凯说："'文革'的时候有句话，忠不忠，看行动。今天爱不爱也要看行动，嘴巴上说说还不到一半呢，另外还有一大半呢？"她指了他说："没一点良心！你还行动少了吗？"扭了头要哭说，"痴心喂狗，喂狗了。"鼻子一抽，自己也没料到，真的哭了起来，"喂狗了，喂狗了。"

　　夏伟凯把她的头扭过来说："真哭了？"柳依依用力转回去。夏伟凯仰头对着墙角说："看她真的哭了呢，真的呢。"把她的头再次扭过去，用胳膊固定着说："好了，好了，好了。"柳依依听着，那语气好像自己是假哭似的，站起来要走。夏伟凯从后面抱住她的腰说："就算我不好，好吗？"柳依依挣不开，跺他的脚说："是你不好。"夏伟凯说："那确实，是我不好。"柳依依说："你承认自己不好。"夏伟凯说："早就承认了。"柳依依说："没一点诚意，就算你不好，那你的不好还是人家算给你的？"

　　柳依依面对面坐在他的膝上，他贴紧她，伸了舌头把她脸上的泪痕都舔了，又舔她的双眼，一下，一下，说："咸的。"又问："舒服吗？"

柳依依说:"舒服。"夏伟凯说:"以后有办法叫你更舒服。"柳依依说:"你能不能转移自己的注意力五分钟?"夏伟凯说:"是你自己往邪处想啊。"柳依依闭了眼任他在脸上舔来舔去的,心想:刚才自己是真生气了,气得要走了,也是真的伤心了,伤心得哭了,这才几分钟呢,就心平气和了,就沉醉了。两人之间的气氛怎么就转得这么快呢?她有点恨自己,一点原则都没有,想把刚才那点气找回来,继续生下去,证明女孩也不是那么好对付的,可转了几个圈在心里找着,怎么也找不回那种感觉了。

接下来几天两人都不提去庐山的事。离国庆只有三天,柳依依看宿舍里的人都在计划到哪里哪里去玩,沉不住气了。她在心中抵挡了几次,又警告自己会有危险,却无论如何也无法反抗诱惑。跟夏伟凯爬庐山去,世界上没有比这更令人神往的事情了。她把这个想法跟夏伟凯说了,夏伟凯说:"去,怎么不去?我还以为你不去呢。"决定先到武汉,然后乘船顺江而下。决定下来柳依依有了一种兴奋的期待,在宿舍里还是忍不住,在睡前把计划向大家宣布了。苗小慧说:"度蜜月吧。"闻雅和伊帆都说:"度蜜月,度蜜月。"只有吴安安不作声。柳依依想解释几句,看大家都把这事看得很轻松很正常,也开玩笑说:"你们怕是有过经验吧。"闻雅说:"连柳依依这么好的女孩也快品尝到人生滋味了。"伊帆说:"你太小看人了,人家早就知道人生滋味了,跟吃人参果差不多,是吧,依依?"柳依依说:"看样子这人参果你们都是吃过的,我真的没那方面的经验。"伊帆说:"别矫情吧,又没人要捏你的不是。"苗小慧说:"我证明依依没有,她还是个,"转了头问依依,"是个啥,依依你?是个姑娘。"闻雅兴奋得直拍腿,"宝贝!宝贝!"又问柳依依,"苗小慧说的是真的?有时候想想,青春这几年,守着也没什么意思,能证明什么呢?守到四十九岁也没什么光彩。"苗小慧说:"你们两人说话注意点啊,别毒害青少年,人家真还是个姑娘呢。"说着瞥吴安安一眼,挤眉弄眼地笑。

笑够了她们从热水瓶倒了水,端到水房用水去了。柳依依突然发现吴安安的脸色很难看,正想安慰几句,可吴安安用一种愤怒的严肃制止了她。柳依依说:"安安,你真的生气了?"吴安安沉了脸不作声,食指的指甲在书桌上划过来划过去,似乎在写些什么字,嘴里念经似的嚅动着,发出含糊的声音,好一会儿挤出几个字来:"你妈才是姑娘呢。"

23

吴安安那句话,还有她当时的神态,给柳依依很大的刺激。她简直不能理解,怎么在不觉之间,姑娘倒成了一个耻辱性的称号。连吴安安,那确切无疑是个姑娘,都反感着逃避着这个称号。细想之下,这个世界正在颠倒过来,一切需要重新理解,真是令人恐惧。她悄悄问苗小慧:"闻雅伊帆她们真的吃过人参果吗?"苗小慧说:"闻雅恐怕吧,绿头那么有手段的人,能放过她?伊帆不知道,她有男朋友也快半年了。如今吧,在一起半年还没那事,那就是奇迹了,不正常了。伊帆也不像个创造奇迹的人。"柳依依说:"说起来我也有半年了。我真的不知什么人生滋味呢。"苗小慧说:"夏伟凯真有这么好?"柳依依没说自己为了这事周旋了多少次,只觉得夏伟凯真像苗小慧说的,真的挺好,越想越觉得对不起他。她说:"你千万别跟她们说这事,不然她们又不放过我,笑我,让她们去瞎想想好了。"后来伊帆闻雅对柳依依提及"人参果"的话,探她的底似的,柳依依就做出羞怯的神态,哼哼哈哈几声,蒙混了过去。

国庆前一天他们到了武汉。本来计划国庆那天走的，夏伟凯突然在那天清早打电话来说提早走，马上就走。柳依依也不问为什么，就同意了。下了火车两人直奔码头，还有第二天的票。夏伟凯说既然来了武汉，就玩两天，就打破原计划，买了三号的票。拿着票柳依依说："这不是要缺长假后的课吗，人家还是个预备党员呢。"夏伟凯说："你别把自己看那么重要，自恋吧。"

找到一家便宜的小旅店，夏伟凯说："我来安排，你别嚷嚷嚷的啊。"登记人记下了他们的身份证号，又问："什么关系？"夏伟凯说："夫妻关系。"柳依依心跳得厉害，生怕被揭穿了，又觉得"夫妻"是多么遥远的事，竟被他这么说出来了。那中年妇女望他们一眼，微笑着哼了一声，把钥匙拿给他们。

关上门夏伟凯把包一甩，就把柳依依抱起来说："如饥似渴，如饥似渴。"抛到床上。柳依依说："让我喝口水吧，我真的饥渴了。"就去插电烧水。夏伟凯说："专门会打击人的情绪。"柳依依说："你刚才怎么那么大的胆量？竟敢在鬼子面前耍花枪。"夏伟凯说："谁都这样。"柳依依说："你说，谁都这样？谁？"夏伟凯说："谁谁都这样。"柳依依说："谁谁是谁？"夏伟凯说："就是你我他。"柳依依说："你怎么知道她不会看证明？以前做过什么坏事吧？"他笑了："以前没做过，以后，比如说今天，就说不定了。"柳依依说："你撒谎怎么那么从容？你做过什么坏事？"夏伟凯说："没有，骗你吗？谁有勇气骗一个女孩，特别是像你这样漂亮的女孩？"

出去吃了晚饭，柳依依说想去看看长江，夏伟凯说："明天去吧。"朝旅馆那边望了一眼。柳依依说："你急什么嘛！"夏伟凯说："那我不急。"又说："你跟我都这么久了，怎么还不理解男人？今晚你可怜可怜我吧。"柳依依说："你可怜？听不懂，太听不懂了。"

搭车到江边，天还亮着。人多，多是情侣。柳依依说："怎么全国的年轻人都开了会似的统一起来了？女孩统一穿牛仔裤，大家统一放肆亲热。"夏伟凯说："其实还有些事情也统一了，不过我们是例外。我是说到现在为止是例外，明天我就不知道了。"柳依依说："绝不相信。"又说："别人说男人用下半身思考，"她右手在腰上比画了一下，往下一拖，"我真的觉得那不是造谣。"不一会儿天黑了，回望城市，万家灯火。两人牵手走了好远，累了，就坐下来。柳依依看着江水在微光之中向东流去，水面似乎是平静的，却看得出流向。对岸的灯火，像另一个无限遥远的世界发出的微光。她心中有千沟万壑千头万绪千言万语，却又纷乱无序。她看着这一派大江，还有对岸的灯火，是实的，又是虚的，是动的，又是静的，看久了就把自己也忘了，有点不知今夕何夕的意思。她叹口气，心中跳出"地老天荒人生一梦"这一句话。夏伟凯在讲什么，她都没听进去，又叹了一口气。夏伟凯拍拍她说："怎么老是叹气？"她说："你看这么大的一条江啊，万古长流，我呢，还有你呢，就在这么平静的流淌中把青春给丢了，渐渐苍老，最后飘逝了，真的好心疼啊。"夏伟凯说："所以呢，所以，我们就要抓住今天，今天！今天，我和你，这就是一切了。人是为现在而不是为未来而活着的。今天，我们，还活着，多么美好，还活着，纵使青春飞逝，可今天我们还拥有，还年轻，还有力量，还能行动——"他双手抓住她的肩用力摇着，"还能行动，行动，明白吗？就在——今天——晚上。"柳依依觉得他讲得也有道理，甚至无法反驳，但还是把他的手拿下来说："你又回到那里去了！你这个人怎么这么庸俗呢？你就不能想点别的事吗？"夏伟凯垂了头说："谁叫我是个男人呢？他妈的，是个男人就没法不庸俗。"又抬起头，有气无力地说："肚子饿的人也没法不庸俗。"

　　回去的路上气氛有点不对，在公共汽车上两人都不作声。回到小旅馆，不知怎么一来，又没事了。柳依依在看一个服装模特的电视节目,夏伟凯用遥控器把电视关了说:"你去洗洗。"柳依依又开了电视,说:"你先去,我还要看节目呢。"夏伟凯洗完赤裸着身子出来,柳依依看了心里一涌,嘴里说:"讲点文明吧。"夏伟凯也不说话,搂住她的腰往腋下一夹,放到床上。柳依依撑起身子嚷着:"我还没洗澡呢!"夏伟凯说:"别嚷。"又抓着遥控器把电视声音调大,说:"嚷吧现在你嚷吧叫吧,叫吧,女人叫不是罪。"

第二天他们去看黄鹤楼,走在大街上柳依依说:"看看这个世界也没什么特别的感觉。"夏伟凯说:"多大点事呢,你自己把它想得那么严重。"一根指头往上指了指,"看看,天也没塌下来吧。"柳依依说:"那我们就这样了。"夏伟凯说:"当然,难道谁有第一次没第二次?"柳依依有点失望,怎么他就听不懂自己的话?她说:"那我们就这样了。"他说:"当然,这样不好吗?你说,我给了你痛苦还是幸福?"柳依依心情灰暗起来,觉得男人真的自私,只会顺着自己的思路去思考,而他们的思路又是那样简单明了。她说:"你能不能想想我?"他说:"我天天想你,现在又想你了。"她说:"你的思路能不能打开一点,想想我的心情?"他笑了说:"你的心情我知道,就是今天晚上,继续革命。"柳依依站住了,双手垂下,提着包。夏伟凯说:"是弄痛了你吧?女孩都有这么一次,那今天晚上你休息一晚。"柳依依说:"你到底是用什么东西思考?"夏伟凯拍着头说:"我蠢就蠢,你知道我蠢你就直说吧。"柳依依说:"蠢真的是没药治的。"又说:"你的蠢怎么昨天不暴露出来,要到今天?"夏伟凯笑了说:"都暴露有半年了,"掐着手指,"四月、五月、六月,都快七个月了。夏伟凯,好人啊,能把自己憋这么久,好人啊,多好的人啊!"柳依依看他那认真的样子,忍不住笑了,"肉麻不肉麻?夏伟凯,好人啊,多好的人啊!有这么认真吹捧自己的吗?"夏伟凯说:"说自己蠢也不行,说自己好也不行,说自己——我,我该怎么说?我蠢,我拐不过来这个弯,你有话直说,我叫你一声姐姐好吗？"柳依依说："你明天还要叫我阿姨呢，后天还要叫我奶奶呢。"夏伟凯说："说了我蠢，你又不信，这不又犯蠢了？"柳依依说："这么蠢的人，真没办法。跟你说啊，我们都这样了，那就这样了。"夏伟凯说："是这样了。"柳依依苦笑着摇摇头说："女人不比男人，她奉献是一瞬间，寄托的是一辈子，我们一辈子就这样了，你别中途把楼梯给抽了，害我摔一跤。"

24

　　柳依依整天都有点心神不定。她想起昨天晚上的事情，虽然当时有些晕晕乎乎了，过程总还是记得的。可是她把那时的感觉全都忘掉了，现在想回忆起来，却怎么也想不清楚。在黄鹤楼上，她迎着风，呆呆地望着江水，极力想把那记忆找回来，场景是想得起来的，感觉却找不回来了。她想找一个词描述一下当时的感觉，在心中试了很多次，都不确切。她有点遗憾，人生第一次，对一个女人来说，无论如何都是一件重大事件，却没有一点感觉方面的记忆。她心里想，下次一定要冷静一点，体验清楚，否则简直对自己都无法交代。本来想着应该过了这几天再说的，现在倒有点迫不及待了。意识到这一点，她感到了羞愧，想把这种追忆的冲动压下去，用力压下去，可每一次压下去，就像水中的皮球，马上又浮了上来，最后她怀疑自己一直在为这种迫不及待找借口，抿着嘴偷偷地笑了一下。

　　夏伟凯问道："你笑什么？"她醒了似的说："笑还要先写申请，请你签字批准吗？"他说："应该深沉才对，你看这浩浩长江，流贯千古。你应该深沉才对。"柳依依说："深沉是你们男人玩的勾当。"夏伟凯说:"那你笑什么?"柳依依说:"笑你。"又说:"笑你不讲文明。"夏伟凯说:"我是最文明的,要是别人早就不讲文明了,把你开掉了。"回去的路上夏伟凯说:"我想给你买点纪念品,纪念一下我们的首航。"两人到一家大商场转了半天,夏伟凯说:"给你买个手镯吧。"柳依依以为他指刚才看到的白金手镯,说:"太贵了,几千一个呢。"夏伟凯说:"买个玉的好吗?"柳依依说:"随你,反正是个意思。"就挑了个嫩黄色的,一百多块。戴在手腕上柳依依觉得那黄色嫩得鲜艳,很满意说:"我要戴一辈子的。"夏伟凯说:"只戴几年,以后发达了,给你买白金的。"第二天他们顺江而下去九江,在船上柳依依忽然想起,应该把又一次的体验用一个什么词描述出来,不然又忘记了。可想了半天,还是找不到准确的表述,就放弃了。这是一个物质的记忆,明确、清晰、深刻,可就是找不到一种准确的表述。

四天后他们从庐山下来了。跟夏伟凯关系的进展,从武汉算起,这才几天呢,可柳依依明显地感到,自己对他的依恋加深了。以前主要是心理上的依恋,现在不同了。她需要他,没有他不行。苗小慧说过,越做越爱。她当时还不信,看来是经验之谈。夏伟凯在事后说:"其实女人也需要男人,你承认吗?"柳依依羞涩地摇头说:"没感觉,没感觉。"夏伟凯执意要多玩一天,柳依依也没争辩,就同意了。下午他们搭车去看鄱阳湖,湖边的小山上有一幢一幢小竹楼。夏伟凯问一个扫地的老太太:"这里住宿要结婚证吗?"老太太头也不抬说:"有结婚证就不到这里来了。"柳依依笑得打跌。夏伟凯说:"要不我们就住一晚?"柳依依说:"太贵了。"夏伟凯问老太太价格,也不贵,说:"我们忘记带结婚证了,下次来再登记,好吗?"老太太说:"郎崽妹崽,你有结婚证?我们这里还没来过带了证的客人。"

竹楼里就一张矮床,榻榻米似的。夏伟凯说:"很好,很好。"柳依依说:"没觉得有那么好。"夏伟凯说:"就像天天吃猪肉,天天睡一样的床有什么意思？"柳依依心里被刺了一下，勉强笑了说："要是天天换就好了啊。"夏伟凯说："那倒也——"突然意识到了，"我是说床，床，床。"柳依依说："我怎么听去像说人，人，人？"夏伟凯说："我真的是在说床，床。"用力拍了拍床，"说它呢。"柳依依说："苗小慧说了，男人七大谎言，我没谈过女朋友，我爱你一辈子，解开胸罩只是看一看，我就在外面放一放，我也是第一次，你不会怀孕的，六条了吧，还有一条我忘记了。你对我实行了几条？"夏伟凯说："没有实行。"柳依依说："起码有两条，看一看，放一放，都是谎言。又说自己没谈过女朋友，还要加一条。"夏伟凯挠着头发说："想不到我是个骗子。"

黄昏他俩挽了胳膊沿湖走了好远，又往回走。天黑下来，湖面泛着一层微光，湖水轻轻拍着岸边，很执着又很耐性，跟时间抗争似的，给人以忧郁和警醒的意味。夏伟凯看着水面说："这可能是我一辈子最幸福的时刻了。"柳依依说："我一辈子没什么太多想法，平平安安，平平淡淡这么过着就可以了，一年有这么一次两次浪漫一下那就更好了。只要你那边没什么变化，我觉得自己这一辈子都看得清了。"夏伟凯说："我怎么会没变化？我这么多年的书是白读的？我将来要发大财的，我几个师兄都发财了。"柳依依说："你怎么变都可以，没出息也可以，就是心不准变，心变了你发天大的财，跟我都没关系，等于零。"夏伟凯说："那你是个爱情至上主义者。"柳依依说："你还说轻了点，那是我的信仰，你不会摧毁吧？"

默默走了一阵，夏伟凯说："我觉得你有封建思想。你把有些事情看得太严重了。"柳依依说："就是有那么严重。"夏伟凯说："那我就会觉得有很大的压力。我不想有那么大的压力。"柳依依心里一凉，说："你什么意思？你想变心吧。"夏伟凯说："没有，绝对没有。"柳依依说："没有你有那么大压力干什么？"夏伟凯说："我不想欠别人太多，本来是双方自愿的事，怎么就是我欠你的呢？"柳依依怔住了，真的，这是双方的事，怎么就有了他欠了自己的想法呢？憋急了柳依依说："因为我是女人。"夏伟凯说："不是说男女平等吗？怎么女人可以成为理由呢？"柳依依说："你什么意思？你把什么事都做了又跟我讲男女平等？"夏伟凯笑着说："作为一个理论问题来讨论吧，你一说就落实到你和我，就不好讨论了。"柳依依叹息说："理论问题？天下的女人，我也好，谁也好，到底都是活活的人啊！"

回到小竹楼，夏伟凯开了门，摸索了半天找到开关开了灯，把站在门口的柳依依抱了进去说："问题是问题，事情是事情。问题可以悬在那里慢慢讨论，事情不能不做，对吧？总不能在这么浪漫的地方不留点回忆吧。"柳依依说："先把问题讲清楚。"夏伟凯说："讲清楚了。"柳依依说："女孩是弱者，男人不要装傻。"夏伟凯说："不装傻。"柳依依说："然后呢？"夏伟凯说："然后，"怔一怔，"你说呢？"柳依依说："要有爱惜之心人道之心责任之心，不然我就跌在深坑里了。"夏伟凯连连点头说："爱惜，人道，责任。当然，这是当然的，那还用说？当然。"又为柳依依脱衣服："当然，这也是当然的。"

缠绵了一会儿，夏伟凯说："来吧。"柳依依掐指算了一下说："可能会有点危险了，过安全期了。"夏伟凯泄气说："早点说呀。"柳依依说："要不我帮你想别的办法吧。"觉得对不起他，马上又说："算了，要不就冒点险吧，科学真的有那么科学吗？"半途中夏伟凯停了下来说："需要我吗？"柳依依拍打他的胸叫着："死人！"夏伟凯说："你说。"柳依依说："需要。"夏伟凯还不行动，说："说，没有我不行。"柳依依顺从说："没有你不行。"夏伟凯说："好乖。"

25

没有你不行。柳依依当时说了这句话，也就那么说了。回到学校，她才体会到了这句话的真正分量。没有他不行，真的不行。只要有那么两天没见到夏伟凯，心中就堵得慌，若有所失，一定要尽快见到，才能缓解那种积累起来的焦虑。她见了他就往他怀中撞去，头顶着他的胸说："钻不进去，怎么钻不进去？"她很快就察觉到了，从庐山回来以后，两人之间的主动权已经发生了转移。夏伟凯开玩笑说："我现在是从奴隶到将军了。"柳依依推他说："少臭美！"心里却不得不承认，她需要他比他需要她更加强烈。

苗小慧很快就感觉到了柳依依情绪的变化，说："终于发展到没什么发展了吧？"柳依依抿着嘴笑一笑，算是承认了，也并没有原来设想的难堪。苗小慧叹了口气说："这一天早晚要来的，还真能等到毕业？你看你，"她捏了捏柳依依的脸，"到底还是小肉肉做的吧，还充了那么久圣女呢。唉，知道这一天早晚要来的，我就没劝你，反正劝也没用。"柳依依说："这样不好是吗？看你叹气叹得。"苗小慧说："现在我说他是色狼也没有用，你听了转过身又跟色狼去做，做，做那个什么去了。"柳依依笑了说："小慧你别吓我，我心跳得很快。"苗小慧把手伸到她脖子下，指尖伸进领口去，说："真的？让我摸一摸。"又说："算了，我不侵犯别人的领地。"

柳依依原来设想，一回到学校，两人之间的事情就没有机会了，谁知根本不是这么回事。一个星期一次，有时是两次，夏伟凯把她带到学校周边的小伊人旅店去。柳依依这才明白了，学校周边这么多小旅店，都是些什么人来住的。第一次去小伊人，老板娘跟夏伟凯很熟似的，很随意地说："来了？"夏伟凯嗯了一声。老板娘说："还那间？"

夏伟凯又嗯了一声。进了房柳依依说："老板娘怎么认识你？"夏伟凯说："去年我妈来看我，就住这里，就是这间。"柳依依见他主动提到这间房，很坦然的样子，就没问下去，嘴里说："只怕来看你的是别的什么人吧。"夏伟凯说："别胡思乱想。"一把将她抱起来。柳依依身子软软，缩手缩脚配合着他，不再说话。

出事了，柳依依一下子从幸福的顶点掉到冰冷的深渊。这个月的事情没能按时来，这是没有过的。以前它来了柳依依总很烦恼，想着好事怎么都被男人占去了，现在却渴望它来。平时快来的时候，柳依依鼻翼的窝窝里总会长一个小痘痘，很准。这时柳依依一天对着镜子看多少遍，一节课摸多少遍，就是不见小痘痘的踪影。柳依依想着，自己怎么这么倒霉，不要它长它偏要长，现在要它长了，它老不长。她把自己的担忧告诉了夏伟凯，他说："不会吧，我枪法还没那么准呢。"两个掐指算了又算，似乎应该没事，似乎又会有点事，总之是擦边球。

又过了几天，柳依依忍无可忍了，对夏伟凯说："你带我去看医生，你带我去。"夏伟凯说："我明天买两条试纸给你验一验尿。"柳依依不能等，逼着他当时就去买了。柳依依说："这多少钱一个？"夏伟凯说："一块钱。"柳依依摔在地上说："一块钱的东西有什么高科技？这么容易测出来，那还要医院干什么？"夏伟凯说："真的好灵的，我不骗你。你一试就知道了。"柳依依说："不信不信不信！事到如今，你别直想着省钱，爱惜我一点吧。"

真的有问题。柳依依不愿接受这个事实，又试了第二次，还是有问题。她很希望那个科学不科学才好，抱着一线希望去找苗小慧，也顾不上害羞，直接把事情讲了。苗小慧叹一声说："太不公平了，什么都是女人承担。"柳依依说："先别说男人女人，你说那个科学是不是真的科学？"苗小慧说："当然。"柳依依还想做最后的挣扎，说："这么一点点东西，那么科学？你真的知道啊。"苗小慧说："谁不知道，你去问闻雅知不知道？吴安安可能不知道。"柳依依说："太倒霉了，下辈子我要托生做个男人，也去害一害别人。"

　　柳依依马上就要去找夏伟凯，苗小慧拉住她说："看看都什么时候了？反正他在你身上也不会一夜就长大了。"柳依依听了这话，觉得自己身上真的就有一个人了，有种心惊胆战的感觉，说："什么他他他的，别吓我。"苗小慧说："没吓你，不过你也要讲科学，有个他在那里面，你说没有就没有？"柳依依说："又是科学，从来没发现科学这么讨厌。"第二天上午柳依依没去上课，早上一醒来就装作咳嗽，然后对闻雅说："感冒了，等会儿到医务所打针去。"宿舍的人一走，她就溜下床来，给夏伟凯打电话，把事情讲了。夏伟凯说："去做了吧。"柳依依见他讲得这么轻松，眼泪都流出来了，半天说："你陪我去。"夏伟凯说："那当然。"又说这几天有事，是不是晚两天。柳依依原想着夏伟凯听了这事，应该会又急又怕又关切，像天塌下来似的，听了他这话，心里凉了半截说："男人，你就这么自私？你不管我也不管，由他去。"就把电话挂了。夏伟凯马上把电话打回来，不接，再响铃，还是不接。铃声第三次响起，柳依依接了说："这件事你就别管了，我也不管。"夏伟凯在电话中说了一大筐好话，捏着话筒作揖打拱老半天，反复解释说："这的确是大事，是天塌了，可越是天塌了，我越要镇静对不对？我是怕你太紧张才装无所谓的。"

　　三天后夏伟凯陪柳依依去了医院。从医院出来，夏伟凯扶着她慢慢走。柳依依只觉得冷，天冷，器械冷，医生的脸冷，自己全身都冷。初冬的阳光照在身上，柳依依感到有一种彻骨的冷，把身体缩成一团。地上的落叶被风吹着，转着圈儿，柳依依觉得那也是生命，可惜凋零了。医院门口人来人往，她看到那些身影都是轻飘飘的，像诸多鬼魂赶赴世界末日。

回到宿舍闻雅首先发现她脸色不对，说："啊呀，依依你怎么了？"柳依依说："重感冒。"又拼命咳了一阵，几天下来她一直装作咳嗽。医生开的消炎药补血药都藏在被子里，拿出来吃就说是感冒药。过了几天，班长对柳依依说："江书记找你。"江书记是系里的党总支副书记，管学生工作的。柳依依心跳得很快，听到了胸前在怦怦地响。难道被他知道了吗？她迅速想了一遍，也想不出江书记怎么会知道。她做出一张笑脸应了，往学生办公室去。走到门口见江书记不在，心里马上轻松了。想转身走，正好面对江书记。江书记笑笑，把她让到里面，随意地把门带上。柳依依听见门锁咔嚓一响，心又跳了起来。

江书记笑笑说："近来还好吧？"柳依依感到那笑的后面有点别的意思，但看不透，就说："还好。"江书记说："学习还好吗？"柳依依顿时轻松了说："还可以吧。"江书记又笑笑说："身体呢，身体还好吧？"柳依依脸一下就红了，喉咙有什么堵着，干干地响了几声，半天从缝隙中挤出一丝声音说："还好。"江书记不自然地笑笑说："还好就好，还好就好。"他拖延着，似乎在找适当的措辞，"还好就好。"柳依依几乎坐不稳，想着他如果把这件事提了出来，自己该怎么回答，承认吗，否认吗？都不行啊。她轻轻咳了几声，想着万一他再往下问，自己先说感冒了，看他怎么说。江书记在桌上一堆文件里翻着，似乎在找什么东西。柳依依看出这无意识的动作，是他在拖延，犹豫。翻了一会儿江书记把手缩回来，空洞地望了她一眼说："上次听谁在说你找男朋友了？"柳依依不敢回答，点点头，心想着他就要绕绕地绕过来了。江书记说："前几年我比较保守，不赞成同学谈恋爱。大学毕业留校到今天十几年了，我看得多了，校园里的爱情毕业后大都被现实碰碎了。现在我想法也变了，要理解同学。没有结果，有个过程也可以吧。"他停了一下，"你看，江老师也不那么古董吧？"柳依依嗯一声，拼命点头。江书记说："可是，可是，"他喉咙里哼哼几声，"去年何凤仪的事你还记得吧？"柳依依说："知道。"他说："五月四号她还参加了纪念五四的讨论会，发言了，看着她坐在我对面，活活一个人，过几天就没了，跳江了。付出太多了，破灭了，想不通。又过几天校报把她的发言登出来，才女啊，怎么会这么想不通呢。你不可怜可怜自己，也要可怜可怜父母，可怜可怜老师吧。"他停下来，抽着烟，看着柳依依，不作声。柳依依被他看得发慌，转了眼去看窗外的树。半天江书记说："柳依依我看你是个好女孩，有句话我想来想去还是说了吧。你，"又停了一下，"你们，你们女孩，现在太自由了。自由好不好？好啊。可我从来不喜欢女孩哇哇哇地热爱自由，热爱自由。别以为自由是随便什么人都可以咬一口的大苹果，这是一种很难消化的食物，你没那么坚强的胃，你就消化不了。笑嘻嘻地热爱自由，热爱自由，太夸张，太浪漫，太矫情，也太天真了，现实也是那么天真烂漫吗？否！你，你们，你们能承受多少，就走多远，千万不要走到自己承受不了的地方去。你说对吗？更多的，我也不想说了。"他叹口气，轻笑一声，忧伤地摇摇头，"不说了。"

26

"不要走到自己承受不了的地方去。"柳依依把这话对夏伟凯说了，夏伟凯说："这走都走了，难道又停下来？停下来又有什么意义？走都走了。"柳依依说："我不管，我不想了，我怕。那冰冷的刀啊剪啊伸到你身体里倒海翻江，你就怕了。"夏伟凯说："你说真的？你急我吧。"柳依依说："我承受不了，我不到那里去。"夏伟凯说："你想想，守身如玉已经没有什么意义了。"柳依依生气说："你的意思是我不是玉了，我跌价了，贬值了。"夏伟凯说："你是玉，还是金子。是金子就要放光，你不让我理你，你发光给谁欣赏呢？"柳依依说："你的意思是我一定要那么那么样，才是金子，才放光？你们男人是这样看人？"夏伟凯双手直摇说："唉，又说错了，越说越糊涂了。"柳依依说："你一点都没糊涂。你们男人，没开始时说不开始就不合人性，不人道，开始了又说停下来没意义了。说来说去只有一句话，这件事非做不行。你们的逻辑都是围绕这个结论来转动的。"夏伟凯说："别这样想，别这样想。"柳依依说："苗小慧这几天在看一本书，日本人写的，《男人这东西》，说来说去这东西要做的就是一件事，对吧？非做不行，对吧？怎么做他都有道理，因为他是男人，生下来就叫他把所有的道理占全了，正如我们把所有的灾难占全了。"夏伟凯苦笑说："唉，唉，男人吧，没办法，谁叫他是个男人呢？"柳依依说："那我们就该倒霉，医院去一百次也是命，谁叫我是个女人呢？"又说："我真的怪我妈妈了，没把我生好。"夏伟凯发笑说："科学地说，要怪只能怪你爸爸。"柳依依被他逗笑了说："别说科学，一听这两个字我全身就发抖。"

　　以后两人也见面，不管话题从哪里开始，很自然地，都会回到那个问题上来，是停下来呢，还是继续下去？那天晚上，两人在校园散步，三说两说又说到这里来了。柳依依说："你就不能讲点别的吗？"于是两人又讲别的，没多久，又绕回来了。柳依依说："男人真的好执着啊，怪不得那么多女孩都屈服了。"夏伟凯说："唉，我就是身体太好了。"

　　夏伟凯不屈不挠，掐着指头跟她算日子，讲科学道理。柳依依说："你千万别跟我讲科学，你那个科学有多么科学，我是领教过的。"不管他怎么说，柳依依咬紧牙关只是不肯，好几次她动摇了，但一想到那种冷，想到江书记的话，又坚定了。夏伟凯急了说："你总要给我一条出路吧。"柳依依说："那如果你不认识我呢？"夏伟凯说："你讲点人道主义吧。"柳依依说:"这话该我对你说。"夏伟凯说:"这样下去,我觉得有危险,两个人在一起,总不能靠讲话来维持吧。"柳依依说:"什么意思!"夏伟凯说:"你说呢?感情要讲,的确要讲,但科学也不能不讲吧?"柳依依气得咬牙说:"又跟我讲科学,又跟我讲科学,你的科学就是要做要做要做,做了就科学,不做就不科学!"夏伟凯也生气了说:"你实在要这么讲,那也没错!"柳依依忽地笑了说:"男人,太现实了,看清了,看清了!"夏伟凯说:"你实在要这么讲,那也没错!有这么个现实摆在那里,你要他不现实,那你也太不现实了吧?再说,你就没有现实吗?"柳依依推开他说:"我没有,我没有!你找别人现实去,别找我!"夏伟凯恼了说:"别推我,你想把我推到别人那里去吧!"柳依依更加用力推他:"你去,你去,有人等你!去去,去去去!"夏伟凯发狠说:"她硬要跟我赌气呢!"转身就走了。

  柳依依没想到他真的会走开,站在那里呆住了,看着夏伟凯的宽肩在下自习的人群中闪了一下,消失了。她简直不相信这是真的,麻木地站在那里,不急,不躁,什么都没有想,四顾茫然,根本无法理解周围的一切。风吹过去,吹过去,突然,一个冷战,她惊醒了。她移动了一下脚步,差点摔倒,腿好像不是自己的。这就是校园,这就是人群,这就是世界,都是陌生的。她缓步走到人群中,周围都是欢声笑语,她觉得这些声音非常奇怪,像来自另外一个世界的梦语。她走过去,又走过来,身子轻轻的,像在梦中飘浮。在木兰路上走了不知道几个来回,突然想到宿舍要关门了,就回去了。

  走进宿舍,闻雅说:"依依你到哪里去了?他打电话来好几次了。"柳依依做梦似的应了一声:"哦。"闻雅说:"他很着急的样子。"柳依依说:"哦。"伊帆说:"依依你怎么了,又……又……感冒了?"柳依依说:"没呢。"爬到上铺,用被子蒙了头。苗小慧还没回来,也不知道到哪里去了。电话铃响了,伊帆把话筒递上来,推一推她说:"依依,他找你。"柳依依摇头说:"我病了,说我病了。"又把头蒙上了。如此两三次,铃声就再不响了。

熄灯后,宿舍里特别安静。柳依依在被子里缩成一团,好像沉入了远古洪荒的岁月。意识在大脑的深处挣扎着,有一个亮晶晶的小圆点,像在黑暗的大海深处探测的一个光标,慢慢地,顽强地浮上来,浮上来,越来越清晰。这种清晰让柳依依感到恐惧,她想躲避,想对自己装聋作哑,那太现实,也太残酷了。但是,必须面对,也只能面对。他们之间的关系,在她想来,是既定的,不言而喻的,颠扑不破的。可现在她突然发现,自己的想法太诗意了。今天,她看到了,这种关系是何等的脆弱。无须有什么重大的事件,只要一言不合,一个赌气,就有可能全盘崩溃。自己的初恋,还有那第一次,并不是安全的屏障,更不是幸福的保证,随时可以推倒,理由俯拾皆是。只要他认为没有意义,那么就毫无意义。自己认为有力量说明一切的事情,别人可以认为什么也说明不了,事实也是什么都说明不了。

一夜没睡,第二天早上柳依依挣扎着爬起来上课去。她怕别人问自己是不是又感冒了,那种关切她再也无法承受。吃早饭的时候,她把事情对苗小慧说了,问她:"是世界错了,还是我把世界想错了?"苗小慧说:"世界永远是对的,哪怕它错,你也只能说它错得对。"柳依依觉得她说得对,可这对后面的残忍,她不敢正视。她叹气说:"那就太没意思了。"苗小慧说:"有意思,没意思,你都只能接受,我们总不能去学何凤仪吧。"

跟平时不一样,柳依依这天坐到了最后面,想逃避老师的关注。她神思恍惚,老师在台上讲了什么,她全然不知。她左手支着额头,把大半个脸遮住,右手握着笔,做出做笔记的姿态,其实是昏昏欲睡。第一节课上到一半,旁边有人推她一下,她一惊醒来,顺着那同学

她左手支着额头,把大半个脸遮住,右手握着笔,做出做笔记的姿态,其实是昏昏欲睡。

的眼光看过去，是夏伟凯在窗外对她做手势。她不理他，打起精神去看黑板，余光瞥见夏伟凯一会儿不见了，一会儿又出现了。见到他那焦急的神态，柳依依的紧张感大为松弛，一下子又心软了。下课了她硬挺着不出去，伏在课桌上打瞌睡。有个男生在她身边说："依依你男朋友来了。"她想着，再不出去，全世界都知道自己跟夏伟凯吵架了，就出去了。

柳依依跟在夏伟凯后面走，两人都不作声。好一会儿夏伟凯说："你心怎么这么狠？"柳依依万料不到他竟说出这样一句话来，愣了一下说："才知道什么叫作猪八戒倒打一耙。"转身就走。夏伟凯把她抓住，她挣了几下没挣开，就不挣了。夏伟凯抓住她的袖口说："害得我一整晚都没有睡。我生一下气都不可以呀！"柳依依说："你是王子，你是世界上最后一个男人。"夏伟凯说："我怕你生我的气，又怕你在外面站太久了，想打电话问清楚。你这么狠心不接，害得我担心了一晚没睡。"柳依依恨着自己不争气，两句好话就软下来，总是心太软，心太软。她说："我也一晚没睡呢，我想了好多事。"夏伟凯说："想些什么？我知道，是想我这个王八蛋。"

夏伟凯搂了搂柳依依的肩，柳依依跟着他走。柳依依说："你害得人家又一个上午没上课。"不觉间走到了小伊人旅馆。柳依依说："走错了呢。"夏伟凯说："你看我们昨天都没睡好，是不是找个地方睡一下，"说着把右手食指支起，"就睡一下。"柳依依说："把人家骗来了。"又说："那就说好了啊，睡一觉。"到了房间里夏伟凯来脱她的衣服，她说："刚刚说的话，睡一下，还在嘴边冒热气啊。"夏伟凯伸一根指头说："我是说睡一下呀，就一下，一下。"又说："你可怜可怜我。"柳依依记起江书记要可怜可怜父母老师的话，说："不知道可怜谁，怎么除了我谁都这么可怜。"夏伟凯说："第一是可怜可怜你自己，你问你自己的心吧。"柳依依不作声。夏伟凯说："你不想我？"柳依依承认说:"想,可是,怕,怕呢,好怕的呢。"夏伟凯手嘴并用,柳依依有气无力地说:"那你也采取点措施吧。"夏伟凯说:"谁喜欢戴着帽子洗头呢。"柳依依说:"你的头真是个头,上下都是头。"夏伟凯说:"男人嘛。"又掐了指头给她算日期,"绝对安全,万无一失。"柳依依想着,也只能如此,拖得过今天拖不过明天,说:"男人这东西,我哪说得过你?"

在那个时刻,夏伟凯老是抬头看着床头的一面镜子。柳依依说:"老看镜子干什么?变态!看我啦。"夏伟凯说:"镜子里的你,你,不也是你吗?"

27

元旦前,夏伟凯对柳依依说,要回家几天,就回去了。元旦的晚上,柳依依一个人待在宿舍,忽然意识到这近一年来,自己的全部生活都是围绕着夏伟凯转的,像地球围绕太阳。朋友都疏远了,他们也不来找她,反正找了她也是不去的。她双手托着下巴,茫然地看着桌上那本《传奇》,上面的字黑压压一片,灯光也是凝固的,就像时间一样。忽然身边没有了他,她就不知所措了。在灯下发呆到九点多钟,忽然明白了,自己是在等夏伟凯的电话。十点钟电话没来,觉得等是等不来了,就打过去,他母亲说出去了没有回来,十点半钟打过去,还没有回来,柳依依不好意思再打了。熬到十一点,她实在忍不住,犹豫好一会儿,又拨了电话,竟没人接。她非常不安,他父母睡了,自己还在惊扰,太不应该了。

第二天早上,柳依依算着他们怎么也该起床了,又拨了电话,夏伟凯却出去了，去哪里不知道，说可能是同学家。柳依依忽然想到，夏伟凯昨晚回家应该是很晚很晚了，不然他应该把电话打回来。再往下想，昨晚不打，今天早上也不打吗？他妈妈不会告诉他自己去过电话吗？想到这里她心中一抖，又一抖。她不愿往下想，可又不得不想。他失踪了，现在到底在哪里，跟谁在一起？干什么？再想到他妈妈说话为什么有点吞吞吐吐？想到这里，柳依依浑身发热，马上拨了夏伟凯宿舍的电话，一个叫阿建的同学接了说："他自己说他回家去了。"柳依依放下电话，觉得阿建的话说得怪，又拨了过去说："阿建，夏伟凯到底去哪里了？我有急事找他。"阿建停了一会儿说："不知道，他自己说他回家去了。"柳依依听他的口气，真的有一种冲动，把事情揭开来问，犹豫着，觉得自己没那么强的承受能力，把话筒放下了。

到晚上，柳依依盯着电话筒盯得眼睛发痛，几次想抓起来打，都没有勇气。电话不来，还是不来。到八点多，她不抱希望了，听见夏伟凯在楼下喊："柳依依！柳依依！"柳依依跑下楼去，劈头就问："你这两天到哪里去了？"夏伟凯说："不是告诉你了吗？"柳依依说："我不记得了，你再说一遍！"夏伟凯说："你是什么意思？我昨天很晚才回，早上出去了，下午想着你，就赶回来了，还是坐快车呢。"柳依依说："那你早上怎么不打电话给我？"夏伟凯说："怕你睡懒觉，吵你。"柳依依所有的疑问全消了，气也消了说："你就不想想人家想你啊！"夏伟凯说："所以坐的是快车嘛。"两人找一个角落坐了，说了好多话，夏伟凯就走了。

刚回到宿舍，楼下有个女生在喊："柳依依！柳依依！"柳依依探头看见一个女孩站在灯影中，说："你喊我吗？"那女孩说："我喊柳依依。"柳依依说："我就是她。"女孩说："那我喊你，你下来，我告诉你。"柳依依想叫她就这么告诉，又觉得事情怪怪的，让别人听了不好，就下去了。到大门口那女孩对她说："你就是柳依依？"柳依依说：

"她就是我。你找她干什么？"女孩说："看看你。"又说："看看到底是个什么样的人。"柳依依有一种不好的预感，说："我不认识你。"女孩说："我也是刚认识你。"又说："到那边去。"柳依依想抗拒，却不由自主地跟她走了。两人走到树下，女孩说："这两天我跟夏伟凯在一个同学那里。刚才他把我送到火车站，我又返回来了，跟他搭一辆公交车过来。"笑一笑，"他不知道。我看见他和你坐在那边挺亲热的，想想那个人就是你。你，你为什么要把他从我这里抢走？"柳依依明白了，说："我不知道你，没人跟我说起过你。"女孩说："我跟他五年了，大二开始，同班同学，你算一算，五年了。他现在要移情了，你想一想我的心情，五年了！"女孩哭了，柳依依呆在那里，惊讶地看着她。女孩说："五年了。我在广州这一年多，等他，等他毕业，掐着指头一天天算过去，你想想，掐着指头，一天天算过去。我捡了一千多颗小石头，放在一个瓶子里，满满的一瓶，每过去一天，就丢一颗到另一只瓶子里，像放进去一点希望，活着，就这点希望。现在两个瓶子里的石头差不多平了，可是，可是，你说，你说，怎么办呢？"柳依依自言自语说："怎么办呢？你说，你说，怎么办呢？"女孩说："我也不怪你，你不知道。你现在知道了，对你还不晚，对我也不晚，好好的你，为什么一定要当第三者呢？你答应我，我给你跪下都可以，我比你大几岁，没关系，跪下都可以。"说着就跪了下去。柳依依用力把她拖起来说："你起来，你不起来我就走了。"女孩起来说："国庆节我等了他八天，实在要上班了我才走了。原来也是你，你！"柳依依想起到庐山的前前后后，原来如此。她心里恨着，恨！她说："你去找他，别找我。"

柳依依转身要走，女孩堵住她说："求你了，求你了。我什么都给他了，最好的岁月给他了，什么什么都给他了。说完就完了，我不就完了吗？"说着用手去抹眼泪，"我不怕丑，我告诉你，我还上过医院呢，我付出的太多了。这一切都能这么一笔勾销吗？我知道他这样的男孩要守，要守，要守，我不该去广州。"柳依依说："你怎么不早点告诉我，国庆节你早几天来，那你还来得及。"女孩说："现在也来得及，来得及。"柳依依说："来得及你去找他。"女孩说："那你答应我了？"柳依依说："你去找他。我要回去了，大门要关了。"

那女孩突然变了神态，非常冷静地说："小妹，劝你别找他那样的男人，感情上没个定准，你会吃亏的。"柳依依说："你的意思是让你一个人把亏全吃了？"女孩说："我反正已经亏到头了，总不能让天下的姐妹都吃亏吧，小妹。"柳依依说："高尚。"女孩自嘲地笑了笑："我承认我也有点私心，主要是已经习惯他了。五年了，五年！他这个人有很多臭毛病，我能忍，你能忍吗？忍得了别的忍得了他花心吗？"柳依依说："高尚。"女孩又笑笑，凄然地笑说："我没有办法了，到今天是块狗屎我也只能吃下去，能不吃吗？我付出的太多了，我是女人，我只有那么点最珍贵的东西，全部都付出去了，我只能潇洒走一回，没有第二回，因为我是女人。我如果是个男人我今天就不来找你了，我是女人。"她极心痛地叹息一声，"我是女人，所以根本无法潇洒地再走一回，那是男人唱的，让女人来唱就成了屁话，屁话！"柳依依本有些同情她了，听她说出"屁话"两个字，心又硬了说："天下只有你一个是女人吗？"女孩说："你还年轻，小妹，还有的是时间折腾，还没受那么多伤。"柳依依说："你不要总以为只有自己才受过伤，才吃得下狗屎，别人也是女人啊！"女孩说："你也付出了，我承认，可是，"她停一停，"可是，你总没进过医院吧，没付出五年吧，小妹？我不怕丑，我顾不上了，我什么都说出来了。"柳依依听她口气，那倒不像丑，而是辉煌的历史。女孩说："你还年轻，你有的是时间折腾。"柳依依轻笑一声，笑得有点阴，连她自己也觉得瘆人，"你无法潇洒再走一回，要我去走，你要我别吃狗屎，留给自己吃，你付出了无法重来，我还年轻，我知道了。"转了身跑开去说："要关门了。"女孩在后面喊："拜托你了，小妹，你要小心，小心，小心啊，小妹！"

上楼的时候柳依依以为自己又会睡不着了，谁知头一碰枕头就沉沉地睡了。不知过了多久，觉得有人推自己，用力睁开眼一看，是苗小慧。天已经大亮了，苗小慧说："快到了。"柳依依说："好困。"苗小慧凑上来摸摸她的额头说："又感冒了？"柳依依说："没有。"苗小慧发现她枕头上一片濡湿，悄声说："怎么了，依依？"柳依依这才知道自己在梦中流了那么多泪，说："做噩梦了，噩梦。"突然爆发性地想哭，咬紧牙关压了下去，把头缩到被子里说："你上课去吧，陶教授点名，你就替我应一声。"苗小慧说："这个屁教授，课又没人愿听，还要点名，好郁闷的。"在被子外面拍了拍，就走了。

宿舍里特别安静。柳依依把头探出来，人都走了。突然，她意外地，连自己也不理解地，笑了一声。这时电话铃响了，是夏伟凯。她说："你还打电话来干什么？"夏伟凯大为吃惊说："发生了什么事情？"柳依依看他还想掩盖，说："发生了以前发生过的事，以前发生过什么事情，你自己都不知道吗？"突然觉得没有必要绕来绕去，就说："这两天你到底到哪里去了？"就啪地把电话放下了。

柳依依想着夏伟凯会马上把电话打回来，打算好了无论如何都不接的。谁知铃声没响，过了一会儿还是没响。她感到很意外，又很失落，偷偷地朝电话机望了几次，蒙了头去睡。这次真的完了，完了。她想把事情想个清楚，却不知为什么，逃避着，不愿去想。蒙眬中有人推她，她想着是苗小慧，说："陶教授点我的名没有？"却是夏伟凯的声音："还在睡懒觉——谁对你说了什么？"柳依依身子一扭说："别动，你那手到处乱摸的，把我被子弄脏了。"夏伟凯站在床前说："看她好骄傲呢。"柳依依一下子坐起来："我有什么本钱骄傲？谁跟了这个，又跟那个，那才有本钱骄傲呢！松手，把我被子弄脏了,把我身上也弄脏了。"夏伟凯叹口气说:"她什么时候跟你说的?"柳依依说:"随时。"夏伟凯说:"我承认我以前有一个女朋友。以前的事,就算了吧,女孩还要查我们的历史?"柳依依哼一声说:"查历史是你们男人的权利,到处乱摸也是你们男人的权利。我能把你变成一个女人?什么世道?什么逻辑?"夏伟凯说:"男的嘛,男的嘛,改正错误就好了嘛。唉,多大点事呢。"柳依依说:"多大点事?天都塌了!"又说,"那犯错误是你们的特权?我也去犯错误,你同意吗?"夏伟凯说:"不行。"又说,"如果在我认识你以前,那就算了,我也不追究了,算了。现在那不行。"柳依依冷笑说:"这么自私的人,自私是你们的特权,只会坐在自己的屁股上去感受一切,对自己永远宽宏大量,也要求别人对你们宽宏大量。"夏伟凯说:"谁不是坐在自己的屁股上感受一切?"他突然来了灵感似的说:"你跟了我还好一点,反正都过去了,你跟了别人呢,他就那么好?我看他的历史还复杂些,你还去调查?你想着他是怎么怎么单纯的,实话实说,没有!你还想做那个梦?除非他十八岁,不,十五岁。你还不如委屈一点,唉,这算什么委屈呢,就算是委屈,委屈那么一点点,跟我算了。"柳依依拼命摇头说:"我不想委屈,我委屈不了,我这个委屈都咽得下去,我在人间就没有什么咽不下去了。"

夏伟凯站在那里,不作声。两人这么对望着,沉默。冬日的阳光照在夏伟凯的脸上,一半明,一半暗。柳依依看看他的脸,总觉得哪里有点不对劲,不知是鼻翼的线条还是什么地方,越看越不对劲。夏伟凯的脸在明暗之间晃动,半天说:"这不能怪我。"柳依依说:"是的,应该怪我,哼哼。"夏伟凯说:"那确实。"又说,"谁叫你不早点认识我?你早点认识我就没有这些事了。"柳依依掐指算了一下说:"是的,我高一就应该认识你,还要献给你,不那样你就过不下去了。"叹一口气,"五年啊,多少事啊,多少次啊,不敢去想,真的不敢去想。"夏伟凯说:"女孩不要想那么多，想了也没什么意思，只是烦恼了自己。"

柳依依躺了下去，用被子捂着头，不再说话。夏伟凯站到凳子上，用力地把被子掀开。柳依依等他松了手，又把被子拉上来，在里面用力抓住，夏伟凯拉了几下没拉动，把手伸到被子里去。柳依依说："冷呢。"又说，"你那双手脏脏的，等你走了我还要洗我的被子，还要洗澡。"夏伟凯笑了笑说："说过来说过去，说过去又说过来，还是要怪你。你要是别长这么苗条漂亮，兰花一样淡泊雅静，肥嘟嘟的又一脸横肉，那我就不会理你，后面的事情就都没有了。"柳依依猛地掀开被子坐起来，"你还想要我一脸横肉！"夏伟凯吓了一跳，跳下凳子闪开去。柳依依看他那神态，忍不住笑了，马上又感到这笑不合时宜，轻浮，就收了笑说："谁跟你笑！"夏伟凯捂了嘴笑说："谁跟我笑？"又说："我还以为你要打我呢。"柳依依说："打你？我这么干净的手，打你？"夏伟凯说："真的那么干净吗？"柳依依看看自己的手说："我不干净。你走吧，你走。"夏伟凯说："我没说你不干净，你自己老说我不干净，我那么不干净你怎么会那么干净呢？在我这你永远是干净的，跟了别人，他又要追问你干净不干净，麻烦。"

这是个问题，柳依依心中刺刺地痛。她靠在床上闭了眼不作声。夏伟凯站在那里，把那几句话翻来覆去地讲，讲了半个多小时，柳依依只是不作声。夏伟凯说："真的不理我？是你自己不理我的啊，那我走了。"柳依依并不睁开眼，用力鼓掌几下。夏伟凯说："你不能这样摧残一个男人的自尊。"柳依依仍闭了眼，有气无力地说："难道摧残别人的自尊也是男人的特权？"夏伟凯叹气说："太固执了。"半天又说："那我只有走了，是你自己不理我的啊。"就出去了。门口砰地响了一声。柳依依睁开眼，看见门还在颤动，人却不见了。这时夏伟凯又推门进来说："让我最后再看你一眼。"柳依依马上闭了眼。夏伟凯站在床前有几分钟，不说话，最后说："你真的做得这么绝？"见柳依依没有反应，就出去了。

柳依依望着门，呆呆的，好像不明白发生了什么事情。也不知过了多久，同学们都下课回来了。苗小慧说："依依你还懒在床上？"柳依依一怔，回到了现实，开始理解周围的一切。闻雅跟伊帆在议论陶教授的课，今天他提到了一本刚出来的小说，说的是应该尊重身体的权利，那是生命信号，不应该压抑，要尊重人性，因此也要有平常心。听她们在议论，柳依依心里对陶教授恨了起来，这不是为夏伟凯辩护吗？她觉得非常神奇，陶教授平时讲革命史，念经似的，大家都不爱听，从没人课后议论过。今天怎么突然讲到了这个话题，好像他知道自己这里发生了什么似的。苗小慧说："陶教授今天总算找到了几句不让人打瞌睡的话来讲，那些男生以后要害人那是天经地义的了。"柳依依说："什么世道什么逻辑？身体的权利已经无边无际，心灵都被挤得没有一点空间了，还在这里嚷嚷嚷嚷嚷的。"闻雅说："从今以后我对男人就更绝望了。"苗小慧说："对男人的绝望其实就是对世界的绝望。"柳依依说："不幸的是，我们还要在空虚绝望的世界里活下去。"

28

接下来几天柳依依一直在问自己，如果夏伟凯来找自己怎么办？不理他！每次她在心中得出这个结论，就有一种报复性的快意。可过不了多久，又会把这个问题再一次提出来，仿佛这问题是只识途的叭儿狗，她的心就是这狗的家，不论自己把这只狗赶出多远，它都会找到家里来。

三天过去了，四天过去了，五天过去了，柳依依的心中越来越虚，似乎是盼着他来，好给自己一个理直气壮拒绝的机会，后来又发现，自己真正想的不是拒绝，而是原谅。明白了这一点，柳依依恨自己恨得想哭，怎么这么争不来这口气？不见夏伟凯已经有五天，心中那个虚无的空间一天天扩展，像一只怪兽日渐长大，释放出一种吞噬的欲望。

到了第六天，柳依依还是在恨着夏伟凯，可这个恨已不是原来那个恨了，而是恨他竟不给自己一个原谅他的机会。她想，才这么几天，自己的心境居然发生了这种不可思议的变化，像身体的某个角落站着一个神秘的小人儿发出了不容讨论的指令。怎么回事？没有答案。正因为没有答案，情感的走向分外明确，也分外强烈。柳依依不能对自己内心的呼唤长久地装聋作哑。爱情是不讲道理的。以前她听着这话，觉得是疯话，现在才发现这疯话竟然是个真理。原来自己也是这么个不讲道理的人，她对自己感到失望，可失望之后就更不想讲那个道理了。

犹豫着柳依依还是把事情告诉了苗小慧。有点犹豫，因为是彻底的没面子。苗小慧说："他身边还有别的女孩吗？"柳依依说："没有。"苗小慧说："肯定？"柳依依说："肯定！"苗小慧说："那我想他还会来找你。"柳依依心中的紧张感大为松弛，但还是不相信地说："为什么？"想得到一个证明。苗小慧说："为什么，因为他是个男人。"这个回答是柳依依没有想到的，可经苗小慧说出来，她觉得虽然赤裸，却很实在。可这不是她想得到的答案，她希望的答案是他会来，会来的原因是精神的、感情的、飘啊飘的，就像电视剧中演的那样。柳依依有点难堪，真这样那自己成了什么了？但她没把难堪表露出来，她知道苗小慧是真朋友，才这样说话的。柳依依偏着说："那我不理他！"苗小慧说："你会理他。"柳依依说："就不理！凭什么理？"苗小慧说："凭什么，因为你是女——我不说了。"柳依依说："小慧你这样看我？你以为我是你吧，看到一个帅哥身子就软软软。"苗小慧笑了笑说："你已经——我不说了。"柳依依从后面捏她脖子说："还有什么，你都吐出来！吐出来不？"用力掐了一下。苗小慧叫道:"救命啊!有人下毒手!我说,说还不成吗?"柳依依松了点劲,还是捏着。苗小慧说:"那我说了啊。你已经知道男人是怎么回事了。"柳依依心里顿了一下,嘴里说:"你这么看我!"把苗小慧的耳垂又扯了一下,却不再争辩。

离开苗小慧,柳依依呆呆的有好一会儿。她简直不敢正视自己,太羞愧了。几天来,她恨自己不讲道理,现在才明白了,自己并不是不讲道理,而是这道理有另一种讲法。苗小慧把这个道理说了出来,自己不得不服。太羞愧了。现在她在心里承认了,自己对夏伟凯已经有了依恋,身心的双重依恋,太羞愧了。她忽然省悟到,那个女孩也有这种依恋,而且比自己更深、更强烈,因此也更疯狂更不顾一切。想到这一点柳依依又气了起来,恨了起来,气过了恨过了,还是拗不过自己,剩下的只有满心的委屈。

广州那女孩一天之内来了几个电话,开始问她想得怎么样了,柳依依说,你去问他,就把电话挂了。铃声马上又响起来,柳依依不想接,又怕别人接了,对方会说出什么话来,只好接了,耐心地听下去。女孩在电话中哭,把自己的历史从头说起,甚至说到了小伊人,说到了某个房间,还有床头的那面镜子。柳依依听得全身发热,恨不得立刻就把话筒摔了,可又有摔不得的苦,只好硬着头皮听着。但有一点柳依依是明白的,夏伟凯没给这女孩任何希望。她越是不顾一切,越是疯狂,就越是说明事情对她来说即将画上句号。她的黄昏就是自己的黎明,这也是博弈。想到这一点,柳依依有了一种委屈得到补偿的快意。

这样的电话真的就再没有来。柳依依心中有点可怜她,又有点感谢她。如果她再疯狂一点,把这些事对自己的同学讲了,那这个脸就丢得大了,不要一天就会传遍全院。柳依依也不明白她为什么没用这个撒手锏,总之是有点庆幸。让她在那个陌生的城市从头开始吧。柳依依给了她一个真心的祝福。

柳依依在心里彻底地原谅了夏伟凯，他这么多天没理自己，是广州那边的事没有理顺。细想之下，他也不容易啊，那么容易就能理顺吗？现在应该是理顺了。理顺了，就该来找自己，给自己一个说法了。想来想去，也只能原谅，没有办法，只能原谅。她感到了这原谅不太像原谅，倒像是自己低了头，甚至是打掉了牙和着血吞下去。这样想着，她感到了一种嗜血的快意。她生自己的气，气一阵就不气了，气了也白气，这可是自己气自己啊。苗小慧常说，女孩不要为别人的错误伤害自己，是这么回事。

果然夏伟凯就打电话来说："我晚上来找你吧。"柳依依有点失望，你检讨还没做呢。她嘴上说："晚上我要看书。"马上又说："到图书馆去看。"夏伟凯说："你几点钟去？"柳依依说："不关你的事。"就把电话挂了。

吃了晚饭，柳依依想早点到图书馆去，又怕他还没到，晚点去吧，让他久等，考验他的诚意，又怕他真的等得不耐烦了，走了，或者到宿舍来找，就错过了。七上八下老半天，还是按时去了。到了门口，夏伟凯从黑暗中闪出来说："等你好久了。"就来拉她的手。柳依依把他的手甩开说："别吵。"夏伟凯搓着双手说："还生我气呀！"又说："都是你的错，花儿为什么这样红，你害人呢。"柳依依忍不住哧的笑了一声。夏伟凯说："走吧。"就往草坪走去。柳依依跟在后面说："人家还要看书呢，人家就要考试了。"夏伟凯说："一会儿，一会儿。"拉着她的手在草地上并肩坐下，指头一下一下在她手心轻轻搔着。柳依依说："人家痒呢。"也不把手抽回来。夏伟凯说："过去的事就画上句号了，谁再提谁错。"又在她手心圈了几下。柳依依说："你还没做检讨呢。"夏伟凯嘻嘻说："刚才在你手心写那么长一份检讨，你没感觉？难道还要到省报上去登一篇？"把柳依依抱到膝上坐了。柳依依说："不要脸。"夏伟凯说："我真不要脸，我怎么这么不要脸呢，还抱女孩呢。"柳依依说："你抱得太多了。"夏伟凯说："起码有几十次了呢，抱你。"柳依依说："真的不敢去想。"突然爆发似的说："我要咬你，我要咬你！"就去咬他的肩。衣服太厚了，咬不着，又去咬他的耳朵，被他闪开了。柳依依把他的衣袖推上去，咬着了他的手腕，夏伟凯轻声叫道："救命啊！救命啊！ 110！"柳依依咬了一会儿，就顺势躺在他怀里了，仰脸望着他，好一会儿说："你是谁？我恨你。"

接下来两个人又相互告知这几天自己的心情，说来说去，竟是无限思念。柳依依说："没良心。"夏伟凯说："你没良心，害得我这几天人不人鬼不鬼的。"柳依依心中很是滋味，嘴里说："鬼知道你鬼不鬼没有？"夏伟凯赌咒发誓，说自己怎么吃不下睡不着，瘦了多少多少，柳依依全信了，嘴里说："造谣。"

说了很久，夏伟凯说："走吧。"把柳依依拉起来。柳依依说："到哪里去？"夏伟凯说："到该去的地方去。"又说："我都快不记得你是什么样子了。"柳依依跟在他后面走，心里有种抵触，说："人家还要看书呢。"快到小伊人了，柳依依说："不去那里。"夏伟凯怔了怔，突然省悟了说："那就去另一家。"柳依依说："不想照镜子。"

这家小旅馆叫营地。女老板说："开空调吗，开空调才多十块钱。"夏伟凯说："开，这么冷的天，开。"进了房夏伟凯有些迫不及待，柳依依则是木木的，由他去弄。夏伟凯叫她手弯一下，她就弯一下。在那个时候柳依依一声不吭。夏伟凯说："你也是个活人，也动一动。"柳依依不动，也不吭声，眼泪沁了出来。夏伟凯用手给她擦去说："好，好好的，哭，哭什么呢？"柳依依的眼泪更多了。夏伟凯继续着，一边说："好，好了，咱们，咱们开，开始，开始新的，生活吧。"柳依依自己也没料到，突然抬起身子抱着夏伟凯说："我要嫁给你！我要嫁给你！""当然，当然，那是当然的。"夏伟凯说。过几天柳依依再说到这句话时，夏伟凯说："那是当然的。"柳依依说："那就明年。"夏伟凯说："明年咱们就毕业了，咱们到广州去找工作，每天日日夜夜都在一起。"柳依依说："谁跟你住一起！"夏伟凯说："那难道还租两间房打隔壁？什么年代了。"柳依依说："那不去广州。"夏伟凯说："不去广州。唉，其实，你想那么多干什么。"柳依依说："不去广州。"夏伟凯说："那就去深圳。那边从去年开始又热闹起来了，开放搞活了，钱遍地打滚。"柳依依说："也不去，离广州太近了。"夏伟凯笑了说："哦，哦，哦。你想得太多了，什么事都想得太多了。不去就不去。"柳依依说："到上海去，还要结婚。"夏伟凯说："当然，当然。不过，结了婚住在哪里呢？租间小房子就把婚结起来，那太对不起你了。"柳依依扭着身子说："你是男人嘛，你想办法。"夏伟凯说："我们奋斗几年，赚出一套房子，风风光光地结婚。"柳依依说："我不想那么久，把自己等老了。我们先把那证拿了，慢慢再说。"夏伟凯说："一张纸吧，怎么看得跟条命似的。"柳依依用肩撞他说："我就要，我就要。哪个男人说那是一张纸，我怀疑他居心不良，不然他怎么会这么说？那张纸就是我的命，我不是傻女孩，傻女孩才说那张纸是一张纸，我不傻。"又说："跟你闹着玩的女人也说那张纸是一张纸，我没跟你闹着玩，我感情上玩不起，时间上也玩不起，我是女的。玩得起我就不是柳依依了。"

柳依依把事情的前前后后都向苗小慧汇报了，苗小慧说："说了他会来找你吧。"柳依依说："怎么你总是知道？神算子呀！"苗小慧说："因为我了解男人。"柳依依不想承认这一点，又无法否定，试探着问："男人又怎么样？"苗小慧说："男人的情感跟着他的身体走，他拗不过自己这块肉。他对你有性趣，他总会对你有兴趣的，没有性趣就没兴趣了。我只想他有没有兴趣，感情方面的细节我都不去想，百发百中。"柳依依说："他们没这么可怕吧。"苗小慧说："哪天他要走了，什么山高路远，水深火热，缘分到头，都是假的，没了兴趣是真的。依依你别傻。"柳依依听得心里发麻，想一想夏伟凯，怎么也不愿承认这一点，嘴里说："恐怖，恐怖，男人没那么恐怖吧？"柳依依想，苗小慧可能太偏激了，她周围的男人都那样，无论如何，夏伟凯应该是个例外，是个例外。苗小慧说："我这话说给别的女孩听，她们都会承认，但又想着自己是唯一的例外。你呢，我不知道。"柳依依心里吓一跳，她怎么知道自己在想什么？难道这世界上真有通灵术吗？她含糊着说："是的，是的。"苗小慧说："依依你把他守紧点，他那么阳光，会照亮很多女孩的心的，会害死几个人的。你只要守住了他，你一辈子就成功了一大半，他会有出息的。"柳依依说："我懒得守！还要我守，那太没意思了。"话说出来又觉得不太踏实，又说："怎么守呢，总不能二十四小时跟着他吧。"苗小慧说："你不会在他旁边埋伏几个暗哨？"就说了若干策略。柳依依心里觉得有理，嘴里却说："那太那个了吧。"

　　以后柳依依去找夏伟凯，就用心跟阿建几个人打交道，嘘寒问暖的。寒假过后，她带了一大堆土特产给他们，夏伟凯多少，他们也是多少。夏伟凯说："我倒是大方，要别人还以为你要移情了呢，前奏都吹响了。"老鱼说："没那个福气，命啊，命！"阿建说："我们又不会打篮球。我没希望了，我儿子将来别的学不学都没关系，篮球一定要打好。"

29

　　飞快飞快地，就这么又过了一年。

　　明天是圣诞节。下午下了课出来，柳依依感到了校园里节日的气氛。有的学生在木兰路摆了地摊叫卖圣诞树啊等各种礼品，不少人戴着圣诞老人的帽子兴冲冲地来来往往。柳依依早就跟夏伟凯约好，平安夜要找个地方去疯疯乐乐的，乐完这一夜，就考研冲刺了。她去找夏伟凯，又买了水果给老鱼阿建他们带去。到了宿舍，阿建老鱼都在，夏伟凯还没回来。柳依依把水果分给他们，问一声："他呢？"阿建说："好像被谁叫到哪里干什么去了。"柳依依嗯了一声，捧着本书看，一会儿又放下跟他们闲扯。快到吃饭的时候夏伟凯还没回来，阿建说："依依你吃饭吗？我给你带份饭回来。"柳依依觉得这话问得怪，说："他呢？"老鱼说："听他在电话里说有点什么事去了，要不你自己去玩吧。"柳依依一笑，强作潇洒说："早点告诉我呀。"站起来就走，想着还来得及加入同学或老乡那伙人中间去。走到车站她想着不对，马上又返了回去，只有阿建一个人在吃饭。她问："老鱼呢？"阿建说："被他女朋友叫走了。"她说："他呢？"阿建说："好像是谁把他叫到哪里干什么了。"她说："谁呢？那个谁不知道今天是平安夜呀？"阿建张嘴想说什么，犹豫一下说："她就是太知道了。"柳依依又一愣说："怪怪的！他是谁？他他他……她她她是男他还是女她？"阿建低头吃饭说："她她她，她，她……你别说我说的啊。"柳依依心里嗡的一响说："阿建。"阿建抬起头望她一眼，又低头吃饭。柳依依嘿地笑了一声，笑得自己心里发痛。阿建说："你去问老鱼，他都知道。"柳依依说："我不问老鱼，我要问你。"阿建说："依依，他交代保密的。你别说是我告诉你的，好吗？"柳依依说："好。"阿建说："依依你还不知道？早两个月他到省里比球，艺专不是有一支篮球宝贝去捧场吗？就是一个篮球宝贝。"柳依依头上的血一涌一涌的，笑一声说："谢谢你，阿建。"站起来就走。阿建说："你也别太怪他了，那些宝贝穿着紧身衣一晃一闪的，给谁谁的眼都会发花。"柳依依对着阿建吼了一声："你们男人！"

下了楼，柳依依不知往哪儿走，机械地移动脚步到了东方红广场上。天完全黑了，有几个学生扮成圣诞老人在大声叫卖荧光棒，数不清的情侣依偎着兴冲冲从她身边闪过。以前看到这样的情景她总想着

只有爱情可以不讲诚信,所有的诺言都可以轻轻推倒,像一个顽童随意地一伸手,推倒刚刚搭好的一堆积木。

地久天长,今天每过去一对情侣她都在心中念叨一声"伪爱情",想着他们昨天才相识,明天就分手。"演戏,都是演戏,演给自己看,也给别人看。在戏中待久了就有了幻觉,对自己说这就是真实。"柳依依这么想着,忽然大彻大悟,就像一个孩子发现父母的亲情也不真实,信念顷刻瓦解。人们天天都在说要讲诚信,要讲诚信,商家一块钱卖一杯酸奶也要讲诚信,顾客吃坏了肚子是要索赔的。只有爱情可以不讲诚信,所有的诺言都可以轻轻推倒,像一个顽童随意地一伸手,推倒刚刚搭好的一堆积木。到哪里去告他?嘿,连倾诉的地方都没有,只能认了活该。一个圣诞老人打扮的男生向她推销荧光棒,她机械地拿出钱包,掏出钱来,呆看着,想了好一会儿才意识到这是一张五元的票子。男生把钱抽过去,找还她两块钱。她接过钱,挑逗地朝他媚笑了一下。他马上问她是哪个系的,是不是一起去喝杯咖啡?她又虚伪地媚笑一下,在心中欣赏着自己的表演,转身就走。她走出了好远,那男生还在用询问的目光呆望着她。

在广场上游荡了一阵,柳依依猛地意识到自己是在找夏伟凯。她捏了捏手中的荧光棒,朦胧地感觉到如果碰到了他和那个宝贝,这棒子是会派上用场的。她记起来,这段时间几次很晚打电话给他,他都没回宿舍,后来问起,就说是在实验室。她心中灵感似的一闪,忽然意识到自己的想象力不够,太不够了。那些晚上他回宿舍没有?跟谁在一起?又干了什么?想到这里柳依依清醒了,马上回去找阿建,要赶在夏伟凯把谎话编圆之前弄清真相。她快步往前走,在心中问自己:"弄清了又怎么样?还不是让自己更难堪?"这样想着犹豫了一下,脚步放慢,停了下来,但马上又怀着一种悲壮的牺牲激情向前走了,"我宁可把脸皮撕下来,丢在地上当西瓜皮让别人踩,也不当傻瓜!"

在宿舍大门口柳依依把阿建堵住了。阿建看她的脸色,很慌张地说:"依依,你怎么了?——我老乡已经在等我了!"想从旁边晃过去。

柳依依侧了身子挡住他，阴沉沉地说："阿建。"阿建紧张地说："依依你怎么了？"柳依依嘿嘿笑两声，眼泪流了下来，"阿建，你说天下还有比我更可怜的女孩吗？今天圣诞节，阿建。"阿建说："依依，你怎么了？"柳依依哀声说："阿建，我付出太多了，你可怜可怜我。"阿建说："别这样说，依依你别这样。"阿建把她带到门外说："你要我怎么帮助你？"柳依依说："你说真的。"她上前一步，逼视着他。阿建本能地退了一步说："我说真的。"她说："这一段时间，他是不是总是晚上不回来？"阿建说："是有那么……几天，那个宝贝不是个好东西！"柳依依说："是好东西他也不会有兴趣了！"说了这话又觉得不对，把自己也骂了。

　　柳依依到了营地，在门口想一想不对，应该去小伊人。在小伊人门口，看见老板娘在给一对小情侣登记。她怕老板娘认出自己，又退到了门外。想一想有一年没来了，不会认出来吧，等别人离开了，就走了过去。老板娘说："拿身份证登记一下。"把本子递给她。她看到这一页没夏伟凯的名字，就往前面翻，老板娘抢过去说："不能乱翻！"柳依依说："我有个表弟跟家里赌气跑出来了，到这边来找他同学，我想看看在这里住过没有。"老板娘说："不给看的。"柳依依故作迟疑说："怎么办呢？姨妈吩咐我一家家找到的。"掏出十块钱递过去说："帮个忙吧，万一找到了呢？"老板娘收了钱，让她去翻。柳依依翻了前面两个月的登记，夏伟凯来过八次，最早的一次是十月二十四号。她在心里算了一下，那次到省里比赛，是十月十一号结束的，也就是说，还不到半个月，他们就到这里来了。柳依依怎么也没想到，那宝贝有这么贱，夏伟凯也这么贱，跟那么贱的人混在一起就是他贱的证明。想到自己竟跟这么贱这么脏的人来往了一年多两年，无所不为，她感到了无地自容的羞愧，还有身心撕裂的痛苦。走出小伊人，柳依依在台阶上踏了个空，摔倒在地，爬起来拍拍手上湿湿的尘土，站稳了，喘息着，痛恨着夏伟凯，又似乎真正痛恨的还是自己。活该，活该。她体味着胸腔之中的那颗心在撕裂，肉质的，滴着血的撕裂。

站在那里不动，柳依依想着那一对贱人一定会来的，他们情令智昏，不会放过这一个夜晚。对这一点她很有把握，她了解他。这么想着她又觉得并不了解他，在鼻子下发生了这么大的事情，也这么久了，自己竟连气息都没有闻到。那几场球，她场场都到了现场，眼睛就没离开过他，他们是怎么勾搭上的呢？这样的阳光男孩，要守，自己明白这一点，也尽心尽力去守了，竟没有守住，被一个小小妖精钻了进来。太大意了。也许，他们在自己的眼皮底下，交换了一个电话号码。她在心中痛骂自己："蠢啊蠢啊，你，你，你，你，你……蠢！"

这时她下定了决心，就在今天晚上，一定要抓住这个机会，当面给这一对贱人一个羞辱。她想象着那个宝贝惊慌失措的神态，还有夏伟凯被揭穿的难堪，在心中偷偷地笑了。这么想着她躲到一棵大樟树后面，眼睛用力地盯着小伊人的大门，哈哈，机会马上就要来了，来了，嘿嘿。柳依依甚至有点得意起来。

雪越下越大了，在灯影下尽情飞舞。冷风一点一点渗到身体中去。她不住地跺脚，枯草发出了细微的断裂之声。她抱着树干避风，脸贴紧了树皮轻轻擦着，像依恋一个亲人。有了这种感觉，她把树干抱得更紧了。不知怎么一来，她忽然想起了一年前，也是这样一个寒冷的夜晚，那个广州的女孩来找自己。想不到今天自己也落到她那样的境地了。想到这里她的信心产生了动摇。等会儿那个宝贝来了，自己能说什么？怒斥她当第三者？痛陈自己付出太多太多？有什么用？这些话不是曾经有人对自己说过吗？有什么用？自己越是理直气壮，就越是充分地表演失败，就越是自取其辱。自己还有点可怜那个广州女孩，而宝贝，可以肯定，连可怜自己的心情都不会有。总不能扑上去厮打拔头发吧？那么去向别人控诉那一对贱人？你越是伤心，就越是充分地表演失败，越是自取其辱。她想来想去，竟没有任何人任何力量能够保护自己，除了自己的聪明和理智。想起这一两年的经历，她叹了口气。如果那些付出是牺牲，那么，这种牺牲毫无意义，一切都付诸东流了，甘心不甘心，都付诸东流了，而且，无处申诉。天下有多少女孩，都把这撕心裂肺的痛苦默默咽了下去啊！

柳依依眼前忽地一亮，看见夏伟凯和一女孩走了过来。夏伟凯搂着女孩的肩，另一只手撑着一张报纸为她挡着雪花。女孩身子往他身上歪着，在娇滴滴地笑。这些动作是她熟悉的，他也曾这么讨自己的欢心。柳依依松开树干，往前跨了一步，停住了。没有意义，让他去吧，没有意义。他们难堪，自己更难堪。等他们进了小伊人，她看见他们在老板娘那里登记了，进去。柳依依看看表，还不到九点，这么早就回来了，平安夜也不去疯了，迫不及待了。他们要换一种方式疯。想到这里，柳依依感到了一阵尖锐的刺痛。她回到树边，把树干紧紧抱住，轻声哭泣起来，觉得沉默的树在理解自己的委屈。哭泣中她不时地抬腕看看手表，暗暗地设想着在那间有镜子的房间里发生的事情的进程。一切都是熟悉的，一种姿态，一声呢喃，一阵喘息。她甚至能够准确地想象事情已经进入了怎样的状态，她太熟悉他的节奏了。这样想着，她对自己的身子有了一种厌恶感，脏，贱。有一瞬间，她产生了跑过去拍门的冲动，忍住了，开始后悔刚才没有在门口截住他们。再一想也不行，自己是谁？有什么资格去截住他们？这时她感觉到雪落在头上已经融化，头发全湿了，衣服也湿了，水从脖子流到身体中去。她沉沉地移动脚步，好像腿不是自己的。无目的地走着，也不知走了多久，她发现自己到了江边。北风裹着雪花灌进她脖子里去，全身冰冷。远处，在灯光的尽头，黑黑的一线是那一片小树林，自己和夏伟凯就是从那里开始的。不到两年，一切都灰飞烟灭了。江中的水已经很浅。很多次自己陪夏伟凯在江中游泳，河滩上留下许多故事，许多回忆。在那边更远的地方，是何凤仪三年前投江的地方。当时柳依依远远地看着，不敢走近。何凤仪躺在河滩上，身上的衣服还穿得好好的，像一个人躺在那里熟睡。柳依依一直不理解她，现在理解了，她不能把悲愤和绝望默默地咽下去，就走了绝路。

迎着风，柳依依感到了脸上的泪带来的微冷，她长长地舒了一口气，张开嘴让冷风灌到身体中去。她想，何凤仪，你太认真了，为什么要那么执着，而不能潇洒一点呢？你唯一的错，就是在这个不能认真的世界上太认真了。

30

不敢认真，也不必认真。只要不认真，不在乎，不爱，把爱情像拍苍蝇一样拍死，事情就简单了。横竖都是一辈子，有必要那么认真吗？走下大堤时柳依依这么想着，觉得心里舒服了一点。她又长长地舒了口气："沧海一声笑，人生一场梦！"嘿嘿笑了几声。黑暗中遥远的地方有人在唱：

揭开真相总是很残忍，
劝你别做痴心人，
爱要保留几分。

柳依依泪水涌出来，痛哭几声，在风中空空洞洞，咬牙忍住了。

大堤下有个中年男人撑着伞走过来，问她到麓城大学怎么走。柳依依指给他方向，他似乎没有明白，她就解释了几句。在她说话的时候，他把伞斜过来，为她挡住雪。这个举动使柳依依有了点好感，就多望了他一眼，是一个风度还不错的中年人。

中年人走了，柳依依也走。走不多远中年人回过头来看她，就停在那里。柳依依看看四下无人，有点怕，但还是壮着胆走过去，越过那人的时候，两人的羽绒衣擦了一下，发出一种轻响。那中年人说："你也到伞底下来吧，看雪这么大，你头发都湿了。"也不等她同意，就把伞斜过来，跟她并排走。很奇怪地，柳依依没了害怕的感觉，沉默着走。那人说："怎么今天一个人跑到江边去呢，平安夜呢。"柳依依说："不知道！"觉得太生硬了，又说："你呢，你不一样吗？"中年男人沉默一会儿说："都是失意之人啊！"柳依依情不自禁地轻叹一声，忽然感到这人很聪明，很能理解人，突然有了一种冲动，想跟他交流似的，忍住了。这时走到了马路上，人多了起来。柳依依说："麓城大学，这就是了。"准备离开。男人说："不想找个地方说说话吗？我一天没跟人说话了。"柳依依觉得很突兀，望着他，他微笑着眼中闪着热切的光。他见她犹豫，又说："叫个车找家宾馆，喝杯热咖啡吧。"柳依依一听"宾馆"两个字，就明白了，说了声："同学在等我呢！"就跑开了。

　　半夜，柳依依躺在床上翻来覆去，怎么也找不到一个可以入睡的姿势，真不知平时是怎么睡着的。后来，她干脆放弃了入睡的努力，残忍地去想今晚发生的事情，去想夏伟凯现在正处于怎样怎样的状态。想来想去，唯一的出路就是不必认真。只要不认真，不在乎，不爱，事情就简单了，也轻松了，怎么样不是一辈子？苗小慧说，不要为别人的错误折磨自己。听起来那么潇洒，实际上却是这么凄凉，这是女人在无可奈何的绝境中的唯一的精神逃路啊，不然怎么办？上帝死了，人还要活下去，从今往后，就要经历一种悬浮的人生了。没信仰的人没有不敢做的事情，当了官他一定要贪污，而自己呢，一定会变坏。女人变坏，还能坏到哪里去？说来说去，就是少一根皮带，也只能少一根皮带。

　　第二天夏伟凯打电话过来，柳依依本来想按原来设想的把他痛骂一顿，然后，断然把话筒挂了。挂话筒时那种决绝的姿态都在心中想象过很多次了。不知怎么一来，她心软了一下，就同意了跟他见面。放下话筒她闷闷地生气，开始似乎是生夏伟凯的气，他竟像个没事人似的！后来又明白了是生自己的气，怎么没按计划好的那样把话筒挂了？她正想痛骂自己一番，灵感被触动了似的，为自己找到了理由，一定要问问清楚，自己有哪点不如人？

　　这样想着，柳依依平静了许多。吃过晚饭，在图书馆草坪上见了夏伟凯，看见夏伟凯跟平时一样满脸的阳光灿烂，真有点怀疑自己昨晚是不是看错人了，不然怎么可能是他？她迅速地回忆了一下昨晚的情景，当时的情景生动地浮现上来。确认之后柳依依感到迷惑和恐怖，难道这世上的人都在参加一个大型的假面舞会？她再次盯着他的脸，他说："怎么用这么陌生的眼光看我？"就要凑过来亲吻她。当他的嘴唇靠近她的脸庞时，她用手掌挡住了说："一股怪味。"又说："你脸上怎么有个唇印？"指了他的腮说："这里。"夏伟凯吃一惊说："没有吧？"柳依依说："怎么不洗干净？"夏伟凯摸着脸说："不可能，要有也是你什么时候留下来的。"柳依依说："记性这么差？"心又软了一下，不忍再看他装模作样，那太残忍了，说："昨晚你到哪里去了？"夏伟凯说："昨晚实在是，实在是，本来想打通你的电话再去的，实在是他们催得太急了。对不起啊！"说着又嘻嘻笑，"对不起啊。"柳依依说："夏伟凯！你到底是个什么人？"夏伟凯又吃一惊说："男人，好人，中国人。什么意思？"柳依依说："我本来还打算再欣赏欣赏你的演技，算了，够了。你直接告诉我，她是谁？"夏伟凯声音软下去说："谁对你胡说八道什么了？"柳依依说："谁？你！你的话，哪一句不是胡说八道？"夏伟凯说："说真的，说实在的，说……她是谁，什么意思？"柳依依说："说，再说，还没说够，再说，你说，说。"突然，她再也忍不住："平安夜，小伊人。"

夏伟凯垂了头，半天抬起来说："我一时糊涂了。"柳依依说："我没糊涂，我糊涂了我就会以为你真的是一时糊涂了。聪明的女孩会对自己装糊涂，我没那么聪明。"夏伟凯说："那是艺专的一个学生，打电话来，我说我有女朋友了，她说试着相好一个星期，不行就算了。我一时好奇，想着一个星期很快就过去了，就中她的计了。"柳依依说："那么可怜？一个研究生中一个专科生的计了？"夏伟凯说："我心太软了，不想让爱我的人失望。"柳依依说："这是真实的理由吗？"夏伟凯犹豫一下说："要说真正的真实理由，那是人的本性。"柳依依说："不要嫁祸于全人类。"夏伟凯说："那么是男人的本性，可以吧，这绝对是真实理由了。"柳依依说："又是男人。每次说到这里，谁都没什么说的了，上帝这样造就了男人，你能把上帝怎么样？"夏伟凯叹气说："唉，唉唉，我怎么对自己的感情这么没有把握呢？"

　　天色暗了下来，夏伟凯说："吃饭去吧。"就来拉她的手，柳依依闪开了说："不吃。"夏伟凯说："还生我的气呀！多大点事呢？"柳依依说："你这话真的是男人讲的话啊，这是什么事情，生气就完了？"夏伟凯说："别想得那么严重。"柳依依笑了："嘿嘿，这事情不严重，那还有什么严重的事才算严重？你血淋淋地撕裂了我的感情，你沉重地打击了我的自信，你残忍地摧毁了我的信仰，这三条一条比一条严重。还有你浪费我两年青春，我都不说了。"夏伟凯说："有些事情要平常心。"柳依依把双眼一瞪，气得牙齿打战说："平常心？什么话！我恨不得从上面咬下一块肉来，嚼碎了吐到痰盂里去！你们没心没肺，只剩下平常心，还有一些信口开河的海誓山盟。我们没心没肺也不能有平常心，后果都在我们身上。"又嘿嘿笑了笑，"教导女人她对自己生命中最大的寄托要有平常心，这是人话？什么东西！"夏伟凯叹口气说："那你想想旧社会男人有七个八个戳在家里，那你怎么办？说到底是人的本性。"柳依依说："你别以人的名义说这些话，给人留一点尊严。"夏伟凯说:"你好,她不好。"柳依依说:"这只能让我想起昨晚你在她那里这样说我。"夏伟凯说:"真的是你好,她不好。她又骚又浪,没人敢要,早就不是什么好货色了。我不敢找她,那样随时随地随便谁都行的女孩,我还天天去守她吗?我只是一时没有经得起诱惑。"柳依依说:"那正合你的口味,她不骚不浪你还不要呢!"夏伟凯说:"你这么看我?"柳依依说:"那我还怎么看你?"夏伟凯说:"她是流来流去的水,你是岿然不动的山。"柳依依说:"就算我有那么傻,信了你这糊弄人的鬼话,那水流来流去还有个完?"

柳依依从石凳上站起来说:"冷,冷。我走了。"夏伟凯抓了她的衣袖说:"这样好不好,你给我十天半个月时间,我把那边的事处理完了,带一份检讨来找你。"柳依依一听竟还要十天半个月才能脱绊,心里腾地冒出一股火气说:"十天半个月,还够黏糊一阵的。时间再长一点,小夏伟凯都要降临人间了。"夏伟凯说:"给点时间转弯吧,一下子翻脸不认人也不好吧。"柳依依说:"你说她不是什么好东西,我看在你心里那个东西好得很。伤了我没关系,别伤了她就好了。"这时走到了图书馆门口,柳依依说:"别跟着我。"夏伟凯说:"偏要跟着你。"柳依依走了一段路发现夏伟凯没跟上来,心中有种失落似的,忍住了不回头。在转弯的地方,她用眼角余光往那边瞟了一眼,夏伟凯还呆呆地站在昏暗的灯下。

31

柳依依是抱着幻想去见夏伟凯的。去图书馆的路上还在想象着夏伟凯会怎样痛哭流涕向自己忏悔。现在幻想破灭了,她为自己竟抱有这幻想感到羞愧。

　　与许多女孩不同,柳依依没有把幻想保持到最后一刻。她觉得自己在这个夜晚特别清醒,看清时间后面将要发生的事情。已经够了,无需更多的证明。柳依依想着,女孩应该有一点原则,再怎么痛都要守着那点原则,不然付出的代价将更加惨烈。放弃是多么简单啊!就这么一刀割断。她感到了剧痛,可现在不割,早晚还是要割的。他不会因为自己而改变,不能幻想。几乎所有的女孩都执着地抱有幻想,自己是特别的,与众不同的,独一无二的,因此是能够让他为自己而改变的。柳依依不敢这么想,妈妈说过,一个人开始是什么人,最后还是什么人,她相信妈妈的话。

　　可是,感情撕裂了,自信挫伤了,信仰摧毁了,还有,青春浪费了,身体受伤了。自己把爱当作生命,付出一切之后却被告知要有平常心,这真是五雷轰顶!夏伟凯,这个爱情的杀手,把自己的信仰就这么利落的一刀,杀死了。爱了两年,认真地爱,可是爱的结果是不敢再爱。谁又能一次次承受?没有铁石心肠,就没有资格也没有水平上情场。钢铁是怎样炼成的?钢铁就是这样炼成的。

　　这事柳依依没对别人说。虽然是夏伟凯的不是,但自己没守住,总不是什么光彩的事情,她丢不起这个脸。大家都忙着复习考试,闻雅和吴安安在准备考研。柳依依本来也报了名考研的,政治和英语的补习班都上过了,可这么一来,万念俱灰,就放弃了。放了寒假,苗小慧察觉了,说:"依依,他怎么了?"柳依依说:"吹灯了。"她本来是装出很潇洒的神态说的,刚说完鼻子一酸,眼泪就流了下来。苗小慧听了后说:"不奇怪,太不奇怪了。"柳依依说:"你还为他说话!"苗小慧叹气说:"校园的爱情也不能太认真了,只好潇洒一点,当它是游戏,把对方当生命中的驿站。献身不要对方负责,择业没义务为对方做出牺牲,分手没权利要对方补偿。这是校园爱情新规则。以前总还有个地方去讲、去哭,还有点什么东西保护我们,现在,自己的私事,你向谁哭去?自由了自由了,好卑鄙啊!我以前跟你说爱情很残酷,你硬是听不进去,现在你明白了吧?"柳依依说:"我的心都变硬了,以后还要变得像钢铁那样硬,不硬行吗?"说着就哭出声来。苗小慧攀着她的肩说:"别哭,依依,咱们别哭,哭有什么用?你不是说要像钢铁吗?"可说着自己也哭了。两个人搂在一起哭成一团,柳依依说:"小慧,你哭什么?樊吉明天就会来了。"苗小慧说:"心里难过。其实我早就看穿了,想通了,演戏了,心里还是难过。"柳依依用衣袖擦泪,笑了一下说:"什么时候难过都没有了,就真的解放了。"

整个寒假冷冰冰地度过去了,爸爸妈妈也小心地陪着她,冷冰冰地过着,也不敢问什么。有一天妈妈终于忍不住问:"小夏欺负你了?"柳依依说:"没有。这年头谁怕谁,谁离了谁不活?"妈妈叹着气说:"下次吧,你先把事情想好再谈,别昏头昏脑栽进去。开始就想好,谈不成怎么办,结了婚离婚怎么办,离了婚孩子怎么办?没想好就别谈。"柳依依心里发冷,没想到妈妈会说出这么一番话来,说:"我没法看那么远,妈。我看那么远别人哪天说缘分尽了,我说不行,行吗?妈。我只能接受,妈。只能走一步看一步,妈。"妈妈说:"走一步看一步,那是男人说的话,依依。同样在一场没有结果的感情中待五年六年,两个人付出的是相同的吗?你是女孩,依依,你是女孩。"柳依依说:"妈,那太不公平了,妈。"

爸爸什么都没说,连问夏伟凯也没问一句。他不问,柳依依也不说。有几次柳依依偶然抬头,看见爸爸那若有所询的目光,那悲悯的神情,心里一阵发冷,脸上却把笑展开来,嘴里叽叽咕咕找些话来说。爸爸知道小夏离去了,知道女儿受到了打击,他想不通,自己这么好的一个女儿,金枝玉叶,居然还要承受这个打击。如果他知道了更多的种种,会怎样伤心啊!

回学校那天，爸爸送依依到汽车站，父女俩天南地北找话说，就是不说各自心中最想说的话。柳依依无法承受这善意的虚伪，车还没开就催爸爸回去，爸爸说："我们依依，怕什么？"又说："其实你该考研还考研，考了是自己的，丢了也是丢了自己的。"柳依依觉得特别对不起爸爸，复习了大半年，让爸爸惦记了大半年，就这么放弃了，轻易地。她嘴动了几下，想安慰爸爸，却想不出什么有力的话来，就没说。她觉得爸爸真可怜。

柳依依在学生餐厅闷闷地吃晚饭，一抬头她吃了一惊，看见夏伟凯坐在对面。夏伟凯说："我找你几天了。又不敢给你家打电话，怕你爸你妈骂我。"柳依依说："骂你？还有那份心情吗？"夏伟凯说："真的我连挨骂的资格都没有了？"柳依依说："你说我能带着平安夜小伊人的记忆跟你来往吗？"夏伟凯说："我们重新开始吧，你实在心理不平衡，我给你一次出墙的机会，就打平了。"柳依依冷笑说："你自己觉得这是人话吗？"夏伟凯说："其实说真的吧，我什么都好，就是对自己的感情没有把握。"柳依依笑了一下说："应该说对自己的身体没有把握。"本来她想说"下半身"的，没说。又说："一个什么都好的男人，对自己的感情，说得好听一点，感情，没有把握，那他一千一万个好对我有什么意义？他越好他越害人，他不好他害人他还害不着呢。"

夏伟凯一只手支着腮，望着她。柳依依向后靠着，望着他。这么平静地对望了一会儿，顶牛似的都不肯先眨眼。终于夏伟凯笑了说："没想到别人看我们这么般配的一对，竟没有配起来。"柳依依说："那是别人站在外面看，其实我一点都不觉得你我有什么般配，我们的想法相差得太远了。爱在我这里是生命，在你那里是欲望，相距太遥远了。"夏伟凯说："生命和欲望不是一回事吗？"柳依依说："在动物那是一回事，可惜，我是个人！可惜啊，我是个人！"夏伟凯说："我还是爱你的,要不要我把心剖给你看。"柳依依说:"你别说爱,说欲望好了,我能够理解。"夏伟凯说:"偏要说爱。爱是自由的,自由给爱插上了翅膀,让爱飞翔。可以说没有真正的自由就没有爱。"柳依依听着这话有点喘不过气来,有一种想哭的冲动。残忍就是残忍,卑鄙就是卑鄙,倒也算了,认了,还要表白得这么抒情,这么诗意,这么敞亮。她低了头,拼命地忍着,终于没忍住,抽泣起来,夏伟凯慌了说:"我说得不对吗?这不是我说的,是一个大人物说的,我记不起来他是谁了。"柳依依抬起头凄然一笑说:"你说得很对,谁也不能说自由不对。谢谢你在今天说出了这个飞翔的理论。要是十年十五年之后,你再对我说飞翔,飞翔,我这一辈子就完了,连我的儿子都赔进去了。谢谢你,真的谢谢你。你飞翔去吧,我走了。"说着站起来要走。夏伟凯隔着桌子把她按下去说:"那你以后怎么办?"柳依依说:"怎么办?活下去,不然还去学何凤仪?"

夏伟凯说:"还有几句话要说。其实你也不必想着别人怎么怎么害了你,你也拥有了过程。不要天长地久,只要曾经拥有,不是吗?这两年,你过得怎么样,我不说,你自己说!你认识我以后是自己一辈子最灿烂的时光,这不是我说的吧?"柳依依凄然一笑说:"那是要用青春和生命来付账的。女人已经付了几千年了,还要无穷无尽地付下去。谁叫她们都这么傻?女人的脖子上,结的都是一个傻瓜。"夏伟凯叹口气说:"你知道我是什么样的人,看见身材好的女孩就会产生不健康的想象,就没办法了。以后你变聪明了,不要找像我这样的人。那些没诚意的男人,你别跟他们玩,他把你的青春玩完了,你一生最大的一笔资本就消耗掉了。到时候他说声对不起是他客气,把你丢在悲剧里面,你下面的路就不好走了。"柳依依说:"现在谁把我丢在悲剧里面了呢?"夏伟凯唉唉几声说:"还来得及,你还年轻,不过也要抓紧点,女人一年是一年。老鱼有句话,不过也不是他说的,他堂兄到我们宿舍里来说的,老鱼天天挂在嘴上,很坏的一句话。他说,是他说,女人一过三十,就像一张百元的钞票打散了。我冒险说出来也是为你好,你可别骂我。"

餐厅里的灯熄了一下,又亮了,是在催他们离开。柳依依这时才发现,周围已经没人了。她说:"我走了,你也回去吧。"夏伟凯说:"那就走吧。"走到外面,柳依依站住了,不说话,夏伟凯跟着也站住了,不说话。沉默中柳依依感到一种紧张,如果他现在把胳膊伸过来,搂住了自己的肩,那该怎么办?当然,她会推,会闪,会踩,还有掐、捏、捶、咬。他一声不吭,承受着,一双手在她身上上下乱窜,很快地,她就会安静下来。这样的事发生过很多次,很多冲突那样不明不白地产生,又这样不明不白地消除了。可今天呢,还会有又一次的不明不白吗?

这么沉默了一会儿,夏伟凯站着没动,柳依依也不知自己是失望呢,还是庆幸,又等了一会儿她说:"我走了,你好好的吧!"夏伟凯说:"对自己我放心得很,怎么都是好。我不放心你,你也好好的吧。有什么为难的事,就来找我,我绝对会挺身而出的。"柳依依鼻子酸酸的,忍住了抽泣说:"走了。"也不望他一眼,就离开了。夏伟凯站在路灯下嚷着:"你好好的吧!"

走在冷冷的空气中柳依依非常感伤。可是走了一段,不知怎么一来,她心中就爆发出一阵怨愤:他站着不动,他做得出,他连一个拒绝的机会也不给自己!她意识到了自己的失败,失败得很惨。惨不忍睹。这个词跳上了她的心头,她不由自主地把头偏了一下,像避开一块迎面飞过来的石头。

32

 开学后系里几个男生知道柳依依又挂了单,就找机会来接近她。有找她借书的,有请闻雅来做说客的,有在宿舍门口等上一两个小时的,有电话打个没完没了的。柳依依都看不上,心里烦得很。再说,到了大四第二学期,校园的情侣纷纷在为几年的情感游戏收官,准备各赴前程,难道自己倒在这个时候开始吗?

 一周五天,柳依依搭车过河到银河证券解放南路营业部去实习,等实习完再做毕业论文,再答辩,就毕业了。就这样过了一个月,终于有一天,柳依依在心中告诉自己,已经没什么可等待的了,夏伟凯被那个小贱人小妖精彻底迷住,不会回来了。哪怕自己愿意犯贱,把自己看得很低、很低,低眉顺眼找上门去,也只会落得个自讨没趣。明白了这一点,柳依依感到了轻松,轻松之后又是空虚,无边的空虚。爱情没有了,自己还活着,生活还得继续。苗小慧说:"依依你改变一下现在的状态,世界上又不止他一个男的。"柳依依振作起来说:"好,好!"周末苗小慧邀她去跳舞,她答应了。

 舞场上她认识了一个金融系的博士,他开始邀她跳了一曲说:"感觉很好。"两人就一直跳下去,苗小慧也不过来找她。跳完上半场,接下来是迪斯科,那博士说:"太吵了。"两人就走到门外,站在那里说话。苗小慧过来说:"不蹦迪?"望了博士几眼,反身进去了。下半场开始的时候,博士说:"还跳吗?"柳依依生怕他说出带她吃夜宵之类的话来,马上说:"跳。"又进去了。边跳着博士说:"你大四了怎么还自己来跳舞呢?"柳依依装着不懂说:"我跟同学一起来的呀!"博士笑了说:"我觉得你好单纯的。"依依说:"是吗?不知道,我一点都不知道。"博士说:"我是问你怎么不跟男朋友一起来?"柳依依说:"没有男朋友。"博士说:"为什么,太奇怪了,都大四了。"柳依依说:"这个世界上还有好男人吗?"博士说:"你怎么知道没有?"柳依依想了想说:"她们说的,我不知道,同学她们说的。"博士说:"你没经历过你怎么知道?"柳依依说:"不知道,我一点都不知道,都是她们说的。"博士又笑了说:"我觉得你好单纯的。"

最后一曲是慢四《一路平安》,博士还想跳,柳依依看见苗小慧往外走了,就说:"我要找同学去了。"博士想说什么,柳依依已经转身走了。见了柳依依,苗小慧说:"我故意早点走,你跑过来干什么?"柳依依说:"哼,你以为我见了一个男人就是机会。"又说:"是个博士呢,我没感觉。"苗小慧说:"你现实一点,不要老是感觉感觉的,博士能当饭吃,感觉能吃吗?"又说:"我看他对你可能有感觉,老缠着你。"柳依依说:"他有点傻。他居然说我很单纯。"苗小慧说:"这年头连依依都参与表演了,就别指望哪个女孩不会表演。男人也别太得意了。"

柳依依一个星期没想这件事。又一个周末到来了,柳依依去找老乡玩,没找到,回到宿舍,一个人也没有。在灯下坐着,柳依依觉得浑身不自在。这两年来,她已经习惯了有夏伟凯的生活,她需要呵护、撒娇、发嗲,需要把身体的语言尽情展示,需要有一个人来细细地过问自己的种种烦恼,成为自己心情的垃圾箱。现在,突然地,都没有了。女孩傻吗?女孩不傻。女孩不傻怎么一个个都睁眼瞎似的办傻事呢?因为她别无选择。柳依依现在对事情的状态有了特别清楚的认识,无论如何,总不能因为怨恨就不跟所有的他们来往吧,有什么办法?当怨恨平静下来,当等待没有结果,她感到了,身边不能没有这样一个人。不然这样的周末,怎么过得去?因为需要,就有幻想,没有幻想怎么去靠近他?需要会为自己找到幻想和崇拜的理由。因此,实事求是不可能,纯粹的理智也不可能。第二次幻想在第一次破灭之时就开始萌动,像一只大雁,伸长脖子在田野呆呆望着天空很久很久,突然,振翅而起,高高飞翔。一个女人,不到绝境她不会否定爱情,因为,对她来说,否定爱情就是否定自己。柳依依在孤寂之中,觉得自己从夏伟凯那里得来的经验,也许是太偏激了,世事还没有悲观到那种程度。哪怕真有那么悲观吧,也只有乐观起来,谁有足够的坚强不走到男人跟前去吗?因为孤独,无法拒绝;因为脆弱,无法拒绝;因为需要,无法拒绝。退到底吧,如果男人要花心,女人也只能把这当作一个事实接受下来。她想起了张爱玲,还不聪明吗?还看不清世事吗?她警醒了多少人,可轮到她自己,却又犯了糊涂。女人不是贱,她别无选择。这样想着,柳依依从绝望中又生出了一线希望。要把生活的路走下去,就不能没有这一线希望。

正呆想着,电话铃响了,是宋旭升打来的,说自己已经到了财大,能不能见见她。柳依依说:"你怎么不早说?我这就要跟苗小慧上街去了。"宋旭升叹息一声,就挂了机。柳依依梦游似的下了楼,往哪个方向走都找不到自己需要的感觉,只好去舞厅。

在舞厅刚坐下来,博士就在灯光朦胧中看到了她,跑过来邀她。柳依依这才记起上周的事。跳着舞博士说:"我知道你今天会来的。"柳依依心里笑了说:"你怎么知道?"博士说:"我当然知道。"柳依依说:"我本来没打算来的呢。"博士说:"你故意这么说。女孩都这样。"说着笑了,对自己的聪明很满意似的。柳依依说:"你一定要这么想,我就没办法了,谁也没办法。"博士说:"不是我一定要这么想,这是事实!事实!这难道不是事实吗?"柳依依嘿嘿地笑了。博士说:"你笑得好甜,什么时候在光线好时再好好笑一个给我看。"柳依依说:"你怎么就那么伟大,我一定要好好笑给你看?"博士说:"伟大不敢说,不伟大也不敢说。你以后就知道了。"

说话中知道了博士叫郭治明,是财大的第一批博士。柳依依说:

"博士有什么了不起？我们本科生才是财大的正宗，不信你去问谁，谁都知道。"郭博士说："没什么了不起？刚进校就要我签留校的合同呢，还答应给我安排家属呢，可惜我是单身贵族。我们的房子，两人一套间，带洗手间阳台的，这待遇是马校长亲自批的。全校就这一个博士点，我们是财大的熊猫呢！"

33

不论打击多么沉重，生活总要向前走。只要向前走，总会生出一些希望来。柳依依心里阴了这几个月，又有了一点转晴的意思。看着外面的树叶一天天绿了，她的心情也一天天好起来。人不能总沉溺于一个确定的失败，时间让她懂得了这点道理。她对苗小慧说："博士大概可能是肯定对我有什么意思了，好讨厌啊。"苗小慧说："讨厌你笑笑的干什么？"柳依依说："真的有那么讨厌，都打几个电话来了。"苗小慧说："你试试，劝你试试。你一定要大帅哥才往心里去？"柳依依说："没那么多感觉。"苗小慧说："别开口闭口感觉感觉，多有诗意似的。浪漫主义过一回了，这回咱们来现实主义的，他还能带着家属跑呢，牛呢。"

下午博士打电话来要请柳依依吃饭，柳依依一口就答应了，说："那跟你讲清楚，我一个朋友也要去，她不去我就不去。她长这么大从没见过博士，不知有几个头几条手臂，好奇得很，你就满足一下她的好奇心。"博士说："你把高参都带来，我还怕谁看，凭我？"

吃了饭，唱了歌，从包厢出来，博士说："苗小慧你男朋友在等你吗？"柳依依觉得博士这话聪明得有点傻，说："人家男朋友在北京呢，首都呢。"苗小慧说："真的我要去见一个老乡了，约好的我都忘了。"柳依依挽了她的胳膊说："我陪你去。"博士说："她的老乡又不是你的老乡，别是个男的吧？"柳依依说："博士你怎么什么都知道？到底是博士啊！"翘起大拇指，"不同凡响！"苗小慧说："郭博士别听她胡说，她逗你的。"博士说："看她那么纯，怎么还会逗人？"离开博士，苗小慧说："依依你锻炼出来了，他想跟你一起，你偏要走开，吊着他的胃口。你越吊他他就越饥饿，心里能量积累在那里，早晚会爆发的。"柳依依说："什么叫锻炼？锻炼锻炼，又锻又炼，百炼成钢。"

　　下一次跟博士见面是在图书馆的一个角落里。从楼上往下看，草地渗出一点一点的绿色，阳光下有几个人在边走边看书，还有人在大声背诵。一对情侣坐在石凳上依偎着，石凳的另一头，是一个女孩，开始横坐着，看那对情侣越来越缠绵，就转过身去，背对着他们，仍捧着书看。博士说："高参对我印象怎么样？"柳依依："她说你说了一整晚的蠢话，只有从包厢出来那句话是聪明的。"博士说："不就是想单独跟你讲句话嘛。三个字。"伸出三个指头。柳依依说："哪三个字？"博士说："你心里知道，三个字。"柳依依说："你对多少人讲过那三个字？"博士迟疑了一下，望她一眼。她说："你说呀！"博士说："以前读研，谈过一个，不合适，就算了。"柳依依听了很不舒服，想着谈过一个，天知道你们怎么谈的。几乎不用说，是该发生的都发生了。天知道是一个还是几个？都快三十岁了，历史能单纯吗？历史不单纯情感能单纯吗？感情不单纯能一心一意吗？柳依依打定了主意不想那么多，想也没用，纯情已经不能再作为一个要求，一种期待。她感到了委屈，委屈之后又意识到，再想用很好的心态开始下一次恋爱，是很难很难的了。这么想着，柳依依感到了一种轻松，既然不能期待，还不如现实点，他不是一个博士吗？

　　柳依依把窗子推开，冷空气进来，湿湿地拂在脸上。她突然笑了一声,自己也不知那笑的确切含意,回味起来有点阴阴的,自嘲似的。博士说:"你笑什么?"柳依依顺口说:"笑你。"博士说:"我有什么好笑?"柳依依说:"笑你把自己说得那么伟大,你有那么伟大吗?苗小慧老是说你的好话,我就不信。"这是调侃的,又是探询的。博士说:"苗小慧比你会看人。"柳依依高兴起来,摇着身子说:"那我相信她的,等于也是相信了你啊!"又摇着头笑了笑,"你骗了人家没有?"她感到了自己声音有点嗲了,是不是太过了点?去观察博士,很兴奋似的,就放了心,更加欢快起来:"你不要骗人家啊!"这欢快有点矫情,但她有了十分的把握,博士不会意识到这一点。柳依依感到,女人的热情能那么有效地解除男人的思想武装,除非他对你没有激情。

这么多天博士没问过柳依依谈过男朋友没有,柳依依觉得奇怪。她都问他了,他却不回问她,这很奇怪。她问苗小慧:"哪天他问起来了怎么办?"苗小慧说:"你走着瞧,先把他的想法搞清楚。有的男的无所谓,有的男的很忌讳这个。到底现在谈恋爱跟以前不一样了,时代不同了,大环境变了,别说一吻定终生,一觉也定不了什么。身体在以前可以说明一切,现在只能说明它自身了。"柳依依说:"想想真没意思。"苗小慧说:"那你也不能去做尼姑吧。只好不去想,把没意思当作有意思。"柳依依说:"男人怎么那么自私?你不答应他,他说你心里没有他,爱要用行动证明,你答应了他,他一点都不珍惜,拍拍屁股跑了。碰到下一个男人,他认为你没为他保持纯洁,有罪。女人没法做个好人,只好潇洒一点,瞎弄一气算了。"苗小慧说:"瞎弄那是男人的特权,他弄来弄去还是活蹦乱跳的,你瞎弄你不弄死自己?我看了好多男人越弄越活,都恋爱成精了,好多女人几弄几弄把点青春弄完了,就那么玩完了,没资本上情场了。上情场真是那么浪漫的事吗?"柳依依愤愤地说:"做坏人都是男人的特权,上帝太不公平了。"

这天下午，博士到她们宿舍来了。柳依依说："你怎么进来的？"博士说："我说是你们老师，来检查，就进来了。"博士叫柳依依去外面吃饭，柳依依对伊帆说："你们也去吧。"博士说："依依，我们去吧。"伊帆马上说："依依你去，你们去，我不去，谁想当电灯泡？"博士说："那我和依依先去了。"出了门柳依依说："你只带了两个人的饭钱？"博士说："说话不方便嘛。"柳依依说："有什么不方便？那三个字，你当她们面说出来，我还有了面子呢。"下了楼博士说："还早，是不是到我那里去坐一下？"柳依依不明白，说："你那里？"博士说："到我宿舍去看看吧，认识这么久了你还没去过呢。"柳依依说："不去。"博士说："为什么不去？"柳依依说："不为什么。"博士说："我不会把你怎么样的，就算把你怎么样，也就那回事吧。"柳依依说："那就更不去了。"博士只好说："那我们去吃菲利牛排。"

　　走在路上两个人都不作声，都在想着"那回事"这句话。终于博士忍不住了说："你别想多了，我说那回事最多就是亲亲你的脸。"柳依依说："好单纯你！"博士说："那你什么都知道？你怎么知道的？"柳依依说："你怎么知道的，我就怎么知道的。"

　　到了西餐厅，找了间小包厢面对面坐下，博士说："没怎么到过这样的地方吧？"柳依依心里好笑，嘴里说："我一般都是去学校周边的小餐馆，这样豪华的地方不敢来。"博士说："那我们以后多来几次，你提前享受享受中产阶级的生活。"柳依依心里想："我要享受还等今天？"嘴里说："没那个命。"博士说："很容易，跟我就有这个命。这算什么，将来还要买车的。"柳依依说："你空口打哇哇，哇哇哇哇不知许了多少愿了。那么美好的明天，我敢想吗？"博士说："除了你没人怀疑我的能力。"就把前景做了更细致的描绘。柳依依说："你的想象力还是很丰富的。"博士急了，就把实现的步骤也细细描绘了。柳依依心中有了一种踏实，嘴里说："还是不信，不信。"服务员端了咖啡来，博士说:"尝尝,真正的巴西货呢。"又盯了她的手腕说:"你那个玉镯子呢,怎么不见?上次还看你戴着的。"柳依依说:"褪下来了。"博士说:"戴着挺好,嫩黄嫩黄的,合你的气质,纯,雅。戴金的反而俗了。第一次跟你跳舞,凉凉地碰着我的手腕,把我的感觉碰出来了。"柳依依不想说镯子的事,低头喝咖啡。博士说:"怎么不愿意去我那里看看?"柳依依说:"我从来不到男生宿舍看看的,除非有很多人。"她这样说本来只是想找一个托词,说出来却发现又给了博士一个虚假信息。果然博士说:"也好,像你这样纯的女孩,现在不多了。这很重要,非常重要。"柳依依想起苗小慧交代过的,要把对方的想法弄清楚,就说:"这样有什么好,经历的事情多些自己才不吃亏。"博士说:"我根本不这样想,经历多不好,很不好,特别不好,非常不好。你不知道那个不好有多么不好。"柳依依说:"你怎么知道那个不好有那么不好?"低头去喝咖啡,眼皮轮上去观察博士的脸色。博士说:"唉,你不知道。"又望着柳依依,迟疑了一下,嘴唇微启想说什么,又停了一下,终于说:"依依你没有过什么经历吧?"柳依依心跳了一下,马上镇静了说:"你这是什么意思?"博士说:"没别的意思。"柳依依想着是不是该把夏伟凯的事告诉他,正想着怎么开口才好,博士又说:"没有就好,就好。"好像要挡住柳依依,怕她说出什么来似的。

两人天南地北聊了一会儿,博士突然不说话了,柳依依突然感觉到是自己一个人在说,问道:"怎么了?"博士说:"没怎么了。"又拍拍沙发说:"你坐过来。"柳依依也拍拍沙发说:"你坐过来。"博士再拍拍沙发说:"你来。"柳依依也拍着说:"你来。"两人你来我往拍了一阵,博士站起来:"那我只好坐过来。"坐了过来,把柳依依抱起来,吻她。柳依依顺从着他,一只手挽了他的脖子。吻了一会儿她心中很平静,一点冲动都没有。她想起了两年前第一次跟夏伟凯接吻,那又是怎样一种情绪啊,夏伟凯的影子在她心中一闪一闪,灯光明灭似的。

博士说有经历的女孩不好，这话实在太对了，他肯定是吃过女人的大亏，才会有这么深切的感觉。博士一只手在她脖子周围摸摸索索，试试探探想往下去，她把他的手摘下来说："好冷。"博士也不勉强，把手移开了。

过了一会儿柳依依说："放我下来。"博士松开了她。柳依依坐到对面去，把牛排切了吃，突然连自己都没想到，冲口而出说："你这个人！"博士说："我这个人，怎么，不好吗？"柳依依说："不好。"博士说："哪点不好？我怎么没感觉到？"柳依依说："哪点都不好，有封建思想。"博士明白了说："那不是封建思想，那是实实在在的。"柳依依说："你这人有那个什么情结，苗小慧经常嘲笑男人的那个什么情结。"博士说："那她肯定是经不起检验了，在为自己辩护。我们经济学家……学者……学人认为，人总是站在自我利益的立场上表达对一件事情的看法，所以我说，苗小慧，不用说，肯定的，毫无疑问，那是什么经历都经历过了。"

博士拿起刀来切牛排，闷着头把柳依依的一份都吃完了，吃完才发现，说："你吃我那份。"柳依依把这边的一份也推过去说："你都吃了，我不要了。"博士说："是嫌我动过的吧？"这提醒了柳依依，自己跟夏伟凯怎么就没有这种心理障碍？博士盯着柳依依说："你是不是有什么事情没告诉我？"柳依依说："没有啊，你别想那么多。"说完又觉得回答有问题，自己怎么就知道他说的什么事到底是什么事？于是说："你说的什么事情到底是什么事情？"博士不回答，说："没有就好。"停了会儿又说："我不是封建，我真的不是封建。我并不在乎那个事物的状态，但是那个状态后面是一种情绪，一段经历，一些回忆，我就不得不在乎了。有两种人不在乎，一种是傻瓜，他不知道记忆的厉害。"柳依依说："你那么自信，你是财大的熊猫，你还那么怕别人有记忆？熊猫级人物有力量覆盖别人所有的记忆。"博士说："在这些事情上谁也别太自信了。听我说，还有一种是游戏人生的人，又有谁会去计较三陪小姐？可惜我不是傻瓜，也不想游戏，我想安定了。"柳依依想追问几句，你到底有过什么不安定的经历？再一想如果追问，就会反过来追问自己，就忍住了。她说："哈，女人才是傻瓜，天生的傻瓜，不是傻瓜也要装作傻瓜，她不得不傻。"博士说："你不傻，你聪明，你不聪明我还不会看中你呢。你知道有多少女孩想走到我这里来？当然我也不傻，我不傻所以我有那么一点点封建。我不把一个人放在心上，我还不去封建呢。"柳依依说："怎么连封建都是男人的特权？谁规定的？"博士眼皮翻了翻说："真的啊，我怎么没想过这个问题？"柳依依说："从来都是屁股决定脑袋，这是你们经济学家……学者……学人说的，谁会站在我们的立场上想一想？"博士说："是的，是的，我们有时候是太自私了一点点。"

忽然两人都沉默了。刚开始还有点不自在，到后来有点赌气似的，谁先开口谁就输。柳依依干脆双手托着腮，低着眼去捕捉隔壁包厢的声音。终于博士说："你说。"柳依依说："你说。"博士咳了两声，像在下决心，又像在酝酿气氛："那我就说了。"又咳了两声，"你刚才抱怨计较什么什么都是谁谁谁的特权，是不是带了点情绪说的？"柳依依说："当然带了。"博士说："这情绪……是对谁有情绪呢？"柳依依说："当然是对有特权的人吧。"博士说："不是对我吧？"柳依依说："当然。"博士说："是当然对我呢，还是当然不对我？"柳依依说："你认为自己有特权就是对你，你认为自己没特权就不是对你。"博士说："当然，我认为自己还是有点特权的。"柳依依马上说："那当然就对你。"博士说："没想到。"柳依依说："那确实，确实没想到。"博士说："你没想到什么？"柳依依说："你没想到什么我就没想到什么。"博士左手在下巴处摸了几下："没想到依依还有这么伶俐的一张嘴。"柳依依说："我的嘴只会吃饭。"博士说："那不对，嘴是人身上最有用的东西了，吃饭，说话，还有什么，刚才我跟你，那样，是吧？"他把舌头用力伸了出来，大声地喷了几下，"还有什么？"柳依依想说："你什么都知道。"没说出来，说了就等于承认自己什么都知道，只是说："到底是博士，天下的事没有不知道的。"

博士双手叉在脑后，往后仰着，审视似的望着柳依依。柳依依说："这样望着我干什么？"博士说："我在想。"柳依依说："想什么？"博士说："我在想，在想。"他吸了口气，又重重地吐出来，"我在想，我想，我这么想啊，看你，你……是不是有什么事情想告诉我？"柳依依说："我没什么事想告诉你，除非你自己有什么事想告诉我。"博士说："没有，没有，没有。"

34

郭治明博士的确有些事情没有告诉柳依依，也的确从这些事中总结出一些教训，或者说原则。

他曾经有过一个叫曾芸的女朋友，那时他读研一，她读大三。他们是在一次同乡聚会上认识的，第一次见面就有了感觉，到第五次见面，就已经是激情如潮，有谈婚论嫁的意思了。既然如此，有些事情不妨提前进行。就在箭在弦上的那个瞬间，曾芸忽然忧伤起来，推开他说："还是别这样的好。"当时郭治明正怀着两个人都即将进入人生新阶段的激动，见曾芸两个指头把内衣夹起来准备穿上，马上抢过来说："求求你，求求你。"曾芸说："不是你求求我，是我求求你。我不想叫你失望。"郭治明怔住了，有了一种不祥的预感，说："说，说，你说，你说。"曾芸说："其实我不应该认识你，你不是那种心胸开阔的男人。"郭治明意识到了什么说:"你是不是……"曾芸坐在床上双手抱着膝说:"是的,我不像你想象的那么好。"预感得到了证实,郭治明抱着一线希望说:"你好,你比我想象的还好。"曾芸又把内衣拿过来穿着说:"我不好,我不像你想的那么纯洁。"郭治明心中掠过一阵痛,头脑中隐约闪过一些难堪的画面,自己心中的圣洁女神,竟有别人在她身上折腾过。这时曾芸穿好了内衣,两个指头拎着衬衫准备穿上。郭治明心中轰隆轰隆地刹不住车,扑上去把衬衫抢了甩开,把她抱住。她又一次推他说:"你冷静点。"可他怎么能冷静下来?他行动着,她再次推开他说:"除非你答应我。"他喘着说:"答应你。"她说:"你原谅我了,是吗?"他说:"原谅你。"她说:"以后再也不准提这件事。"他说:"不提。"她说:"那你起个誓给我看看。"他说:"起誓。"她说:"现在起的誓是要管一辈子的,你想好啊。"他说:"想好。"她说:"那好吧。"又说:"来吧。"事情很激情,很刺激,这是郭治明没想到的。

　　后来郭治明觉得很委屈,很窝囊,至少自己可以问问是怎么回事吧,是一个什么样的人走在自己前面?他不能问,他起过誓的。他想着曾芸不早不晚,偏偏在那个无法逆转的时刻提出来,是不是一个刻意的安排?这个疑问像一口浓痰卡在喉咙里,黏黏的,痒痒的,像一只鼻涕虫,停在那里,咽,咽不下去,吐,吐不出来。

　　他最后还是没有说出自己的委屈。曾芸漂亮、活泼、聪慧,这样的女孩不多啊。想到她的今天、明天以至永远都属于自己,他就有了安慰。为了这种安慰,他把所有的委屈都咽,咽,咽了下去。有些事情想起来是很难受的,咽不下去的,他越是爱她就越是咽不下去,可越是爱她就越得咽下去。他不敢回想,不愿回想,可越是不敢想不愿想就越是要想。他反复说服自己要向前看,向前看,这种说服重复了无数遍之后渐渐地奏了效,他平静下来了。

　　这样过了几个月,郭治明心中有了一种疑问。曾芸好几次莫名其妙就生气了，问她怎么了，不说。生气了就几天见不着人，打电话到她宿舍，不在，在也不接。当他忍无可忍，想认真思考一下两人的关系时，她又打了电话过来，说自己病了，要他送感冒药过去。见了面她嘻嘻哈哈没事一样，她一嘻哈就形成了一种气氛，他毫不犹豫地就接受了这种气氛。两人的关系要好就好，要坏就坏，节奏完全由她掌握，他只有接受的份。这倒也罢了，谁叫他爱她呢？他只想弄懂为什么又生气了，为什么又嘻哈了，竟弄不懂。因为这不懂他生过几次气，以致说出分手的话来。这种生气对她毫无作用，她该怎么样还怎么样。在她那里他成了一只风筝，放多远都收得回来，放心得很。不管他情绪如何，她分分钟都可以扭转局面，撒个娇就全部搞定。

郭治明是研究生，不傻。郭治明对曾芸经常的形影无踪有了越来越多的怀疑。他问她："你昨天到哪里去了？"他这么问的时候，每次都感到她会无法回答，可她每次都有最合情合理的解释，让他无话可说。为什么事先不告诉一声？也有最合情合理的理由。仿佛她有一个理由的锦囊，任意抽一条出来，都是最合情合理的。他说："你啊你，你不是最可爱的就是最可怕的。"她嘻哈ది："你觉得我是最什么的？"郭治明回答不上来。他真的无法回答，最亲近的人是最看不清楚的。

这一次郭治明终于有了十足的把握，曾芸不是个东西！因为，他身上竟有了不适的感觉。可耻啊可耻！自己没干过坏事，那一定是从曾芸那里染上的。当他怒气冲冲质问她时，她怒气冲冲地反问："你最近做了什么？你？你！"他怔住了，他没想到她竟然会这样问，这样理直气壮。这一问把他问得心里发虚，不由得想自己到底去过什么不卫生的地方。他一犹豫她就更理直气壮了："还怪我把你身上搞得臭臭的，你还把人家身上搞得臭臭的呢！"郭治明回想自己半月前曾陪导师出过差，在酒店睡过两晚。会有那么容易，那么巧吗？只好去看医生，先把问题解决了再说。走到医院门口曾芸说："怎么好意思呢？

你自己去。"郭治明说:"我自己解决了有什么用?"曾芸说:"我不敢去,我去问问我的师姐,看她有什么办法没有?"医生没看成,问题却解决了。当天曾芸打了电话来,悄声告诉他去买两盒什么牌子的消炎药,师姐说的。药吃下去,果然就好了。他问她:"怎么师姐比医生还灵?"她说:"那你去问她。"他说:"她是谁?"她说是某某,他不认识的。他说:"她怎么懂得这些?"她说:"那你去问她。"他疑心重重,她却撒娇起来:"人家好久都不知道你了。"她发出了信号,他马上就接受了,提出今晚找地方亲热亲热。那么一亲热,事情就过去了,似乎,只要有激情在召唤,什么事情都是过得去的。如果过不去,那其实就是跟自己过不去。

郭治明是研究生,不傻。郭治明心中的疑云抹不去。他想,如果这是一场游戏,对自己装装糊涂也就算了,自己并没吃亏。可讨个老婆,还能守她一辈子?像曾芸这样的,你想守就守得住吗?郭治明想放手了,把这个意思也给曾芸说了。她一听就暗自流泪,一滴一滴顺着面颊流下来,真真切切。她说:"你厌倦我了就直说,你不要找这样的借口。"这话让郭治明都觉得自己很卑鄙,玩了,腻了,想脱身了。她说:"我有对你不起的地方,那是认识你之前。女孩心软,上了当。你封建,要计较我,我不说什么。可你故意说我现在还怎么样怎么样,我不冤吗?我冤啊,冤啊!窦娥冤也没有我冤。"听了这话郭治明犹豫了,那一定是自己让她受了委屈。他叹口气去抱她,她挣开了。如此三次,她才软软地躺在他怀中,默默流泪。郭治明赔了多少小心,她才笑了。

郭治明以为从今以后曾芸就会乖乖的了。他想错了。她好几次还是突然就没了影踪,突然又出现了。他要她解释,觉得这一次无论如何都会无话可说,别有隐情那是肯定的。可她的解释不假思索脱口而出,合情合理又天衣无缝。在她解释之后他的气就消了,原来打算说的话都说不出口了,总之一切预想都落了空。曾芸生气说:"少见这么小心眼儿的男人!你是怀疑我呢,还是觉得我不该有这点小小的自由?"在她生气之下,郭治明不但气生不出来,连话也说不出来。她说:"疑人不恋,恋人不疑,你那么疑心我你就别来找我。"郭治明也跟自己赌过几天气,不去找她,但不出四五天,心中就想得发慌,又想着再有几天不去,这么好的女孩,别的男人就要乘虚而入了。加上身体也在发出神秘的信号,给了他一个强烈的推动,他只好打破了自己设定的原则,若无其事地去找她了。

又一个周末,曾芸又没有了踪影。这一次郭治明愤怒了。他本能地感到有了问题,但不知问题在哪里。从晚上八点到十二点半,他在曾芸宿舍的楼下死守,想知道她到底回不回来,什么时候回来,谁送她回来。到十二点半曾芸还没回来,他极度愤怒。回到自己的宿舍,想着会不会自己刚走,她就回来了?马上骑车过去,又等了半小时,再回到宿舍。他想打个电话过去问,看看表已经凌晨一点多,就没有打。郭治明一夜没睡,反复看表,到了五点半,也顾不得会让曾芸的同屋吃惊,打了电话过去。那边的女孩气愤地接了电话,告诉他曾芸没回来。她现在在哪里?跟谁一起?做了什么?每一个问题都像刀一样扎在郭治明心窝上。在天色微明之中,他骑了车到处乱转,朦胧地希望能够碰到曾芸。他觉得自己特别清醒,谜底就要揭开了!七点多钟的时候,他猛醒一下,看见曾芸从一条路上走过来,身边有一个高高瘦瘦的男青年。他对着她骑过去,骑到跟前突然感到羞怯,就一直往前骑,骑过了几十米,把车停了,转身去看曾芸。这时曾芸一个人站在路边朝他招手。他骑车过去,曾芸生气说:"怎么见到我像没看见一样?"他说:"那个人呢?"她一脸诧异说:"什么那个人?哪个那个人?"他说:"一分钟以前跟你并肩走的。"她说:"谁跟我并肩走?我自己怎么都不知道?"郭治明再有想象力,也想不到竟是这么一个局面。他说:"明明看到你跟一个男的走在一起!"她说:"你眼看花了吧?要不就是路边的人,我没有一点感觉。"郭治明没了话,他甚至不知道是不是应该相信自己的眼睛。后悔自己不该心软羞怯,还怕他们难堪。现在好了,自以为是抓着双了,结果却是个零。曾芸赌咒发誓之后,就哭了起来。她一哭,他就没了办法,又不愿就此罢休,呆望着她。见他没动静,曾芸哭着赌气走了,头也不回。他怔怔地望着她的背影,叹一口气,追了上去。

郭治明问她昨晚到哪里去了,她说去了某老乡那里。他正想说要打电话去问,她竟抢先说:"你打电话问呀,你又不是不认识她。你就说从昨天起一直找我找不到,问是不是在她那里。"她竟然这样从容,把他给弄糊涂了。她是真住在那里呢,还是事先给老乡打了招呼呢,或者干脆就是放手一赌呢?他不明白。她催他打电话,他反而犹豫了。只要这电话一打,不论结果如何,两人就撕破脸了。他不想撕破脸。他舍不得,既然舍不得,那么不论她做了什么,他都只有认了。而且,她到底做了什么,郭治明心中怀疑重重,有无数问题需要回答,却没有一件是说得出口的。

曾芸年龄不大,与男性打交道的心机智慧却是一流。她在这方面耗掉了太多的聪明,因此学习成绩一般。她有两条绝技:第一是把握对方情绪的方向,什么时候该撒娇、生气、流泪、沉默、认错、破涕为笑,都丝丝入扣。她的任性其实不是任性,眼泪也在真假之间。只要她愿意,弯也总是能够转得过来的。第二呢,就是对自己的去向和行为给出充分的理由,这些理由脱口而出,其实都经过了精心的思考,谁想要抓住她什么,那是抓不住的。一次又一次的惊险逃脱,给她带来了很多隐秘的快乐,很多成就感。这就是曾芸。

曾芸毕业后去了深圳。这叫郭治明不高兴,也不放心。为什么不像原来商量好的那样留在麓城?曾芸说:"我先去打前站,你明年毕业了你过来,不就会师了?"郭治明无话可说,送她上了火车,两人在车站依依不舍,曾芸在开车前几分钟三次冲下车来拼命吻他,热泪涟涟。在深圳她还打来了热情洋溢的电话,可两个月以后的一封信,说了七条理由宣布了两人关系的终结。他再打电话过去,不接,写信过去,不回。他去了一趟深圳,连人都没见着就回来了。在返回麓城的火车上,他觉得自己这一年多来,简直是在一场梦中。

郭治明在沮丧中度过了两个月,时时盼望曾芸能够回心转意。曾芸在深圳那么一个地方,关于那里有着种种传说,其中之一是两个新来的大学生仅仅因为想省房租,在认识的当天就住在一起,然后各自找合适的对象。他心里万分明白,曾芸绝对不是一个人么待着。可明白了也不愿细想,不愿承认。他设想着曾芸忽然回来了,告诉自己,这几个月就一个人待着,自己会接受这个说法吗?他把这个问题对自己问了几遍,觉得自己还是会接受的。这叫他感到恐惧,人为什么这么渴望逃离真相?

后来郭治明从曾芸一个同学那里知道了一些情况。曾芸原来的男朋友去了深圳,她才找了郭治明。深圳的男朋友一两个月回麓城一趟,他来了曾芸一定不会住在宿舍的。有时她还在舞场上发生一些临时的恋情。那同学说:"我也不想造谣,有没有一夜情我不知道,反正看见过她散了场跟舞友走了没回来是真的,也可能是去找你了吧。"这些叙述跟郭治明的感觉完全吻合,他这才明白了曾芸是怎样一个女孩,那一大堆发自肺腑的话,爱啊想啊,现在想起来既滑稽又令人惭愧。眼泪不可信,赌咒发誓也不可信,真不知什么才可信。郭治明再怎么安慰自己,没有损失,还占了便宜,但屈辱感还是像南飞的燕子,春天了又会飞回来。他觉得自己不傻,也不是没有警觉,也动了脑筋,归根到底还是一个失败者。他叹息着:"猎手再狡猾,也斗不过好狐狸啊!"

有一天,他看了一个关于艾滋病的节目,心情一下就沉重起来。

他找了所有能找到的关于艾滋病的资料来看，越看越怕。咳嗽一声都感到紧张，是不是症状开始了？会不会在潜伏几年后爆发？他去了几次医院找医生量体温，后来买了个温度计，天天给自己量。在惊恐中度过了几个月，才慢慢平静下来。

对这件事，郭治明进行了认真的反思，他的想法是，傻瓜当一次可以原谅，当第二次那就是真正的傻瓜了。他把自己的教训跟朋友交流说："一个女孩你想看透她是怎么回事，那不可能，你越是喜欢她就越是不可能。可是你又不想当傻瓜，不想得艾滋病，不想戴绿帽子，不想出差几天还要提心吊胆，不想生了个孩子去验DNA，不想在激情之中她却想着过去的某个时刻。"他掐着指头，"一、二、三、四、五、六，六不想，那怎么办呢？"朋友是一个对世事相当悲观的人，依据之一，就是艾滋病像这样成几何级数发展下去，人类在一两百年之内将会灭亡。他笑一声说："只有一个办法，那就是学非洲人，把她们那里锁起来。"郭治明拍手三下说："对，对，对。只要她走到你面前是纯洁的，那六个不想基本就有保障了，结了婚她调皮也不会调皮到哪里去。调皮的女孩可爱啊，让别人爱去，我是不敢惹了，留着这条命吧。"朋友说："你说的也是啊，可人家不会去修修补补吗？那么多广告都贴到校园里来了，报纸上也鸡蛋大一个字的广告登着。"郭治明说："装是装不像的。我连这点判断力都没有，那我就是傻瓜到头了。"

35

后来郭治明还是把自己的经历告诉了柳依依，当然，隐匿了许多细节和感受。当时柳依依觉得，自己并没有催逼他，他就讲了出来，这不是真诚，而是太自信了，甚至有点欺负自己的意味。柳依依也想把自己的经历说说，这样就打平了，谁也不欠谁的。她等郭治明问她，他却不问。她甚至还有点想启发他来问，总不能自己这么跳出来吧，那太难堪了。事后她还有一种遗憾，这是个机会，一下子没抓住，就过去了。

柳依依觉得有些奇怪，博士这么轻松地说到自己的经历，却理直气壮地要求别人绝对纯洁，这是什么逻辑？她想起他当时说过的话："一个男人快三十岁了还没有过一点经历，怎么可能？"柳依依能够接受这种说法，这是实话实说，也是没办法去要求的事情。这也缓解了自己内心的压力，你也不纯洁呢，有什么理由来要求我？三十岁的男人，又是男人，又是男人！

想来想去没个主意，柳依依把想法跟苗小慧说了。苗小慧说："别傻呢，博士现在很吃香的呢。"柳依依说："他吃香关我什么事？他吃臭也不关我的事。"苗小慧说："别傻呢，他香了你跟着就香了，不然你自己奋斗十年，你还香不起来，女孩的人生要走捷径，不然怎么说找丈夫是第二次投胎呢？第一次投胎没投入豪门，那不怪自己，第二次还不投到一个好地方，那就不能怪别人了。"柳依依说："苗小慧你真的变俗了。"苗小慧说："我从来就没有雅过。像我这样的人，穿上旗袍就是淑女吗？"柳依依说："没找到感觉。"苗小慧说："看看，又来了！女人最大的感觉就是过好日子，这是真的。再说郭博士也有那么高，怎么就没感觉？"柳依依说："他说自己是熊猫，有那么瘦的熊猫吗？"说着把一根指头含在唇间轻吮着，斜着眼去看苗小慧。苗小慧说："看你这款儿，眼神再一飘，风骚就出来了。下次你见了博士，把这个款摆出来，再斜他几眼，就把他套住了。"柳依依打她的手说："谁爱套他！"又说："本来有了点感觉，又跑了。谁叫他那么自私！"苗小慧说："这你就想错了，自私是他们的天性，换个人又怎么样?古往今来,你看那些男人,只要有可能,哪个不想霸着一群女人?三皇五帝,哪个不是三宫六院七十二嫔妃,谁又是纯情种子?谁?"柳依依说:"真的我想找个平庸没出息的,再怎么不济我图到了一个安全感。我不羡慕皇后,天下最可怜的女人就是她了。"苗小慧说:"这就看你自己要什么了。两头都占着的,有!少!如果只能占一头,你占哪头?"不等柳依依回答又说:"一百个女孩有九十九个会找成功人士,古往今来的女人都是这样选择的。有一大堆问题等着解决,件件都要钱先生出面。一天天日子是实打实的,摔在水泥地上叮当响的,两手空空想飘是飘不起来的,总不能天天去爬山吧。你别跟我表白自己是那百分之一,我是不会相信的。"柳依依本想说自己就是那唯一的一个,可被苗小慧把话堵了,就说:"你不了解我,怎么连你都不了解我?"

讨论了半天没结果,苗小慧说:"先别作结论,我帮你去打探打探,看看那个博士是不是像他自己吹的那么香。真有那么香的话,你就那么想,自己已经占大头了,心理就平衡了。"柳依依指头一点一点地指着她,啧啧有声说:"少见你这样谈恋爱的。"苗小慧说:"你说错了,都是我这样谈恋爱的。"又说:"你到底要不要我去打探?"柳依依说:"随你。"

第二天傍晚,柳依依独自坐在窗前,看着夕阳的光映照在玻璃上,一丝一丝地退去,终于,金色全消失了。春天的气息却更加浓了起来。泡桐的叶子伸到了窗口,玻璃上染上淡绿的波光。微风轻拂,嫩叶轻摇,光影流动。树上有一群鸟儿跳来跳去,树叶间发出一种轻微的簌簌声。鸟儿不时地发出几声鸣叫,柳依依忽然发现,鸟儿的鸣叫也是很有穿透力的,自己的心中有了清晰的回声。风轻轻地渗了进来,有意无意地,给了她一种启示。窗外的泡桐叶,柳依依已经关注四年了。她知道再过几天,只要几天,那绿的柔嫩就会往深里去了,那种变化是一天一天都能感受到的。柳依依把双手竖在眼前，去感受那温软的风，自己也不理解地说了一句："真的不相信。"

天色渐渐昏暗了。苗小慧闯了进来说："依依！我打探到了。"柳依依说："谁？"说完忽然记起来，说："你真去了呀？"苗小慧："我这个人生得贱，别人随我去不去，我还去了，我怎么这么贱呢？"柳依依说："那你真的去了！"苗小慧说："你不要我说我就不说了，等于没去。"柳依依说："随你。"苗小慧把书本往包里塞着说："那我自习去了。"嘴角含着笑瞟柳依依一眼。柳依依看她真要走，说："你说！把别人心里火点着了，她又翘起来了。"苗小慧把书包放下来说："说句好听的我听听。"柳依依说："这么讨厌！"又说："求你。"苗小慧："这才算句话。"这时伊帆进来了，苗小慧说："我和依依在说博士呢。"伊帆说："你们说，你们说。"苗小慧说："我觉得你最好还是不要把博士放跑了，博士现在真的是香香的呢，还不说金融专业热得烫手，天天就在钱里打滚。机会呀！机会不来那是命，机会来了没抓住，说轻点那是错，说重点是对自己的犯罪。"柳依依说："我怎么没觉得这个机会也算个机会？"苗小慧从专业、学位、年龄等方面做了一番分析说："绝对是潜力股。"伊帆本来拿了书要出去，走到门口又转了回来，在床上翻找什么。柳依依说："是一桩交易吧。"苗小慧说："那还是什么？说透了那还是什么？叫你嫁个打工仔，你肯定不干。"柳依依说："那爱情呢？感觉呢？感觉呢？"苗小慧说："那是无形资产，都折算进去了，你学会计你不会算吗？"又说："郭博士就那么不能调动你的感觉？是夏伟凯把你害惨了呢。这样的事情过村就没店了，争不得硬气的，多少女孩想争一口气，争到头是一场悲剧。"柳依依低着头不说话。苗小慧说："嘿，还委屈了你！真的，你没想法跟我说一声，看我把他套过来，到时候你别说我抢你男朋友。"伊帆说："依依你别信她，她没那么坏。"又说："博士没吃过饱饭吗，怎么像只瘦鸡？"柳依依说：

"就是，就是，哪点像熊猫？"又对苗小慧说："你真的去套？那他们呢？"苗小慧说："他们？"怔了一下，眼睛转悠着，似乎在询问她怎么知道"他们"，马上又说："他，他们，到一定的时候我就处理掉了。我没觉得对不起谁，应该是他们对不起我。"

这天傍晚，柳依依和苗小慧在江边散步，突然看见前面是夏伟凯和宝贝。他们一人拿着一只香蕉，笑嘻嘻地往对方嘴里送。柳依依想，怎么这些动作跟自己以前一样，连走的路线都一样？苗小慧朝那边努努嘴，柳依依悄声说："恶心。"这时夏伟凯也看见了她们，微微点了点头，使了个眼色，又拍拍宝贝，要她收敛一点。宝贝还不高兴，扭着身子发嗲，夏伟凯拉着她快步走了。苗小慧说："真看不出有哪点比你好，他眼光走神了吧。"柳依依说："会骚吧。"还想说："再怎么不好，总有个新鲜吧。"觉得太伤自尊了，没说。回去的路上柳依依说："女人真的傻。"苗小慧说："你知道了你就别傻，你老惦着他干什么？"柳依依说："谁去惦他？女人总以为只有自己跟这个男人是这样的，那份激情是给她一个人的，谁知道连散步的路线还有动作都是一样的。"苗小慧说："还有别的动作也是一样的。"

到了图书馆门口，柳依依说："你先进去，我等会儿再来，我去宿舍打个电话。"苗小慧说："他还没回去呢。"柳依依说："打给博士。"苗小慧拍拍她说："总算想通了。"又说："我陪你去，我怕你话说不好。"柳依依说："那我怎么说？"苗小慧说："你说你病了，重感冒，看他怎么说。"拨通了电话，柳依依说自己病了，连她自己也感到意外，竟抽泣起来。郭博士在那边百般劝慰，说要马上过来。苗小慧在报纸上写了几个字：不要他来。柳依依说："不要你来。"博士说："怎么不要我来，我能进来。"苗小慧又写了几个字：咳嗽。不耽误他时间。柳依依又用力咳嗽，喘着说："不想浪费你的时间。明天我自己去看医生。"博士马上要带她去看急诊，苗小慧凑在她耳朵说："不去，要买

177

药。"柳依依说："我不去看医生，医生只会叫人打针，人家怕痛的。"博士说："我去买药。"就把电话挂了。柳依依放下话筒，不好意思地笑一笑。苗小慧拍手说："妙妙妙！"柳依依说："我真的没想到自己眼泪都掉下来了。我刚说自己病了，就真的病了一样，眼泪就流出来了。啊呀，我真的变坏了！"

　　郭治明进来的时候，看见柳依依在灯下抹眼泪。他说："依依你怎么了？"柳依依说："心里难受，难受。"柳依依忽然觉得自己心里的确很伤感，索性让眼泪尽情流下来。博士说："是病的吗？这是药，药我买来了。"柳依依捏着药说："没事了。"刚说完，更多的眼泪又流出来了。郭博士说："看你那么可怜。"想来抱她。柳依依说："等会儿有人来了。"这时苗小慧进来了说："依依感冒好些了吗？"柳依依咳几声说："好些了，药来了。"苗小慧说："依依你伤心了？病了这几天也没人关心，真的可怜。"博士说："怎么不告诉我？我不知道，不知道。我刚知道的，马上就来了，还带了药。"倒了水叫柳依依吃药。苗小慧说："依依你的确是到了要人关心的年龄了，你又死守着那几个条条框框。稍微灵活一点，早就有人关心了。"博士说："依依是对的，不要学那些人。"又说："她守这么久是在等我呢。"说完为自己的机智笑了。他把药倒出来，放在柳依依手心说："一次三片。"柳依依看苗小慧一眼，苗小慧移步到博士身后，挤着眼示意，张嘴伸出舌头，做着放进嘴又吐掉的样子。博士催促说："吃药啊，吃药，吃了病就会好了。"柳依依说："不想吃，看了药就想吐。"博士急了说："病这么重不吃药，你跟细菌赌气呀？它们怕你赌气？听话啊，听话。"柳依依把药放到嘴里，趁博士去倒水，吐到手心里。博士把杯子凑过来，她仰起脸，博士把水慢慢倒了进去，一边对苗小慧说："我知道依依会听话的，你看她好乖，喂药都不哭。"

36

女孩是浪漫的,又是现实的;在浪漫中想着现实,在现实中想着浪漫。柳依依觉得自己跟郭博士来往是太现实了点,他是博士,他有前途,而他的前途就是她的前途。柳依依总是有点遗憾,在博士那里没找到想要的感觉。她在心中反复说服自己:"认真都不敢认真了,还谈理想?"说是这么说了,似乎也想通了,可遗憾还是像夏夜的雌蚊子,在心里嗡嗡嗡嗡嗡嗡的,赶也赶不走。

这天,博士带柳依依到校园附近一家小饭店吃晚饭。他们点了水煮活鱼,十二块钱一斤。老板说没有了,到对面卖鱼的那里去抓,博士就跟着老板去了。柳依依从窗口看见博士挽了袖子到池中去抓鱼,又凑上去盯着秤,看重量是否有错,心中就有一种很不好的感觉。他天天说自己是个大人物,她也因此把他看成了一个大人物,大人物还这样?博士回到桌边,得意地告诉她抓了一条最活的,鱼老板想少秤也没能少成。吃着鱼柳依依说:"你说你毕业了去银行会当上高管,那是给自己贴金吧?"博士说:"泰山不是垒的。我这样的不当高管,那还谁当?我导师还想要我留校呢,总是拿当博导来引诱我,你说我会在乎当个博导吗?"柳依依说:"当了高管那些钢镚你数不数?"博士说:"百元大钞也不用我数,我还数那?"柳依依说:"那你怎么放得下心呢?"博士笑了说:"绕了半天你笑我刚才看秤!我闲着也是闲着,为什么要被别人温柔一刀呢?"又说:"看不出你要钱没钱,眼珠子倒有这么大,"他双手在眼前比画出乒乓球大小,"这么大。"变成了鸭蛋大小。

柳依依把这件事在宿舍说了,一边比画着挽了袖子去摸鱼的样子。苗小慧说:"他家可能是农村的,吃点小亏心里就有一个大窟窿。"柳依依说:"跟了他我将来会有好日子过?"又说:"他家真的是农村的,他说过。"苗小慧说:"那你不早告诉我?我妈妈说我嫁谁她都不管,就是不能找家是农村的,提只鸡一家人就到你家过年来了。"柳依依说:"我没想过这个问题。"伊帆说:"这都不想那你想什么?是结婚呢一辈子呢,我家里也不准我找家是农村的。"柳依依觉得苗小慧虽是这么亲近的朋友,有些地方还是难沟通。男人跟几个女人有过亲密关系她无所谓,家是农村的却是严重的问题。柳依依说:"懒得想这么多呢,反正我家里也是那么穷。"苗小慧说:"所以更得想想。"柳依依笑一笑:"我主要是看不惯他那个没有气概的样子,还挽了袖子去摸鱼呢,我的感觉又矮掉一截了。"伊帆说:"他要是有小夏那么阳光就好了。"柳依依心里被撞了一下,觉得伊帆很懂自己的心,望着她笑了一笑。伊帆说:"脸也有点像个勺似的。"柳依依一想,果然是有那么点意思。

博士去安阴市讲课,要柳依依陪他去。博士说,听课的都是市领导,他导师对他充分信任,才让他去的。柳依依想起前年跟夏伟凯去庐山,只要一出去,有些事情就难以避免。可她又经不起出去走走的诱惑,就说:"还是不太想去。"博士说:"陪陪我嘛,我一个人在外面孤魂野鬼,你想着不心疼?"柳依依说:"省市领导陪你。"博士说:"晚上没有人陪。"柳依依说:"那我就更不去了。"博士说:"请你去玩还要做思想工作。"又说了当地几个好玩的地方。柳依依说:"那说好了。"博士说:"说好了——什么事情说好了?"柳依依说:"你说呢?"博士说:"不知道。"柳依依说:"那你再想想,想好了我才去。"博士说:"知道,你早就说过了。"柳依依说:"那你把我说过的再说一遍。"博士笑笑说:"你毕业之前不能碰你,不能碰。圣旨。我不碰行不行?我二十九年都过来了,还过不了这两个多月?"柳依依答应去了,博士说:"找女孩就是麻烦,找女人心又不甘。"又说:"我还是麻烦点算了,不然就更麻烦。"

到了安阴,博士去上课,柳依依在宾馆等他。下午五点多博士回来，带她去吃饭。吃饭时博士很兴奋说："我们财大有人分三等的说法，你听说过没有？男人，女人，女博士。"柳依依说："我听说第四等是男博士。"博士哈哈笑说："我们是第一等中的尖尖头。如果有四等我们就是第一等。"又说："都是博士，男女差别大得海了去了。女博士，特别是那些没结婚的，很多问题人物。"他说到有两个女博士住一套间，怎么都处不好，你死我活。有一个在另一个睡着时，把尿倒到她脸上。又有一个很会打扮，今天说要跟某局长结婚了，过一段又说要跟某经理结婚了，总是结不成。博士说："有一回好像似乎真的要跟某大款结婚了，大款在情人节还送了她一枝蓝色妖姬，据说花了五百块钱，她还特地给大家看了那妖姬的残骸。我看她那么兴奋，心里想这婚恐怕是结不成的，果然就没结成。"他说的这些柳依依都相信，相信了之后又很悲哀。同样是努力，是成功，男人和女人的成功在情场的意义却如此不同。人生的本质是生存，生存的本质是博弈，在战场，在商场，在官场，也在情场。她觉得"博弈"这两个字非常准确，非常真实。博士很兴奋地讲着，把"六不想"也讲出来了。他说："依依你最大的好处，就是让人放心。你没有那些鬼鬼祟祟的行为，不然怎么找得到爱的感觉——不，说错了，爱的感觉总是找得到的，只要他需要她，自然就会有感觉，我说的是结婚的感觉。谁能在一个要时刻监控的女孩身上找到结婚的感觉？"柳依依说："你是在说我只能安分守己吧？那什么时候我也调个皮给你看。"博士连连摇头说："你不会，你不会，有了熊猫你还不够吗，熊猫？再想找野生的华南虎，绝迹了。"

吃完饭逛了一会儿街，回到宾馆，博士黏到她身上来，柳依依说："你答应了我的，你没忘记吧？"博士说："一百步不让我走，走五十步也不行吗？"折腾了一会儿柳依依觉得情绪没上来，敷衍着他。博士说："没事情做，摆在眼前一件能做的事情又不让做。"晚上在柳依依的坚持下，一人一床睡了，熄了灯讲话。说着说着博士爬过来说："我不做别的，让我这边躺躺行不行？"柳依依让出半边床让他躺下。博士躺下后，她又觉得应该表现出一种羞涩，不让他这么轻易就躺下来。又感到打破羞涩感，事情是多么容易。博士说："我真的被自己的克制感动了。"边说边脱柳依依的内衣。柳依依把手脚抱紧，博士还是很执着，说："我承诺的事情我肯定会做到。"柳依依就不再坚持。被博士搂着，柳依依想，这种坚持其实毫无意义，却没有感到那种不可扼制的激情。在黑暗中她不由自主地去回忆当时跟夏伟凯在一起的情景，许多画面重叠着，云遮雾罩似的，记不清哪一次有什么特别的印象。但这模糊之中，忽然有一种感受闪出来，像一个火把被点燃，在无边的黑暗之中熊熊燃烧，那就是自己曾被激活的情绪。博士抚着她，赞美她身体的匀称，该有的地方有，该没有的地方没有，都恰到好处。他说："这样我就很满足了。"也不知他是对身材还是对抚爱感到满足。柳依依突然想问问那个叫曾芸的女孩身材怎样。她忍住了，那太难堪了。博士说："我独享这一种美好，也是人生一大幸福。"手又游走起来说："其实早晚就是那么回事，何必不赶早呢？"柳依依按住他的嘴说："不讨论这个问题。"

  博士睡着了，柳依依却格外清醒。夏伟凯在她心中留下了身体的记忆，这种记忆自己以前没有明确的意识，今夜却如此清晰，如此强烈。女人凭身体的直感去感受男人，这种感受指引着她选择的方向。无论如何，这是两个不同的男人，差别很明显，无法找到确切的表达，但是很明显，如此明显，像黑和白一样明显。这种感觉是一种力量，无可抗拒的力量，可以把自己牵引过去，也可以把自己推开来。柳依依感到自己正在被推开，这种力量如此清晰，如此强烈。这样想着柳依依把身体从博士身边移开，轻手轻脚摸索到内衣穿好，睁了眼，奋力地盯着眼前的黑暗。

夏伟凯在她心中留下了身体的记忆,这种记忆自己以前没有明确的意识,今夜却如此清晰,如此强烈。

37

回到学校，苗小慧一见她就诡笑，把眼皮翻上去，张开嘴，做了一个暧昧的手势。手势很模糊，意思却很明白，柳依依也不说话，眯起眼摇摇头。苗小慧挤着眼摇头，表示不相信，伊帆也挤眉弄眼表示不相信。几个人打了好一会儿哑语，吴安安在旁边看得莫名其妙。苗小慧说："怎么可能呢？"柳依依说："怎么不可能呢？"伊帆说："你说自来水能点灯我可能会相信，说没那么回事，我可能绝对不会相信。怎么可能呢？"询问地望着她。柳依依说："赌个咒就没有意思了。"后来柳依依把自己的感受告诉了苗小慧。苗小慧说："那些傍大款的人，你以为她感觉很好？委屈一点是应该的，反正有弥补，心里就平衡了。"柳依依说："那也不能黑白不分吧。"苗小慧笑了说："什么叫曾经沧海！你是被夏伟凯害了，别人都是黑的，只有那个帅哥是白的。"

柳依依想了几天，没想出个结果。她明白，再想下去也不会想出个什么结果，想是想不出来的。她边想边不冷不热地应付着，拖延着。郭博士问她有什么心事，她说："没心事的人那就不是人。"

这天下午，她在证券营业部的电脑旁看行情，有人说："柳依依，有人找你。"她出来一看，竟是夏伟凯。她沉了脸说："找我干什么？"夏伟凯堆起一脸笑说："不干什么，看看你也不行吗？"柳依依忽然觉得特别委屈，鼻子酸酸地说："不要你看。"就进去了。等了一会儿并没有人推门，他是走了呢，还是没走？柳依依看看门，再看看门，一点动静没有。她在心里说："总算走了。"叹了半口气，把剩下的半口气慢慢地咽了下去。

收了市她搭车回学校去，快到公共汽车站时，夏伟凯突然拦在她面前，哈哈大笑说："跟了你这么远都没看见我！"柳依依说："不要以为天下的女孩都想看见你。"夏伟凯说:"伤心,太伤心了。能不能给我一次机会?"伸出一个指头,"一次小小的机会。"柳依依说:"不给。"停一下又说:"什么机会?"夏伟凯说:"前面是茶楼,喝杯茶嘛。"就来拉她的手。柳依依甩开了,却怀着一种好奇心,一种模糊的期待,跟他进了茶楼。

两人对面坐着。夏伟凯说:"就想见见你。"柳依依说:"我真的很希望自己能够相信你的话。"夏伟凯说:"骗你是猪。"柳依依忍不住笑了,笑了一半又把另一半变为冷笑,肩也不由自主地耸了一耸。夏伟凯说:"我跟梅若兰分手了。"柳依依一时没反应过来,皱着眉去想梅若兰是谁。夏伟凯说:"就是,就是,就是那个那个……她。"柳依依说:"那好,你又可以往前走了,反正傻女孩是无穷无尽的。"夏伟凯说:"不要这样看我吧。"又说:"看过来看过去还是依依你好,你最好。梅若兰她不是东西,她们同学有一帮人,互相之间还攀比,看谁傍的款大,还嫌我不够款呢。她那点智商根本就想不到有一天我会比那些款爷更款一些。"柳依依说:"要是她有想象力你就幸福了。"夏伟凯反复要求柳依依给他一次机会。柳依依说:"你不珍惜,机会就过去了。再说我这么了解你,你对自己的感情,唉,怎么说呢,用你自己的话说,感情,你对自己的感情那么没有把握,这对你也不好,你还是到别的女孩那里扮演白马王子吧。"夏伟凯叹着气,咬牙切齿地骂梅若兰,骂完了又骂自己,回过头再骂梅若兰。他骂得越有感情,柳依依心中就越不是滋味,终于忍不住说:"我还很佩服她呢,至少还值得别人这样去骂。"夏伟凯也意识到了,说:"去他娘的,一脚踢开。"扬起腿示意了一下。

晚上柳依依失眠了。她总觉得有件事悬在心口,翻来覆去却想不出是什么事。难道自己应该回到夏伟凯那里去?知道了自己有这样的想法她吓了一跳,在枕头上摇摇头,似乎还不能表达那种决绝,就把枕头抽出来，双手抓着用力摇了几下。她围着夏伟凯想了半夜，偶然又想起了郭治明郭博士，豁然开朗。今天跟夏伟凯的见面，给了自己一个很确定的启示，那就是，郭博士不是自己理想中的人，甚至不是自己能够接受的人。夏伟凯激活了她的记忆。这种记忆是一个诱惑，又是一个对比，鲜活、生动、形象，有着肌肉的质感和身体的温润，给了博士一个明确的否定。跟了博士，家里会欢喜，女伴会嫉妒，自己也能够在这欢喜和嫉妒中陶醉，而且，还能解决一系列的现实问题。可柳依依不想为了别人的眼光扭曲自己的感受，人是为自己活的，一个个的白天黑夜是为自己过的。别人欢喜也好，嫉妒也好，都不是问题的实质。想清楚后柳依依做出了决定，如释重负地睡了。

　　第二天早上她把自己的决定告诉了苗小慧，告诉之后又有点歉意，本来应该用商量的口气说的，于是又补了一句："你看呢？"苗小慧说："你都深思熟虑了我还看什么？"柳依依说："你再帮我想想。"苗小慧说："鞋好不好只有脚知道，我又不是那只脚。"又说："现在的人都很现实主义的，其他方面克服一下就过去了。依依你还是太认真了。"伊帆说："依依嘴里说不认真，心里还是认真的。再说，自己的感觉都不认真，那世界上还有什么事值得认真呢？"柳依依想，自己曾赌咒发誓不再认真，可事到临头还是不得不认真。她说："伊帆你怎么比我自己都知道我？"伊帆从蚊帐里探出头说："你喜欢阳光型的，谁都一样。一个男的不阳光，鬼才会去喜欢他！"经她一说，柳依依觉得心里更加踏实，她说："我真的克服不了，没有办法那么现实主义。"

　　一连几天柳依依都不打电话给博士，他打电话来，不咸不淡应付几句，他要求见面，她不是没时间就是没心情。柳依依感到信号已经足够明确，博士应该明白了。他如果直接问，就直接告诉他。那样好些，自己可以避免开口的尴尬。可博士比她想象的要迟钝得多，根本没往那方面想的意思。柳依依不急，早晚他会去想的，又觉得博士是太自信又太自恋了，只有他自己主动撤退才合情理。几天后博士终于察觉到了什么，坚决要求见面。柳依依想着反正要说开的，就同意了。

晚饭后柳依依去赴约，走在木兰路上，发现这是一个错误的时间。夜色朦胧，春风荡漾，花气袭人，空气中流溢着一种温情。她想着这样不好，很不好，有些话在这样的夜晚说不出来。柳依依告诫自己要坚定，要抗拒这夜色的氛围，不能拖泥带水。到了图书馆门口，博士已经在等她，见了她抱怨说："怎么才来！"柳依依感到自己故意晚十多分钟来的策略开始奏效。她心太软，这十多分钟是硬着头皮挺过来的。她说："没看表。"她想着博士会更加生气，可博士声音软下来说："我们到那边去。"指一指草坪。柳依依在台阶的门柱旁站住说："就在这里说吧。"博士说："要不去喝杯咖啡？"柳依依说："今天又不是周末，再说喝了会失眠的。"博士只好说："怎么了？"柳依依说："没怎么了。"博士说："发生了什么事？"柳依依说："没发生什么事。"博士说："那你为什么心情不好？"柳依依说："没有心情不好。"又说："也没有心情那么好。"她觉得信号已经足够明确，他怎么还不往那上面想？博士说："你怎么了？"柳依依说："没怎么了。"博士说："那发生了什么事？"柳依依说："也没发生什么事。"博士用胳膊来搂她的肩，她闪开说："别吵。"博士吃了一惊说："什么意思？"柳依依说："也没什么意思。"博士说："你怎么了？"柳依依说："没怎么了。"

博士咝咝地吸着气，头仰上去望着夜空，是深入思考的神情，半天说："难道……不可能吧。"柳依依终于逼着他把话转到这上面来，又心软了，觉得这个极度自信的人有些可怜，伤自尊。柳依依不想伤他，更不愿他来追根刨底，只希望他领会到了，生气了，发怒而去，就算了。柳依依故意笑了一声说："什么事都是可能的。"博士说："什么意思？难道你对我还有什么别的想法？不可能吧。"博士的自傲给了柳依依一点勇气，别人对他就不能有别的想法？她说："没什么想法。"博士说:"对我没什么想法,什么意思?"柳依依说:"你自己这样问我。"博士说:"没什么想法两个人走到一起来干什么?"柳依依趁势说:"你不想走就算了,反正我也配不上你。"下了台阶要走。博士一把拉住她说:"什么意思?"柳依依只好挑开来说:"你这么优秀,将来我跑步都跟不上,气都喘不过来。"博士说:"女人要跟上男人干什么?事业是男人干的,女人不要去打拼,好好养着,总是那么年轻,就是最大的事业。"柳依依想,也许男人是这么想的,可我能这么想吗?你哪天把楼梯一抽,不摔死我?见柳依依还是要走,博士又说:"不对,不对,一定发生了什么事情。"柳依依说:"什么事也没发生。"博士不作声,皮鞋在地上一下一下踏着,发出有节奏的响声。这响声使柳依依心里很不舒服,烦躁起来。博士说:"依依你不会吧,我这样的男人,财大的熊猫,这样的机会以后不会再有了。"柳依依说:"我们再好也是二等人,你是特等人,精品,极品,不敢高攀。"博士说:"我不是跟你赌气,也不是吹,你有什么想法我不拦你,如果十天之内我身边没有一个更漂亮的,一个月之内我不搞定她,我从这台阶上爬下去。"柳依依往台阶下走,博士跟在后面说:"她蠢呢,看着她蠢呢,看着她犯错误,千古恨呢!"

38

"千古恨"三个字给了柳依依很大的震动,震动之后她想了很久,也许博士说的就是真的,这样的机会以后不会再有了。很多次她对自己说,还来得及,要回头还来得及。可是最后,那种带有肌肤温度和弹性的物质性记忆还是做了否定的回答。黑与白,那样分明,人可不能骗自己啊！博士三番五次打电话过来问："这是不是你最后的决定？我是从来不求人的，只有人求我，是因为是你我才打电话的，是别人要我打电话那是蜀道之难难于上青天。"柳依依不想用明白的话伤他，每次都是含糊其词但态度坚定地给了他回答。又一次博士打电话来说："看在以前感情的分上，你帮我一个忙好不好？"柳依依马上说："可以。"博士说："这个忙要见面才帮得上。"柳依依说："电话里布置不行吗？"博士说："见面那么可怕？"柳依依同意了，约他晚上到宿舍来。她想好了，宿舍随时有人进出，博士总不至于过分纠缠吧。

刚吃过晚饭博士就来了，闻雅和伊帆知趣地要走。柳依依说："没关系呢。"她们挤眉弄眼地笑。闻雅说："博士，你们差不多了吧，我们都管依依叫博士后了。"伊帆说："博士，对我们依依好点啊，不好我们都饶不了你，会拿板子打你的，你的——她才是我们的熊猫呢。"又说："依依，前天买的法式面包好吃吧？再给你带几个回来，还有鸭脖子。"柳依依说："不要啦，我最近都被你喂胖了，要减肥了。"伊帆说："没关系，吃饱了才有力气减肥嘛！"和闻雅两人笑着走了。柳依依对博士说："以为你天黑才来呢。"博士说："一不小心就来早了。"东南西北说了一阵，柳依依想早点完事，说："我能帮你什么忙呢？"博士跑到门边把门闩上，柳依依说："别人还以为你在里面干什么呢！"博士只好把门闩拨开，虚掩着门。博士说："有个问题我实在没想明白，也想不明白。连我这样的人你都觉得不行，那你还要找什么人呢，我哪有一点点不好？我真的想了几天没想通，你帮个忙，让我放下这个精神包袱。"柳依依说："我也不知道。"博士说："万事皆有因。你说我有哪一点点不好？"柳依依说："你哪点点都好。"博士轻轻敲着桌子说："你不愿说几句话让别人从困惑中解脱出来吗？这也是人道主义啊。"柳依依说："是我不好。"博士明白了似的说："我猜啊，你以前有过男朋友吧，他又重新对你吹口哨了吧。"柳依依说："肯定不是。"

博士说："那只有最后一个解释了。"却不往下说。柳依依说："我不知道，你说。"博士说："你知道。"柳依依心里一跳，难道他知道了自己与夏伟凯的事情？她说："我真的不知道。"博士停了停，轻轻笑一声，又笑一声说："可能有些方面我想得太理想了，我不应该那样想。"柳依依镇静下来说："怎么想那是你的权利。"博士说："这些想法可能与现实有距离，对一个大四的女孩，可能不能那样去想她了。这么开放的社会，又这么自由，有些事情，怎么可能呢？"柳依依心跳得厉害，脸上发烧，有喘不过气来的感觉。博士看着她说："我没猜错吧？"见柳依依不作声，又说："没猜错。"柳依依有些羞愧似的说："我是没有你想的那么好。"博士说："我是不是要求得太过分了？"柳依依说："我是你我也会那样想。有资格想却不去想，那不是很高尚的自我牺牲吗？"

  博士在桌子对面，一只手支着头，盯着桌子上一本摊开的书。他几次把眼睑翻上去，看柳依依一眼，似乎在探讨她的话的真实含义，然后又盯着那本书，不再动，似乎被书上的故事吸引了。半天，他有点感伤地说："我认真去爱一个人，我才会去计较她，希望她是一个真正的淑女。你应该感到幸福才对。"柳依依说："我只感到了压力。"博士说："因为你已经不是——淑女了。你为什么不等我？你应该等我。"柳依依心里笑了一笑，你等我了吗？怎么我就该等你？嘴里说："我怎么知道世界上还有你这个博士？"博士说："我还真的以为你——那天晚上在安阴——其实没有必要。"柳依依说："我不想让你失望。"博士马上说："那证明我在你心里还是很有分量的。只可惜——我走了，我明白了。"他站起来叹着气："我明白了，我走了。"又坐下去，望着柳依依："我明白了，我走了。"终于走到门边，站住，回头望望，叹口气："我真的为你惋惜。"开了门，又回头望望，叹口气，下了决心似的，走了。

柳依依长长地嘘了一口气,无力地坐下,想着这个自信又自恋的男人,有点可怜他,又有点可怜自己。看着时间还早,她想下楼去透一透气。在楼梯上她看见博士往上走,想回避已来不及了,就说:"忘了什么?"博士说:"还有几句话想跟你说说。"一起走到外面,柳依依说:"到处都是人。"博士说:"到篮球场那边去。"柳依依说:"太黑了。"博士不说话,一直往那边走,柳依依只好跟在后面。在篮球架下,博士说:"坐下来吧。"自己就在压架子的麻石上坐了,拍一拍旁边一块麻石示意着。柳依依不想靠那么近,说:"冷,那上面冷,我怕冷。"就站在那里。博士站起来,沉重地喘息着,好一会儿才抓到她的手,一字一句地说:"你刚才说到牺牲,我想,我也应该,应该有点,牺牲精神。只要你以前的历史并不那么复杂,只要你以后好好地做个淑女,那我们,我们,还是向前看吧。"柳依依心里有点烦躁,这个事情还完不了啊!她把手抽回来说:"还有这么多条件!"博士呆了,本来以为她会为自己的牺牲所感动,哭泣,没料到她会这么说,生气说:"这还算条件吗?那就是说,你以前的历史特别复杂,以后也不想做个淑女?"柳依依悄悄退了一步说:"我没有你想的那么纯洁,你还是去找个纯洁的吧,我不要你为我做这么大的牺牲。"博士说:"牺牲是我自愿的,但是你得把以前的事情告诉我,不要让我去想象。我越想就想得越多,想得越细越生动,好像那是一口井,深不可测,深不可测啊!哪个男人受得了这种折磨?"柳依依说:"难道女人就受得了这种折磨?"博士士说:"那你的意思是,你还要反过来计较我?好笑。"柳依依觉得这是个机会,说:"我没权利计较,因为你是男人,我走了。"

走了半个球场,博士追上来说:"到底是怎么回事?我都糊涂了。"柳依依说:"那要问你自己。"博士说:"你为什么不跟我走?"柳依依说:"那也要问你自己。"博士说:"我都退了这么远了,你怎么还不跟我走?"柳依依说:"我为什么要跟你走?"又感到话说得太硬,软了声调说:"你的标准太高了,我配不上,你去找个淑女吧。"博士说:"我不是放低了标准吗?"柳依依说:"我不相信一个男人会为我改变他的思想。"博士说:"我的思想哪点不对?"柳依依说:"你的思想都是对的,是这个世界错了。"博士说:"你笑我不合时宜?我并不在乎你的那个……那个……那个状态,可是我不得不在乎你的心态。这不是封建,这是我的教训!"柳依依说:"我没说你不合时宜,你是对的,是这个世界错了。"博士说:"谁愿找一个有着重重叠叠印记的女孩做妻子?谁?就算他一咬牙什么都认了,他能相信她会为了自己立地成佛吗?男人在欺骗自己,女人也在欺骗自己。自己与别人是那么不一样,因此对方会为了自己而立地成佛,自欺欺人!"柳依依为女人感到委屈,在第一个男人那里,要用身体来证明爱情,在第二个男人这里,又要用纯洁来证明爱情,女人做人,有这么难吗?自己呢,本来是向往纯洁的,可现在,还要为不纯洁做顽强的辩护,像一个法官坐在被告席上,为自己的罪行顽强辩护。这完全不是自己的想法,可又不得不把它当作自己的想法,真是冤得慌啊!她一股怒气冲上来说:"谁也别幻想着别人会为自己立地成佛!"说完,坚决地快步走了。

博士呆在球场中央,糊涂了。他想来想去自己也没错在哪里,怎么会是这样一个结局?他自言自语说:"不对,不对。难道,"他往柳依依宿舍那边望了一眼,"难道,这又是一只好狐狸吗?"

39

跟博士交往了三个月,从春天到夏天,柳依依虽然没敢往感情深处走,但总还有件事牵挂着。现在事情了结了,她马上就感到心中空空的，悬着，虽说没什么，可总也有点不是味道。这时她想起夏伟凯来，屈指算来，上次见到已有十多天了，难道要自己打电话给他？这样想着她吓了一跳，不可能！如果那样就真的贱到家了。如果他来找自己呢？

苗小慧见柳依依闷闷的，就问："郁闷什么，还在心里等他呀？"柳依依说："哪个他？"苗小慧说："哪个他你还问我？"柳依依说："我真的没等他，真的没有。"苗小慧说："那好，我也希望你别等，有些事永远不必问，有些人永远不必等。"柳依依说："为什么？"苗小慧说："我不希望看到你为一个不值得痛苦的人痛苦。"柳依依说："我还有点自制力，火坑不跳，悲剧主角不演。"

星期五晚上柳依依无处可去，也不想去跳舞，怕碰见博士，就跟吴安安在宿舍说话。吴安安说："要是我长得再漂亮一点点就好了，一点点，"她伸出左手凑到灯下，用大拇指比画出小指头的指尖，"一点点。"柳依依意识到有人比自己更痛苦，说："你没必要那么不自信，七分打扮，你为什么就不收拾收拾自己，你看伊帆，最近认真收拾收拾，头发，衣服，硬是不同，换了个人了。"吴安安说："怕别人笑我臭美。"柳依依说："谁笑我，我对着她说，我就是要臭美。臭美不是你的专利。"

两人说了不一会儿，柳依依就不想说了。她想："我是个女人都不想跟她多说，男人就更没情绪了。太残酷了。"正想着，苗小慧打电话回来，告诉她明天上午在世界之窗有一个活动，是省经视台组织的，叫八分钟交友。男孩女孩接触八分钟，然后分开，有缘分了以后再联系。柳依依说："我两年都没交上一个友，八分钟能交上一个？"苗小慧说："看看吧，玩玩吧。"约好八点半钟在世界之窗门口会合。放下电话，吴安安说："把我也带去吧。"柳依依想着，门票是五十块钱，自己的门票当然是苗小慧买了，难道苗小慧还会愿给她出五十块钱？

她说:"八分钟能产生什么奇迹?"又觉得这样还不足以打破她的幻想,"只是去玩一玩,门票都要五十块钱。"吴安安说:"只是去玩一玩,门票我自己买。"

  第二天清早柳依依在床上听到一点响动,睁眼一看是吴安安在化妆。柳依依马上闭了眼,装作没看见。心想,从没见她化过妆,昨晚也没见她出去买这些东西,怎么突然就有了?想着她买了这些化妆品收着,竟没勇气拿出来用,心中有一种莫名其妙的感动。吴安安自言自语似的说:"快八点钟了。"意思是催柳依依起来。柳依依想,她这么急切,又这么认真,难道还真的想去交一个友?撑起身子坐在床上,看见吴安安慌张地想把粉饼口红什么的收起来。柳依依看吴安安脸上色彩缤纷,怪模怪样,想笑,没笑,说:"吴安安你化妆没有?等会儿我帮你收拾一下。"她去洗了脸,带盆水回来,倒在吴安安脸盆里,要她洗了脸,给她重新化了一下,说:"还别说,弄这么一下子还是不同呢。"吴安安对着镜子看了又看,很喜欢的样子,说活动完了要去照张相。

  出了校门,柳依依要去吃早饭,吴安安说:"我就不吃了。"柳依依知道她是怕把口红弄掉了,也不劝她。到了世界之窗,苗小慧已经等着了,见吴安安也来了,斜了柳依依一眼,不高兴的样子。吴安安马上说:"是我自己要来的,我自己买票。"到了现场,有很多人,都是帅哥靓妹,都很自信的神情。一群人围在条桌边跟工作人员说话,争取上台秀一秀的机会。苗小慧说:"吴安安你也去报个名,几十块钱的门票都买了,还不争取争取。"吴安安真的就过去了。柳依依说:"你别逗她。"苗小慧说:"我跟她开玩笑,谁知她真还想上台呢,她。"

  旁边是记者在采访,被采访的是一家三口,女儿、妈妈和外婆。女儿在德国留学,今天被外婆和妈妈领来,认真想找个男朋友的。对着镜头妈妈说:"在德国有小伙子追她,她不要,她要找中国人,我们也要她找中国人。"外婆说:"看到这里这么多好小伙子,我心里好高兴。"苗小慧悄声对柳依依说:"有人比吴安安还认真呢。到这样的场合来秀秀还不够,还想认真,活得不耐烦了。"

柳依依突然看到人群中有一个熟悉的背影一晃,竟是夏伟凯。她对苗小慧说:"看见夏伟凯了。"两人退到远远的地方,在一个台阶上坐下。苗小慧说:"夏伟凯怎么来了?"柳依依说:"他不来谁来?闻到腥气了,不来才怪。"苗小慧说:"真不是个东西,还想到这里来钓鱼呢,钓到了啃几口,屁股一拍一溜烟跑了,说声不合适对不起,那是他的人道主义。"柳依依说:"他钓谁我都不管,最好是别钓刚才那个女孩,她们一家三口可是认认真真来找对象的。"苗小慧说:"老天真小天真,额头碰出血窟窿。"这时吴安安从报名的人群中挤了出来,苗小慧说:"安排你第几个上台?"吴安安红了脸说:"他们说,今天报名的人太多了,要我下次早点来。"柳依依看到夏伟凯站在条桌边,比别人高,很显眼。苗小慧说:"等会儿我们看他表演。"柳依依说:"不知哪个外婆的外孙女又要倒霉了。"

评委到齐了,活动正式开始。被选中的帅哥靓妹一个个上台自我介绍,发表自己的交友宣言,一个个都是至纯至真。男孩赢得台下女孩的尖叫,女孩赢得男孩的欢呼,气氛上来了。宣言之后是评委提问,打分,最后是选手公布自己的联系方式。柳依依发现陶教授也是评委,说:"他也来凑这个热闹,还是个教授呢。"苗小慧说:"他现在很火呢,是性学专家了,到处做报告,他的名言就是要有平常心,那是人之常情,要有平常心。"柳依依说:"他是学夏伟凯的呢。"苗小慧说:"真有哪个男人跟他女儿讲平常心,我看他非掐死那个人不可。"陶教授的女儿也是会计系的学生,比她们高几届,本科毕业读研,去年研究生毕业就结婚了,一环套一环,到哪个年龄解决那个年龄的问题,也从不闹绯闻。柳依依说:"他怎么不鼓励自己的女儿有平常心呢?下辈子变个男人，我一碰见女孩就讲平常心，讲完就甩到床上。"

听着那些人的宣言，柳依依心中疑惑起来，是不是自己把世界看得太阴暗了？世界原来的确像他们宣言的那么明朗敞亮。吴安安招呼了一声，又到台前去了。柳依依说："怎么台上的人都这么好，我都搞糊涂了。"这时夏伟凯上台了，台下一片尖叫。夏伟凯自我介绍之后，举起手中的一枝玫瑰晃了晃说："我心中有一个身影，我把她珍藏了很多年，至今还是一个身影，隐隐约约地闪现。我希望就在今天，她会变成一个鲜明的形象，出现在我眼前。我愿与她一生一世长相厮守，在爱的天地之间永恒地飞翔！"他把玫瑰摇了摇，"有没有一个女孩，她愿跟我一起飞翔？"台下几百只手举起来拼命地招着："有！"有个女孩跑上台去，把一束鲜花献给他。夏伟凯轻轻拥了她一下，举起花朝台下挥了一挥，几百只手又一次举了起来，一片尖叫。献花的女孩说："我爱你。如果要加一个期限，那就是一万年。"

柳依依心里很不是滋味，像吃了打了农药的小白菜。夏伟凯有这么强的号召力，比前面几个男孩都有号召力，把现场气氛推向了高潮，电视台的记者也从头到尾拍了他，不像前面的人只取一两个镜头。4110688，这个号码，他刚公布出来的，她是太熟悉了，太熟悉了，没拨过一千遍，也有几百遍。这时献花的女孩从台上走下来，柳依依轻轻说："猪。"苗小慧说："是待宰的羔羊。"又说："从来没看出他有什么表演才艺呀！"又说："可能在宿舍里演习过几十遍了。"柳依依说："怎么这些女孩都大脑灌水呢？"苗小慧说："你还别说，要是我不知道他我可能也会打个电话过去。"柳依依想，这现场氛围简直就是一个温柔的骗局，她说："不知电视台的人怎么想的？"苗小慧说："电视台会造气氛呢，比真的还真，到了这里你就没有办法不犯糊涂。"这时吴安安跑过来，激动地说："看见了，看见了！看见没有？"苗小慧说："我们都长了眼睛。"吴安安说："我看见旁边一个女生把他的电话号码念了几十遍,脸都激动红了。"苗小慧说:"人家也可能久经沙场,不在乎。如今是什么年代?在台下交换一个眼神,在床上交换一种感觉,零距离。"

40

晴天霹雳。四月底柳依依实习结束时,银河证券的叶经理就同意接收她,催她把合同拿来签了。当时她满口答应,拖了这二十几天,想试试有没有更好的机会。这些天她在外面跑来跑去,看清了就业形势多么严峻,就带了合同去找叶经理,谁知叶经理说,市场情况很不好,股指一路阴跌不抬头,总部刚刚来了指令,今年不进人了。柳依依头脑里嗡嗡一片,好一会儿才明白过来,哀求叶经理给自己一个机会。叶经理说:"唉,我要是总经理,那就好了。"

柳依依只好回过头再到人才市场去碰运气。苗小慧已经找好了工作,在中国银行,就陪着她整天往外面跑。柳依依心中非常悔恨,机会稍纵即逝,追不回来了。周末,苗小慧陪她去一个大型招聘会,没有什么好职位,却是人山人海。她们一个台一个台地问过去,转到中午,柳依依绝望了。正准备回去,忽然听见有人喊自己,一看是省电视台的秦记者,带着摄制组来做一个大型的节目。秦记者在银河证券的中户室炒股,跟柳依依认识。柳依依说:"她叫苗小慧。"秦记者跟苗小慧握手说:"我就是传说中的秦一星。"苗小慧笑弯了腰说:"那我是传说中的苗小慧!"秦一星说:"依依你陪同学来应聘?"柳依依说:"是我自己呢。"秦记者说:"银河证券不是已经把你揽进去了吗?"柳依依就把事情说了,说着说着,伤心了,几乎哭了。秦一星叹息说:

"今年的形势怎么突然就紧了起来，我们做个综合节目，帮你们呼吁呼吁。"秦一星叫来摄影记者要给柳依依拍几个镜头，柳依依说："别拍我，我不想要别人看见我。"

离开了秦记者，苗小慧说："记者望着你眼睛里闪闪闪的有点东西。"柳依依说："别扯，人家快四十岁了，有老婆孩子呢。"苗小慧说："男人四十岁兼有了成熟与成功，大好时光呢。"柳依依说："别扯，人家是个记者。"苗小慧说："也是个男人。"柳依依说："别扯，我一个现成的博士后都没做，我去做第三者？"又说到秦一星也算一个名记、主任，开着电视台的车来炒股。苗小慧说："是个名记，难怪看他很精明的。"说到精明，柳依依记起有一回和叶经理坐他的车，叶经理坐在后排说："以后别人问我是谁，我就说自己是看见过秦一星后脑勺的那个人。"秦记者马上说："以后别人问我是谁，我就说是被叶大威看到过后脑勺的那个人。"柳依依把这事给苗小慧讲了，说："看看人家的反应，随口就出彩。读了这四年书，怎么没见哪个教授说几句出彩点的话出来？"

这么跑了几天，柳依依极度沮丧，硬是没有一个心里稍微舒服点的地方可去。这天又霉着脸回到学校。苗小慧说："干脆你就等一年，明年春天好职位出来了，你抢个先手。"柳依依说："别人能等，我怎么能等？别人有家里撑着，男朋友撑着，我只得靠自己撑。我爸下岗了，我妈单位那点效益只够吃口饭，我还好意思伸手？"苗小慧说："要不你每个月从我这里扯三五百块钱。我的钱，你知道，反正也是别人给的。"柳依依说："我不要，你也不容易。"苗小慧说："说不容易也不容易，说容易也容易，看你怎么说。"柳依依说："你的钱我不要。"苗小慧说："我也是靠自己挣来的。"柳依依说："我没有别的意思，我只是说你的钱不容易。"

在食堂吃饭的时候，苗小慧说："还有一个办法，不知你愿不愿试一试？"柳依依停下勺子，望着她。她说："博士说过家属可以想办法留校，你不是做梦都想在校办公楼有一张桌子吗？要他去学校说。"柳依依说："那怎么可能？"苗小慧说："怎么不可能，你不是他的未婚妻吗？"柳依依吃了一惊说："你是说，要他去骗学校？"苗小慧说："为什么一定是骗？我现在想，博士这个人还可以，至少，前途是有保障的。干得好真的不如嫁得好，你别笑我庸俗，我就是这样想的，肯定要嫁个有钱的。有钱没钱那感觉是不一样的。"柳依依说："那，那……"苗小慧截住她的话说："那樊吉我是不会嫁给他的，他再阳光我都不会。等他出息，我真没那个耐心，他出息了我青春都完了。何况谁能保证他出息呢？他出息不了我不但青春赔进去了，一辈子都赔进去了，我不敢赌。"柳依依说："太现实了，真的太现实了，现实得都成为恐怖主义了。难怪四十岁的男人那么俏，比二十多岁的还俏。"苗小慧说："亏你学了这四年的市场经济，水银泻地，无孔不入，难道嫁人这事倒不是个孔？这是市场化最彻底的地方，无人审稿，文责自负。"柳依依心里直跳说："那……那，那爱，"笑一笑，"我都不敢说这个字，太奢侈了。那，那感情呢？"苗小慧非常干脆地说："有点好感就算了，还顾得了那么多？"柳依依说："那，那，那个有钱的人，你想想他，有多少经历，你怕不怕？"苗小慧说："他跟二十个人有过一千次都只能当没那回事，顾得了那么多？除非你不想嫁。"柳依依说："你相信他会为你立地成佛吗？他要能成佛早就成佛了，轮不到你。"苗小慧嘿嘿两声："我不去想那么多，也不抱那个幻想。臭豆腐是臭的，你要吃它，就得认那个臭。"

柳依依低着头说："别的臭我都可以认，这个臭我不想认，认了我心里过不去。"苗小慧说："说起来博士还不算一块臭豆腐，闻着还香香的呢。你还不快点抓回来，别人就抓走了。"柳依依心里动了一下说："心里有点过不去。"苗小慧说："你常笑我自恋吧，那是皮肤上的，你才是自恋恋到骨头里。委屈自己一点，一点点，那不算委屈。毕竟，"她停一停，"毕竟，还有更重要的问题要考虑。"柳依依心里一亮，说："也是啊，也是。"苗小慧说："想通了就赶快行动，趁着他的心还没冷。还有半个月就是毕业典礼了。"柳依依迟疑地说："那怎么好意思呢？我都把话说绝了。"苗小慧说："话说绝了又转回来的多的是。每一对恋人都吵过架，都把话说绝过，最后都去登记了，又把孩子生出来了。"柳依依说："我总不能又说病了吧。"苗小慧想了想，说："他有什么东西在你这里？"柳依依说："有本书。"苗小慧说："那就好了。你把书送过去，跟他说几句话，然后低了头不作声。如果他不问什么，那就算了，戏就唱不下去了，他问你怎么了，你就哭出来。他再问怎么了，你就说没什么，仍然低了头哭。他不问，那就算了，戏就唱不下去了。他再问，你就说心里空空的。他如果又不问了，那就算了，戏就唱不下去了。只要他再问，那扇门就打开了，下面的节目你自己去表演了。"柳依依低头说："那太为难了。"苗小慧说："这叫难？你没见过一条缝撬开一扇大门的呢。红军不怕远征难，你这点难还叫难？得有点红军精神。"

  两人回宿舍去。走到楼前苗小慧说："有了。我这就拿了那本书去还给博士，进去了总得说几句话吧？说话总得说到你吧？说到你总得说你这几天怎么样吧？我就说你天天在宿舍叹气，还哭了。这也没假，对吧？"柳依依说："我叹气我哭我是为工作问题。"苗小慧说："依依你傻呢，文章都是在真假之间有无之间做出来的，谁还往根上刨？"柳依依可怜地望着苗小慧，苗小慧："我说你哭了，他不作声，那就算了，戏就唱不下去了。只要他问，就有办法了。你不找他，叫他来找你，他心没那么硬吧。"

  苗小慧去了。柳依依看着窗外，心里算着她到了哪一步，该敲门了吧，该说到自己了吧？她去想苗小慧说到自己哭了时博士的神态，竟想不出来，一点把握都没有。她趴到窗口去看对面楼上的灯光，又想起那一年寒假回校，苗小慧和樊吉躲在房里，半天苗小慧才来开门，踩着的是一黑一红一大一小两只布拖鞋。砰的一声，柳依依回头看见苗小慧进来了，手里还拿着那本书。柳依依说："博士不在家？"她心里一紧，又一松。苗小慧把书狠狠往桌上一摔："今天我碰见鬼了，你知道鬼是谁吗？"柳依依不关心什么鬼不鬼的，说："他不在家也好。"又说："什么鬼不鬼的？"苗小慧说："博士不在宿舍，我就算了。下楼时听见一个很熟悉的声音。"柳依依打断她："他回来了？"苗小慧说："他是回来了，但那个声音不是他的声音。"柳依依心里直跳说："那是……是谁？"苗小慧说："所以我说碰见鬼了。"柳依依说："男鬼女鬼？"苗小慧说："你说呢？"柳依依心里忽然有了一种预感，说："我想，那是，她是，是，"往伊帆的床上望了一眼。苗小慧点头说："两个人牵着手有说有笑走上来，我跑上四楼去，躲过了，看着他们进了宿舍。"

柳依依待了半天，有一种上当的感觉，忽地嘿的一笑说："也好，也好，愿天下有情的都成了眷属。等会儿她回来，我们一起向她表示祝贺。"苗小慧说："你喜欢就喜欢，不要说他瘦鸡，脸像个勺似的，人家还没断她就这样说，就更不地道了。"柳依依说："人家怎么就那么聪明！"又说："前段时间经常带面包鸭脖子给我吃，不吃就辜负了她的好心。想把我催肥！几多聪明啊！"她想着伊帆一定会把自己和夏伟凯的事，添油加醋说给博士听，从他心里把自己彻底摧毁。她越想越气，苗小慧也跟着气了起来。她们开始设计，等伊帆回来，怎么一唱一和含沙射影羞辱她。设计好了，柳依依突然没了兴趣，说："算了，愿她好，也愿博士好。说起来吧，她也没错到哪里去。"苗小慧说："你真算了？不过再怎么算了，我也得好好讨论一下那张既不阳光又像勺一样的脸，看她还怎么说？"柳依依说："算了，同学一场，别到最后把脸皮撕破了，以后大家还要见面的。"嘿地笑一声又说："把人家丢掉的东西当宝贝疙瘩捡起来，我也没觉得她占了那么大的便宜。"

41

宿舍像被溃兵洗掠过似的。

去河东跟一家广告公司签了约，柳依依下午回到宿舍，发现人都走光了。早上离开时还有吴安安和闻雅在收拾行李，现在都走了。房间的地上到处都是弃物，脸盆、棉絮、草席、书、衣服。柳依依踢开一只铝桶，桶在水泥地上滚了几圈，发出空洞的声音来，让人心里慌慌的。夕阳照着玻璃窗，再反射到桌子上，桌面就有了一种金属的质感。柳依依奇怪，为什么自己住了四年才有了这样一种感觉。她把头移动了一下，那光就反射到她脸上。她在晕眩中闭了眼去感受那光，有一种隐隐的暖意。四周很安静，很安静，很远的地方传来一种朦胧的声音，穿越了千山万水艰难到达似的，有一种虚无感。脸上的那片温热也似有似无，也有一种虚无感。这是一个瞬间，这是自己，这是自己的一个瞬间。柳依依细心去体会那种朦胧和温热，要融化到虚无之中去似的。突然，不知怎么一来，她醒了似的，有一种想哭的意思。什么都不对，男朋友没有，同学不知在何方，合同签得不理想。每个人离开都有人来接，不是父母就是男朋友，唯有自己是孤零零的。自己哪点不如人？昨天晚上伊帆的父亲来搬行李，不经意露出一点口风，是放到博士那里去。柳依依再怎么有心理优势，以及从这优势中生发出来的宽容，也不能没有失落感。柳依依坐在那里，一动也不动，几个小时。她咳嗽了几声，从那干涩的声音里感觉到了自己的存在。这种感觉让她想笑一笑，可笑还没展开，眼泪却流下来了。她不饿，不渴，想了很多，又什么也没想，哭了几回，又笑了几次。她右手伸出去，在空气中抓了几下，缓慢的，梦游似的，似乎抓到了什么。什么也没有。这其实是对的，她想，这其实是对的。心可以飘到天上去，脚还得踏在地上，而且，心也要从天上回来。这其实是对的，她想，这其实是对的，也是没有办法的。夜色压下来，她倒在那张只有铺板的床上睡了。

第二天，柳依依搬到广告公司给她安排的房间去了。说是房间，她只有一个床位，房间里还有另外一个人。能在麓城找到一个床位已经不易，柳依依最终下了决心把合同签了，有一半就因为这个床位。进省城待了四年，习惯了，挣扎着也得待下去。

另外那个人姓刘，比柳依依大几岁，柳依依叫她刘姐。柳依依搬进来时她很不高兴，把房门锁了，让她在门外等着，自己找经理去了。不一会儿柳依依听见她跟经理一起上来，她在说："我这份年龄了，一个人有间房不过分吧？"见到柳依依，就不说什么了。柳依依有点紧张，是自己惹得别人不高兴，又有点可怜她，她的要求的确不过分。

柳依依还是住了进去。公司是一家报社的附属单位，房间就是报社的单身宿舍，带厕所的单间。公司就在对面那幢楼，每天去上班下了楼再上楼，就到了。刚住进去她有点别扭，也有点歉疚，好像是自己侵入了别人的领地。柳依依尽量低调做人，每天找机会试探着喊几声"刘姐"。别扭了几天，经不起好奇心的诱惑，也因为寂寞的驱使，两人说起话来了。也许是被压抑的好奇心积蓄了充分的能量，两人一旦说开，就没完没了，没完没了，说到深夜了还要说下去，赶着要把一辈子的话说完似的。柳依依知道了刘姐是她的校友，学营销的，毕业已经六年。熟了后刘姐说："依依你以后别叫我刘姐，三十岁了别人再叫我姐,我就认了,还有两三年。"柳依依说:"那就叫姐好了。"刘姐说:"我不是叫刘诗雨吗?你就叫我阿雨。"柳依依想一想,自己这样叫,避开了年龄这个敏感问题,是再好也没有了。

阿雨六年里跳来跳去换了五个工作,这让柳依依吃了一惊。阿雨说:"这有什么奇怪?一件事做两年,不烦也烦了。我父母总要我稳定,稳定,怎么稳定得下来?他们唠叨我就听着,左耳朵进右耳朵出。"柳依依说:"归根到底总是要稳定的。"阿雨说:"再跳一两次就不跳了,跳累了,也跳不动了。不像男人,还可以跳跳跳地跳下去。"

阿雨家就在麓城,父母是设计院的工程师。她是公司的才女,经常在报纸上发一些小文章,都是谈情感的。柳依依看了几篇,写得很聪明,对她就另眼相看了。每天都有电话打进来找阿雨,柳依依接了几次,都是男的。以后有电话打进来,阿雨在,自然是她先接;不在,柳依依总想着是苗小慧打来的,家里打来的,总忍不住要接。接了总是找阿雨的,只好说她出去了。还要问跟谁出去的,就说不知道。阿雨一星期总有两晚三晚不回,柳依依大概明白是怎么回事,也不问。第二天阿雨回来,必定先问:"有人来过电话没有?"又问:"你怎么说的?"柳依依说:"我说不知道。"阿雨满意地笑了笑说:"你还是挺有经验的嘛。"阿雨每天早上起来第一件事,就是对着镜子涂抹各种护肤品、化妆品,要近一个小时才能完。柳依依说:"太麻烦了。"她说:"一套程序,硬是要这么久。我偷工减料,那不是谋害自己吗?"经常饭都来不及吃,就提着小挎包上班去了。晚上又把一只蛋敲在一个小瓷碟里,把蛋清抹在脸上,拍着脸说:"皮肤也要蛋白质。"一套程序做下来,又要近一个小时。柳依依看着有点烦,忍不住说:"你花了这么多时间,挽救回来这么多青春没有?"阿雨说:"那应该不止吧。"又说:"女人一生最大的使命就是跟时间做斗争,其实就是跟男人做斗争。"柳依依说:"你写文章看得那么透,不能把男人当回事,怎么还这么把他们当回事呢？你不至于对我说，是为自己打扮的吧。"阿雨说："他们要用这样的眼光看你，你就没有办法。其实谁规定了白嫩苗条就是美？他们有什么权利要求全中国的女孩向这个标准看齐？有时我气愤了要写文章抗议几声，心里知道这是白说，哪个女孩真的敢跟他们去讨论这个问题，他们会觉得是丑女作怪。你改变不了男人，只好改变自己，是男人的世界啊！"柳依依说："凭什么？偏不！"阿雨笑了说："只要有可能，每一个女孩都在按男人的标准塑造自己。偏不？你敢？"柳依依说："凭什么？"阿雨说："因为你是女人。是女人就想要有个人爱自己，能不想吗？这是她们一生中最大的问题。可别人凭什么要爱你？凭什么？有无缘无故的爱吗？总要凭点什么。你说你能凭点什么？"

更熟起来两人谈起了自己的私事。有天晚上熄灯后，阿雨似乎毫无睡意，说："你猜我昨天晚上到哪里去了？"柳依依故意说："到你同学那里去了吧，你不是有个姐妹在电视台吗？"阿雨在身上拍得一响说："蚊子来了。"爬起来摸到蚊香点了说："瞒你也没什么意思，我到男朋友那里去了。"柳依依见她这么潇洒，说："没有吧？你昨天是跟许经理出去的，前几天是跟袁总出去的。"阿雨说："一个人也可能有两个男朋友。"柳依依没想到她这么大方，说："没有吧，会打起来的。"阿雨告诉她，自己跟袁总已经两三年了，他有家的，又不肯离婚，就同意了她去找男朋友。她想有个了断，断了好几次，还是断不了。她说："袁总已经陪我找过三个男朋友了，每次都偷偷见到了，帮我参谋。"柳依依说："袁总这么大方？"阿雨说："他不离婚，又不放手，再不大方点怎么办？我下次再不听他参谋了，他参谋来参谋去，都有一堆毛病，只有他自己好，事情肯定黄。一年年过去他不急，我可是掰着指头按月数日子，再拖几年，我真的就被拖到大龄女青年的行列了。你知道男人管她们叫什么吗？剩女，熟女，懂了吗，熟女！好恶毒啊！"又说："大学刚毕业时我想着二十八是多么遥远的事情，几年时间过也过不完的，眼睛眨几下，就跑到眼前来了。现在每过去一天，我心里就紧一下。要是我像你一样刚大学毕业，我会有升天堂的感觉。"

柳依依不跟阿雨谈年龄问题，她自己可以说，那也是为了试探别人对她的态度。柳依依说："许经理怎么会同意你跟袁总在一起呢？"阿雨咯咯笑了，笑声在黑暗中膨胀，像一只充气的气球，说："我怎么会向他汇报呢？"柳依依叹息一声说："这个世界，想起来有点怕它，流动性太大了。"阿雨说："人的流动性这么大，两年换一次工作是常事，你要感情不流动，那怎么可能？感情流动了，身体不跟着流动，那又怎么可能？"柳依依说："想起来真有点怕。"阿雨说："怕，谁不怕？是个女人就不能不怕。可是怕了你又能躲到哪里去？躲到阴暗的地缝里也躲不过时间。我也想有个男人巴肝巴胆贴心贴肺爱我，"自嘲地笑了一下，"那不可能，他们只爱他自己。"停了停又记起什么似的说："依依我说了这么多，你说说你自己。你不至于告诉我，你还是个……是个女孩吧？"柳依依想，自己不说，有点对不起她似的，就含糊地嗯了一声，想应付过去。阿雨说："大学几年，难免要交个男朋友的，交了男朋友，难免要亲热亲热的，亲热亲热了，难免在一起做点什么的。没办法，事情都是这样做出来的，也别说谁不对。"

渐渐地两人无话不谈，知心朋友似的。谈得最多的一是公司的张长李短，二是人间的男男女女。中午暴热，电扇对着吹也不行。阿雨把衬衣脱了，只戴了乳罩躺在床上说："依依你也学我。"柳依依说："对面办公楼中午可能会有人呢。"阿雨说："他要看那是他不道德，也看不掉我一块肉去。"柳依依没那么大的胆量，说："我还没那么热。"这时住在楼上的公司职员小孙推门进来说："打牌去吗？"阿雨坐起来，用蒲扇遮在胸前说："有没有搞错？"小孙笑着说："什么宝贝疙瘩，谁没见识过？"依依着急地挥着手说："你出去，你出去！"小孙走了，阿雨用力摇着蒲扇说："打牌？装什么傻？占本小姐的便宜，哪天我叫他哑了还不知吃错了什么药！"

骂了一通，阿雨说："睡不着了。"又说："依依反正你也是有点经验的，我这里倒真有副牌，从来不拿出来打的，你看看吗？"柳依依说："我不太喜欢打牌。"阿雨说："还是我去年去深圳出差在中英街买的呢，带色彩的，有各种各样的姿势，你也学学，将来你男朋友就更喜欢你了。"说着拉开抽屉摸出一副牌扔了过来。柳依依看着包装上的照片，心里直跳说："怪不好意思的，下次我一个人了再看。"阿雨说："淑女吧，做都做过，看倒不敢看。"柳依依打开抽屉把那副牌收进去说："有些男人在别人那里什么丑态都做出来了，心里透亮的，又跑到你面前表演纯情，想起来挺没意思的。"阿雨说："你看得太清楚，一点都舍不得骗骗自己，那就没法在这世界上混了。爱自己就要舍得骗自己。"

柳依依想，这话简直没有道理，再想想，没道理之中却有着大道理，是悲痛过的人才说得出来的话。因为不愿骗自己，跟夏伟凯分了手，又跟郭治明分了手。可是，在以后走来的男人眼中，自己跟阿雨会有什么差别吗？一步是走，一百步也是走，一步与一百步是不同的，可这不同又是讲不清楚的。柳依依觉得非常委屈，这委屈又无处倾诉，就更加委屈了。

晚上阿雨不在，柳依依没地方可去，在街上走了一圈，回到宿舍看电视。她把所有的台搜索了一遍，没有好节目，硬着头皮看下去，越看心里越空，越虚，渐渐凝成了一个结，空洞的结，一定要吸摄一点什么东西进去才填得满似的。她忽然明白了自己为什么喜欢逛商场，哪怕只买得起一点小东西也喜欢逛，为了追寻那一点琐屑的刺激，来填补那个空洞的结。

有人敲门。柳依依心里得救似的跳了一下，可马上又失望了。从阿雨说:"你看得太清楚,一点都舍不得骗骗自己,那就没法在这世界上混了。爱自己就要舍得骗自己。"

敲门声中她听出，这又是小孙来了。敲门声一下又一下，很文雅，又很执着。柳依依只好开了门，把倦怠的神情显在脸上。小孙没看见似的说："又是一个人在家！"好像知道她的痛处在哪，就直戳过来。柳依依认真地望着屏幕，被电视剧吸引住了似的。小孙没话找话说，从单位的事情说到电视里的人物。柳依依一句都不应，他也不恼，顽强地说下去，胸有成竹的神态。就这么过了一个多小时，柳依依的耐心已经到了极限，柳依依说："我想睡了。"小孙说："你睡你的，我把这一集看完。"她说："有声音我睡不着。"小孙说："那我就看哑巴戏得了。"他的顽强超出了她的意料，她几乎气愤了，压低声音说："门关好我才能安心睡的。"小孙说："我走的时候给你关上门。"柳依依没办法了，只好说："你回楼上看去，你那里又不是没电视机。"小孙只好站起来说："没一点感情。"柳依依做出到门口去关门的姿态说："我什么时候跟你说过感情？"小孙一只手扶着门说："追求一个人是我的权利，没有人能够剥夺我的权利，你不同意，那是你的权利。以后我们各自行使自己的权利好了。"

　　柳依依气得睡不着，打电话给苗小慧，不在，也不知她在薛经理那里还是樊吉那里。再打，还是不在。平时不管怎么寂寞，打电话总是她在无奈之中的一条退路，今天特别想找个人说一说，可连这点退路也没有了。失望，这失望渐渐弥散开来，成了一种绝望。柳依依跟自己赌气似的，熄了灯，用枕巾蒙了脸去睡，越想睡着就越睡不着。突然，门响了，灯亮了，阿雨回来了。柳依依支起身子说："你总算回来了！"阿雨有点紧张说："许经理打电话来了？"柳依依就知道她今晚跟袁总在一起。等阿雨磨磨蹭蹭洗漱好了，上床了，还是忍不住说了。阿雨说："你以为把门那么摔了一下，他明天见你就惭愧了？以后就不敢来了？"说完了小孙，柳依依见阿雨并没有什么睡意，就说："晚上太没有意思了。"这一次阿雨马上就领会了说："你把自己这么包在茧里，也不是个事。"柳依依不好意思直接提到男朋友的事情，绕着说："苗小慧她们都忙得很，一个月也难得来看我两次。"阿雨说："人家在忙啥呢？她忙啥你也忙啥就对了。人家在你这个年龄青春都不够用，一天要一刀劈成两天才好，你闲过去就太可惜了。"阿雨不绕，阿雨直接说到事情的核心，这让柳依依感到了轻松。柳依依说："没碰到合适的人。"阿雨在那边咯咯地笑。黑暗中柳依依看不清她的表情，就问："你笑什么？是没有合适的人。"阿雨收了笑说："如今还有这么认真的你！合适的人三年以后才出现你就等三年？永远没有呢？就不能先挂着一个，一边等着找着？麓城今晚有多少男男女女在一起，都是合适的人？"柳依依说："那游戏就玩得太过分了。现在又不像以前，太开放了，虽然是游戏，事情却是来真的，那样不好吧！"阿雨说："你别认真就完了。人生是一段一段的，先把这一段安排好了再说，到哪天你觉得应该结婚了，再去认真。有几个人有那么坚强的意志，在孤寂中坚守那么久呢？别人有没有我不知道，反正我没有。"柳依依听着这海外奇谈，也竟有点道理似的，说："也是个办法啊。"想着，这心在爱情游戏中浸泡了多少年的人，像酸黄瓜，在盐水中浸透了，没一点新鲜感了，真到了那天，谁还会认真呢？

42

一滴，两滴，三滴。秋雨早就停了，屋檐的水珠滴在宿舍的雨阳板上，在黄昏中发出清晰的声音。这声音被雨阳板放大了，发出共鸣的嗡响。柳依依坐在窗前看书，心里一下一下地数着水滴。数到快一千下的时候，忽然觉得数乱了，又从头数起，一滴，两滴，三滴。

滴水的嗡响让柳依依更加感到了内心的空洞，她本来还盼望着数到一千下这滴水声就会没有了，就可以安心看书了，可她失望了。她盯着书，目不转睛，要跟那声音比毅力似的。可那嗡响还是那样执着，从容不迫，要一直响到时间尽头去的架势。柳依依叹一口气，合上书，认输了。

这几个月来，柳依依觉得自己习惯了寂寞，可今天有点过不去似的。她觉得这世上还是有好男人的，至少有一个，这男人总有一天会发现自己，或者被自己发现。凭着这点信念，柳依依在那么多寂寞的日子里坚守下来。可渐渐地这点信念也有点动摇了。有吗？他在哪里？你认真，他不认真，你的认真就毫无意义；你坚守，他不坚守，你的坚守也毫无意义。柳依依揣想着，在麓城，在北京上海，有多少男男女女被寂寞逼得走投无路，将身心投入了爱情游戏。游戏性的爱情不问昨天，也不问明天，只问今天，甚至今夜。这游戏也需要有好感，有激情，这就有了那点合理性，也就够了。游戏的人们把爱情、忠诚、责任、家庭、未来这样的大问题，转化为缓解今夜的寂寞与饥渴的小问题，于是就自由了，解放了，一身轻了。

屋檐的水还在滴，滴，那样执着、那样从容地滴，滴，滴。柳依依突然感到一分钟也待不下去，要马上逃离这单调的声音。她下了楼，出了大门，来到大街上。麓城的夜非常繁华，比白天更能体现城市的本质。车、霓虹灯、商店，走了很远很远，还是车、霓虹灯、商店。这种繁华之中有一种令人迷醉的力量，一旦体会到就再也不能离开。可眼前的繁华对柳依依来说又有着一种讽刺的意味，似乎是对她的孤独的一个嘲笑。她固执地往前走，走，突然，停了下来，这是岚园宾馆。她想起了三年前，薛经理带她到这里来过。二楼的灯光一闪一闪的，那是舞厅。柳依依无意识地走到大门口，自动门旋转着，她身子不由自主地一晃，就进去了。进去后在大厅不知所措地站了一分钟，感觉到自己有些失态,就上了电梯,来到舞厅门口。她问售票小姐多少钱一张票,小姐敲一敲玻璃,示意她自己看。她一看五十元,吓了一跳。她准备离开时,来了一个三十多岁的男人,见她犹豫就说:"我帮你买了票吧。"她还没来得及回答,那人已经把钱递进去了。柳依依清醒过来,把钱掏出来要给他,他不要。柳依依说:"那我走了。"那人拉住她的衣袖说:"好,给我,给我。"进去了里面人不多,柳依依随便找个座位坐了,那人跟在后面,很自然地坐在她对面。柳依依想,你坐就坐,关我什么事,等会儿跳完一曲,我就坐到那边去。有服务生过来问她要什么饮料,柳依依知道那又要温柔一刀的,说:"不渴。"对面那人说:"两杯橙汁。"橙汁送来,那人示意一下,服务生把橙汁放到柳依依跟前。柳依依说:"我不渴。"那人说:"那你就别喝。"

　　柳依依以为他马上就会来邀自己跳舞,可他并没邀她,也没有别人来邀她。这让她感到了压力,不自在,也有点心虚,想着再坐一会儿,就走算了。又过了两支曲子,那人说:"既然来了,就跳一个吧。"很礼貌地邀她入池。柳依依感到他跳得特别好,丝丝入扣,自己都要飘起来似的。跳完一曲,柳依依犹豫着是不是换个地方坐,那人说:"既然买了,就喝一口吧。"两人开始说话,柳依依知道了他姓贾,是安阴一个什么大厂的副厂长,到财大来进修的。贾先生说:"你怎么一个人跑到这里来跳舞?"柳依依说:"难道你是跟谁来的吗?"他说:"你是女孩啊!"柳依依说:"没看见政府签署过不准女孩一个人来跳舞的文件。"又说:"你今天签了我下次就不来了。"他说:"本来想签的,见了你就舍不得签了。"又说:"我一个人在麓城。"柳依依不作声,觉得这句话有点怪怪的。他说:"晚上实在没地方去,到这里坐一会儿。"柳依依说:"我也是坐一会儿。"贾先生说:"你怎么也会没地方去?应该是要去的地方太多了去不过来才对。"柳依依说:"你要我去哪儿?"贾先生说:"去哪儿?你这么年轻,这么漂亮,你说年轻漂亮的女孩去哪儿?"柳依依听着很惬意,惬意之中又有一丝警惕,就凭你几句话想让我缴械?有了这点警惕柳依依很踏实,话尽管说,怎么说都行,想撬开门缝钻进来,那不可能,自己不会头脑发热。她说:"你这话说得很实在。"贾先生笑一笑说:"我是实话实说。"柳依依说:"所以我说你说得很实在。"

两人跳一支舞,说一会儿话,舞跳得很投入,话说得很投机。曲终人散时,贾先生告诉她一个电话号码,把号码说了两遍,是个手机号码。贾先生要她把手机号复述了一遍说:"你记性真好。"下了楼贾先生说:"我开车送你一下吧!"柳依依想说不用,可却点了点头,想着这真的是一个成功人士啊!开着车贾先生说:"我一个人在麓城,你想跳舞了就呼我,闲着了也呼我。"柳依依应了,心里把那手机号码背了一遍。贾先生说:"我就住在前面,是不是到楼上去坐坐,就坐一坐。"柳依依猛然记起,苗小慧说过的男人七大谎言,自己只记得六条,原来第七条就是"到我家只是坐坐"。柳依依说:"今天太晚了。"贾先生不再多说,把柳依依送到公司,做了一个打电话的手势,嗖地远去了。

上楼时柳依依觉得心情很好,出去时的那种郁闷似乎没有什么充分的理由。进了宿舍看见阿雨坐在床上修手指甲,把电话筒夹在脖子下面跟谁通话。阿雨在宿舍,柳依依感到一种宽慰,又发现滴水的声音已经没有了,心里就更加轻松起来。她等着阿雨打完电话,可阿雨总是没完没了。阿雨修完了手指甲,又弓着身子修脚指甲。好不容易阿雨电话完了,柳依依坐起来,想要阿雨问自己到哪里去了。可阿雨不问,却问她怎么不睡。柳依依说:"睡不着。"想等阿雨问为什么,可她还是不问,说:"依依你又不像我,你从不失眠。"柳依依说:"睡不着。"阿雨总算注意到了她神情有点异样,说:"有什么好消息没有?"柳依依说:"我能有什么好消息?我天天这么傻待着。"又说:"今晚上出去玩了一下。"羞涩地笑了笑。阿雨说："碰见谁了？"柳依依说："我能碰见谁？"又说："碰到了一个那样的人。"就把晚上的事细细说了。阿雨说："你想跟他沟通沟通？"柳依依说："还不知道。"阿雨说："你想认真呢，就别理他。"柳依依说："他第一次见我，就要我去他那里坐坐，没安好心吧？"阿雨说："你听他说话啊，我一个人在麓城，你品咂品咂，他想表达的好几层意思都在里面了。他现在很自由，没人管他；希望跟你有来往，而且不是一般意义上的来往；他是有家的，不在麓城，在外地；不可能跟你有什么更深的关系，情况告诉你了，后事概不负责。"柳依依说："他好狡猾啊！"阿雨说："你如果想得通，跟了他也算一种选择。事先把话讲清，多少钱一个月。"柳依依双手捂了脸笑道："真的没往那上面想。"阿雨说："谁傻？女孩就这几年青春，金子一般，市场经济呢。青春耗到哪里不是耗？没耗出一点东西来，那才亏呢。反正是冲着钱去的，不动感情。亏了谁都不能亏自己，动什么都不能动感情。你别像我，没耗出一点成果来。蓦然回首，青春就只收获了一个过程，其他一切全部归零。男人可以这样，女人不行啊，她们要靠青春来保障一生的。"柳依依听得心跳，说："别说得这么可怕吧！"阿雨笑笑说："事情它就是这样的，没有浪漫可言，要世界围着你转，是你们那个年龄女孩的想法。你年轻呀！你不年轻试试？连费雯丽晚年都是在孤独中度过的呢，何况我们凡人？"

　　星期六上午苗小慧来了，柳依依跟她讨论了很久，是不是该打个电话过去。柳依依说："阿雨说的可能是对的，姓贾的有家在外地。还真的要我去当二奶赚钱吧！"说完就知道说错了，去看苗小慧的脸色，若无其事，就安心了。苗小慧说："又不要你一步跨到他床上去，你一步一步试着往前过，发现不对了撤回来就是。万一他真是个好人呢？我说万一。"讨论到十一点钟，苗小慧说："我来打，我说我是柳依依。"说着问柳依依要号码。柳依依说："还是别打了吧。"说完就把手机号的数字一个一个地报了出来。她报一个，苗小慧就在电话机上按一下，又转过头来催促她。按完号苗小慧说："我诈他说我知道他有老婆的，看他怎么说。"柳依依说："别。"把话筒抓了过来。电话通了，那边却是一个女人的声音，柳依依赶紧把话筒挂了。苗小慧说："怎么呢？"柳依依说："没有接。"马上又说："一个女人。"苗小慧说："周末回家去了，安阴又不远。"柳依依说："真的是个猎人啊！"苗小慧说："他猎你的人，你猎他的钱，当猎人难道是男人的特权吗？你不年轻漂亮那是不行的，他不出几滴血那也是不行的，这也不失为一种双赢。不过我知道你不愿意。"柳依依说："我没想过我有一天会要去做，"她差点说出"二奶"，"去做别人的情人。"这时来了一个电话打在苗小慧传呼机上，苗小慧说："他喊我了。"柳依依心里想着这个他是谁，也不问。苗小慧说："我偏要陪你吃了中饭再去。"柳依依说："他等得急呢。"像真的知道他是谁似的。苗小慧也不解释，说："让他等，他急我不急。"两人去餐馆吃了饭，苗小慧匆匆去了。

　　柳依依到附近的皇家百货转了半天，把各种品牌的服装一家家仔细看过去，便宜的不喜欢，喜欢的不便宜，一件没买。几十家都看完了，看看时间还早，又重新看了一遍，要挖掘出什么宝藏似的。到四点多钟，觉得实在是乏味了，才慢慢地走回到宿舍。进门看见阿雨居然在，躺在床上捧着《红楼梦》在看。柳依依说："难得你周末还有空闲。"阿雨说："他今天有事。"阿雨有两个他，也不知她指的是哪个他。柳依依说："他有事，他也有事？"阿雨说："他没事他被老婆守着，周末是最不自由的。"柳依依看她手中的下册快看完了，说："这么厚两本书，你两三天就看完了？"阿雨说："我以前看过，现在翻着看。"柳依依说："看古典型的淑女吧？林黛玉。"阿雨把书飞快翻了几下，说："我看男人。我想看看古时候有表现好点的男人没有，我发现没有。"柳依依说："贾宝玉表现还不好？"阿雨说："不好，跟袭人偷鸡摸狗，黛玉还为他把命都搭进去了，我真的替黛玉叫屈呢。连贾政这个正经人都有两个姨太太，王夫人那么厉害，也没有办法。王熙凤更厉害，还是没有办法。"又说："真的没办法。"

柳依依说："仔细想想还是有一个表现好的，刘姥姥的女婿，板儿他爹，没听说他有姨太太、二奶、绯闻。可惜是个种田的。"阿雨说："要是他是个王子就好了。可他真是个王子他还不养一大群？还不如找一个种田的——唉，也不行。"柳依依说："可是——"阿雨打断她说："可是，我们总要走到男人跟前去，这是没办法的事情，你看清了怎么回事，你还是没办法。以前还有一些条条框框能框他们一下，现在自由了，框不住了，身为女人，对人生就要做最坏的打算。我的好多朋友，都在做最好的努力，也都做了最坏的打算。"柳依依说："那怎么办呢，我们？"阿雨说："他逢场作戏你也作戏。"又说："也不是个办法，是个女人就没有办法，我现在就是用这个不是办法的办法。"

两人都在床上歪着，面对面，不说话。柳依依忽然一笑说："不至于吧，阿雨你。我看许经理对你很痴情的，你也有那么痴情，有几次你打电话打了两三个小时，都要哭了呢。"阿雨说："我伤心了，我哭我自己。"又说："我跟他不会有结果，他追得再紧也没结果。他比我小两岁，等他这一阵子的激情过去了，将来怎么办？我犹豫了这半年多，觉得还是不能相信激情，只能相信人性。等我四十岁他才三十八，男人三十八是什么概念？要不出问题，很难，很难，除非他一点出息都没有，我是说一点都没有，不然我没好果子吃。"叹口气又说："可惜他又不像个没一点出息的人。"柳依依想着这世上不知有什么可以相信，看着他俩黏黏糊糊，浓得分不开似的，打完电话还对着话筒咂嘴老半天，其实分手已成定局，而且后面还有个袁总。柳依依说："看着你们对着话筒电吻，我以为你们关系越来越铁，袁总马上要退场了呢。"阿雨说："要我下决心跟小许呢，我就下决心跟袁总断了。要说这个断字,也难啊,就像蛇脱层皮一样。"柳依依说:"你不怕对不起许经理?"阿雨笑了说:"他就那么对得起我?我还为他守节吧!"柳依依吃惊说:"那他除了你也还有个什么?"阿雨说:"现在没有不等于以前没有,以前有也是有,既然有,我做什么就都问心无愧了。"柳依依说:"现在爱情杀手太多,有几个人敢把自己的纯情奉献到那刀下去?"又说:"你看见过他以前的女朋友?"阿雨说:"难道一定要看见听到才知道吗?"柳依依疑惑了说:"他是男人啊!"阿雨说:"男人怎么了?拉到床上就知道了。哄我是哄不了的,只有哄那些真正的女孩才哄得到。他装不像,头脑发热的时候就更装不像。"柳依依心里在明暗之间,却装作彻底明白了,说:"确实,那确实。"

几天后的一个黄昏,柳依依吃了晚饭出去走走。刚出大门,一辆车在她身边停下,贾先生把车门打开说:"上来。"柳依依笑了一笑,继续往前走。贾先生开着车贴着人行道跟着她说:"我在这里等你三天了,本来想进去找你,又怕你不高兴。"柳依依说:"那就别找。"贾先生说:"我今天本来想不来算了,可总是忘不了那天晚上,忘不了,真的。你为什么不打电话给我?"柳依依说:"我怕有人会骂我。"贾先生说:"那个电话是你打的?你别周末打呀!"柳依依说:"我没想到会有这么复杂。"贾先生说:"其实我告诉你了,我想你会懂的。"柳依依说:"我没那么聪明。"贾先生说:"那证明你是个好女孩,我就对你这样的好女孩有感觉。"柳依依说:"你说的话总是说得很实在。"贾先生说:"这样说话不方便,你还是上车吧。"柳依依说:"我就想走走。"贾先生探出头说:"你在这里等一下,我找个地方把车停了,陪你走走。"柳依依还是往前走说:"我一个人走就很好,习惯了。"贾先生说:"真的?"柳依依说:"难道是假的?"刚说完只见贾先生的车往前一蹿,她还没反应过来,车就远去了。柳依依不知他是停车去了呢,还是就这么走了。她仍然往前走,放慢了脚步。走了一段抬头看,没有看见贾先生出现。柳依依犹豫了一下，又往回走，走到原来的地方，没有人。她心里若有所失，往前走了。

不知不觉，柳依依来到了八一广场，这是麓城的商业中心。她在人流中漫无目的地走着，无数张脸闪过来晃过去，都是陌生的面孔。四周都是人，跟自己一样的人，怀着不可告人的野心和可以告人的期待，在麓城的时间之中穿行。抬头望去，满眼都是高楼，闪着各种各样诱惑的灯，柳依依觉得自己像一条鱼，潜行在龙宫的深处，随时可以消失，不留一点痕迹，而龙宫仍然热闹，仍然富丽堂皇。这让她想到生活只是自己的生活而已，就这么回事。走在高楼下面，灯光之中，一种难以描述的忧伤在柳依依心里弥散开来。想到自己的忧伤既无人关注，也无人理解，这忧伤就更加忧伤了。

43

没有什么能够挡得住时间。

当圣诞节又要到来时，柳依依有一种奇怪的感觉。这么快一年就过去了，她有点不愿意承认。她心里其实很明白，自己承认不承认，这一年是真的过去了。时间越来越快，有加速度似的。她想起去年圣诞节，现在回过头去看，看得更清楚，那是人生的重大挫折。失败了，要卷土重来，难，难；自己心中有了重重疑虑，谁要想再走进来，难，难，难啊。

这天下午，阿雨到客户部来问柳依依："他们今天晚上都去泡吧，准备疯一晚，你去不去？"柳依依马上说："去呀，去。"过一会儿阿雨又过来说："是小孙请客，我们去吗？"柳依依犹豫一下说："不去怎么办呢？你倒是有的是地方去。"阿雨说："我今晚还真不知道到哪里去打发才好。"又说："要不我带你到一个地方去，你也见识一些人。"

晚上，柳依依和阿雨在王府商厦随意吃了点东西，下楼时商场已经有很浓的节日气氛了。电动梯上上下下的主要是大学生，戴着圣诞帽，有的举着缀满饰物的圣诞树，女孩们大多都把头发染成了金黄色。一楼大厅有一台大型的节目，一人在一棵巨大的电光圣诞树下表演，围观者不时发出尖叫。柳依依恍然觉得自己到了美国的某个城市，说："过几年可能会流行漂白皮肤了。"阿雨说："潮流来了真的挡不住，过几天我也去把头发染一染。"

有人开了车在商场门口接她们，开车的裴先生是一家文化传播公司的艺术总监。阿雨介绍说："阿裴以前是我朋友的朋友，现在也算是我的朋友了。"阿裴说："朋友就朋友，什么叫也算朋友？"出了城，到郊外的一处别墅区，傍着山，别墅一层层排上去。柳依依才知道麓城还有这么好的地方。阿裴说，别墅的主人是省里某领导的儿子，当然，在做生意，他们不做生意还能做什么？当然，还能当官。他们就做这两件事。

主人姓肖，他的别墅依湖傍山。一听姓肖，柳依依就知道了他父亲何许人也。下车时阿裴说："我是这个小区主要的策划人，还有点品位吧。这样的地，也只有他才拿得到，拿到了就是亿万富翁。这幢房子位置最好，他留给自己了。"柳依依感到不但这个小区不同凡响，别墅的主人不同凡响，连阿裴也不同凡响。进了门是一个大厅，中央摆着一株一人多高的圣诞树，上面缀着些饰物。已经有了十多个人，有几个堪称美女，校园里都很难看到的。柳依依发现每个人的穿戴都非常精致贴切，这才发现阿雨也做了精心的收拾。她有点后悔来这里了，又怀疑阿雨是不是故意做了这样的安排，使她自己不至于那么没有色彩。主人也不招呼他们，点点头让他们随意高兴。

厅里的装饰是古雅的风格。阿裴轻轻敲了敲沙发旁边一只近人高的瓷瓶说:"见过大红色的瓷器吗？十多万呢。"柳依依看见瓶上有描金的字,是苏东坡《前赤壁赋》全文。她觉得这瓷瓶和圣诞树放在一起,总有点古怪。阿雨说:"既然来了,让我们参观一下房子。"阿裴就带她们上下参观了一番,最后来到屋顶平台上。屋顶搭了凉棚,有两个人坐在黑暗中谈话。柳依依听出那边说话的声音有点熟,往那边靠了靠,黑暗中观察了一会儿,竟是陶教授。回到厅里,她悄悄告诉阿裴,阿裴说:"陶教授教过你吗？那一个人是张健,他经常邀陶教授去《麓城夜话》做嘉宾的。"这时陶教授和张健下来了。柳依依怕被认出来,躲在一个角落里。好一会儿发现陶教授并没认出自己,觉得自己是自作多情了。

男人们在一起谈政治,说到省里大人物的种种逸闻,向主人求证,他总是笑而不答。后来张健把话题引向了两性情爱,陶教授马上活跃起来,导师似的回答那几个美女的问题。有个美女说:"要说一夜情,我们天天都有机会。"她说着双手在身边几个女孩旁那么圈了一下,"不但是机会,还是诱惑,自己觉得不太好。可是您和张健在广播里说应该得到理解,我们都糊涂了。"陶教授说:"一夜情也有情,至少彼此有好感吧？这就是理由了。你想想封建社会几千年,女性有这个机会吗？有这个权利吗？回过去几十年你有吗？社会进步了,你才有了这个自由,你不要这个自由,那是你自己的事。反正我是羡慕甚至嫉妒你们的,我们上大学时想自由,还得受处分呢！"另一个美女说:"想来想去还是有点不好。"张健说:"好不好是对个人而言。下雨好不好？干旱时就好,发洪水时就不好。所以这个事,你自己说好就好,说不好就不好,要尊重当事人的感受。重要的不是好不好,而是你有没有自由的权利。"几个美女叽叽喳喳地表示不能接受他们的观点,可口吻有些嗲,神态也荡漾着娇羞。阿雨悄悄对柳依依说:"看那几个人,装什么雏？都是经验丰富的老同志了，表演纯情呢！"柳依依说："傻都不会装，那就更傻了。"主人说："不唱几首歌？"把卡拉 ok 开了，唱了首《明月几时有》。阿裴唱了《三套车》，是浑厚的男中音。柳依依受了感染，觉得他真是多才多艺。

这时有人把灯熄了，点起几支硕大的红蜡烛，准备跳舞。主人宣布要每个人到圣诞树上去摘一个果实，柳依依摘了一个，打开一看是一枚金戒指。她悄声问阿雨："难道是真的？"阿雨说："假的他丢得起这个脸？"音乐响起来，柳依依感到了紧张，那些美女给了她太大的压力。她求救似的看着阿雨，阿雨正和一个刚认识的男士谈得起劲。她装着去拿水果，退到最角落的一个地方坐着，看见跳舞的人一对对都很自然地将脸贴在一起。跳了三四曲还没有人来邀她，她有点坐不住了，又觉得没人来邀也好，毕竟自己虽听说过贴面舞，但没跳过。阿雨和那个男士也上场了，很自然地跳起贴面舞。柳依依一直观察陶教授，他没有跳，但张健跳了，这让她感到主持人也不过如此。阿裴端了两杯红酒过来，柳依依希望他邀自己跳，给自己一个面子，又怕他也要贴着跳，不贴会扫他的兴，也不合时宜。阿裴把酒杯放在她面前，示意了一下，柳依依客气地抿了一口。他说："能跳吗？"柳依依感到了这个男人的细心和体贴，马上说："不能。"她忽然发现阿裴眼睛盯着什么地方，顺着他的目光看过去，是主人正跟一个女孩往楼上走去，正是刚才反对陶教授最激烈的那个女孩。她怕自己的判断不对，询问似的望着阿裴，阿裴抿了嘴暧昧地笑了说："把情绪跳上来了。"

阿裴跟柳依依说话，学校、家庭和工作等都问到了，又说到了几个两人都认识的人，感叹世界太小，再问："你到这里来，回去会不会向男朋友汇报？"柳依依说："没有男朋友。"阿裴表示了惊讶，拼命摇头，见柳依依是认真的，说："是从没有过还是现在没有？"柳依依说："没有。"阿裴宽容地笑笑，也不追问。这时他的手机响了，接了电话阿裴说:"是阿雨打来的,她走了,要我送你回去,保证你的安全。"柳依依这才发现阿雨已经不在,跟她说话的那个男士也不在了。柳依依抱怨说:"重色轻友。"阿裴马上说:"人之常情。"

柳依依去洗手间,门都关着,不知哪一间才是。她试着推开一扇门,微光中传来一种清晰的呻吟之声,她吓了一跳,愣住了,马上听出了声音是从录像中发出来的,有一男一女在屏幕上表演激情。瞥见沙发上一个女的面对面坐在一个男的身上,男人的脸正凑在女人的胸前。女的看见门被推开了,赶紧把衣服放了下来,隐约中望着柳依依笑了一下。回到客厅柳依依说:"我想回去了。"阿裴看看表说:"是不早了。"又说:"喝完这点我们就走。"把红酒一饮而尽。柳依依:"我不能喝的。"阿裴说:"红酒不算酒。"柳依依也一饮而尽。

车开起来柳依依感到酒往上涌,说:"晕。"阿裴把车停在湖边,把车窗打开说:"你吹吹风吧。"柳依依说:"耽误你时间。"阿裴:"能为你耽误时间是我的荣幸。"快进城了阿裴说:"你真的这么没酒力?闻一闻看有酒气没有?"凑到她嘴边闻了闻,顺势用舌尖在她唇上扫了一扫说:"是真的。"柳依依晕晕地说:"你把我骗来当丑小鸭。"阿裴说:"今晚的女孩就数你最有气质。"柳依依说:"你骗谁吧。"阿裴说:"那几个女孩都是空皮囊。她们才是丑小鸭呢,你是白天鹅。看人主要是看气质。"

阿裴把车开到王府宾馆前停下,柳依依下了车说:"怎么不送我回家?"阿裴说:"你喝多了酒,怕你指错路了,先上去吃点东西,醒醒酒。"两人上了三十楼的旋转餐厅,靠窗坐下,慢慢地喝茶。开始说些工作方面的事情,渐渐说到了感情上来,说的全是别人的事,也全是自己的心。阿裴说到恋人之间的真心,即使不能长久,那也是真心。爱情是一段一段的,不能在疲倦之后就说以前的爱不是爱。这话柳依依以前无论如何也不能接受的,可现在都觉得也有一些道理。阿裴说得对，爱是会疲倦的，这是实话实说。这样想着，柳依依还是激烈地说："是真心就要到永远。"阿裴不说话，看着窗外。柳依依也看着窗外，麓城远远近近一片灯海，灯海下面的黑暗中有什么在涌动似的。这是城市的一个角落，麓城还有无数个这样的角落，在那里男人女人相对而坐，在时间的这个瞬间，默默品味这诗意人生。两人又说了一些话，似乎不着边际，却又围绕着一个明确的核心，虽然是藏掖着的，却又是敞开着的。餐厅转了一圈，阿裴说："我去买单。"一会儿回来了说："走吧。"拉着柳依依站起来，手还是那么握着，不松开了。

　　进了十六楼的房间，柳依依说："怎么把我带到这里来了？"阿裴说："喜欢你才把你带到这里来呢。"柳依依清醒了，想说走。阿裴说："你对我感觉怎样？"柳依依说："你不是个艺术总监吗？"阿裴说："这点好感就是理由了，更多的理由其实没有必要。"柳依依心跳得厉害说："什么理由？人家不懂嘛。"阿裴说："你说呢？"抓住她的手，往床上用力一拉，说："今晚离开的人都是成双成对的，这在圈子里不是什么秘密，有一天就抓住这一天。"柳依依说："不好，不好。"阿裴说："人家都没觉得不好，你为什么要觉得不好？"柳依依说："不好，不好。"阿裴边脱她的衣服边说："好，谁说不好？"又问："今天安全吗？"柳依依浑身无力说："不知道。"阿裴说："你算一算。"柳依依说："不会算。"阿裴摸出一只工具，拆开封口，又扔了说："算了。"把身体贴了过来。慌乱中柳依依说："我以前……"阿裴说："我们不说以前，只说现在。"柳依依说："那……"刚发出声，就被阿裴的嘴给堵上了。

　　激情平息下来阿裴问："你叫什么名字？"柳依依用指头在他胸口上写自己的名字。写了三遍阿裴说："还是不知道。"柳依依说："怎么感觉这么粗糙！"就告诉了他，他说："这个名字特别符合你的气质。

你本人也很诗意。"柳依依说:"你的话讲得很实在。"阿裴说:"我就喜欢像你这样皮肤细腻的女孩。"柳依依嘿的笑一声:"你好像以前真的没见过似的。"阿裴也嘿的笑一声:"我的心里只有你,有这么一首歌,你唱过没有?"柳依依说:"不会唱,不会表演。问你,你结婚没有?"阿裴说:"没有。"柳依依说:"怎么还不结婚?"阿裴说:"以前没碰上合自己心意的。"柳依依心里踏实了,有得了承诺的感觉,说:"你今天晚上是处心积虑。"阿裴笑了说:"不是你我还没这份心呢,对阿雨我就没这份心。"柳依依感到很满足说:"你不是个坏人吧?"阿裴说:"你看我像个坏人吗?"柳依依说:"谁说你不像坏人?你怎么这么自信?"

44

　　第二天上午十点多钟,柳依依回到了宿舍。阿雨捧着本书躺在床上,说:"总算回来了。"眼光从书上移开,怪怪地笑了笑。柳依依细声细气说:"回来了。"阿雨说:"还可以吧?"柳依依犹豫了一下说:"不知道。"阿雨说:"怎么会不知道?"柳依依感到阿雨在催促自己说点什么,可她实在不想说,刚刚认识就把事情做了,这不是她愿意给别人的印象,也不是她对自己的认识。她觉得自己有些陌生,可事情是确凿地发生了。柳依依说:"讲不清楚。"阿雨还是不依不饶:"有什么讲不清呢?"柳依依甚至想撒谎说昨晚到苗小慧那里去了,可说不出口。阿雨说:"阿裴还算是一个有魅力的男人。"柳依依无处可逃,就轻轻地嗯了一声,忽然灵机一动,找到了反击的理由说:"你太坏了,把我丢下就跑了。跟谁悄悄溜到哪里干什么去了?"

中午柳依依请阿雨去外面吃了饭。吃着饭又觉得不对，这等于是领了她的情，承认自己跟阿裴有了特别的关系。到底有没有这种关系，柳依依不知道。昨晚是有的，现在有没有，不知道。她把办公室的电话告诉了阿裴，却没向他要电话号码。这是一种含蓄的矜持，又是一种隐约的争取，似乎把主动权交给了对方，实际是留给了自己：如果还有下文，那是你来追我。这是女孩所有的智慧中最核心也最到位的那点智慧。柳依依回过神来，对昨晚的事情还是有点后悔，这么轻易而迅速，就把事情做到了那个分上，这是自己也没有想到的。他会怎么想自己？会怎么想？一想到以后还可能有进一步的展开，后悔的心情就更强烈了。她越是后悔，就越是发现自己对这个男人有了一种认可；而越是感到这种认可，就越是后悔不已。

下午，柳依依带了本书到办公室去看，对自己说那里安静一些。还有一个想法她不愿对自己承认，就是怕错过了阿裴的电话。她想，既然他也有激情，今天肯定会来电话，交流一下相互的感觉，也确证一下相互的印象。可等了整整一下午，快下班他还没来电话，柳依依感到非常失望。到晚饭时，柳依依的焦虑变成了愤怒，愤怒又变成了羞愧。难道他就这样对自己？又想着既然昨晚那一对一对的都是临时性的激情，自己就不能那样去期望阿裴。离开办公室时，柳依依下一级楼梯，就在心里骂一句"可耻"。"可耻，可耻，可耻。"下了最后一个台阶，柳依依站住了，轻轻地吐出声音来："可耻。"声音听在耳中是陌生的，好像是另一个人发出来的。她突然明白了，咬牙切齿骂了这么久，原来真正想骂的人不是阿裴，而正是自己。柳依依自己也不明白，昨天怎么就像吃了迷魂药似的，竟毫无抗拒地跨出了这么大一步。那不是梦，那是真实。既然跨出去了，就无法再说骄傲，再说原则，骄傲和原则原来都如此脆弱。

到了晚上，柳依依心情又有点转了回来，为阿裴设计了种种理由，

225

太忙了,不方便,手机没电了,总之不是没把自己放在心上。睡觉之前柳依依跟阿雨说话,绕了很远的弯,从那幢别墅说起,总算说到了阿裴身上,才知道他叫裴卫华,是阿雨前不久在一次聚会上认识的。阿雨也只知道这么一点。阿雨说:"你如果觉得他还有点好的话,你要好好了解一下。"柳依依被戳穿了似的,含含糊糊应了一声。阿雨说:"他昨天跟你黏了那么久,我还没有你了解得多呢。"

一直到元旦,阿裴都没来电话。柳依依死心了,也安心了,就像在楼梯上忽然踩到一级很深的台阶,心中惊了一下,毕竟还是踩着地了。元旦后阿雨来上班,见了柳依依说:"前天看见阿裴了,在王府商厦。我上电梯他下电梯,没来得及打招呼,一晃过去了,他可能没看见我。"阿雨停住了,等柳依依来问。柳依依淡淡说了一句:"真的?"不再说什么。阿雨有点惋惜地叹一声说:"好像跟个女孩手牵手在一起。"柳依依说:"真的?"不再说什么。

下午柳依依刚进办公室,电话就响了,是阿裴打来的。柳依依说:"我不想跟你说话。"阿裴说:"为什么?"柳依依说:"你自己知道。"阿裴说:"我真的不知道。"柳依依气愤了,世界上还有这么能装傻的人吗?她说:"不知道就算了。"阿裴说:"为什么不告诉我?也让我有个认错的机会吧。"柳依依说:"你没有错,你的错都是对的。"想把电话挂了。这时门边传来了同事的脚步声,柳依依出乎自己意料地说:"下班再打来。"把话筒放下。

下班时柳依依在抽屉翻来翻去。同事说:"还不走?"柳依依说:"就走,就走。"又自言自语说:"咦,放到哪里去了呢?"同事刚出门,电话就响了。柳依依说:"我不想跟你说话。"阿裴说:"你不想跟我说,只想跟我做。"柳依依说:"你脸皮薄一点行不行?"阿裴说:"实事求是嘛。"柳依依说:"我真的不想跟你说话。"阿裴说:"只想做。"又说:"为什么?"柳依依说:"你自己知道。"阿裴说:"其实我早就想给你打电话了，只是圣诞节那天我就出差去了，去了昆明，忘记带你的电话号码了。昨天深夜才回来，今天一早就给你打电话了。"柳依依说："你编，你再编，你再往下编，你再编故事。"他说："跟你实话实说，你又要这样说我，不信你现在打电话问我同事好吗？"柳依依干脆说："我前天在王府商厦看见你了，那不是你的影子吧？"阿裴马上说："说真的我是太忙了，第二天没给你打电话，第三天就不敢打，怕你怨我。犹豫了几天，想想还是不打不行，心里怎么也过不去，我没想到我自己的心中会这样。"柳依依没想到他还能往下说，而且说得头头是道。她说："你会下象棋吧？"阿裴说："会那么一点点。"柳依依说："肯定是高手，将你的军是将不死的。"喘口气下了决心说："我看到你不是一个人。"阿裴吃惊地说："还有谁吗？"柳依依有点糊涂了，他这么镇静，是不是阿雨看错了？她顽强地说："当然不是一个男人。"阿裴说："商场女孩多，我身边站了一个女孩也是可能的，你看见我跟她讲话了吗？"柳依依更糊涂了，几乎断定是阿雨看走眼了。她咬了咬牙，更顽强地说："不但说了话，还手牵了手。"

阿裴好一阵没作声，喉咙里发出一种模糊的声音。过了一会儿他说："那是我表妹呢。"柳依依说："你编，你再编。"阿裴说："真的是我表妹，她在电信局工作，不信你打电话问我家里的人。"柳依依说："你再往下编，你编故事。"阿裴嘿嘿笑："依依呀，是你呢，不是你我还没心情编故事呢，我的谎言都是善意的谎言。你一个女孩，嫉妒心怎么这么强呢？嫉妒是一种卑下的感情。"柳依依说："那至少还是人的感情。"阿裴嘿嘿地笑，柳依依说："还笑，你这样的男人我是第一次见到。"阿裴马上说："那说明是珍稀品种，不可多得。"柳依依说："你死人都能说活，是不是有个烧成了灰在坟墓里躺了三年的男人昨天突然复活了？你脸皮怎么这么厚？"阿裴说："对别人我还没有这么厚的脸皮呢。脸皮厚是男人的美德，这是对女孩的最大尊重。精诚所至，金石为开，我脸皮那么薄怎么表现诚意呢？"柳依依说："我真的不想跟你说话了。"

45

回到宿舍，阿雨说："刚才阿裴打电话来找你。"柳依依说："哼，他想打来就打，打给谁听？"她觉得可笑，又有一种愤怒，难道真能没完没了？

晚上电话铃响了，柳依依不接。响第三次柳依依接了，是阿裴。柳依依说："你烦不烦人吧！"阿裴说："不是那个人拿钱要我去烦她，我还不赚那点钱呢，我只烦我爱的人。"她说："你去爱别人吧。"他说："我不能说自己没爱过别人，但现在爱的是你。爱情是一段一段的，每一段都是真的，为什么不能这样理解呢？"她说："说一段一段太长了，应该说一节一节的，今天一节，明天一节，白天一节，晚上一节，上午一节，下午一节，九点一节，十点一节，都是真的。"阿裴大笑起来："你是这种状态？"又说："过几天我带你到阳朔去玩好吗？"柳依依说："你带你那个所谓表妹去好了。"阿裴说："我只跟你一个人有情绪，没办法。"又说起自己几年前去过桂林，没去阳朔，很遗憾。再说到桂林的风光，问柳依依去过哪几个地方。柳依依说："哪里都没去过，连麓城都没去过。"阿裴惋惜地叹了一声，又说起张家界和庐山。柳依依说："不要以为只有你一个人有钱去这些地方。"不知怎么一来，两个人谈起了庐山，很有同感似的。阿裴又说到阳朔，听朋友说过，是东方的小欧美，不去看看实在不甘心，而这个周末就有一次机会。他说："那我把你的名字也报到旅行社去啊。"柳依依含含糊糊应了一她说:"说一段一段太长了,应该说一节一节的,今天一节,明天一节,白天一节,晚上一节,上午一节,下午一节,九点一节,十点一节,都是真的"。

声。阿裴说:"能够跟依依你一起去旅游,那是旅游的最高境界了。"

放下电话,柳依依没想到居然是这样一种结果,就像猎人提枪进了深山,却随着黑熊进了它的巢穴。阿裴是什么人,她心里明白。他跟所谓表妹手牵手逛商场,他把作案的工具带在身上跑,他不屈不挠死缠烂打。自己并不傻,也不贱,怎么几句好话就被缴械了呢?柳依依听说过,在特定的情态中,女人的智商为零,她觉得这简直就是在说自己。自己已经没有原则,原则已经被全盘摧毁。于是,只要他愿意骗,自己就愿意受骗,明明知道受骗,却还失去了意志似的,抱着那万分之一的侥幸心。这万分之一的侥幸,就成了柳依依说服自己的全部理由。

三天后,两人手牵手走在阳朔的西街上。阿裴说:"眼前是仙境,身边是仙人。人生如此,夫复何求?"柳依依也有些微醺的感觉说:"仙境是真的,仙人是夸张的。"忽然又醒了似的说:"你这话说得很实在。"阿裴笑笑说:"我说真的呢,我从来就是实事求是。"柳依依说:"所以我说你的话说得很实在。"阿裴说:"你注意没有,这街上除了外国人多,就是情侣多,到这里找感觉来了。我在旅行社登记的是夫妻,晚上你不会让大家扫兴吧?"

回到麓城是星期天晚上。大客车进入麓城时下起了雨,打得车窗沙沙地响。窗外的街、灯、人,还有车流都模糊起来。柳依依的心情突然阴郁起来,她不知跟这雨有没有关系。阿裴在耳边不停地说话,她却没了说的情绪,也没了听的情绪。回到宿舍心情仍没好转,她想弄明白为什么,却想不清楚。她泡一杯茶喝着,一股暖流贴着喉咙渗下去,在身体中蔓延开来。这种温热把冻结的思想融化了似的,一丝思绪从身体说不明的某个深处蜿蜒而来,越来越近,越来越清晰,一瞬间她明白了自己。这一次出去,似乎是诗意的,其实是窝囊的。自己算什么?恋人?情人?爱人?很暧昧,很暧昧。自己竟把这种暧昧咽了下去，太贱，太贱，太贱了。暧昧意味着他有权利，却完全没有承诺，没有责任。而自己呢？连追问所谓表妹的权利都没争取到。柳依依想到自己竟然还含糊地答应阿裴到外面去租房子，简直是疯了。

阿裴再打电话来，她冷冷的。约她见面，不见。没有任何承诺，就不要想得到热情的回报。这是对权利带着悲凉意味的争取，这点东西都争不到，后面只有一个惨，惨，惨。柳依依也不说穿，让他去悟，他不缺这点悟性，装傻是不行的，完全不行，坚决不行，彻底不行。柳依依非常清楚地意识到，这是一场博弈，哪怕是温情的诗意的博弈，也仍然是博弈。柳依依并不想这样，这与她对爱情的想象相去太远，可这是现实，无可奈何，别无选择。说到爱情，她觉得这个词有点太庄重了，太遥远了，太不合时宜了。也不知从什么时候开始，爱情已经水随天逝，渐行渐远。

阿裴很顽强，天天有电话来，好听的话像开了自来水龙头，源源不绝。他还连续几天叫花店送来了玫瑰，但就是没有任何承诺，也不把两人的关系提到庄重的层面来讨论。可柳依依已经不是那种见了玫瑰就以为这是至诚至爱的女孩，那些玫瑰只是他们的一种策略。柳依依把玫瑰养在瓶子里，看着花慢慢开放，清淡的香气溢出来，心中也有一种温情在弥漫，要瓦解她的意志和理智似的。她咬紧牙坚持着，这是一场博弈，在玫瑰绽放中的博弈仍然是博弈，如果现在含糊着妥协了，后面只是一个惨，惨，惨。

很快地，也很意外地，事情就有了一个结果。从阳朔回来后的一个多星期，柳依依感到身上有了一种不适的感觉，一种似有似无的瘙痒。开始她没在意，可那种感觉日渐一日地明确起来。以前也不是没有过这样的感觉，但这一次却来势不同。柳依依红着脸到药店买了药回来洗洗，没有用，这让她不得不往阿裴身上想了。

她把事情都跟苗小慧说了，苗小慧马上说陪她去医生那里检查。

挂的是皮肤科的号，诊室在三楼。柳依依记得在刚进大学不久，左手上莫名其妙地长了一块红斑，到这里来看医生，挂了号到三楼才发现那几间诊室进口处赫然写着"皮肤性病科"几个字。她在门口徘徊了几个来回，最后下了决心，把左手高高举起，右手食指指着那处红斑，快步闪了进去。

　　柳依依坐在那里等叫号，浑身都不自在，背上也热辣辣的。进去了，有两个医生，一男一女，还在给别人看病。她马上站到女的那一边等着。男医生说："过来。"柳依依只好过去，刚坐下，额上的汗就渗出来了。她结结巴巴把症状说了，医生说："最近跟什么人有什么接触没有？"柳依依点点头，又摇摇头，蚊子嗡嗡地说："没有。"医生喉咙里发出一种奇怪的声音："没——有？"柳依依头都不敢抬，用力搓着手掌。医生轻轻笑了笑，喉咙里又发出那种含糊的声音："到哪儿去过？"柳依依马上说："到阳朔，玩了几天。"医生说："那个小城很有情调啊！你住在旅店里没注意卫生吧？"柳依依像溺水的人抓住了一块木板，说："可能，是的。"医生说："以后出去玩要自己带毛巾，只能洗淋浴，还要看着老板换床单。"开了单子要她去化验。柳依依想，难道错怪了阿裴？她鼓起勇气问："床单也会有问题吗？"医生说："你问我？你要问我就告诉你，你没有那么好的运气，不可能有那么好的运气。"

　　要打七天针，两千块钱。柳依依想到自己工作半年多怎样省才存了两千块钱，准备集三千块钱过年回去孝敬爸爸妈妈的呢。捏着划了账的处方犹豫了一下，有一种想哭的感觉。苗小慧说："病还是要看的，依依，病还是要看的。"就替她交了款，又陪她在注射室打完吊针。出来时苗小慧说："依依，你拿着这张发票去找那个阿裴，这个东西太不是东西了。"柳依依没作声，心想，这哑巴亏是吃定了，冤得慌啊。这时并不恨阿裴，那样的人没什么好恨的，她恨的是自己。

晚上阿裴又打了电话过来，柳依依想着他是不是有可能出钱，就很平静地说："我病了，在打针，要打七天，差不多两千块钱。"阿裴吃惊说："什么病？什么针这么贵？"柳依依说："什么病你应该知道，为什么这么贵你也应该知道，我的病跟你的病是一样的病。"阿裴顿了一下说："你上医生的当了，他们太黑了，其实只是一点炎症，吃几粒欣匹特就好了。要我买了送来吗？"柳依依说："你的意思是我不听医生的，听你的？"阿裴反复说要送药过来。柳依依不再说什么，把电话挂了。看着电话机她想，这个能缠的人又打过来自己还接不接？等了一会儿，很意外地，铃声再也没响。

柳依依躺在床上，恨自己恨得牙痒痒。现实真的有这么现实，当一切水落石出，那浪漫温情都成了笑柄。图穷匕见，不知怎么一来，这几个字跳到她的头脑里，她用被子蒙了头，擦去眼角的泪，用力地吼了一声："图穷匕见！"

46

图穷匕见。柳依依觉得自己这半个多月来，真的是被裹脚布蒙了眼猪油蒙了心，一直到图穷之时，才看见那致命的匕首。说起来阿裴是什么人，自己也不是不知道，情况也被阿雨看见了，告诉自己了，可还想着他是个艺术总监，有才华有事业，抱着侥幸的念头往前走了。在这种事情上，哪有侥幸可言？开始不对头，就要及时刹车，女人得有这点理智。往下走只有越来越不对头的，哪有侥幸可言？柳依依在心里骂自己活该，活该！骂完之后下了决心，这种一夜情是绝不能再发生了。即生即灭的激情不值钱，过后马上后悔。柳依依觉得很对不起爸爸妈妈，特别是爸爸，他真可怜。

　　针打完了，上帝垂怜，担心了几天，身上该来的也准时来了。柳依依想着这件事就这么完了。谁知过了几天阿裴又打电话来问："病好了没有？"很关心的。柳依依本来想骂人的，听了他的口气又有些心软，冷冷地说："好了。"阿裴说："我很担心你呢，想送药来你又不肯接见我。这几天我心里总想起你，放也放不下，忘也忘不了，欲罢不能啊！"柳依依突然又抱了一点希望说："你那么挂记我，你帮我一个忙吧。"阿裴说："有机会给你帮忙，真的是我人生最大的幸福哟。"柳依依说："我这里有张打针的发票，还不到两千块钱，你帮我找个地方去报销了吧。我还是借了别人的钱呢，还没还呢。"阿裴说："这点钱，不会吧？这点点钱你还要跟别人借？不过……说真的……要找地方报嘛……晚上我请你吃饭好吗？"柳依依说："不肯就算了。"阿裴说："要找地方报嘛……这点点钱……晚上我请你吃饭好吗？"柳依依说："我吃过饭。"又说："我吃过饭了。"把电话挂了。

　　这时阿雨洗完衣服进来了，说："是阿裴打来的吧？"柳依依说："是的。"阿雨说："我刚听别人说，他是个能缠的人，被他缠上了，不死也要脱层皮。他没来缠你吧？"柳依依说："这不是打电话来了吗，请我吃饭。我没吃过饭？我去赴鸿门宴？"阿雨说："男人自由解放了，要潇洒，不潇洒就对不起自己。不是有人说过，活着就要对得起自己吗？这肯定是男人说出来的话。是不是对得起我们，就管不着了。他们的潇洒是以我们的命运为代价的。多少痛苦都被女人默默咽下去了，咽下去了，就天下太平了，天——下——太——平。要等到出现一个两个咽不下去的女人，跳了楼投了江，才会有人说，哦，还有一个两个痛苦的女人。世界有多么阴暗残酷，只有她们自己知道，知道了也不说出来，忍着，忍着，谁愿意指着自己的伤口对别人说，看，这里有个伤口，这么深的伤口！即使说了，说完了，天下又太平了。

天——下——太——平。"

两人沉默着,都体会到了对方的伤口,那么深的伤口。目光中于是有了一种由同情而产生的温柔。这种同情哪怕在最好的朋友之间,也只能这样含蓄地表达。在这个崇拜强者的年代,同情也成了一件困难而需要技巧的事情。终于阿雨开口说:"人生没有什么目标,于是做女人就是目标了,真的把这个目标实现了,也是了不起的成功。"柳依依说:"这个成功不比做女强人容易到哪里去。现在是什么时代?男人都跟着感觉走,他们的感觉,你想想,碗里的锅里的都要,又都不要。一说就是男人这东西,就是这东西,你总不能叫他不做个男人吧!女人的悲剧就在于在一个欲望的时代向往爱情。"阿雨说:"爱情我倒想通了,不去幻想了。我现在感到威胁的就是时间,昨天看了晚报上登的婚介广告,男人三十八以上,女人二十五以下,免费登记。这就是市场啊!怎么办呢?有落幕的危机感了。再往后走,就如花的凋谢,寂静而惨烈。说心里话,我倒愿意理解男人,古往今来,达官贵人公子王孙谁不是几妻几妾?可理解了他们,我们怎么办呢?"柳依依说:"我现在只好倒过来想,从绝望出发往希望走,就像一个盲人有了一点点光感就非常幸福。"阿雨笑了说:"这样一想吧,还得打起十二分精神做女人。"

说到做女人,两人都感到轻松了一些。从衣服说起,说到头发,说到护肤,又说到健身。柳依依说:"这女人真的要钱做,工资奖金都拿上来,还不够的。"阿雨说:"钱存在自己身体上是最合算的,吸引了一个优秀的男人,全回来了。"柳依依拂着额头嘻嘻笑说:"你是为男人,我打扮是给自己看的。"阿雨说:"扯!给自己看的!扯!跟我就别扯了。"又说:"依依我早就想跟你说了,你太朴素了,存那点钱能干什么?要把自己包装成一个精品。既然做女人,就当作一个事业来做,一丝不苟,这是我们的终身事业,要有敬业精神。"

做女人是终身事业。这道理柳依依似乎也懂，可从阿雨嘴里说出来，就有了一种震撼。第二天她把钱全取出来，买了两套衣服、两双名牌鞋，买了欧莱雅系列护肤品，办了一张健身卡，又把头发染成金黄。在镜前看自己，不认识似的。这是自己吗？她伸一伸舌头，镜中人也学着她伸了伸舌头，再狡黠地挤一挤眼，又得到了回应。这样她放了心，这确实是自己，是柳依依。金发的柳依依还是柳依依。看久了她适应了自己新的形象，身上也飘飘飘的爽了许多。这种新的形象给了她信心，又省悟到了那种包装上市的意味。她伸开双臂学着电视中明星的姿势扭扭身子，又莫名其妙地一笑，嘴唇微启，轻轻张合，艳得可怜，可爱，像是想倾诉，又像在询问，在召唤，仿佛多少人生隐秘都藏在镜子的深处。这样想着她突然冒出来一个奇怪的想法，为什么不去见见夏伟凯？从绝望往希望想，夏伟凯总还不是那种没有一点亮色的人。这个念头刚冒上来，她自己也有点接受不了，我就那么没骨气吗？可她越想用力把这念头踩下去吧，这念头就越有浮力，像充足了气的救生圈。

　　周末的早晨，柳依依对着镜子慢慢收拾，头发、脸上都收拾好了，衣服也反复比试了几套，终于选定了。把自己调理到最佳状态，她在心里问自己："这是为了什么呢？"没有回答，就出了门。出了门好像身子不是自己的，飘着鬼使神差地上了公交车，到麓城大学去了。在车上柳依依碰见了吴安安，她在读研。吴安安问她去哪，她说："周末没事，去爬麓山。"吴安安说："你怎么会没事呢？"又指了身边一个男的说："这是小彭，就在财大图书馆。"柳依依说："你好幸福。"朝小彭点点头。看着小彭没有什么精彩之处，敷衍着说："很好，很好。"下了车，柳依依想了很久，想出了来这里的十分恰当的理由，就在研究生楼前面慢慢地走，心里算着夏伟凯也差不多该出来吃午饭了。走了七八个来回，她看见夏伟凯骑着一辆小轮单车从那边往楼前来，单车后架上还站着个女孩，扶着他的肩。夏伟凯回过头跟女孩说话，没看见柳依依。柳依依赶快转身，单车从她身后掠过去了，传来那女孩清脆的笑声。柳依依看着他们在楼前下了车，手牵手进去了。这场景柳依依太熟悉了，连那辆单车都太熟悉，只是后面站的已经不是自己，也不是宝贝，而是一个陌生的女孩了。这是自己应该想到的，为什么竟然没想？为什么总是不可扼制地把自己的愿望当作现实？柳依依忽然觉得自己是那么陌生。

47

这一年回家过年，柳依依有了不同的感受。她发现自己已经完全不能适应小县城的生活，刚回家两天，柳依依就感到麓城在遥遥召唤。麓城没有人在等她，也没有什么事情在等她，她还是明显地感到了麓城的召唤。忍了一天，到初三早上，柳依依喝着稀饭，突然想起来似的说："还有几个材料要赶着去处理。"又埋头喝稀饭，斜了眼看爸爸的脸色。爸爸一下子紧张起来说："不是说初八才上班吗？初八。"右手比画出一个"八"字伸到柳依依眼前。妈妈说："你们经理想榨干你的油吧？"柳依依觉得爸爸很可怜，去年下岗了，人蔫了很多。她想着家里已经有了一种衰败的气息，房子也渗漏了，墙上有大片的水渍，自己还在办健身卡、染头发，心里有点愧疚。可再一想，卡不可不办，头发也不可不染。现在还不抓紧出落，等到哪天能够从容地出落，意义却渺茫了。

姨妈来家里拜年，把表妹也带来了。姨妈大声地夸柳依依，上进、争气、爱学习、不乱交朋友。表妹歪在沙发上看电视，嗑着瓜子，把头偏着，嘴撇着，鼻子哼哼着，捏着遥控器不停地换频道。表妹初中毕业，十五岁，就不读书了。在家里待了一年，天天嚷着要去广东找工作。当时柳依依就很担心，劝她。她说："待在家像一头猪似的，去工作不比做一头猪好吗？"柳依依知道这道理也没错，只是事情的展开不会那么简单。去年春节后，姨妈拗不过她，让她去了，还托了人照应她。去之前柳依依把话敞开跟她说了，你还小，不要交男朋友，很危险的。表妹满口"我知道我知道"，全都应了。去年暑假回来看到表妹，头发染了，衣服性感了，说起话来也不自觉地卖弄风情。柳依依看她这包装上市的神态，暗暗着急，把那些话又沉痛地说了一遍，表妹满不在乎地，又全都应了。不出几个月，一连串的事情都来了。首先是工作的那家宾馆的两个保安为了她大打出手，又检查出肚子里有了搁不住的东西，却无人认账。姨妈元旦前去了广州，费了好大的劲，才把她接回来，在家待了这一个多月，又天天嚷着要去工作了。

　　姨妈偷偷交代柳依依劝表妹，柳依依劝了，但她知道，这是没有用的。爸爸妈妈不是给了自己那么多告诫吗，有什么用？该发生的还是会发生，就像有一张织就的天罗地网，想逃是逃不出去的。柳依依并不特别责怪表妹，自己也没比她好到哪里去，有什么资格去教育她？在这个年代，女孩除非她铁石心肠，抗拒诱惑，不然也只能这样，早几天晚几天，最后只有这样。表妹太小了，她很惨，她自己不知道。柳依依想，世界上的这些事情，当父母的也好，当表姐的也好，到头来也只好不去细想，闭了眼由她去。再多么宝贝的女儿，平时一汤一菜一针一线都细细安排的，这样的大事却只能闭了眼由她去，受了多少伤害都只有一个无可奈何。

　　初六那天，柳依依无论如何要走了。吃过早饭，她收拾东西，爸爸在她跟前转了几次，欲言又止似的。柳依依看他的神情，知道他想说什么，但自己不要听。这时妈妈过来帮她收拾，爸爸对妈妈说："其实我们依依也可以找男朋友了呢。"柳依依装着没听见,心想,你们知道现在找男朋友是怎么回事?还像你们当年半年了连手都没握过吗?一吻定终身吗?妈妈说:"依依是可以主动积极点,不要被蛇咬一口就三年怕井绳。"爸爸说:"不过还是要稳重,小心谨慎。"妈妈说:"她会稳重小心,我们的女儿我不知道?"爸爸说:"不过还是要主动积极点。"妈妈说:"不过还是要稳重小心。"爸爸说:"是要稳重小心。"妈妈说:"是要主动积极一点。"两个人"稳重小心""主动积极",绕口令似的绕了半天,柳依依说:"那我就走了。"爸爸说:"刚才你妈说的你听见没有?"妈妈说:"还有你爸说的。"柳依依把挎包背起来说:"你们都说了什么?"爸爸妈妈对视了一眼,又把那绕口令重绕一遍,还没绕完呢,柳依依爆发似的吼一声:"好了!"爸爸妈妈又对视一眼,一起望着她不作声。柳依依觉得天下的父母真可怜,柔声说:"爸,妈,那我走了。"她本想在语言中对爸爸妈妈表达歉意,说出来却带着凄凉。

　　上班几天,苗小慧来电话约柳依依晚上去酒吧一条街玩。柳依依本来要去健美俱乐部跳操的,经不住苗小慧一劝,就同意了。晚上两人走在酒吧街上,霓虹灯的各种造型,炫得她们有点喘不过气来。柳依依说:"没想到麓城还有这样一个时尚的地方。"苗小慧说:"这几个月才火起来的。"街上大多是时尚的男女,装扮既前卫,神情也爽朗。灯光闪烁之中,有一种暧昧气息,既是播散,又是倾诉。那气息,那声音,一点点,一点点,渗入人心,渗到人心最核心的地方去,像酒曲在那里发酵。柳依依说:"他们怎么都这么高兴?"苗小慧说:"新人类呀,不回忆昨天,不幻想明天,把今天抓住了,就是全部了。他们的活法也是一种活法呢。"柳依依有点神往说:"世界上还有活得这么轻松的人!什么时候我也活得这么潇洒就好了。"苗小慧说:"从今天开始,现在开始。女孩要潇洒,皮带松一松,什么都来了。"柳依依想起阿裴说:"不行不行,在一个地方摔一跤,那是天作孽犹可怜,摔两跤那是自作孽不可活了。"

她们在一家叫"魅力无穷"的酒吧前站住了，抬头看那霓虹灯的招牌。门口四个迎宾小姐都做出姿势迎她们进去。柳依依看这几个小姐，还有一个白人、一个黑人，穿着非常性感，长靴短裙，酥胸半露，肚脐眼儿明明白白地显出来，跟人打招呼似的。柳依依对另外两个小姐说："冬天呢，会冻着呢。"小姐说："两位美女进去了，我们的心就温暖了，身上也温暖了。"苗小慧望一望柳依依，柳依依听见里面音乐震耳欲聋，男主持人的声音正极力煽情，就说："找个能说话的地方吧。"就往前走。苗小慧说："那我们到'相约九点'去。"告诉柳依依，那是陌生的男人女人寻找情调的地方。柳依依说："去！"抱着一种探险的心情去了。进了"相约九点"，里面很雅，灯光微明，音乐悠扬。苗小慧说："坐在这里，没有情调都有情调上来的。"柳依依说："尽管非常虚幻。"坐下来，柳依依发现每张台上都有一部电话机，头顶上是一块招牌，写着麓城的一些地名，如"望城岭""白沙池""天心楼"等，地名下面是电话号码。苗小慧说："依依你看着谁还顺眼，你看他在哪个地方，照着那个电话号打过去，聊得有感觉了，他就会过来，面对面再聊。"柳依依说："那怎么好意思？"苗小慧说："进都进来了，谁会不好意思？"小姐过来了，要她们点酒。柳依依说："我们喝饮料。"小姐说："这是酒吧，至少要消费六瓶啤酒。"一听价格，柳依依吓了一跳，比外面贵了十倍。柳依依说："我们喝饮料可以吗？不能喝酒的。"一听价格，橙汁四十块钱一杯。柳依依说："来一杯矿泉水好了。"也是四十一杯。苗小慧说："别啰唆，赶快把酒拿来。"喝着酒就有人打电话来了，柳依依说："你接。"苗小慧说："你接。"柳依依说："是打给你的。"苗小慧说："打给你的。"苗小慧接了电话，是望城岭打过来的，望过去那边坐了两个年轻男人。苗小慧说："是不是打算过来帮我们买单？"两个人遥遥相望，东拉西扯聊了十几分钟。苗小慧把话筒递给柳依依说:"旁边那个男的要抢他的话筒了,非要跟你说话。"柳依依听苗小慧胡扯了这么久,胆子也大了些,接过话筒。那个男的望着她直使眼色说:"今晚上这么多女孩,我一眼就把你挑出来了,这是缘分呢。"柳依依说:"你前几天跟另外一个女孩也有缘分呢。"那边说:"你怎么知道?没这事!"柳依依说:"我早就注意到你了,你前几天跟那个女孩聊了那么久,后来又跟她一起出去了。老实交代,到哪里去了?"那边哈哈笑说:"看起来我确实是很优秀,不然这么多男孩你偏偏就记住了我?"说了会儿话,他们要过来,柳依依来不及阻挡,那两个男人拿了酒过来了,苗小慧赶紧移到柳依依这边坐下,让他们俩坐对面。四个人说着调情的话,斗嘴似的。开始还有点收敛,闪烁其词,越说就越放开越大胆了。大家谈话都暗藏机锋,句句都是隐喻、暗示,把聪明才智和想象力发挥到了极致。不一会儿就恩爱无限,分扯不开,没你不行似的。柳依依抢着说话,越斗越勇,简直沉迷于其中了。到了十点多钟,柳依依说:"约你们明天晚上来,我们继续发展。"一个男的说:"既有今天,何必明日?我们是不是找个地方休息一下,进一步深入交流?"食指伸出来伸缩几下,"深入交流。"苗小慧说:"还没到火候,你们还得继续表现才行。"另一个男的说:"找个地方表现给你看,你看我们行还是不行!保证你们会叫爽的,爽死你。"苗小慧说:"看你这萎萎的样子,基本上是个萎哥。"柳依依说:"大话撑破天。"这时到了门口,那两个跟了出来,嘴里说:"没体验过怎么说我们说大话?实践是检验真理的唯一标准。"苗小慧往那边一指说:"警察叔叔!"飞快地跟柳依依钻进了出租车。

48

　　元宵节那天,下班后柳依依像往常一样去健美俱乐部跳操,俱乐部在王府商厦六楼。跳完操洗了澡下来,她在一楼大厅转了一会儿,发现了一件红豆牌的黑色纯毛呢大衣,以前就看中了的,要两千多,想都不敢想,现在居然只要六百了。售货小姐看出她的心思,说:"这是春天快到了才有这个价呢,纯毛的呢,三折呢,几年还难碰这么一次机会呢。"柳依依很痛苦,东西好,颜色款式都合心,也不贵,可六百元对自己来说硬是算一笔钱了。爸爸下岗在家,一个月才两百块生活费呢。她捏了捏钱包说:"今天忘记带钱了。"狠心走开了。

　　展销厅旁有一个小小的游艺场,很多人抬了头在猜谜语。她猜了两个,到兑奖处报了答案,都不对。她想,难道别人比我还聪明些?赌了气又过去猜。有一条是"三个不出头",打一字。柳依依想想,应该是个"森"字,到兑奖处报了答案,猜对了,得了一包旺旺雪饼。她再过去猜,有一条是"一去就有粮",还是打一字。柳依依退出来,在楼梯旁坐下,摊开左手,右手食指在左手心反复比画。忽然有人叫她的名字,抬头一看是秦记者秦一星。秦一星说:"真的是柳依依啊。"柳依依说:"才几个月,我老得那么快吗?"秦一星说:"怎么突然变得这么漂亮起来了?"柳依依手抚着头发说:"是吗?是吗?把头发轻轻染了一下。"又说:"我以前那么丑吗?"秦一星说:"漂亮还可以更漂亮嘛!你在等谁?"柳依依说:"等我自己。"秦一星说:"我以为你等谁呢。"又说:"在手上画画画的,给谁写什么信吧?"柳依依说:"我猜谜语,赢了一包这个。"把雪饼拿起来晃了晃,"你帮我猜一下。"把谜面说了。秦一星说:"可以坐吗?"指了指她旁边的空位子。柳依依说:"为什么不行?"秦一星说:"我怕等会儿谁过来了,他又要盘问你老半天。"柳依依说:"我没有谁会过来,你怕谁盘问那你就别坐。"秦一星说:"我也没有谁。"秦一星坐在她身边,指头在手心画了几下说:"应该是个'来'字,上面一横去掉,剩下'米'字,不就是有粮了吗?"柳依依说:"对对对。"跑到兑奖处报了答案,又得了一包旺旺雪饼。回来看秦一星还坐在那里,说:"你猜对的,给你儿子吃。"

出了商场,秦一星说:"依依你到哪里去?"柳依依说:"我哪儿都不去,去哪儿都行。"秦一星笑了说:"真没人等你?不理解,不合理,不应该。"柳依依说:"不应该的事多了。"看一看秦一星,又看一看,心中悠地晃了一下,又说:"我找个地方吃点东西去。"秦一星也看一看她说:"依依你也没吃晚饭?那我们到楼上旋转餐厅去吧。"柳依依说:"我不想去那么高级的地方。"

两人往前走,柳依依说:"找个地方吃碗面算了。"秦一星说:"不吃就算了,要吃就没吃碗面的道理,请美眉吃碗面?"两人进了一家咖啡厅,服务小姐说:"两位来个套餐吧。"秦一星看了单子,对柳依依说:"来个套餐怎么样?"柳依依看餐单,秦一星手指头正指在"情侣套餐"那一栏上。她说:"随你。我还要一碗绿豆粥,嘴里有火。你喝瓶啤酒吗?"秦一星说:"当然喝。你跟我在一起生活这么久了,还不知道我喝不喝?"柳依依说:"谁跟你一起生活这么久了?"秦一星说:"你不是跟我在一个地球上一起生活这么久了吗?"柳依依笑了说:"狡猾。"又说:"你怎么还没吃晚饭呢?今天元宵节啊!"秦一星说:"依依你还好吧?"柳依依说:"好,也就是说,不好。"秦一星笑了说:"回答了,也就是说,没有回答。"柳依依把工作的事说了,叹了口气。秦一星说:"依依你怎么有过一天算一天的心态?不理解,不合理,不应该。人一生就像下棋,开局没开好,后面再怎么走,都难走好了。你得好好设计设计,这一辈子怎么打算,怎样实现这些打算?梦游似的过了这几年,以后就没机会转过来了。"柳依依心里一暖,没有人这样关心过自己,父母想关心,却不知道怎么关心。柳依依说:"我在麓城人生地不熟,做不出业务量。"秦一星说:"世界上没有不可能的事。你怎么不考研?"柳依依说:"去年准备考的,都准备好了,后来,就没考了。"她心中难受,极力忍着,"今年没想着再考,也没条件考了。又没时间复习,又没有家里资助,我爸爸下岗了。"

这时秦一星的手机响了,他看了一下,没有接。柳依依说:"你接,没事的。"秦一星说:"没事。"柳依依想可能是他的情人打来的,她听说电视台的人找情人成风,稍微有点头脸的都有,没有就不正常。据说有一个什么主任,十天半个月换一个情人,主要是实习的大学生。这样想着,她打量了秦一星一眼,秦一星马上说:"是家里打来的。"柳依依说:"家里的电话你敢不接?如果是我,我就会有想法了。"秦一星说:"让她去想。"这时手机又响了,秦一星还是不接。柳依依说:"你接,没事的。"秦一星说:"我今天偏不接。"又说:"今天吵架了,我赌气出来,到处瞎走走。"柳依依说:"一家人,有什么好吵的呢?吵过来吵过去都是伤了自家人。"秦一星说:"道理是这么讲,可事到临头,这道理就不管用。"柳依依说:"一家人,有什么好吵的呢?"秦一星说:"她要吵,你没办法。"柳依依说:"真想不到记者还会吵架,电视里看见你们天天给别人排难解忧的。"秦一星说:"记者就不吵架?你以为他们是什么人吧?"柳依依用力切了一块牛排,用叉叉着,举起来说:"一家人,有什么好吵的呢?"秦一星说:"从哪里都可以开始吵,主要就是吵那个吵。"柳依依把刀叉放下来,说:"我很理解她的,人家有情绪,总要找个口子发出来,你不让人家发出来,想憋死她呀?"又说:"男人是世界上最自私的动物。"秦一星吸一口气,头稍往后仰着,意味深长地笑了笑:"不简单,不简单,不那么简单,都懂。"柳依依有点慌乱,说:"书上这么说的,我从书上捡来这句话。"秦一星还是微笑着说:"不简单,不那么简单,什么都懂。"他的笑让柳依依心跳，说："别瞎想象。"

这时手机再一次响起，秦一星看了说："还是她。"柳依依说："你接，没事的。"秦一星跑到餐厅外接了，回来说："还是她。"柳依依说："我觉得你们吵架是她有道理。你这么多秘密，要人家怎么不吵？如果是我，我也会吵的。"秦一星说："你也别瞎想象，是她打来的。"柳依依说："谁打来的都不关我的事，管他谁谁呢。"秦一星望着她笑了一笑，又笑了一笑。柳依依心里发慌，急急地说："我是说真的不关我……"忽然发现越说越不对，就不说了，低了头拿刀叉用力切牛排。秦一星说："真的是她呢，我怕她听见这里面的音乐，又要追问到底，在哪里？跟谁？干什么？跑到外面，就说在路上，就完了。"柳依依说："据说有一种新款手机，能够屏蔽周围声音，是专为男人设计的，你去买一个，你在哪里跟谁干什么，都没关系，反正都是在路上。"秦一星嘿嘿笑说："依依你大大的有学问呀！"柳依依说："也是从书上捡来的，我本人这些方面没什么经验。"

秦一星用调羹敲了敲那碗绿豆粥说："吃完我们走了。"柳依依说："吃不下了。"秦一星端起来说："那我就吃了。"柳依依说："碰鬼，人家吃过的呢！"秦一星边吃边说："那要看谁吃过的。"柳依依说："不好吧！"秦一星说："好不好要看她是谁。"又说："情侣还要用嘴来表达感情呢！"说着伸了一下舌头，红红的，又飞快缩了回去，"好不好要看她是谁。"柳依依说："碰鬼！什么意思嘛！"秦一星说："没什么意思。"又说："你说呢？"柳依依说："你还是快点回去吧，人家在家里等你呢，人家。今天还是元宵节呢。"秦一星说："没事。"又说："你看我好可怜，元宵节还一个人在外面荡。要不是碰见你，我还不知该到哪里去。"柳依依冷笑一声说："你们电视台的人，还会没地方去？"秦一星说："你怎么对电视台的人有这么深的偏见？"柳依依说："他们的故事很多，太多了。"秦一星说："有些人是有一些故事，黑锅我们上了车秦一星问:"住在哪里?"柳依依指了方向,心里有一种遗憾,他并没给自己一个表现原则的机会。

大家都背着了。"柳依依说："那可能是我冤枉了你这个好人。"秦一星说："我不说了，越洗越黑。"出了咖啡厅秦一星说："我还得去把车开过来。"柳依依说："要不我自己走回去算了。"又抬头看看天说："有这么晚了？还不算太晚。"四下张望一下，"是有点晚了，还不算太晚。"秦一星说："当然是我送你。你不会不给我一个机会吧？"他要她等着，就去了。柳依依站在台阶上抬头看天，看不到什么，都被灯光罩住了。她品味着"机会"这两个字，心想，难道他又要把自己带到什么宾馆去？如果他提出来了，自己就说不，要坚持原则。

上了车秦一星问："住在哪里？"柳依依指了方向，心里有一种遗憾，他并没给自己一个表现原则的机会。下了车柳依依说："快回去啊，人家在家里等你呢，人家。"上楼时柳依依一步慢过一步，心想，女人啊，因为她是女人啊，当个傻瓜是多么轻易，不当傻瓜是多么艰难，就因为她是个女人啊！

49

柳依依感到自己被这个已婚男人所吸引，这种感觉非常清晰，仿佛是高级相机照出来的一张照片，投影在心灵的屏幕上。她对自己这种心情感到奇怪，把元宵节晚上的情景在心中细细过了一遍，也找不到什么特别的理由。如果说是到了身边需要有个男人的年龄的缘故吧，也有那么多男人想靠近，自己都闪开了。想过来想过去，她给自己找到了一条理由，那就是，他太可怜了。元宵节晚上，在家里吵了架出来，无处可去。一个成功的男人，竟也会有这么落魄的时候，太可怜了。找到了这条理由，柳依依再去想，自己和他是不是有了一点默契？感觉上是有的，但又无法确证。她把那天晚上的情景又细细地过了一遍，似乎是有的，但无法确定。柳依依在心中证实了又推翻，推翻了又证实，觉得自己像一个小偷，翻入墙内感到恐惧，翻回墙外又被里面的财物诱惑，翻来覆去，怎么都不对。

她有他的电话号码，她不打，打了就有点自投罗网的意思。等了一天，两天，柳依依想，他可能不想表现得太迫不及待了。三天，四天，柳依依想，你不急，我更不急。过了一个星期，柳依依对自己的判断有了怀疑，纯粹是自作多情吧！她把那天晚上的情景再细细过一遍，感觉变得模糊起来，似乎根本就没有什么特别之处，都是自己在瞎想。柳依依反过来说服自己，这是瞎想，是自作多情。可说服来说服去，竟有点说不服似的。越是说不服就越是要说服，可越是要说服就越是说不服，就像心中立着个不倒翁。

秦一星到底还是打电话来了。柳依依说："你怎么知道我办公室的电话？"秦一星说："我们当记者的有什么事不知道？"柳依依说："那你怎么才打电话来呢？"她等着他编故事，到某地出差去了，有什么突然的任务抽不出时间，等等。谁知秦一星说："我很犹豫，想着该不该给你打这个电话，就犹豫了这么些天。"柳依依明白了，又不十分明白，故意哈哈笑几声说："打个电话犹豫什么？又不是做什么重大决策。"秦一星说："对我来说就是重大决策。"柳依依想，人的心到底还是有感应的，这使她感到了一种温暖，这种温暖在心中柔软的部位掠过。她又哈哈笑几声说："决策？那么严重？听不懂。"秦一星说："依依没那么傻。"柳依依说："我是没那么傻，也不想犯傻。世上傻姑娘多得很，我不是她们。"秦一星在那边沉吟了一下说："真这么想？"柳依依说："当然。"犹豫了一下又说："不过……我还是不明白你的意思。"秦一星说："那你给我一个机会，我当面对你解释一下。"柳依依又犹豫了一下，说："随你。"就约好晚上去荷韵餐厅。

柳依依本来交代秦一星把车停在转弯的地方等,可他还是把车停到了办公楼前,几乎就对着大门了。下了班柳依依第一个冲出来,看见秦一星在车内向她示意。她装作没看见,一直往前走,他就开了车跟在后面。转了弯柳依依突然身子一闪,就进了车内,马上把车窗摇上来说:"你怎么这么不听话?别人会看见的。"秦一星说:"他管得着吗?"柳依依说:"等会儿别人说我傍大款,我说那是一个朋友,一个记者,车是他们单位的?从头到脚长满了嘴也说不清。"到了荷韵餐厅,秦一星要柳依依先下车,自己找地方去停车。柳依依说:"你不也怕别人看见?"秦一星说:"见过我这张脸的人太多了,七嘴八舌都伸过来也没什么意思。"柳依依进去了在大厅坐着,不一会儿就有服务小姐过来请她到包房里去。进去了看见秦一星在研究菜单,就说:"你什么时候溜进来的?"服务小姐说:"包房最低消费是一百元。"柳依依说:"那我们还是坐到外面去。"秦一星说:"咱们不提钱的事,俗。"

服务员带上门出去了,小房间里忽然就有了一种气氛。柳依依意识到这个空间太私人化了,感到了一种轻微的紧张。记得三四年前也跟薛经理到过那么个包房里,却没这么想过。人有过经验了,就不同了。她拿起遥控器开了电视,不停地换台。秦一星说:"依依你跑到这里来看电视?"柳依依说:"你说,你说,我听着呢。"眼睛仍望着电视,嘴里说:"下午一个女孩在王府商厦前被车撞伤了。端午节在麓江有国际龙舟节。啊呀,今晚半夜会有暴雨。"好一会儿没听见秦一星的声音,柳依依把头转过去说:"你说,你怎么不说?"秦一星也把眼盯着电视说:"省委宣传部今天下午召开表彰大会。市民抱怨药品价格太贵。新飞广告做得好,不如新飞冰箱好。"柳依依笑着关了电视说:"听你一个人说。"秦一星说:"我打算说什么来着?"又瞟一眼电视,"下午一个女孩在王府商厦前……"柳依依笑得岔气,拍着桌子打断他说:"瞧你这个人!"秦一星不笑:"那跟你说真的吧。"

柳依依收笑说:"别这么严肃,你说。"秦一星说:"工作感觉怎么样?"柳依依说:"一般,太一般了。广告这口饭怎么这么难吃?钱揣在别人兜里,你想掏出来,要有十八般武艺才行。有时候……唉!"秦一星说:"有时候还得……唉!前面有启明星闪闪发亮在召唤着没有?"柳依依说:"没有,根本没有。"秦一星说:"生活的状态好不好?"柳依依说:"不好,一点都不好。"秦一星说:"这样下去怎么行?总不能二十出头就觉得后面的时间是垃圾时间吧?"柳依依叹气说:"生活把你压住了,你怎么冲也冲不出去。只好就这么缩着,看哪天突然就有了个什么机会。"秦一星说:"对天张着嘴,看哪天馅饼落到嘴里。会有这样的事情发生吗?"

柳依依心中忽然有些沉重,明白运气实际上是等不来的。她喝着茶,半天说:"你把事情挑明干什么,太残酷了。不能让人家晚上枕个好梦入睡吗?"秦一星说:"你不对自己残酷,世界就要对你残酷。现在每个人都像非洲草原上的猎豹,弓着身子瞪着眼找机会,一有目标随时就一跃而起扑上去。"说着手掌向下,弓起来,手指抖动着,就像猎豹在袭击之前抖动背脊。柳依依说:"你昨天看了《动物世界》吧?"秦一星说:"前天。"

吃着饭,秦一星几次抬头看着柳依依,嘴唇轻轻张合,一碰上她那询问的目光,又低头吃去了。当他再一次抬起头来,柳依依说:"你这么看我干什么?"秦一星说:"别的不行,看一看也不行吗?"柳依依说:"没觉得有什么好看的。"秦一星说:"我不那么认为。"柳依依心中有点紧张,她觉得自己应该表个态了,要堵住他,趁他还没有把话说出来。可心中乱糟糟的找不到方向,就不作声,等着秦一星决定方向。秦一星叹了口气,望她一眼。柳依依终于下了决心说:"老是叹气干什么?"秦一星说:"你说呢?"柳依依说:"你叹气我怎么知道?"秦一星说:"你真不知道?"又说:"我不敢说。"柳依依想说,不敢说就别说,可心中像是有鬼似的,说出来的话竟是:"有什么不敢说?一个大男人的!"秦一星说:"正因为是大男人,所以不敢说。"柳依依说:"你说说我听听。"这样说了又有点后悔,怎么自己老是不能及时踩住刹车?秦一星说:"怕有人打我骂我。"柳依依笑了说:"谁打你骂你,你到电视上给他曝光。"秦一星说:"怕你骂我。"柳依依说:"我是那么爱骂人的人吗?好好的我骂你干什么?"秦一星笑笑,有点腼腆说:"骂我有贼心。"柳依依说:"你有贼心吗?"秦一星说:"你说呢?"

柳依依低头喝汤,又把饭一点一点扒到碟子里,一粒一粒地数着似的,又一点一点扒到嘴里,也是一粒一粒地数着似的。秦一星说:"吃这么一点?猪要吃一锅呢。"柳依依说:"刚才谁吃了差不多一锅?"又说:"现在几个女孩敢尽情吃饭?"秦一星说:"苗条真的比痛快地吃饭更重要吗?"柳依依说:"愚蠢的问题!你是男人你不知道?"秦一星叹口气说:"真没男朋友?可惜了。"柳依依说:"什么东西可惜了?"秦一星说:"你可惜了。"又说:"银亮银亮的青春,可惜了。"柳依依说:"我随时可以找一个,明天就找一个。"秦一星说:"今天呢?"柳依依说:"我怕你。"秦一星说:"我那么可怕?"又说:"你是一只小小鸟,暂时无枝可栖,就在我这棵树上歇歇脚吧。哪天你想筑巢了,你就飞吧。这件事你想想好吗?"柳依依说:"没什么可想的!"

50

回到宿舍,柳依依心中七上八下。

当时如果秦一星把她一把抱过去,放在自己膝上,这事就定了。偏又那么从容,那么绅士。既然让她想想,她就不得不想想了。这想就从为什么他要让自己想想开始。想到这一点柳依依有点沮丧。气氛有了，你是男人，你就决定方向好了，沧海横流，方显出英雄本色。他偏把这任务留给自己！在柳依依的印象中，男人都是被什么东西在追着，一个个猴急猴急，偏偏他就这么从容。柳依依想，你从容，我比你更从容，我别的没有，耐心还没有吗？男人一个个鬼催命似的，那是男人，女人也有鬼在催吗？

打定了主意，柳依依慢慢地想这件事，要把事情想透，反正有的是时间。开始的时候，似乎是为了给自己一个等待的理由，再往深里想，她真的犹豫了。柳依依经历过几个男人，有的关系深一点，有的浅一点，可不论深浅，没有谁给过她爱的信念。薛经理没有，郭博士没有，阿裴就更不用说了。只有夏伟凯，让她有了爱，而且是至爱，却还是被摧毁了。这个信念比什么都脆弱，只需一击，就破碎了，像击破一只古典的青花瓷瓶，再也无法复原。柳依依曾经想，这样也好，这样就自由了，解放了，没有爱的信念的人就没有不敢做的事情。可这一年多来，自己又没有充分利用过这种自由，心中总有什么在挡着似的。想来想去，柳依依似乎明白了自己，那就是，说来说去，自己还是没有死心啊！也许，那点信念并不是那么脆弱，被击倒了，还会顽强地站起来，像一株春天里被践踏的小草。不然，一个女人，她活在这人间，又有什么寄托呢？如果这样，就没有理由接受秦一星的建议。自己还是应该等待，说不定，苦苦等待的那个人，马上就会出现了。她有了主意，心里就平静了。

可到了晚上，她一个人看着电视，这平静又不平静了。也许，秦一星说得对，银亮银亮的青春，在电视机边打发掉，可惜了。闲着也是闲着，接受了他的建议，也并不耽误什么。只要不动真情，自己还是自由的，来了就来了，去了就去了，也并不耽误什么，反正闲着也是闲着。这样想着柳依依迷惑了，自己到底是怎么想的？她察觉到自己被这个男人所吸引,这是爱的萌芽。可是,自己不愿承认。对于爱,自己受过重挫,不愿再想,也不敢再想。当爱萌生出来,她也要把它掩盖起来,欺骗自己,为事情找到其他理由。面对秦一星,自己为什么会这么不争气呢?突然,她自己也很意外地,一股物质般的暖流掠过了她的身体,在说不明白的什么地方,似乎是骨头的缝隙中,留下了一道潮湿的轨迹。她觉得那道轨迹非常清晰,像夜航飞机上的航标灯。再想在心中描绘出来,刚描出一小段,就迷失了方向。她那么明确地感觉到,自己是一个人,一个女人。意识到这一点柳依依有点慌:怎么能这样?即使要走到他跟前去,那也只是把他当作一个人生驿站,一个还算有情调的男人,怎么能这样?又跟秦一星见了几次面,两人都不再说那个问题。柳依依想,是他打退堂鼓了呢,还是他留下充分的时间让自己想想?她想不清楚,就干脆不想。每次见面后,她都感到自己的心往他那边又靠近一点,似乎已经形成了趋势,无法逆转。

这天下午,公司召开了全体员工大会,总经理宣布了新的运行机制,核心点就是收入与业绩挂钩。柳依依担心的这一天终于来了。自己在麓城没有亲人,没有关系网,到哪里去拉广告呢?钱少一点还不是最难堪的,最难堪的是丢不起那个脸。太残酷了,柳依依想,太残酷了。一个女人,像自己这样的,能在一个角落安安静静待着,就心满意足了,可这么大个世界,又到哪里去找这个角落?严峻,残酷,必须面对,无处可躲。散了会,柳依依到办公室,想打电话给苗小慧,吐一吐一肚子的苦水,拿起电话,又放下了。哪怕是那么铁的朋友吧,向她展示自己的无能,总是难堪的啊!她想着有谁能帮自己的忙,给一点业务?薛经理?贾先生?或者阿裴?一个女孩,要拿到业务,不利用女孩的身份是不行的,这是她最重要的资源,可利用又是危险的,刀口舔血似的。既要千娇百媚,会发嗲,会扭腰肢,又要头脑清醒,不被对方黏上,刀口舔血啊!柳依依觉得委屈,想想,鼻子一酸,眼泪就流下来了。她拼命忍着,心想哭有什么用?莫斯科不相信眼泪,麓城就相信眼泪吗?

柳依依对着窗子坐着,有一种灰心的感觉。外面远远近近高高低低都是楼房,在阳光下那么清晰,连窗子都是清晰的。这就是麓城。想在麓城活下来,那不是一件容易的事。想活得好一点点,更不是件容易的事。她坐着,以麻木的平静,望着窗外的景色一点点暗下去,暗下去,夜色一点点降下来,降下来。

电话铃响了,是秦一星。他说:"怎么不在宿舍呢?"她说:"加班。"说完耸一耸鼻子,有点发酸,又耸一耸,再耸一耸,突然,就抽泣起来。秦一星问:"怎么了?"她不作声,只是哭。他问了十多遍,她才把事情说了,说完又说:"你给我找点业务吧。"他说:"你不知道电视台自己就是拉广告的?要帮忙我直接帮你算了。"柳依依说:"那样不太好吧!"他说:"男人帮女人,那是天经地义的。"又要她下楼,他来接她。

秦一星仍把车停在大门口。柳依依也不闪避,拉开车门钻了进去,那一瞬间看见一个同事在台阶上对她诡秘地笑了笑。一路上柳依依不作声,想着在秦一星的那个天经地义后面,还有着另一个天经地义。没有这个天经地义,就没有那个天经地义,这也是天经地义的。互利互惠事情才能进行下去,这是生存的真实,想飘其实是飘不起来的。到了荷韵餐厅的包房里,服务员倒了茶出去,秦一星说:"有句话其实我不应该今天说的,但不说有些事情又没法往下说。我还是说了吧。"说着,询问地望着柳依依。柳依依难以察觉地点了点头。秦一星说:"今天跟你说两件事。你做我的情人吧,我喜欢你。"柳依依微微笑了笑,不作声,心里想着,自己就配不上一个"爱"字吗?秦一星又说:"你还是去考研吧,再往后本科的学历就不够用了。你好好学习,其他方面不要操心。"柳依依说:"说完了?"秦一星说:"说完了。"柳依依说:"这两件事其实是一件事吧?"秦一星说:"你怎么理解,那是你的权利。"又有点腼腆地笑笑说:"依依不傻。我早说了,不该在今天说的。"柳依依说:"哪天说都是说。"又喉咙哼哼地发出含糊的声音:"天经地义。"

  秦一星望着柳依依,眼中放出一种明亮的光来,说:"怎么你越看越漂亮?如果我犯了错误,不能怪我。"这时服务员敲门送菜进来了,秦一星拉着柳依依的手问服务员:"你看我老婆漂亮吗?"服务员看看柳依依,又看看秦一星说:"你女朋友真的有那么漂亮呢。"秦一星说:"你怎么说是我女朋友?我老婆。"服务员说:"我们的包房里从来没人带了老婆来潇洒。有最低消费,是不是?偶然有个把人带了老婆来,老婆也会拖着他在大厅吃。"服务员出去了,柳依依说:"我浪费你的钱了。"秦一星说:"我虽不是老板,这点钱也只是小钱。"柳依依说:"对我来说就是大钱了。一张百元的大钱,我要下了决心才舍得动它,那是大钱。"秦一星笑了说:"没那么惨吧?"又说:"男人什么都不怕,就怕不成功,其实是怕没钱。女人吧,什么都不怕,就怕她不像柳依依。"柳依依说:"你这话说得很实在。知道你是信口胡说,我还是很喜欢听的。女人就有这么傻。"

  秦一星起身把门锁按了一下,柳依依听见了咔嚓的一声轻响,非常清晰。她说:"想干什么?"他说:"你说呢?"把柳依依抱起来放在膝上,吻着。柳依依说:"早就知道你有阴谋诡计。"秦一星说:"知道了诡计还中了诡计?"柳依依说:"你不知道女人能有多傻。"过了一小会儿,秦一星双手也不安分起来。柳依依倒在沙发上顺从着,突然感到自己牛仔裤的纽扣被松开了,说:"想干什么?"秦一星忙乎着说:"你说呢?"柳依依说:"我还没想好呢。"秦一星说:"等会儿完了好好想想。"柳依依说:"不会吧,这是公共场所呢!"秦一星说:"明明是私人空间。"柳依依被他的大胆吓住了说:"别,别,服务员一会儿来了。"秦一星说:"没这么傻的服务员。"柳依依说:"别,别,我们才见过几次面呢。"秦一星说:"已经认识一年多了。"还没讨论清楚,就进入了状态。柳依依轻轻哼了一声,就不说了。

过后又在沙发上缠绵了一会儿,柳依依说:"你不会对我很失望吧?我以前……"秦一星一只手捂住她的嘴说:"停!我没那么想过。"又说:"我没想过麓城还有二十三岁的……的什么呢——女孩。"柳依依有点安心,又有点委屈说:"其实我真的……"秦一星一根指头按住了她的嘴唇,柳依依把那根指头含在嘴里,轻轻吮了吮说:"咸的。"秦一星把餐巾纸在茶水里濡湿了递给柳依依说:"打扫一下战场。"柳依依说:"你到底爱不爱我?"秦一星说:"肯定了。"柳依依说:"什么东西肯定?"秦一星说:"喜欢你。"柳依依心里沉了一下说:"喜欢的层次太低了。一个女人,只要没丑到那个分上,男人总是喜欢她的。"秦一星说:"那我欠了你的,下次说好不好?我不喜欢被别人催着表态。"又说:"有点东西给你,等会儿忘记了。"把一叠钱塞到柳依依口袋里。柳依依马上拿出来,烫手似的,扔到桌子上说:"不要!你以为我是什么人吧!"秦一星说:"你敢不要!怕挨打不?"把钱卷起来,往柳依依手上塞。柳依依手掌张开,舞动着说:"说了不要就不要!"秦一星说:"你为什么跟我保持这么远的距离?"把钱压在她的手心,"你买两套漂亮衣服穿,让我看看!我也等于是为自己花钱。"她说:"是不是觉得我不那么美?"他说:"你这么谦虚我就不同意了,这不但小看了你自己,也小看了我。"柳依依只好把钱卷起来捏着,觉得这钱捏在手里就是有感觉,可以去交下个月跳操的钱了,可以去买早就心仪的衣服和化妆品了,还有那件纯毛呢大衣。她把钱捏紧了,手也出汗,要捏出水来似的,嘴里说:"我最不喜欢别人强迫我了,强迫我要钱也是强迫。"秦一星说:"帮我个忙嘛。"柳依依说:"为什么男人一定要那样了才对女人这么好呢?"秦一星说:"不那样他怎么可能对女人这么好呢?"柳依依说:"说来说去,男人都是坏蛋。"秦一星说:"当然,他们都不是圣人。"柳依依说:"你老实说,你欺负过几个女孩？"秦一星说："就一个，你。"柳依依说："鬼信。想扮演圣人吧！"拍一拍沙发，"这是床吗？"秦一星不作声，只是笑，半天说："依依还算是一个好女孩。唉，要是我还没有结婚就好了。"离开的时候两人站在门背后相拥了一会儿，柳依依觉得手心那些钱有些发烫，忽然就有了一种很不好的感觉，悄悄地把那叠钱塞到秦一星的口袋里。

51

"还算"两个字让柳依依心里堵了几天。什么叫"还算"，自己哪点不好？周末秦一星打电话来，叫她到华城宾馆去等他，已经定好了房间。柳依依说："不想去。"秦一星也不多说，告诉了她房间号，就挂了电话。柳依依本想等他来求自己，居然不求，有种伤了自尊的感觉，想赌气不去。可周末实在太孤独了，这是一种无法抗拒的力量，推动自己往前走，哪怕看清了是错误的方向，还是本能地往前走。一个女孩，她无法反抗自己的本能。柳依依去了，秦一星已经在等她。柳依依说："人家不想来怎么硬要人家来！"秦一星说："人家想来我怎么能不叫她来？"柳依依扭头去开门，秦一星抢过来，抱起她扔到床上说："这总是床了吧？"忙活完了，两人并排躺着，柳依依说："为什么女人男人在一起一定要做这件事情呢？"秦一星说："不做这件事为什么要在一起呢？"柳依依说："没那么现实吧？"秦一星说："两个人进入一个私人空间，如果没那点情绪，纯朋友似的啊，最多两次三次，就画个句号了。你毕业这么久了，你跟哪个男同学见过几次面呢？"柳依依说："太现实了吧？男人。"又说："那人家我有哪点不好？"秦一星说："人家你样样都好，如果有些方面更好那就更好了。"拍一拍床。柳依依骂了句"流氓",说:"我浪不起来!"又说:"样样好怎么还那样说话?"秦一星说:"谁说了什么?"柳依依拧他胳膊说:"你,你还想赖吧!还算是一个好女孩,这算什么话?"秦一星笑了说:"说你好女孩还要揪我的肉!"柳依依说:"知道你心里怎么想的!男人怎么都这么自私,自己结了婚的,还对别人提那么高的要求。"秦一星说:"我没要求你,也没抱那个幻想,如今什么时代?改革开放!可我有点点想法也不行吗?我不喜欢你我就没想法了。"柳依依在他肚子上拍打说:"又是喜欢,又是喜欢!知道人家最不喜欢听'喜欢'这两个字!"秦一星说:"那你喜欢听什么?"柳依依说:"一个字!你知道的,骗骗我都舍不得,没见过这么吝啬的人!"说了这话柳依依感觉有点不对,果然秦一星说:"你见过的那些不吝啬的人都说了什么?"他的手在她身上移开,坐了起来,问:"你以前的男朋友叫什么名字?"柳依依扯过毯子把身子包上说:"你先交代你摧残过几个女孩,祖国的花朵?"秦一星笑了,把毯子扯开,俯下身子说:"没想到依依还有点幽默感,我喜欢。"柳依依想推开他,推不动说:"又来了又来了!"秦一星说:"不是一回事吗?"柳依依说:"就不是一回事!喜欢就是说,还愿意跟她到这里来,"她拍一拍床,"爱才是真正把她放到心上,有血肉的关系,责任感。喜欢太肤浅了,我都不敢去想你爱我。"秦一星凑到她耳边悄声说:"我爱你。"柳依依说:"蚊子哼哼的,还怕谁听见了作证吧!"秦一星拍着赤裸的身体说:"都这样了,怎么不真心?"柳依依说:"这叫真心?"心想,那三陪女天天都得到真心了。说出来太难堪了,就忍着没说。秦一星说:"要怎样的真心才是真心呢?把心剜出来,在清水里把血漂干净,细细切成薄片儿淋上麻油、醋、拌上大蒜生姜、搁上辣酱、味精,盘子盛了,请慢用!可以吗?"柳依依蹬着腿说:"别恶心我!"又说:"不知道你什么时候才会真正地真心喜欢我。"秦一星笑得直拍床说:"那我现在是假惺惺地真心喜欢你吗？"柳依依突然忍不住，眼泪就流出来了。秦一星说："怎么了？依依你怎么了？"柳依依侧过脸在毯子上把泪水擦了说："没什么。"又转过来望秦一星一眼，"我真的好想有个人真正地真心喜欢我啊！"

两个人把毯子扯上来，蒙了头躲在毯子里说话，柳依依把夏伟凯的事说了，把薛经理和贾先生的事，还有小孙的事，都说了，但没说阿裴，那是令人羞愧的记忆。秦一星抚着她说："过去的事我管不着，以后我要管着你，你不会说我管得太严了吧？"柳依依说："不会，难道我这样的人还会身边有几个男人吗？"秦一星说："那我就放心了。"柳依依说："占有欲这么强，那我也不准你跟你老婆在一起。"秦一星说："早就没有在一起了。"柳依依拍着头说："傻瓜，看看，这是个傻瓜。"又摸摸脖子，"就是这根藤上结的傻瓜。"再叹一声说："你愿意骗我，我就很高兴了。"

两人去洗澡。在热气蒸腾中柳依依看不清秦一星的脸，摸索着他的身体，突然感到了一种亲近，是身体中一个难以指明的部位发出的清晰指令。她想，不是跟自己说好了不要认真吗，怎么可以认真呢？人家是有老婆的啊！还没想清楚，柳依依浑身抹着沐浴露，滑溜溜的，从后面把他抱住了，头顶着他的背脊，一下一下撞击着，金色的头发顺着水流贴在他的背上，有着动感的生动。她呜咽着说："秦一星。"眼泪流出来，流出来。秦一星转过身体来说："你怎么了，依依？"柳依依说："没什么。"秦一星双手捧着她的头，鼻子碰着鼻子，舌尖轻轻吐出来顶着。秦一星说："你突然怎么了？"柳依依感到，这个男人还是很敏感的，能够体会自己的心情。她心中掠过一阵感动说："我就是想要一个人真正地真心喜欢我。"秦一星说："我爱你，爱你！"柳依依哇的一声哭出声来，死死地搂着秦一星的腰，泣不成声地说："我抱死你，我要抱死你！你让我抱死你！"她放声大哭，浑身抽搐，喉咙发出一种陌生的凄切之声。秦一星也不说话，双手轻柔地抚着她的柳依依哇的一声哭出声来,死死地搂着秦一星的腰,泣不成声地说:"我抱死你,我要抱死你!你让我抱死你!"

背。柳依依泣不成声地哭了好久，渐渐收住了哭。两人就这样沉默地相拥，热水喷了下来，流过他们的身体，也成为一种令人感动的声音。

回到了床上，柳依依说："你不要把我想成那样的女孩。"秦一星说："那你也不要把我想成那样的男人。"柳依依说："我是真的。"秦一星说："我就是假的吗？"柳依依心里犹豫了一下，就相信了他，说："不知道你是不是相信我，你不相信，我真的就太冤了。"秦一星说："我会让你那么冤吗，我？"柳依依觉得这就是一个承诺了，有了这个承诺，也就够了。

柳依依沉沉地睡了一会儿，突然惊醒了，看见秦一星坐在床上在灯光下看自己。她下意识地用胳膊挡在自己的胸前，另一只手也捂住更羞怯的部位："干什么？"秦一星把她的手拿开说："看你，不行吗？"柳依依说："看我干什么？"秦一星说："看你好看。"柳依依说："我有那么好看吗？"秦一星说："不好看我看你干什么？"柳依依说："是男人看女人吗？"秦一星说："是我看柳依依。"柳依依把身体展开说："你看吧，给都给你了，看算什么？"又说："我真的有那么好看吗？"秦一星说："当然。"柳依依说："搞了半天你喜欢我是喜欢我好看。"秦一星说："男人喜欢女人都是从这里开始的。"柳依依说："将来我老了，就没这么好看了。"秦一星说："那我们只说现在。"柳依依心中一动，感到了一种轻微的撕裂，说："一个女人，她总是要在现在来说将来的，她能到将来再去说将来吗？我要是一个男人就好了。"这时电话机响了，秦一星接了，放下话筒说："小姐打进来的，问我要不要全套服务，也很便宜。"柳依依说："这个世界都是为男人安排的，要有一个好男人，难啊！"秦一星说："你不会这样想我吧？我不怕警察还怕病呢，再说那是公共厕所，下水道，谁交了费都可以进去随意排泄，不敢想，脏。"说着跳下床，把灯熄了，拉开窗帘，把柳依依抱到窗前，坐在椅子上说："今晚麓城的灯光都是为你闪亮的。"柳依依望着窗外，那远远近近的灯，车流，她感到了时间的流逝，甚至有了一种掠过肌肤的感觉。清风吹进来，很爽。反正要流逝，还不如这样诗意地流逝呢。她说："你什么时候看见我好看的？"秦一星说："就是那天，元宵节。"柳依依说："怎么看见的，你老实交代。"秦一星说："那天你上电梯，穿着跳操的套装，我跟在后面，想着这个姑娘身材怎么这么好？"柳依依忽然想起几年前，夏伟凯也说过这样的话。她说："我身材有那么好吗？我没一点感觉。"秦一星说："不可能，女孩对自己的美总是很敏感的，可以说超级敏感。"柳依依说："从来没人告诉我。"又说："怎么个好法，你说。身材好的女孩那么多呢。"秦一星说："别人的好就是一个硬邦邦的好，你的好很生动。腰一扭一扭在唱歌似的，腰下面的身段，"他在她身上捏了一下，"真的有表情似的，在打招呼似的。"柳依依说："有那么回事？怎么没听人说过？"秦一星说："毛头小伙子不懂女人，懂也懂得浅，只看一个大概，激情就上来了。到了我这个年龄，才会细细地品读你，真正能读懂你。"柳依依说："你们中年男人眼睛越来越毒了。"秦一星说："是的。看在眼里却要做个君子，动眼不动手，很痛苦的。我老实交代，我当时就很痛苦，有一种不善良的想象。"他停下来不说，柳依依催促他，他说："你会想我不是好人的。"柳依依说："我也没想过男人是那么好的人。"说出来又觉得这话不妥，等于承认了自己是有经验的。她去看秦一星的神色，果然他用探询的眼光望着自己。柳依依捏他的腿："你老实交代，你有什么想象？"秦一星说："真要我交代呀？我当时就想，如果能跟她到那里，"他指了指床，"在那里活动活动，那多好啊。也不知道她会怎样表现？男人总是在想，这个女人是不是会有点特别之处？这种诱惑太大了，没有办法。所以男人容易犯错误，没有办法。"柳依依说："男人怎么这么流氓？"秦一星说："所以说男人不好。"柳依依说："是一种不安全的动物。"秦一星说："是的。"又把她放下来说："我把灯开了，你走一走给我看。"柳依依不肯，秦一星说："求你还不行吗？让我听一听你的歌声，看一看你的表情。"柳依依说："那我还是把衣服穿好。"到床上去拿衣服。秦一星说："这样好，就这样好。"柳依依走到门口，秦一星从后面扑过来说："我又想读你了。这不怪我。"把她抱起来，她双腿夹在他的腰上说："你不要命了！"

十一点钟来了电话。秦一星摸到手机看了号码说："没办法。"走到窗口探出身体接电话。柳依依听他的口气，很温柔，居家好男人似的，心中忽然难过，自己怎么竟把这件事给忘了呢？等秦一星回来，柳依依说："你接电话跑那么远干什么？怕我听见吧。"秦一星说："我到窗口，让外面汽车的嘈杂声也传过去。她万一要问，我就说在马路上。"柳依依一根指头顶着他的太阳穴说："男人，狡猾。"又说："你对她那么好，你理我干什么？"秦一星说："难道叫我凶她？"柳依依说："我看你声音里都调了蜜，从来没这样跟我说过话。"秦一星笑着抚摸她说："女人，女人。"把头伸过来吻她，她咬紧牙关，又把脸侧过去。秦一星穿好衣服说："做个男人好难啊！"又说："真不想走，可惜这个春风沉醉的夜晚了。"柳依依跟他到门口，死死地抱着他的胳膊，他说："我得走了，不走她就会怀疑了。"柳依依撒娇说："我不管，我不管，把人家一个人丢在这里，太惨了。"秦一星说："求求你，求求你。"柳依依觉得没希望了，说："再待五分钟，就五分钟。"两人接吻，秦一星心神不定说："我该走了，真的该走了。"用力地想掰开她的手。柳依依紧紧抱着不肯松，感觉他真的用了很大的力，心里一沉，就松开了，说："你走吧。"秦一星开了门，站在门外把头探进来，说了一连串的"对不起"，柳依依说："你走吧。"秦一星叹息一声，关上门走了。

柳依依穿上衣服，四肢紧缩躺在床上，觉得自己小小的像个玩具。她想着今天晚上有点不对。这件事自己本来没打算认真的，抱着闲着也是闲着的想法，怎么一下子竟认了真呢？自己不是曾经对天发誓不再认真吗？柳依依搓了搓双手，回忆被秦一星掰开时的感觉，有了一种怨恨的心情，嘴里喃喃地说："谁以为柳依依那么傻吧。"

怨恨归怨恨，过几天秦一星来电话招她去荷韵餐厅，她还是乖乖地去了。进了包房她说："真的不想理你了。"秦一星说："我偏要理你。"搂紧了她说："为什么？"柳依依说："你有老婆。"秦一星双手松弛了，柳依依溜了下来，坐到一边。秦一星沉半天说："要是我没结婚就好了。"柳依依说："没结婚就跟我结婚，是吗？"秦一星说："当然。"柳依依说："有了这句话我就够了，我也不想去伤害别人。"秦一星说："你是一只小小鸟，暂时就停在我这棵树上，哪天你找到另一棵树了，要筑巢了，你飞走我不拦你。"

秦一星把蜡烛点燃，把灯熄了。柳依依说："本来想说说公司里的事情，算了，说了就把情调都败坏了。"秦一星说："你说。说女孩的生活，怎么说都是情调。"柳依依仰头看着屋顶，蜡烛光在天花板上映出一个淡淡的黄晕。她说："公司里看不到一点前途。"秦一星说："女孩要那么好的前途干什么？轻松点，每天养得好好的就是事业。"柳依依说："除非男人真的有那么好。可惜……"秦一星笑笑说："不相信他们？"柳依依说："你觉得呢？"又说："把一生都赌给一个男人，太危险了，赌不赢的。除非女人不老，可惜……"她吸一口气，像是积蓄一种残忍的勇气，"可惜女人不但会老，而且来得很快。女人的悲剧都在脸上。到那天你会理我？咱们说真的吧！"秦一星不自然地笑了一笑，说："怎么说呢，怎么说？真的要我说真的？"柳依依突然感到了自己很傻，世界上的事情，又有几件能说真的？要把这个真的说到底，秦一星没有那一份成功，自己也不会这么跟他面对面坐着。自己和他之间，实际上也是按那种既定的游戏规则进行的，这是真相，必须装作没有意识到的真相。

柳依依端起红葡萄酒挡住烛光说："你看，一跳一跳的光，好漂亮的。"秦一星说："依依你还是去考研究生吧。"柳依依说："家里没条件了。"秦一星说："学习是你的事，其他都是我的事。"柳依依倚到他身上说："真的？你想好了没有？你别骗我！"秦一星说："你总该相信我是一个男人吧！"柳依依说："我不敢想一个男人会真的对我这么好！"秦一星说："依依你对男人有很深的偏见，天下总有一个两个好男人。"又说："以前是谁伤你伤得那么厉害？"这时夏伟凯的身影在柳依依心中闪了一下，他抱着个篮球望着自己嘿嘿地笑，头发短短地立着，一个阳光男孩。很久很久了，这身影都没像这一瞬间这么鲜明。柳依依呆了一下，忽然发现秦一星用询问的眼光望着自己，赶紧浮上一个笑说："我可不可以把你说的话当作一个……"她想说"承诺"，又觉得那有一种压迫的意味，"一个什么呢？"秦一星说："你不相信我就算了。"柳依依说："我很愿意相信你。"秦一星马上说："虽然心里并不相信。"柳依依撒着娇推他说："相信，人家相信还不行吗？"

柳依依自己也不明白，为什么自己会不可克制地要相信这个已婚的男人。她原来以为自己经过锤炼了，很冷静，有警觉也有经验了，可事情来了，这种警觉和经验一点都不管用。她突然意识到，所谓教训，对女人的意义是那么有限，事到临头，还是跟着感觉走。她说："我觉得自己很可笑，太可笑了，一点理智都没有。"秦一星堵着她耳根说："太理智的女孩不可爱。"柳依依说："不理智的女孩受伤害。"

烛光闪了几下，熄灭了。黑暗中柳依依摸到秦一星的手说："你去开灯。"秦一星摸到门边，把门锁按得一响。柳依依说："怎么不开灯？"秦一星说："有些事在黑暗里也可以做。"把柳依依的衣服扯了一下。柳依依扭了一下说："又在这里？不好。"秦一星身体贴着她的背说："你不是很愿意可爱吗？"

52

"你真的想做个模范情人?"

这天,两人去爬麓山,走在林间小道上,秦一星这样问柳依依。柳依依跨上一步,拉住秦一星的手说:"情人还能当模范吗?她不是好人。"秦一星说:"你是好人。好人,你为什么不要我的东西?"柳依依糊涂了说:"什么东西?"秦一星说:"那天,我们俩第一次,"右手食指和拇指撮了撮,比画出一个明显的手势,"我给你的东西。"柳依依突然明白了说:"钱?不是都有这么久了吗?你刚知道?"秦一星说:"放在我的夹克里,这两三个星期,我挂在那里没穿,今天早上周珊她收了那件衣去洗,从口袋里翻出来的。要是我拿去洗,就洗掉了。"柳依依说:"所以你老婆是个好老婆,她才是模范呢!"秦一星说:"我们不说她,说你,你真的想做个模范……"柳依依打断说:"偏要说她!她好,她好,她就是好!"秦一星笑笑说:"她好,她好,行了吧?"柳依依:"她那么好?她那么好,你跟我在一起干什么?"秦一星说:"她好,这是你说的。"柳依依说:"我说就可以,你就不能说!我本来是想试他一下,他一下就把自己的活思想全暴露了。"秦一星说:"你真聪明啊!"柳依依说:"我聪明我就不会扮演这种可怜的角色了,地老鼠!"秦一星说:"地下工作者。"柳依依说:"地老鼠!我傻,我是傻大姐。你说我傻!我不傻我就不会这么傻了!"

这时到了山顶,两人坐在一块大石头上看后山的风景。秦一星说:"风吹过来了,又吹过去了。"柳依依说:"这就是我和你了。"互相望着,都不作声。沉默了一会儿,柳依依忽然记起这块大石头是自己和夏伟凯曾经坐过的,就站起来。两人又往山下走,柳依依说:"我拿了你的东西,那我们的关系算什么?真的要向那个东西看,我也不会走到你这里来。我有的是机会。"秦一星搂紧她说:"你好,唉,你好。"柳依依说:"我还算好。"秦一星说:"你好就是好,怎么说还算好?唉!"柳依依说:"你怎么老是叹气呢?"秦一星说:"唉,你不知道。"又说:"你们女生太好了,也不好。"柳依依说:"到底好不好?"秦一星说:"好,不好。唉,要是我还没结婚就好了。"

不要秦一星的钱,柳依依想靠自己的努力多赚点钱。她本来是滴酒不沾的,可现在也能喝一点了。跟客户打交道,没有酒怎么能造出有千年情缘的氛围?没有这种氛围,生意怎么谈得下来?喝酒这一关勉强过了,柳依依最为难的,就是酒醉饭饱之后去练歌房。刚喝了白酒,又上红酒,趁着酒势,借着强烈的音乐,场面总有些不拘一格,男女界线也有点模糊。被客人攀着肩,柳依依已经能够接受了,偶然也笑着说:"男人好色,英雄本色。"想要有进一步的亲昵,对不起,不行。这样,每次去唱歌柳依依就希望丁经理为客人点小姐陪唱。次数多了,丁经理说:"小姐又能搞什么公关呢?"这让柳依依觉得自己没有为公司尽到职责,非常愧疚。自己在职场没有任何资源,自己就是唯一的资源,不启动这个资源,怎能叱咤风云?

因为不能充分放开,柳依依不敢独当一面地跟客户谈生意,只能跟在别人后面扮演一个次要的角色。扮演什么角色不要紧,可角色跟钱是挂在一起的,这总让她咽不下去,面子也挂不住。阿雨劝了她好多次说:"入乡随俗,又不拿走你身上的什么东西!"柳依依每次都应了说:"向你学习!"有时似乎也下了决心。可到了现场,她又退缩了。那些男人让她很不舒服:"装什么傻!谁真的跟你有千年情缘?"

这天丁经理请几个客人吃饭,事关麓城几个重要地段的广告经营权。在餐桌上谈得很好,意向有了,格局也有了。柳依依很兴奋,多敬了几杯酒,每敬一杯还特别引起丁经理的注意,自己这是在为公司做贡献。客户的头儿是张总,对柳依依特别有兴趣,大加赞赏,几次找她碰杯，又对丁经理说："想不到你们公司还有素质这么高的女孩！"这赞赏让柳依依兴奋，自己的重要性得到了体现。五粮液喝完两瓶，再开一瓶。离开时张总对丁经理做了承诺："这个业务很多公司在抢，给柳依依了！"柳依依马上说："张总是我们的大救星！"丁经理提出去唱歌，柳依依马上说："张总，我们去大剧院看综艺节目吧！"张总说："不去唱歌？那就下次，下次！"柳依依赶紧说："下次，下次！"

看节目时丁经理安排柳依依坐在张总旁边。第一个节目是大型歌舞，几十个穿三点式的外国金发女郎舞得一片疯狂。接着主持人在台上竭力地煽情："今天晚上带着自己的老婆或者女朋友来的请尖叫一声！"台下应者寥寥无几。又说："带着别人的老婆或者女朋友来的请尖叫一声！"台下一片沸腾，把手中的塑料手掌高高扬起，打得啪啪地响。张总也大声喊着，兴奋中紧紧握住柳依依的手。那手掌厚实、肥硕，柳依依像嘴里含了一块大肥肉，腻得不行。可她不敢动，他是财神，有着许多特殊权利。自己的手被他这么抓着，像一只狼抓着一只羊羔。过了一会儿，柳依依越来越难受，把手轻轻往回抽了一下，可张总不松，眼睛盯着台上，似乎忘记了这回事。柳依依无可奈何，张总装作在兴奋中忘情了，自己也只好装作真以为他在兴奋中忘情了。张总的食指开始在柳依依手背上摩挲，动作很小，不一会儿幅度越来越大。这太明显了，柳依依恨得咬牙瞪眼，可当张总把头转过来，她马上又绽放出一个灿烂的笑容。

演出到中间，张总说："抽根烟去。"就离席去了。柳依依如释重负，对丁经理说："我们换个位子吗，你跟张总谈谈业务。"丁经理沉下脸，做了一个否定的手势。一会儿张总回来，在经过柳依依的时候，似乎是无意地，手背在她的胸前擦了一下。柳依依脸一沉，马上又笑着说："张总，我不准你抽烟，对身体不好。"张总望着她点头微笑说："好，好，不好，的确不好。"好不容易熬到散场，张总站起来，跟在柳依依后面,似乎是无意地,又似乎是被人潮挤着了,身体在她臀部擦了几下。柳依依心中一股气往上蹿,几乎要吼出来,又马上回过头嘻嘻笑说:"张总你看节目好投入,像个小孩子一样真纯。"离开张总,柳依依对丁经理说:"下次你自己坐他旁边。"丁经理说:"我总得先考虑客户的心情吧!"又说:"为了公司大局,个人又算什么呢?要有点雷锋精神嘛!"

回到宿舍柳依依马上给秦一星打电话,一肚子的委屈不能憋着,要找个地方倒出来。手机通了,可没人接。已经十二点钟,他在家,他不能接。柳依依觉得不说说这一晚真过不去,可也没办法,忍吧,忍吧。唉,地老鼠就是这下场啊。无处倾诉,自己的委屈就更加委屈了。柳依依熄了灯,靠在床头,睁了眼望着黑暗,突然,她发现自己流泪了,就抬起胳膊,在衣袖上擦了一下。再流下来,就不去擦它,过了一会儿,整个脸上都有了一种皱巴巴的感觉。

53

第二天上班,柳依依打电话把昨晚的经历告诉了秦一星。秦一星并没有她预想的那么激动,只是唉地叹了一声。柳依依说:"你怎么不说话呢?"秦一星说:"叫我怎么说才好?我说你扇他一个耳光,行吗?"柳依依说:"昨天幸亏没去唱歌,演艺厅亮堂堂的他还敢伸咸爪子,歌厅里昏昏暗暗,他那双爪子真要抓到你身上来了。"秦一星说:"你躲过了初一,躲不过十五,你好好想想,干脆辞职算了。"柳依依马上说:"那怎么行,我还靠这点钱吃饭呢。"秦一星说:"你那点钱……不是还有个我吗?"

秦一星要柳依依好好想想,柳依依想了很久,似乎想通了,又还没想通，没有结果。过了几天，张总打电话来，说："依依，你答应了我去唱歌的，是不是安排一下？"柳依依心里冒火，咯咯笑着说："那我叫丁经理安排一下。"张总说："为什么要叫外人呢？"柳依依说："你不知道我的喉咙，根本不是唱歌的嗓子。"张总说："谁规定了一定要唱那么好呢？这就像旅游一样，到哪里去是无所谓的，跟谁去是最重要的。"柳依依顽强地说："你真的不知道，我的嗓子……唉！"张总也顽强地说："依依你真的不给我一点面子吗？我还没被别人拒绝过呢。"柳依依皱着眉摇头，咬牙切齿，咯咯笑着说："你真的不知道我的嗓子……你会失望的。"张总说："我已经很失望了，难道只能让别人叫我失望？"柳依依哀求说："张总，你别啰，你别。"张总说："你说别，那我们就什么都别吧。"柳依依咯咯笑着说："张总你不会吧！"张总说："会不会是你说了算，我等你电话。"

  这一单业务有了问题，丁经理很不高兴，问柳依依："是不是谁有什么事得罪了张总？"狐疑的目光盯在她脸上。柳依依说："谁敢得罪他！"丁经理说："做业务是要有点奉献精神的，女孩子有时候也不要太那个什么了，要服从大局。"

  最后这单业务还是吹灯拔蜡了。公司私下传说是毁在柳依依手上，柳依依抵死不承认。秦一星说："说了这份工作不适合你，甩了得了。"柳依依说："甩了我到哪里去吃饭？住街上呀？"秦一星说："说了去找一套房子吧。"柳依依说："我不想跟别人同居！"又说："到哪里去找？"接下来几天，秦一星开了车带着柳依依到处找房子，在中介公司交了钱，查了房源，然后一家家去看。看了几处，都不满意。秦一星说："依依我们将就一下算了，又不是真的结婚。"柳依依心里一沉，脸也沉了下来。秦一星说的是事实，这几天来自己都忘了这个事实似的，以新娘的挑剔眼光看房。无论如何，这对自己来说是第一次。说到底房子好不好并不那么重要，可他把自己放在什么分上却很重要。

马马虎虎住了进去,只能证明自己也只配这种马马虎虎。分手时秦一星说:"明天什么时候我们再去找?"柳依依说:"找不找都可以。"

第二天秦一星打电话过来,柳依依看见来电显示是他办公室的号码,不接。下班时秦一星的车停在楼下,电喇叭嘟嘟嘟嘟四下发着暗号,反复多次,柳依依也不下去。用手机打电话上来,阿雨接了说:"依依你的电话。"柳依依说:"说我不在。"声音很大,让他听到。过了一会儿,听见秦一星在楼道里喊:"柳依依!"柳依依没想到他竟敢上来喊,怕惊动了别人,只好跟着下了楼。闪到车里柳依依说:"谁在楼道里汪汪叫啊叫呢?"秦一星说:"谁听见我叫汪汪就应声下来了呢?"柳依依跺脚说:"你骂人,你骂人,让我下去!"秦一星把车开得更快说:"你不至于告诉我你要跳车吧?"柳依依拧他的脸说:"你坏,你坏!"秦一星嘻嘻笑了:"女人说男人坏,那就是说,他好,他很好。"

秦一星告诉她,市郊有一处房子,是朋友租的,如果她觉得满意,就把它转租下来。又拿出手机来打电话,问朋友钥匙放到哪里了。房子在山边,四层楼,是一幢私房。上到四楼,秦一星从门顶上摸到钥匙说:"要他放在这里的。"进了屋,是一套一室一厅的房子,有简单的家具,也还算干净。窗外是一片橘子园,已经荒废了,橘树上爬满了藤生植物,还有一些小青橘子。柳依依说:"肯定是你朋友和他女朋友偷情的地方。他结婚没有?"秦一星说:"我们管这么多干什么?"柳依依说:"肯定。想起这张床就不舒服。"秦一星说:"那你出差不睡宾馆?宾馆哪张床上没有一大串的故事?"柳依依把毯子扯了,从阳台上扔了出去说:"你去买条新毯子回家来。"秦一星说:"当然,当然。"把门窗都推开,"连空气也要换一换。"又说:"我们把这里叫作无忧斋好不好,以后你就有个地方无忧无虑地看书了。"柳依依说:"不好,我要叫它康定,跑马溜溜的城。"秦一星说:"这么浪漫?那就康定吧。"

要搬出去住了,柳依依不知怎么给阿雨解释,说真的不行,说假的也不行。找了机会她说:"这一年挤着了你,真的不好意思。"阿雨说:"没事,正好我还有个伴呢。"柳依依说:"其实你是应该有一间自己的房子,外国有个女作家就讲过,一间自己的房子。"阿雨说:"公司一间房反正要安排两个人,是你我还好些。"又说:"依依你想搬出去吗?"柳依依说:"准备冲一下考研,找个地方,安静点。"阿雨说:"你觉得这里很吵吗?"望着柳依依怪怪地笑。柳依依被她看得心慌,说:"安静,看书,安静,主要是安静。"阿雨说:"我猜这是一个男人的主意,我猜错没有?"柳依依轻轻摇摇头,又点点头说:"阿雨你怎么什么都知道?"阿雨说:"你没来时,前面那个人就是这样搬出去的。都是这样的。"又说:"还是那个有家的人吧?"柳依依说:"他对我还是有那么好呢。"阿雨说:"不好你怎么会跟他?不跟他,他怎么会对你好?这不能说明什么。"柳依依说:"他还想跟我结婚呢。"她觉得这话说得有点夸张,但很有面子,就说了。阿雨吃惊说:"有这么好的男人?不以悲剧落幕,篡位成功的,百里挑一。连我都没成功呢。"柳依依觉得自己应收敛一点,低调一点,说:"不过他没直接说,他说要是还没结婚就好了。"阿雨掩了嘴咻咻地笑,笑得柳依依心虚,说:"他是这样说的。"阿雨说:"傻子,你再想想,这话你听懂了?"柳依依想了想,突然省悟了说:"是的,没懂。"阿雨:"他是什么意思?"柳依依说:"要是没结婚就好了,这是虚的;事实上已经结了婚,这是实的。"阿雨说:"依依,你看,男人大大的狡猾,表面上是肯定你,你值得,你配,实际上是否定你,虽然值得,配,但结论都是不行。这是没有诚意的真诚。"

再见到秦一星是在康定,柳依依说:"问你一个问题。"秦一星说:"别做出吃人的表情吓我,好吗?"柳依依忍不住笑了下,马上又收了笑说:"问你一个问题,你是不是真正真心喜欢我?"秦一星说:"当然。"柳依依说:"那你是不是不喜欢周珊了?"秦一星说:"喜欢她我还会跟你来往吗?"柳依依说:"那你是不是有一天会跟周珊离婚?"秦一星哈哈笑说:"谁教你来问这个问题?"柳依依说:"别打哈哈,直接回答。"秦一星说:"真的要我回答?"柳依依说:"真的。"她觉得这话说出来,干净利落,有快刀切豆腐的快感。秦一星说:"怎么想那么远?"柳依依说:"那很远吗?"秦一星说:"别把事情搞那么复杂吧。真的要我说真的?"柳依依说:"当然。"秦一星说:"那我只能说,很难。"柳依依说:"难到什么程度?"秦一星说:"叫我怎么说呢?"柳依依说:"直说。"秦一星说:"真的要我说真的?"柳依依说:"当然。"秦一星说:"那我就说了,百分之五的可能性都没有。"柳依依说:"谢谢你给我留了点面子,我知道其实百分之一都没有。你那么爱你老婆,你怎么还要跟我好?"秦一星说:"那你的意思是不要我跟你好?"柳依依没想到他竟会这样反问,怔了一下,想硬碰硬碰回去,张口却带着哭声说:"你心里挂着的到底是谁嘛!"秦一星说:"当然是你。"柳依依说:"知道你是骗我。"秦一星说:"你相信我不是坏人,骗你也是为你好,省掉你很多烦恼。不然我怎么想把这里叫无忧斋?"

柳依依拿出一张纸,把圆珠笔塞到他手里:"把你家里的图画一画,几室几厅?"秦一星几笔画出三室一厅。柳依依说:"你住哪间?"秦一星在图上指了一下。柳依依说:"哪里是床?"秦一星又画了一下。柳依依说:"你睡哪里?"秦一星在床的中间位置画了一个小圆,说:"这是我的头。"又一撇一捺,再两竖,说:"这就是我。"柳依依说:"你占这么多位置?她呢?"秦一星说:"哪个她?"柳依依说:"别装傻。"秦一星捏着笔说:"画在哪里呢?"就在客厅沙发的位置画了。柳依依说:"我再蠢也没蠢到你想的那么蠢吧!"秦一星说:"你自己要我骗你,骗了又要揭穿我!"柳依依说:"你每天睡觉之前做什么?"秦一星说:

"看书。"柳依依说:"看书之后呢?"秦一星说:"睡觉。"柳依依说:"在看书和睡觉之间呢?"秦一星说:"让我想想。上了一趟厕所。"柳依依说:"骗谁?"秦一星说:"有那个情绪我就不会认识你了。"柳依依在人形上画了一道线,标上箭头,指向沙发说:"以后你只能睡这里。"秦一星连连点头说:"遵命,遵命。"柳依依说:"你看我好傻,告诉别人该怎么骗自己。"

　　回到宿舍,柳依依说:"还是搬过去算了。"阿雨说:"有部电影叫《挡不住的诱惑》。"柳依依说:"我不去他就不高兴,他都求我了,没办法。"阿雨说:"他到底是个什么人,你看清没有?"柳依依说:"他吧,他,肯定是个男的。"自己又笑了一下,"他不让我说。"阿雨说:"你想清楚没有?这事没有什么结果的。"柳依依说:"我也没想要有什么结果。生活太无聊太孤独了,我忍不下去,实在忍不下去。"阿雨说:"去吧,女人反正是要犯错误的,要她不犯错误,那不可能,因为她是女人。"柳依依说:"真的我也没想到自己这么没有用。"阿雨叹一声说:"我这里有点痛,女人,痛。"她指头指着胸口,用力戳了几下,"你还是去吧。"柳依依心里颤了一下说:"我还是去吧。"阿雨坐在床边叹息一声:"没办法,女人,她再清醒都没办法。"柳依依觉得阿雨是对的,可对了又有什么用?于是也叹一声说:"是的,没办法,连我自己都没有办法,好像我不是我自己一样。"

54

　　每天下班后,柳依依就去跳健美操。从男人们那里,也从女人们那里,她知道了美是一种多么崇高的价值。女孩什么都可以没有,但不能没有美，何况，有了美就什么都有了，真的什么都有了。每天翻看报纸，追寻那些明星的踪迹，她们凭着美，在市场中，在男人那里，获得了不可思议的回报。歌唱得好不好不那么要紧，演技好不好也不那么要紧，漂亮不漂亮却很要紧很要紧，没有这个，别的都没法说下去了。柳依依以前对这个问题还有一点模糊，报纸上书上也在说，心灵美是最重要的，但生活不是那么回事。男人们也这么说，但他们很虚伪，其实不用这眼光看世界，看女人，没有办法。看清了天下大势，柳依依觉得别无选择，非美不可。以前她想吃什么就吃什么，现在可不敢了，每餐只能吃几小口。她为自己选择了九十六斤的体重标准，这也是她的奋斗目标了。一星期几次，她都去称体重，轻了半斤心花怒放，重了半斤就忧心忡忡。太阳是不敢晒的，有一次坐单位的车去游玩，她靠窗晒了两个多小时太阳，秦一星马上就有了感觉，问她脸上是怎么了？当时她赌气回答说，这不是很健美吗？西方有钱人才有太阳晒呢。心里却体会到了男人眼光的敏锐和挑剔，美就是白，白就是美，美白是女人的核武器。以后哪怕在太阳下走五米十米，她也要把遮阳伞撑开。

　　这样做了，柳依依心里不服气，凭什么女人要用男人的眼光看自己？有一天她在《麓城晚报》上看见阿雨写的《美貌的神话》，提出了一系列的问题：人体美有原型吗？把身材的高挑与美联系起来有依据吗？男人们要苗条又要丰满，这不是太残酷吗？有什么先在的标准规定了白嫩才是美？社会把女孩的美作为她们最重要的合法资源和权利来源，这是合法的吗？文章的结论，认为美是资本的阴谋，是化妆品商人服务业商人和其他数不清的商人共同设置的陷阱。柳依依看了这篇文章，又是兴奋又是疑惑，晚上捏着那份报纸去找阿雨。推开门看见阿雨头发染成金黄盘着腿坐在床上，低着头用心地磨自己的手指甲。柳依依坐在床上，不知说什么才好。阿雨说："回来了？还好吧?"柳依依说:"还好。"阿雨说:"开始总是好的,不好就玩不下去了。"听了这话柳依依有点难堪,想解释一下,自己是认真的,不是在玩,可又觉得很难开口,找不到恰当的词,就忍住了,说:"你的头发在哪里染的,颜色好纯,像真的外国人一样。"阿雨叉开手理了理头发说:"真的?那个发型师有一套绝活,两百多块钱呢。"柳依依说:"不知道是哪个资本家又发了一笔小财。"又说:"别人没看清他们的阴谋,那是她们傻,你看清了怎么还往这陷阱里跳呢?"阿雨笑了说:"有什么办法?反抗是没有意义的,哪个女人敢说不在乎别人怎么看自己?男人的两种感觉,就是你的两种命运。你去跟他们讨论?没有讨论的余地。"

　　回到康定已经九点多钟,秦一星在等她。他说:"你怎么才回来?我都准备走了。"柳依依说:"看阿雨去了。"秦一星说:"看样子还是要买部手机给你。"说着把柳依依推到床上,"来吧。"完了秦一星抱了她一会儿说:"我给你打盒饭去。"柳依依搂紧他说:"不要你去,你放下饭就走了,把我一个人丢在这里,从来没看我吃完一餐饭。你多抱我几分钟吧,我今天不吃饭,可以吗?"秦一星想挣开她说:"还是让我去吧,你知道有多少事在等我?"柳依依说:"总是做完了就要走,人家身上还在跳呢!跳跳的呢!"秦一星说:"那就再抱你一会儿。"又说:"我们这些人,你知道,时间是以分钟为单位计算的。到处都要你,单位要你,朋友要你,老人孩子要你,还有你要我。时间要掰成三份才够用,可惜时间又是掰不开的。"柳依依说:"还有周珊要你,你怎么不说?"秦一星说:"以后你有手机了,我在家也能给你发信息,等于还是在一起。"柳依依松开他说:"可悲。你走吧。"秦一星起来,拿着饭盆敲了敲说:"我去给你打饭上来,我不给你打上来,你就不吃,这不好,饭还是要吃的。"盒饭打上来,秦一星拿张报纸垫在床上,把饭放上去,说:"饭还是要吃的。晚上你最好别出去，这地方人少，不安全。"秦一星拿勺喂她，她把头偏开，秦一星说："乖，听话好吗？"把勺转了过来。柳依依又把头偏开说："也不知道你有几个乖，总是匆匆忙忙就跑了。"秦一星笑了说："你有几个亲爱的，我就有几个乖。你有几个？"柳依依忍不住笑了说："我有几个亲爱的，你不知道吗？"秦一星说："那我有几个乖你也知道。我这点时间，这点经济，还能应付几个乖？"柳依依说："我下次要把自己的照片挂在墙上，免得你不小心带人进来坐坐。"秦一星说："好，好。"喂了她几口饭说："我还是走吧，我不愿意被人审问。"又说："你过来把门闩上。"柳依依赤裸着身体下了床，把他顶在门上，双臂搂紧他的脖子，怎么也不松开。秦一星说："好了，好了。"挣了几下。柳依依说："你走了就走了，不知道我一个人守在这里是什么滋味。再给我几分钟吧！"秦一星说："好，好。好了，好了。"柳依依："你可怜可怜我吧。"秦一星双手在她背上抚摸着说："好了，好了。"柳依依说："没好，没好。"秦一星又挣了几下说："不要让我下次不敢来了。"又说："我真的非走不可了。周珊会生气的。你也可怜可怜我吧！"突然身子用力往下一蹲，脑袋从柳依依的双臂间溜出来。柳依依双手往下一搂，他的头一偏，没搂着。柳依依抓着他的衣袖说："你可怜可怜我，把我放在口袋里带走好吗？我真的好想变成一个小布娃娃啊！"

55

周末的清晨，柳依依下楼去买卫生巾。半夜里好事来了，这在以前是一件令她烦恼的事，现在却很盼望，晚一天都很紧张。她这才省悟了为什么大家都叫这为"好事"，的确是一件好事啊。

上楼的时候碰见女房东，问她是不是一起去爬山。秦一星曾交代过，不要跟周围的人来往，可别人已经提出来了，不好意思拒绝，就说："等我洗把脸。"到厕所里换了卫生巾，就跟房东去爬山。两人在山上说些闲话，房东又问她在哪里上班，柳依依犹豫了一下，还是说了。说了又后悔，怎么就不会说个虚拟的单位？房东又问她几个问题，她回答得很含混，回答之后就说："山上的空气真的很好。"两人就讨论树林里有多少负离子，对身体有怎样的好处。下山的时候房东突然没头没尾地说："他在这里已经租了几年了。"柳依依听得真切，却装作没听见，又去说天气。回到房里，柳依依把房里的东西翻找了一遍，在纸盒的底层看到了两只乳罩，在抽屉的深处摸出了几瓶没有用完的化妆品，还有一本《女友》杂志。柳依依倒吸一口气，一种凉意从脚底慢慢地浮上来，浮上来。她傻傻地盯着桌上的这几样东西，心里想哭，觉得自己坠入了一个阴谋。她在桌前坐下，身上说不明白的什么地方在隐隐地痛。她走到阳台上，胸口顶着窗台，用力，再用力，想用这一种痛抵抗那一种痛。风吹在脸上，暖暖的，是初夏的风，没有了春天的那一种湿润。窗外的橘子有乒乓球大小了，在阳光下发出一种青色的光泽。柳依依对着窗外喃喃地说了几句，却不知自己在说什么。

　　一直等到天黑，秦一星总算来了。柳依依侧卧在床上，不理他。他说："我是来给你打饭的，我不来，你自己又不去吃。"发现柳依依情绪不对，把她的身体用力扳过来说："又怎么了？"柳依依甩开他的手，把身子扭回去，脸仍对着墙。如此反复几次，秦一星说："我知道你心里委屈，但这是没办法的事情。我以后在这里待久点好吗？"柳依依忍不住跳起来把纸盒打开，对那两个乳罩努着嘴说："这是什么？"秦一星哈哈笑了说："我以为出了什么大事呢。我朋友他也有女朋友吧。"柳依依看他笑得坦然，心中疑惑，是不是房东的信息错了？

她说:"你再编,再编,你反正会讲故事,家里这里两边讲。你朋友?你朋友名叫秦一星。"秦一星脸色沉了一下,马上又笑起来说:"哪只苍蝇对你放了一个臭虫屁?"又说:"何必认那个真呢,我也没跟你认真。我从认识你那天开始对得起你,就是对得起你了。要说故事,大家都认起真来,就没完没了,谁都没完没了,嘿嘿。"柳依依被他嘿得心里发冷,扯了毯子蒙了头想不说话,可不知怎么一来,又把毯子甩开说:"谁像你?我不像你!"秦一星说:"你哪点不像我?"柳依依怔住了,是的,自己跟他有什么不同?谁叫自己不但有故事,而且这么快就跑到他床上来了呢?既然如此,就说不得真纯,摆不起架子。也许,真的就是自己想错了,把自己定位定错了,以为自己是认真的,因此有权利要求,其实是没有的。事到如今,再怎么讲,也不可能讲清楚了。柳依依觉得委屈,但又无话可说,呜呜地哭了。

　　秦一星也不劝她,抓着她一只手,在手心轻轻搔一搔。柳依依把手抽回来,他再一次抓住,又轻轻搔一搔。这样反复几次,柳依依任他抓着,仍旧呜呜地哭。秦一星的指头在她手心缓缓地蠕动,那微痒一点一点渗到她心里去。秦一星说:"哭够了吧?"柳依依说:"没哭够!"又呜呜地哭。秦一星背靠床上坐着,把柳依依的头搬到自己大腿上说:"你慢慢哭,哭够了告诉我一声。"柳依依用力拧他的大腿说:"没良心没良心!"秦一星痛得哇哇叫,柳依依就松了手说:"你让我感到害怕,不敢想。"秦一星说:"不敢想就别想。谁都有个过去,大家都那么仔细地想起来,那就别走到一起,远远地对望一眼算了。那可能吗?这是上帝设计的程序,谁有力量跟上帝作对,谁?水至清则无鱼,除非你能永远一个人待着。大家只好糊涂一点。重要的不是昨天,而是今天。"柳依依觉得这话有道理,又没有道理,说:"你不要这么顺手一抹就把大家都抹平了,过去和过去是不一样的!"秦一星说:"有什么不一样?"柳依依被问住了,真的,有什么不一样?

能说自己的过去很纯洁,别人的过去很肮脏吗?柳依依觉得应该有个界线,可就是说不清界线在哪里。她满心委屈,又一次呜呜地哭起来。秦一星说:"哭够了,哭够了,一鼓作气,再而衰,三而竭,哭够了。"柳依依说:"哭没哭够我自己不知道?我还要哭!我还要哭!"就不哭了。秦一星拿饭盒去楼下打了饭上来,说:"乖,吃饭啊。我非走不可了,我的时间是刚性的,说走就得走。桌子上有点东西,你看一看啊。"摸一摸她的头,走了。

　　柳依依听见门咔嚓一响,一切都安静了。她侧卧在床上,头脑非常清醒,可清醒之后又跌进了更大的糊涂。她觉得自己还是应该有一点原则,没有这点原则,自己跟那些逢人便可委身的女孩就没有了区别。要说上帝的程序,这也是上帝为人特别设计的程序,没有了这个程序,就没有了人与兽的界线,那太可怕了。这样想着,柳依依几乎就下了决心,一定要守住自己那一点原则,要跟秦一星分手。这几乎就是一个女孩最后的尊严。可是,要坚守这一点点原则,是多么困难啊!那样做有充分的理由,又没有什么很充分的理由。既然扮演了这样一个角色,就没法认真,没法讲原则。可不认真,不讲原则,自己又成了什么?

　　也不知过了多久,似乎是睡了一觉,又似乎根本没睡,柳依依撑起身子,看见桌子上有一只蟑螂在那盒子后面探头探脑。灯光下她与蟑螂对视了几分钟,怪怪地笑了笑,又笑了笑。蟑螂的触须也轻轻摆动,似乎是对这笑的回应。她悄悄拿起一张报纸卷成筒,突然大叫一声跳过去,朝盒子上奋力一拍,蟑螂一溜就不见了,真想不到它反应那么快。这时她注意到了那只盒子,打开来是一只手机,粉红色,很温馨地躺在那里。她忍不住拿起来,一种满足感浮了上来。羡慕了别人多少回,想不到自己也能有一只手机了。她把手机捏在手心,觉得很有感觉,这是自己的手机啊!她坐在桌前,把手机玩了一会儿,柳依依撑起身子,看见桌子上有一只蟑螂在那盒子后面探头探脑。灯光下她与蟑螂对视了几分钟,怪怪地笑了笑,又笑了笑。

发现里面有了一条信息：乖，请相信我的真爱。柳依依一下子就相信了这句话，退一步说，哪怕是骗自己吧，也要他有那一份骗的热情。有这点热情就够了，还能怎么要求他呢？其实她心里很清楚，男人对女人的爱，非得是一生一世的爱，那爱才是有根有底的，有明天的。有明天的才是真实的，不然女人没有了青春怎么办？爱她的年轻，像蜻蜓点水，是害煞人的。这样想着她感到悲哀，想不到自己落到了这个地步，躲在阴暗的角落里，没有自尊，忍受孤独，以自己一生中最有色彩的岁月，去等待一个有家的男人。他是自己生活的全部，自己却只是他生活的冰山一角。这太不公平了，也不知是什么力量造成了这种局面？有一只手，一只看不见的手。柳依依叹息了一声：这太不公平了。

倒在床上柳依依忽然想到，明天要早点起来，跟房东去爬山，问一问以前这里曾来过几个女孩。想到这一点柳依依又叹息一声，叹息之后就放弃了这个想法。唉，知道了又能怎么样呢？

56

柳依依把自己最满意的一张照片放大了，用镜框框起来，挂到屋子里。秦一星指着照片说："你不怕她看见你没穿衣服的样子？"柳依依说："那是我自己看自己，还看你！"又说："我叫她在我不在的时候替我守着这间房子。"秦一星说："对我就这么没有信心？"柳依依说："主要是对男人没有信心。"秦一星说："怎么会呢，你？"柳依依说："怎么不会呢，我？"

有一天夜里，柳依依半夜醒来，感到胸口隐隐地痛。她不去理会，翻了身想继续睡。在翻身的时候,那种痛感陡然鲜明起来。柳依依撑起身子,灯还亮着。她晚上不敢关灯睡觉,怕,没安全感。她揉了揉胸口,那痛似乎消失了,爬起来喝了口水,再躺下去,那种痛又浮了上来。她有一种特别强烈的倾诉的愿望,忍不住给秦一星发了一条信息,盯着,等了好一会儿,没有回信。她觉得委屈,有点想哭的意思,可哭是哭给别人听的,自己哭给谁听呢?她哼哼几声,鼻子抽了几下,没哭出来。身边有个人该多好啊,哭,还有人倾听,是多么幸福啊!怪不得再怎么潇洒的女孩,最终还是潇洒不下去,老老实实找个人嫁了。柳依依想着,我管不了那么多!就赌气似的拨了秦一星的手机,响了两声,忽然醒了似的,把键按了,心里怦怦地跳,不会惹出什么麻烦来吧?她记得秦一星讲过,周珊已经有点疑心了。柳依依一只手捂着胸口,把手机上储存的号码查了一遍,还是拨了苗小慧的号码,铃声在夜里特别清脆、尖锐。铃响到第九下,柳依依不再抱有希望时,苗小慧接了电话。柳依依说了抱歉,又把自己的情况说了,说得严重一些,似乎是为自己半夜的惊扰寻找理由。苗小慧说:"要不我现在过来陪你去看急诊?"柳依依感到了温暖,说:"那还不至于吧。"不知怎么一来,话题从病情上滑出去,又说起了秦一星。正说得有了点兴奋,忽然隐约听见苗小慧那边有个男人的声音:"还没说完?"柳依依马上说:"你忙吧,我明天再呼你。"苗小慧说:"没事呢。"又说:"半夜里我忙什么?"柳依依说:"半夜你忙什么你问我?"

打完电话柳依依觉得舒服了一点,体会到了交流也能这么有效地缓解痛苦。如果现在能给秦一星打电话,甚至,他此刻能在身边,那该多好啊!说起来这也算不得什么奢望,可对自己来说,都是那么遥不可及。她又感到了委屈,自己哪点不好?却连一个最平庸的女孩能得到的都得不到。唉,有谁知道做一个地下工作者是多么凄凉。

迷迷糊糊中小闹钟响了,天大亮了。柳依依挣扎着爬起来去上班。

自己业务本来就做得不好，拉不到广告，再要请假，别人就更有想法了。柳依依其实不傻，知道像自己这样没有人际资源的，就非得启动自我这个资源不可，撒娇、发嗲、扭身体、甜言蜜语，以至陪酒、陪舞、忍受咸爪子，都得一起上。她听到公司里的风传，说那几个业务做得特别好的女孩，付出的早就不止这些了。生存真的太现实了，也太残酷了。她对苗小慧说："男人又不傻，他不知道你的热情从何而来？"苗小慧说："人家就吃这个，这不是傻不傻的问题。"柳依依知道苗小慧说得对，也看见过阿雨是怎么表演怎么成功的。她也曾经说服自己："连阿雨这么个有素质的人都放得下来，让别人搂搂抱抱的，自己还这么撑着干什么？"想是这么想了，事到临头还是畏畏缩缩，就像看着别人冬泳，在凛冽的风中奋身跃入冰冷的江水，自己却怎么也不敢下水。苗小慧说自己是浪费资源，也只好浪费了。

中午快下班时，那种痛又出现了，很明确。柳依依想，赖是赖不过去了。忍到下班，给秦一星打了电话。秦一星问了病情，又说很忙，问她能不能自己去看医生。柳依依说："你忙吧。"忍不住哭了起来。秦一星忙说："我来接你，带你去，还不行吗？"柳依依想赌气不要他去，可又觉得这气赌不得。在痛苦的时候，自己多么需要有个人在身边啊！她心中腾出一个强烈的声音：我要嫁人，我要嫁人！

验了血，做了B超，医生说是结核性胸膜炎，肺部有积水，要住院，出院还要吃十个月的药。秦一星在一旁问："传染吗？"医生说："不要听到结核两个字就以为是传染的。"又告诉他们至少要花一万多块钱。上了车柳依依想到那一万块钱，心情很沉重。秦一星也不作声。下车时柳依依询问地望了他一眼，他说："问问你们单位能不能报销，实在不能报，就找我报。"这个承诺来得迟了一点，毕竟还是来了。柳依依说："我再去问问。"又说："我一年的实习期还没满呢。"

硬着头皮柳依依还是去问了，其实不用问，合同上写得清清楚楚。她还是抱着一种绝望的希望去问了,没有结果。柳依依打电话告诉了秦一星:"不知道这病能不能推迟一两个月再治,那时候我就能报销了,一万块钱呢。"其实她知道不能推迟,一个女孩再傻也知道不能那么不爱自己,这样说是以退为进的意思。秦一星说:"那怎么行?治病是去买衣服,过了季节降了价再去买吗?有我呢!"这话让柳依依安心了,也感动了。不但治病有了着落,感情也有了着落。也许,两人开始时都没那么认真,但交往了这么久,都认真了。有我呢,这就是证明。

第二天柳依依就去住了院。住院之后打电话把生病的事告诉了家里,说得很轻松,爸爸妈妈很着急,问了很多话。让柳依依意外的是,他们没有提到钱的问题。放下电话柳依依有点失落,至少应该问一声吧。失落之后又理解了他们,他们太穷了,是自己读书把家里读穷了。穷就没有志气,不敢面对。这一年来他们没向自己要过钱,已经是很体谅的了。也难怪那么多女孩跟已婚的男人来往,她们有太多问题,太需要帮助,只有他们才能够帮她们。也许,真的应该理解她们。过了两天爸爸赶到医院来了,问:"几天才能出院?"柳依依说:"还得好多天呢。"爸爸去医生那儿问病情,回到病床边爸爸说:"医生说很麻烦啊!"柳依依说:"又不是什么疑难病,小病,小病。"又过了两天,柳依依催他回去,走的时候他掏出一卷钱塞给她,什么也不说,眼睛呆了似的望着吊针的药水。柳依依把钱推回去,也不说话。两人这么推了几个来回,爸爸头转过来,几乎要哭的样子。柳依依不再推,把钱捏着。爸爸说:"我以为真的是小病呢。"又说:"我回去跟你妈再想想办法。"柳依依说:"我都工作一年了,这点小事都应付不了吗?你们再这样我就生气了!"爸爸走了,柳依依把那卷钱展开来,是两千块,还有十多张是五块十块的零钱。她把钱紧紧捏着,紧紧闭着眼,不让泪水流出来。

在住院的那些天，每天都有人来看她，苗小慧、吴安安，还有宋旭升。宋旭升给了她四百块钱，又提了两只塑料袋，一袋苹果，一袋千纸鹤。他说："你看我叠了这么多，我从来没有过这么好的耐心去做一件事。"他走后柳依依把手伸到塑料袋里，是有那么多，好几百只吧。她心里有了一点感动，马上就消失了。住院一天几百块钱，护士隔两三天就拿单子来催款，这多么现实。千纸鹤有什么用？秦一星每天都来看她。他从不到病房来，怕碰到熟人。他到了楼下，就发一个信息给柳依依，两人就在安全门的楼梯上见面，那里很少有人走动，或者在十五楼手术室门外见面，那里有几张椅子，晚上没人走动。秦一星胆子很小，总是怕碰到熟人，有人来了总把脸转向窗外。可又很胆大，在楼梯上或手术室门口，什么亲热的动作也敢拿出来。柳依依紧张说："有人来了，有人来了！"秦一星说："没事，没事。"她说："你那么大胆怎么不肯陪我上街？"他说："熟人太多了。"她说："好多次我都在想，如果自己被汽车撞了，你在旁边只会像个陌生人一样默默注视，别损害了你的光辉形象。"他说："我肯定会出手，总有办法吧。"有天晚上他正把头拱在她的胸前，手术室的门突然开了。柳依依赶快推开他，把衣服放下来，看见几个医生拥着一辆车出来，其中一个用异样的眼光盯着他们。秦一星低了头，一只手捂着脸。柳依依闻到了一股药水的气息，人影一晃就过去了。等推车进了电梯，柳依依说："人家都看到了！"秦一星说："他知道你是谁？"说着又掀起她的衣服。柳依依捂住说："不知你胆小还是胆大！"秦一星说："该大就大，该小就小。"用力把她的手拿开。柳依依盯着手术室的门，生怕又会有人出来，嘴里说："够了，够了。"秦一星抬起头说："你怎么知道我够不够？"又把自己的T恤搂上去说："你也来安慰一下我的乳房。"柳依依笑得岔气，一拳打在他身上说："你也有吗？"又说："你干脆自己安慰自己，两面都有了。"秦一星站起来，用力低了头做姿态说："够不着，够不着。"柳依依说："没想到一个记者还这么下流。"秦一星说："哪个伟大人物没做过父亲呢？"

　　一星期一次，有时候两次，秦一星把柳依依接到康定去。上了车柳依依说："医生知道了会骂人的。"秦一星说："你总得让我有个地方去吧？"柳依依心里偷笑一下说："你一天到晚去那么多地方，跟我在一起几分钟就有鬼来催了。"秦一星说："总要让我的东西有个地方去吧？"柳依依说："你的东西——你到你老婆那里去。"秦一星说："那里？无趣，无趣，认识了你以后就更无趣了。有些事情做起来要有趣才会有趣，是吧？你知道要男人做一件无趣的事是多么无趣啊！有时候要照顾一下她的情绪，我真的要下一次铁大的决心。"又说："有时候真的觉得还不如自己解决一下算了，自己愿怎么想就怎么想，天高任鸟飞，把天下美女都想了也是你的自由。这些事本来就靠情绪，没一点想象的空间，怎么会有情绪？"柳依依说："怪不得男人那么坏。男人真的有那么坏吗？"秦一星说："反正没那么好。"柳依依说："周珊她太可怜了。"秦一星说："我为什么要对自己那么残忍？现在你知道男人也很可怜了吧？他们在走钢丝，没法平衡，身体，钱，特别是时间，都没法平衡，压力大啊，累啊！下车，下车，到了，到了，到了。"

57

　　住了一个月的院，花了一万一千多块钱。

　　结了账，柳依依捏着那张发票，觉得有点对不起秦一星。没有他帮这一把，这道坎儿还真过不去啊！她觉得自己应该报答他，说报答没有别的办法，唯一的资源，就是她自己。

出院的时候，柳依依收拾东西，看到那袋千纸鹤，犹豫了一下，还是提了起来。走到门外，想着秦一星就在楼下等，又犹豫了一下，扔到了楼道尽头的垃圾筐中。上了车柳依依把发票塞给秦一星说："你看吧。"秦一星说："知道我是真心对你好吧，钱总是真的，实实在在。"柳依依说："你应该的。"秦一星说："应该的，再多也是应该的。应该是一回事，可拿不拿得出来又是一回事，拿得出又舍得拿出才是真的。"柳依依说："那只能说明你还没坏到那种程度。"说着把头往他那边靠过去。秦一星说："过奖了，过奖了，真是不敢当啊。"

到了康定柳依依把房间仔细看看，鼻子也用力嗅一嗅。秦一星说："干什么？"柳依依说："怎么好像有点别人的气息？"秦一星说："只恨自己不是条警犬。"柳依依说："我鼻子都闻出来了。你老实交代不小心带谁来过？"秦一星说："神经，我应付了你还有精力应付别人？"柳依依说："这话没说服力，古时候皇帝有后宫三千呢。"秦一星说："那我以后带谁谁谁来，完了把门窗打开，让气跑掉。"柳依依说："老手。"又摇了摇钉相框的钉子，是紧的，就放了心说："还不知相框被你摘下来过没有？"说着倒在秦一星怀中说："人家就是怕你对不起人家嘛！"

百般缠绵过了，柳依依横在床上，头枕在他身上，说起考研的事。柳依依说："这一个多月都没看书，我心里都急麻了。"秦一星说："这份工作你感觉怎么样？"柳依依说："怎么样？狼多肉少。"秦一星说："别说得那么血淋淋的，僧多粥少。"柳依依说："狼多肉少。像我这样不愿对男人身子软软又笑眯眯的，就只有一口稀饭吃了。明明是想把他的钱弄出来，偏要做出有千年情缘的神态，怎么有些人就做得出？连阿雨都做得出。又怎么有些人吃这个？连那些老大不小的官员都吃这个？"秦一星说："实在不行你也来这么一下，反正是做戏嘛，生存需要嘛。"柳依依把头在他胸前碰了三下说："不做！"又说："我宁愿不吃那块肉。人家把什么都只给你一个人。"秦一星说："承受不起，承受不起。"柳依依说："别那么紧张，人家没有别的意思。"秦一星说："那好，那好。有别的意思也是自然的，唉，要是我还没有结婚就好了。"柳依依说："不想听这些话了，狡猾。"秦一星说："其实我对你已经够好了，你家里还没我对你好呢。"柳依依说："他们是没能力。"秦一星说："我的能力就那么大？你看我什么时候穿过名牌衣服？一双皮鞋穿了三年了，车是台里的。我从自己身上抠芝麻抠出来给你用的。朋友都批评我太不爱自己了，省着干啥？还能活几百年吗？他们不知道我有个你。"

柳依依不理他，心想着，我把一生最好的时光都给你了，这怎么说？这话说不出口，说出来就没意思了。她抱住他一条腿说："你对不起我！"秦一星撑起身子说："你也坐起来，我们讨论一个问题。"柳依依不动说："什么问题睡着就不能讨论吗？"秦一星说："你严肃点。"柳依依坐起来，看一看秦一星，又看一看自己，都是裸着，说："有这么严肃的吗？"把自己用毯子裹起来，"够不够严肃？"秦一星笑一笑，迟疑着也把毯子抖开，裹住了身体说："我在想，我早就在想了，你干脆辞职算了，安安心心读几天书。"柳依依说："那怎么行？好不容易才找到这份工作。那你省我一点精力，别老是吵我。"秦一星说："我不吵你我吵谁去？我真去吵别人了你又不高兴。"柳依依说："你敢！"又说："那你叫我怎么看书？"秦一星说："所以我叫你辞职算了。"柳依依被他说动了，就试探着说："公司里那点收入，说多不多，没有还不行，辞职了我怎么办？"秦一星说："先不说别的，如果这几个月脱产看书，你有没有把握考上？"柳依依说："我还没有那么蠢吧。"秦一星说："你不那么蠢。"柳依依说："那你明天把这句话对你们台长说。"把手伸过去说："我揪你的小肉肉！"

秦一星按住她的手说:"跟你说正经的,你辞职了,你那点工资,我给你补上。"柳依依说:"别人的钱毕竟不是自己的钱。"秦一星说:"钱放到你手中不就是你的钱了吗?"柳依依说:"万一出了什么问题呢?"秦一星说:"又不相信我!有什么问题?只要我还健在。真的哪天出了车祸,我被……"柳依依马上捂住他的嘴说:"别这样说,有些话说出来就是魔咒,很灵的。"秦一星把她的手拿开,她又紧紧捂着,说:"你说你不说了。"秦一星点点头,喉咙发出呜呜的声音,又摇摇头,再发出呜呜的声音。柳依依松开手,秦一星说:"除了这个那还有什么问题?"柳依依说:"哪天你在电梯上又看见一个女孩,她的屁股也有表情,也会说话,腰肢还会唱歌抒情,你对我说一声对不起,没法把握自己的感情,就跑掉了,我找你们台长哭诉去?我是你老婆我要分掉你一半财产,我是吗?我?世上没有比做第三者更惨更悲哀的事情了。"说着就伤了心,一只手蒙了眼睛,想哭。秦一星说:"好了,好了。"又说:"你怎么这么不相信自己?"柳依依说:"主要是不相信你。"秦一星说:"相信自己一点,你看我都离不开你了。"柳依依说:"不是你离不开我,是它!"说着从秦一星腹部往下含糊地比画了一下。秦一星哈哈笑说:"它就是我,我就是它。"柳依依说:"对你我还比较放心,对它我就没有一点把握了。你揣着它到处跑,我又不能摘下收藏起来。从今天起,它就是我的宠物,唯一的主人就是我!"

那几天柳依依非常犹豫,辞职,还是不辞?这是个问题。这话在心里响了几十遍,最后还是个问题。正犹豫着丁经理来了电话,问她病怎么样了,意思是催她去上班。接完电话柳依依生了气:"住了一个月的院不给报销,不来看我,上班就记得我了!"一气之下柳依依决定马上就去辞职。

到了总经理室门口,柳依依伸手推门的一瞬间,心里动了一下,又退回来，跑到楼下，掏出手机给秦一星打了电话，告诉他辞职报告写好，准备交了。秦一星说："你交。"柳依依说："真的交了？"秦一星说："真的交。"柳依依说："那是你要我交的啊！"秦一星说："是我。"柳依依心里似乎很踏实，又似乎不踏实说："你逼着我交，我怕。"秦一星笑了说："是我，是我。哈哈，是我逼你。你怕什么？"柳依依说："怕你。"秦一星说："还是不相信自己。"柳依依说："我自己我还是相信的。"秦一星说："那你怕什么？"柳依依说："怕你。"秦一星说："还是不相信自己。"柳依依说："怕你。"秦一星说："怎么又绕回来了？你相信我，一个男人，这点事都兜不住？"打完电话柳依依心里踏实了。身边有一个兜得住事的男人，那做人的感觉就是不一样，自己多么需要这么一个兜得起的男人。自己在生活中艰难地漂浮，太想踏到一块实地了，秦一星就是这样一块实地。

　　辞了职柳依依有点遗憾。本来还设想了几条理由，如果总经理挽留，自己怎么应答。可总经理那么爽快就在报告上签了字，要她去人事部办手续。出了门柳依依很难过，知道自己在公司不是什么核心人物，可没想到是这样无足轻重。过了几天公司通知她去宿舍把自己的东西清理一下，有人要住进去了。到了宿舍阿雨说："想不到依依你胆量这么大！"柳依依说："你毕业后不也换了好几次工作吗？"阿雨说："现在形势不同了，大学生一大片一大片蚂蚁一样，到处爬。"柳依依说："狼多肉少。"阿雨笑了一下说："有些事情要留条后路，不能太投入了。"柳依依说："是的。"阿雨说："有些人别跟他玩，玩不起，我们是女人。"柳依依说："也是的。"阿雨说："把这几年青春玩完了，别人翻脸不认人，你能到哪里去控告他吗？"柳依依说："是的。"又说："有那么坏吗？袁总他对你怎么样了？"阿雨说："翻不翻脸都是翻脸，不翻脸的翻脸比翻脸的翻脸更加翻脸，归根到底全是一样，归零。是这么回事，也只能是这么回事，归零。"

下午秦一星来康定看她，她懒洋洋地开了门，坐在椅子上一言不发。秦一星说："我等会儿还有事。"就来扯她的手，把连衣裙的拉链拉开。柳依依说："别吵。"又把手反到背后将拉链拉上。秦一星说："怎么又生气了？"柳依依说："没生气。"秦一星说："生谁的气？"柳依依说："生自己的气。"秦一星说："我没惹你吧？"柳依依说："我怎么会有这么大的胆量，敢认识你？"秦一星说："哪只苍蝇又在你的耳朵边放了一个臭虫屁？"柳依依说："阿雨。阿雨对你们这些人认识得最清楚，我把这几年青春耗完了怎么办？"秦一星喉咙里哼哼几下，半天说："那你说呢？"柳依依说："我说你给我一点希望，你会给我吗？"秦一星说："你要什么希望？"柳依依说："那你说呢？"秦一星说："不要把问题搞得那么复杂，我这个人喜欢简单。"柳依依说："你简单了，我就复杂了。说双赢那是假的。"秦一星说："那你要我怎么办？我能做的，全都做了，做到极限了。"他张开左手，手指一个一个弯下来，"时间、经济，还有身体，还要考虑你的前途，做到极限了。什么叫作极限？"

　　柳依依双手捧着头，里面像有很多针尖在一闪一闪地跳动，刺得神经生生地痛。能做的他都做了，这是实话，也是情分，自己还能要他怎么样呢？秦一星说："我对你这么好，我不是把你当作一个女人。这年头女人大把抓，漫山遍野的花一样，只要你高兴，弯下腰采就是了，我的一些同事腰都弯痛了。我不那样做，也不去学那些同事，我就守着你，够了。"柳依依说："你去，你去。"秦一星说："你别赌我，我真的走了，你别怪我。"柳依依把头昂起说："你想走你走，你走了我也走了。"秦一星嘿地轻笑一声，柳依依心里被扎了一下似的，刺刺地痛。秦一星说："你这么不高兴我，那我真的走了。"站起来朝门口走了几步，又笑一声，坐回来说："我为什么要走？凭什么要我走？"柳依依心中又刺刺地一痛说："真的，凭什么要你走，应该走的是我。"猛地站起来，向门口冲去。秦一星一把抓住她，把她按在椅子上说："你走到哪里去？"柳依依说："这么大一个世界，我就没地方去了吗？"秦一星说："别说这么大一个世界，没地方去的人多得很。"柳依依说："那你让我走。"又站起来，被秦一星轻轻一推，坐下了。她还想用力站起来，心里电光似的闪了一下："别说，这么大一个世界，还真没地方去呢。"这么想着又站了起来，秦一星再推她一下，她坐下说："怎么不让我走？"秦一星说："别赌气好吗？赌气输的只能是你。"柳依依又猛地站起来，推开秦一星的手说："输就输，我反正没赢过，我死了也不要你管。"用力往门口走。秦一星拦腰抱住她说："你别走，你别走，我走。"双手把她死死地按在椅子上，"你要听话！你走你走到哪里去？"柳依依说："你管不着！我这点自由还有吧？我要走，我就是要走！"心里却想着，女孩为了争一口硬气而把自己置于难堪的境地，那不是志气，是傻。秦一星松开她说："我走好吗？我走。"看一看手表，"反正我也要走了。"走到房门口，回头说："我真的走了。"把一只手伸向柳依依，"怎么还不用力扯住我？"

  柳依依忍不住哧地笑了，赶快用手去捂住嘴巴，又沉下脸说："皮厚啊皮厚！谁爱扯你？"秦一星嘿嘿笑说："谁爱我？谁跟我做那些关于爱方面的事谁就爱我。"把柳依依拉起来，自己坐在椅子上，又将她的裙子搂起来，示意她把腿分开了，面对面坐在他腿上。柳依依说："我不该笑的，被你钻到空子了，我怎么这么不争气？"秦一星吻她，她把头偏开说："你害人，你没心你叫我把工作辞了！"秦一星抚摸她说："谁说我没心？我有心，我现在就有心了！不然我今天都不过去了！"柳依依说："不然你刚才真的就走掉了。"秦一星说："也许，当然，那确实，不过也不一定。"又侧了身摸到柳依依背后，"拉链怎么它自己就松了？"

58

　　这样,柳依依有了足够的时间来准备考研。整天不要上班,不必赚钱,不去想怎么才能完成业绩点,她感到了轻松、幸福。有了秦一星才有了这样的好事情,这是真的。于是自己应该尽心尽意对他好,这也是真的。

　　看书看得发腻,柳依依觉得时间太多。每天除了去跳一个小时的操,就是一个人待在房子里看书看电视。女友们要上班,下班的时间不够用来对付男朋友,难得有个机会见面。她整天都在一种期待之中,盼秦一星来,来了就不让他走。秦一星说:"你知道我,我不是自己的。说来就要来,来了要见得到你,说走就得走,走也要走得了。"柳依依抱着他的一只胳膊说:"你走了以后的时间长得怕人,你可怜一下我吧。"秦一星说:"我不去忙怎么会有钱呢?没有钱我怎么对你好?"柳依依就松开了手。晚上柳依依看书累了,躺在床上,熄了灯,体味着时间静静地流过。月光一点一点渗进来,渗进来,在桌子上留下一道鲜明的印迹,那是窗影。然后,那条印迹一点一点退走了,房子就堕入了黑暗,让她想到史前人的洞穴。突然,远处传来砰的一声闷响,是风吹动了谁家的门,有一种惊心动魄的意味。体味着时间,柳依依想起了阿雨的话,青春就这几年,一次性地流过,终究是要完结的。她觉得非常清醒,阿雨是对的。可清醒之后仍是一个别无选择,事到如今,只能如此。甚至,有一个秦一星的出现,已经是很幸运了,不然还不知往哪走呢。

　　这样过了几个月,十一月份,柳依依报了名。报名这天她对秦一星说想考到北京去,他坚决不同意说:"那我怎么办呢?"她说:"就每天给你发信息。"他说:"发信息能解决什么问题?"她不高兴说:"那你要解决什么问题？"他笑了笑说："你说呢？北京太遥远了，我身体没那么长。"柳依依说："下流。"秦一星说："机智。"她说："我不会回来？"他说："那太难等了，我犯了错误你别怨我。"她说："不怨。"他说："你那么想去北京你去，我们就只能画一个句号了。"左手凌空画了一个圈。这话说得有了硬度，可也实在，合情合理。没有他的资助自己无法完成学业，想要他的资助又想违背他的意志，那不可能。柳依依又感到了博弈的存在，也清楚自己在这种博弈之中的弱势地位。情人之间的博弈，一旦超出了诗意的氛围，就会进入危险地带，现在已经走到边缘了。意识到这一点柳依依笑了一下，又笑了一下说："北京是首都嘛，人家想去看看嘛。"秦一星说："说看看下次带你去看看，别的就算了，好吗？"柳依依说："那你答应人家了，你讲的话要算数，你是男人。"秦一星说："我是答应人家了，到时候我带人家去。"柳依依把头扎到他怀中说："人家就是我，我就是人家！"

柳依依去上英语和政治的辅导班，八月份她已经上过一轮了，这是最后的冲刺。英语课在一个大礼堂上，上千人坐在里面，柳依依感到了竞争的激烈。旁边一个男生，手中的辅导教材正是北京来的老师讲的那一本。柳依依问他在哪里才买得到，他马上说帮她去买一本来。下午她去的时候，刚走到门口，那男生正站起来向这边张望，朝她扬一扬手。他给她占好了位置，并把教材给了她。柳依依拿钱给他，他用力推了回来。柳依依说："你还没问我考哪个学校哪个专业呢，万一跟你撞车了，你就引狼入室了。"他说："应该说多一个师妹。"又说："美眉师妹。"柳依依问他哪届的，回答是应届的，就说："那应该叫师姐。"男生说："是吗？一点都看不出。"柳依依心里很是舒服，又想这男孩是应届的，怎么这么懂得女人？这样柳依依知道了男生叫刘明喻，麓城大学化工学院的。下了课刘明喻问她要手机号，她告诉了他，心里动了一下，没要他的手机号。当天晚上九点多钟，刘明喻发信息来了，说看书看烦了，想找个人聊一聊。柳依依回了信，说聊聊就聊聊。两人你来我往，到十二点钟才收了线。第二天去上课，他又给她占了位置，都不说昨晚的事，仿佛那是一个梦。晚上到了九点多钟，柳依依一眼又一眼地瞟着手机，手机安静地躺在桌子上，很孤独又很期待的神情。

　　柳依依给刘明喻发了个信息，问他是不是还想聊聊？回信说，很想，又怕你跟男朋友在聊，不敢惊动。他在捅破那一层纸，很含蓄，又很明确。柳依依想，是不是应该顾左右而言他？刘明喻高大的身躯在她心间一闪，就回信说，我没有什么可惊动的，只要不惊动你就好了。按键的时候又犹豫了一下，那身影又闪了一下，就闭了眼，用力地按了键。那边马上回信说，我也没什么可惊动的，被你惊动非常幸福。这时秦一星来了信息，问她在哪儿，在干啥。柳依依回信说，在康定，没事，在想你。柳依依同时跟两个人对话，手指按得飞快。刘明喻一条信息过来，问到康定是什么意思？柳依依查了发出的信，发错人了。她身体耸了一耸，幸亏不是在秦一星那边犯的错。接下来每次按发出键，都把号码多看一眼。秦一星那边先收了线，她跟刘明喻对话到十一点钟，他问是不是可以给打电话？她回信可以，他就打过来了，谈经历、爱好、处世方法，除了两人的关系，什么都谈到了，十二点，才挂了机。

　　过了几天刘明喻约她一起吃晚饭。正吃饭秦一星电话来了，不接。信息来了，也不回，再来，还不回，心中有点慌，说着话也有些答非所问。不到八点，柳依依就说要去复习，分手回到康定。躺在床上想着等会儿怎么回答秦一星呢？想了想就发信给他，说他一天到晚陪老婆，对她好，对自己不好，一肚子怨气。秦一星回信解释，她就有了更多的怨气，这怨气也就成了真的怨气，也是不接电话不回信的理由。他越解释，她就越伤心；她越伤心，他就越解释，总之是他对不起她。过几天刘明喻又来约她，她忍不住又去了。去之前柳依依想，秦一星现在肯定不能来康定，就发信偏要他来。秦一星回信说来不了，柳依依就说他在陪老婆，对自己没对老婆十分之一好，生了气。晚上和刘明喻一起吃了饭，在麓大校园散步，秦一星电话来了，不接，信息来了问在哪里，不回。不能接，也不能回，你说了在哪儿，他的车几分钟就到了。十点多钟回到康定，秦一星电话来了，她接了说："你那么精心照顾你老婆，怎么还记得我？"这一次秦一星不解释，说："你也学会了玩失踪？"

　　第二天上午，秦一星来了，柳依依迎上去，感到他的手肘在隐隐地却明确地在挡住自己，问："怎么了？"秦一星说："你说呢？"柳依依被他问得心虚，勉强笑了一笑，忽然看到手机就搁在桌子上，记不起昨晚的信息是不是还有一条两条留在里面？她仿佛记得有几条说得火辣，当时舍不得删，留着慢慢回味的。这样想着柳依依本能地一伸手，看见秦一星的目光正盯着自己，似笑非笑大有意味，就顺势拿起茶杯喝了口水说："你也口干吗？"秦一星不回答，眼睛仍盯着手机。柳依依拿起一本辅导教材，翻得哗哗地响说："你是记者，给我讲讲时事政治吧，考试要占二十分呢。"趁秦一星在看书，右手胳膊挡着他的视线，轻轻把手机盖揭开，按了静音，塞到口袋里，心里一阵轻松。秦一星放下书，眼睛转向刚才搁手机的地方，虚无地盯着，嘴角微微抽动几下。柳依依指着书上一个标题说："这一节你估计会不会考？"秦一星哼哼几声，头凑得更近一些，研究似的去看那桌面，敲着刚才放手机的那个地方，不说话。听着那一下又一下响声，柳依依有点心慌说："怎么刚喝水就要解手？"去厕所关上门，闩好，掏出手机，把那几条信息删掉，彻底放心了。她站起来，虽然没解手，还是开了水冲洗。打开门看见秦一星站在门口，说："吓我一跳！你偷看？"秦一星说："对你我还存在偷看吗？"柳依依胆子大了说："今天你怎么了？像个特务。"秦一星说："我们谁像特务？"回到房里柳依依看秦一星还面无表情坐在那里，并不像平时一样采取行动，说："今天你怎么了？"秦一星说："你问我还是问你自己？"

秦一星望着她，研究似的，微微含笑点头，说："昨天晚上你跟谁通话那么久？"柳依依心里一紧说："跟一个人。"秦一星说："我知道不是一条狗。"又抓起笔在一张纸上写了"刘明喻"三个字。柳依依心一惊说："一个同学。"秦一星说："你总不至于告诉我是个女同学吧？"柳依依说："是男同学，同学。"秦一星说："我这么聪明的人，这点聪明都没有？"柳依依觉得非常神秘，他怎么就会知道这件事？她说："是男同学，同学。"秦一星说："同学深夜通话一个多小时？"又说："我不想要你讲太多故事，那样我也难堪。我昨晚给你打电话，十多次都占线。我一早就去移动查了，就是这个号。还一晚发几十条信息呢。我交电话费让别人去发展感情，这不是冤大头吗？"柳依依说："是同学，同学，辅导班的同学。"又说："你怎么知道他的名字？"秦一星说："你要想一想我是谁。"秦一星一早去移动打单查了昨晚通话的号，又装作去交费，报了那个号，在电脑上看到了名字，说："哦，还有钱。"就走了。他说："你们的关系发展到哪一步了？"柳依依说："这才认识几天，能到哪一步？我有那么坏吗？"秦一星说："看看你手机。"柳依依坦然拿出来说："由你检查。"秦一星拿过去写信息，柳依依说："你别乱写。"秦一星写好给柳依依看，写的是"我们这样会不会出事？"是陷阱的意味。柳依依说："你别这样，真的没一点什么事。"秦一星说："那我发了。"过一会刘明喻回了信息说："什么意思？不过我真的想跟你生出故事。"秦一星把手机还给她说："说了会有危险吧！"柳依依说："下次我换个卡，用自己的名字，不要你给我的卡了。"秦一星说："你的意思是还想找别人？你找谁都是你的自由，你现在就去我也不会拦着你！"

柳依依的脑袋轰地炸响，像有无数的小金针向外喷射。她猛地站起来，抓起包就往门口冲去。拧开门锁她心中晃悠一下，"到哪里去呢？"瞟一眼秦一星竟坐在那里没动。她拉开门，停了一下，心里有种想哭的冲动，又晃悠一下，快步地回到房子里，找到一只塑料袋，把衣服往里面塞说："我的东西。"秦一星说："真要走呀？"柳依依说："真！"秦一星说："硬是要走？"柳依依说："硬！"秦一星一把将塑料袋抢下来说："算了。"柳依依回身去抢，说："我的东西，我要带走，走！"秦一星笑着说："算了。"柳依依站在那里，盯着他，喘着说："不算了。人家要我走我怎么不走？走了给别人腾地方！人家的东西人家怎么不能拿走？"秦一星摸了摸她的头笑笑地说："算了，算了。人家赶人家走了吗？"搂紧了她的肩。柳依依拳头捶他的肩说："就是的，就是的，还想赖呢！"把脸埋在他的胸前，呜呜地哭了。秦一星说："算了，算了。"就来脱她的衣服。柳依依身子扭了扭说："不。"秦一星说："算了。"自己也脱了钻进被子里说："男人嘛，爱你嘛，嫉妒嘛。不爱你我还不生气呢。"柳依依身体贴紧他说："你也不想想，一天在这间屋子里转二十四个小时，你来一次一晃就不见了。我会疯的！世界上最可怜的人就是我了。"秦一星说："你去找苗小慧玩。"柳依依说："苗小慧每天接待男朋友都忙不过来，没空接待我！"秦一星说："那你的意思是一定耐不住寂寞？"柳依依说："那我找你，你又没空理我，晚上短信都不敢发。你走了，你又赶另一场热闹去了，你想想我的处境吧！"秦一星说："理由还很强大呀！"又说："每月再多给你两百块钱，你闲得慌去美容洗面好不好？街角那儿有一家叫靓典的，洗面只收十块钱。"柳依依心想女人的事，他怎么这么熟悉？说："你说了行，谁还敢说不行呢？"秦一星手缓缓动起来说："我现在就想说行，行吗？"柳依依说："今天没点情绪，你别招我。"秦一星说："我说行就行，这话还是热的呢，空头支票？"

59

考完了，柳依依长长舒一口气，回家过春节。高中的同学都有了男朋友女朋友，说起来一个个眉飞色舞，很骄傲的。问柳依依，她不说有，也不说没有，哼哼几声。有同学要给她介绍在北京读研的，她爸妈都很有兴趣地凑过来听，被她挡回去了。她说："介绍首先就是条件条件，赶集吧！"同学说："婚姻市场也是市场，是市场就有市场规律，你承不承认它都是那么回事。"柳依依说："我就不相信碰不到自己的真命天子。"

春节过得没滋没味，像一块嚼了三天的口香糖。别人的幸福使她感到落寞，她想回麓城，可再想想麓城也没有什么在等自己，除了秦一星。意识到自己在思念秦一星，她非常痛苦。守着这样一个没有希望的希望，像那个守株待兔的人，不，比那还要渺茫，在没有阳光的角落中虚掷了自己最有光彩的年华，这太不聪明了。可事到如今，不聪明也只好不聪明下去，等待事情自然的转机。

初四清早秦一星发来信息，说昨晚跟周珊吵架了，一个人在康定待了一夜，问她什么时候能回麓城。柳依依激动起来，怀着一种使命感，一种牺牲精神，决定马上回麓城去。她对爸爸妈妈说要回麓城准备复试，收拾好东西就走。爸爸妈妈对这个突如其来的决定非常吃惊，有点疑惑，可也没有理由反驳，只好由她。她没告诉秦一星这个决定，想给他一个震撼性的惊喜。汽车越近麓城，她越感到温馨，感到明亮，有他在渴念自己，等待自己。到了康定秦一星不在，她心中一惊，一路上设计好了见面的激情和狂热，都落了空。她看得出房间有人待过，被子掀开了，电热壶有人烧过水，摸一摸竟还是热的。她安心了，坐下来尖着耳朵听着门口的动静，准备一有响动，就到门后藏起来，要吓他一跳。又设想着这个漫长而美好的夜晚,在一起一年了,还没有一个这样的夜晚呢。真的是挡不住的诱惑。一个小时过去了,又一个小时过去了,柳依依的心慢慢往下沉,沉。最后忍不住,她给秦一星发了信,他回信说家里来了客人,被叫回去了,等会儿来看她。柳依依把信息看了三遍,心慢慢往下沉,沉,沉。

天黑了下去,一点,一点。窗外的风呜呜地叫,发出闷响,像一双巨大的手在奋力撕开一块厚布。柳依依靠在床上,眼睛盯着窗户,痴了似的。门终于响了,灯光亮了,是秦一星。他说:"你怎么来了?"柳依依说:"真的,我怎么来了?"秦一星把塑料袋放在桌上说:"带了很多好吃的。"又抱着她,"她一定叫我回去,没办法。"柳依依瘫在他身上说:"谁说你没有办法?告诉我没有办法就是你的办法。"秦一星说了一连串的对不起说:"实在是没有办法。你理解我的难处吧。"柳依依说:"我又到哪里去找个人来理解我?总是把我放在垫底的位置上,有人要被牺牲了,就优先考虑我。"秦一星抱她,拍她,抚摸她,吻她,她懒洋洋地随他去。秦一星说:"我要走了,非走不可,约好了出去拜年的,再晚她就会起疑心了。"帮她脱了衣,盖好被子,把一些吃的堆在床头说:"饿了渴了,都在这里了。"熄了灯,"乖,对不起啊,明天带你去逛街,弥补我的滔天罪行。"摸摸她的头。在他的手离开的那一瞬间,柳依依在黑暗中伸出手去,想抓住他的手,抓了个空。想叫他,犹豫了一下,门咔嚓一响,他走了。

柳依依在被子里缩成一团,尽量地缩紧,身体各部位没有什么感觉,觉得自己在无限地变小,变小,只有意识在膨胀,那是一片广阔的天空,自己张开了双臂在飞啊飞。窗外的风一阵紧一阵,整个世界都回到了远古洪荒时代似的。她把被子扯上来,蒙着头,想着自己是招之即来,挥之即去,都是没有讨论的余地的。他总是说没有办法,他的确是没有办法,可自己就有办法了吗?自己唯一的办法就是忍,忍,忍。忍一天两天可以,一年两年怎么忍得下去?突然,眼泪涌上来,来不及闭眼忍住,她哭了。再睁开眼天已大亮,是近处的鞭炮声震醒了她。她记起自己哭过,却不记得是怎么就睡着了。看见床头那一堆食物,想起还是昨天中午在汽车上吃了一点东西。这时她感到了饥饿,饥饿引起了她的愤恨,想也没想,掀开被子,双手搂起那一堆东西,从窗口丢了出去。

快到中午秦一星来了,柳依依蒙着头,背对着外面,不理他。秦一星说:"起来呀,逛街去。"柳依依说:"不去。"秦一星说:"真不去假不去?"柳依依说:"谁是幼儿园的小朋友吧。"秦一星手伸到被子里来,柳依依想躲开,躲不开,只好由他去,说:"冷呢。"秦一星说:"先隔着衣服,暖一暖手。"又说:"为什么不去?"柳依依说:"没劲。"秦一星说:"吃个苹果就有劲了。"又说:"那些东西呢?吃完了?连饼干盒都吃了?"柳依依说:"丢下去喂狗了。"秦一星探头朝外面望了望说:"傻呢,你不吃东西是谁吃亏呢?聪明人不会为别人的错误惩罚自己。"柳依依说:"我傻,傻!我不傻我自己家里一个现成的年放着不过,跑到这里来饥寒交迫!"

秦一星哄了她好一会儿说:"唉,你跟了我,受点委屈那是没有办法的。"柳依依掀开被子坐起来说:"那是一点点吗?"秦一星连连叹气说:"唉,你还是去找个男朋友吧。"柳依依说:"就不找!"秦一星说:"你自己不找,我可没有挡你啊!"柳依依:"你放心好了,你放心!"秦一星说:"上街去不去?再不去就来不及了,你知道我的时间是掰着指头以分钟计算的。"柳依依知道这是实话,自己感情的节奏必须服从他的时间节奏,哭啊笑啊都无法顺其自然,再这么别扭着,今天又会这么过去了,说:"你一个人去,人家穿衣服的力气都没有了。"秦一星笑了说:"不是有男丫鬟在这伺候吗?"秦一星把车开到一家很偏的超市,说:"这里熟人可能少一些。"要柳依依走在前面，自己隔着几步跟着。买东西的时候，秦一星不时地过来凑在她耳边轻声催她快点。柳依依本来想好好逛一逛，被催了几次没了情绪。在电梯上柳依依看见一对情侣，女孩双手搂紧男孩的腰，脸埋在他的脖子里。回头朝秦一星努一努嘴示意，伸出手去牵他的手，他退了一步，挥挥手要她往前走。柳依依心沉了一下，把手缩了回来。

找到了一家西餐厅，在小包厢坐下，秦一星说："过来。"柳依依不动。秦一星说："过来，现在牵手不是一样的吗？别说搂腰，强暴了我都行。"夸张地提了提皮带。柳依依歪在沙发上，不动。秦一星说："你不来，我去。"过来抱起她，放在膝上，"为什么一定要在大庭广众中亲热才算亲热呢？"柳依依说："我真的好羡慕那些阳光下的爱情，不像我，像只地老鼠一样只往阴暗的角落里钻。"秦一星说："这委屈了你。要么你不跟我，跟了我这点委屈你得忍受。"柳依依扯着胸前的衣服，"忍，忍，忍！我的心里啊，我的心里啊！"秦一星说："那你想想好，你是一只自由的小小鸟，想飞你飞，停到哪棵树上了告我一声，别把我当傻瓜。"又说："当然，我也不可能当傻瓜。"柳依依屁股扭了几下，想从他身上下来，被抱紧了，就说："自私，男人。"秦一星说："一定要说自私谁不自私呢？"柳依依心里冲动着，想证明自己是绝对纯情的，奉献的，可一想到每个月都从他那里拿了那么些钱，就放弃了这种冲动。有钱横在中间，这纯情就说不出口，说出来就变成了矫情。想争口气不要这些钱吧，也不行，自己争不来那口气。真要争这口气，除了傻，还是傻。于是她说："哪里有不自私的男人？"秦一星说："天堂。"

情人节前一天，柳依依说："情人节怎么过？一年给我一个整天总可以吧！"秦一星说："只要我们在一起，天天都是情人节。"柳依依说："这是我们第一个情人节呢。"秦一星说："我老婆她越来越怀疑了，情人节她警惕性肯定特别高。上次她单位要她去北京进修一年，她不去，说回来这个家就不知道是谁的了。要不我们推迟一天，我到宾馆去订一间房。明天的房现在肯定订不到了，全市的宾馆一年到头唯有明天爆满，比黄金周都满，麓城有多少野鸳鸯啊！"柳依依说："后天就后天，你把我的情人节补给我，还有巧克力和玫瑰。"

60

复试通过了，录取了，柳依依安心了。安心之后又坠入了一种空虚。入学还有半年，不知每天做什么才好。秦一星教导她说："你为入学做准备不行吗，世界上的书看得完吗？"柳依依说："弦绷得紧紧的都有一年了，就不能让我松口气吗？你每天多花点时间在我身上。"秦一星答应了，但做不到。柳依依就去找苗小慧她们玩，一起玩的免不了有男的。秦一星说："你要跟他们玩就别跟我玩。"柳依依说："那让我憋死自己呀？你跟你老婆天天在一起，到底干了些什么，我也没问过你。我也不准你跟你老婆玩！"秦一星说："那你的意思是你跟他们干了些什么我也不能问你？"柳依依觉得委屈，自己什么也没干，对那些男的发出的信息也装聋作哑，还不行吗？但她说不过秦一星，不是说不过，而是斗不过他。无论如何，她不能没有他。她说："那我每天待在康定憋死算了。"秦一星说："你去跳操，去洗面，每个月给你那些东西就是来做这些的。"柳依依把他刚给自己的钱摸出来甩在床上说："不要你的东西！"倒在床上把脸对着墙。秦一星把钱收拢说："真的不要？"把钱甩得哗哗响，"钱啊，你真可怜啊．没人要你啊！你长这么漂亮也嫁不出去啊，只好打一辈子光棍了。人家宁肯要那些小青年哥哥也不要你啊，钱啊，你真可怜啊！"柳依依差一点笑了起来,又猛地翻转身来说:"谁要那些小青年哥哥了?"秦一星左手捏着那一叠钱,右手食指指着说:"那你为什么要甩掉它们?"柳依依说:"有你这么讲道理的吗?"秦一星说:"那还怎么讲?"柳依依说:"不跟你讲!"秦一星说:"是真不跟我讲还是假不跟我讲?是今天不跟我讲还是从此不跟我讲?是赌气不跟我讲还是决定了不跟我讲?"柳依依用被子捂了头说:"不跟你讲!"过了好一会儿,房子里没声音了,柳依依尖了耳朵听,也没听见门响。她心里开始发虚,他就这么生气走了,那怎么办呢?一想到"怎么办"这三个字,心里越发虚了起来。又过了好一会儿,她掀开被子坐起来,看见秦一星还坐在那里,打量着自己。她说:"你为什么还没走?"他说:"我为什么要走?"柳依依心里一震说:"那该我……"秦一星打断了她的话说:"你还没回答我的问题呢,真要我走我就真走了,你别后悔。"抬了抬身子,又坐下了。柳依依想说"真要你走",想想没说。秦一星说:"想一想我也太不讲道理了,自己不能陪人家,还能不让人家陪人家吗?我心胸怎么这么不开阔?也许我不该喜欢你,不喜欢,心胸就开阔了。"非常奇怪,柳依依的怒气马上就消失得无影无踪了。他是因为喜欢自己,爱自己,才这么要求自己的呀!怎么自己就没有想到这一点呢?她说:"那你要人家怎么办嘛,总得给一条出路吧!"秦一星说:"你唯一的出路就是我。"又吸一口气,翻着眼皮想了想,"达成一个协议,你不能单独跟别的男的在一起,这要求不高吧?"柳依依说:"不高。"又说:"就那么不相信我?"秦一星说:"我不是不相信你,我是不相信人性啊,我今年满四十岁以后,就越来越不相信人性了。活了四十年,就这么一点心得。人是不讲道理的,讲道理我就该守着老婆孩子。可要我对你不动心,那不合人性,要你对一个帅哥不动心,那更不合人性。"柳依依说:"那我也不能相信你。"秦一星笑了:"完全正确。"又说:"来不来?来吧。"柳依依忽然想起,两人每一次争吵,都是以"来吧"

结束的，可见"来吧"实在是一件很要紧的事情，不然，吵了，走了，就完结了。

秦一星不准她与别的男孩接触，她只好不接触。她也知道那么纯粹的友谊是不可能的，自己跟刘明喻是纯粹的友谊吗？自己不傻，就不能装傻，更不能在秦一星面前装傻。可秦一星给她的时间实在有限，她太寂寞了。忍无可忍了，她对他说："你还是这样冷落我，我就找第三者了。"她爱他，也需要他，就不愿去找。他觉得自己是见缝插针争分抢秒来看她陪她，而她觉得他是把自己排在所有程序的最后面，两人的感觉总是相差很远。好多次她在康定等他一整天，他来了半小时，四十分钟，就匆匆走了。这点时间只够做床上那件事，其他的话，要留到信息中去说。每次他说要走，她就抱紧了他说："男人怎么转得这么快？我心里还没转过来呢！你可怜一下我，再给我两分钟好吗？就两分钟。"秦一星看了时间说："那就两分钟。"过一会儿他说："别人在等我了，要迟到了。"她说："再过两分钟，就两分钟。"他穿衣服时，她就抱着他的腿，穿长裤时，就从后面搂紧他的腰，多一秒算一秒。他走了，她躺在那里，心里空空的，很不平衡，就有了很多怨气。秦一星来了，她把怨气写在脸上，秦一星说："我就这点时间，多么宝贵，都花在做思想工作上了，那我来干什么？我是不喜欢听怨言，不爱看生气的脸才走到你这里来的，难道是开辟了第二个烦恼源？"柳依依知道这话说得实在，他付出了那么多，不是为了看自己生气的。气不可久生，但她仍板着脸，推开他。秦一星就开始做思想工作，哄她。她气没有消，可很清楚自己该转弯了。如果有那么几次不欢而散，两人的关系就危险了。

柳依依曾对秦一星要求，每个星期要给自己一个完整的夜晚，不到十一点不准离开。秦一星答应了，却很难做到，总有这样那样的事情来打岔。每次这样柳依依都要郁闷好几天，不管他怎么说对不起也不回信息，电话也不接。他哄她，还是不作声。他说："我不是来看别人的脸色的，那我走了。"她知道他不会走，却也知道自己该转弯了。他再哄她，她说："坏蛋。"他开始脱衣服，说："向我学习。"她不动，等他来动，这样，又重归于好了。

可是柳依依仍然情不自禁地要抱怨。自己美好的青春在寂寞中度过，能没有怨吗？有了怨不表现出来，那自然吗？柳依依知道自己怨得愚蠢，可这愚蠢也是真诚的愚蠢。这天秦一星来康定，见柳依依躺在床上不理自己，说："每次到康定来的第一件事就是做你的思想工作，我哪有那么多时间？我的时间是没有一点弹性的，你要到我这里来挤时间，那是在蚊子的大腿上割肉。"柳依依说："这个话你怎么不跟周珊说呢？"秦一星说："唉，你把心思全放在我身上，我太累了，拿一半放到别人身上去，我又太傻了。一个没有闲工夫的男人是没资格搞婚外恋的。"柳依依大声嚷道："你为什么不说你没有资格结婚？你说，你为什么？"秦一星苦笑一声说："世界上最可怜的男人就是我了，每天面对两个疯狂的女人，再这样下去我也会疯狂了。"柳依依说："你每天晚上陪着她，她还疯狂？她怎么这么不讲道理？"秦一星说："你们俩互相不认识，但时刻都在斗争，对我提出的要求永远是针锋相对的。我夹在中间，都不知道怎么做人了，累啊，心累啊！"柳依依说："我要求了很多吗？"秦一星说："周珊她现在有察觉了，每天晚上都盯得很紧，有一点蛛丝马迹就大吵大闹，你可怜可怜我吧。"柳依依说："世界上没有比我更可怜的女孩了。"秦一星连连叹气说："唉唉，你也真可怜，我理解你。可理解了还是没有办法。我的状态无法改变，这是钢板上钉钢钉的事实，你生气改变不了，委屈也改变不了。没有办法，我没有办法！你理解要理解，不理解也要理解！不然就只有各奔西东了。"柳依依不敢也不愿接这个话题，说："那你想想我吧，我怎么办？"秦一星说："能做的我会尽量做，做不到的你不要勉强我，勉强我只会伤感情，伤了感情还是做不到，也就是说，只会有负效果。这些话我说过一百遍，不想再说第一百零一遍了。再要我说，我心里就像汤煮一样的。"双手在胸前比画着，"我是一个奴隶，有两个女主人，她们发出针锋相对的命令，我听谁的？我现在是做奴隶都做不好啊，真可怜啊！"沉重地叹了一声又说："我觉得我们可能是不合适。要看脸色我在家里看不就行了吗？说起来我也知道你是因为爱我，可这爱我怎么承受得起？心累啊！"柳依依愿意理解他，可理解了他，自己怎么办呢？她说："难道我就那么活该？"秦一星叹气说："我的状态和你的心态，都无法改变，无法调和，不合适啊！不合适啊！"说完，毫不犹豫地，就离开了。

　　柳依依躺在那里，以为自己马上就要流泪了，可是，很意外地，没有眼泪。她心里只有一个恨，恨，恨。恨秦一星，更恨自己。可恨完了，还是找不到方向。就这样离开他吗？她把自己问住了。无论如何，自己是需要他的，他真的就像自己的太阳，他来了，光明有了，温暖也有了。柳依依看清了自己心底的那个结论，有点不敢正视似的。意识到这一点，柳依依回过头想，作为一个男人，秦一星也的确太艰难了。能够给自己的，他的确也全都给了。她叹息一声，找不到出路，也没有出路，唯一的出路就是忍，忍，忍。太委屈了，太悲哀了，经过了委屈和悲哀，也只能忍，忍，忍。柳依依两天没跟秦一星联系，想等他主动。到了第三天，她实在忍不下去了，就发信息给他说，你真的这么狠心？

　　这个周末，秦一星陪柳依依吃了西餐，出来天已经黑了，下起了小雨。他们准备去看新上映的《上海往事》，车开到半路，秦一星接到一个电话，是女儿琴琴打来的，要爸爸带她去玩。秦一星把车停在路边说："怎么办？"柳依依说："我说怎么办你会办吗？"秦一星说：

"那我送你去看吧。"柳依依说:"我一个人看什么看!"秦一星说:"告诉你了,我的状态是钢板上钉钢钉,根本无法改变。你的心态那么不平衡,不甘心,也没错,也无法改变,怎么办呢?"柳依依沉重地叹一声,要他送自己回康定。一路上秦一星不停地说对不起,柳依依说:"对不起有什么用?没有比这话更没有意义的话了。"秦一星拼命叹气说:"难啊,累啊,真的羡慕那些规规矩矩的男人啊!"柳依依说:"我也羡慕那些规规矩矩的女孩!我怎么这么倒霉,认识了你!"秦一星叹气说:"那,我们……"柳依依在大街上下了车,站在街边。秦一星说:"下雨呢,把伞撑开。"柳依依还是不动。秦一星说:"实在对不起,你可怜可怜我吧!"下了车轻轻拥了她一下,"没有办法,实在没有办法。"后面的车拼命按喇叭,秦一星只好回到车上,又说了一大串对不起,走了。撑着伞站在路边犹豫了一会儿,柳依依不知该往哪里去。她试探着往一个方向走了几步,觉得不对,前面没有什么在等自己,又往另一个方向走,还是不对,不对。突然,一声尖锐的喇叭声,听见有人在骂:"母鸡!"她移开伞,发现自己离一辆小车不到半米。她疑惑地望着驾车人,那人说:"就是你!想死去跳楼投河,河里又没盖盖子!轧死你我怎么办?人可不能太自私了!"她这才知道自己走到街道上来了,赶紧退回去。

柳依依漫无目标地在雨中走着,又停下来,呆望着街景,来来去去的人很虚幻,闪闪的霓虹灯很虚幻,连自己也很虚幻,轻飘飘的像一个很大的布娃娃。在细雨迷蒙之中,恍惚间她觉得自己退到了时间深处,现在正站在三十年代的上海街头,眼前的一切,正是心目中的旧上海,而自己,正是电影中的一个人物。她轻轻嚅动嘴唇,似乎想对自己说什么,好一会儿突然省悟了,自己其实并不知道想说什么。

61

有天晚上，秦一星在康定待了很久，折腾够了，缠绵完了，走了。走了不一会儿，柳依依还在回味，忽然听到窗外有人在叫："小姐！小姐！"声音非常细，但却清晰。她以为是在叫别人，细听之下，却发现是在叫自己，浑身哆嗦了一下。那个声音说："我是叫你呢。我刚才听见你和男朋友在一起，我很激动的。我不是坏男孩。"柳依依以为有人爬在窗外的树上说话，后来发现声音是从房顶的平台上传来的。她把身子缩到被子里，不敢作声。那声音说："你开开门好吗？给我一个机会好吗？"柳依依拿手机拨了秦一星的号码，没人接，再拨，还是没人接。她想，秦一星现在该到家了，不会接自己的电话。又发了信息，没有回音。她想把电话打到他家的座机上去，不敢。那个声音还在固执地说："今晚发生了什么事，你不说没人知道，就一次，一次。"柳依依大气不敢出，想着有谁会来救自己，就给苗小慧打了电话。不一会儿苗小慧来了，跟她一起来的还有另外一个男人，不是樊吉，也不是薛经理。柳依依惊恐地把事情说了，那男人就到房顶平台上去看了，回来说："已经走了。"苗小慧说："今天我要跟依依说一整晚的话，你先走好吗？"那人犹豫了一下，询问地望一眼柳依依。柳依依说："你们该干什么还干什么，我，我……我，我没关系。"苗小慧对那男人说："明天晚上你给我打电话吧。"那人快快地走了。

柳依依觉得对不起苗小慧，用力拍着胸口说："吓死我了，吓死我了！我怕他会从哪里翻进来呢。"坐下来喘着，"吓死我了！"苗小慧说："我本来就想来看看你，好久没来了。"柳依依说："你太忙。"又说："害得你什么事也干不成了。"苗小慧："你还救了我呢。他今天晚上想动我，我还没想好，你的电话就来了。"柳依依说："看你跟他说话，嘴里含着舌头，怎么听怎么像个乖乖女。"苗小慧说："现在的乖乖女，谁没经历过几个男人？"

熄了灯，两人睡在一个枕头上说话。柳依依说："我还以为他是薛经理呢。"苗小慧说："老薛现在生意做大了，女孩 ABCD 都在那里排队。有时候他恋旧情，叫我过去一下。"柳依依说："你知道他那里有 ABCD 你还去？"苗小慧说："为什么不去？他早知道我有樊吉，他也没说什么。"柳依依说："现在的爱情叫人越来越看不懂了，都这么大方。"苗小慧说："有什么不懂？谁真把谁当回事。"柳依依说："不当回事往一起凑做啥？"苗小慧说："你说呢，做啥？那个啥你没做过？老薛你猜他怎么说，吃橘子不一定吃整个的才算吃橘子，吃一瓣也是吃橘子。"又把鼻子凑到被子上用力地吸了几下说："这被子上有男人的气息，是秦一星一个人的吗？"柳依依也在被子上用力闻了几下说："闻不出。我现在是从一而终，他心胸不宽广，管我管得紧。"苗小慧说："那你幸福。有时候我想，有些男人，他总还是个人吧，不是人总还是个雄性吧。你看那些狗、猴子、海豹，只要是个雄性，就有那点血性，就不让别人动他的女朋友。有些男人连这点私心都没有，只要自己想要的时候你在场，他就可以了。他是人啊，他不嫉妒，他有理性，他比动物强啊！这就是现代爱情吧。现代还有没有爱情？也许爱情已经成为不可期待之物，这两个字我都有点说不出口了。"柳依依说："你这种心态你怎么跟他们交往？"苗小慧说："演戏吧，你真的进入角色了，你自己都分不清是不是在演戏，假的比真的还真，眼泪说掉就掉。有时候一直要到落幕才发现，哦，两人假戏真做地表演了这么久。"

听了这话柳依依心中发冷，想看看苗小慧的神态，微光中看不真切。她一只手撑起身子，伏下来凑在苗小慧脸前。苗小慧说："不认识我啊！"柳依依说："看看说这些话的人是什么人，怎么像个恐怖主义者？"又说："不知道秦一星是不是在跟我演戏？"苗小慧把她拉下来说：

"睡下！你管他是不是真的？你觉得是真的，那就是真的。天下的事，哪能细想？"柳依依说："我不敢想，又不敢不想。等悲剧落幕那天再去想，那不太凄惨？"苗小慧说："难道还会有个喜剧性结局？"柳依依说："有时候我想，两个人走到一起，只要感觉好，就算了，别的不去想。有这一天，就抓住这一天，别想那么远，那么深。不要问他从哪里来，到哪里去，身边还有没有ABCD？都别想了，事情就简单了，当然情分也就浅了，被摊薄了。现在的爱情是不是只能如此？我们现在自由了，你爱爱谁爱谁，爱干啥干啥，谁管得着？身体随着感情流动，灵活性有了，深刻性没有了，自由的代价太沉重，对我们女人，太沉重了。"苗小慧说："太多男人都只要你现在在床上表现好就可以了，你怎么深刻？有件事早就想跟你讲了，男人吧，你不能便宜了他。女人能有几年青春？这几年是金色年华，金子的价值，你要他拿出金子的价格来，不然你就太亏了，你只有这几年。他不能拿婚姻回报你，就应该多出几滴血，很现实，很简单。当二奶——做小三只能这么想，不然到头来是一场空啊！"柳依依说："那怎么好意思？"苗小慧说："不好意思？你到商店去买东西，老板要收你的钱，他不好意思了吗？"柳依依说："那我拿了他的东西啊！"苗小慧说："秦一星没拿你的东西吗？那点钱跟你的青春是等价的吗？难道你真喜欢他喜欢到骨头里，他喜欢你也喜欢到骨头里？到骨头里怎么不离婚娶你？越是优秀的男人越不安全，他把女人当作菜，他只吃那个菜心。他要吃多少菜心啊，他吃得到！我想通了，我没什么不好意思。他好意思要我最宝贵的东西，我不好意思反过来也要，那我对自己就太没意思了。没那么便宜的菜心给他吃。"柳依依说："说起来也有点道理，还是不好意思。"苗小慧说："唉唉，依依，依依，做女人可不能那么好啊！"苗小慧把一只胳膊伸过她的脖子，搂了她，身子贴紧了说："唉唉，依依，做女人可不能那么好啊！"柳依依觉得不自然，这该是秦苗小慧脸贴紧她的脸,说:"唉唉,依依,干脆我们俩结婚算了。"

一星的举动。但她没拒绝,身子僵着不动。苗小慧脸贴紧她的脸,说:"唉唉,依依,干脆我们俩结婚算了。"柳依依身子往下一缩,头从苗小慧的手臂中钻出来说:"痒呢,痒。"又说:"你糊涂了吧?"苗小慧说:"我没糊涂,是这个世界糊涂了,它糊涂了我没法不糊涂。"

62

　　苗小慧的话给了柳依依很大的震动。原来她想着,自己和秦一星吧,虽然是见不得阳光的,也是没有前景承诺的,但总还有一份情感认同,一种思念,一脉温情。这就够了,自己还能要求多少呢?有寂寞,有痛苦的等待,这是不得不付出的代价。何况,等待也不是没有尽头,寂寞也总能得到及时缓解。这就够了,还能要求多少呢?但现在,苗小慧让她看到了,自己的青春是结不出果实来的。就算花开得灿烂,也不会结出果实。如果花能够永远开下去,那也有得想,可这是不可能的。她想起了阿雨,前不久在街上偶然碰到,一年不见,脸上竟有点沧桑感了。灿烂也会有凋谢的那一天,不动声色,却是落寞,而且惨烈。到了那一天,秦一星会在哪里呢?各人过自己的生活罢了。也许,他身边还会有别的女孩,上帝给了男人这种机会。她安慰自己说,只要曾经拥有。可这骗得了自己也骗得了时间吗?青春一去不复返,这是真的,灿烂的花结不出果实,这也是真的。

　　这样想着,柳依依觉得自己跟随秦一星是一个错误,她看清了这个大局。可想去纠正这错误,难。一想生活中如果没有了这个人,心里就空空的。明白了这一点,柳依依回过头去想,苗小慧说得对,叫秦一星付出更多是应该的。这个想法在她头脑中转了一个多月,怎么也说不出口,她不想败坏了两人之间的那种情调。苗小慧见了她,问她采取了什么措施没有。柳依依支支吾吾,好像是自己犯了错误。苗小慧说:"依依你真的是情种?现在是什么年代?唉唉,依依啊,依依,做女人可不能那么好啊!"

有一天下午,秦一星到康定来了,没说上几句话,不知怎么一来,柳依依就有一种想哭的感觉,赶紧去捂上眼睛,这一捂倒激发了伤心,眼泪真的流下来了。她心中掠过一线光,这眼泪是有预谋的吗?自己也不知道。秦一星摸着她的脸说:"怎么了?又怎么了?"柳依依说:"没有怎么。"秦一星说:"总有一个怎么吧。"把她抱起来搂着,拿开她的手,用舌头舔掉她的泪水,一下,又一下,说:"咸的。"柳依依闭着眼抱着他的脖子说:"你说怎么办?"秦一星说:"什么事情怎么办?"柳依依说:"我们。"秦一星说:"我们什么事情?"柳依依说:"我们以后。"秦一星说:"什么事情以后?"柳依依说:"我们以后。"秦一星说:"以后跟以前一样,不好吗?"柳依依说:"我看不到前途。"秦一星说:"过程就是前途,这样不是挺好吗?"又说:"你不要爱得那么沉重,也不要让我爱得那么沉重,本来是件愉快的事情,一沉重就愉快不起来了。"柳依依忽然明白,自己在诗意中迷醉,真的是拿自己的黄金岁月,去镶别人幸福的边了。她说:"挺好,那是你的好。我呢?"

秦一星胳膊松弛了一点,又重新抱紧她说:"能为你做的,我全都做了。"这是实话,也是交底。柳依依觉得到了一个关键时刻,该说的话,要有勇气说出来。她几乎是挣扎着说:"不能多做点吗?"秦一星胳膊更松弛了,柳依依想从他的怀中出来,身子轻轻挪了一下,想着秦一星会再一次搂紧自己,可是,竟没有反应,又等了几秒钟,再一次挪动身子,秦一星的胳膊更松弛了,只是虚搂着她。柳依依非常失落,不再挪动身子,等着他再一次用力搂紧自己,可他没有动。

她在等待中感到了难堪，说："我去烧点水。"站起来用电热杯烧水。秦一星眼睛追随着她的行动说："你是不是想要我离婚？"柳依依没有勇气把话头转到预想的轨道上去，说："你有那么好吗？"

于是两人讨论离婚这个话题，秦一星说了一连串的理由，总之是不能离。秦一星说："你是一只小小鸟，暂时无枝可栖，就停在我这棵树上歇歇脚。你什么时候要飞，我不留你，我不想耽误你。你周围有好男孩没有？有人承担你的命运了，我就放心了。"她说："谢谢你的关心。"又说："有什么想法直说好了，还打着那么漂亮的旗号。谁叫你负什么责任了吗？男人。"是以退为进的意思。秦一星说："那你还叫我怎么样？留下你的人，没留下你的心，也没有用。我不是因为缺少女人才走到你面前来的。再说，你生活中也没有出现什么很像样的男人。"柳依依说："我生活这么封闭，你又不准我跟别人接触，我怎么知道他们像样不像样？"秦一星说："你那么想走你就走吧，像我这样的男人，也没有必要跟什么别人去分享什么。"这个下午两人说话有点不愉快，可最后，在秦一星离开之前，还是完成了"来吧"这一既定的程序。完成之后，柳依依又觉得难舍难分了。她需要他，他也需要她。既然如此，总会找到走到一起的理由。

柳依依又犹豫了一两个月。她觉得不公平，自己付出的是青春，自己的人生只有这点资本。可他付出的是什么？但她知道他不是这样想的，他觉得自己已经付出很多了，够多了。在这上面两人的感觉相差很远，总是很远，都觉得自己付出的比得到的多。柳依依又感到了那种博弈，既然是博弈，就得出手，这是没有办法的事情。出手的方式可以很温柔，很软弱，可是，还是得出手。

五一黄金周前，秦一星说要去杭州出差。柳依依说："带我去吧，你答应带我出去玩都有一年多了。"秦一星说："我跟同事一起去，把你藏在哪里？"柳依依说："我不管，我要去，人家就是要去。你欠了人家的。"扶了秦一星的肩拼命地摇，"你看别人都出去度假，人家一个人缩在这里，你可怜可怜我。"他说："其实杭州又有什么好看的，中国的城市都差不多。"她说："中国的女人不也差不多吗？你找我干什么？"他笑了说："差的那一点点在感觉上其实很多，你不理解我们。"她说："既然你知道那一点其实很多，你也理解人家一下吧。人家要去。"秦一星说："下次，下次，一定，下次一定。我又欠了你的，我总是欠了你的。"柳依依说："那你把这次存在这里，和下次一起还给我，还要算利息。"

  秦一星走了，柳依依忽然觉得不对。没有什么东西提示她，她忽然就觉得不对，像两根电线没能搭在一起，错了位。这种感觉使她很难受，忍了两天，她打了秦一星家的电话，心跳着，想着如果是周珊接了，就说找苗经理。可没人接，吃晚饭时又打，还是没人接。柳依依给秦一星发了短信，问他事情办得怎么样了。秦一星回信说，差不多了。晚上秦一星又从宾馆打电话来，柳依依说："你游西湖的事办完没有？"秦一星笑两声说："西湖当然是要游一下的。你今天出去玩没有？吃晚饭没有？我前几天拿给你看的那本书……"柳依依打断说："我气得这么饱了，还吃得进晚饭？你们痛痛快快玩吧。"把电话挂了。秦一星又打过来，不接，再打，还是不接。当铃声响了七八次，柳依依接了，抢先说："我在跟男朋友谈心，你别吵。"又把电话挂断。她心里不平衡，强烈地不平衡。怎么找回平衡？也许，苗小慧说得对，只有叫他多出几滴血。以后几天，不论秦一星怎么打电话发信息，她都不接，不回。她不知道自己这一次是不是真的打算分手，也不知道秦一星回来了自己该怎么办。

  过了几天，秦一星来了，在外面敲门。柳依依算着他该来了，早把门闩了，让他开不开。秦一星开始轻轻地敲，越敲越重，柳依依只是不理。秦一星用脚踢了几下，柳依依只好把门开了。秦一星说："怎么不开门？"柳依依举一张报纸看着，遮着脸，说："你还来干什么？"秦一星说："我怎么不能来？问得怪。"弯了腰看看床底下说："开个门害我在外面等了这么久。"柳依依说："没这么久我怎么来得及把一个人在床下藏好？"秦一星说："你还不至于这么傻，真有个人还等我看到？"柳依依说："谁有人了？"秦一星说："谁自己刚才说的？"柳依依说："我就是想要有个人，他能跟我走在阳光下，能够黄金周陪陪我，可惜我没有这个人。你带着老婆孩子潇洒去了，你知道我这几天怎么过的？"

秦一星沉吟一会儿说："可怜，唉，真的可怜。你还是去找个男朋友吧。"柳依依说："我自己会走，不用你赶。"秦一星说："这是你自己说的。"柳依依说："我说是我赌气，你说那就是你真的赶我了。"秦一星拿出手机来拨号。柳依依听见自己手机响了，一看，来电号是秦一星的。她说："干啥？"秦一星说："不干啥。"她说："又检查我调到静音没有，有没有别的男人给我来电话你不知道？别把你老婆对付你的那一套拿来对付我。"秦一星拿起踏花被闻一闻："好像有别的男人的气息。"柳依依说："除非他是你。"不知怎么一来，两人又和好了，该做的事也做了。做之前秦一星说："这几天把我给憋坏了。"柳依依说："你不至于告诉我说你睡在宾馆沙发上吧？"

这件事让柳依依改变了想法，自己这么纯情，秦一星他纯情了吗？苗小慧说得对，做女人可不能那么好啊，那是傻啊！又犹豫了几天，柳依依想，再不能犹豫了，转眼就到九月，读研究生的学费还要秦一星交呢，两次隔得太近，那不好。这天晚上秦一星又来了，见柳依依情绪不好，就问："又怎么？我又犯了什么错误，让我想想。"使劲拍着头，"怎么就想不起来呢？"柳依依抓住他的手说："你打自己这么重干什么？谁说你犯错误了？"秦一星说："难道我没犯错误？我一看你脸色不对，就要检查自己哪儿错了。"柳依依说："我自己心情不好，不关你的事。"秦一星说："你什么事心情不好？"柳依依说："你别问。"秦一星说："我亲爱的心情不好，我怎能不问？"柳依依说："我真的是你亲爱的吗？"秦一星说："你不是，那麓城还有谁配是？"把柳依依抱起来搂紧。柳依依把脸埋在他脖子里，轻轻抽泣起来。秦一星说："怎么又哭呢？"柳依依说："心情不好。"秦一星说："你什么事心情不好？"柳依依说："你别问。"秦一星说："怎么又绕回来了？你就说了吧！"柳依依说："你真的要我说？"秦一星拍一拍桌子说："说。"柳依依说："看你这有魄力的样子，很男子汉的，我喜欢看你这顶天立地的样子。"秦一星说："等会儿再表扬我，你先说。"柳依依说："那是你逼我说的啊。我们家里的房子，我跟你说过的，你还记得吗？我们家的房子，早就该翻修，墙上渗水，大块的渍印，里面都长绿苔了，只差没漏雨了。"她停了停，去看秦一星的脸色，也看不出什么，"前几天我打电话回去，我妈说房子不能住了，我们家的情况，你知道的，她问我有办法没有，我能有什么办法？"见秦一星不作声，就说："我说了不说，你一定要我说。"她说的也是实情，这事已经拖了很久了。好一会儿，秦一星说："要多少钱？"柳依依说："我妈说至少要两万块钱。"又说："只怪我，读书把家里读得山穷水尽了。"

　　秦一星双手支着头，在台灯下沉默着，过一会儿说："我也算个有点名气的记者，到单位去采访一次，一般的人，打发一百，我两百。"他伸出两个指头比画一下，"我靠这钱支撑你。你看我穿过名牌服装吗？没有。到宾馆潇洒过吗？除非别人请客。"柳依依说："你别管这件事，让他们去，谁叫他们自己没能力。"心忽然软了说："那天你给我洗头发，我低头看见你的皮鞋都开裂了，我就心痛了。这件事你就别管了。"

　　第二天上午秦一星送两万块钱来了。柳依依说："你真拿来呀，叫你别管。"又数出五千递回去，"你去买几件好衣服，皮鞋，让我看看。"秦一星说有事，匆匆走了。柳依依有点后悔，毕竟那是五千块钱啊，一狠心，拿了也就拿了。她去了银行，把钱汇回家里，又打电话叫爸爸去取钱。爸爸问这钱是哪来的，她说："反正不是偷的。"她想找个人说说话，想来想去竟想不出一个人来。再过上一年两年，苗小慧她们都忙家忙孩子去了，那自己真的就孤苦伶仃了。柳依依在阳光下慢慢走着，她抬头看看天，看看云，心里很空，是物质意味的空，空，空，空。她想着，秦一星是好，可再怎么好，早晚也是一个分别。最多，最多最多，跟他再跟一年，一年，这是极限。柳依依为自己制定了时间表。

63

柳依依没有兑现对自己的承诺。

一年以后，她还是留在秦一星身边。一星期一次，或者两次，她会从学校去康定与秦一星见面，说一些以前说过的话，做一些以前做过的事情。两人的关系已经有点像夫妻，一切都按部就班，没有了激烈和渴望，也不时发生一些冲突，和好似乎已经毫无希望，却又峰回路转地走了过来。

柳依依不知这一年是怎么过去的，反正是过去了。从二十四岁到二十五岁，这就是过去了的证明。二十五，那感觉跟二十四就是不一样。有一天她去超市，看到一个女孩，二十不到的样子，在选枕头。女孩叫了一声："老公！"她才注意到女孩身边有个男人，近三十岁，正是自己心仪的那种气质。柳依依装作也去看枕头，看见那男人手中提着商场的购物篮，里面有面条、米、盐，还有肉、香干、青菜。她绕到对面去看这一对男女，他们一点也不掩饰那细微之处的亲密。他们是麓城无数同居者之中的一对，更重要的是，新一代已经成长起来，加入了情感竞争的行列。她们的优势如此明显，不能不让柳依依们感到压力，感到失落。其实，也只有几年的距离，这几年对男人不算什么，对女人，落差却如此明显。这让柳依依觉得别人说的是对的，婚姻这事也同样有个市场。她忽然有了危机感。的确，这两年多来，自己的生活中，除了寂寞，并不缺少什么。正因为什么都不缺，自己没有压力，更没有危机感，像温水中的青蛙。离开超市时，柳依依心想，眼下这种局面，是结束的时候了。

这一年柳依依生活中也出现过一个两个三个有那么一点意思的男人，可还没有展开，把他们往秦一星身边一放，柳依依情感的天平，就那么明确地往秦一星这边倾斜。秦一星是起点，又是燃点，这起点和燃点太高，柳依依无法接受别人，就像看惯了彩电的人无法忍受黑白电视，开惯了轿车的人无法回头去骑单车。无论如何，跟一个男人赤着身子在被子下讨论与另一个男人的感情，那感情是不会有前景的。事情就这么一天天拖下来了。

这个周末的晚上，秦一星在康定待到十一点钟，还没有走的意思。柳依依在被子里推他说："你今天怎么这么人道？你走吧，不然她要骂人了。"他说："今天不回去了。"柳依依不胜惊喜，说："西边出太阳了？"心里高兴得乱七八糟。他们在一起两年多，可共度良宵比过节的日子还少。又说："又编了个故事讲给周珊听？"说到编故事，这两年多来，秦一星也不知道编了多少，没露过馅。秦一星说："故事编不下去了，发现了，吵架了，回不去了。"柳依依说："发现了我没有？"她很怕周珊告到学校去。秦一星说："她知道有那么个人，不知道是谁。"柳依依说："怎么就让她察觉了？"秦一星说："女人再迟钝，男人不交公粮，她总是知道的。我的公粮余粮，都交给你了。"柳依依嘟着嘴说："说了要你稍微照顾她一点点嘛，人家早就说了嘛！"秦一星说:"唉唉,男人的心,你不知道,要他勉强自己,难啊。"柳依依感到了自己的优势,说:"都这么久了,她怎么突然就知道了呢?"秦一星说:"她不但知道,而且知道很多。"

事情是从一个多月前的一条短信开始的。那天柳依依发了一条短信:"手机没钱了。"催秦一星去移动公司交钱。发信时间是晚饭后,这本是两人约定的安全时间。可这天秦一星提前去洗澡,又忘了调到静音。手机嘟的响了一声,周珊从他裤兜里掏出来看了,就有了几分疑惑。谁手机没钱,会通知他呢?周珊不动声色,记下号码,第二天去移动公司交钱,机主竟然就是秦一星。又清点了秦一星的钥匙,有一片两片,虽然很普通,却来历不明,躺在手心鬼鬼祟祟想躲闪似的,越看越起疑心。过几天她说,单位要办医保,要双方的身份证。秦一星掏出来给她,递过去时动作明显地迟疑了一下。这迟疑他自己没意识到,她却看得真真切切。周珊拿身份证去移动公司打出了他的话单,一个月发给那个号码的信息有四百多条。细细查对之后,发现有不少竟是在家里,也就是在自己的眼皮下发出去的。最晚的有凌晨发出的,也就是说,是睡在自己身边发出去的。这些年来,自己是太大意了。中午她把身份证还回去,还是没作声。

过了几天,因秦一星没按时回家吃饭,周珊发了脾气。秦一星解释是临时加班去了,不信就去问谁谁。周珊说:"别人我都不想去问,我要去问第二个秦一星,你一个月给你自己发了多少条信息?"秦一星怔了一下,马上说:"什么意思?"周珊说:"表演,不错,再表演。"秦一星不作声,周珊说:"一个月发四百多条信息,什么时候对家里人有这个情分?"周珊从谈恋爱结婚生孩子说起,不停抹眼泪,说:"你说句话!"秦一星不作声,周珊说:"你说句话!"跑到厨房去拿刀要割自己的手,被秦一星抢下来。她扑上来又撕又咬,口水濡在秦一星手腕上。女儿跑出来,惊恐地叫:"妈妈!爸爸!"周珊放过秦一星,一把抱住女儿,使劲摇她的身体:"你爸爸不要我们了!"女儿说:"他敢!爸爸,你敢不敢?"秦一星不作声,开了门出去,到柳依依这里来了。

知道了这些,柳依依竟感到了一种欣慰,欣慰之中萌生出一点希望。这希望渺小而尖锐,像插在心上的那一点刀尖,又像小荷才露尖尖角。还是在两个月前,秦一星几次被人从康定紧喊回去了,要他去买东西。买什么他没说,后来才知道了是买装修材料。少了什么,师傅打电话来,马上就得去买。怀着一种莫名其妙的好奇心,柳依依找到电视台的住宅小区,在十几幢新房中问到了秦一星的那一套。进去一看已经快装修完了,工人正在刷墙漆,气味刺鼻。房间五室两厅,那么宽敞、明亮,甚至有点豪华的意味。柳依依感到了巨大的震撼与失落。这一切为什么不能是自己的,自己少付出了什么呢?在麓城有一套自己的房子,那是自己多年的理想,有这么好那是想都不敢想的。不甘心,不甘心!可再不甘心也只能甘心。她想着有没有名分,那是不同的,太不同了。也许,像有些男人说的那样,结婚证是一张纸,并不能说明什么,但没有这张纸,就什么也不能说明,唯一的结果就是人老珠黄,淘汰出局,哪有情人做到四十岁的呢?没了青春,浪漫是玩不起来的,现实就是这么现实。

柳依依把秦一星抱得紧紧的,腿钩住他的腿说:"她不要你,我要你!"秦一星侧了身子,用胸顶着她的胸说:"你真的要我?你不怕我?"柳依依说:"我怕你?"秦一星说:"过那么七八十来年,我就五十岁了,做什么都做不动了。"柳依依说:"做不动就不做。"秦一星说:"那时你才三十出头,我吃不动你了,我不怕?"柳依依说:"谁像你们男人,端起碗是吃,放下碗还是吃。我只要你心里爱我就够了,爱!我一辈子最想得到的就是这一个字,最难得到的也是这一个字。女人啊,她再潇洒,她还是逃不脱这个字啊!因为她是女人啊!没有爱她就枯萎了。"秦一星说:"我不是给了你吗?"柳依依说:"今天给了我,明天呢？我不知道自己的明天在哪里。"秦一星说："说明天我不敢说。到那天我老了，你还鲜活，你让我悬在半空中，我怎么办？我不是大老板，我不敢玩那个浪漫。"秦一星想告诉她，身体的某种信号最能摧毁男人的自信。他在公厕撒尿，那些傻小子的尿是平着射出去的，而自己的却是垂下去的，想平也平不了。他嘴唇动了动，像咽一枚苦果一样把这话咽了下去。柳依依说："你这么不相信我？"秦一星说："不怎么太敢相信哪个人，只敢相信人性，可人性又是最不敢相信的。到那天你走掉了，我哪天倒在家里，收尸的人都没有。"柳依依说："你不相信我，你也不相信自己？北京那个歌唱家比他妻子大三十多岁，六十多岁还生了小孩呢！"秦一星笑了："我没那么好的身体。"柳依依说："我知道你身体好，别人不知道，我知道的，你就是身体好！"

柳依依昏头昏脑说了好多话，忽然发现秦一星已经睡着了。她有点生气，很快就原谅了他，想着，他吵架累了。这个夜晚柳依依睡不着，外面下着小雨，没有声音，要用心才感觉得到。那几乎无声的声音，让她感到了温情和滋润。睡不着她拿起手机来发信息，写了二十多条信息，发到秦一星的手机上，有对过去的回忆，有对未来的设想，还有自己的心情。半夜秦一星醒来，问："你怎么还不睡？"柳依依说："你几年才在这里睡一夜，我怎么舍得睡着？我舍不得睡着！我真的舍不得睡着！"秦一星搂紧她，好半天，叹了口气。

第二天清早秦一星上班去了。柳依依没有回学校去上课，怀着一种模糊的希望，在康定待了一整天。到晚上秦一星来了，柳依依听到门响，跃到门口把他抱住说："你真的来了！人家等你都等一天了。"秦一星说："你那么想我来，怎么不呼我？"柳依依说："看看有没有默契，偏不呼你。"秦一星说："我无家可归了，这就是我的家了。"柳依依说："你有家，我就有家了，我多么想有个家啊！我不想永远做小小鸟，我要筑个巢！"眼泪涌出来，忍住了，说："我们把做饭的东西都买回来吧，有柴米油盐才有家的气息。"秦一星说："看看吧。"又说："看了你那么多信息，我能不来？"一连几天，秦一星都住在这里。柳依依想着，这样住下去，就成既成事实了，秦一星就会去办离婚手续了。秦一星说过，离了婚，女儿还要的。想到自己二十多岁就要做后妈，她感到了委屈。唉，只要他对自己好，这委屈也是值得的，于是又想以后怎么跟那小女孩相处。再想到周珊，以后她一个人怎么办？她感到了残酷，生存对一个女人来说真的是太残酷了。这样想着她心软了，犹豫了一下，在心里对自己说，这实在是没有办法的事情。就同意秦一星把房子让给她，给她一些弥补。想起那房子她心里顿了一下，想着，还是给她吧。

星期六早上，天刚蒙蒙亮，秦一星手机响了，是他女儿打来的，问他送不送她去学琴。接了电话秦一星说："没办法，得去。"就要起来。柳依依说："你答应了带人家去植物园玩一天的呢！"用腿把他的腿死死钩住。秦一星说："明天，明天。"想把腿挣出来。柳依依紧搂着他，他说："那就再抱你五分钟，五分钟。"五分钟后秦一星说："非走不可了。我说要走就是不走不行，你知道的。"用手去掰她的腿。柳依依抗拒着，感到他用了很大的力气，就松开了说："你去吧。"

柳依依又在康定待了一天，中午泡一包方便面吃了。想着晚上秦一星带自己出去吃饭，把全套厨具买了，反正要用的。又想着明天去植物园，该买点什么带去。到了晚上六点多钟，柳依依正等得焦躁，秦一星发短信来，问她回学校没有？柳依依心里一冷，回问什么意思。两人一来一回发了十多条短信，总之他是来不了。秦一星没提明天的事，柳依依也不问。秦一星最后说，不能发了。就不再发短信过来。柳依依想着可能是周珊回家了，又开始吵架了。她很希望周珊是个很刚强很有原则的人，决不原谅他，跟他没完，架越吵越大，最好把他赶出来。那样，他会安心一些，自己也安心一些。

第二天下午，柳依依回学校去了。她有怨气，又觉得要理解秦一星。架没吵完，他怎么走得开？要让他有足够的时间吵架，越吵事情就越有希望，植物园什么时候去都可以。下次见到秦一星，柳依依说："怎么样了？"秦一星不解地望着她说："什么事怎么样了？"柳依依心里发冷，冷。她说："你女儿学琴学得怎么样了？"

以后柳依依忍着不问这件事，秦一星也不提起。她奇怪周珊怎么就没了动静？在等待中她忍不住在周珊最可能察觉的时候给秦一星发了几次信息，管他叫"屁"，就像他在短信中叫她"乖"一样。这个"屁"字平时只有在最安全而自己又最有情绪时才用的，现在却希望周珊能够看到。可是，还是没有动静。柳依依忍不住了，问秦一星："我发的短信你都看到没有？"秦一星说："她不看，故意摆在她面前她都不看。我总不好提醒她看吧。"柳依依觉得形势不对，并没按自己的预想发展。怎么办呢？这事像下象棋，你不想要对方走哪一步他偏走那一步；又像打牌，你不想要对方出哪张他偏出那张，总之你很不舒服，这意味着你的失败。难道要自己像有些女孩那样，主动打上门去？迈不出这一步，没有勇气，还怕秦一星翻脸不认人，自取其辱。这样过了一两个月，柳依依实在忍不住说："到底怎么样了？"秦一星说："还那样。"柳依依说："那样是哪样？"秦一星说："还能哪样？就那样。"又说："她不同意。"柳依依说："她怎么会同意，我是她我也不同意。我本来没什么想法，你要惹我想，想了这么久，就是一个她不同意，把我打发了，心里真痛啊，流血了啊，一滴一滴地滴滴滴啊！"秦一星说："她不同意。"柳依依说："那你安排我跟她见一面。我们之间什么么都有，就只少那一张纸，你们之间什么都没有，就只有那张纸。那张纸是事情的本质吗？我相信她是通情达理的。"秦一星摸了摸她的头，又捏着她的耳垂，轻轻地揉了揉，缓缓说："她，她不同意，我没办法。"这一次柳依依听懂了，她，就是他的女儿。秦一星说："琴这是幽暗时间深处一个模糊的剪影,在岁月流逝之中渐渐清晰,让人低头掩面,黯然泪下,不忍正视。

儿她从小娇生惯养，牛奶要喝鲜奶，包子要吃狗不理，学钢琴一定要爸爸开车送。晚上做作业想吃麦当劳了，头也不抬喊一声爸爸，我就得下楼开了车给她买回来。摊上这样一个女儿，谁有办法？我走了谁会这样宠她？那太惨了，这是实在没有办法的事情。"柳依依低了头，眼泪一滴一滴地滴在地上。自己豁出去了，怎么闹也不怕，可需要秦一星的认可，他不认可，闹就只能是一个笑话。秦一星刚掏出手帕替她拭去，泪又滴了下来。他说了很多理由，都是理由。柳依依没说什么，只觉得自己想象了那么多，是那么可笑，太可笑了。人家的关系是血缘联结起来的，自己怎么斗得过？还有周珊，自己都做好了她闹到学校去的准备，甚至还有点盼着她去闹。这么一闹，大家的脸就撕下来了，秦一星要给自己一个交代，一个结果，而自己，也就完全放下了良心的重负。可周珊她不去，她的忍性可真好啊！这是一场战争，没有硝烟，但同样残酷。自己没有斗过她，也许这是一场持久战，现在到了僵持阶段，越往后，自己就越被动。对手耗得起，自己可耗不起！柳依依感到了失败的屈辱，这屈辱像刀尖，那么小的一点，插在心尖上，血渗出来，在胸前慢慢地滴，滴，滴。柳依依不恨秦一星，不恨任何人，但还是那么尖锐地意识到了自己所扮演的悲剧角色。这是幽暗时间深处一个模糊的剪影，在岁月流逝之中渐渐清晰，让人低头掩面，黯然泪下，不忍正视。

64

经过了这件事，柳依依和秦一星的关系有了一些变化。柳依依想着，你既然不能给我明天，今天就应该对我更好，付出更多。只能这样想了，还能怎么想呢？苗小慧早就把大势看得清清楚楚，自己却总是在遮遮掩掩不愿正视。暑假的一天，两人到商场去，柳依依看衣服，看化妆品，看个没完。看中了一样，当然是高档一点的，爱不释手，就去看秦一星的脸色。秦一星脸转开去，望着别的地方，似乎是在仔细观察什么。柳依依只好放下，对营业员表示这还不是自己最中意的。转来转去柳依依舍不得走，好不容易秦一星陪着来一次，总想有点收获。买了一两样小东西，柳依依还想看看，秦一星催她，她不肯走。秦一星说："我就看不得有些自恋的女人，以为自己是什么什么高级人物，别人要怎样怎样对她好，东西要如何如何高档，那才行。"柳依依一下就没情绪了说："你说我吗？"秦一星说："没说你，说别的有些女人。"柳依依觉得就这么走太没面子，硬着头皮又转了一会儿，没再买什么，跟秦一星走了。在车上她想起两年前的七夕，中国的情人节，他带她开车一百多公里到另一座城市去逛商场。自己在化妆品柜台转了两个多小时，他在一旁耐心等着，摸着自己的头发，很欣赏地望着自己。后来又在一家宾馆待了两个小时，释放了激情，天黑了才回麓城。古人说过："往事只堪哀。"这话就是为自己写的呀！

　　回到康定柳依依就哭了。秦一星说："怎么又哭了呢？"柳依依说："我哭我的青春！"秦一星说："不要这样说，没有我你的青春就年年二十三？"柳依依无话可说。不能离婚，有言在先，不耽误自己，也有言在先，自己是愿者上钩。这个男人，他早就把退路设计好了。自己怎么样，那不是他的责任，也的确不是他的责任。

　　伤心中柳依依还是有几分清醒，她的生活中不能没有他！没有他，自己马上就坠入彻底的空虚。她说："你这么防着我，没意思！"秦一星说："我那么自由吗？"又说："我把有些事情说透，也是为你好，你就知道该怎么往前走。"柳依依说："我也没要求你什么，你现在对我好点也不行吗？"秦一星说："还要怎样对你好才是对你好？我每个月给你多少钱,你想过没有?我们一个星期见面一次两次,每见你一次要多少?"他把右手指头伸出两根,又伸出三根。柳依依在心里很快地算了一下,算下来,两人见一次面,他的确要花两三百块钱。以前没这样想过这个问题,现在想一想,真有点不敢想。她说:"什么意思?有你这样考虑问题的吗?"她想,他对自己是真正的爱情吗?真正的爱情是不计算得失的,就像一个人不会对自己的儿女把算盘拨得精细。秦一星说:"摆在这里的事,还需要考虑?"柳依依想,男人是会算账的,是要在心里盘一盘合算不合算的。可这账不能算,也不敢算,得赶快离开这种氛围。她说:"自私,男人。"又可怜巴巴地望着秦一星说:"我怎么会爱上一个这么自私的男人呢?"

再往后柳依依发现,秦一星不像以前那么需要自己了。他每天都会给她打电话,发信息,但色彩已经淡了。以前总是他叫她去康定,现在是要她叫他了,她如果不叫,两人就见不了面。以前自己赌气,秦一星总是在一天之内转弯,摸着自己的头说,乖呀,乖呀,听话呀!现在赌气却要自己找机会转弯了,不然他也赌到底。他说:"你别跟我赌气,赌气输的是你。"这虽是实话,可说出来能把她噎个半死。他现在赌气的那个狠劲叫她暗暗吃惊,他是在打破坏球了吗?柳依依觉得自己很可悲,现在是有气也不敢生了。秦一星有时催她主动出击去找男朋友,要她去舞厅,去参加联谊活动。柳依依说:"你赶我走呀!我知道你烦我了。"秦一星说:"我是为你好,别耽误了。"柳依依相信他这话,嘴里说:"人家也没要你负责到底。"秦一星说:"我倒是想那样,但我有这个条件吗?"这种状态让柳依依感到不安,甚至恐慌。这两三年来,她的生活都是以他为中心安排的,时间已经形成了巨大的惯性,无法逆转。要是这种关系改变了,自己的全部生活都要改变,那怎么得了?

柳依依一个星期两次,至少一次,发信息给秦一星,说我想你了,或者说我生病了，叫秦一星去康定，亲热了，缠绵了，做了，才有几分安心。柳依依想，不亲热不缠绵不做，自己对他就没有了意义，真是太可悲了。现在，她要在见面之前考虑该怎样亲热、激情，还有激情之中的技巧。她又买了两套内衣，一套粉红，一套嫩绿，几年来，在这方面她已经很有一点心得了。即使自己什么都斗不过周珊，在这上面无论如何都是有优势的，这点自信，她有。预设的激情总有点矫情，幸而秦一星没有什么感觉。再精明的男人，也会有犯傻的时候吧，或者他要的就是这些，这已经是一个男人对女人的所有期待，至于后面到底是怎样的心情，已不必细究。柳依依感到，几年来自己的诗意想象已失去色彩，显出苍白。既然他跟自己计算，自己就不得不跟他计算。这么想了，心中又有一种盲目的力量在抵抗，阻挡着她往这方面细想。毕竟，自己还是爱他的，因为爱，她不愿那么现实地考虑问题。也许像苗小慧那样思考问题才是对的，要钱，千方百计，越多越好。可现在呢？两手空空，这是真的，而青春过去了，这也是真的。这不是残酷也是残酷，自己是全盘失败了，心痛得不敢细想。她把种种念头拼命地往外挡，挡，挡，像一个战士坚守自己的阵地；而那些念头却如此执着，像永远也无法击退的敌军。

非得找一个人倾诉。苗小慧要结婚了，柳依依不想去打搅她的好心情，更不想让她的幸福反衬出自己的痛苦是多么痛苦。柳依依给阿雨打了个电话，问她现在情况怎样，还跟许经理好吗？阿雨说："我跟我自己好。"柳依依忽然觉得特别亲切，就说："听说你当部门的经理了，有时间接见我吗？"阿雨说："今晚你不想来看看我的新房子吗？"

晚上柳依依就去了，进门看见阿雨心里惊了一下，一年多不见，她身体有了微胖，脸上也不那么润泽了。到了客厅又吃了一惊说："这么大的房子，这么漂亮！"阿雨说："要不你也搬过来，还空着两三间呢。"房间是浅色调的，乳白色的沙发上倚着一个芭比娃娃，厨房一面墙是玻璃的,实木地板是巴西进口的,乳黄色。主卧室横着一张大床,床上席梦思的塑料包装还没拆掉,一只长枕头卧在床头,是静静期待的表情。客厅和每个房间都挂着阿雨前些年的照片,那些表情是自恋的,也是静静期待的。柳依依在席梦思上摸了一下,一层灰,就举了指头给阿雨看。阿雨说:"懒得打扫。"阿雨的卧室是最小的那一间。柳依依说:"怎么不住那间大的呢?"阿雨笑了一下说:"那间有三个门,通客厅阳台厕所,晚上心里惴惴的,这间把门闩死就安心了。"又说:"房子太大了也不好,我晚上一个人进来,总觉得哪个角落埋伏了人,拿根棍子整个检查一遍,连衣柜也打开看看,才有点安心。你没有注意门边有根棍子吗?"

在沙发上坐了,阿雨拿出五六种饮料,要柳依依自己选。柳依依说:"你还是要找个人保护你。袁总呢?"这样就打开了话题,柳依依感到了轻松。阿雨说:"男人在关键时刻都是自私的,你不能设想他会为了你而不自私。"柳依依说:"也难怪他,他有儿有女的。"阿雨说:"那时候要你别跟记者去扯,你不听我的。何必把别人走过的绝路再走一遍?"又说:"别人的教训总是没有用的,人吧,到什么年龄懂那个年龄的事,不到那个年龄,别人怎么说也白说。怕就怕她天真到可爱,到那个年龄还不懂那个年龄的事。"柳依依说:"我那时怎么吃错了药中了邪似的?"阿雨说:"女人总是跟着感觉走,忘记危险了。"柳依依说:"有多少岁月可以重来?真能重来,可能我还是会犯同样的错误。"阿雨说:"谁让你是个女人!"又说:"这年月做个女人是越来越艰难险恶了。当欲望越来越伟大神圣,女人就越来越渺小卑微。在欲望的眼光中女人的有效期就那么几年,十几年吧,剩下的就是垃圾时间了。这些年女人的地位下降得太厉害了。"柳依依说:"我心虚得很,不知道将来凭什么活在这个世界上,我好怕那一天啊,可人能不活吗?"阿雨说:"我在报纸上写怎样做女人的文章有几十篇了,准备出本书了，可到底怎样做女人，其实我是没资格说的。自己没做好，还能告诉别人怎样做好吗？有一本叫《第二性》的书，是个法国女人写的，有一段时间我把她看成精神导师，后来我发现她也很失败。一辈子不结婚，跟着一个男人，孩子也不要。如果这男人好，一心一意爱她，那也有点想头。可这男人不断地背叛她，连她的学生都引诱过去了，她还跟着那男人，那男人死了，遗产都没给她，不承认她是自己的什么人。这个脸丢得太大了。这也叫爱情？她的忍耐力真是感天动地啊！自由吗？自由。不结婚不要孩子还不自由吗？我觉得她一辈子太凄惨了。有时候我想，恐怕只有找个平庸的男人才能逃脱，不是他多么高尚，而是生活不会给他提供选择余地。"柳依依说："阿雨你说得我心里很冷，这么说来女人真的没有希望了？"阿雨说："谁都想着世界上还有那么几个好男人，其中一个就是自己的丈夫。"柳依依说："阿雨你把那本书借我看看，我也听谁说过。"阿雨说："别看了。一个女人，她连起码的自尊都维护不了，她又能为谁的幸福导航？从她以后，没有人再以自由的名义敢过又愿过那样一种生活了。"又说："以后哪个男人跟你谈自由，谈个性解放，那不是什么好话，你要尽快离开他，要快，要快，好男人不会那么说话。"

阿雨拿电热壶煮咖啡。柳依依看她弯下身子的体态，有点中年妇女的意思了，有一种心惊肉跳的感觉。咖啡浓香冒上来，阿雨斟出两杯，夹了方糖放进去，用小勺轻轻搅动说："有时候我真的想不结婚算了，一辈子谈恋爱，现在找四十多岁的，过十年找五十多岁的。有家的没关系，优秀的男人都有家了，剩下几个优秀的，都是恋爱成精，你敢跟他认真？他杀死你的感情又杀死你的青春，说声对不起那是他的客气，你找谁哭诉去？还不如找有家的，反正他老婆也只能认了。"叹口气又说："可是我真的想要一个自己的孩子，他又不能没有爸爸，那是他的权利。合适的人，麓城都没几个了，恐怕得到北京上海去找，那边大龄的男人多些。"柳依依笑了说:"说来说去你还是要找优秀的。你不要跟以前的同学和周围的朋友去攀比,她们是以前就找好了的。"阿雨说:"攀比是没有的,眼界是自然形成的,这是没有办法的事情。我知道这世上不会有奇迹,可心里还是希望奇迹发生。每个女人都希望奇迹出现在自己身上。"又说:"要我是个男人,形势立马就不同了,黄金时代,找女孩那就看我愿意怎么找了。"柳依依说:"阿雨你说到我们的痛处了,不服气,可又只能服气,我活到四十岁就够了。时间对我们太残酷了,我们总不能去怨自己的父母吧,他们把你生到这个世界上来了,就是功德无量了。"

阿雨说:"那个记者对你还么好吗?"柳依依把头摇了摇,马上又点了点。阿雨说:"对你好又不给你一个落实,归根结底都是虚空。你说你第一个男朋友是爱情杀手,这个记者就是青春杀手了。他对你越好,你越下不了决心离开,杀掉的青春越多,更危险。他杀掉了你的时间,再把你抛给时间,最后还是要扬长而去的。"柳依依说:"阿雨你吓我呀!"阿雨说:"这是唯一可能的真实。"柳依依心里堵得慌说:"那我就学你,自己一个人过。"阿雨说:"一个人过?凭你?你有多强的承受能力?也放根棍子到门边吗?有一次半夜看见一个影子,真真切切的一个人,惊叫一声,腿都吓软了,想站起来开灯都站不起来,后来才发现那是镜子里的自己。半夜起风了把那几间房的门吹得砰砰响,我不敢起来去关好。我平时晚上解手都不敢出去,两个卫生间,不敢用。送煤气的我不敢让他进来,谁知道他是谁?可煤气的接口我自己又拧不紧,好几次我都气哭了。我现在最大的爱好就是打电话,下了班总得找个人说说话吧。上个月电话打掉七百多块钱。"两人喝着咖啡,沉默了。

十二点多钟,柳依依回学校去。校园里很安静,她听到自己的脚步声,忽然就有了一种沧桑感。她想起八年前第一次跨入校门,就这样，八年过去了。有个男生在某个黑暗的角落唱着"村里有个姑娘叫小芳"，她忽然觉得这歌非常残忍，"谢谢你给我的爱，陪我走过那个年代"。一声"谢谢"，小芳的青春就被抹掉了。那么轻松地抹掉了。现在那个小芳在哪里？她过着怎样的生活？没有人去想这些问题。男人们发明了很多说法，来表达自己的需求：不管天长地久，只要曾经拥有；爱情是一段一段的，每一段都是真的；自然法则；给爱情以自由，而不是枷锁；对男女之间的事情要有平常心；结婚证不过是一张纸；婚姻压抑人性；好多，好多。屁话，都是屁话，这是一个个的黑洞，挖好了只等你一脚踏进去。这些屁话都是说给女孩听的，一旦你没了青春，连这些屁话都没人跟你说了。谁会有心情来骗你？这就是真实，你敢不敢承认它都是真实。直面真实是很残忍的，回避真实却比残忍更残忍。地老天荒还是曾经拥有，这是一个女人幸福和不幸的分水岭。那些以人性名义发出的声音，其实都是男人的声音，从男人欲望的立场上看，这的确是人性的声音。他们以爱的名义像潮水一样涌上来，又以同样的理由退下去。心平气和，理直气壮，把女孩的青春置于时间深处。也许，应该理解他们，他们不过是按照内心的冲动去行动罢了，这错了吗？要错也是上帝的错。可小芳怎么办？还有阿雨和我自己？已经到了梦醒时分，可还是对梦境恋恋不舍。我们，唉，我们，我们女人。

65

心里折腾了无数个来回，像上甘岭上的拉锯战，终于说服了自己去开辟新的生活。真正行动起来，柳依依又一步三回头。这几年来，秦一星对自己的照顾太周到了,连一瓶洗发香波一盒药都是发个信息就买来了,酸奶水果一年到头没有断过。还有谁会对自己这样好?秦一星又抬高了自己的眼界,要去找一个差不多的男人,没有。以前柳依依想着是自己没认真去找,认真找了一定会有的。这几个月认真了,找了很多机会去接触人。舞厅,联谊会,老乡,还是没有,没有人能够进到自己的心里去。她把这情况跟秦一星一一做了汇报,说:"你害人啊,你害人!"秦一星说:"你怎么能拿我做标杆去找?我几岁他们几岁?谁成功都有个过程。"这话有道理,但没有用。想强迫自己去接受一个人吧,记忆就把他往外顶,怎么也进不到心里去。谁有足够的强大,能够覆盖秦一星,还有夏伟凯?他们在自己的身体和心灵上烙下的印记太深了,什么叫曾经沧海?自己的悲剧已经注定,将来真找到了男朋友,他的悲剧也已经注定。爱情就是这样灭亡的。柳依依小时候看见过杀猪,一张皮血淋淋剥了下来。现在自己就像那张要被剥下来的皮了,痛啊,痛,很痛,可柳依依知道,再痛也得剥,不能拖延,不然更痛,更惨。校园里人人都在唱"心太软","你总该为自己想想未来"。是该想想,不能不想,现在不想,将来再想就晚了。无论如何,自己还是要有个家有个孩子的,最好的时间耽误了,再也耽误不起。苗小慧说得对,结婚证是一张纸,二十岁说这话那是天真,二十五岁说那是矫情,三十岁还说,那就是硬着头皮争面子,很无奈了。柳依依不想等到无奈的那一天,那是人生的全盘被动,阿雨就是前车之鉴。三十岁,还有四年零两个月,得捏着指头数日子过了。

而且秦一星对她的情绪,也使她不得不想想未来。前两年他每天要发二十条、三十条信息过来,现在就七八条。她不发过去,他就不发过来。时尚的内衣使他兴奋了一阵子,又平淡了。柳依依说:"你现在怎么对我这么狠心?是不是口香糖嚼了三年没滋味了?"秦一星说:"那也是为你好。"也许是真的,也许是假的,都不重要,反正结果是唯一的：归零。

　　柳依依下定决心要突围，冲了几次，失败了，可还得继续冲。这么想着她觉得自己冲出来了，没有秦一星，她也能活下去。何况，秦一星也承诺了，在没有别人承担之前，他还是会负责她的学费生活费的。柳依依觉得这就是他的好，也是自己这么难冲出来的原因。柳依依对爱情已经不抱希望，不相信自己在经历了这一切之后还会对谁有真正的激情。白天她拿着饭盒走在校园里，看着熙熙攘攘中那么多面孔，在心里唱着："情灭了，爱熄了，剩下空心要不要？"她知道自己剩下的只是一副躯壳，内心是空了，再也无法点燃。男朋友是一定要找的，自己是从情场上溃退下来的人，难免对方也是如此，都带着太多的记忆，身体的、情感的记忆，凭着一种理智的需求走到一起。阿雨说，越来越多的男女走到一起，有着合伙经营的意味。能够合到一起就是最高的期盼，哪里还敢想象纯情？纯情是不计较得失的，合伙则要把账算得一清二楚。也许，这是市场时代新的爱情法则？边算账边享受和谐的家庭生活，那可能吗？在这个自由的时代，人们在不觉之间都成了怀疑论者，陷入了本质的孤独。

　　心冷到了极处，倒生出了一点温暖，一点期盼。这是从黑暗的最深处往亮处看时产生的微光。有一个男人，不敢想他心中没有重重叠叠的记忆，也不敢想他对自己没有二心，只要他不弃不离，记得有一个家，一个女人和一个孩子在等他，比如像秦一星那样，那就算可以了。还能抱多大的希望？这样想着，柳依依感到了一种轻松，一种解脱。全部的浪漫和诗意都不敢设想，所盼望的，只有那一点微光。

　　悲观，极度的悲观。但这并不妨碍她积极行动。这一点柳依依非常清醒，如果自己在这种情绪之中徘徊下去，心灵的悲观就会带来现实的悲观。还没有老，还没有到撒娇都觉得别扭不好意思的年龄。想到撒娇，她在心中停了一会儿，想象着自己在又一个男人怀中撒娇会是什么样子？他会在心里冷笑吗？她把"冷笑"两个字拆开来在心中反复揣摩，觉得这个词真的是绝了。时间的脚步越来越紧迫，但是，还来得及。柳依依又一次感到了上帝对女人的残酷，当男人们还在闲庭信步的时候，女人们就得匆匆赶路了。

好几回柳依依想赌气随便找个人嫁了算了。又想，偏不找，看秦一星怎么办。可她心里又知道这气是赌不得的，赌气，输的人不是别人，而是自己。自己还能去学安娜·卡列尼娜，以自己的生命去触动一个男人的悔恨？何况，自己的一辈子赌气赌掉了，别人又会有多少悔恨呢？

赌气毫无意义，要有行动。这个周末，她没有主动去找秦一星，等着秦一星来找自己，在宿舍等到八点钟，她失望了，就去舞厅。这天晚上运气好，柳依依遇到了一个还看得过去的男人，自称是做建材生意的，叫毛国军，他跟她跳了一曲之后，每次音乐一响就过来邀她。毛国军跳得很好，很会带人。特别是跳华尔兹，柳依依感到音乐渗入了皮肤，在体内跳跃，快速的旋转把所有的思绪甩了出去，只剩下了欢乐、欢乐。两人说着话，柳依依感觉很好，但这种感觉反而提醒了她的冷静。经验告诉她，越是这个时候越要冷静，毕竟，已经不是跟着感觉走的年龄了。舞会结束，他向她要手机号，她迟疑了一下告诉了他。她自己也不明白那一瞬间的迟疑究竟是一种防护的本能呢，还是一种预设的含蓄。当天晚上他就发来了信息，"给我一个接近你的机会。"接着又来了一堆信息，"我有一种被点燃的感觉"，"众里寻她千百度"，等等。柳依依没被点燃，但回信息也不免带了一种色彩，以与毛国军的热情相对应。又一个周末他们在舞厅见面后，跳到一半就出来散步了。校园的月光是理由，树影藤风也是理由，他来拉她的手，她顺从了。说着话他来搂她的腰，她轻轻闪了一下。柳依依其实无所谓，别说搂腰，怎么也无所谓。已经经历过几个男人了，再多一个又怎么样呢？游戏可以无所谓，今晚就能发生一夜情，认真就不能这样。她不想让他看轻了自己,那可能是一辈子的印象。毛国军回去以后,给她发来了很多信息,"我要大声对你说千百年来千百万人说过千百万次的话,我爱你!""你是这个世界上唯一能够激发我的邪念的女孩。"等等。柳依依有点心意摇荡了,产生了幻想,很多、很多。的确,没有幻想就没有激情。但她随即又在心中冷笑了一声,这些话对一个涉世未深的女孩也许有全部的力量,但对自己意义有限,几乎就是陈词滥调了,他还把它当作锐利的武器呢。柳依依关心的是,毛国军他真的叫毛国军吗?是真在做建材生意吗?要把这些最基本的信息弄清楚,柳依依都感到非常为难。她觉得好笑,还是在这个信息时代呢。至于他有过怎样的情感经历,现在是什么状态,对自己的真实想法是什么,那就更加不清楚了。柳依依决定不屈从于这些不知根底时的热情,只有那些得了脑膜炎的女孩才会头脑发热呢。

  如果不想认真,管他是谁,有过怎样的过去,对未来有什么想法,都无所谓,只要看着顺眼,就没有什么不可能的事情了。柳依依认识一个家境很好的女孩,很漂亮的,从情场上溃败下来,对爱情不再抱任何幻想,在男人那里也就随遇而安,不但不要回报,去酒家吃饭或去宾馆开房还抢着买单,使男人们失去对世事的判断和想象力。柳依依不想那样潇洒,那样下去将是死路一条。男人们很现实,你没有了青春,他不会有情绪和你交往,私下在一起吃餐饭都不会有情绪。她几次听秦一星说过,除非工作需要,他不愿跟那些中年妇女单独吃饭,他说,自己没责任做出那种牺牲。男人们怎么想的,柳依依从秦一星那里,也从夏伟凯和阿裴那里,知道得非常透彻。艳极一时的褒曼,晚年也是那样孤凄呢。她不是万人迷吗?迷她的人都到哪里去了呢?这就是现实,每天哼着的那些爱情歌曲,在这里全对不上号。浪漫是不能凭空产生的,需要前提,需要资本,浪漫其实是多么现实的啊!正因为如此,自己得抓紧眼下的时间。她恨时间,时间像条狼,追得自己连停下来撒泡尿的工夫都没有。

现在想来，跟秦一星一起度过的三年，是多么宝贵的三年啊！

柳依依把情况跟秦一星细细讲了，秦一星说："那就先试试看。"毛国军非常诚恳，不但自己的经历，连因偷税被检察院关押半年也告诉了柳依依，又开车接她去看了自己的门店，生意相当大。毛国军说："我就想快点有个家，安定下来。如果你要等三年才结婚，我们就不合适。"柳依依说："你别害我啊，你害我我就惨了。"毛国军说："你看我像害人的人吗？"又说："我只想你现在病了，我有机会为你捐眼角膜、捐肝捐肾就好了。"接触了十多天，又带柳依依去售楼部看房子，说到将来安家的种种细节。柳依依每次跟他通电话，都插上耳机，自己和秦一星一人一只耳塞，让秦一星来判断。秦一星指挥她试探性地提了很多问题，回答都天衣无缝。这样很多次，连秦一星都觉得这人不错。有天晚上，柳依依和毛国军一起散步，突然发现他的手机在裤口袋里闪亮，黑暗中有一点微光透出来，他却若无其事。柳依依不动声色，发现手机亮了几次，他都没有反应。他调静音了，为什么？柳依依把这事告诉秦一星，秦一星要柳依依用他的手机跟毛国军通话，刚接通毛国军说："我在领导家里。"就把线掐了。秦一星说："好像听到有小孩子的吵声。"不到一分钟毛国军电话打回来说："我现在出来了，给领导送礼呢。你怎么不用自己的手机？"柳依依说："欠费了。"又说："怎么有小孩子的声音？"毛国军说："领导的孙子在吵。"

秦一星有了怀疑，指示柳依依一步步怎么行动。十多天后真相大白，毛国军不但已经结婚，还有了一双儿女。就在柳依依说出真相的前一分钟，毛国军还拍着大腿指天指地，赌咒发誓，像受了天大的冤枉。柳依依忍不住，说出了他家的地址，他笑一声，说："我是爱你才骗你的，这是多么诚恳的谎言啊！"

就在柳依依说出真相的前一分钟,毛国军还拍着大腿指天指地,赌咒发誓,像受了天大的冤枉。

66

　　猫捉老鼠，老鼠捉猫。柳依依感到自己面对的爱情越来越像一场猫鼠之间的嬉戏，说这是爱情，那太夸张也太奢侈了。退一万步说，就算真像阿雨说的那样，合伙经营，那也需要一份合伙的诚意，很艰难。很艰难，可再艰难也得往前走，她不想在几年之后，像阿雨那样生活，何况后面的孤寂更加遥遥无期。

　　她去了康定，发信息给秦一星，他很快就来了。激情之后柳依依就把毛国军的事说了，秦一星说："那你打算怎么办？"柳依依说："怎么办？这要问你。"秦一星说："我怎么知道？"柳依依说："我知道你不耐烦了，可是我总不能再去做一次第三者吧？"她觉得自己这样说话，有点无赖的意味了。秦一星说："那也可以自己待着。"柳依依说："我待不住，我已经习惯身边有个你了。"秦一星拧她的腿说："潘金莲。"又说："你以后不要跟中年男人打交道，在那里没有浪漫和纯情。他肯定会对你好，但那也是激情表演的前奏。你不给他机会表演，他不会劳民伤财跟你纠缠。你给他机会，他也不会让自己家破人亡。他们是精算师，都算好了。"柳依依说："其实你在说你自己，精算师。"秦一星说："可能也难免俗。"柳依依说："你们男人除了想着床，还想了什么没有？"秦一星说："要他们不这样想，那不合人性。"又说："还是有好男人的。"柳依依说："我怎么知道他好不好？他额头上也没刻字。我原来觉得你也很好呢。"秦一星说："岂敢，岂敢。"柳依依说："唉，可是我还是觉得你好。我这个人怎么这么不讲道理？"秦一星说："我教你一法。好男人经得起时间的打熬。没有诚意的人，想着那个床字，来往几次没得手就没耐心了。有诚意的志在久远，不那么在乎一时的得失。"

两人窝在被子里面讨论了很久，柳依依说："有时候我真的想闭着眼找一个算了，哪怕是个坏蛋吧，总比没有好。可睁开眼一想，还是不行，选择一个男人就是选择一辈子的生活，我只有这一辈子。其实我也没有那么高的要求，百分之八十就可以了。"秦一星说："你吓我呢，百分之八十！你以为这是期中考试，打八十分还要伤心？你想想天下有几个人达到了这个水平？"他把这几年从柳依依视线中出现过的男人逐一数过去，说："不是太矮了，就是年龄太小了，不矮不小的又没有事业。什么都好的，他又没有诚意。世界上就这些人。"柳依依掰着指头说："身高、年龄、事业、诚意，一二三四，我只有这几个要求，还要家里情况好点，就可以了。"秦一星说："一二三四五，百分之百，还说只有这几个要求？等着上帝给你造一个吧。"柳依依说："所以我还是待在你这里。你是不是对我很烦了？"秦一星说："没有，没有。"柳依依说："你别嫌烦，烦也没有用。"秦一星咂着嘴说："哎哟，哎哟。"柳依依说："哎哟也没有用。要不你给我找一个，一二三四五，也只是一二三四五，第六，没有了。"秦一星啧啧有声说："哎哟，啧啧，哎哟。我没有那么好，我哪有那么好？我根本就……哪有那么好？"柳依依说："你好，你就是好！我不管你好不好，只要对我好就是好！"秦一星说："你不觉得我越来越没精神，越来越疲软了吗？再过几年，你风华正茂，意气风发，我想睡也睡不动了。"柳依依把局面看得透彻，男人想往前走，就把自己描成一朵花，就有钱；想后撤了，自己就是豆腐渣，狗屎也可以，也变穷了。她故意说："我倒是觉得你这几年精神头儿越来越好了。"秦一星说："今年二十，明年十八。那是广告。你看我，"他抓了她的手往他身上的某个地方去，她把手抽回来说："它现在是累了，辛苦了，到底怎么样，我还不知道吗？"秦一星说："你知道今天，不知道明天。你真知道明天了，就晚了。"

秦一星说起自己的表妹，大学毕业，在报社工作，人也漂亮，身材苗条，家庭也好，可以说要什么有什么，挑了几年，硬是没有一个百分之八十的。五年前结了婚，对方跟她一样高，不满意，出息也一般，不满意，还是结婚了，现在过得挺好。柳依依说："你讲这个故事是不是告诉我有百分之六十就够了？"秦一星说："还要那么高？"柳依依说："这一点点都不要，那怎么行？"秦一星说："最多只能看三点，诚意、身体、事业。再少也不能少了。"

　　柳依依陡然感到了形势严峻。秦一星说世界上就是这些人，这是真的，不假。她说："那你帮我找一个，你认识那么多人。"秦一星说："我认识谁？我就认识几个电视台的人。你别到那里去找，他们一个个经历太复杂了，这不是什么好事。"这个道理柳依依懂，那些经历就像一幅油画重重叠叠的底色，虽然被最外面一层遮住了，似乎并不存在，但终究会慢慢渗出来，这幅画就不再像一幅画了。秦一星说："前年你刚考完研我就跟你讲过，有合适的你尽管去，我不会拦你，别误了你的前途。两年前啊！"他把手伸出去，两根指头在眼前晃了晃，"两年前。"柳依依还依稀记得他是说过这样的话，当时还想着这是他对自己的关爱，现在看来，他早就把后面的退路看好了，自己耽误了，怨他是没有理由的。秦一星说："我今天把两年前的话再说一遍，不要到明年后年，跟我四五年了，又说我没说。"这是交底的话，总之是不能负责。柳依依想说，别紧张，谁叫你负责了！话冲到嘴边，没有说。不，这话不能说。怎么看过去的三年多，两人的想法完全不同。柳依依想着是自己把一生中最好的年华给他了，秦一星则想着是没有人来照顾她，是自己照顾了她。如果没有这种照顾，她这几年怎么过得来？柳依依想到两个人赤身搂着，却脑袋转得飞快，心中一丝一丝的凉意沁了出来，沁了出来。

　　的确很严峻，很艰难。再艰难也得往前走，这个道理柳依依懂。但她一时找不到方向，就只能把秦一星当作唯一的方向。秦一星明显地冷淡了，不管她发信时说了多少个"屁"，他的回信都没有一个"乖"字。她觉得自己装作没有感觉，还把这么多"屁"发过去，是有点贱了，可还是说服了自己，得把这根线牵紧。高贵离自己非常遥远，像爱情一样遥远。这两者曾经都是可能的，现在说已经矫情。毛国军又发信息来说，这么多天来我心中还不断地闪出你的身影。柳依依回信说，我已经有男朋友了。他说，我就做你的第二男朋友好了，一个这么优秀的男人做你的男朋友，又不干涉你的自由，不是很好吗？柳依依没有回信，她知道第二男朋友是什么意思，有权利，没责任，这是那些只需要身体的男人最喜欢的状态。天知道他是几个女孩的第二男朋友？后来毛国军打电话来说："我在财大忽悠十年了，被我忽悠过的女孩有本科生、硕士，还有一个博士，每次都是我厌烦了才是个了结。在你这里是第一次失败，看来我一辈子忽悠一百个女孩的理想只能实现九十九个了。你这样的女孩不适合做妻子，太精了。"柳依依说："你以为你这样的男人适合做丈夫？"

有一天秦一星告诉她，安排了一次户外活动，到郊区去远足，摘草莓，有个叫黄健的人要特别注意，是一家房地产公司的销售经理，他朋友的朋友。柳依依说："我不去。"秦一星说："这是特地为你安排的，你要明白我的苦心。"柳依依说："你的心是什么心，天知道。当然，还有我也知道。"秦一星说："天地良心，我真的是为你好。"柳依依说："知道。"又说："你也去吧？"秦一星说："我就不去了吧？看你跟别人亲热，我这心里，你说呢，是吧？"柳依依说："把我打发出去了，你不是劳苦大众盼星星盼月亮，盼到深山出太阳，翻身得解放了吗？"秦一星苦笑两声："人就是不能有好心，有好心别人就会警惕，是什么意思？"柳依依说："就算你是真为我好。"秦一星说："好就是好，不好就是不好，什么叫就算？他怎么样，我听说过没见过。还算个成功人士吧。矮了点，世界上哪有就山又就水的事？"柳依依说："晕死，我什么时候变得这么凄惨了？前几年在学校里，一般点的男生，我客气望他笑一下，他都要激动半天的。"秦一星说："女孩不要说几年前，老说几年前就没法面对今天了。"柳依依为天下的女人感到悲哀，几年前才多久呢，恍若昨日，就不能说了。

　　远足回来，秦一星说："情况怎么样？"柳依依说："什么人都往我身上塞！不是你布置了任务，我不会理他！"秦一星笑笑说："理了就好，理了就好。"柳依依说："算什么成功人士？"秦一星说："他暂时没买车，先买了房子的，都装修好了。"柳依依说："我嫁给房子吗？"秦一星说："麓城想嫁给房子的女孩太多了，你不嫁，有人嫁。那些外地进城的女孩，谁不想在麓城留下来？可麓城只要她们的青春，就是这么残酷。她们最大的希望就是嫁给一个麓城人。"柳依依生气说："你把我跟她们比！"秦一星说："她们当然不能跟你比，可她们有她们的长处，不挑食，能荤能素，也不提出百分之八十或六十的指标。她们也来竞争，就把平衡打破了。这就是为什么，中国男人多，可麓城还是女人多，一个离了婚的男人，都有一群女人上来抢。你看麓城有多少优秀的女孩没着落，乡下就有多少平凡的男人没着落。"

67

　　几年来，柳依依和秦一星只要见面，必定要表演激情。开始柳依依还记着表演的次数，有一天忽然察觉这种记忆还包含着计算的意味，心里很不安。既然接受了他，爱上了他，为什么还要计算？她强迫自己不去记，可越是强迫就越是记得清楚。随着时间推移，她也不敢记了。真有了这么多经历吗？自己都怕了起来，也羞。后来，就真的模糊起来。几年来赌气很多次,争吵也吵了很多次,可赌了气吵了架最后都是以激情表演来收尾的。掌握了这个规律,柳依依也壮了胆,敢赌气,也敢吵。可最近有两次,秦一星居然忘了表演这回事似的,就那么走了,这让柳依依感到了焦虑,气也不敢尽情地生了。这天在表演途中,柳依依手机响了,她停了哼哼,抓起了手机,马上又放下了说:"不看。"完了柳依依看了信息说:"他要我马上到金帝商厦去。"秦一星说:"谁?"柳依依说:"你说谁?"秦一星说:"哦,我都忘了。你去吧。"缠绵了一会儿,手机又响了。柳依依望着秦一星,他下巴示意了一下,柳依依接了。黄健在那边说:"收到我信息没有?怎么不接电话?"柳依依说:"学校,导师……刚才和导师讨论论文。"黄健说:"完了没有?我在金帝门口等呢。"柳依依说:"完了,刚刚完的。"又捂住手机凑在秦一星耳边说:"他说他在金帝门口等。"秦一星又示意了一下,柳依依说:"完了,已经完了。"又大声说:"谢老师,再见。"黄健说:"打的过来,算我的。"秦一星说:"我开车送你去吧。"离金帝还有一百多米柳依依下了车,秦一星说:"别忘了我的话。"柳依依说:"什么话?"秦一星说:"别让别人看轻你。"柳依依砰地关上车门说:"你当我是什么人?"

　　黄健捧着玫瑰花在商厦门口等柳依依,见了她说:"打的来的?要司机扯票没有?"柳依依夸张地做个忘记的表情,黄健说:"不是告诉你了吗?以后的士只管打,算我的,记得扯票就是。"说着把花递过来说:"今天是你的生日,我请半天假给你过生日。"柳依依说:"是吗?"马上记起今天是自己的生日,二十六了。她说:"以前过生日我还找几个朋友庆贺一番,这两年不敢了,看明天都吃二十七岁的饭了。"黄健说:"你怕什么?我吃三十岁的饭我还不怕。"柳依依说:"我要是你我就好了。"

　　逛了一下午商场,黄健只要是柳依依看着喜欢的东西,就毫不犹豫地买了，柳依依推都推不及，买了几样就再也不敢露出喜欢的神态了。提着大包小包出来，黄健把胳膊动了动，柳依依装作不懂。他再动了动，她就一只手抓住了他的手肘处的袖筒。黄健说："这么胆小？也好。"又说："得找个地方吃晚饭。去荷韵吧，那里有包房，气氛还可以。吃饭不就是吃个情调吗？谁没吃过肉？"柳依依心中转了一下，决定不去包房，说："我们就到旋转餐厅去吧，吃完饭正好把麓城游了一遍。"黄健说："太多人了，为什么一定要往人多的地方凑呢？"犹豫了一下，"好吧，小姐说哪里，就是哪里。"到了餐厅，黄健吆喝着："拿菜单来，菜单！有什么好菜？海鲜！"柳依依坚持只点两个套餐，黄健说："公司有接待费的。"柳依依还是坚持，他就算了。

　　黄健很快就把自己的一份吃完了，黄健说："我从农村出来的，从小兄弟几个抢饭吃，吃得又多又快，习惯了。"拍着微腆的肚子说："要小心了，不然你就会骂我是冬瓜。"又站起来说："我们走吧。"柳依依说："到哪里去？"黄健说："不想看看我的房子吗？"柳依依心里闪了一下说："这麓城还没看完呢。"黄健坐下说："那就再看看。"转完一圈，黄健说："走吧。"柳依依想说学校有事，看着黄健研究似的望着自己，就说："那就走吧。"

　　房子很大，很好，地段、楼层、朝向都很好，装修也很好，每个细节都很到位。柳依依说："你年纪轻轻怎么搞到这么好的房子？"黄健说："你忘记我是干哪一行的了吧！我每天为人民服务，怎么就不能为自己也服务服务呢？我也是一个人民呢。"柳依依说："装修还有点品位。"黄健说："专门等待你来欣赏的。"又说："有点品位？你看这套窗，花了高价从乡下收来的古董。看这雕花，这木头的质地，卖的人说是明代的，至少是清代的。"看了房子两人坐在沙发上看电视。柳依依说："客厅又太现代化了。"黄健说："只有书房里搞了古典情调，古今合璧，中西合璧。"又说："本来去年就要买车了，想起公司会给我安排,又忍了一年,现在车有了,还是丰田佳美呢,就是没时间去考驾照。"两人看着电视说些闲话,柳依依盯着屏幕,心里想着房子,又去想那辆车是什么样子。黄健把手移过来,在她手边摩挲了一下。柳依依心里笑了笑,事情都是这样开始的。她还没想清楚,不想开始,就拿起遥控器去调台,手落回来就稍稍移开了一点。隔了一会儿,黄健的手又追过来,似乎是不经意地在她手边又摩挲了一下,见她没动,就抓着她的手说:"你的手这么软,很好看,有人告诉过你没有?"柳依依把那只手抽回来,用另一只手捏了捏说:"是吗?我怎么没感觉?"黄健不停地调台,一边说:"没有什么好节目。"又说:"你真的觉得没有比看电视节目更有意思的节目了吗?"柳依依说:"我还不了解你呢。"他说:"不深入接触怎么深入了解呢?"柳依依把遥控器拿过来,调到一个电视剧说:"节奏这么慢,老让人家挂记那个结尾。"很认真地盯了屏幕。这时黄健的手机响了,接了手机黄健说:"公司要我过去,有个客户,应酬,没办法。"又说:"你在这里等我,我尽快回来。"就走了。

  柳依依漫不经心地望着屏幕,想着再等一会儿,发个信给他,就说宿舍要关门了,还要搭车,等不及了。她又在房子里转了一圈,再转了一圈,每间房都仔细看了,不明白自己到底是想把房子看得更清楚呢,还是想发现什么。想到"发现",她心里动了一下,在黄健的卧房再转了转,想拉开床头柜看看,也许里面就有什么秘密。她本能地向前跨了一步,手伸了过去,又停下了。知道秘密又怎么样呢?要这个三十岁又独居的男人没有秘密,那可能吗?自己不是也有秘密吗?都带着这么多秘密走到一起,心情想好也好不到哪里去。她正准备回到客厅去,不知怎么一来,竟走到了主卧洗手间门口。洗手间很大,一个双人浴缸赫然横在那里,似乎在倾吐着一种诉求。柳依依想象着自己躺在浴缸中是什么样子,会不会发生什么事情,突然心里猛地跳了一下,是不是已经发生过什么故事?她不敢想,可又情不自禁地要去想,赶紧熄了灯,回到客厅,掏出手机给秦一星打电话。

听完柳依依的话,秦一星说:"别的都不要说,你就说你对他这个人感觉怎么样?难道你还去查他的历史,他又回过头查你的历史,那还有个完?"柳依依说:"我不喜欢历史很复杂的人!"想起自己的历史,那也是一部长篇小说啊!又说:"历史就算了,认了,不想认也只能认了。男人的历史反正也是没法查的。那个浴缸给人的感觉不好,堵得我心里痛。"秦一星说:"豆腐一碗,一碗豆腐,还是要查历史。"柳依依说:"堵得我心里痛。"秦一星说:"如今是什么年代,还能细想?人的想象力只好萎缩点,感情也只好粗糙一点。他真知道你,他不也堵得心里痛?"又说:"有些男人他可能也不痛,他只要是个漂亮女人就可以了。"

心神不宁地等了一个多小时,柳依依关了门乘电梯下了楼。刚出大门黄健匆匆过来了,说:"好不容易脱身了。"又说:"再上去坐坐不行吗?只是坐一坐,坐一坐。"柳依依说:"要关门了,宿舍,女生宿舍。"黄健说:"楼上那么大的房子没地方睡?"柳依依说:"那不好吧?那不好,不太好。"黄健又劝了几句,说:"算了,也好。"叫了出租车送她回学校。

两人坐在后排,黄健抓住柳依依一只手搁在膝上,另一只胳膊搂着她的肩。柳依依觉得不舒服,跟夏伟凯搂着的感觉完全不同,跟秦一星搂着的感觉也完全不同。她朝司机努着嘴说:"有人呢。"黄健凑在她耳边说:"谁管闲事?想起一个笑话,去年从安阴回麓城,前面一辆出租车后排两个人一路亲热。我们车上的人看了一两个小时的戏,人都笑傻了。"又说:"那个女的还主动一些。"柳依依忽然闻到一丝香水的气味,再吸吸鼻子,又没有了。她装作去看计价器,把头凑了过去说:"七公里了,到学校有九公里。"转头的时候在黄健身上用力吸了一下，嗅到了一股清晰的香水味。柳依依知道，一般应酬都会为客人叫女孩陪的，走进练歌房，就进来一队女孩，每人挑选一个，任由摸摸捏捏。女孩更大方，主动往男人身上靠，一是为了惹火他们的情绪到楼上去开房，二是为了让他成为她的熟客，下次点名要她。柳依依说："怎么那么晚他们还叫你去吃饭？"黄健说："应酬吧，那是工作。"柳依依很大度似的说："你们的应酬，总有女孩陪的。"黄健说："唉唉，没办法，那是工作。"又说："以后请你多理解理解，那也是工作。"柳依依说："你这个工作好呀，天天有玩的，还不要自己出钱。"黄健说："烦人呢，烦。那是工作，我没做过别的那些什么，没做什么，没做。"那个"做"字让柳依依心里很不舒服，她说："你做什么不做什么我看不见也管不着。"黄健说："你不喜欢那我明年不搞销售了。"又说："难道叫我到工地上去？没办法的事，请小姐你理解理解。"柳依依说："你觉得我是那么不理解人的人吗？"

68

柳依依不想理解，也不愿理解。一个女人，如果要她理解这些，那她在这个世界上就没有什么不能理解了。她把自己的想法告诉了秦一星，秦一星说："依依你想象力不要那么丰富，谁又经得起那么去细想，谁？"柳依依说："谁？真的，谁？这年头？可惜我是人，没有办法，如果我不是人就什么都不想了，我是人，真可惜啊，我是个人啊！"秦一星笑了说："依依你有时候也该学一学那些傻丫头。"柳依依说："最好学一学动物，一只男猩猩打败同类，占有一群女猩猩呢，她们都没有意见，傻丫头都太聪明了。"秦一星说："归根到底你还是要找个人吧，把自己养老了，纯洁不纯洁都没意义了。"柳依依说："我曾经幻想男人会为我而改变，现在发现那是不可能的，不可能。如果你不是他的第一个，凭什么去设想是他的最后一个？你是什么特别有魅力的人物吗？不是。有什么特别的力量吗？没有。既然不是，又既然没有，你就不能去设想他为你而改变。没有谁会为谁立地成佛。傻女孩看不清这一点，她们以为自己是什么特别的人，有怎样特别的力量，能让他把过去一刀切断，那可能吗？"秦一星沉默了，好一会儿说："有点险恶。"柳依依说："岂止是有点。"秦一星说："说起来吧，你要学历有学历，要人才有人才，的确应该找个好的。可他那么好，又很安全，那可能吗？男人有了点钱，钱在荷包里跳，发出神秘的信号，你要他往哪里花去？我一个朋友说，富贵不能淫，要富贵干什么？古往今来，帝王将相达官贵人，谁做到了？古代没有，现代就会有吗？现在已经不是过去的时代了。"

　　自己到底要什么？柳依依晚上躺在床上，反反复复问自己。宿舍里四个人。只有一个叫刘沁的，男朋友稳定了，是中学的同学，在复旦大学读博士，一表人才，对刘沁好得不得了。她们几个都羡慕她，甚至有点嫉妒。有个叫李钰的，自己屡战屡败，却对刘沁提出种种问题：上海花花世界，你怎么这么放心？年龄一样大，到四十几岁女人身上没有了，男人还需要怎么办？等等。这些话是关心，可又是刻骨的恶毒。柳依依不会这样说，还帮刘沁说话，可心里那搔不着的地方还是有一种痒痒的快意，这快意叫她体会到了人性的可怕。柳依依很羡慕刘沁，世界上毕竟还是有抓着两条鱼的人啊！自己原来想，爱情就不敢说了，既然不说爱情，那么钱就是最重要的了。钱是一个多么实际的东西啊！那么多女明星、主持人等等，嘴上说的是爱情、缘分，爱情、缘分，身体却一个个都往大款那里奔，就是把这个道理想透了。这个道理自己懂得，可一旦面对，还是放不下来。想一想黄健吧，这个夜晚,每一个夜晚,是住在什么样的房子里重要,还是身边睡的是个什么人重要?怎么说都是这个人是谁重要。生活固然是实实在在的,每天的心情也是实实在在的。这不是一个道理,而是一种感觉,她没有办法去强迫自己的感觉。

柳依依拿黄健的事去问苗小慧,苗小慧说:"他花?你就那么怕他花?捏着他的事了,到法院去打离婚,分掉他一半财产!"柳依依说:"倒也是,倒也是。"觉得苗小慧不理解自己,有点疏远了。再去问秦一星,秦一星说:"试一试不会死人,有些结论不要下得太早了。"柳依依说:"他一搂我的腰,我就恨不得去跳楼,我实在没办法强迫自己。"秦一星说:"再试一试,如果还是这样的感觉,那就算了,太勉强自己也不好。"听了秦一星的话,柳依依决定再试一试,这样她又跟黄健来往了一段时间。在黄健的强烈要求下,柳依依又去了他房子一次。一进门黄健就把她抱起来,舌头在她脸上乱舔。柳依依说:"我要看电视了!"挣下来开了电视。黄健说:"你不觉得有些事情比看电视更好玩吗?"这个"玩"字让柳依依很不舒服,说:"你也看看电视吧。"黄健说:"有什么事情能够证明你是我的女朋友?"柳依依说:"时间。"黄健说:"那让我亲近亲近,总可以吧!"不等她回答,把她抱起来,手往她的衣服里钻。柳依依用力按住他的手说:"别,别。"黄健说:"怎么就不能让我也进去拜访一下?"柳依依说:"我还不了解你呢。"黄健说:"不是给你一个更深入全面了解的机会吗?"他说着右手食指伸着,做了一个暧昧的动作,"要全面了解,深入了解,光说说是没有用的,外国人结婚之前还试一试感觉呢。"柳依依说:"男人怎么都这么急?"黄健说:"谁叫我是个正常的男人?难道你希望我不正常?"

以后黄健建议她去他的住处,不去;是不是到宾馆找间房休息一下,也不去。这样好几次,有一天在餐厅吃饭时黄健说:"看来我们没有缘分。"柳依依说:"一定要那样了才算有缘分吗?"黄健说:"我说了我一定要那样吗?"柳依依想,那到宾馆找间房休息是什么意思?正想着黄健说:"一个人睡觉叫休息,两个人休息叫睡觉。"柳依依说:"你把我想错了,我也把你想错了。"黄健说:"会这么想的人一定是有相当阅历的人。你是不是跟导师……不是说不想当师母的学生不是好学生吗?"柳依依生气了说:"你爱怎么想怎么想。"黄健马上说:"正如你爱怎么做就怎么做。"又说:"你做都能做,我想都不能想?"他拉长着那个"做"字,嘲讽地笑了笑。柳依依赌气背了包就走,黄健拉住她说:"好了,好了。"说了一会儿话,黄健又一次提出要柳依依去他的住处。柳依依说:"不要老是提同一个问题吧!"黄健说:"为什么一定不去?"柳依依说:"为什么一定要去?"黄健说:"找个女朋友,她不敢到我房里去,这叫女朋友吗?"柳依依想着这事反正泡汤,就说:"不想去,没有安全感。"黄健望着她的脸,像研究一道数学难题,半天说:"安全感?你也好意思跟我提'安全感'三个字!安全感对你还有什么意义吗?"他仍然研究似的望着她,好像她脸上刻着字,一切都清清楚楚。柳依依怔着,半天才省悟过来,似乎刚听懂他的话,说:"这是我自己的事。"黄健说:"你不跟我谈朋友,那是你自己的事,既然谈了,那就不是你自己的事了。"柳依依马上站起来说:"那还是让我的事是我自己的事吧!"抓起包冲了出去。黄健跟在后面说:"我不计较她,装个傻瓜算了,她还要来计较我。你是配讲安全感的人吗?"柳依依也不答话,飞快地冲上人行道,疾步前行。黄健紧紧跟在后面说:"小姐,你把青春献给了谁,你去向他要安全感,那才是天经地义的。在别人那里荡呀荡的,荡荡荡的荡了那么久,把生命的精华奉献给他,又跑到我这里来要安全感,有这个道理?世界上什么事情都有个道理在里面的,谁也不能白白地付出,白白地得到,这就是道理。我是傻瓜?你看我像傻瓜吗?"柳依依头脑中嗡嗡地响,像有无数苍蝇密密麻麻地在里面飞舞,走了一段距离突然醒了似的说:"别跟着我,再跟着我我要叫110了。"

黄健停住了,在她身后抛过来一句话:"小姐你好好想想我的话,什么是真理?这就是真理。"跟秦一星说这件事的时候,柳依依开始还是愤怒控诉的神态,说到"青春"的时候,不知怎么一来,突然就哭了起来。秦一星咬牙说:"基本上绝对差不多就是一个纯粹的人渣!"柳依依说:"谁能给我安全感呢?我真的想不出来。连你都不肯给我。"秦一星说:"我们别说我吧,我的情况,是吧?早就知道,是吧?唉,要是我还没结婚就好了。"柳依依说:"我本来想,什么都不想了,连我家里都说不要挑了。你听听,不要挑了!惨。可谁叫我长了这两只眼呢?想闭也闭不上啊!我真的有点后悔了,把最好的时机耽误了。"秦一星说:"你不是在说我耽误了你吧?我可从来没有阻挡过你什么。我只是想依依你这只小小鸟暂时无枝可栖,谁来照顾你呢?暂时还是我吧!这一暂就暂有三四年了。还暂下去?依依你还是找棵树筑个巢吧!"

柳依依想哭。到节骨眼儿上,男人总是自私的。柳依依不恨他,也理解他,恨的只是自己。自己错了,虽然错得那么自然,那么流畅,像麓江流入长江汇入大海,但还是错了。真的没有办法,哪怕时光倒流,重新来一遍,恐怕该错还是会错。那错简直就是理直气壮的错,合乎人性的错。说它是错,那是说事情的结果。也许,路开始已错,结果还是错。柳依依忽然笑了,如果整个世界都是错,人类用一半的智慧和财力去探究怎么制造尖端武器更有效地杀人,自己这点错又算什么呢?这种笑是省悟,又有豁然开朗的意味。秦一星说:"你笑什么?"柳依依说:"我笑我自己,笑所有的人,笑这个世界,这个人类。嘿嘿!哈哈!嘿嘿!"

秦一星走了以后,柳依依忽然想起,今天还没表演激情呢。这很反常,是一个危险的信号。她后悔那种恶意的笑影响了他的情绪。自己的命运悬在空中,他就是那一根维系这命运的绳索。如果自己的生活中没有了秦一星,那就真的什么都没有了。

　　柳依依很不安心,有被遗弃的感觉。他不需要我了!这个念头让她感到心中发虚。得尽快验证一下,尽快。第二天柳依依在学校给秦一星发了信息,我想你,想你了。说下午到康定等他。见了面秦一星说:"有什么要紧的事?"柳依依说:"想你了,这不是最要紧的事吗?"秦一星说:"想我?"怪怪地笑了一下。柳依依说:"那你也想我吗?"秦一星说:"想,谁说不想?"柳依依说:"还是我讨来的。你发善心骗骗我吧!"又说:"是过去想还是现在想?"秦一星说:"都想。"柳依依说:"现在也想,我怎么没感觉?"又说:"看见同学去邮局领男朋友寄来的包裹,幸福得要死,让我嫉妒得要死。什么时候你寄个包裹给我,也让我幸福一次,就一次。"秦一星说:"要说包裹,这几年一百个也给你了。"柳依依说:"寄的浪漫点嘛。"秦一星说:"情调是玩出来的啊!"又说:"给你讲个玩情调的故事。有个人结婚几年了,没激情了,想跟老婆玩点情调,说,今晚我从窗户外翻进来,我们再亲热。先跟你说一声,你别喊抓流氓,邻居听见了会笑的。到晚上真的去翻窗,翻到一半老婆就忍不住笑了。那人跳下地跺脚说,没情调了,没情调了,做不成了!"柳依依在床上笑得打滚说:"等会儿你也去翻窗!"

　　秦一星稍一沉吟说:"能不能问你一个问题?"顿一顿,"你跟黄健接触这一段时间,你跟他有什么特别的接触没有?"柳依依怔了一下,马上明白了:"你把我看成什么人了!别人不知道我,你也不知道吗?"秦一星说:"唉唉,我可能有点私心。唉唉,黄健那样的人,谁说得清呢?我不想跟他有什么联系。谁知道他身上会有什么看不见的东西?"柳依依觉得血管里的血凝固了一下,又马上飞快地流淌,烧得自己一身发热,好像那里面不是血,而是汽油。她说:"既然你那么怕他,你怎么把我往他身上推呢?"秦一星说:"我又没见过,我怎么知道？还是听你说的。你说香水什么的，我才想着这种人天天左拥右抱，他抱抱就算了？"柳依依觉得他说得有理，平静下来说："这么说我是虎口脱险了。我本来想闭着眼睛算了，就当这身体是另外一个柳依依的。看起来这眼还是不能闭，不但不能闭，还得睁圆了才行。"秦一星站起来，双手把柳依依从椅子上拉起来说："那就相信你，相信你还不行吗？我们来吧，来吧。"柳依依说："你去翻窗。"

69

接下来几个月柳依依活动频繁，哪里有优秀的男青年，她就会在哪里出现，尽管不动声色，还是有点上蹿下跳的意思。跳来跳去也跳出了几条线索，生活中有了一点热闹。有时睡在被子里，同时给三个人发信息。每发一条信息，她在按键之前都将对方的手机号确认一下，怕弄错了张三李四。她一边回信一边思考，哪条线索是应该重点发展的，哪条是备用的，哪条应最先放弃。自己想不清楚，就要秦一星帮着分析讨论。这种讨论一般都是激情之后，枕着秦一星的胳膊进行的。几个月过去，这些线索一条条都中断了。有一个自称国税局的副处长，三十三岁，秦一星托人调查了，是个科长，已经四十岁了，不是瞒一岁两岁，一瞒就是七岁。这让柳依依想起同专业的一个男同学，刚读研就大张旗鼓地找女朋友，课间大家议论刘德华快四十了还没结婚，他说："你们关心那么远的刘德华，身边就有一个梁东平怎么就不关心关心呢？"可没多久，他妻子就来学校探亲了，让所有的女同学大吃一惊。有一个证券公司部门经理，高高瘦瘦，看第一眼柳依依就有点动心，当天就把他放在几条线索的第一位。接触了几次，有点相见恨晚的意思。他说研究生中还有柳依依这么出色的女孩，属漏网之鱼，柳依依觉得他才是真正的漏网之鱼。在他的激情之中她似乎也产生了激情，她没想到自己居然还会产生激情。但她克制着没有回应他的激情，她不想屈从于那样一种无根据、无责任、无承诺的临时性激情，自己已经不是无知少女了。在秦一星点拨之下，柳依依跟他挑明说了，自己跟他的来往不是玩笑，玩不起。经理说，都什么年代了，还把那张纸看那么重？爱情是一个过程，让我们体验这个过程。柳依依心里笑了笑，这是一个不愿负责的男人，装作没有意识到责任的存在。柳依依对这个问题穷追不舍，经理说，我怕你了。又吞吞吐吐说，自己酷爱自由，像一条龙，要在江河湖海里翻腾，而不能被养在一个游泳池中。他问她同不同意在结婚后不干涉自己的自由，否则宁可做个非婚主义者。然后，他消失了。还有一个，是她在火车上认识的一个四十出头的教授，很有风度的。下了火车他打的把她送到宿舍楼下，然后回家。他后来打电话过来，说自己爱运动，邀她去爬山，她想通过他认识几个博士，就答应了。在山间小湖边的回廊里，他突然攀着她的肩，问她，在没有别人出现之前，能不能由自己来扮演这个角色？柳依依没有动，忽然笑了说，那你就不会给我介绍你的学生了！再有一个，是公路局的工程师，三十四岁。柳依依看他还算本分，对婚姻似乎很迫切，就放胆跟他来往。有一天他说去上海出差，不想接漫游的长途，可能有时候会关机，开了机不接不礼貌。在火车上还给她发了几条信息，到了上海，就关机了。突然来几条信息，又关机了。秦一星说，玩失踪的男人，肯定是有问题的。果然，后来知道他女朋友在上海读研，他总觉得她会变心，自己就落空了，就再牵一条线在这里，作为备胎。柳依依知道了真相，他说，你看我也有点年龄了，万一那边出了问题，我就没有着落了，耽误不起是不是？你还年轻是不是？我像你这么大的时候，根本就没着急。柳依依没说什么，这样的人，跟他生气是没有用的。再想想自己身后不也还有人吗？她回忆起自己那天和工程师去玩电游，他赢了，笑起来很天真的样子，后来挽着她的手在街上走，依依不舍似的。哪里才有真相？细想之下，这世界一时的热闹都像泡沫，闪一下，啪的一声，都没有了。要她再去上上下下地跳，她没了情绪。自由吗？自由。可对方有游戏的自由，自己就没有爱他的自由。爱一个游戏的男人，那不是找死吗？这是这个自由时代最大的不自由，也是一个喜剧性社会最大的悲剧。她庆幸自己不傻，还有秦一星帮自己分析，他总能在别人的语言中准确地把握方向，看出可能的问题在哪里。自己若稍糊涂点，剩下的几年青春就不明不白被杀掉了。经历了热闹，柳依依有了一些感叹：虽然是信息的社会，你要把一个人最基本的信息比如年龄职务婚否弄清楚，却不是一件容易的事情。没有什么漏网之鱼，漏网之鱼一定有特殊原因，而这特殊原因正是你最难接受的。没有谁会愿意为了别人的好而让自己不好。想要察言观色体察到对方的真实想法，那几乎是不可能的。

柳依依又一次感到了绝望。以前是对爱情绝望，原想着不谈爱情，找个感觉好点的，优秀点的，总不会有什么问题吧。现在看来，这点要求，都是一种奢望了。没有哪个优秀青年在等自己，在自己需要的时候从天而降。在大海中取一瓢水，这是多么简单，又是多么艰难啊！她清楚地意识到了眼前的局面，不能谈爱情，甚至不能谈感觉，只有大幅度地降低眼界，大概是那么个人，就不错了。柳依依在心里说了声"惨"，想哭。一想到那个"哭"字，又有了一种残酷的清醒，现在想哭，那还有人听，至少秦一星会听，再过几年，哭给谁听？

"我一生的好日子快过完了，我怀疑从今往后都是情感上的垃圾时间了。那么漫长，真不敢想啊！"有一天在枕头上，柳依依对秦一星说。秦一星不作声，半天说："我真有那么好？"柳依依说："我不想谈恋爱，你不要逼我去谈恋爱，我要谈就跟你谈，没有你我不知道怎么活下去。"秦一星说:"那怎么行?"柳依依说:"怎么不行,过一年算一年。"又说:"我是女人,要是我不是女人就完全不同了,我急什么?搁在那里再搁几年,越发精彩了,就像酒越陈越香。时间对我们的压迫,其实就是男人对我们的压迫,太残酷了。我们的悲剧,简直就是早就设定好了的,天然的,逃不脱的,今天比封建社会也没好到哪里去。"秦一星抚着她的脸说:"别说得这么悲壮。唉,女人,唉唉,女人,可是我的女儿将来也是个女人呢。"

接下来两人开始表演激情的程序。缠绵一会儿情绪有了,刚准备进入状态,秦一星的手机响了。秦一星说:"真的败坏情绪。"看了来电号码,犹豫了一下,还是接了。谈起一件什么事,他大声呵斥那个人"没脑子""以后要用上半身思考"等等。等他放下手机,柳依依说:"你怎么这么骂你们单位的人?"秦一星说:"谁叫他不看时候?"说来说去柳依依才知道对方竟是晓涛,卫视著名的主持人,多少女孩的偶像。这让她觉得自己平时还把秦一星看低了,他真是个人物啊!柳依依说:"你连他都敢凶?"秦一星说:"不凶他凶谁?"又说:"有些女主持人上面有靠山,那我们还真奈何她不得。晓涛吧,捏死他只是一句话。理由要一万条都有。"柳依依说:"很多女孩都会恨你的,你欺负她们的偶像。"秦一星笑了说:"在卫视人人都知道他用下半身思考。"又说:"骂他是为那些女孩报仇,被他摧残的女孩太多了。有人统计了,他在卫视这七年,过手的女孩不下五十。他在电视里说自己是快乐的单身汉,他这个单身汉真的快乐啊!"柳依依说:"五十?有些不一定真做了什么事情。"秦一星说:"不做什么他会跟她们来往?他有那么好的耐心?你还想捏着拿着,你下次就见不到他了,反正后面排队的美女多的是,都患有脑积水,嫁给他真还不如嫁给一段木头,除非你当他是只鸭。"

气氛有点不对,秦一星说了个黄段子想扭转过来,柳依依勉强笑了一下，又沉默了。秦一星说："我来都来了，不来那么一来？"就开始折腾起来。折腾着看见柳依依在流泪，说："又怎么了？"柳依依说："我怕以后会见不着你了。"秦一星说："怎，怎么，可能呢。"完了安慰柳依依几句，又说："实在是要走了。"他走到门边，柳依依说："就这么走了？"秦一星说："我轻轻地走了，正如我轻轻地来。"又并了腿立正说："军乐队，奏国歌！"

　　秦一星走后，柳依依在阳台上发呆。春天的夕阳照着那片橘林，她记起自己已经是第四次看到橘树花开花落了。那些藤生植物在春雨中蓬蓬勃勃长起来，将橘树完全覆盖，只是在那宽大的叶片下，还有几朵小白花挣扎着开出来，楚楚可怜的神情。去年的最后一只红橘，结在树梢，在茂密的藤叶中浮现出来，孤零零地悬在那里，在衰颓的残阳中一闪一闪。柳依依早就注意到了那只红橘，每次进屋，都要拉开窗帘望一眼，看它还在不在，也为红橘的生命力感动。经过了一个冬天，又一个春天，还是那么红，那么耀眼，像单独坚守阵地的战士，宣示着一种孤傲。柳依依心里明白，它再顽强，再孤傲，也无法抗拒时间。明天，也许今天，它就会堕入草丛，变色，腐烂，化为乌有。

　　柳依依盯着那只红橘，想着三年多，四个春天，就这么过去了。过去的日子那么清晰，又那么遥远。清晰是遥远的清晰，遥远是清晰的遥远，都有着隔世之感。太阳还是几年前那个太阳，人还是几年前那个人吗？不敢说，至少，男人们不会那么想。秦一星不坏，可他在这场交往中，他几乎是毫发无损，而自己，最宝贵的青春却失去了。这不公平，可是，没有办法。一个女人，爱情就是她的信仰、她的生命，她在人间的最大念想，可是，这个世界已经没有信仰的生存空间，所有的人都加入了一个大合唱，身体，身体，身体。感情只不过是身体的感觉罢了。对女孩来说，身体实在不是一个安全的生存资源，又有哪个男人会把青春不再的身体当作身体呢？爱情没有自由，因为女人会老。我们不能相信不受制约的权力，又怎能相信不受制约的身体？

柳依依在沉思之中猛地一惊，她的耳朵捕捉到了一种轻微的闷响，应该说，是心感觉到的。她抬头一看，那最后的一只红橘，已经从树梢消失。柳依依突然感到了一阵寒意，从心脏向四肢游动。那是绝对的、彻骨的寒意。

70

苗小慧结婚了，丈夫是省煤炭厅一个下属公司的经理。接到苗小慧的电话，柳依依心里一沉："真的？"马上意识到了语气不对，又欢快地说："真的？太好了，祝贺你啊！"苗小慧说："我自己没觉得有什么值得祝贺的。"柳依依不敢接她的话，装作没听清，一连说了几句"祝贺"，问了婚礼的日期，就收了线。柳依依感到了一种恐慌，大学同学一个个都结婚了，忙各自的家去了，剩下自己影单形只，慢慢地连说话的对象都没有了。还有一个阿雨，她的身体开始发福，心态也越来越坏，前几年的从容和优雅已经所剩无几。柳依依从阿雨那里清楚地看到了时间的残酷，它那么缓慢然而执着地侵蚀着女人的价值，使之在不觉之间大打折扣。这是现实，不是做潇洒状所能改变。每次见到她，当柳依依说起自己在跟谁接触，她必定说谁不好，越是柳依依觉得好，她就越是说不好。柳依依只好不再说，可她又偏要问，而且问得非常详尽。这样柳依依不想见她，可因为没有更好的人说话，还是没有中断见面。现在苗小慧结婚了，恐怕自己只能更多地去忍耐阿雨的坏脾气。

柳依依去参加了婚礼，排场很大，很豪华，花车是奔驰的。婚礼在五星级的银天宾馆举行，这里以举行贵族化的婚礼闻名麓城。柳依依在嘉宾登记簿上看到了樊吉和薛经理的名字，进去又在大厅里看见了他们。她想着，这热闹之中，是不是还有几个隐身人呢？苗小慧挽着丈夫的手，另一只手抱着鲜花，一身洁白，站在门口迎宾。她朝柳依依笑的时候，柳依依看出了那笑中的一点忧郁，那是别人看不懂的。柳依依想起前不久参加导师女儿阿芳的婚礼，一对新人是五年前在雨中偶然共用了一把伞认识的，一直走到了今天，彼此都是人生的唯一。虽然都是婚礼，都是豪华，内在的品质可大不一样！阿芳和苗小慧，谁更聪明？又记起几年前在学校，自己对苗小慧讲起，女孩终究是要找个人对自己负责的，那时苗小慧说："我不要谁对我负责，谁宣称要对我负责，我马上就会从他身边跑开。"只有小女孩才有资格讲那么豪迈的话啊！

参加婚礼回来，柳依依跟那个自称处长的科长联系上了。秦一星知道了很不高兴，说："找谁不好，要找个半老头子。"柳依依说："他不是比你还小两岁吗？"又说："不是半老头子我还不敢呢。帅哥他谈两年，没激情了，说我们不合适，我找谁哭去？心狠一点的不接你的电话，心软点的跪在你面前，要你放了他，你说不放？"秦一星说："你爱他吗？你问问你自己的心！"柳依依说："你觉得我还会爱谁吗？我爱你，有什么用？你会给我的爱一个归宿吗？我的爱情已经死了，这样也好，我不会受伤害了，至少省去了伤心吧！"秦一星说："跟你在一起这么几年了，我对你欲望已经是次要的了，最大的心愿就是你将来能够幸福，你不幸福，我会心痛的。"柳依依说："我根本就不敢去想'幸福'这两个字，那是我能想的吗？我的幸福在昨天，在记忆里。"秦一星连连叹气说："你真的这么悲观？"柳依依说："难道你还以为我很乐观？"又说："反正不谈爱情，我看谁都是一样的，高点、矮点，老点、少点，好点、坏点，都一样没有感觉。既然没有感觉，还不如抓住钱。也许苗小慧是对的，她那么聪明，她那样选择了，她总有她的道理吧？我为她伤心，想一想更要为自己伤心。早知道伤心总是难免的，又何苦一往情深？"

柳依依对秦一星的确是一往情深，她想说服自己，这份心情没有道理，哪个男人不是男人，又有谁跟谁是天造地设的一对？可说是这么说，真的要离开他，难啊。决心下了半年多了，还是没有离开，离不开。她对他的情，是在时间里焐熟的，没有别的理由，时间就是最大的理由。天下的有情人，又有谁跟谁是天生的绝配，真有看不见的红丝线吗？这份感情，焐了这么久，不热也热了，没熟也熟了。没有预想要那么认真地付出真情，也清楚地看到了没有前景的前景。可是一个女孩，对自己生命中唯一的男人，那爱就是自然而然的，没有也会有，想杀也杀不死。爱是女人的本能，可这本能要用理智去压抑、扼杀，要时时提醒自己，不能认真，不能认真，这多么不人道，又多么悲哀啊！就连秦一星，一边催她跟别的男人接触，可又几次在商场跟踪她，看见她和别人手挽手了，当场就发信息表示不满，事后又大发脾气，说："我没叫你手挽手。"柳依依说："手挽手又算什么呢？"秦一星说："那意思是你们还有更亲密的行动？穿着我买给你的衣服漂亮给别人看，我真的是天下最傻的傻瓜！"柳依依说："三四年了，你对我到底是什么感情，我自己都四年，硬是不湿鞋，总是一种超然的姿态，心真硬啊！我怎么三四年也融化不了你心中的冰山呢？"他说："该做的我都做了。"她说："我的心啊，我的心啊，你不知道，我是多么痛恨自己啊！"

分不开。可柳依依明白，只要不分开，自己跟别人就没法好起来。自己的心情转移不过去，而且，秦一星也会很快地发现那个人的根本性缺陷，不得不承认他说的都是对的，想傻也傻不了。柳依依非常清醒，这种没有前景的关系，如果还不一刀切断，那就真的要付出一辈子的代价了，就像阿雨那样。阿雨说，谈恋爱也像炒股，要及时止损，要下得了手，舍得割，不能怕痛，否则以后会更痛。到时候青春已逝，哪个像样的男人还会把自己当作宝贝？

男人不傻，他们眼睛里有毒，心里也有毒，把事情看得清清楚楚，也想得清清楚楚。男人不傻，自己就不能傻，不然傻的人与不傻的人面对面，不输得落花流水才怪呢。

柳依依把自己的想法跟秦一星讲了，秦一星说："是的，唉，是的。"约好两人不再联系，秦一星每个月把生活费存在她的账户上。可柳依依越是挡着自己不跟他联系，心里就越想联系，那搔不着的痒比搔得着的痒更痒。挣扎了几天，还是羞答答地发了信息过去，问近来可好？信息这一发就没完没了，来回几十条之后，柳依依深夜从宿舍爬起来，打的到康定去见他了，不然，这一夜都不知怎么才过得去。既然去了，当然，该发生的事情一定会发生，而且，还复活了那种已经平淡的激情。柳依依知道这样下去很危险，可是，没有办法。很危险，没有办法。她想起阿雨曾经说过，正正经经找一个好男人是找不到了，只能到另一个女人手中把她的丈夫抢过来，以大海般的决心，铁血似的残忍。这是一场生死搏斗，不但是抢一个人的丈夫，也是抢一个孩子的父亲，要准备付出滴血的代价。柳依依在心中设想了自己去抢秦一星，步骤就是先怀上他的孩子，腆着肚子去找那个叫周珊的女人。不要脸了，什么都不要了。她认真地设想过，每一个步骤都想到了，可是，总在要下决心的那个瞬间，想起周珊以后可怎么办呢？就犹豫了，终于，放弃了。虽然自己做不到，她还是很理解那些拼死一搏的女孩，那需要多大的决心和勇气啊！想过来想过去，除了出局，柳依依觉得无路可走。止损痛吗？痛。惨吗？惨。可痛了惨了，该割肉还是得割。把皮从身上剥下来，痛吗？痛。惨吗？惨。可痛了惨了，该剥还得剥啊。

柳依依问秦一星,自己到底应该嫁给谁?秦一星说:"那你应该问你自己的心。"柳依依说:"我没有心了,看谁都是一样的,只对他们的钱还有点感觉。其实我也没有觉得钱那么重要,别的没感觉,只好去感觉钱了。"秦一星说:"你真的那么麻木了?"柳依依说:"骗你吗?"

她没有骗秦一星。她真的不知道自己到底要什么。快要二十七岁了,心已经瓷了,结了板了。她急着想找个人嫁了,不是因为爱,而是不嫁不行,今天不嫁明天就没人可嫁了。对爱情她已经彻底绝望,剩下的问题,就是找个人合伙经营,经营一个家,一个后代。孩子应该有爸爸,不然对他就不太公平了。因为这种理由,她想找个像样的人把自己嫁出去,这不是一件容易的事情。她跟那个科长联系着,有些短信不知怎样回答更好,就转发给秦一星,秦一星回答了发给她,她再转发给科长。这样持续了一段,柳依依还是觉得太没感觉,太委屈自己,中断了来往。

到底要找个什么样的人?柳依依每天在心里问自己,问来问去把自己问住了。有可能的那几个人的一切细节都考虑到了,还是找不到方向。帅哥不敢找,有钱的不敢找。那个证券公司经理就说过,男人都花心,区别只是有没有资本花心。宿舍有个女孩,比她小两三岁,一门心思要找有钱的帅哥。柳依依觉得她是不知山高水险,提醒她几句,她倒觉得柳依依是嫉妒她的年轻,说:"你的心怎么这么老?"

有天晚上,苗小慧约她到老树咖啡见面。柳依依发现苗小慧身子有点迹象了,说:"怎么这么快就要了?"苗小慧一指身子说:"他不来我还是自由人呢,我当时比你还苦恼,嫁给谁才对?他一来,什么问题都解决了。"柳依依说:"你敢保证他父亲是你丈夫?"苗小慧说:"应该吧。"又抬起头极力回忆说:"不会吧?"柳依依说:"不会?你就赌得太大了。"苗小慧说:"不会有歧义吧?"

柳依依双手抱着后脑勺，把头仰上去，镜面的天花板映出了她们的影子，也映出了周围的许多人，恍若是一个梦境。苗小慧说："今天喊你来，是想告诉你，还是要找一个有感情的。"柳依依身子往后一仰，又往前一俯，一拍桌子说："强盗收心！"苗小慧说："不然结了婚，你望着我，我望着你，每天要用力想点什么话来说，说出来又干巴巴的，一点都不滋润，不别扭吗？"柳依依说："没想到你这么潇洒的人，说出这么保守的话来，找一个有感情的！"苗小慧说："她们不知天高地厚，"她对旁边几个嘻嘻哈哈的女孩努一努嘴，"我们也不知吗？"那几个女孩不知是哪个大学的学生，旁若无人讨论感情问题，满口都是"要互相给自由""不要缠绕""不要发掘意义""不要背上感情的包袱"，等等。柳依依说："她们以为青春是挥霍不尽的，可以永远潇洒下去，却不知上帝只给她们几年时间。时间一到，她们自然不唱高调了。对女人来说，保守的力量比潇洒的力量要大得多。"

厅里播放着轻音乐，一首接一首的爱情歌曲，是邓丽君的。苗小慧说："这年代谁不会唱几十首爱情歌曲，可怎么爱情越唱越稀薄了呢？"柳依依说："邓丽君唱了一辈子爱情歌曲，她得到了爱情吗？"苗小慧说："现代人太自由了，可又太可怜了。"又说："你和记者他不是很爱情吗？"柳依依说："我不知道那算什么，绝对不承诺一点未来，那算爱情？"苗小慧说："说起来吧，他在电视台绝对算个好的，但对你来说，这样更危险。你把他放在自己心的正中央供奉着，谁还进得去呢？你在心里试一下，把那姓秦的抹去了，会对别人产生一点感觉吗？"柳依依闭了双眼，想象着服务员抹去餐桌上的一堆鱼刺，说："可能会。"苗小慧说："那你要尽快把他抹去。"柳依依说："怎么抹得去？"苗小慧说："抹不去你怎么能正常地靠近别人？女人找对象，反正就是一赌，第二春反正是没有的。问题是怎么赌，到谁身上去赌，总不能去赌一个看得见的败局吧。"柳依依说："如今做个女人本身就是一个败局,也许可以说,生下来就是一个败局。太不公平了。"苗小慧说:"可是你还不能怨谁,总不能去怨自己的父母吧。"

那几个女孩打闹着去了,似乎是要到哪个演艺厅看节目。柳依依望着她们的背影说:"真羡慕她们有青春胡乱挥霍。"苗小慧说:"应该是嫉妒她们有本钱犯错误,过几年想犯也犯不起了,需要很久吗?几年。新人类很快就有潇洒不下去的那一天。"柳依依轻笑一声,有点凄凉说:"我不能犯错误了,跨出去一步一定要走对才行,没本钱了,错不起了。"说完了她有一种心惊肉跳的感觉,还没怎么享受青春呢,就错不起了,唉。苗小慧说:"所以依依你这一次一定要看准,不见鬼子不挂弦。我们不说爱情,那太高贵了,说情意总可以吧,找个有情意的,不然他再好也是他自己的好,与你有什么关系?"柳依依把茶杯在玻璃桌上顿了三下说:"对,对,对!我还是要找有爱情的。"又醒了似的说:"哦,有爱情?我对他没爱情却想要他对我有爱情?"她想起了苗小慧的婚礼,一闪就过去了,"一个不相信爱情的人在一个不相信爱情的年代不相信爱情的城市去寻找爱情,你看,这,这多么浪漫啊,仿佛突然降临到了一个君子淑女国。"

71

柳依依不知道自己对感情还该不该认真。认真,会受到伤害,不认真,那生活中还有什么值得期待?自己是不会去爱谁了,因此她对爱情抱着有悟性的超然心态。谁会来爱自己,这一点柳依依还抱有希望。如果连这点希望都没有,这一辈子真不知怎么才过得去?

这么想着,柳依依又觉得自己的想法不合逻辑。既然自己不会对谁有一份真诚的爱心，又怎么能奢望谁会对自己有这份真诚呢？自己的情感只剩下一些碎片残渣，谁就会那么完整吗？这么一想，柳依依觉得，干脆一心一意去想钱，多少还有点真实的东西摆在那里。她记起秦一星告诉过自己，他的一个朋友，是石油公司的一个小头目，科长吧，有一次一起吃饭时对大家说："我的女儿今年大学毕业了，拜托各位介绍一个男朋友，离过婚不要紧，老头不要紧，已结了婚不要紧，做二奶也不要紧，只要有钱，要有钱，有钱，钱。"人家是这样想的，自己为什么不能这样想？沿着这条路想下去，柳依依实在不甘心，再怎么说，又不是要饿饭了，自己也还是个要讲点情调讲点感觉的人，也需要一份安全感。连苗小慧都说要找一个有情意的人呢。

说到情意柳依依想起了一个人，那就是宋旭升。他现在在一家化工研究所工作。这四五年来他每年都来几次电话或信息，问能不能跟她好。但柳依依没有认真考虑过他，每次在比较中总是第一个就把他删除了。宋旭升家在农村，一家全靠他，可他怎么也出息不了。跳出研究所办公司，失败了，还欠着债。宿舍里的一点东西，被偷掉了。那年自己得结核性胸膜炎住院，宋旭升来看过几次，送来了千纸鹤，还送了四百块钱。四百块钱，宋旭升是用了牛拉犁的力气，可这点钱能干啥？能交一天的住院费。选择一个男人就是选择一种生活方式，嫁给宋旭升就等于嫁给穷，柳依依无法接受。柳依依承认自己喜欢好衣服好房子。她怕穷日子，在秦一星的照顾之下，无忧无虑地过了这几年，习惯了跳操、美容、逛商场的日子。一个女人，要她不喜欢健美、不喜欢漂亮、不喜欢好衣服，那她的生趣又在哪里？柳依依观察宋旭升已经好几年，对他的追求从来没有应诺什么，私心却希望他发达起来。可是，一年一年过去了，从来没有传来好消息，柳依依已经绝望。

这天下午，柳依依在康定，睡在床上给秦一星打电话，他老也不接，回了个信说"开会"，就关机了。柳依依正拿着手机发怔，苗小慧打电话来说:"我看见你那个传说中的秦记者了。"柳依依说:"他在开会呢。"苗小慧说:"我现在就坐在朋友的车里,看见他了,他在麓山顶上,不是一个人。"柳依依心中一紧说:"几个人?"苗小慧说:"两个人,那个人非常漂亮。看呢,挽着他的胳膊了。看呢,走到树林里去了。看呢,看呢,看不见了,可能是到没人的地方开会去了。"柳依依头脑中嗡嗡响了一阵说:"小慧你看清楚没有?也可能有长得像的人。"苗小慧说:"也可能。"又说:"难道车牌号也会一样?"把车牌号报给柳依依听。柳依依说:"其实我早就应该想到了。"

半年前秦一星提升为卫视的副老总,他们俩还去荷韵喝红酒庆祝了一番。两个多月前卫视五周年台庆,柳依依死乞白赖要去看看,说:"那么多嘉宾谁知道我是谁?"要了一张请柬,去了。晚宴的时候,柳依依看见那么多美女给秦一星敬酒,一口一个"秦总,秦总",笑得灿烂,迷人,心里很别扭,又有些惭愧,要是自己也长得那么漂亮就好了。柳依依这一桌也有两个小美女,一个是北广刚毕业的,一个浙广还没毕业。她们去另一桌敬酒的时候,柳依依听见旁边两个男人在议论:"这些小尤物,闲是肯定不会闲在那里的,不知道便宜了哪个王八蛋?"柳依依努力去想那个王八蛋的样子,想不出来。看看周围的男人,都温文尔雅,跟"王八蛋"对不上号。但她知道,"王八蛋"可以没心没肺也没个人样,但必须有钱有势。钱就是势,势就是钱。那两个女孩回来,给那两个男人敬酒说:"你们也喝点,我们来开发这两块处女地。"男人说:"我们谁开谁?"美女掩口嘻嘻笑说:"互相开发。"就碰了杯。男人说:"卫视还有处女地?"两个美女相视一笑。柳依依仔细观察她们,贴了睫毛,涂了眼膏唇膏,敷了粉,的确是光艳照人,在财大是百里挑一也挑不出来的。北广的那个女孩噘着一张小嘴,柔嫩粉红,天生就是用来接吻的。浙广的女孩一张大嘴,下唇微微翘着,有点厚度,也天生就是用来接吻的。柳依依设想自己如果是男人，有没有力量拒绝这嘴唇的诱惑？难，难。她忍不住去想她们跟某个男人在床上是什么姿态，不知怎么一来，那个男人，就成了校门口米粉店那个下粉的男人，去年夏天看见他光着上身坐在米粉店门口，赘肉在肚子处打了三个褶儿。这样想着，柳依依偷偷抿嘴笑了笑。

事后柳依依问秦一星："她们都是你手下？"秦一星说："刚海选选出来，试聘的。"柳依依说："那她们还要在你手里讨饭吃？"秦一星说："要这么说，也可以这么说。"柳依依说："那你的机会很好呀！"秦一星说："别想我那么坏。"柳依依说："这些小尤物，一年到头一张粉脸，骗谁？"秦一星说："确实，确实，你是研究生呢。"柳依依说："我和她们谁更有气质一些？"秦一星说："那还用说吗？"柳依依放心了，又觉得不能放心，说："你把话说明白点。"秦一星说："还不明白？那还用说吗？"柳依依说："不明白，不明白！"秦一星说："当然，当然，"看见柳依依紧张的神情，"当然，当然是你。"柳依依在康定守着卫视频道看了一天，到晚上十点钟以后，才看见那两个女孩出来，主持一档购物的节目。电视里似乎没有那天晚上那么艳丽，却口齿伶俐，反应机敏，说她们是尤物，实在是冤枉了她们。以后柳依依忍着不再提这件事，心里再怎么别扭也不提，怕提了反而会提醒了秦一星，又怕他笑自己没档次，连小尤物都害怕。说不怕那是骗自己的，她需要用谎言安慰自己。

柳依依用被单包了头，眼泪流了出来，就用手隔着被单擦去，再流出来，再擦去，感到被单已经濡湿。她恨自己，为什么没有足够的坚强，对这个消息一笑了之？这样想着她笑了一声，擦一下泪，又笑一声，再擦一下泪。然后，"哈哈哈哈！"她爆发似的笑出声来，笑着笑着，声音变成了"啊啊啊啊"，是凄厉的哭声，眼泪也爆发似的淌了出来。哭累了，她想起这几个星期来，秦一星来康定只是敷衍

"哈哈哈哈!"她爆发似的笑出声来,笑着笑着,声音变成了"啊啊啊啊",是凄厉的哭声,眼泪也爆发似的淌了出来。

似的表示一下亲热，很少表达激情。几年了，她对他的身体节奏已了如指掌，突然变化了，这不可能有其他原因。嘿嘿，柳依依在心中恶毒地笑了一笑，笑过之后，又发现这恶毒并没有足够的坚强，马上就被一种温柔的软弱覆盖了。几年了，她认为自己和秦一星的关系有着足够的坚韧，自己怎么也放不下来就是证明。原想着即使没有前途，也算疯狂爱过一回，一辈子也有个美好记忆，现在想来，这太虚张声势，是一厢情愿地把自己的想法当作了事情的真相。揭开真相总是很残忍，可不揭开，真相仍然是真相，残忍仍然是残忍。

也不知过了多久，柳依依从被单里探出头来。她不敢睁开眼睛，似乎一睁开，就会看到一个狰狞的世界。她感到满脸都皱巴巴的，眼角特别涩，动一动面部肌肉，才知道是泪干了，在脸上结了一层膜。她鼓起勇气睁开眼，世界还是这个世界，一切依旧。窗户的一角射进来一线阳光，带着一天最后的温热，停在她的面颊上。阳光是立体的光柱，有着明显的边界，无数的微尘在里面跳跃，像有灵性的小生命的舞蹈。远处的一丝钟声，像一阵柔和的风，在她心中激起一阵震颤。这时手机响了，是秦一星打来的，她赌着气，不接。又响了，是苗小慧打来的。苗小慧说："依依你没伤心吧？"柳依依说："没伤心。"苗小慧说："那就对了。你伤心老掉了，别人不会因为你是为他伤心而老的就给你更多同情，他只知道你老了。"又说："依依，今天是你呢，要是别人我不愿传达这样不好的消息。我起码知道我两个同事丈夫的秘密，我不说，说了说不定她们还会恨我。谁愿叫人恨？"柳依依说："如果连你也来瞒我，这个世界上我就没有可相信的人了，绝对的孤独了。什么是自由？自由就是孤独，没人管你，也没人把你放在心上。"苗小慧说："我们别说这个沉重的话题了，那是男人的语言，女人有了时间的逼迫，就没有自由。我打电话是想跟你说，我刚才跟你说的这件事，你跟他讲了没有？"柳依依说:"还没讲,晚上叫他过来,看他怎么编个故事给我听。他反正会编,编了无数故事给他老婆听了,已经是出口成章天衣无缝的八段高手了。"苗小慧在电话那头沉吟了一下,嗓子模糊地响了几声说:"依依呢,你傻呢,你挑明干啥?难道还想叫他为你改变什么?你不撕开这张脸,他还得维持着这个局面,这对你很重要,是不是?你不想拿命出来拼你就全忍了,你不想忍你就拿命出来拼。我说依依你还是忍了的好,没打算开枪就不要拔枪。"

两人讨论了很久,最后苗小慧还是把柳依依说服了,装作不知道这事。决定之后柳依依心里堵得慌,太委屈了,太可悲了。几年来受了多少委屈,谁知道还有个更大的委屈在等着自己?她说:"这些第三者怎么这么可恨?"苗小慧嘿嘿地笑,笑了一阵柳依依才省悟过来说:"太可恨了,她们。"又说:"我真的咽不下这口气呢。"苗小慧说:"这口气女人都咽了几千年了,你还咽不了这几个月?至少等到九月,他帮你把最后一年的学费交了再说。"

过了两天,秦一星到康定来,他脱了衬衣光着上身,对着电风扇吹着说:"热。"又躺到床上说:"累。"柳依依说:"别找借口。"他说:"什么借口?"她说:"偷懒。"他笑了说:"不干活,不犁田,不播种。"柳依依看他的神态一点异样也没有,心想,是不是冤枉了他?冲动着想把事情讲了,也许会有一个意外的解释。不管是什么解释,只要他愿意解释,自己就接受。心里悠地荡了一下,忍住了。事到如今,还把事情往好的方面想,真是个不可救药的理想主义者。柳依依说:"找你的人太多了,你怎么应付得过来?"秦一星说:"今天说话怎么怪怪的?"柳依依笑起来:"是吗?没觉得。是你自己心里有点怪吧!"又说:"你现在钱不是个问题了,给我买台电脑,求你都求有两年了。"秦一星说:"那是公家的钱。"又说:"好吧,想个办法把账走了。"柳依依拍手说:"今天怎么这么好?好得像做了亏心事似的。"他贴过来亲热,她推开他的手说:"到处乱摸,又到人家这里来!"这时秦一星的手机嘟的一声轻响,信息进来了。秦一星本能地把手伸向裤兜,突然停下来,似乎是不经意地,慢慢地缩了回来。柳依依装作没听见也没看见,继续说话。秦一星说话有点心不在焉,又说:"去解个手。"他去了,柳依依拿了电热壶轻轻过去,看见他一手撒尿一手在发信息,见了柳依依手抖了一下,继续若无其事地发信息。秦一星回来故意把手机大咧咧地放在桌子上,柳依依想,都删干净了,谁看你的?水开了泡了两杯茶,柳依依瞟见手机亮了一下,没响。她知道又有信息进来了,他已调成了静音。柳依依说:"是不是再烧点水?"秦一星到水房去接水,柳依依抓起手机看了信息:"我在步行街看中一双鞋,你来帮我买。"听见接水的声音断了,她马上把手机放回去,记下了那个号码。秦一星拿起手机看了看说:"什么时候又来一条信息,叫我去应酬。"柳依依撒娇说:"谁叫你去?你也应酬应酬我吧!谁叫你去?你这么听她的话?"

72

听着楼下汽车发动的声音,柳依依揣想秦一星此刻的心情,肯定有终于逃离的轻快之感,就像自己终于找了理由从那些无趣的男人那里逃离而如释重负一样。也许会有瞬间的不安和负疚,但马上就会过去,前面还有新的召唤。想到自己竟成了一个被别人逃离的人,一种悲哀浮上了心头。

近四年的结局就是如此。柳依依想不通,可想不通也要想通。她想哭,可不知怎么却笑了起来,那笑声在房间里浮漾,是豁达也是残忍。"好的，好的。"她喃喃自语，却不明白自己想表达的究竟是什么。她抓起笔把那个电话号码记下来，有一个数字试了几遍才找到原始记忆中的感觉。看着那个电话号码她似乎是看见了一个仇人。"无耻，真无耻。"她把这句话反复了几次，却又无法确定自己真正想骂的人是那个女孩呢，还是秦一星。自己不能就这样认了输，要反击，反击！柳依依抓起那张记着号码的纸出了门，坐公交车到了移动公司，把号码报了，说要交话费，营业员电脑打出来的名字是严翠英。她掏出钱包翻看一下说："忘带钱了。"就离开了。严翠英，这是哪个山洼洼里出来的女孩？她猛然记起，这就是那个艺名叫严妍的小嘴唇女孩。那天晚上，就有人议论说，这个乡下女孩，凭着长相，几年就混到主持人的位置上来了，哪里还有一点乡下的痕迹？出了移动公司，柳依依就拿IC卡在路边电话亭拨了秦一星家的电话。拨通了她说："周姐呀，我是电视台的小李。"周珊在那边说："哪个小李？"她说："哪个小李不重要，重要的是事情。"就把严妍的名字说了，事情也说了。出乎她的意料，周珊一点惊讶的情绪也没有说："这些脏肠烂肚的破事我不想管，只要不把火烧到我家里来。"柳依依说："今天不会，谁保得住明天？严妍，你知道吗，很风骚的，才二十出头呢。"周珊说："我不担心，我自己的丈夫我不知道？"又说："你为什么要告诉我这些事？"柳依依没料到她这么问，吓得手一软，几乎要挂话筒，沉住了气说："我为你好。"周珊嘿嘿笑两声，笑得柳依依心跳。周珊说："你真的姓李？恐怕……"柳依依不敢听下去，把话筒挂了。她一只手捂着胸口，非常后悔打这个电话，真是昏了头啊！在人丛中走着，柳依依心里充满了恨，恨严妍，恨周珊，恨秦一星。可恨归恨，同时她心里非常清醒，恨毫无意义，问题是要赢才行，要赢，赢。

要赢。柳依依冷静下来。现在不是跟秦一星摊牌的时候。早晚有那一天，但不是今天。苗小慧说得对，摊开来说了，反而给了他一个脱身的机会。毕业还有一年,至少,要让他对自己这一年负责。柳依依感到,事情到了最后,总是这么没有诗意,这么具有博弈性,这么残酷。她非常恨自己,为什么总是要到图穷匕见,才看清事情的真相?

想清楚了,柳依依还跟以前一样定时约秦一星见面,秦一星总是答应得有点勉强,可到底还是来了。柳依依装作对他热情的下降浑然不觉,还以不动声色的主动去激发表演的激情。柳依依明白,只要这种表演存在,两人关系就存在。这天表演之后,柳依依说:"你怎么最近身体没有以前好?"秦一星说:"你以为副台长是人当的?"柳依依说:"那我宁愿你不当这官。"秦一星说:"呀呀依依有意见了,怨我不得力了。"柳依依说:"当官就那么累吗?也可能在别的地方累着的。"秦一星说:"你怎么这么想?没有,没有。"柳依依去看他的脸色,一点异样都没有。柳依依说:"没有?我不相信。"秦一星说:"真的没有,你看我一天到晚这么多事,哪里还有精力?"柳依依说:"肯定是哪天爬了山吧。哦,爬山你累不着,你开汽车上去。"看着他的神情,似乎有一点不自然,又说"那你肯定是打高尔夫了。"秦一星说:"高尔夫?是的,高尔夫。"他的手在毯子底下扬了扬,"高尔夫,昨天还是前天?"

柳依依想,不能再说这个话题了,他可能已经意识到了什么。她说:"你得给我介绍一个男朋友,三四年了,这点情分应该有吧!"秦一星说:"我只认识几个电视台的人,你找他们?他们在电视里说,感情问题要等缘分,你信他们?说他们天天有新的缘分,那是夸张了,说他们月月有新的缘分,那又是太小看他们了。他们对自己王老五的身份,珍惜得很,轻易不会放弃,要享受自由。现在的王老五,有几个真王老五?"柳依依说:"我还管他真的假的?我从来就没有幻想过还有真的。我怎么办?一辈子不嫁人?"秦一星说:"别的事我可以帮忙,这件事,我帮不上忙。连我都不知道好男人都跑到哪里去了。"

柳依依马上说:"那你帮别的事,你把下个学期的学费存到我的存折里,别到那天又跟去年一样,手头紧呀,周转不过来呀,憋得我难受。"秦一星说:"还早呢,这不还早吗?"柳依依说:"你就是不愿让我安心一点。"秦一星说:"好的,好。还早呢。"

放了暑假,秦一星打电话到宿舍问柳依依回不回家,回家就开车来学校接她去长途汽车站。柳依依本来是想先回去再早点回来的,秦一星这么一问,她心里一闪说:"你说呢?"秦一星说:"晚几天回去也好,不过你家里可能在盼你呢。"柳依依说:"你看我跳操的月卡要十八号才到期,回去就浪费了。"秦一星说:"那还有十天啊!"柳依依说:"如果只有两天就好了,是吗?"秦一星马上说:"不是,不是。十天,怎么只有十天了呢?"

放下电话柳依依想,难道他是想把严妍带到康定去?这么想着她马上就去了康定,把房间仔细查看了一番,也没看出什么痕迹。她想了想,把床上的提花毯摆了一下,毯子的一角似乎是不经意地在床沿垂下来,其实是一个陷阱,一个阴谋。记住了毯子的位置,柳依依给秦一星发了短信,告诉他晚上九点跳完操回学校。等九点钟跳完操,柳依依来到康定,先弯了腰从门底下的缝中看了里面,没有灯光。掏出钥匙开门的时候心里有点紧张,床上真的睡着两个人怎么办?从里面反锁了又怎么办?开了门发现自己是虚惊一场。一连几天,柳依依都没有什么发现,毯子也总是在原来的位置。她坐在床沿叹口气,太累了。情分到了这种地步,真的没有守望的价值了。

这天跳操柳依依去得早,就在最前面一排占了位置。跳的时候,看清了那个领踏板操男教练手臂的肌肉很发达,忍不住多看了几眼,那教练似乎也注意到了她。跳完操,她匆匆去洗澡,感到教练望着自己,眼光中似乎有种情绪。洗澡的时候柳依依犹豫着,想快点洗,洗完跟别的女孩一起走,又想慢点洗,看看会不会有什么事情发生。这样想着,她的动作快起来又慢下来,慢下来又快起来,反反复复。忽然想到了秦一星,就有了一种报复的冲动,为什么不?让他也遭遇背叛,大家就扯平了,她的动作就慢了下来,在沐浴露中细细地抚摸着自己的皮肤,一寸,又一寸,润泽,滑腻,手感很好。这种感觉给了她一种自信,再细细地抚摸,忽然有了一种异样的感觉,像是另一双手在自己身上摸索。

　　出了健美房柳依依没看见教练,她在门口停了一下,回头望了一眼,没有。她有点遗憾,又感到一种轻松。也好,这样也好。她对自己这么说了,就进了电梯。下到一楼,她一只脚刚跨出去,教练从外面进来,似乎是不小心,轻轻撞在她身上,她退回电梯,教练也进来了,一只手拉住她的挎包。柳依依询问地望着他,他歉意又有点羞涩地笑了笑。她还犹豫着,电梯门关了。教练说:"我能请你吃晚饭吗?"柳依依说:"我还有事……"教练说:"那么重要吗?"柳依依不作声,似乎无法拒绝他的好意。在楼上小包厢吃饭的时候,柳依依等着他拉出一个什么话头来,然后绕到男人女人的事情上去,至少往感情方面扯吧。她想着,你尾巴一翘,我就知道你要拉什么屎了,当我是无知少女?她知道他的秘密,有一个女学员小吴跟他有私情,那是有天跳完操出来一起吃夜宵,小吴兴奋了从嘴里滑出来的。她又知道,小吴有男朋友,已经住在一起。想到这些,柳依依觉得自己有了抗拒的力量。可他一直在说健美的事情。饭吃完出了大门教练说:"今天懒得回去了,就在那边找间房休息休息。"犹豫了一下,面带羞涩说:"能请你上去陪我说说话吗?"见柳依依不回答,就自言自语说:"太寂寞了。"再看她一眼说:"走吧。"柳依依还没想清楚,就失去了意志似的,跟在他后面。在宾馆门口柳依依犹豫了,掏出手机似乎想给谁打电话,站住了。教练也站住了说:"是不是要向谁请示?"就站在旁边等着,也不催她。柳依依觉得有点抱歉,正想找个理由跑掉,突然想起前两天在一本书上看过的一句话："任何时候都要相信内心的冲动，服从灵魂深处的燃烧。"就说："好吧。"

73

　　事后柳依依非常后悔。本来早就给自己定下了原则，绝不屈从于这种没有来头没有承诺没有安全感的临时性激情，绝不在这种暧昧的状态上发展关系，一不小心，竟越过了给自己划的这条红线。第二天她去跳操，从门口的安排表上知道教练姓江。江教练见了她，也没有什么特别的表示，似乎昨天晚上那一幕根本就没有发生。他的神态让柳依依更加后悔，自己简直就是临时性的代用品，纯粹的欲望对象。她恨自己，恨江教练，恨来恨去，发现最恨的还是秦一星。如果不是他，自己怎么会这样犯贱？

　　犯贱。想起昨晚的经历，柳依依偷偷在心里对自己这么说。当时进了房间就由不得她了。原来想着至少还有一个过程，培养一点情绪吧，没有，直奔主题。出于自尊她还忸怩了一下，可他那样有力，就只能由他摆布了。十二点钟他走了，说有人催他回去。这时她才明白，今晚自己是服从了一种精心的安排。

　　我不蠢啊，我当时怎么那么蠢呢？情令智昏啊！柳依依不愿承认这一点，又想着自己的错，是秦一星害自己犯下的。自己要报复他，让他也尝尝背叛的滋味。可报复他，实在也是因为太在乎他啊！而且，说是报复他吧，让他知道，那是不行的，不让他知道，那又没有意义。让他知道？不让他知道？柳依依在这个怪圈中转了半天转不出来，最后对自己产生了怀疑，报复秦一星只是个借口？她不愿往下想，也不敢往下想，想着逃避自己也是逃避生活的一种方式，就干脆不去想。

柳依依提心吊胆地等了几天，怕身上会有什么不好的反应。几年前跟阿裴的那一段经历，自己是吃够了苦头的。她以女性的细腻和敏锐体验着身体的变化，似乎有问题了，隐隐的不适，明显了，几乎确定了，几乎要去看医生了，准备去了，却又感到其实并没有什么情况，是虚惊一场。过了一个星期，她确定没问题了，放了心，又开始第二个担心，希望每个月都会来的朋友能准时到来。柳依依掐着指头算日子，过了一天，她有点紧张，又过了两天，还没有来，她更焦虑了，后悔得要命。内心的冲动，灵魂的燃烧，什么屁话！想不到自己竟把这屁话当了真。那片刻的激情，既没有真情又没有安全感，连个兜底的人也没有。去找江教练？那不可能。他一个不认账，那自己是半句话都没有，徒然地自取其辱。再过两天，她觉得不能再等，想告诉秦一星有情况了。自己实在也不能肯定到底是谁惹的祸，她感到委屈，做个女人，要承受这么多，凭什么？

秦一星听到这个消息，吃了一惊，掐着指头算了又算，又去看日历上的日期，说："很小心啊！"柳依依说："你什么意思？"秦一星说："没有别的意思，我想一定是你这个月不太正常。"马上开车去买了试纸回来，叫柳依依去厕所小便。两个人做试验似的试了一遍又一遍，终于不得不承认这个不幸的事实了。柳依依说："那怎么办？"秦一星说："只有去医院拿掉，还能怎么办？"柳依依见他认了账，有了一半的放心说："我不去医院，我怕，人家怕嘛！"秦一星说："那怎么办？"柳依依说："就让他去。"秦一星猛地从椅子上站起来说："什么？不行！"他越紧张，她就越安心。她说："那你想个别的办法，反正我不去医院，我怕痛呢，痛呢。"秦一星脸皱起来，嘴唇、鼻子、眼睛和眉毛都往中间挤着，连连叹气说："唉，唉，唉！"又说："求你饶了我好不好？"柳依依心软了，马上又觉得，这很危险，她硬了心肠说:"求你饶了我吧!"秦一星说:"去医院是唯一选择,没有第二条路。"他的自私使她心更硬了,说:"怎么没有?你可以离婚,我也可以做单身妈妈。"说出这些话她自己也吓了一跳,"谁说只有一条路呢?"

秦一星坐在那里喘气,好一会儿说:"你要我答应你什么?"柳依依心里跳了一下,马上说:"答应我不去医院。"她没想到自己能反应这么快。秦一星说:"这不是你的真实想法。"柳依依说:"那你把我的真实想法告诉我。"秦一星连连叹气,忽然抬起头来,说:"柳依依。"像是哀求,又像是怨恨。柳依依心里一惊,说:"秦一星。"像是怨恨,又像是哀求。

秦一星走了,柳依依给苗小慧打电话:"看他那么可怜,我就听他的算了。"苗小慧说:"可怜的人说不可怜的人可怜,你这人怎么这么好呢?这是你最后的机会了,你听了他的,你就没什么话可讲了。别人跟个老板跟几年,要房要车,还要青春补偿,你真的净身出户呀你!"柳依依说:"我没有那么想过,我那么想就把自己这几年的感情都否定了。"苗小慧说:"什么叫金屋藏娇?一个金字,一个娇字,就是事情的本质。没有金藏不了娇,没娇,金也不会来藏,这其实是一种市场行为。既然有个金字在这里,不妨把事情做彻底点,五十步跟一百步有什么不同吗?"柳依依说:"你不知道,我还是爱……唉,爱,唉……爱,不说这个字,太伟大了,我真的是真心喜欢他的。他也是爱……唉,爱,唉……唉,又说错了,他也是喜欢我的。没骗你。"苗小慧说:"那么喜欢你怎么不给你一个归宿呢?我只看结果。"柳依依忽然觉得苗小慧说的是对的,对自己的感觉有了怀疑,难道自己这几年都想错了?她说:"那我怎么办?"苗小慧说:"你今天有一步能将军的棋你不走,明天你手上没这步棋了看他会不会理你?"柳依依觉得苗小慧说得对,可这个对让她不敢正视。她说:"就算他现在不理我了,我自己也得去找医生,是吧?"苗小慧说:"唉,依依,你真好啊,可做女人不能这么好啊!这是一场斗争,看谁心狠,有韧性。他不答应你,你到他家去,到他单位去,看他能不能承受?从来就是穿皮鞋的怕穿草鞋的。既然是斗争,就没法不残酷,不然怎么说做女人呢?做,女人她,她总得去做啊!"又告诉她,自己的一个熟人,利用这样的机会,硬是从男方挤出了二十万。放下电话柳依依心里怦怦跳了半天。难道自己只能这样去面对秦一星?她实在不愿这样,可一想又应该这样,也只能这样。说到底是他对不起自己,咬他一口,割他一刀,也是他罪有应得。柳依依把牙齿咬了又咬,磨得霍霍地响,仿佛在将一把刀磨得锋快。

第二天见了秦一星,柳依依又动摇了。就是这个人,几年来照顾自己,事无巨细,无微不至,连内衣内裤都不知帮自己洗过多少次,现在自己不但要他认了这事,还要咬他一口,割他一刀,实在是不忍,不忍。哪怕他这样对不起自己,可自己还是跳不出这个爱字。也许,这是不对的,可是,这不是对不对的问题。这是一种本能,没有道理可讲。她想,自己既然能够容忍他,当年怎么不能容忍夏伟凯呢?她不能回答自己。秦一星要带她去医院检查,似乎是怎么也不愿接受这个事实。柳依依跟他去了医院,拿着纸杯在厕所取了尿样,看见楼下有两个穿白衣的人推着一辆担架车,上面躺着一个人,后面跟着一个女人在呜呜地哭。她想着这个死去的男人真的有福,死了还有人这样痛哭。

柳依依拿了化验结果,看见单子上盖着红色的章,是"阳性"两个字,心里倒有一种放心的感觉。走到大门口,秦一星不知从哪里闪了出来,示意她等着,就把车开过来。上了车柳依依把化验单给他看,他瞟了一眼,脸色阴了下去,又勉强笑了笑说:"医生说什么时候做那个小手术?"柳依依说:"我没觉得它有多么小。"又几乎是挣扎着说:"别要我去吃那一刀吧!"秦一星猛地把刹车一踩,柳依依身体往前一冲。秦一星沉着脸说:"你是什么意思?"柳依依细声说:"我就是怕痛。"秦一星又启动了车,缓和了口气说:"没有比这种小手术更小的手术了,根本不叫手术。"他的自私激怒了她,说:"我的肉不是肉,它不怕痛?现在哪个女人不是爱自己爱到骨头里,让她吃这么一刀那就是天塌下来了。你说不叫手术那我就不动了,打麻药还不叫手术?"秦一星说:"你怎么知道要打麻药?"柳依依知道说漏了嘴,马上说:"苗小慧,苗小慧她告诉我的。"她为自己编故事的水平感到吃惊,"那是前年,我陪她去的,省妇幼保健院。"秦一星把她送到康定的楼下说:"我就不上去了,有人等我,开会,开会。"柳依依说:"我知道是开会,不一定要很多人到场才算开会。"秦一星没听见似的说:"医生说还等几天?"柳依依说:"医生说十天,我……"秦一星说:"你要听医生的话。"又说:"我那里有张存折到期了,明天我去把你的学费存了,最后一年的生活费也一起存了,一万加两万,行吗?"柳依依鼓起勇气说:"一年是十个月吗?"秦一星说:"你六月就毕业了,还等到九月?好的,一万加两万四。"又说:"我有那么多钱吗?"

74

秦一星发来信息,要柳依依去看看自己的存折。柳依依知道是钱已经进来了,可并没有一点兴奋的感觉,反而有些难受,不敢去面对这个事实。犹豫了一天,还是忍不住用卡在自动取款机上查了,果然有三万多块钱。看到这个数字,柳依依心里有一种震撼,这是自己一辈子都不曾拥有过的。震撼之后是一种紧张,走在校园中背上的汗都出来了,浑身燥热。她后悔了,彻底地后悔了。不应该那样去逼秦一星,根据几年来的经验,应该相信他哪怕那边有了一个严妍,也会照顾自己到毕业的。柳依依彻底地后悔了。

她掏出手机给秦一星打电话说:"你偷偷地在我存折上放那么多钱干什么?"秦一星说:"不是你要我放进去的吗?"柳依依说:"谁叫你放了?拿回去!"秦一星说:"放了就不拿回去了,反正早晚是你的。"柳依依带着哭声说:"求你拿回去吧!"秦一星说:"我知道了,依依,我知道了。"

下午宋旭升来了电话,约柳依依见个面,晚上一起吃饭。柳依依说:"那我带几个同学来。"宋旭升说:"我请她们干什么,又不认识,我就请你好了。"柳依依说:"那我不去好了。"宋旭升说:"我就请你。"柳依依说:"那你等会儿再打电话过来。"她又给秦一星打了电话,把事情说了,又说:"你说我去不去?"秦一星说:"去。"柳依依说:"世上哪有这么小气的人?将来会憋死我的。"秦一星说:"男人小气是优点,第一不会去找别的女人,舍不得钱。第二顾家,钱没用掉总在家里。"柳依依说:"你就那么想把我推出去吗?小气都成了优点。"秦一星告诉她要穿哪条裙子最出身材,还要化点淡妆,第一印象很重要。柳依依说:"我认识他都六七年了。"秦一星说:"那还是很重要。你听我的,我知道男人怎么想的。"柳依依说:"你们怎么想的,连我都知道,年轻漂亮身材好,腰肢会抒情,屁股会说话。"秦一星笑了笑说:"知道就好。"又说:"谁叫他是个男人呢。"

柳依依跟宋旭升约好了五点半在校门口接,去金牛角餐厅。五点半柳依依到校门口,宋旭升已经等在那里了,双手推着部单车。柳依依说:"怎么去?"宋旭升拍了拍单车后座。柳依依说:"今天有同学看见我搭在单车后面,明天全校都传遍了,柳依依回到解放前了。"又说:"我们打的去吧。"宋旭升说:"我们搭公交车去,反正还早。"正是下班的时候,车上很挤,柳依依有点不适应。她已经记不起上一次是什么时候坐过公交车,很久以来,她不是坐秦一星的车,就是打的。刚上去时非常闷热,车开动后就好些了。宋旭升一手抓着车的扶手,一手搀着她的胳膊。柳依依想,坐小车和搭公交车的区别就是秦一星和宋旭升的区别,不然怎么说选择一个男人就是选择一种生活呢。

在餐厅要了一个情人卡座,宋旭升把菜单递过来要柳依依点菜。柳依依想,打的都舍不得,还点什么菜?就说:"我喜欢吃煲仔饭。"宋旭升马上说:"怎么跟我一样?"就要了两份腊肉煲仔饭。宋旭升说:"以后我们每个月来两次。"柳依依说:"哪里有那么多以后?"宋旭升说:"怎么就不能有?我觉得自己还可以,钱以后再赚嘛。"柳依依说:"有那个以后吗?你看你毕业都五年了,要有还等到今天?"宋旭升说:"允许我有个过程嘛,孔子说三十而立,我还有两年。谁也不能保证我不是只潜力股。"柳依依想,等你这只潜力股爆发行情,自己恐怕连青春的尾巴都抓不住了,怪不得别的女孩都说,只要现货,不要期货。正想着宋旭升说:"你对我感觉怎么样?"柳依依没有方向感,就说:"当然,是吗?当然。我认识你也不是一年两年了。"宋旭升听到"当然"就很高兴说:"我也觉得我自己还可以,主要是现在的女孩眼盲,太不会看人了。"她说:"真的,她们怎么连这块埋在沙子里的金子都没发现?"宋旭升嘿嘿笑说:"有柳依依一个人发现就行了,就足够了,一辈子都够了。"柳依依忽然有点感动,她没料到自己面对一个男人还有感动。她说:"有今天晚上就了不起了,一辈子我是不敢想的。"宋旭升霍地站起来,涨红着脸,右手一根指头伸出来:"为什么不相信我?你看我,"他左手在胸口抓了抓,又去抓头,再回到胸口抓了抓,要把心掏出来似的,"你看,你看,"那根指头也往上一戳一戳的,"指天发誓,你看我,"又焦急地左右看了看,手伸到裤口袋里,把两只口袋翻出来,抖了几下,想找到一样什么东西来证明似的,"是吧,是吧!"柳依依说:"慢慢说,坐下来慢慢说。我们今天不说这么多吧。"

宋旭升好像发现了自己的失态似的说:"那就过几天再说。"柳依依说:"说不说,那再说吧。"她想,如果他知道自己肚子里已经有了搁不住的东西,他还会这么指天发誓吗?

结账的时候是四十块钱,宋旭升说:"怎么正好是四十整?"伸了手要看账单,马上又收回来,手背对着服务员很豪爽似的扬了扬说:"算了,去,去。"柳依依作势说:"我来付好了。"宋旭升忙说:"我付得起,我付得起,你不要那样想我。"又说:"我什么时候给你留下了这样坏的印象呢?"

回到宿舍,柳依依给秦一星打电话,想讨论一下宋旭升的事。秦一星说:"在开会。"柳依依说:"在哪里跟谁开会?"说完却发现那边已经收了线。她心沉沉地坐在床上,想着有几次跟他表演激情时,有电话打进来,他也是这样应付的。过一会儿秦一星又打了电话来,约她明天晚上去荷韵见面。去了荷韵在包厢坐下,秦一星望着柳依依,研究的神态。柳依依说:"你那样望着我干什么?"秦一星说:"看你这几天有什么变化。"柳依依说:"才几天我能有什么变化?我老得那么快吗?"秦一星说:"真变化了我也看不出来,昨天……是不是?"柳依依说:"瞎想,一点情况都没发生。"又说:"不了解你的人,都不会知道你这话什么意思。"秦一星说:"希望我真的是瞎想。"又说:"能不能问你一个问题?"柳依依说:"你问什么问题还征求过我的意见?"秦一星说:"我们认识有三年多了,是不是?"柳依依说:"都快四年了。"秦一星说:"这几年除了我,你还跟别人有过来往没有?"柳依依抿着嘴一笑说:"当然,前天我还去看了苗小慧呢。"秦一星说:"我说男人。"柳依依说:"男人?昨天晚上见了宋旭升,向你汇报过了,还有春节时,我爸爸……"秦一星手掌凌空砍了一下,把她的话切断似的说:"别扯。"柳依依说:"不知道你的人都听不懂你的话。"她用手机拨了秦一星的号,接通了但他的手机没响。她说:"你以前在家要设置静音,现在在我这里又要设置静音,你活得这么累,可怜啊!"又说:"这样好不好,我们坐在这里,把手机交换了,看谁的手机上会出现一些肮脏的信息,那样就知道谁跟隐身的第三者有来往了。"说着把手机放在餐桌上,推了过去。秦一星没看见似的说:"那说起来你还很纯洁呀!"柳依依说:"你敢把这两个字对你自己说吗?"秦一星说:"怎么不敢?"又说:"虽然没有什么不敢,最好还是别用'纯洁'这两个字去要求男人。"柳依依说:"不要求男人,又怎么能要求女人呢,难道男人自己跟自己不纯洁?"秦一星愣了一下,哈哈笑了说:"说起来也是的啊!"又说:"他们跟自己不纯洁,那不奇怪,谁叫他们是男人呢。"柳依依说:"从什么时候开始,男人成了下流的理由?"

柳依依又说宋旭升的事,秦一星说:"这人还可以吧。"又说:"他再可以,你要他没见识过女人,那恐怕不可能。"柳依依说:"他跟一个餐厅收钱的好过一阵子,天知道发生过什么?"又说:"没见识过是个优点吗?我跟苗小慧讨论过,她说找个男人,他见识得越多越好,反正没有什么神秘感了,那么回事了,就收心跟自己过日子了。"秦一星说:"傻呢,越见识得多就越想再多见识,有惯性,心痒难挠,想着下一个会有什么细微的不同。"柳依依说:"以前我相信苗小慧的话,后来看到了某些人,就倾向于相信你的话了。"秦一星指头点着餐桌说:"暴露了吧,暴露了吧!看到了谁呢?谁?"柳依依左手托着下巴,舌头在唇边反复滑动,不作声。秦一星说:"刚才还说自己纯洁呢,不小心暴露了吧?谁呢?谁?"柳依依盯着秦一星说:"不要那么激动。你一定要我说?"秦一星瞧着她,声调降了下来:"你说我?"柳依依说:"那我就说了。"她犹豫了一下,喉咙里哼了几声,不让自己再有犹豫的机会,说:"说你。"又说:"你,你的事情我全都知道。你不傻,跟你学了几年,我就那么傻吗?"秦一星身子往后仰去,嘴里吸着气望着柳依依:"咦,长进了呀!"又说:"严妍是有男朋友的，在上海什么公司当经理，我们偶尔来往一下，你不要太认真了。她现在转到经视台去了，可能又有新的方向，我们也没联系了。她跟你是不同的，她把自己当作商品，看看在哪里可以卖个更好的价钱。我也就是一时昏了头，偶然犯了点错误。"柳依依没想到他会主动说出来，又说得这么轻松。她心里浮现出一幅画面，自己的左手牵着秦一星，下面是严妍，再就是她的男朋友，男朋友下面还有没有人，是谁，不知道。右手是江教练，小吴，小吴的男朋友，男朋友下面还有没有人，是谁，也不知道。这是一条性爱的链条，不知道到底有多长，有没有尽头，中间又有多少个分支，分支又有没有尽头。这么一群人，手拉手地排成一线，又织成了网，看不见头，也望不到边，非常壮观，不知叫几角恋爱才好。这就是当代的爱情图景吗？是不是在网络化时代，爱情也网络化了？太没意思了，也太恐怖了。这网中只要有一个人有艾滋病，所有的网中人都会有生命危险。秦一星把自己管得紧，反复提醒不要把他当傻瓜，既是情感的嫉妒，也是要保护他自己，他早就把这种情景想象到了。

柳依依正想着，秦一星说："怎么呆了？"柳依依醒了似的说："我好像看到了一幅图画，很壮观的。"秦一星询问似的望着她，她说："你还是帮我想想宋旭升吧。"秦一星说："有感觉没有？"柳依依说："不可能。我的热情都在你这里燃烧完了，我还会去爱谁吗？"又说："跟自己喜欢的人来商量是不是要嫁给自己不喜欢的人，这太现代了。"秦一星说："什么奇怪的事现在都不再奇怪了，这真的太奇怪了。"两人互相望着，都不作声。好一会儿，秦一星说："我今天找你来，是想跟你说几句话。你有男朋友了，你还是一心一意跟着他吧。"柳依依点头说："我懂。"秦一星说："你别误会，我是为你好。"柳依依说："我没有说你不是为我好。"秦一星忧伤地说："怎么想是你的权利，我真的是为你好。"又说："以后见面可能越来越难了。"柳依依说："我懂。"秦一星不再解释，说："越来越难了。有些话趁今天跟你说了吧。一个女人，特别是像你这样的小资女人，活在这个世界上，不容易啊！男人看女人，从十八岁到八十岁，半个多世纪，这眼光终身不变。至于他有没有机会和勇气实现，那又是另外一回事了。可是女人的年轻漂亮又能有多久呢？所以她们的生存环境很恶劣，危机四伏。小资女人都想找优秀的男人，可男人越优秀他的眼光越执着，越有机会，到四十多岁还有爱的创造力，能激发女孩的热情。"柳依依打断他说："就像你一样。"秦一星点头说："不说具体的人。我见得太多了，所以我很担心你。"柳依依说："我早就准备好承受悲剧命运了。"秦一星说："我希望你能够逃脱。怎么逃脱？要付出真情去建立亲情。男人，你全心全意地对他好，他可能看着这种情分，又看着儿女的情分，会收敛一点。不然他为什么要压抑自己？一个家庭，丈夫、妻子，还有孩子，这本来是一个上帝安排的生存的铁三角，可这个铁三角有一个角最脆弱，就是丈夫，比如秦一星。上帝要男人心痒，那痒痒痒啊，猫在抓啊！要男人对一个漂亮女孩没感觉，没幻想，没好奇心，那不可能，也不人道。现在的女孩都懂得这一点，所以尽量把乳房沟沟还有肚脐眼儿露出来，激发这种幻想和好奇心。这不是男人的错，是上帝的错，上帝开的大玩笑，后果要女人，也许还有孩子，用命运去承担。"柳依依说："难道做个女人就是天生的悲剧？我不甘心，是谁谁也不甘心，总有条路给她们走吧。"秦一星说："有路，唯一的逃脱之途，我说了，就是亲情。可是现在，你也知道，纯粹的爱越来越困难了，纯粹的亲情也越来越困难了。市场使爱情功利，自由使爱情浅薄，这也是历史。功利而浅薄的爱情，又怎能禁得起雨打风吹？女人，她们今天靠青春，明天靠什么呢？这个问题很残酷，太残酷，可是再残酷也无法回避。说真的我真的对不起周珊，她已经有抑郁症的苗头了。不说她，说你，对你我现在最大的希望就是你不要遇上不幸。一个女人，就算万幸，没有意外的风雨，时间就是风，就是雨，对一个女人来说，没有比青春更靠不住的东西了。"

柳依依有一种窒息的感觉。她知道秦一星说得对，全部都对。可是她不愿接受这个对。她说："你不觉得对一个女孩说这些话太残忍了吗？不要在她的伤口上再撒一把盐吧！"秦一星说："不说残忍就不存在？我还没对别人这么认真地说过呢。你知道我的女儿是一个女的，我为她的明天担忧，天天想这事，今天把心得都告诉你了。哪天我女儿长大了，我也会告诉她。对将来的女婿，要他婚前不风流，婚后不风流，我不敢抱这么大的希望。我自己做不到的事情，我又怎么要求他？他能够不弃不离，就算他还算个好男人了。有时我想一想就心痛，心痛也没有办法。"柳依依说："你老婆不是别人的女儿吗？你对她这样，别人不会心痛？你心痛自己的女儿，就应该心痛别人的女儿，那你为什么还要这样？"秦一星笑了，用手拍了拍额头说："道理是这样讲的，可是，你知道，人本质上是不讲道理、不讲逻辑的。"柳依依沉默很久，说："那我还是找宋旭升算了，得意的男人，不敢找，找到了也不是我的。你真的离了婚娶了我，你就是我的吗？我还是找穷人宋旭升好了。"秦一星说："也许现实的制约才是最可靠的，比道德可靠多了。我也算得上一个优秀的男人，也得受现实的制约。你要我离婚，我敢离吗？离了找谁去？三十多岁的没感觉，三十岁以下的不敢找。"柳依依说："我会那么坏吗？"秦一星说："你今天觉得我有这么好，明天不见得还会这样感觉我。"又说："以后我叫你过来，你还会来吗？"柳依依说："去康定吗？会去。"秦一星说："来了你不会扭扭捏捏吧？"柳依依说："去都去了，还扭扭捏捏干什么？"秦一星站起来，闩好门，把她抱着说："以后都不会扭扭捏捏，今天就更不会了。"这时宋旭升打来了电话，柳依依说："接不接？"秦一星说："接。"柳依依把一只手放在唇上示意了一下，就躺在秦一星怀中接电话，秦一星屏住声息双手在她身上游走。柳依依打着电话，撒娇地笑，又哼哼几声，自己也不知道是因为秦一星呢，还是因为宋旭升。

75

过了几天，秦一星打电话催柳依依去医院，柳依依说："东西在我肚子里，你那么急干什么！"秦一星说："你这种想法是不对的。"她说："只有你的对是对的，别人的对都是错的。"他说："我是为你好。"她说："你什么都是为我好，连陪你老婆散步都是为我好，就差没说跟她在床上做什么也是为我好了。"秦一星叹口气，劝了好久，她还是答应了。秦一星说："要不我明天送你去？"柳依依说："你去了有什么用？我叫苗小慧陪我去。"秦一星说："可不敢说是我犯的错误。"柳依依说："不说她不知道？总不能说是人工授出来的吧。"秦一星说："反正你别说，让她去猜。"柳依依想，男人真的为自己想得太周到。她说："还是你去算了，反正要交费的。"秦一星说："钱你先拿着，找我报销好了。"收了线柳依依又给苗小慧打了电话，要她陪着去。苗小慧答应说："你有什么想法你就要对他说出来，不说到明天就没机会了。说来说去还是那句话，没有那么便宜的菜心给他们吃。"柳依依说："已经说过了，还说？那怎么好意思呢？"苗小慧说："傻呢，现在是不好意思的时候吗？他的意思就是叫你不好意思。麻烦在你身上，他比你还急。"经不住苗小慧再三劝说，柳依依答应了，商量好了跟秦一星要营养费。晚上秦一星打电话来问跟苗小慧说好了没有，柳依依说："她不肯去。"又说："她说我傻。"秦一星说："她不知道我们的感情，以为我跟你像她跟别人一样，你别听她的。"柳依依说："她是真她说:"只有你的对是对的,别人的对都是错的。

正为我好，她没讲错。"秦一星说："那她是什么意思？难道她还想……想怎么样？你别听她的，她的哲学就是斗争的哲学。她妈妈那样教她，她会吃大亏的。她斗得过谁？"

　　第二天早上柳依依去医院，出门的时候忽然想起，身体中的生命也是一个孩子，他出了这扇门就再也进不来了，明年今天就是他的周年忌日。她扶着门犹豫了一下，还是下了楼。柳依依跟苗小慧在妇幼保健院门口见了面，苗小慧第一句话就问："怎么样？"柳依依说："什么怎么样？"苗小慧说："昨天不是说好了吗？"柳依依说："以后再说吧。"苗小慧叹气摇头说："今天就是以后，麻烦拿掉了就没有以后了。"两个人坐在妇产科门外讨论这件事，后来有人来了，又跑到窗户那边细细地说。最后柳依依低下头，不再说话。苗小慧说："我们今天不做了，回去把事情搞定了再来。"柳依依说："你都请假来了，"看一眼她挺起来的肚子，"难道又叫你来一趟？"苗小慧说："我不怕麻烦。"又说："做女人这么难，再不心狠点，不行啊！依依，不行啊！"柳依依说："是的，是的。"仍低着头，眼泪都出来了。苗小慧说："今天的费用他给你交吗？"柳依依说："没有。"忽然有了勇气，拨了秦一星的手机号，心想如果他推辞，就真的回去了。拨通了还没说话，那边秦一星就说："你在哪里？我在交费的地方。"柳依依收了线说："他在那里等着给我交钱呢。"苗小慧说："他来了正好，要不要我帮你去说？"柳依依说："我说，我说！"下了楼柳依依看见秦一星在张望，见了她跑过来，从她手中接过单子交了费说："苗小慧在上面，我就不去了。我在哪里找个地方等着，送你回去。"柳依依望着他，犹豫了一下，见他正询问地望着自己，就没作声。秦一星说："怎么了？"柳依依说："没什么。"

　　再上了楼，柳依依说："他是来给我交费的。"苗小慧说："依依你真是个好人。他是怕你不行动，来监督你呢。"柳依依说："反正他交费了,他赶过来交费了。"苗小慧说:"这点钱也叫钱?"柳依依说:"他来了就好,算了。"见苗小慧还想说什么,马上又说:"也只好算了,算了。"苗小慧说:"依依你真好,可做女人不能这么好啊!"柳依依像做了错事似的低着头,细声说:"算了。"

  柳依依在康定休息了两天,秦一星每天几次来看她,又到外面去给她买好吃的饭菜。他跟她讨论找男朋友的事,把每个可能的对象都仔细分析了,还是没有个方向。两天后柳依依回了学校,宿舍里几个女孩在热烈讨论学校里一件新鲜事,金融学院一个二十六岁漂亮的女研究生嫁给了本院一位六十一岁的教授。教授虽是全国知名学者,但女孩们还是觉得不可理解。李钰说:"我知道她,并不是什么情种。"又一个女孩说:"张教授真是人老心红啊,这就是男人啊!"另一个女孩说:"张教授可能不知道现在女孩是怎么想的。"柳依依说:"这有什么不好理解,他具有的正是她需要的。她具有的也正是他需要的,这不是天作之合吗?他们自己不也在说是天作之合吗?这个世界没有奇迹,一种极端总是由另一种极端来平衡的,没有平衡才是真正的奇迹,才是纯情。有吗?有吗?"大家又讲到男生们开始在校园网上热烈赞美这反世俗的爱情,后来有人发帖子说:"这么老了还来跟你们抢资源呢,亏你们还笑得出!现在成功的男人都到下一代来找优质资源,所以你们根本没戏。"男生们如梦初醒,集体转向,愤怒声讨,刻薄地说:"鸳鸯被中无水戏,枯枝败叶压海棠。"有人调查了,女方的父亲比教授还小几岁,说岳父应该叫"岳弟",有人说这不足为奇,不要大惊小怪,将来会有叫"岳侄"的事情出现。李钰说:"张教授勇气可嘉,他在家敢不敢随意咳嗽?他日子真的那么好过吗?细想起来真令人同情啊!"柳依依说:"麓城的房子太贵了,逼得我们去找大款。"李钰说:"麓城的机会还是比较多的。"又说:"要是我,既然赌了就赌一把大的,没上七十五岁不嫁,八十五岁更好。"柳依依说:"接收大员啊。"又暧昧地笑笑:"那有些事情你还做不做呢?看着我们都抱着孩子你有什么感想呢?我就不敢对自己那么残酷。"

这时刘沁从隔壁拿来一张《麓城晚报》,指着一条新闻说:"看看今天的报纸吧。"大家围拢去看,是一家广告公司的七个白领女性集体征婚,大幅照片下面的通栏标题是"我们不情愿地来到了愁嫁的时代"。新闻中最抢眼的一句话就是:"公主要出嫁。"柳依依看那几个女孩的照片,一个个都那么靓丽,心里有种难受的感觉,堵得很。李钰说:"看看有多少人在跟我们竞争吧,大家对形势的严峻性要有充分估计。"柳依依说:"不知道好男人都到哪里去了。"李钰说:"要那么好干什么,哪个男孩一米七五以上我都不敢找,钱多的不敢找,博士也不敢找,找到手了也不一定是自己的,以前有人分享,以后还会有人分享。"柳依依心里亮了一下,像黑暗之中有人按了一下手电筒。她想起了宋旭升,有一种找到了方向的感觉。男人吧,他有缺点对自己来说不一定是缺点,有优点对自己来说也不一定是优点。对女人来说,结婚就是赌,赌中了是赢家。卷土重来那是男人的事情,作为女人很难,太难。这太不公平,却不知能去怪谁,真的能捡块石头打天吗?既然是赌,那还是要找个安全点的地方去赌。夏伟凯不安全,秦一星也不安全,只有宋旭升,自己才有一种有把握的感觉,因为他有那么明显的缺点。

晚饭前,柳依依给秦一星打电话说:"是不是我就跟宋旭升走下去算了?"秦一星说:"也可以。"柳依依说:"什么叫也可以,你看在这几年的分上,说话负责任点。"秦一星说:"可以。"柳依依说:"这人没有一点出息,怎么又可以?连他自己都说配不上我。"秦一星说:"他说配不上那是现在,再过两三年他稍微有点进步,形势就倒过来了。依依你要知道自己的资本是什么,又能持续多久?你是个女孩呢。"柳依依说:"两三年是以后的事,我说的是现在。"秦一星说:"你以为两三年有多漫长?"柳依依说:"别人都往上找,我怎么要往下找,我比谁差吗?"秦一星说:"往上找看你怎么想,男人事业大了是要作怪的,以前还可以碰碰运气,现在基本上没有运气可碰了。"柳依依说:"也是,你还不算个坏人,也没什么好碰的。"秦一星说:"谢谢你夸奖我。"又说:"要不你到别人那里去赌一把?其实基本上没有什么可赌的。"柳依依说:"你怎么总是把我往别人身上推?没一点良心。"秦一星说:"这才是真正为你好。要他是个花花公子我还不推呢,我不放心。只有宋旭升我还比较放心点。"柳依依打电话约宋旭升晚上见面,说:"你早点去。"宋旭升在电话那头说:"好,好,好的。"柳依依似乎看见了他在那头不断点头的样子,笑了一声:"我如果没按时到,那就是堵车了。"宋旭升说:"万一我也堵车了呢?我说的是万一。"柳依依说:"那我不管,到时间没有人我就当你是不想来了。你打我手机我是不会接的。"宋旭升说:"那好,那好。"放下电话,柳依依体验了一下自己的心态,觉得并没有为宋旭升留下情感空间,叹息了一声。晚上,柳依依因化妆出发晚了,公交车又走走停停,迟到了半个小时。见宋旭升站那里张望,她很满意地说:"你怎么还在等呢?"宋旭升说:"因为是等你呀!"柳依依说:"如果我还没来呢?"宋旭升说:"那就一直等下去。"柳依依忽然有了一种感动说:"傻子呢,你。"

76

柳依依在《麓城晚报》上看到周末在金天宾馆有大型的白领联谊会的消息,叫"蝴蝶会",是一个自称"小龙女"的女孩通过网络组织起来的。是不是会有更好的机会呢?她发信息给秦一星,问要不要去。秦一星回信说，去看看场面也好。她要秦一星写一段真情告白，自己拿到台上去秀一下。不一会儿秦一星就发过来了："等了好久好久，心中的你，你在哪里？漫长的相互等待，会不会感动上帝？给我们一个偶然的机缘，让我们走到一起……"柳依依背了几遍，去时坐在车上又默诵了几遍，很流畅了，才放了心。

宾馆门口有好些老人拿着儿女的照片在交流，觉得有点希望的，就塞给对方一张纸，上面什么信息都有。有个老头的儿子在美国读博士，好几个姑娘围着他，一口一个"伯伯"，有一个把自己的姓名、工作单位、电话号码写在照片反面，反复说："您儿子回来了一定要告诉我，伯伯。下个周末我会到你们家去看望您的，伯伯。"柳依依瞥见那是一张艺术照，本人可就差得太远了。她本来也想上去留个信息，看到那个女孩，就放弃了这个念头。这时天开始下雨，柳依依就进去了。

在大厅门口，柳依依出示了研究生证和身份证，登记了，交了八十块钱，领了十个纸蝴蝶。进去后，柳依依的第一个感觉是女的比男的多，心里就有点别扭。转了几圈发现气质好的女孩不少，男的却不多，心里更别扭了。看来看去，两百多个男的，只有那个主持人真的是一个帅哥。有的女孩男孩到台上去做真情告白，或者显示才艺，柳依依一点情绪都没有。每当一个人表白完了，她就会想："可能也是一个隐身人帮她写的。"她端着茶杯到处走走，期望有什么新的发现。有个男的眨着眼向她示意，想上来跟她说话。她瞥见他的前额有点秃，就装作没看见，闪到人群中去了。

两个主持人在音乐声中不停地制造气氛，可人群中气氛显然没有上来，上不来。有两三个男的给了她纸蝴蝶，上面写了他们的信息和联系方式。他们向她要，她也写好给了他们。跳舞开始了，柳依依两手捧着茶杯，有看不顺眼的人过来邀请，就把茶杯轻轻举一下，用微笑表示歉意，喝一口，等那人刚一转身，马上又回到漠然的神情。旁边有个女孩问她:"你发出去几只蝴蝶?"柳依依说:"两只,他们硬要去的。"女孩说:"你还发出去了两只。感觉怎样?"柳依依说:"你觉得呢?"那女孩说:"太失望了。"柳依依说:"学校的舞会就那么回事,谁知这里比学校还不如。"那女孩说:"走吗?"柳依依说:"再看一会儿,不过,还是走吧。"

外面下着雨,柳依依没带伞,女孩撑着伞送她去搭车。女孩说:"想到这里来找一段好缘分,等于是火星撞上地球。不该以前太骄傲了,错过了机会,再也找不到好的了。"她说到四年前,别人介绍了一个,觉得还可以。去餐馆吃饭时,那人舌头不时发出啧啧的声音,她就受不了,不肯再见面。再有一个,是个帅哥,第一次见面时,发现他好几次抬起半边屁股放屁,印象就大打折扣,就那么完了。女孩说:"那时候是精益求精,没想到形势变得这么快,找个像模像样的都不容易了。"柳依依说:"我读本科的时候那么多人来追我,个个都那么优秀,我爱理不理,现在读研了,反而看不到那么优秀的了,都到哪里去了呢?那时候我和一个姓苗的同学去舞厅,总是焦点人物,无比自信,现在都有点不敢去了。这才几年?好像时间都刻在脸上了。"女孩说:"那还刻在哪里?过了岁数,你再怎么心比天高,也只有别人挑你的了。"柳依依心里发痛说:"是的,是的,太不公平了。"又说:"你刚才为什么不多待一会儿?"女孩说:"今天几个像样点的有那么多女孩围着,我看了心里就有气。"柳依依上了车,向她挥手时,忽然想起要问她的电话号码,车已经开动了。柳依依坐在司机后面看着车头的雨刷不停地来回摇摆,身边车窗上的雨滴贴着玻璃流下去,缓慢地,似乎很吃力地,流下去。她朦胧地想起几年前,也许是十年前的某个相似场景,也是一个夏天,也是一场暴雨过后的小雨,也是一辆公交车,那时自己是什么状态,却一点也想不起来了,只留下雨刷摆动的记忆。她忽然有一种想哭的感觉,鼻子抽了几下,忍住了。

随着一声刺耳的喇叭声,车突然刹住,柳依依身子猛地前倾。她听见司机在骂人:"有病吧!"柳依依直起身子想,有病,有病,大家都有病,世界有病,我也有病!她掏出手机,把那段真情告白删去。

柳依依跟宋旭升交往很有把握,进退的节奏都由自己控制着。她明白自己为什么能这样主动,宋旭升确实没有见过什么好女孩,他的经济状况实在是太糟了,好女孩远远看清了,就不会走到他跟前去。如今的女孩,喝醉了酒也清醒如一个超级侦探。宋旭升母亲在乡下要他负担,又经常病,哥哥也要资助一下,他自己在单位也没跟领导搞好关系,机会轮不上,让他成了麓城少有的白领穷光蛋。尽管他高也有那么高,丑也不那么丑,大学文凭也有一张,可女孩都不敢惹他。想到这些柳依依有些委屈,凭什么别人不理的自己要捡起来?她非常犹豫,宋旭升催她表态,她总是说:"我都不急,你那么急干什么?"有几次宋旭升想跟她亲热一下,她轻轻推开说:"别吵。"他就真的不敢动了。这让柳依依有点遗憾,叫你别吵就真不敢吵?吵了又能把你怎么样?宋旭升说:"没听说过谈了几个月还没接吻的。"柳依依说:"那你去找那些认识当天就接吻还可以做别的什么的女孩。"宋旭升说:"也好,也好,证明依依你有那么好。"柳依依心里哼了一声说:"那么好是怎么个好法?"宋旭升双手比画着:"就是,就是……没有,没有……还是个……是吧?"柳依依说:"听不懂!"宋旭升又比画了一番,比画不出一个什么模样,就说:"反正就是,还没有过。"柳依依说:"你有没有过?"宋旭升脸唰地红了说:"啊呀,啊呀,我们说点别的吧。"柳依依想:"也好,也好。"心中一闪,难道他也是经历了千山万水才走到自己跟前来的吗?

柳依依偶尔还是到康定去见秦一星。既然去了,该做的事也还是会做。她想着哪天跟宋旭升定下来了,再不做这些事,也不算对不起他。有一次完了秦一星说:"我们以后还是不要这样了,不好。"柳依依说:"好了几年怎么突然又不好了?"秦一星说:"你的男朋友定下来了,你一心一意跟他好吧,这样下去对你不好。"柳依依说:"你不对我好,我就没心情跟他好。"秦一星说:"再说我不想跟别人分享。"柳依依说:"我没跟他怎么样。"秦一星问:"真的?"又说:"以前你骗他一个人就可以了。现在要骗两个人。"柳依依说:"你胡说什么!"又说:"我想吹了他重新来过。没有一点感觉,以后几十年怎么过得去啊!那是一天天过的呢。我就这么惨吗?"说着鼻子酸了,一抽一抽的,"跟他没话说,昨天他好不容易想起一个话题,问我煮方便面是冷水就下面呢,还是水开了再下面?我说,烦!我真的想重新来过。"秦一星说:"别,别。"柳依依说:"你急什么?偏要!哪有这么穷的科技人员?一双旅游鞋底都磨穿了,垫双鞋垫还在穿。牙膏挤不动了,剪开,牙刷在上面刮刮刮。将来我的那点钱还倒贴给他家用?"秦一星说:"他家不拖他的后腿,他早就被别的女孩抢走了。"柳依依说:"你的意思是别人不要的我捡起来?"秦一星说:"别的女孩不会看人,什么是实惠?对你好就是最大的实惠!他又发大财,他又是帅哥,他还富贵不能淫,对你忠心耿耿,整个一个白马王子,以前可能有这样的事,现在就有点讲故事了。"柳依依说:"你就是他,他就是你!"秦一星说:"你又联系实际。我哪儿发了财,又那么帅?"柳依依说:"你是大帅哥,把我害苦了,谁叫你这么帅?你害人啊,害人!戴着你这副眼镜去看别人,都看不进去。你是丑八怪就好了。你害人啊,害人!"又说:"将来我结婚了你还会记得我吗?"他说:"当然。"

两人又缠绵了一会儿,秦一星说:"现在的男生女生都是父母娇纵惯了的,一个个都太自我了,愿望像钢铁一样坚强,绝无妥协的余地,这就像两个圆相交,共有的部分越来越少,独有的部分越来越多,相处不是件容易的事。女孩结婚前可以心比天高,嫁了人她就得认了。到那天你千万不要听阿雨那些人的,把女权主义旗帜举起来,多少女人都牺牲在这面光辉的旗帜下面了。这是一面斗争的旗帜，不和谐，女人本来就是月亮，不要勉强去做太阳。还那么心高气傲，会成为悲剧人物的。我一个大学同学，多少男生暗恋过的，也是心比天高，快三十岁勉强自己嫁了人，什么也看不惯。丈夫洗完澡不把肥皂洗干净，吃完饭剔牙把剔下的肉屑放到鼻子下去闻闻，她都无法容忍。心态搞坏了，步步是地雷，无事不吵，都要自我到底，纯粹是吵一种情绪。这些鸡毛蒜皮的事都变成了态度问题、自尊问题，硬是把感情吵掉了，分手了。那男的很快又结了婚，她如今四十了还是单身呢，她见了我们总忍不住说当年，神神道道，当年的暗恋者如今都是一方诸侯了，谁要听她说当年？"柳依依说："我知道，你看我，还没把少女时代体会够呢，时间的脚步就近了！你知道我最恨谁吗？我最恨时间，它怎么跑这么快？都是男人不好！作孽呢。"又说："你不也是一方诸侯了吗？"

准备走了，秦一星突然想起了似的说："还有半个月房子到期了，下次的房租就不交了吧。"柳依依说："你想说什么你怎么不直说？"秦一星说："这就是我想说的。"柳依依说："四年了，我知道你对我没一点激情了，男人说缘分，这就是他们的缘分。"秦一星说："四年的激情还短吗？你没听说一本小说的名字叫《爱你两周半》？"柳依依平静地说："谢谢你坚持了这么久。对一个男人来说，这真的是马拉松了。"秦一星说："应该是我谢谢你。"柳依依想着，两个人相互说着谢谢，这游戏也的确玩不下去了。她说："你谢谢我也是应该的，我一生最好的时间都给你了。"秦一星说："知道，知道，不然我也不会对你这么好，是吧？"柳依依满心委屈，想说什么说不出来。你说自己付出了青春，人家已经用"对你这么好"回报了，还能怎么样？这时她明白了结婚的好处，真的到分手那一天，也还有一笔账要算清楚，不像现在这样不明不白，净身出户。唉，快二十七岁了，可几乎所有的家当都在自己身上，其余都归零，经济归零，青春归零，感情也归零，惨。秦一星说："我很对不起周珊，她一辈子只有我一个男人呢。男人不犯错误，对他自己太残酷了；可犯错误，对他妻子太残酷了。这是一个永远也绕不出去的怪圈。"柳依依鼻子酸酸地说："我从你的眼神中读懂你，早就读懂了你，就是不敢对自己承认，怕受不了这个打击。这些话你应该在刚跟我来往时说，不要让我抱那么多的幻想。"她望着秦一星，眼中闪着泪。秦一星身子前倾了一下，似乎想上来抱她，终于站着没动，沉重地叹一声，又叹一声说："那我先走了，来不及了。"什么事来不及了？她不知道。

听见门砰的一响，柳依依就哭出声来。原以为几年下来，自己心中那些敏感的触角已经磨平，像河滩上的一块鹅卵石，圆滑而坚硬，谁知还是这么脆弱。他走了，他并不残忍，该做的他都做了，说残忍那只是故事的结局。意识到自己的哭泣毫无意义，柳依依心中升起了一股豪迈说："潇洒点，一笑了之。"马上又叹了一声，唉，一笑了之，了得了吗？心伤了是真的，青春消逝了是真的，一切归零也是真的，了得了吗？她凑在镜子前，凄然笑了笑，咧着嘴扮出一个鬼脸，可怎么扮怎么别扭。她对自己的表情不满意，极力做出平静的神态，又笑了笑，感觉到了笑意中的残酷，还有对残酷的忍耐。

三天后的下午，柳依依最后一次来到康定拿东西，这已经是第五趟了。她没想到几年来已经积累了这么多东西，真像一个家似的。清好了东西，她站在床前，觉得这房子的一切都那么亲切，床、桌子、椅子、书架、镜子，还有墙上那张"难得糊涂"的字。她知道自己很失败，心痛，想哭。鼻子酸酸地抽了几下，忍着，没哭出来。夕阳照进来，停在她的脸上，慢慢地，移到脖子上去了。在时间的凝固之中站了不知多久，她移动了一下脚步，看见了书架上那架电子琴。那是三年前，为了排遣寂寞，要秦一星买的。三年来，她只是刚买时弹过几次，后来就完全没有兴趣了。她接上电源，随意地按了一个键，一个清晰的声音浮了上来，在她的心上划了一道裂痕，随即又沉寂了，像从岁月深处传来，又坠入了岁月深处。她想再按一下，手伸过去，刚触到键，忽然失去了勇气，收了回来。指尖沾着灰尘，那也是岁月深处的灰尘。窗外，太阳已经落到山后面去了，眼前那一片植物显得特别的宁静，像懂得自己的心似的。藤生植物蓬勃地生长着，几根藤尖高高扬起，夸张而狂妄。几年来，它们是一年年强大了，橘树只能在它们那肥大的叶片的密幛下露出一片两片叶子。远处那棵樟树上飞来了两只不知名的鸟，刚刚停稳，又飞开了。这时楼下的收音机中传来歌声：

那坟前开满鲜花，
是你多么渴望的美啊。

这熟悉的歌忽然给了她特别的感动。多少幻象浮了上来，生动、鲜活，随即又飘开去。时间无知无觉，却又有知有觉，没有什么比时间更加有知有觉。多么迅速啊，青春的时光，带着银铃般的脆响，远去了，远去了，在遥远的地方传来隐约的回响。远去了就是远去了，消逝了，并没有冥想之中的神秘意义，像一个神圣的承诺，在今后的某一天放射出灿烂的光彩。这就是时间，就是人生。自己在人生的角角落落费尽了心思，在大方向上却错了，仿佛那些心思都是为这错而用的。柳依依在窗前凝望了很久，很久，又闭上眼，体会远方那一片隐约而朦胧的声音，似乎有汽车喇叭声、叫卖声，有一个声音在一片朦胧中浮现出来，是一个收废品的人在吆喝。她嘴唇虚无地张合了几下，似乎是想说什么，喉咙中嗡嗡地响了几声，却没有说出来。她本能地感到，想说的那些话太重要又太重大，是一种宣言，又是对这个世界的表态。因为重要而重大，她找不到恰当的表达方式，所有的言语都太轻飘，太苍白，太乏力了。

她接上电源,随意地按了一个键,一个清晰的声音浮了上来,在她的心上划了一道裂痕,随即又沉寂了,像从岁月深处传来,又坠入了岁月深处。

77

柳依依多么想再年轻一点，漂亮一点，哪怕是一点点，一点点。一个女孩，她生活中有什么大事？有什么生命的痛感？这就是大事也就是痛感了。她感到了与岁月的抗争已经开始进入了残酷的阶段，现在还不晚，等到意识到晚了的时候，那就真的晚了。她每天都要在镜子前照上很久，注意脸上每一个细微的变化，又躺在床上把身体摸来摸去，是不是哪里又多出来一块赘肉。这样做着她心里不太服气，为什么女人要承受这么大的压力？可她知道，不服气也只能服气，敢放弃抗争吗？秦一星曾告诉过自己，男人的激情首先是来自身体发出的信号，而不是理性。屈服于这种激情，他们会变得非常宽容而大方。既然男人用这样的眼光看女人，女人就没有办法不用这样的眼光看自己。

每星期跳操三次，雷打不动。还有头发，还有衣服、鞋，等等。她要把每一个细节都做到最好，对一个女人来说，生活的幸福，生命的本质，不在这些细微之处又在哪里呢？每月的花销，是用来与时间抗争的。抗争为了啥，柳依依对别人说是为了自己，可她心里知道，这是为了男人的感受，特别是为了某个特定男人的感受。全世界的女人都这样想这样做了，难道自己是个例外？有时候她想，这些投资是要收回来的，从某个特定男人那里收回来。所以，似乎要嫁给一个有钱人才合逻辑，也才可以保证这种昂贵的抗争能够长久持续下去。昂贵的抗争是为了获得某个特定的男人的心，而获得这个男人的心是为了维持长久抗争，这不是鸡生蛋、蛋生鸡吗？这个怪圈把那么多女孩绕进去了，难道自己也跟她们一样？柳依依对自己问了十万个为什么，最后发现仍然停在原地：该做的事一定要做，那就是竭尽全力与时间抗争。

柳依依花一百多块钱去做了一个新的发型，把头发烫了。做完以后对着镜子照了半天，手抚了又抚，并没有发型师许诺的意外惊喜，甚至连以前还不如。发型师站在后面说："真的出了效果，添了妩媚，又洋气了。"这让柳依依稍稍安心了一点。她去问同学，都说还可以，却没有一个人像她希望的那样拍案叫绝。从她们的神态中她知道这个发型失败了，心痛那一百多块钱。想去拉直，又得花钱。她打电话告诉了秦一星，秦一星说："啊呀，你怎么不早问我？烫发不好，显得成熟。"一听"成熟"这两个字，柳依依心就沉了下去。她说："你在哪里？过来帮我看看，她们讲的，我都不信。"秦一星晚上开车到学校接柳依依，看了她的头发说："也还没差到那么厉害。"柳依依说："头发就是我的命，我明天去把它拉直了。"秦一星把车停到一个静僻的地方，柳依依伏在他的大腿上。秦一星拍着她的背，另一只手在她身上摸索着："你跟宋旭升怎么样？"柳依依说："就那样。"秦一星说："那样是哪样？进展到什么程度了？"柳依依说："那样就是那样，这才多久呢？"秦一星说："现在是什么时代，几天就够完成一个从相识到分手的完整过程了，中间的环节一个不少。"听到"环节"两个字，柳依依懂了，说："你想怎么想你就怎么想，我告诉你没有什么进展。"秦一星说："那我们坐到后面去吧，前面不方便。"柳依依在心里想了一下说："在这里？不好吧。"秦一星说："不好也不是第一次不好。"柳依依说："算了，今天不安全。"秦一星说："那就算了。你还是好好地跟宋旭升好吧。"柳依依直起身子说："我没有觉得谁好，我就觉得你好，我不想跟除你之外的任何人凑合。做一个女人有两大痛苦，被自己不爱的人所爱，不被自己所爱的人爱，都被我赶上了。我为什么这么命苦？要不我做你的终身情人好不好？你不要我，我就自己待着，用孤寂惩罚自己。我真的无可救药了，你可怜可怜我。"秦一星说："你别这样说，你这样说，我都怕你了。"柳依依说："不给你增添任何负担，再有几个月我就毕业了，经济上也不依靠你了，这还不行吗？你就答应了我吧！"秦一星说："我哪有宋旭升好？他年轻，我这两年越来越不行了，你不觉得？再说他是一心一意的。"柳依依说："你为什么要贬低自己？难道你不是一心一意吗？"秦一星嘿嘿笑两声说："也是，也是。总有点分心是不是？还有个琴琴是不是？只有宋旭升是一心一意的。"柳依依发狠说："宋旭升那么好你怎么不把琴琴嫁给他，他跟琴琴的年龄距离还没有你跟我……"柳依依脸上啪地挨了一击，她没反应过来说："你是打我吗？"秦一星马上抱着她说："不是，不是。我想堵住你的嘴，手伸出去太快了。我看看。"他开了车灯端详她的脸。柳依依说："你是打我。"秦一星说："不是。"柳依依说："就是。唉，你心中还有更要紧的人啊。"

　　停了一会柳依依说："苗小慧说要给我介绍一个，是她老公的朋友，大小还是个款。"秦一星说："依依你别折腾了，你以为款是什么好事？款身边美女如云，经过了千山万水的，你凑热闹扮演一个几分之一十几分之一的角色干什么？"柳依依说："实在有那一天，我抓住他的把柄，分掉他一半财产，也算没白辛苦一场。"秦一星说："想得太天真了。他能成一个款，就不是那么简单的人。你能抓住他的把柄？"秦一星讲了台里一个女主持人阿梅的事情。阿梅嫁了一个真正的大款，不到两年，丈夫对她完全失去了兴趣。更青春的美女唾手可得，他为什么要留在她这里？阿梅在台里被观众、娱记和帅哥们捧星星捧月亮捧公主皇后捧惯了的，哪能忍受这种冷落？忍无可忍就动了离婚的念头。阿梅也不是简单的人，请了人跟踪，偷拍了照片，告到法院申请离婚。离婚官司打了大半年，法院说偷拍的照片不予采信。阿梅开始还忍着不跟别的男人来往，怕被反过来抓住把柄，后来实在忍耐不住，跟以前的男友偷偷相约飞到海南去，想着这天涯海角还不安全吗？在她买了机票不到半小时，丈夫派来盯梢的人就买了同一班机的机票。最后的结果是打发一点钱让阿梅走人。讲完了秦一星说:"她还是阿梅呢,如果是你依依,恐怕打发都没有。阿梅不聪明,自己有房有车还去找那么大的款干啥?干啥?她一餐又吃不下一头牛,真能吃下,她也吃得起。"柳依依说:"她是阿梅,她什么都有,不该去赌。我一双赤脚,也不该去赌吗?"秦一星笑两声说:"实在想赌你去赌好了,胜算很小。阿梅这一番折腾下来,四年过去了,自己伤得有那么重了,在电视上的人气大大下降了,青春也只剩条小尾巴了。"柳依依沉默好久说:"好吧。"秦一星送柳依依回学校,两人平静地碰了碰嘴唇,就分手了。

宋旭升打电话来:"你什么时候有时间?"柳依依说:"我不敢见你。"舌头打着滚撒着娇,像含了块糖似的。宋旭升说:"是不是做什么坏事了?"柳依依说:"是的。"宋旭升急了说:"你做什么了,你说!"柳依依说:"人家不敢说嘛。"宋旭升说:"你在哪里?"柳依依说:"我在宿舍。"宋旭升说:"那我就过来了。"

走在校园里,宋旭升说:"到底发生了什么事?"柳依依说:"你没看见吗?"宋旭升说:"我就看见了你。"柳依依说:"那不是?"双手把头发遮住,"你看人家的头发。"宋旭升把她的手扯下来:"头发怎么了?怎么了?是假发?是假发也没关系,只要是你。"柳依依大为感动,说:"谁有假发!你没觉得人家的头发不好看了吗?"宋旭升把她拉到路灯下,左右看了说:"没有什么呀!"柳依依说:"你的眼珠还是不是眼珠?人家烫发了,效果不好。"宋旭升又仔细看了看说:"真的烫了。谁说不好?谁瞎说不好?我看着就好。"

找来找去找不到一个安静的地方,草地上,大树下,到处都是情侣。宋旭升说:"别人坐在这里,我们也坐在这里,怕什么。"柳依依不理他,拉着他的手,最后在教工宿舍的屋檐下找到了一个安静的地方。柳依依说:"我的头发真的好看吗?"宋旭升说:"人也好看。"

突然抱着她的腰说:"依依你好看,你让我……看我们相处都这么久了。……行不行?"头俯下来,舌尖在她唇上试探地轻轻碰了一下。柳依依心中非常平静,还有一点抗拒,就没有作声。宋旭升说:"那你同意了?"把头低了下来。这个瞬间她想起了夏伟凯,在江边的小树林中,是自己的初吻。那已经是六年前的事情了。

78

一边交往着,一边犹豫着。柳依依把交往的情况向秦一星汇报,把犹豫的心思也向秦一星汇报。隔那么一段时间,两人也见一次,在餐厅,然后去宾馆。激情像岩石一样在时间之中风化,可该表演还是表演。柳依依想着这已经是激情的余波了,也就是说,缘分将尽,想浪漫也浪漫不起来,显得矫情。这只是一种习惯,自然而然就发生了。表演之前秦一星会问:"你没让他占到便宜吧?"柳依依说:"你不是教导我越是认真就越是要守住那条线吗?"秦一星说:"难道他不会提出?"柳依依说:"世界上有那么好的男人吗?跟你我没法控制局面,对他我有办法。"又说:"怎么总是你计较我?你跟你老婆,还有别人,我也要计较你!我在你面前怎么就这样没有志气呢?我的心啊!我的心啊!"她想着哪天跟宋旭升去登记了,就不再这样,也不算对不起他。

表演之后,柳依依说:"看我跟你这么久,好多方面都习惯了,连穿什么档次的衣服用什么化妆品都习惯了,跟了他这些都要变,难道他买几十块钱一双的鞋,我买几百的?他搭公共汽车还要算算一块钱还是两块钱,我随手招的士?他快餐都舍不得吃好点的,我吃西餐?真的不是一路人,你别强迫我跟他好吧!"秦一星说:"所以他才对你一心一意，所以你才控制得住局面呢。如果没有两全，你要吃西餐还是要安全感？青春饭能吃二十年吗？我不想看到你再折腾，你就死了那条嫁大款的心吧。"柳依依说："谁想嫁大款了？中款还是允许人家想一想吧，这很现实。"秦一星说："你那个中款其实是大款。"柳依依说："其实什么款都不重要，重要的是心里它愿意，不别扭。有几十年要过呢！你怎么就不能让我找一个合心合意的人呢？"秦一星说："这几年在你生活中出现的人有不别扭的吗？生活中就这些人，上帝不会因为你的需要创造更好的人出来。每个女孩都在向现实妥协，苗小慧没妥协吗？"柳依依说："我妥协得太多了，心里真的过不去啊！"秦一星说："你要看清形势，你的周围就这些人，你没挣扎过吗？没有人了，没有人了！"柳依依觉得这话说得实在，感到震撼，又感到沮丧，挣扎着说："怎么没有人？我读大学的时候，多少人想来接近我？他们不在这世界上了吗？"秦一星摇头说："又说当年，又说当年！你这样下去，我真的为你担心。"柳依依轻笑一声说："我看你是为自己担心。你放心好了。我是死缠烂打的人吗？"秦一星说："真的为你担心啊！"柳依依带着哭声说："硬是没有一点感觉，硬是要靠理性来勉强自己，你勉强自己安慰一下周珊，你是什么心情？难受！这样的婚结了，以后的日子怎么过呢？我真的好苦啊！"秦一星说："知道现实是多么现实了吧！一个女人，她爱自己，就要舍得勉强自己，甚至强迫自己。她太自恋，舍不得勉强自己，到头来吃亏的还是自己。你还不死心，过几年想嫁也嫁不成了，连宋旭升都被别人挖走了。"柳依依连连叹气说："我的心啊！我的心啊！为什么要对我这么残酷啊！"

在犹豫中度过了几个月，柳依依二十七岁了。这原是她给自己设定的时间上限，真的到了这天，她又往后推了一年。在沉醉中过了这么多年，非醒不可了，骗自己再也骗不下去了。生日那天她没提醒任何人，感叹着连自己也到了年龄成为绝密的这一天了。

这几个月她一边跟宋旭升保持着联系，不太冷，也不太热，一边东张西望，看哪里还有更好，更优秀的。什么是优秀，她似乎很明白，但又不明白。她爸爸妈妈已经非常焦虑，再也没有任何别的想法，只要她提出一个人选来，他们都会异口同声地说"好"。这让她觉得他们可怜，就再也不去汇报什么。她相信秦一星的话，对自己好就是最大的实惠，却又暗自希望着更优秀的也会对自己好。这个希望没能实现，接触的人不是动机不纯，就是感情背景太复杂，让她害怕。有个三十多岁的银行经理，方方面面都优秀，接触几天就问她是不是"女孩"，那意思是希望她不是，自己可以进退自如，不担责任。他的原则是不跟"女孩"来往。柳依依知道自己玩不起，她第一步就要弄清这种交往的性质。秦一星说过，越是认真就越是要保守，要给对方留一个念想。可在他看来，现在的人都吃好喝好了，吃好喝好就要娱乐，床上的事就是最好的娱乐。性就是性，属于身体的感觉，与其他一切无关，责任，明天，甚至心灵的感觉。因此也无须深度介入对方的生活，更不要纠缠，大家轻松、自由，这才是抖落了一切外在杂质的纯粹爱情。为什么要想那么远？人活着是为了生活，而不是为生活做准备。一天有感觉就在一起待一天，哪天没感觉了就不要纠缠，现代人要有现代的爱情观念。他表达得很诗意，二十七岁的柳依依知道这有多么恐怖，多么残酷，将会把自己置于一种多么难堪的境地。他需要的只是一个欲望的对象，但她不能这么看自己。这样的人在麓城很多，已经恋爱成精，永远在恋爱，在恋爱的旗帜下实现妻妾成群的梦想。他们在爱的名义下贩卖残忍，围绕自我欲望表达各种真理，比薛经理们更可怕，薛经理们至少还愿意给女孩补偿。这样的人能做丈夫吗？要是以前，柳依依还会抱有幻想，为什么不能改变他的想法，把他争取过来？现在她知道这样的期望是要不得的，根本不能去设想他会为自己改变什么，谁会为谁立地成佛？她对他深不可测的经历感到恐惧，绝对不能跟他走，那是一条绝路。柳依依不想跟他玩这种游戏，只有那些在每个男人怀中都纯情的女孩才有资格玩，她们已成为冷血动物。她抱着"不跟你玩"的想法，断然地跟他中断了联系。分开来柳依依没有一点遗憾，不属于自己的就无所谓失去。

五月份，柳依依顺利地通过了论文答辩，在这之前她已经在银河证券中山路营业部找到了工作，是客户部助理。她的导师想为她联系去上海财经大学读博士，宋旭升则说："从你收到读博通知书那天起，我就不敢跟你见面了。我没想过找个女硕士，更没想过找女博士。你真的要我怕你呀！"这样柳依依放弃了考博的愿望，心里纳闷着怎么男人读了博士给爱情加分，女人却是减分呢？

第一次领到工资，两千多块，柳依依心情特别好，这么多钱不是没看见过，可自己挣来这么多钱，还是第一次。兴奋着她想打电话告诉秦一星，又一想，他会看得起这点钱？就告诉了宋旭升。宋旭升在电话那边说："真有那么多？"又说："真不错呀，你。"声调有点懒洋洋的。柳依依说："我晚上还要请你的客呢。"宋旭升说："要请我请。"柳依依意识到自己太兴奋了，宋旭升的工资只有一千多呢。她说："你想那么多干什么？"

现在柳依依已经没有别的想法，也不再去寻找新的线索。要嫁的人，不是宋旭升，也是宋旭升。可她还在等待，等什么，不知道，似乎是在等那个为自己定下的二十八岁的期限。十月的一天，宋旭升的妈妈风湿性心脏病已经病危，宋旭升跟柳依依招呼一句，就回去了。第二天打电话过来，希望她过去扮演儿媳的角色，给临终的人一点最后的安慰。柳依依没有犹豫就同意了，有一种奉献的崇高感。同意之后又犹豫起来，去不去呢？自己又不真是他的什么人。最后还是打的去了长途汽车站。在汽车站她给秦一星打了电话，秦一星说："你还要买点礼物。"柳依依说:"我去做好人还要我倒贴?"秦一星说:"这是最起码的礼貌,还要抢事情做,嘴巴亲热点。"柳依依说:"我哪有那么好?也没心情,也没钱。"秦一星说:"回来我给你报销。"柳依依买了一大堆东西,才几十块钱。宋旭升在县城接了她,又坐了一个小时的中巴,下了车还有四五里路。最后一两里是田埂路,前一天刚下过雨,柳依依穿的是高跟鞋,在田埂上踩得东倒西歪,几次差点摔到田里了,生气说:"不想去了。"宋旭升说:"扶也扶不住,我背你吧。"柳依依趴在他背上说:"会摔倒的。"宋旭升说:"我走了快三十年了。"柳依依说:"你们这里的人看见了会笑你吗?"宋旭升说:"你认为没通公路外面的风就刮不进来?比麓城还开放呢。出去做小姐没有什么不道德,但只顾自己赚钱,不把亲戚朋友左邻右舍的女儿也带出去赚,那就是不道德。你看哪家是新房子,就知道这家养的是女儿。这里的人最讲实际,邻居家的房子盖起来了,这就是最好的老师。看了我家破房子,就知道养的是儿子。市场改变了一切,这方面的观念开放是压垮乡村传统道德的最后一根稻草。"

　　快到家了,宋旭升把柳依依放下来。有个小孩吮着手指站在一幢破旧的土砖房门口,看了宋旭升说:"叔叔回来了。"跑到里面去报信。柳依依进了屋,看见墙上有竹片露了出来,窗户是塑料纸蒙起来的,堂屋就只有水缸、饭桌。有个女人在灶下烧火,是宋旭升的嫂子。嫂子说:"来了?"站起来泡了杯茶,又去烧火。宋旭升说:"这几年给他们的钱都看病看掉了。"柳依依说:"嗯。"宋旭升说:"我妈在里屋。"柳依依说:"嗯。"就跟他过去了。墙是发黑的土墙,一张床靠墙放着,木头都开裂了。宋旭升说:"妈,柳依依她来了。"他妈双眼似睁非睁,一只手摸索过来。宋旭升说:"她看不清,想摸一摸你的手。"柳依依说:"嗯。"就在床边坐下,把一只手放那只干枯的手旁边。老人颤抖着说:"你好呢,我崽也好呢。我想喝你们的酒,还喝得到吗?"宋旭升说:"我跟柳依依已经扯证了,就要办酒了。"老人问柳依依:"什么时候,我还等得到不?"柳依依说:"嗯。"望着病人那瘪进去的脸,想,等这件事结束了,宋旭升就可以松一口气了。

出了屋子,宋旭升说:"不该叫你来的,硬是拗不过她。"又说:"看了这个样子,你可能都灰心了。"柳依依说:"我要上厕所。"宋旭升为难地叹口气,还是带她去了。柳依依一看,柴门里一个大粪缸,两块木板搁在上面,人一靠近,一群苍蝇就嗡嗡地飞起来。柳依依瞥见粪缸里有蛆在蠕动,一连退了几步,说:"这怎么解得出来?"宋旭升又把她带到一间房里,从外面拿来一个塑料盆说:"你用我的脸盆,脸盆,脸盆还不行吗?"柳依依说:"我全身都痒起来了,到处都是虫子在爬一样。"又说:"现在还有晚班车吗?我明天要上班,你送我到县城。"宋旭升说:"求你吃餐饭吧。"吃完饭柳依依进里屋跟他妈说了几句,看见那只枯萎的手在床沿边反复摸索,就把手伸了过去。老人不停地说要吃酒,要吃喜酒。柳依依不停地说:"好,快了,快了。"又硬着头皮叫了几声"妈",就出来了。

出了门宋旭升说:"你叫她几声她就彻底放心了。"又说:"依依,委屈你了,下次你别来了。"走到田埂上宋旭升说:"还是我背你吧。"柳依依说:"我自己能走。"宋旭升说:"让我背吧。"在前面挡住她的路,弯下身子,双手伸到后面,"让我背吧,就让我背着吧。"柳依依就让他背了。宋旭升说:"走在乡间的小路上,暮归的老牛是我同伴,蓝天配朵夕阳在胸膛。刚进大学最喜欢唱这首歌,可怎么这里的年轻人都跑光了呢,都不愿走乡间小路看蓝天夕阳了呢?"

在镇上住下了,柳依依上完厕所出来说:"总算解脱了。"宋旭升不说话,柳依依也不说话,气氛很沉闷。半天,宋旭升说:"回麓城你还是解脱了吧,有些事我也不敢想了,已经很谢谢你了。"柳依依沉默了一下说:"穷则思变,你怎么就不思变呢?不思变的人怎么变得了？除了你谁不想改变命运？你想想你大学毕业都六年了。"伸出指头比画着，"六年！六年是什么概念？"宋旭升说："你看我把室主任得罪了，有想头的项目都不让我沾边。搞我这行，凭空又画不出东西来的。要我去求他，我怎么咽得下去？"柳依依说："家里只有几面土墙都咽下去了，你还有什么咽不下去？"宋旭升说："对不起你，所以我……幸亏我们还没发生过什么事情。"

79

回麓城第二天，宋旭升的妈死了，他又回去了。走之前打电话告诉柳依依，柳依依安慰他一番说："那我去不去？"宋旭升感到很意外，说："你还会……还会去吗？"柳依依说："你要我去我就去。"宋旭升说："我当然要你……当然，不过，要不你还是别去算了，要在地上磕头的，到处是泥巴。"柳依依打电话给秦一星，想跟他见一面，秦一星答应了。晚上，秦一星开车在财大图书馆旁一条小路上接了她，说："有什么事电话里也可以讲。"柳依依说："不想来就算了。"开了车门要下去。秦一星把车发动，笑着说："你真得找一个能忍你这小姐脾气的人。"柳依依说："我又不是美女，我有什么资格发脾气？"秦一星说："好了，好了。"把车开到麓江大桥下停了，说："桥上走走。"上了桥，两人默默地走到桥中间，停下，伏在栏杆上看着江水。柳依依打破沉默，说："宋旭升的妈今天死了。"秦一星马上说："那好啊，那好……是吧？"停顿一下又说："那好，痛苦的人可以解脱了，不然……是吧？"柳依依说："其实……其实，怎么说呢？"秦一星说："她解脱了，宋旭升解脱了，你也解脱了。"柳依依说："他还有哥哥呢，侄儿呢。他家庭观念重得要命。"秦一星说:"这不是坏事,是好事,很好的事。那些只顾自己潇洒的人,那才是坏事呢。"叹一口气又说:"依依你看事情要看远一点,潇洒浪漫了鼻子下面这几天,只有那么大的意思。现在那么多女孩都跟着感觉走,高度近视,你总要比她们望得远点吧。"柳依依说:"我不高度近视我会落到今天这一步?刚开始的时候真的看不清最后的结局吗?"

秦一星说:"看对方要看他对家里好,将来你才安全一点。这是眼力问题。"柳依依说:"我看你对老婆那么好,没给我一点安全感。"秦一星笑了:"我想给我有资格给吗?你将来别跟我这样的人打交道。"柳依依说:"我能老那么傻吗?"又说:"女孩不傻,又能怎么样?"秦一星说:"有些男人,心中有个魔念,他自己都没办法抗拒那个魔念的诱惑。"柳依依说:"真的很愿意理解他们啊,这也许不是他们的错,只能怪上帝。男人的爱情,不说爱情,男人的感觉要更新,而且还要到年轻女孩那里去更新,这是一个必须承认的事实,他总不会到黄脸婆那里去更新吧?可女人的青春只有一次,难道生为女人本身就是一个错误?"

秦一星把手放在柳依依肩上说:"好大的风,冷吗?"柳依依说:"身上不冷。"秦一星说:"那么恨我?"柳依依说:"真的恨就好了,我就是恨自己不恨,我真没有用啊!"秦一星说:"你还是把心思移到宋旭升身上吧,嫁给他吧,他心里可能没什么魔念。"柳依依说:"他真的合适吗?我不会去喜欢谁,也不幻想谁会喜欢我,我只考虑合适不合适。"秦一星说:"怎么不合适?情况不是发生了变化吗?"柳依依说:"我的心态根本不对,就像一个精算师一样去算这些事,是不是因为我是学财经的?有时候我在心里算着,是不是应该把身子当成是另一个柳依依的,不管有没有感觉,也不管心里有多么憋屈,多么别扭,多么腻味,奋不顾身地去找一个有钱的,至少还可以享受几年。

我想是这样想,就是做不到,我真没有用啊!可找一个潜力股,就算他是潜力股,等啊等,等他哪天真的爆发行情了,一脚把你蹬了,良心好点,不蹬,晾在那里,慢慢风干,像风干一块挂在屋檐下的腊肉,不也是一场空呀!"

  一辆大卡车从身后隆隆地驶过,柳依依情不自禁地把身子一缩,两个就面对面地把身体贴紧了。吻了一会儿,秦一星说:"下个月我们台里又要组织热吻比赛了,好几对来报名的情侣都表示要打破麓城连续十八小时的纪录。"松开来又伏在栏杆上看江水。秦一星说:"说来说去还是要建立亲情,激情平息了,双方都会问自己,跟他在一起有什么意义?有了亲情什么都是顺的,钱,床上,还有种种感受。我父母那一辈人真的有感情好的,我妈不听我爸打鼾就睡不着,我爸出差了,要催他回来打鼾给她听。我爸非要吃我妈做的饭菜才香,外面赴宴都吃不好。钱分家?没想过,六十岁了,晚上还要贴着脸睡。我就没这么好的心态了,周珊打哈欠擤鼻子吃西瓜的样子,我都难受得很。我打鼾,这是接了我爸的脚,她要把我踢醒。我没问过她怎么想的,但我知道人的感觉都是对称的。我们都在问自己,跟对方在一起有什么意义?意义就是为了琴琴了,就这么耗下去吧。周珊她可怜,可能得了抑郁症了。经视台有个女人,十多年前也是主持人,离婚好多年了,儿子判给了男方,她一个人生活了这么多年,得了抑郁症,前几天跳楼死了,遗书都没留一份。所以,我也只能这么耗下去。"柳依依说:"这么说我越发怕起来了,你们开始的时候还相互有感觉吧?我现在一开始就没有,半点都没有,以后怎么办?只能是爱情是爱情,结婚是结婚,与爱无关。现在还有为了爱情结婚的人吗?"秦一星说:"有些自恋的女人不想对自己这么残忍,结果更加残忍。女人爱自己就要对自己残忍,能勉强自己,强迫自己,那才是真正地爱自己,这是生活的辩证法。依依有些事你看到了,也想到了,看到想到,还要做到才是真正地看到想到。你还是去爱宋旭升吧，女人没有了青春，守在她身边的人，只能是她老公。"柳依依说："我跟宋旭升结婚可以，但有条件，你不能不理我！我的心情不能没有一条出路！"秦一星笑了说："那就把事情搞得太复杂了。"又说："现在的婚姻，质量真的下降了，带着那么多心灵的记忆、身体的记忆，走进去了，记忆还随时可能被重新点燃，甚至物质化地复活，亲情又怎么培养得起来？培养不起来，女人的前途又在哪里？周珊她到哪里去搞婚外恋？"柳依依说："我同情周珊，就像同情我自己。"

　　秦一星又说到宋旭升，柳依依说："你怎么比我还喜欢他？我从来没有找到有感觉的感觉。没有这点感觉怎么能结婚？我的心啊，我的心啊！"又说："你只想把我栽在他身上！"秦一星说："你要觉得自己真的那么伟大，我也没办法，其实吧……伟大不是凭空就能伟大起来的，伟大需要资本。"柳依依说："又往女人的伤口上撒盐。"不经意地说出"女人"两个字，她自己也吓了一跳。秦一星说："一个女的吧，她最珍贵的就是那么些年，你吧，已经被我……们消耗掉这么些年了。你爱自己就要有勇气正视这个事实，不要老觉得自己还是那么伟大。"柳依依心中发冷说："我是不是该说服自己，打折的时候到了？"秦一星说："打折……现实就是这么现实。打折……这几天步行街衣服打折，等宋旭升回来，你带他去买几件衣服。男人，你对他好他还是有感觉的，就像他对女人在某种状态中的状态会有感觉。"柳依依说："我也没有钱。"秦一星说："你现在不是有钱了吗？"又说："你买了到我这报销吧。"柳依依说："听你的可以，但你要答应我，以后不准不理我，你不理我，我就不理他，赖在你身上一辈子。唉，我的心啊，我的心啊！"

80

宋旭升回到麓城，人有些沉默。柳依依说："其实对病人还是一种解脱。"宋旭升说："话是这么说。"又叹口气说："她三十二岁守寡把我们拉扯大的呢，我怎么就没让她过几天好日子？要是我有钱就好了，就是死，也应该死在医院里，才五十多岁呢。"柳依依说："你这是往后看。往前看，要是有那么一天你儿子有了什么病痛，你也叹口气就没下文了？"宋旭升猛地站起来，来回走着，突然站住说："残酷，残酷。要想办法，是要想办法。"又说："我是不是到颜福林那里去算了？"

颜福林这个人，柳依依是知道的，也见过。他是宋旭升的初中同学，高中没读，就到社会上去混了。先是租了一个职业学校的门面开米粉店，过两三年学校扩建，要把门面拆了。他坚决不肯，在外面放出风，说自己是黑社会的人，又在一天半夜在门面前放了两个爆竹，第二天逢人便悄悄地说，昨晚干起来了，我老婆手中弹了。看他老婆的手，果然是纱布吊着。问是什么人开的枪，回答含含糊糊，似乎是与贩毒有关，又反复交代不要告诉别人。这事传遍了学校，再也没人敢说强行拆迁的话。公安局派人来调查，被他一个哈哈打发走了。学校给他找了新的门面，比原来大得多，还给了装修费，他才搬了，开起了一个有模有样的餐馆。过几年发了小财，把餐馆交给老婆打理，自己去郊区开了一家小化工厂。他几次要宋旭升到化工厂去，答应给股份。现在宋旭升动了心，柳依依却不答应，她说："他是什么人？吃了你也不吐骨头渣渣。"宋旭升说："颜福林其实很讲义气的，比陈主任他们好得多，说了你也不会信。"柳依依还是摇头，觉得这想法实在太荒谬。

柳依依要宋旭升陪着去街上逛逛，说："你房子里有股霉味，你怎么没感觉？心情本来就是湿的，待在里面越发长出毛来了。"到了街上，柳依依看中一件夹克，要宋旭升试了，很好，买了。看中了一条裤子，买了，又一双鞋，也买了。宋旭升说："哎呀，你是女的，应该我给你买的。"柳依依说："那我等着那一天，到那天你给我买裘皮大衣，我不会说要给你钱。"宋旭升说："男人没事业，说什么也白说。上次到你家里去，我好大的压力。你家里到底对我印象怎么样？"柳依依说："一般。"宋旭升说："有一般我就很满意了。"柳依依说："一般就是不太好呢，你还以为！"宋旭升说："没拿拖把把我拖出来，我就很满意了。我真的要努力了，不努力真的没法做人了。做个男人，不容易啊！"又说："什么时候我们去区里把证扯了吧。"柳依依说："别人都是捧着玫瑰花跪着求婚的，你动不动就扯证，扯证，那是一块布呀？"

在街上走着，柳依依特别有感觉，简直觉得做女人有一半的幸福就在于逛街，买那些与做女人有关的东西。与做女人有关的一切，衣服、肤色、健美、身材，还有眉眼、胸腰、小腿……当然，还有家、房子、孩子、心疼自己的男人，这就是生活的本质了。不然，还到哪里去寻找生活的意义呢？有太多的诱惑，可惜钱包太瘦，像一只营养不良的小鸡。她记起不久前跟苗小慧去女人街闲逛，苗小慧说："这里的东西不上档次，下次再不来了。"当时自己没作声，心里却快哭出来了。当时她就想，如果嫁给宋旭升，自己会不会痛苦一辈子呢？如果自己小两岁，只要两岁，那就好了，就可以把一切推倒重来。多么宝贵的两年啊！

过了一段时间宋旭升到宿舍来，柳依依一个人躺在床上看书。宋旭升说，单位新房盖好了，转出来一批旧房，如果有结婚证，就可以分到两室一厅。在麓城有一套自己的房子，就是一个遥远的梦想，这个梦想居然马上可以实现，柳依依心里却没有预想的兴奋。她支吾了几句，宋旭升说："你是什么意思？"柳依依说："我自己也不知道是什么意思。"宋旭升说:"那你到底是什么意思呢?过了这一批,又不知道是哪年哪月的事了。"柳依依把身子往床里边靠着,毯子把身体包得更紧说:"我还没想好!"宋旭升双脚叉开,双手张开说:"看就是这个人,看清楚没有?就是这个人。"柳依依说:"这么大的事,不允许我想几天吗?"宋旭升说:"你想吧,三天。第四天还来得及来不及,我就不知道了。"

宋旭升走了,柳依依马上给秦一星打电话,把事情说了。秦一星说:"可以了,这样的好男人不多。"柳依依说:"没觉得他哪点好。"又说:"你怎么就看死了我不能找到一个更精彩的?"秦一星笑一笑说:"不会有奇迹发生。如果有奇迹发生,在一个喜剧性的奇迹后面,就跟着一个悲剧性的奇迹,你最好别幻想。"柳依依想,这不正是自己和他的故事吗?她说:"一个女人,她不到山穷水尽,要她不抱幻想,那可能吗?你看我,像看一个陌生人一样看我,我到了山穷水尽的地步没有?"秦一星哈哈笑了几声说:"说了你别抱什么幻想。"柳依依说:"那意思就是说我已经……"秦一星打断她说:"我没那个意思,昨天报纸上看到六十多岁老太太还在征婚。"又说:"昨天我看到一本书,晚上翻了一下,什么时候你拿去看看,可能有点启发。"柳依依问什么书,秦一星说:"看了你就知道了。"柳依依要他送过来,秦一星说:"这么远的路呢。"还是答应了。

在证券公司门口,秦一星把车停了,并没有下车的意思,说:"好多人等我。"把书递出来,是一本《恋爱大全》。秦一星说:"重点的地方我都打记号了。"他走了,柳依依站在台阶上翻那本书,翻了好一阵没看见有做了记号的地方。她掏出手机给秦一星打电话,秦一星说:"你看下去就会看到的,红笔记的,我也不记得在哪里了。"柳依依一页页去翻,翻到三百多页,果然有一处用红笔做了记号,只有一句话:"女孩过了二十五岁轻易不要跟男朋友分手。"再往下翻,翻完了，也没有了。柳依依有些不高兴，这不是故意戳自己的痛处吗？又掏出手机想骂秦一星几句，手机捏在掌心，冷静下来了。无论如何，这代表了许多男人的想法，也是秦一星对自己的关切。他宁肯跑这么远送来，也不愿直接说，这是一个男人的细心和体贴。她有点恨这本书的作者，女人的压力已经够大了，为什么还要给她们更大的压力？这样想着，她打电话给秦一星，把作者骂了一通。秦一星说："你不觉得他是在关心你吗？"柳依依说："二十五岁怎么了？二十五岁又没犯法，二十七岁更没犯法。"秦一星说："你别相信那些美女作家的屁话，二十五岁，多么年轻，是一张高额支票，先透支用了再说。她是美女，又是作家，你是平凡人，你总该为自己想想未来。二十五岁是高额支票，那是她自己的想法。"柳依依说："你的话我不想听。我要像你一样，到四十岁还去找个情人。"秦一星说："四十岁男人事业打开了，是找情人的高潮期。四十岁的女人找情人？"

　　柳依依知道秦一星是对的，人不能跟自己赌气，就像炒股不能跟市场赌气，越赌越输。她想到阿雨，越到后面就越不肯妥协，早几年豪迈地声称："我不会因为年龄而放弃标准，世界上总有一个人在等着我，正像我在等着他。"豪迈了几年，到今天也不说这个话了。她在等待失望以后，精心策划着想把袁总挖过来，似乎也接近了成功，结果还是受到了重创。跟袁总好了七年，最后摊牌的时候，袁总叫她不要纠缠，她不听。那么多年的青春，一句话就这样打发了吗？事情几乎闹出人命，以翻脸成仇告终。对于已经开始发福的身体，她一方面天天去健美馆，一方面声称："谁规定了苗条才是美？一个现代女性不应该以男人的眼光来看自己。男人们希望我怎样，我就偏不怎样。"柳依依曾被她的宣言激动过，但最终还是看出了其中的乏力和苍白，以至可笑可怜。谁不向往一个理想的男性深爱自己？这是女人一生中最大的期盼。可谁又能够改变他的眼光？与其唱着高调忍受孤寂，不如降低姿态去接受一份平庸的幸福。这一点柳依依非常清醒,清醒之后就有了一种心灵的力量,一种带着理性的残忍。

　　似乎就这样下了嫁人的决心。下定决心以后再回过头去想,觉得不太踏实,又给秦一星打了电话。秦一星说:"早晚是要下决心的,晚下不如早下。"既然他这么说了,自己再想到他那里去寻找安慰,未免太一厢情愿。柳依依说:"好的,听你的。"就挂了电话。她马上又记起还有件事情忘记说了,又拨号过去说:"以前在校园里看到过小广告,有些东西是可以修补的,我身上是不是要去修补一下?"秦一星哈哈笑起来。柳依依说:"你还笑呢,这是人家一辈子的事,我不想让他有一个小看我的借口。"秦一星说:"要我说没必要,他有经验他会知道你是人造的。他有经验没有?"柳依依说:"你说呢?"秦一星说:"所以我说算了。"柳依依说:"那就算了,反正不是我求他。"又说:"他会不会在心里记一辈子?"秦一星说:"现在的男人都想通了,只要眼前这个人能够让他满意,满足,他就只好算了,何必跟自己过不去?谁是谁的唯一?"柳依依说:"想想太没意思了,真的是合伙经营呢,一辈子就结这一次婚,就这样结了,真不知道以后的日子怎么过,这一天一天一天天的,你要我过得去啊!"

81

　　商量好了第二天去区里登记,宋旭升说:"今晚你还会说要我送你回去吗?"柳依依说:"你留过我吗?"宋旭升说:"怎么没有?看你那么稳得住,我觉得也好,也好。"

　　这天晚上柳依依表现得很拘谨,她不想给宋旭升留下有经验的印象。宋旭升对她也没要求太多，似乎也不懂得什么是表现好，或表现不好。完了事气氛忽然有些闷闷的，宋旭升仰面躺着，双手交叠搁在胸前，失去了事前的激情。柳依依也不说话，等着他来提问。可宋旭升不问。柳依依还有些失望，反正要问的，还不如现在问了。她决定今晚还是要有个了结，就试探着说："怎么了，你？"宋旭升说："没怎么，心里难过，很难过，非常难过。"柳依依明白了，马上追问说："什么事不高兴？"宋旭升说："她还问我呢，若无其事呢。"马上又说："松的。"

　　柳依依像挨了一击似的，身体一颤。她什么都想到了，连他把与女人身体有关而又令人难堪的那几个字直接说出来都想到了，却没想到他会这样说。她把身子往床边缩了缩说："觉得很委屈吗？"宋旭升说："难道没有一点委屈吗？""一点"两个字让柳依依心里踏实下来说："如果你觉得委屈，你今天告诉我，还来得及。我不想等过了明天，背一个离婚女人的名声从这里离开。""离开"两个字似乎有很大的威力，宋旭升嘟囔着说："这么大的事，难道还要我很高兴？"柳依依说："这么大是多么大？"宋旭升说："你想它有多大它就有多大。"又说："我一想每个细节都是别人的翻版，心里就过不去。"柳依依坐起来，摸索到内衣穿上说："那你自己在这里想吧，愿意想多大就多大，愿意想多久就多久。"她从宋旭升身上翻过去，坐在床沿穿外衣。宋旭升也坐起来，靠在床头，望着她，也不作声。柳依依边穿边想，如果他真的就这么坐着呢？这么想着她放慢了一点速度，好像长裤总也套不好似的。突然，她又加快了速度，穿上衣服，蹬上高跟鞋，提起挎包，用余光瞟宋旭升一眼，他还那么漠然地坐着。柳依依心中腾起一阵憎恨："好的，你狠。"她想着要赌，也只能赌。既然是赌，心就要狠，赌输了就认命。她也不望宋旭升一眼，就往门口走。手握着门把手，还是忍不住说了一句："你好好想吧。"一狠心把门拉开。宋旭升突然跳下床来,把已经出了门的她拉住。柳依依说:"怎么又不让我走呢?"宋旭升说:"你进来说,进来说。"柳依依说:"不想说。"挣扎着要离开。宋旭升说:"进来说,你看我衣服都没穿。"这时楼道里有了脚步声,有人哼着小调过来了,宋旭升猛地一拉,砰地把门关上。

　　宋旭升把柳依依顶在门上,互相望着,喘着,都不说话。好一会儿宋旭升说:"刚才那个人看见我没有?"柳依依说:"你去问他。"宋旭升把柳依依拦腰抱起,柳依依凌空蹬着双脚说:"你虐待我干什么?有话就在这里说!"宋旭升把她放到床上说:"好,在这里说。"柳依依坐起来,挺直身子说:"我就是这个样子,你有话今天全部说出来,明天我就不想听了。"宋旭升站在床前,双手叉腰说:"没有一点思想准备,太没准备了。她忸怩那么久,我还以为她二十大几了,这么沉得住气,真的是个好女孩呢……这么久你不让我碰,那是什么意思呢?"柳依依说:"以为我是那么随便的人吧?"宋旭升说:"东西都没了,还有什么随便不随便?"柳依依一根指头指着他说:"你有吗?你?"宋旭升怔了一下,马上说:"我们男人有什么有没有?"柳依依说:"又是男人,又是男人!"宋旭升喘几口气说:"反正,反正……反正。我信任了你这么久,真是个冤大头。"柳依依说:"我以前有过男朋友,你又不是不知道。你有女朋友,我也知道。"宋旭升说:"被你一说,半斤八两?"宋旭升坐下来,望柳依依一眼,又望一眼说:"婚前的疯是婚后浪漫的预备学校,我以前对你是绝对放心,以后是绝对不放心,那些事情谁知道你怎么想的?小事一桩,平平常常,无所谓?那样的女人能做妻子吗?这很可怕,太可怕了。别怪我以后管你管得太严了。"柳依依马上说:"你管我有多严,我就管你有多严。"宋旭升说:"我不是小气,某种颜色的帽子我真的的确实在不想戴。"

　　两人言归于好,熄了灯睡下。柳依依的手机在桌子上,黑暗中一闪一闪。宋旭升说:"有人呼你。"又说:"你调到静音干什么?"柳依依说:"不想别人吵我。"不去接。过了一会儿宋旭升说:"那我去看看。"就把灯开了。柳依依马上爬起来接了。秦一星说:"为什么半天不接电话?在哪里?跟谁在一起?干什么?这么晚了!"柳依依正想着该怎么回答,秦一星说:"是不是在宋旭升那里?"柳依依体会到了他的机智,马上说:"是的。"秦一星说:"他是不是在你身边?"柳依依说:"是的。"秦一星说:"都这么晚了,是不是不回去了?"柳依依迟疑了一下说:"是的。"秦一星说:"那好,好。晚安。"就收了线。柳依依仍拿着手机说:"郭经理你放心,事情不会闹大的。"关了机见宋旭升狐疑地望着自己,就说:"下午公司两个人闹矛盾了,郭经理打电话核实情况。"宋旭升说:"你们那个经理真是个经理啊,十一点多钟了来核实情况。"柳依依说:"谁叫他有这么讨厌?下次碰见他,你给他提意见。"见宋旭升还是询问的神色,心里一动,把手机递给他说:"要不现在就打个电话给他,反正他还没睡。"说着心里跳了几跳,他真打过去怎么办?要赌,也只能赌,能踩着钢丝跳舞,还要跳得好,那才是赢家。她见他捏着手机迟疑着,就催他说:"要打就马上打,等会儿他睡了。"宋旭升拿着手机翻找刚才那个号码,柳依依紧张着说:"就算明天传遍了公司,大家笑我找了个小心眼儿的男人,心眼儿只有芝麻大,我也不怕。我就说他是喜欢我才小心眼儿的。"宋旭升把手机还给她说:"我本来不想这么小气的。"

宋旭升说着话就睡着了。柳依依把他的胳膊从自己脖子下移开,侧了身子想睡,怎么也睡不着。她想,秦一星知道了这件事,还会不会理自己?他会不会嫉妒?她担心他会因为嫉妒而生自己的气,忽然领悟到,自己最担心的其实是他根本不嫉妒,很坦然,若无其事。她想象见面后他的神态,各种表情都想到了,都没有把握。回过头再想自己,根本就不知道自己希望他有什么样的神情。

她告诉自己不要去想秦一星,这对宋旭升太不公平。可越是这么想就越是要去想，心中有一种盲目的力量，非要跟自己过不去似的。她把今晚的事情与跟秦一星在一起时做了比较，在有些难以言说的细微之处，无论如何，秦一星是更懂得自己的。跟秦一星有情绪，自己也觉得滋润。跟宋旭升呢，总觉得有点涩，涩，涩。毕竟，女人就是女人啊，她的身体是跟着心情走的啊！她突然强烈地感到了那些细微之处的力量，那瞬间的感觉可以决定事情的发展方向。女人的身体也有着敏感的记忆，朦胧，轻飘，似乎若有若无，却又尖锐而强烈，带着体温。这对宋旭升太残酷了，对自己也太残酷了。睡不着，柳依依摸到手机，想看看时间，显示屏亮起来，她忽然就有了一个强烈的冲动，怎么也克制不住。她悄声地叫了声"宋旭升"，没有反应，就轻轻侧了身体，用毯子遮掩着，给秦一星发了一条信息："在想你。"显示屏一闪，回信很快就来了。柳依依想他居然还没睡着，感到了一种欣慰，并不是只有自己有着不眠之夜。躺在毯子下看到回信是"向前看"。她有些沮丧，难道，过去的一切真的就过去了吗？她非常想再发信讨论这个问题，朝宋旭升那边看了看，忍住了。秦一星曾反复跟自己说过，不要因一时的情感冲动做无意义的冒险，要忍，要忍。是的，他说得对，要忍，忍，忍。

　　朦胧中柳依依感到脸上有点热气，挣扎着睁开眼，天已经大亮，宋旭升坐在床前，头凑在她眼前。柳依依说："干什么？"宋旭升说："没见过你睡觉是什么样子。"又说："早饭给你准备好了，我去报个到，回来一起去区政府。"说着在她唇上亲了亲，手也伸到毯子里来。柳依依说："好了，好了，好了。"又说："人家想再睡一会儿。"宋旭升出去了，柳依依马上掏出手机，想给秦一星打电话，听见钥匙开得门锁响，马上把手机放到枕头下。宋旭升进来说："让我再看你一分钟吧。"又缠绵了一会儿，说："牛奶会凉的，我端给你。"把柳依依扶着坐起来，拿着杯子喂她喝下去，走了。

柳依依等了两分钟，确定宋旭升走了，马上给秦一星打电话。没人接，再打，还没人接。发了信息，也没有回。柳依依恨得咬牙切齿，想着他是不是又跟那个严妍在一起。既然如此，那就算了。柳依依躺下去，想着宋旭升很快就会回来，觉得自己是一个等待宣判的罪人。她又拨了苗小慧的电话，把自己心情说了，问："怎么办呢？你说。"苗小慧说："到今天要我说我真不知怎么说了，早干什么去了？"柳依依说："我就不该有那些经历，将来都是痛苦的回忆。有人说跟精品男人交往就像吸鸦片，要戒掉，难啊！"又说："你说吧，你说，你说什么我将来都不会怨你，你不说就没人跟我说了。"苗小慧说："我说你还是应该跟宋旭升，凭理智结婚的女孩也不止你一个。秦一星好，但你得不到，那对你有什么意义？你再也玩不起了。"柳依依说："真的有那么紧迫？我前天在电视里看到李曼玉说，她这么多年都在等一种缘分，她比我还大好几岁呢。"苗小慧说："她的话你敢信？人家是明星，玩得起，四十岁还有人要，要她。再说她哪个晚上又没有缘分？她等一种缘分，嘿，嘿嘿，电视上作秀你也敢当真？"这时门口又有钥匙开门的声音，柳依依压低声音说："他回来了。你马上来电话，就说自己是郭经理，要我马上去公司。"宋旭升刚进来，柳依依的手机就响了。柳依依接了电话说："郭经理要我马上去公司。"宋旭升说："我什么事情得罪他了，他这样跟我过不去？"柳依依安慰他说："下午，下午。最迟明天。下午。"

走到马路上，回头看看宋旭升并没有在后面跟着，就掏出手机呼秦一星。秦一星说："你还有情绪给我打电话？"柳依依说："什么意思？"秦一星说："你不至于对我说昨晚什么事情也没发生吧？"柳依依沉吟一下说："那不是经过了你的批准吗？"秦一星说："他计较你没有？"柳依依说："能不计较？"秦一星说："我知道他不会计较，他会向自己的欲望屈服。"又长叹一声，"你还是一心一意跟他好吧。"柳依依说:"没有一点热情,做什么事情都没有热情。"秦一星说:"你为什么不表现得热情点,你不是很会表现吗?"柳依依说:"没有表现热情的热情,也没有装作有热情的热情。"秦一星说:"这就是你不对了。"柳依依说:"这不是对不对的问题,我对自己说不对,就能够对吗?"又说:"秦屁,你把我害惨了,我不想去登记了。我觉得结这个婚的状态不好,将来一辈子怎么得完啊!一辈子啊,我只有这一辈子啊!你可怜可怜我,可怜可怜我吧!"就抽泣起来。秦一星说:"现在的婚姻,两个人都太多的经历和回忆,状态不好是正常现象。你别想太多状态问题,能凑合就不容易了。换一个也还是一样,谁会纯洁地等你等到三十岁?你等了他吗?"柳依依说:"他是他,我是我,情绪没上来。"秦一星说:"你要看清楚形势,不会有更好的机会了。你如果放弃了他,重新去了解一个人,又是一两年过去,你就跨三十,进入下一个年龄周期了,风险大大增加。"柳依依说:"万一有更好的机会呢?总有人会碰到运气,连吴安安都碰到了。"秦一星说:"以前没有,以后还会有?奇迹也不是凭空产生的。"柳依依很沮丧说:"你的意思是我现在碰不到,以后就更碰不到?"秦一星说:"你一定要去碰,谁敢叫你一定不要去碰?但愿你不会碰得头破血流了,又哭哭啼啼来找我。"柳依依说:"自私。"秦一星说:"什么叫万一,万一就是万分之一。人一生长寿的话有三万天,其中有三天可能碰到运气,这个运气你敢去碰吗?"

收了电话,柳依依站在那里,不知该往左走还是往右走,她往左走了几步,又往右走了几步,感觉都不对,最后还是在一棵樟树下站住了。她看着行人来来往往,觉得自己是世界上最苦恼的人。唉,心已经支离破碎,百孔千疮。唉唉,不就是一辈子吗?一辈子值得那么认真吗?怀着孤注一掷的期待,柳依依又拨了阿雨的电话,把自己的心情说了,模糊地希望着得到一种意料之外的指点。阿雨说:"依依,你真的那么需要那一张纸吗?独身那么可怕吗?婚姻对一个独立自尊的女性来说真的可有可无。两个人如果有爱,为什么不可以爱得纯粹?为什么不能远离肯定会面临的平淡和义务?为什么不能自由地安排自己的生命状态?"听了这些话,柳依依有些失望,毕竟自己都二十八岁了,没有那种青春的激情和冲动了。别人怎么样自己不知道,阿雨的自由和纯粹是一种什么状态,自己是知道的。阿雨对男人已经绝望,这绝望来自多少次痛苦的经验。现在阿雨把这种不得已的自由和纯粹当作主动的选择,这只能是一个悲剧性的喜剧,她需要用这种喜剧化和矫情的豁达来掩饰自己的处境,有多少白天自信而豁达的女人,夜晚却在默默地咀嚼孤独啊!柳依依说:"我不像你,我是平凡人啊!"又聊了一会儿,柳依依找机会打断阿雨的话,收了线。想着阿雨最近经常来电话叫自己去玩,不去不行,这种带有强迫意味的友谊让柳依依有些反感,也有些替她担忧。男人的世界渐渐对她封闭,女人的世界也渐渐对她封闭了。柳依依想,都是有家的人,谁有那么多时间陪她?我不是女强人,我要有个家,有个孩子,我不能走到阿雨那种状态中。

深秋的阳光从树叶透过来,照在她的脸上,有一种带着凉意的温热。虽然内心抱有不可遏止的幻想和期望,但柳依依还是很清楚地知道,这个世界不会发生奇迹,对秦一星不能抱有幻想,对那个"万一"就更不能抱有幻想了。站在那里不知多久,她知道这是徒然的挣扎,拿出手机拨了宋旭升的号说:"人家在大门口等你半天了,你是不是不想去了?"

82

柳依依原来想着,结婚了,那就是认了,外面的风景再怎么好,都只能认了,认了。似乎下了一个很大的决心,认了,一心一意跟宋旭升过日子。可心中总是有一股盲目的力量,任性,专横,不讲道理,把她往秦一星那边推,推,推。心灵有自己的逻辑,在理智之外。柳依依想抵抗,试了好多次,都失败了,女人总是无法勉强自己的心。有个秦一星放在这里,也没有一个一刀两断的仪式,很自然地,就想打电话联系一下。通了半天的话,秦一星说:"还是让我再看看你吧。"柳依依说:"那不好吧。"没有同意,秦一星也不勉强。两人一星期两次三次通电话,竟有了死灰复燃的意思。柳依依意识到了危险,可又对自己说,通个电话又算什么呢?通着话秦一星说:"还是让我再看看你吧。"柳依依想,见个面又算什么呢?就又说:"最后一次。"见了面自然而然就亲热了,柳依依想,只能到此为止了。可亲热着又有了情绪,秦一星说:"那还是来吧。我原来以为你跟别人在一起了,我就不会接受你了,没想到还能接受。"柳依依说:"这是我的幸运还是我的悲哀?"秦一星说:"不讨论那么哲学的问题。走吧。"柳依依说:"这不好吧?"又说:"真的最后一次。"就去了宾馆。柳依依觉得这一切都很自然,感觉不到应该不应该的界线在哪里。在过程中柳依依忽然抽泣起来。秦一星说:"怎,怎么了?"柳依依说:"最后一次。想起了过去。"秦一星说:"别,别哭,你一哭,我,我就不行了。"柳依依说:"我屈服于你的淫威了,你是我的神,我是你的奴隶。你打我吧,打我吧,我没有一点尊严了。"这最后一次都很投入,甚至有些疯狂,是很久没体验的。疯狂之后,嘴上还说着"最后一次",心里却知道事情没完,完不了。柳依依说:"我已经习惯你了,明知道你有不好的地方,可还是觉得你每个方面都恰到好处。"从这以后,两人的每一次都说是最后一次,这个最后又没完没了,再以后就不说了,似乎新的默契就这么形成。这样做了,她事后还是会有点歉疚,看着宋旭升心里想着:"可怜的人啊!我已经是一个空壳美人,谁叫你瞎了眼找了我呢?"柳依依发现,男人要找真正的女孩,那不是没有道理的，经历那么复杂，心灵能纯净吗？婚姻需要起码的纯净，有没有这份纯净，你是你，我是我，外人看不出来，可对当事人来说，那是完全不同的啊！她给自己定了一个期限，跟宋旭升举行结婚仪式之后，就不再这样了。

宋旭升一天几次给柳依依打电话，第一句总是问："在哪里？"柳依依说："在公司。"或者说："在跟朋友聚会。"有一天宋旭升去广州出差了，晚上柳依依去了宾馆，跟秦一星正准备亲热，宋旭升的电话来了，问："在哪里？"柳依依说："在床上。"宋旭升又问："在干什么？"柳依依说："睡觉。"宋旭升说："到底在哪里？干什么？"她说："告诉你在床上，睡觉，骗你了吗？"生气地收了线。秦一星说："在床上睡觉，你倒是实事求是。"柳依依说："我不想撒那么多谎。"又有一次下了班在宾馆开好房，宋旭升的电话来了，问："在哪里？"柳依依迟疑了一下说："公司。"宋旭升说："怎么又要加班？"又说："今天公司怎么这么安静？还有谁加班？"柳依依说："什么意思？"宋旭升说："平时公司都有点热闹。"收了线柳依依说："你快送我去公司吧，万一他认起真来，骑着那辆破车到公司去，就不好说了。"秦一星说："那我们快点。"柳依依说："怕来不及了，他经常搞突然袭击，嘴上说是想我了。"秦一星说："快点，快点。"上衣也没脱，匆匆亲热一回，就下了楼。上了车秦一星说："他怎么这么不放心你？"柳依依说："我自己都不放心自己，他怎么会放心？"

到了公司，宋旭升并没有来，柳依依打电话过去，知道他在菜场买菜，心里有点懊恼。回去时她想好了怎么解释公司里为什么那么安静，可宋旭升忘了这事似的。吃完饭宋旭升说："你们公司的电话号码是多少？我到现在都不知道。有时候你打我的电话也可以用公司的座机，总是用手机，不要钱？"这是柳依依的一个精心安排，她不想让他知道办公室的电话，知道了自己就更不自由了。柳依依说："你要知道那号码干什么？"又急中生智地说："办公室还有两个老女孩，熟女，剩女，想丈夫都想疯了，我不想要你跟她们讲话。再说我上班很少在办公室，一般到大户室去了。"这样说着，还是把号码告诉了他说："不相信我就直说，你凭什么这么不相信我？"宋旭升说："我凭什么？现在的女孩要守，除非她足够纯洁，才能相信她。我们科室有个女的出墙了，她老公还不知道呢。你说她老公不是奇蠢如猪吗？"柳依依说："你怎么乱打比方？"宋旭升往窗外一指说："我说她，她，她。"柳依依想生气，想了想，忍了。晚上看电视，宋旭升想看哪个台，柳依依偏说不想看那个台。这样换了几个台之后，宋旭升说："什么意思呢？"柳依依说："什么意思，你问我？你说，有什么意思？"

到年底房子装修好了，柳依依打电话告诉了妈妈。妈说："那就把事情办了吧。"柳依依对宋旭升说："我妈说那就把事情办了。"宋旭升说："能不能简单点，搬过去就完了。我一想起那么复杂的程序，头就大了。"柳依依也想简单点，少当一天的焦点人物，可以省多少事啊。她跟妈妈商量，妈妈说："我把女儿养这么大，喝杯酒都很过分吗？"柳依依说："太麻烦了，妈。"妈妈说："人活着就是个麻烦事，谁怕麻烦就不活了呢？"柳依依又打电话给秦一星，秦一星说："你妈是对的，你不让他麻烦，他以为结个婚好容易，怎么会珍惜？仪式是用来认同你的价值，保护你的未来的。"柳依依说："我要谁保护？是他贴着我要找我的，我还会怕他？"秦一星说："依依，你是女人，女人今天可以骄傲并不意味着明天也可以骄傲。"柳依依想了想，叹口气说："好吧。"又说："到那天你别来，不然我忍不住老盯着你，心就散了。"

柳依依对宋旭升说："婚礼要办呢，要办就办出个样子。"宋旭升叹气说："到哪里去找那么多花车呢？至少得六台才像个车队吧？"柳依依说："六台？谁结婚只六台车？丢不起那个脸。"又说："郭经理有台车，电视台还有个姓秦的熟人有台车，其他十台，你去找，你以

柳依依看着伞上的水滴在车顶上，一滴，又一滴，水珠又从车顶滑下来，滴在秦一星手背上。

为结婚是那么轻松的事？"

过年之前完成了婚礼。颜福林给宋旭升找了十辆花车，总共十二辆车的一个车队，让柳依依觉得很有面子。婚礼的前两天，秦一星开车到证券营业部楼下，把柳依依叫了下来。天下着小雨，柳依依打着伞站在车旁，秦一星从车中伸出手来给了柳依依一包钱，说："八千八。"又说："后天我还是来看看你披婚纱的样子，吃饭我就不进去了。"柳依依捧着钱要哭了，说："你看我真的就这么结婚了，我心里好苦啊！我跟你，五年，你想想，五年啊！"秦一星说："都要做新娘子了，还哭？"柳依依说："下了班你接我去宾馆吧！这是真正的最后一次了。"秦一星说："那好吗？你都要做新娘子了。"两人都不说话。柳依依看着伞上的水滴在车顶上，一滴，又一滴，水珠又从车顶滑下来，滴在秦一星手背上。柳依依盯着他搁在车窗上的手，多少年了，那是一双多么熟悉的手啊！她突然说："那我上去了。"也不等他回答，把伞转了一下，水珠斜飞出去。她把伞斜下来，挡住了自己的视线，转身走了。

婚礼那天，秦一星来了，他的车上坐着柳依依的几个同学，送到了酒店大门口。柳依依先到，披着洁白的婚纱站在大门口张望。宋旭升说："上去吧。"把胳膊送过来。柳依依挽了他的胳膊，说："不知同学都到了没有？"秦一星没有下车，把一只手伸到车外远远地朝柳依依隐隐挥了挥，柳依依把戴着白手套的手轻轻抬了一下，很艰难地，又抬了一下，终于没抬起来，就垂下去了。上了楼，柳依依捧着鲜花和宋旭升并肩站在餐厅门口迎接客人，她看着从楼梯上来的人，希望有秦一星，又怕有秦一星，终于没看见他上来。十二点零八分，婚礼开始，当司仪要新郎把新娘抱上台，很多彩带朝柳依依飞过来。柳依依闭上眼想着，如果是秦一星抱着自己上去，会不会有不同的感觉？好不容易婚礼结束，客人散去。柳依依和宋旭升回到家里，两人在床上清点礼金。宋旭升说:"送得最多的是颜福林,八百八呢!我跟他其实也就是同学关系好点。"柳依依说:"八百八,他真的是个朋友呢。"宋旭升说:"要不我还是到他那里去试试,他答应给我百分之五的股份。他想开发一种环保墙漆,正好是我饭碗里的菜。"

晚上来了一些同学,闹了很久,渐渐都散去了,最后苗小慧也走了。宋旭升收拾房子,柳依依斜靠在沙发上看电视。看看宋旭升收拾得差不多了,柳依依说:"想出去透口气。"宋旭升双手撑着腰喘着气说:"你还不累?"又往睡房瞟一眼,"早点休息?"柳依依眼睛转向电视说:"散步是最好的休息。"

走到院子里,宋旭升捞住柳依依的手,攥紧了说:"从此我就不要到外面去吃盒饭了,这些年我吃下去的潲水油可能都有几桶了。真好,真好。"柳依依说:"那我就不必一个人散步了,这些年我一个人散步鞋都磨破了几双了。"宋旭升说:"你看我都快三十岁了,你也不那么小了,什么时候趁早把儿子生下来算了。"柳依依说:"谁那么傻?一结婚就生儿子!乡下脑袋!"宋旭升说:"苗小慧不是吗?她傻?"柳依依说:"她是儿子来了才结婚的。"宋旭升说:"陪我剃头去吧。"柳依依一根手指在他额头上点了几下说:"这个乡下脑袋硬是个乡下脑袋呢,到城里这么多年了还是个乡下脑袋。别人都说去美发,他开口就是剃头,剃头。"

83

婚后的第一个春节是在柳依依家过的。初八宋旭升要上班,初七就回麓城了。柳依依还存有几天假,晚几天回去。这天晚上秦一星忽然发了信息来问:"明天是什么日子?"柳依依想起明天是元宵节,这又算个什么日子?她回信说:"你怎么还会想起我来呢?"秦一星又问宋旭升在不在,听说不在,便打电话来说:"我不想起你那还想起谁?我一个春节都没过好。"柳依依心里很舒服,嘴里说:"你把我当小孩子哄呀!"秦一星说:"明天是我们相识五周年纪念日,你怎么会忘了呢?"五年来从来就没有这个纪念日,忽然又冒了出来,柳依依感到后面有点什么意味,说:"是吗?哦,是的,是的又怎么样呢?"秦一星说:"我们明天找个地方纪念纪念吧。"柳依依说:"我还以为你会给我一个意外的惊喜呢。纪念纪念,男人真的会说话呀。那不好吧?"秦一星说:"就看看你有什么不好?想看看你了。"柳依依觉得这样不好,仪式都举行了,那么大的场面,那么多见证人,给她造成了心理压力,应该画出一条截然的界线了,可自己又抵抗不了那想象中的激情诱惑,说:"那不好吧?宋旭升知道了会暴跳的,他说过如果我出墙了,他要背大刀砍的。"秦一星说:"你要向他汇报那我就不好说什么了。"又说:"就看看你。"柳依依想,唉,出墙就出墙吧,反正事情也不是今天才开始的。哪天生了儿子,就不再这样了。她说:"你怎么这么会说话呢?你这么会说话我就没办法了。"约好了在麓城接站的时间。

刚下车有人在叫"依依",柳依依正准备兴奋而爆发地叫一声"秦屁",一看却是宋旭升。她非常失望,失声说:"你来干什么?"宋旭升怔一下说:"不是来接你吗?那我来干什么?你说?"柳依依说:"谁叫你接?接我也不说一声!"宋旭升说:"不是想叫你惊喜吗?"又说:"你妈叫我来接的,说你带了好多腊肉干菜。"柳依依急得心痛,说:"她怎么这么多事!"把提包放在台阶上说:"厕所在哪里?"就去找厕所,蹲在那里把情况跟秦一星讲了。秦一星说:"今天只好就这样了。还有明天呢,后天呢。"柳依依说:"你看他有多讨厌。"秦一星说:"你安静一点，宋旭升也不是那么迟钝的人。"柳依依说："他只有吃醋的时候敏感。"

第二天一上班，秦一星就来了信息："推迟一天的纪念日还是纪念日。"柳依依回信说："你说是那就是。"秦一星马上打电话过来说："那就在中午吧！"柳依依说："中午我只有一个半小时，只够吃个饭的时间。"秦一星说："那太短了，晚上吧，你把家里安排好。"柳依依应了说："这几年我是不是被你调教成一个坏女人了，我骗别人信口开河来得好快，一环套一环滴水不漏，脸不变色心不跳，像受过训练的地下工作者，我自己都怕。"

下午快下班时柳依依给宋旭升打了个电话，说："郭经理刚才通知我把那些大户的资料统计一下。"她把后面一连串的环节都设计好了，等宋旭升来问。宋旭升说："又要加班，我还想你陪我到颜福林那里去呢。"柳依依顺水推舟说："那你去，我去有什么用？"宋旭升说："他要我去帮他，我让他来说服你。"柳依依说："好了好了，他说服了你就是说服我了。"宋旭升说："那就不用说服了。"柳依依想，到时候他把电话打到办公室来怎么办？说在另一间办公室吧，他更会有想法。于是说："加完班郭经理请我们几个吃饭。"宋旭升马上问："有几个？哪几个？"柳依依说："烦不烦呢？张三、李四、王五，还有我，加上郭经理，五个。五个，反正不是两个。"宋旭升说："那我也来吧，五个人是吃，六个人也是吃，吃完陪你回家，晚上你一个人回家我不放心。"柳依依说："什么意思呢？你守着我呀！"宋旭升说："守着你那是我的责任，别人我有心情去守她？"

想来想去，柳依依想不出一个万全之策，碰到这个死心眼儿的人，就不会有万全之策。她只好又打电话给秦一星，把事情讲了。秦一星说："哦。"柳依依等他说下面的话，也许再推一天，哪怕明天中午，自己下午请一会儿假，时间也来得及。可秦一星却再不说什么。她只好说：

"再联系。"把话筒沉重地放下。双手支着头坐在那里,柳依依心情很郁闷,宋旭升竟然这么执着,秦一星竟然这么淡漠,都是没想到的。自己呢,两边都恨,又两边都对不起。

三点钟收市后,柳依依四点半钟给宋旭升打了电话,说材料做完了,饭也不去吃了,晚上回家吃饭,现在就去买菜。以后几天柳依依一直在等秦一星的电话信息,竟然没有。她想打电话过去,又觉得太没面子。又等了两天,实在忍不住了,就拨了秦一星的电话,说:"这几天忙什么?"秦一星说:"也没忙什么。"柳依依怔了一下,原想着他说忙这忙那,这么多天不打电话给自己,好歹也算有个说法。可现在给个台阶人家都不下,真叫人难堪。柳依依说:"我还以为你很忙呢。"秦一星说:"哦,忙,忙,我什么时候不忙?"又说:"你们家里的那个人阶级斗争的弦绷得太紧了,跟他斗太累。"柳依依说:"你什么意思?"秦一星说:"没有别的意思,有些人我不想跟他去斗。我是谁,我跟他斗?"柳依依说:"你到底是什么意思?"秦一星说:"没有别的意思,就是不想闹出什么事情来,别的我不怕,死我是稍微有点怕。"柳依依说:"人家没有那么凶。"秦一星说:"没那么凶,跑过来一吵,给我周围窥视着的人把柄,我这把椅子都没得坐了。前几年一个副台长就是在那巴掌大的地方犯了天大的错误,被人搞下来了。"又说:"他怎么看你看这么紧?难得他有这份心情。有人守你,这是一份福气。"柳依依说:"要是他是你就好了,这么多年你没守过我一整天。我是想要的要不到,想甩的又甩不脱,命运就是这样跟我过不去,我过的这是什么日子?我的心啊,我的心啊!"柳依依等着秦一星说下一次的安排,可他不说。柳依依想,难道还要我来说,我有那么厚的脸皮吗?又说了一会儿话,柳依依说:"最近公司下午事情不太多,我晚一点去上班也没关系。"秦一星笑一声说:"那你这份工作很好呀!很好,很好,真的很好。"

打了这个电话柳依依非常后悔，什么叫自取其辱？又非常愤怒，可这愤怒又向谁讲去？他曾对自己那么好，可是，说归零就归零。细想之下，这实在也是唯一可能的结局。苗小慧打电话来，问她现在的状态，问到秦一星时，她说："不想跟他联系了，被他缠上，万一宋旭升知道了，那会出人命案的。"苗小慧说："凭你应付宋旭升那还不是一碟小菜，小菜一碟？怕就怕串了种，那是几十年的麻烦，真的会出人命的。"柳依依笑了说："你的没串吧？你对这问题这么敏感，我都有点担心了。"苗小慧说："我现在收心了，再不收心就玩不下去了。"柳依依说："我向你学习。"又说："你收了心你老公收没有？"苗小慧说："谁知道？我不去关心这个问题，自寻烦恼。如今男人记得家里还有老婆孩子，把钱带回来，又不把外面的细菌带回来，那就不错了。再好，我也不敢想了。"柳依依忽然觉得找宋旭升也有一种好处，至少不必担心他花心吧。这样想着有了一种找到平衡的感觉，说："幸亏宋旭升没有钱。"苗小慧说："没钱也好，没钱那些故事就没有产生的基础，谁真的是多情种子？外面说麓城女孩多情，那是屁话。"柳依依说："你真的变得这么大方了？"苗小慧说："谁叫我是购物狂？我经不起那些好东西的诱惑，就只好闭着一只眼。世界上两全其美的好事有，少，既然少就不能指望那唯一的例外就发生在自己身上。再说，男人你要他规规矩矩，他说你压抑人性，不人道，你能说他没道理？"柳依依说："唉，连女人都说这个道理是道理，女人的前途就太黯淡了，难道做女人真的是个天然的悲剧？"

虽然反复对自己说，秦一星的事情就这样结束了吧，但柳依依心底还是有一个自己不愿也不敢正视的期望，秦一星还会打电话来的。这期望像天上的月亮，一会儿躲在云中朦朦胧胧，一会儿又明晃晃地悬在那里。她在心中模模糊糊地计算着秦一星的情绪周期，以及这种周期可能的极限。

过了一星期，又过了一星期，没有动静。柳依依越是告诫自己不要再去想这件事，那种期望就越是生动而清晰，渐渐地聚成了一种巨大的焦虑。这焦虑凝结起来，在胸口结成了一个有着清晰边缘的实心结，像有人偷偷地塞进去一只铅球。她恨自己，早知道会有这一天，又何必当初？又恨秦一星，你既然那么懂女人，为什么最后连一个拒绝的机会也不给自己？她又去揣想哪天他真的打电话来了，自己会不会以一种温婉的姿态断然拒绝？她甚至设想好婉拒的方案，却又推翻了，感到自己没有这种抗拒的勇气和定力。想来想去想不清楚，又被时间证明着想也是白想，就告诉自己不要再想。可是，内心那种任性而专横的力量不懂这个道理，非想不可。不但要想，而且越想就越生动、细致、活跃。一想到秦一星身边可能又有了别的女人，心中就像钝刀子在割似的。唉，爱上一个人是多么悲哀啊！

那一段日子柳依依还有一个痛苦，就是要把由焦虑激活的烦躁在宋旭升面前掩盖起来。好几次她对宋旭升无名地发火，菜没择干净，回家晚了，鞋子放得不是地方，衣服上有油点，要吃饭了还吃饼干，饼干屑掉在地上不扫，等等。如果不忍着，她可以从他进门一直数落着，数出无数的不是，直到晚上睡觉。开始宋旭升让着她，问："依依你怎么了？"柳依依说："我怎么了？我？你自己没做好，别人说一句也不可以吗？"后来宋旭升急了说："依依你到底是什么意思？"她说："我是什么意思？你这么多毛病，给人指出来改了不好吗？毛主席说，虚心使人进步，你怎么就不能虚心一点？"她知道宋旭升很冤，也知道他咽得下这份冤。他想要她，不咽下去不行。不但要咽下去，还要来哄她高兴。柳依依想，夫妻没有隔夜仇，这话以前似懂非懂，现在懂了，这话精彩，这话是对着男人说的。

果然，到了晚上，上了床，宋旭升说："依依这几天什么事情那么不高兴？"柳依依想，来了吧，来了。她说："我有那么不高兴吗？"

又说:"被客户气的,停了一会儿电,就拍着电脑叫,我要出货!我要出货!电脑差点都被捶烂。他们是大爷,我是小媳妇。受了气还要赔笑脸,那气憋在心里总要泄出来吧?就像你们身上的东西,憋久了总要找个渠道泄出来。"宋旭升说:"谁敢气我老婆?"又说:"以后你被气着了也不要憋着,会憋出病来的,实在没处撒气就找我撒好了,谁叫我做了男人,当个出气筒也是承担一份责任,是不是?"柳依依说:"真有那么好你多赚点钱回来,我在家里当全职太太好了。"宋旭升深吸了一口气,又叹出来说:"你说我能发财吗?"柳依依说:"他问我呢!这是个有戏的样子?"又说:"你不是要到颜福林那里去吗?"

接下来宋旭升并没有要求什么,熄了灯说:"你睡吧,明天还要去辛苦呢。"柳依依摸黑躺下说:"你就睡呀?"宋旭升说:"看你太辛苦了,就不辛苦你了。"伸一只胳膊过来把她搂过去。柳依依闻到他身上的气息,跟秦一星的似乎有点不同。她又想到了夏伟凯,那气息也是不同的。许多回忆在她心中闪来闪去,像看黄色碟片一样真切,又洋溢着一种悠远的温馨。她忍不住叹息一声,宋旭升把胳膊一紧说:"不高兴的事,过去了就算了。"柳依依说:"我也想过去就算了,可是心里它算不了啊!"宋旭升说:"傻呢。"柳依依哼哼说:"的确是傻。"又说:"我的确是傻。唉,你是个好人。"

不知过了多久,宋旭升已经睡着。柳依依想着自己在宋旭升这里这么平静,没有过激情燃烧的感觉,不过是扮演一个妻子的角色罢了。男人的情况她不知道,女人吧,心灵不到位,身体也就不能到位。结婚也有这么久了,她没有找到那种到位的感觉,而那感觉,是自己曾经体验过的。那种区别,骗得了别人,骗得了自己吗?自己的身心都有这么深的刻痕,宋旭升他呢?他就没有吗?这是一份带菌的感情,需要杀菌,需要杀毒。她设想着,换一个人会有所不同吗?恐怕不会。就那么点激情,已经燃烧完了,就像一座火山只剩下灰烬。过去已经透支了现在和未来，应用来建立爱情和亲情的岁月，就那么挥霍掉了。既然是合伙经营，合不了就散，也只能散。想到这个"散"字，柳依依心中惊了一下，自己也会有那一天吗？真散了自己的路往下就更难走了。不到万不得已，不能走那条路，哪怕只是经营也只得好好经营，不然就真的输惨了。倦倦地要睡去之时，猛然想到自己竟用"经营"这两个字来形容这一生唯一的一次婚姻，这本身就输了，输得很惨。这世上真情越来越难找到生根的土壤。没有土壤，树怎么长得起来呢？更不用说长得枝繁叶茂。谁真的是谁的唯一，谁又把谁永远地放在心坎坎上呢？爱情贬值了，也就是说，女人贬值了。爱渐行渐远，也就是说，幸福渐行渐远了，至少，对女人来说是这样的吧！也许，在这个时代，爱情需要重新定义，需要从神坛上放下来，有愿意睡到一张床上去的感觉，就算爱情了，哪怕只有一天，也算爱情。柳依依感到了难以言说的孤独和悲哀。

84

柳依依对自己的工作还算满意，上班就是跟大户室的客户打交道，有行情就说股票，没行情就说生活。她喜欢跟那些少妇说话，衣服、健美、美容、旅游，只要是女人的话题，天天说也说不腻。天下大事她们也知道一点，但都没有感觉，她们做人都是往小处去做的。一件衣服的式样色彩，一套新颖的健美操，一款刚问世的护肤霜，在她们的感觉中是那么真真切切，洋溢着人生的鲜活。商场也是百逛不厌的。那些少妇都是有钱人，柳依依要跟上她们的步伐，也非得做出个有钱的样子来不可。柳依依觉得人就有这么怪，生活水平上去了，再下来一点点,就浑身不自在。往小处说,就说文胸吧。刚进大学的时候,用的是三块钱一个的,也没有什么不好的感觉。读到三年级,觉得这太没面子了,就去买了二十多块钱一个的,感觉是要好一些。认识秦一星后,他给她买了侬之妮品牌的,七八十块钱一个,那感觉硬是不同,没品牌的就再也不想用了。跟这些少妇交往后,她听她们谈戴安芬品牌货,当时没接话,下班马上就去买了两个,花了差不多三百块钱。用了以后,别的品牌都不想用了。钱没长眼睛,可它真的认得货啊!为了这两个文胸,宋旭升还跟她吵了一架,他心痛那点钱。"一个奶罩,"他伸出右手食指舞动着,"一个奶罩,一百多两百块,穿在里面,"他双手把自己的T恤衫领子捏着抖了抖,"谁看得见?只有我看得见,我看超市几块钱一个的也是一样的,那多出的一百多块钱不是丢到水里去了?"柳侬侬没想到他会生这么大的气,他这么不理解女人,简直无法沟通。她说:"这文胸是国际品牌呢,才一百多,还有三百多的呢。"宋旭升说:"一个奶罩,一百多两百?那老板真的好意思开价!"柳侬侬说:"你看到别人怎么过日子的吧!我不想过那么差的生活。一个文胸一百多,这不算奢侈。"宋旭升说:"一个奶罩一百多两百还不算奢侈,那什么才叫奢侈?"柳侬侬说:"一个文胸才一百多,那算普通人的生活。我身体享受了,精神享受了,值。"宋旭升摇头叹气说:"我中午吃盒饭都吃四五块的,八块的不舍得吃,你动不动就是品牌,品牌,还是国际的,还要品在别人看不见的地方,你觉得这合适吗?"柳侬侬生气了说:"我又没用你的钱!"宋旭升说:"你的钱不是家里的钱?存在那里将来给儿子买几袋有品牌的奶粉不好些?"柳侬侬说:"别的女人要用老公的钱,老公还笑嘻嘻的,我没用他的钱,他还嚷嚷嚷的。要我是你,我真把头夹到这两条腿中间去。"她说着双手往大腿上一拍,做出一个马步,头也那么低了一下。宋旭升脸上马上变了神色,一只手扬起来,似乎是想要打她,但马上放了下去。柳依依觉得自己这是有点过分了,但也不愿表示什么,靠在床上,顺手拿起一本书看,把脸挡住。

他们两天没有说话。柳依依不急,心想,还要我来先理你吗?惯坏了你以后就不好办了。谁知宋旭升也是个倔的,晚上吃了饭,就坐在沙发上看电视,一直看到睡觉。第二天柳依依先抢了遥控器,把碗丢在饭桌上。宋旭升吃完回房去了,到九点多钟还不出来,也不知在里面干什么。柳依依把电视声音调到很大,宋旭升居然也不出来嚷一声。柳依依在心里冷笑一声,想着这也是博弈,看谁先求饶吧。快十一点钟宋旭升出来,把饭桌上的碗拿去洗了。从厨房出来宋旭升说:"晚了。"柳依依说:"你先。"宋旭升似乎迟疑了一下,又回卧室。快十二点柳依依去睡觉,宋旭升居然已睡着了。柳依依把水泥地踩得直响,又在床上弄出很大响动。宋旭升醒了,看她一眼,又侧了身子去睡。柳依依想,你狠,你还跟我赌狠?她把赌气也看成了一次战役,这一战要赢,非赢不可。

第二天中午,柳依依去把头发染了,棕黄色。下了班又去买了两条戴安芬牌的内裤,一件吊肚衫。回到家宋旭升已经把饭做好了,看见她染了发,眼光闪了一下,又转过去看桌上的菜。闷闷地吃完饭,柳依依去看财经新闻。到九点多钟,她去洗了澡,穿着内裤和吊肚衫出来,宋旭升歪在床上看书,看见她怔了一下,又去看书。柳依依在房子里走来走去,嘴里说:"到哪里去了?"似乎是在找一件衣服。她看见宋旭升不断地用眼角余光瞟着自己,装作没有察觉,又走了一小会儿说:"热。"把吊肚衫脱了,上身就剩下文胸,一声不响地躺在床上。宋旭升把书翻得哗哗响,翻了一会儿,不翻了,头凑过来说:"睡这么早?"一只手似乎是不经意地在她胳膊上碰了一下。柳依依把胳膊一缩,不作声。宋旭升说:"还生我的气呀?"把手放在她面颊上,慢慢地滑到脖子上,再滑下去。柳依依推开他说:"别吵,人家困了。"

宋旭升又把手伸过来说："你今天好漂亮啊。"又说："我不吵你吵谁？难道还要我去吵别人？"柳依依说："你去吧。"也不再推开他的手。宋旭升得到了默认，手也大胆起来说："好美啊，这就是我老婆啊，想不到啊！福气啊！"柳依依说："漂亮吗？漂亮还没要你花钱呢！告诉你呢，这裤头又是一百多一条，那件小衣服三百多，你去心痛！我看你要去找个村姑，十块钱浑身上下都搞定了，多省心啊！我这样的人肯定有一点麻烦的。"宋旭升说："不麻烦，也不贵，值，值啊！我也要改变改变观念了，值！"柳依依说："是谁值？"宋旭升说："衣服值。"说着在她的小腹处按了一下。柳依依说："还有呢？"宋旭升怔了一下，马上说："还有你，你值，值得麻烦。"柳依依说："不相信乡下脑袋能现代化，要是那么容易中国早就现代化了。"宋旭升抱她说："你再走走给我看看，真的调动情绪啊，是我老婆啊，想不到啊！"柳依依躺着不动说："我还要去买几件有品牌的衣服。"宋旭升说："好，好，什么都好！你走一走。"柳依依说："我的收入只够我自己买东西，还不够，你的工资卡拿给我，我来安排家里的事。"宋旭升说："好，好，什么都好。你走走吧！"柳依依说："我们不搞AA制，那像什么夫妻？"宋旭升说："好，好。你走走吧！"又去把工资存折拿来："都在这里，都在这里。这点点钱，不好意思交给你管。"柳依依说："现在股市行情这么好，天天帮别人分析股票，帮别人赚钱，自己没有本钱，怎么赚？活活地看着别人的账户天天往上蹿，真难受啊！"宋旭升说："以后下了班我就到颜福林那里去，给同学打工也不算那么可耻的事。明天好吧，明天就去。今天，今天，求求你了。"

  柳依依总是觉得需要更多的钱，来安排自己向往的一个精品女人的生活。看看别人是怎么生活的，她的心就没法平衡。一个叫王蓉的客户说，她一个月要买两千块钱的护肤品。这些不经意说出来的话给了柳依依强烈的震撼。她不得不承认人家的确保养得好，三十多岁还那么光鲜,眼角有了一丝皱纹,或脸上有了一个微小的黄褐斑,那就天塌地陷,不惜一切代价要消灭掉。一个女人,爱自己能爱到那个分上,又有能力爱到那个分上,真的是做女人做出境界来了。后来又听别人说,王蓉的丈夫是国土局的一个处长,找了一个大三的女生。怕她去局里吵,为了安抚她,给了钱让她炒股、美容。这些话让柳依依心情平静了一点,那么高品位的生活也并不是天上掉下来的馅饼。既然丈夫并不欣赏,王蓉她美给谁看呢?一个女人,如果能够两全其美,那多好啊!那可能吗?柳依依想了想,不可能,男人有钱不变坏,那不可能,怎么能够相信人性?

85

下雨的日子总是带来悠远的怀想。
这天下起了细雨,是柳依依心里最有情味的那种雨。收市以后,同事都走了,柳依依坐在窗前,享受这雨中的孤独。感觉很好,这也是一种诱惑。她望着远处的雨中江景,那一片似有似无的簌簌之声,由远而近,由近而远,让她感到了一种温情。不知怎么一来,很突然地,她想起了夏伟凯,是篮球场上敏捷矫健的身影,生动而鲜活。记忆之中的画面一个个跳上来:两人都往对方嘴里塞着香蕉,各踏一双旱冰鞋手牵手去逛街,他骑着那辆运动自行车,自己站在后座上扶着他的肩,小伊人的电视机和镜子……想到小伊人,柳依依心里悠地荡了一下,她意识到了身体发出的信号,清晰而迷离,在有无之间,又在远近之间,像软体生物在某个部位蠕动,蠕动,很温柔,又很执着,蠕动,蠕动。她想逃避,又逃避不了,于是放纵自己,沉入了令人羞涩的遐想。那身影又像烟雨迷蒙远处的雕像,在记忆深处执着地屹立。记忆是真实的,清澈的,近切的,现实反而如梦幻一般。这么多年了,如果当年自己的原则不那么坚定,或者他回过头来的时候自己妥协了,事情会怎么发展?如果他发达了,那毫无疑问,他不可能只守着自己。如果万幸他竟然很平庸呢?当年是不是应该赌一赌?柳依依无法回答自己,而且,她也知道,回答了也没有意义,岁月不会逆转。微风吹进房子,把桌上的《知音》杂志一页一页翻过,发出沙沙的轻响,提醒着恍若隔世的记忆。柳依依仿佛觉得这就是大学时代的某一天,自己独自坐在宿舍窗前,享受着雨中的孤独。多么迅速,又多么感伤啊,毕业七年,好像应该是一段无穷无尽的日子,竟然,就这么过去了。要抓紧生活,要对得起自己,现在省悟还不算太晚。可是钱呢,钱在哪里?没有钱又怎么抓紧生活?柳依依没料到自己面对这一片细雨会想这么现实的问题。她心中闪过"庸俗"这两个字,又觉得庸俗也没有那么不好,生活就在那些细小的地方,思绪怎么飞,最后还是要落到这些地方来。

回到家,柳依依问宋旭升:"你在颜福林那里也有这么久了,什么时候能见到成效?"宋旭升说:"小成效月月都有点,大成效那恐怕得三年。"柳依依说:"天哪,三年!三年我都老了。"宋旭升说:"一个产品弄出来,那比生个孩子难啊,三年是最短的了。我又不能全身心投入,单位的事得应付一下,带的那两个大学生初出茅庐,也不那么得力。"柳依依说:"让我们家过一种有点想头的日子吧!"宋旭升急得在房间里转来转去说:"怎么办呢?唉唉,怎么办呢?"柳依依看他那神态,忍不住笑了说:"看你汗都出来了,这还是我呢,见了领导你也这么唉唉,怎么办呢?怎么办呢?"宋旭升说:"见了他们我是不怕开水烫的。"又说:"唉唉,怎么办呢?要不我退职算了,快马加鞭一天工作四十八小时,还做不出点事来?"讨论了半天,柳依依还是不同意他退职,只能是晚上或周末去做。她说:"我不想嫁给一个个体户,哪天他犯错误了,找他的领导都找不到。"宋旭升右手食指按住自己的鼻尖说:"他会犯错误吗?"柳依依说:"政治错误没资格犯,经济错误没机会犯,别的错误,谁敢犯?"又在他脸上瞧了好一会儿说:"这是个男人吧?是的。是的就不能放心!"宋旭升说:"我自己怎么就那么放心?"柳依依说:"你那么放心自己?你又不是没犯过错误。"宋旭升说:"谁都犯过错误。"柳依依马上把脸沉了下来。宋旭升慌了说:"你不要这么敏感,谁都犯过错误。"马上又手掌拍自己的嘴巴说:"又犯错误了,又犯错误了!"柳依依一扭身,抱起毯子到客厅去了。宋旭升跟在后面说:"我错了,好吗?就算我错了。"柳依依在沙发上躺下来,用毯子蒙着头。宋旭升站在沙发前说:"就算我错了,好吧?过去的事就过去了。"来扯毯子,又被她抢回去,仍蒙着头。反复几次,宋旭升叹息一声,回卧室去了。

  柳依依察觉没声音了,仔细听了一会儿,把毯子揭开一角,发现宋旭升竟然不在身边。他竟敢走!柳依依想生气,却想不出表达气愤的办法,总不能像小时候一样,生气没人理睬就把桌椅碰得砰砰响吧,那太小儿科了。她想起了秦一星,又想起了夏伟凯,他们一定会把好话不停地说下去,直到自己解气的。想起了过去,一幅幅画面在眼前闪回。她想,自己有这么多回忆,又怎么可能纯情?没有纯情,哪又会有真情?没有真情,亲情又从何说起?没有亲情,自己一生将何所归依?难道自己将成为一个无根的人,孤零零地活在这个世上?一个女人,除了到家中,又还能到哪里去找自己的根呢?她体验到了那种悲剧性的前景。有些女孩婚前疯了似的浪漫,婚后却能以严峻的现实感理智地处理眼前的问题,成功地建立起虚幻的浪漫亲情。这需要冷峻而残忍的定力,可自己不行,没有热情还要去表演热情,对自己太残酷了。婚姻的真正敌人,不是计较对方的过去,嫉妒性想象总是一时的，而是那些挥之不去的记忆，记忆总是温馨的，哪怕是痛苦的记忆都飘浮着温馨的气息。她想起多少次自己在康定整天地等待，早上一杯豆奶，中午一包方便面，等得心中咬牙切齿地恨。晚上秦一星来了，想叫他带自己出去吃餐饭，可他一进门就脱她，也脱自己，边脱边说："我就这点时间，这点时间。"到今天那种令人恨恨不已的等待也成了温馨的回忆，就像自己的父亲，在"文革"中因出身不好吃尽了苦头，到今天哼歌听歌只爱哼爱听"文革"的歌，如醉如痴。三十年过去了，痴情不改。那是对自己青春的回忆啊！

"过去的就过去了。"这是两个人走到一起时一个最大的希望，也是一个最大的幻想，甚至骗局。宋旭升是这样想的，自己也是这样想的，天下多少男人女人都是这样想的。真的过去了吗？没有。父亲把"文革"记了几十年，自己的一段恋情，几个月就过去了吗？没有。这使婚姻简直就变成了一种表演，一段谎言，一个骗局。自己的婚姻，是源自心灵的激情吗？不是。是时候了，不结婚不行。现实比情感更能左右事情发展的方向，却无力改变情感的状态，对方的每一个缺点都是怀旧的理由。

在冥想中，柳依依突然产生一个不可抗拒的愿望，要给秦一星发个信息，告诉他，自己和宋旭升吵架了，夸大了争吵的程度。秦一星回信说，两个人走到一起不容易，要互相体谅。柳依依非常失望，他竟跟自己讲大道理。她犹豫了一下，忍不住又发了一条："我咽不下去。"秦一星说："女人结了婚了。就要认了，不能动不动说咽不下去。"柳依依心中冷冷的，冷。秦一星说的都是对的，可这个对叫人咽不下去。他不需要自己了，自己也不能像以前那样骄纵了。这都是事实，咽不下去也要咽下去。

沮丧中柳依依把怨恨都集中到宋旭升身上，他竟敢这样冷漠地对待自己！她忽然有了灵感，轻轻笑了一笑，把电视机开了，音量调得很大，前后几幢房都能听见。宋旭升马上跑了出来说："小姑奶奶！十一点多了呢，这是我们单位呢！"拿起遥控器把电视关了。柳依依说："你干脆叫我老外婆算了。"又跳下沙发去抢遥控器说："别的权利没有，看电视的权利也没有！"宋旭升拦腰抱住她说："求你了，求你了。"柳依依说："抱你老外婆干什么！"扭了身子去抓遥控器。宋旭升抱起她往卧室去说："算我错了，算我错了还不行吗？"

86

每天，下班以后，柳依依跳了操，或是美了容，才回到家里来。有时她会有一种很奇怪的感觉，自己为什么要到这里来，这是因为结了婚吗？这是理由，却只是理智上的理由。柳依依对这个叫作家的地方，并没有什么特别的依恋和期待。人回来了，心却不知道在哪里，连她自己也不知道。没有别的地方可去，这就是唯一的理由了。有时候宋旭升到颜福林那里去了，柳依依可以晚点回去，可她还是回去了。跟自己一样大的女友，都有家有孩子，顾不上自己；比自己小的，又有了代沟，玩不到一起。营业部的同事搭了伙到哪里疯一下的时候，也还是有的，可次数毕竟有限。商店也不能天天去逛，好东西只能看看，越看越痛苦。只能回去，守着那台电视机，看下去，看下去，一直到睡觉。

家庭生活很平淡，太平淡了，完全不像新婚的小两口。跟宋旭升恋爱的时候很不甘心，因为身边有一个秦一星，也没觉得那么过不去，现在没有秦一星了，痛苦陡然鲜明起来。柳依依其实知道该怎么让宋旭升高兴、兴奋，她在秦一星那里的几年可不是白过的，她知道他们要什么。就说发生在床上的事情吧，该怎么开始，怎么发展，怎么黏糊糊的没完没了，把全身每一个部位都调动起来，怎么让身体和声音完美结合，她全知道。可她跟宋旭升在一起的时候，十八般武艺都没拿出来，能简则简。开始藏掖着是为了掩饰，怕他有什么想法，后来能简则简就成了常规，像一条河，曾经历过山间的激荡，现在已进入了舒缓的平原。既然没有表演激情的激情，又既然宋旭升也没有向自己索要那种激情，那就从简好了。从简不必鼓起勇气去表演虚拟的激情，那种表演让她非常痛苦。他没有力量来激发自己，难道还要自己去激发他？这让柳依依有点遗憾，但这遗憾没有成为改变现状的心灵动力。遗憾之中柳依依想到，对婚姻来说，最大的价值就是两个人心心相印，真情相爱，这才是最真实的价值。有了这种境界，才会觉得自己的付出是值得的，才会超出功利，不打小算盘，以亲情为起点去考虑问题。可是，自己就是第一个不相信爱情的人。不是不渴望，而是不敢奢望。哪怕是秦一星吧，也算一个愿意付出的男人了，这种付出让自己至今思念，但他的付出也是经过精心计算的，你想要求更多，没有。界线很清楚，原则性很强，意志很坚定，细想之下也叫人心寒齿冷。柳依依庆幸自己有了保留，才不至于无法解脱，说嫁也嫁了。时代变了，女人不能不变，这也是历史。

  这样想着，柳依依有了一个疑问，自己是不是太相信宋旭升了？谁能保证他晚上一直在工作？他为什么不把那边的座机号码告诉自己？她想起自己在学校的时候，宿舍的座机号对宋旭升是保密的。这样不论自己在哪里，哪怕在秦一星那里，他打电话来，都说在宿舍，他也无法证实。她想，难道宋旭升也会耍这小聪明？这天她装作不在意地问："颜福林那边的座机号是多少？"宋旭升说："我不知道，没有人会打电话给我。"柳依依几乎认定他在耍滑头了，连这样一个人都要耍滑头，这个世界就太恐怖了。她说："你不想告诉我就算了。"

宋旭升说:"我真的不知道。"马上拿起电话问颜福林要了号码,告诉了柳依依。以后几天她在晚上拨了几次电话,宋旭升果然在那里,才放了心,是自己想得太复杂了。唉,他每天都这么辛苦,自己也不该这么去想他才是。

宋旭升跟柳依依商量生孩子的事,柳依依说:"这就生呀!"她想着孩子一生,那一辈子就真的定下来了,心里有点抗拒。宋旭升说:"什么叫这就生,你都二十九了,你自己知道吗?"柳依依说:"我只剩一个青春的尾巴了,我想揪着它不放。"宋旭升说:"女人这么自恋、自私,不好。"柳依依说:"别人说不自恋的女人不可爱。"宋旭升歪了嘴做出厌恶的表情,啧啧有声说:"除非是她自己看自己,那可能越看越可爱。"又说:"你不是那么肉麻的人,你到那一群肉麻的人中去充一个角色干什么?"

柳依依想了几天,问了苗小慧的意见。苗小慧说:"已经太晚了。"柳依依说:"我还想潇洒几天呢。"苗小慧说:"我也没看见你潇洒了什么呀!"又说:"不生孩子你结婚干什么?你夜夜守空房了?"柳依依笑弯了腰说:"那几年我真的是夜夜守空房了。"苗小慧说:"白天做的人叫情人,晚上做的人叫爱人。"

抗拒没有什么意义,难道还去离婚?那除了证明结婚是个错误,还能证明什么?既然不离婚,那还等什么?命运的步伐越来越紧迫,无法抗拒。这让柳依依想到,生活原来不是被选择的,而是被规定的,这就是宿命。想好了柳依依买了优生的书来看,宋旭升说:"生个崽哪有那么多讲究?孔夫子的爸爸看过几本优生的书?"又说:"主要是你不要到处乱跑,外面到处是脏的。我多陪陪你,你别生气。"

过了几天,晚上要跟公司同事吃饭,柳依依下午给宋旭升打了电话。宋旭升问了在哪家餐厅,又问什么时候完。柳依依说:"完的时候就完了。"晚上大家说得兴奋了,九点多钟才散。出了餐厅柳依依看见宋旭升在门口等着,就说:"你来干什么?"同事笑着说:"燕尔新婚啊,分不开啊,幸福啊!"宋旭升说:"晚了怕不安全。"第二天柳依依去上班,一个女同事说:"那就是你先生啊,我昨天看他在包房门缝里瞧了两三次,还觉得有点怪,原来是你爱人。你背对着门,没看见。"一个女同事说:"我老公有这样一半好就好了,请他吃醋他都不吃。唉,老夫老妻了。"回家后柳依依对宋旭升说:"以后别去接我,别人都笑话我了。"宋旭升说:"不安全呢。"柳依依说:"有人送我。"宋旭升说:"那就更不安全了。"又说:"不是说多陪陪你嘛。"柳依依说:"你的关心我承受不起,让我吃个饭都不安心。"宋旭升说:"那你八点钟要回来,太晚了不是什么好事。"柳依依心里闪了一下说:"什么意思,你?"宋旭升说:"什么意思?你知道。你在哪里,跟谁一起,干什么,我根本没有一点把握!你对自己就那么放心吗?"柳依依想生气,一想那又会牵出一大堆话来,就忍住了说:"还在门缝里一次两次地偷看呢,就不怕别人看扁了你。"宋旭升直着脖子说:"看扁就看扁,总比吃个哑巴亏好。"柳依依说:"什么意思?你!"宋旭升说:"她还反过来问我呢。"柳依依说:"我还以为他是真的关心我呢。"想着两人互不信任,怎么会珍惜对方?这算什么夫妻?真的是合伙经营?

争吵归争吵,该做的事情还得做,这就是日子。宋旭升选择了一天,执行了繁衍人类的伟大使命,然后捏着指头算日子。日子到了,柳依依身上该来的还是来了。这让宋旭升非常沮丧,把手指头一根一根地捏过去说:"没错呀。"开始怀疑自己的能力,又说:"你应该不会有问题吧?"柳依依看着他有点可怜,安慰说:"你又不是神枪手,哪有一枪就打中靶心的?"宋旭升说:"颜福林说他一辈子只瞄准一次,就打中了。"又说:"我肯定是没有问题的。"柳依依说:"我也肯定没有问题。"宋旭升马上说:"你怎么那么肯定你肯定没有问题?"柳依依心里惊了一下,脸上有点不自然,马上又笑了笑说:"我从来就很正常。"宋旭升说："哪方面很正常？"神色有点紧张。柳依依马上说："每个月都很正常。"宋旭升长吁了口气说："哦。"又说："那就等下个月。"柳依依想再问他，你又怎么那么肯定自己肯定没问题？想想忍住了，知道了又能怎么样呢？

闻雅从武汉过来，住在长城宾馆。柳依依晚上要去看她，早上想告诉宋旭升，又怕他问个没完，就没有说。下了班觉得还是应该说说，就在公交车上给宋旭升发了信息。宋旭升马上打电话过来，问到底怎么回事。柳依依说："就是这么回事，那还能怎么回事。"和闻雅去荷韵吃晚饭的时候，宋旭升打电话过来，柳依依没接。再打，还是不接，发信过来问怎么不接电话。柳依依回信说，你啰里啰唆，当着闻雅的面我怎么说？到了九点多钟，宋旭升不断打电话来，柳依依早把手机设置成了振动，任手机在裤口袋里跳，就是不接。在跳了有十多次之后，宋旭升发信过来说："有人告诉我，如果你女朋友玩失踪，那就一定有问题。"柳依依不回信，拨通了宋旭升的电话号码，却不说话，把手机放在茶杯后面，仍旧跟闻雅说话，声音大了一些，闻雅跟着也声音大了些，过了几分钟，才把手机关了。两人说到班上的同学，日子过得最顺心的，竟是吴安安。她没有资本折腾，找了个男朋友也没资本折腾，就都不折腾，老老实实地过日子，孩子都三四岁了。还有伊帆，研究生毕业就留校了，跟郭博士也过得不错，孩子也上幼儿园了。柳依依心里堵得慌，脸上却还是笑着。快十一点，柳依依把闻雅送回宾馆，出了大门正准备上的士，听见宋旭升在叫她。柳依依一只脚已经跨进去了，就装作没听见，坐车走了。刚到家宋旭升就回来了，柳依依先发制人说："这么晚你到哪里去了？打电话到颜福林那里说你不在。"宋旭升没想到她竟会这么说，愣了一下说："叫你怎么装作没听见？"柳依依说："不是让你听了我们的说话吗？小男人，把我的脸都丢尽了。"宋旭升说："守着你还不行吗？一个女人有男人愿意守她，那是她最大的幸福呢。"柳依依说:"那要看他怎么守,总想在一起是守,疑神疑鬼也是守。你怎么这么不信任我?"宋旭升说:"我很愿意信任,可哪个男人愿意当傻瓜,哪个?有些事情吃了亏那也只好算了,有些亏是万万不能吃的。"柳依依不明白,疑惑地望着他。宋旭升说:"非常时期。"柳依依头脑中猛地响起一个炸雷,咬着牙说:"你这么不放心我,你跟我在一起干什么?明天我们再去一趟区政府好了。"宋旭升说:"啊呀呀,我是为你好为我们家里将来好,才这样的呀!"说了几箩筐好话,又跪在床上双手垂下说:"看在即将出生的儿子的面子上,你就饶了我吧。"柳依依忍不住笑了,这一笑就失去了原则,想收回已经来不及。宋旭升趁机爬起来抱着她说:"今晚是好时候。"他伸出左手,右手把左手指一个个捏起来又按下去,"看我没算错吧,我数学好,还学过高等数学呢。"

  第二天上班的时候,柳依依接到秦一星的电话,问她什么时候有空。柳依依说:"谢谢你还记得我。"秦一星说:"不但现在记得,永远都记得。"柳依依想,他就是会说话,虽然是信口开河,也是中听的。她说:"我怎么没觉得?"秦一星说:"不敢打扰你平静的幸福。"柳依依想,女人碰到这么会说话的人,那真的只能是情不自禁。她说:"以为谁会相信你的话吗?"秦一星说:"那我晚上当面给你解释吧。"柳依依想到晚上宋旭升肯定要查岗的,说:"中午好吗?中午。"秦一星说:"唉,受管制了。中午又能做什么呢?那就中午吧。"上午忙得要命,不停地有客户找她。收市了柳依依赶紧去赴约,上了出租车不停催司机:"快,快!"进了荷韵餐厅的情侣包房,秦一星一跃而起,一把抱起她,一只脚顺势踢一下把门关上。柳依依挽着他的脖子,两人狂吻。柳依依喘息说:"怎么几个月不见,一见又回到了从前?"秦一星说:"难道我们之间还需要过程吗?"

  吃饭的时候秦一星说:"那我快点吃啊。"柳依依看他狼吞虎咽抢时间，就说："慢点。"秦一星说："再慢时间就不够了。"柳依依看着西餐，一口不吃。秦一星说："怎么了？"柳依依说："我心里急。"秦一星说："时间够的，我有车。"柳依依说："我心里跟自己急，打架。"秦一星一勺沙拉已经送进嘴里，又抽回来说："你想忠于他？"柳依依直起身子，又缩回去，又直起，再缩回去，终于直起身子说："我们打算要孩子了，我怕搞混了。"秦一星哦了一声："那就算了。"放慢了吃饭的节奏，又说："要不我到车里把药拿过来，把我的子孙后代全部歼灭？"柳依依说："那不好吧？将来会有影响呢。"秦一星说："已经种下去了？没事的，没事。"柳依依不愿冒这个险说："谁知道呢？"秦一星说："你真的忍心让我失望？"柳依依感到了他的自私，为了了却欲望竟要求自己冒风险。她说："我怕将来生个怪胎。"秦一星说："怎么可能？不可能。"他的执着更坚定了她的决心，说："万一呢？万一呢？"秦一星沮丧地说："唉，真不行啊，那就算了。"

回到营业部，在电梯升上去的那一瞬间，柳依依感到了一种晕眩，一个念头跳上了她的心头：要说宋旭升倔，认死理，但他至少还不傻。他是不是心里雪亮？他那样死死地守着自己，真不是没有道理的啊。

87

犹豫了几天，柳依依把可能怀孕的信息告诉了宋旭升。宋旭升喜得手舞足蹈说："连我都要做爸爸了，想不到啊！"又四肢撑着身子满床爬，屁股翘起来，"儿子生下来了，我就学狗叫给他听，汪，汪汪，汪汪汪！"柳依依说："你乡下脑袋口口声声儿子儿子，搞得我压力很大。我偏要个女儿！"说着她心里跳了一下，"女儿？"宋旭升说："我怎么想怎么都是个儿子。"柳依依说："女儿！"宋旭升说："儿子！"柳依依说："以为这里是你们宋家坳呀，这是麓城呢，麓城男孩女孩都一样。"宋旭升说："女孩？"他抬起头，慢悠悠地翻上一个白眼，"女孩？那也好，也好，只要是我的就好。"柳依依说："好就是好，什么叫作也好？"宋旭升想了想说："好，好，好。如果是个女孩，我就扛杆枪守着她，一直守到二十四岁，过了二十四我就管不着了，唉！还是男孩省心，如今什么世道？"这话撞在柳依依心上，嘴里说："你学过文化没有？我就是我，我在那里等着，是没有性别的，你跑过来钻进去了，才有了性别了，都怪你！"宋旭升说："也是的啊，说起来，也是的啊！你等在那里，我钻进去了，就定下来了，这是科学，我懂科学，科学，我懂科学。"

一个新的生命在自己身体之中孕育，这让柳依依心态有了很大的变化。秦一星又打了电话来，柳依依怕他又要召自己过去，就抢先把怀孕的事情告诉了他。秦一星马上表示了祝贺："好啊，好！"又说："真的说有就有了，连依依都要做妈妈了，我怎么会不老？"以后，就再没有消息。柳依依开始还期待他隔那么一段时间会问候一下，这种期待落了空。这让她感到失落，没有料到两人的关系会了结得这么彻底，在同一个城市，不说见面，问候一声也不行吗？这也让她明白，自己已经从他的视野中彻底退出了，这也是从别的男人那里彻底退出。自己和秦一星，既然没有了特别的关系，又没有建立起亲情，难道还能要求他在纯精神领域反复纠缠？嘿嘿，嘿。柳依依非常明白这种局面，明白了也就接受了，不接受又怎么办？只是这种接受让她感伤，自己用生命最美好的一段时光去镶成功人士幸福的边，虽然没有得到什么，私心却还是希望留下一种怀念，这至少也是一种安慰吧，可是，回首一瞥，却是一个梦啊！说是梦吧，自己很多机会是实实在在耽误了，青春也实实在在地过去了，心也实实在在地散了。可以骗宋旭升，可是，也可以骗自己吗？

感伤是感伤，现实更是现实，柳依依明白人生要向前看的道理。她对宋旭升说："是不是我们去医院把他做了？"她指一指自己的身体，"还来得及。"宋旭升眼珠都要暴出来："什么！你发高烧吧！做了，老子的儿子？"柳依依说："反正我们也养不活他。"宋旭升说："别的父亲都是大老板？"又说："我去拼命，好吧，我去拼命！你在家里养着。"柳依依说："拼命？别说得这么可怕，我也没有那么狠心。"宋旭升嘿嘿地笑了："不拼命钱会跳到你荷包里来？馅饼往他嘴里掉，人民币往他身上跳，那除非他父亲当大官发大财。我们这些虾兵蟹将，不拼？"柳依依说："那我不要你去拼，孩子将来吃一口稀饭也能活下来，稀饭你总买得起吧！"宋旭升额上青筋暴出说："这么小看我！马上就会见成效了，颜福林给我百分之五的股份，也要兑现了。"柳依依说："我是等不到了，不知孩子等得到不？"

过了一会儿，宋旭升突然跳起来说："你口口声声要把我的儿子做了，有没有别的意思？"眼睛直直地望着柳依依。柳依依心里笑了一笑说："有。"宋旭升用力一拍床说："我就知道！"柳依依装作吓了一跳，怯怯地说："你知道什么？"宋旭升看在眼中，以为自己猜中了什么说："你做了对不起我的事！"柳依依细声说："没有吧！"宋旭升吼着："没有？没有你口口声声做了，做了，我的儿子不是儿子？"柳依依说："你口口声声儿子，儿子，生个女儿怎么办？我怕。"宋旭升马上软下来说："就因为这？女儿就女儿，女儿也好，只要是我的，都好。"柳依依提高了声音说："只要是你的就好，那不是你的还是谁的？"宋旭升说："我也不是凭空这么想的。"柳依依扑过去拍打他，又捶打自己的胸说："你看见我跟谁在哪里干什么了？"宋旭升抓住她的手说："啊呀，我说错了好不好？"柳依依拍打自己的腹部，动作很大，落下去却很轻说："儿啊，儿啊，明天你就要被做掉了，你将来别怪你妈啊！不是她狠心，她没有办法，有人说你身世不明啊！"宋旭升扑过来护着她的腹说："你想打，打我好了。"说着趴在床上，翘起屁股对着柳依依，"你打我吧，是我不对，我不该说那些话。"柳依依喘息着说："你的意思是想还是可以想的！"宋旭升说："也不该想，唉唉，是喜欢你才想的嘛！"柳依依说："这还是喜欢我？你把毒药拌了蜜来喂我！"宋旭升打自己的屁股说："再不敢了，打死我也不敢了。"又用力打几下，"打这么重够了吗？"

柳依依几天不理宋旭升。宋旭升不知说了多少好话，上班时还一次两次打电话来赔小心。柳依依说："人家上班忙呢。"可宋旭升还是隔一会儿就打电话来，问他有什么事，却又没事。宋旭升再打电话来，柳依依说："你是查我吧？"宋旭升说："不敢，我还敢？"柳依依说："那你再打过来我不接了。"宋旭升说："怕你神经……情绪发作往医院跑，你不会吧？"柳依依说："你才神经发作呢。"又说："跑不跑要看你的表现，你表现不好，你别怪我。"宋旭升说："我表现好，你要我怎么好我就怎么好。"

几个月很快就过去了。临到生产的那几天，柳依依反复对宋旭升说："我要自己生，我不剖腹。如果我痛晕过去了，你别签字。"表面的理由，是自然生的好，实际上内心有个极隐秘的想法，是苗小慧提醒她的，就是怕腹部留下一道疤痕。苗小慧说："你看我肚子上这么长一道疤，除了老公，我真的不敢面对任何男人了。他们是唯美主义者，哪受得了这么长一条蜈蚣？连我自己都不敢站在镜子面前了。"苗小慧当时在自己腹部比画了一下，让柳依依感到心惊胆战。那一瞬间给柳依依留下了极深刻的印象，蜈蚣的比喻的确也贴切无比，那些缝过的线痕就是蜈蚣的脚。这让她想起在澡堂看到过的那些经过剖腹产的女人，当时没什么感觉，现在想起来，真的是一个很严重的问题。女人不惜任何代价追求完美，这完美说是为自己，私心也承认着是为了男人。自己还会面对其他男人吗？不知道。既然不知道，就要留下一条后路。

到那天还是剖腹产。柳依依在产床上痛苦地坚持了四个小时，连呻吟的力气都没有了，最后医生说："羊水都流干了，再不剖腹就不负责任了。"要宋旭升签字后果自负。宋旭升哪敢签，穿了白大褂进来求她。柳依依见实在过不去了，只好答应了，心里咯噔一下："完了。"

做母亲给柳依依带来了喜悦，不过，这喜悦是打了折扣的。生的是一个女孩。宋旭升想要个男孩，是有点封建思想。柳依依没有封建思想，她只是担忧女儿未来的幸福没有把握，太没有把握。不过女儿既然来了，她也就接受了这个事实，宋旭升也很快就接受了这个事实。见宋旭升抱着女儿又亲又爱，柳依依心中感到了一份踏实。柳依依还有个遗憾，就是肚皮上那道疤痕。她问宋旭升是不是很难看，宋旭升说："不难看。"柳依依想，如果他说难看，就要大发脾气，甚至赌气不喂奶。她说："这么难看怎么不难看？"宋旭升说："我女儿从那里面取出来的啊！"柳依依叹口气，世界上也只有这个男人说不难看啊！从今往后，跳，是跳不动了；飞，是飞不起了。不想做个贤妻良母，也只能做个贤妻良母了。

88

柳依依给女儿起了个名字叫琴琴。秦一星家有个琴琴，自己家也要有个琴琴，反正两个琴琴永远不会见面。她问宋旭升："这名字好听吗？"宋旭升抱着女儿说："琴琴，好听。"又偏了头问女儿："叫你琴琴，你喜欢吗？你看她笑了，好聪明啊！"柳依依说："将来她不听话，你会打她吗?"宋旭升说:"他是个男孩我可能会打,是个女孩,已经对不起她了,还打她?"

柳依依在老家请了个叫苏姨的人来带琴琴。琴琴满了月,柳依依不想喂奶了,乳房一紧一松,千百次下来,就松弛了,不能叫乳房而只能叫奶袋了。她对宋旭升说:"你看我一个月被你灌胖了这么多,吹起来似的,再胖就没个人形了,我还要出去做人的呢。"要断了奶用牛奶替代。宋旭升说:"母乳是不可替代的,这个科学你就不懂了。"柳依依说:"有些事情是科学也没办法的。骨感美人不科学,男人怎么那么喜欢?"宋旭升说:"别人喜欢不喜欢我不知道,我不喜欢。"柳依依指着电视机说:"哄琴琴去吧,哄我?那天看见你在这里面看模特,眼都直了,只差没流口水没把电视机吞了。"宋旭升拼命摇头:"没有,哪里有?没有。"又说:"难道谁还跟她们去比?女人生了孩子,还有什么可看的?爱看不看了。"柳依依说:"我知道不能跟她们比,跟谁都不能比。只有你可以跟濮存昕比。"又说:"你干脆直说爱活不活得了!看都不要看还活什么活!"宋旭升说:"大家都是这样说的嘛。你除外,柳依依除外。"又说:"做母亲的人不能太自私了,就算牺牲一点体形,也是应该的。你保持体形给谁看?还不是给我看?你胖了,长等于宽,我都看你是天下第一美人,行不行?"

柳依依把这话看成一个承诺,但还是不想喂奶。就算宋旭升说的是真的,天下的男人不止他一个啊!真的胖起来,全身松弛了,他们会怎么想?跟宋旭升斗争了几天,柳依依终于放弃了断奶的念头。孩子是第一位的,为了她牺牲也是值得的。抱着上刀山下火海的决心,柳依依每天鸡汤牛奶排骨只管吃下去,她没想到自己的胃口会好到这种程度。

苗小慧抱着儿子来看过柳依依几次。把两个小孩放在床上玩,柳依依怎么看也觉得自己的琴琴要优秀一些。她嘴上不说,心里觉得这是一个不争的事实。当苗小慧说自己的皮皮怎么好怎么乖怎么聪明，柳依依笑着附和几句，心里很别扭，觉得这简直是咬紧牙关鼓着腮帮说出来的。苗小慧提醒她，要趁现在孩子还小，把家中的经济权抓过来，不然将来就没有机会了。柳依依说："我做女人失败呢，管不到他的钱呢。算了。"苗小慧说："依依，做女人可不能那么好啊！"

　　柳依依旁敲侧击好几天，想把宋旭升的收入搞清楚。单位收入是摆在那里的，颜福林那边是多少？柳依依说："颜福林剥削你太厉害了，连个周末也没有，还有化学毒气，我说你别干了，我们家的人就不是人？"宋旭升说："快有点眉目了又别干了，那不是傻？"柳依依说："那他也不能这样打发你，打发叫花子吧！"宋旭升说："以后家里的开支我全包了，你的钱安排好你自己就可以了。"柳依依开了一张单子，从婴儿尿布到微波炉，要买几千块钱的东西。宋旭升看了看说："好。"柳依依没想到他一口就承诺下来，看来外快还不是个小数，自己以前大意了。她说："颜福林那里我不要你去了，我不赚那点小钱，也不受剥削。"宋旭升说："怎么是一点小钱，比上班还多呢。"柳依依没听到似的说："以为我们家的人是他的长工吧！"宋旭升急了，吞吞吐吐最后还是把实际收入说了出来，竟比研究所多几倍。柳依依说："你这么忙，我每天闲着，我帮你管着这点钱。"宋旭升说："唉，你带孩子这么辛苦。"柳依依把奶头从琴琴口中拨出来，把琴琴塞给宋旭升说："那你去带吧！"琴琴哇的一声哭了。柳依依心头一紧，双手本能地伸过去，宋旭升马上递过来。柳依依马上双手缩回，也不做晚饭，就出了门。

　　独自坐在一家咖啡馆里，柳依依心里想着琴琴现在会是什么样子。几次想起身回家，但又知道，一回家，自己就前功尽弃了。宋旭升一遍一遍打电话来，孩子哭了，孩子要吃奶了，孩子拉屎了。柳依依说："是宋家的人，宋家不会管？"一直僵持到晚上九点，宋旭升妥协了,打电话来说:"你那么想管钱你就管好了,我还省得麻烦。"又抱了琴琴到咖啡馆接她。到了家里宋旭升说:"我家里有点麻烦,你知道的,我哥哥,我侄儿,你看是不是让我有点自留地?"柳依依说:"我就那么不通情理,这个好人不会让我来做?你家的麻烦也不至于太麻烦吧!"宋旭升说:"哪至于?每个月给他们一百块两百块,他们就笑傻了。"

有一天,柳依依坐在客厅沙发上看电视,无意中看到宋旭升在房里把琴琴的脚趾捏了好一会儿,又拿到眼前细看,看完了又双手把自己的脚抬起来,捏了自己的脚趾凑在眼前细看。这个动作柳依依看到过好几次了,都没有在意,这天却随口说了一声:"比谁的脚趾长呀?"宋旭升马上把脚放下去说:"没有呢,是呢,是呢,没有。"表情有点古怪。他的神态提醒了她,她心里雷似的炸了一下,脱口说:"是看她像不像你吧?"宋旭升身子像被击中了似的抖动了一下说:"像,怎么不像?你看我大脚趾和她大脚趾的形状,都是方形的,我们宋家的人都是这样长的。"柳依依说:"你比来比去比几次了,是什么意思?上次你侄儿来了还放在一起比,什么意思?"宋旭升说:"看到女儿长得像自己,男人总是高兴的吧!"柳依依说:"我怎么没看见琴琴大脚趾是方形的?你那么不放心,你最好是去做个DNA。"宋旭升说:"怎么不是方形的?当然不是正方形,脚趾尖是平的,你没看见?"又说:"你别这样说,你这样说我真的睡不着觉了。"柳依依怒视着他说:"这么小心眼儿的男人,没见过。"宋旭升避开她的眼光说:"我是乡下人,我封建,我心眼儿比针尖大不了多少。有的男人替别人养孩子,那是他们胸怀宽广,是雷锋,我学不来。"柳依依说:"你怀疑我!我在这房子里待不下去了,我走!"宋旭升跳起来挡住她说:"就算我是小心眼儿,好吧?再说男人也有权利知道自己是不是这个孩子的父亲。"柳依依拼命推开他说:"你明天带她去验血吧,我走了!"宋旭升拉着她的手说:"你先喂了奶吧,到时候了。"柳依依甩开说:"宋家的人,宋家去管!"开了门冲出去,把门关得砰的一响。她快步冲下几级楼梯,放慢了脚步,等宋旭升追上来。又转了一个弯,柳依依停下来,侧耳去听,听不见开门的声音。柳依依犹豫了:自己可以到苗小慧那里睡一晚,可琴琴怎么办?饿了呢?冻了呢?哭妈妈呢?她噔噔跑上去,发现没带钥匙出来,就拼命捶门。宋旭升把门开了,柳依依也不望他一眼,从苏姨怀中抢过琴琴,孩子哇的一声哭了,宋旭升跑过来说:"轻点,轻点。"柳依依闪开他,一只手开了门要出去。宋旭升抵住门说:"这么晚了,你带她出去干什么?"柳依依说:"我身上跌下来的肉,我想带到哪里就带到哪里去。"又说:"不是你们宋家的人,还不知是哪家的人,你管她干什么?"宋旭升身子挡在门口说:"求求你,求求你,你怎么折腾我都可以,你硬要折腾,你怎么折腾你自己也可以,你别折腾我琴琴。她这么娇嫩,怎么经得起折腾?"柳依依心软了,但仍作势要抱着琴琴冲出去说:"你帮我把门打开,我手不得空。"宋旭升把她和琴琴一起抱起来,放到床上去说:"够了吗?够了。"柳依依蹬着双腿说:"不够,不够!你明天带琴琴去验了血,我们再说话!"这时琴琴饿了,哇哇地哭起来。宋旭升说:"要喂奶了。"柳依依说:"你喂呀!"宋旭升把T恤搂上去说:"我没有奶,看,我没有奶。"劝了半天,只好叫苏姨去调牛奶,又跑到厨房去监督着。等宋旭升把牛奶端来,柳依依已经敞着怀喂奶了。

十个月很快就过去了,琴琴断了奶。两人把琴琴视为天蝴蝶,晚上睡在大床中间,半夜醒来,左边摸一下,右边摸一下,如果有一边没人,就大哭起来。两人都抱怨对方把女儿看得太娇,抱怨完了,该娇还是娇,这是没办法的事情。两人再有天大的矛盾,对琴琴却是高度一致。有了这种一致,争吵也总是过得去的。断了奶,柳依依悄悄称了自己的体重,重了二十多斤,有一百二十一斤了。她吓了一跳,也不敢跟谁说。这个体重是自己以前所嘲笑的，今天竟轮到自己了。脸上的妊娠斑，也像美国在伊拉克的军队，有了长期驻扎不肯撤兵的意思。身体的松弛，也是那么明显。这让柳依依有了生活的目标，去健美房、美容店，去买各种化妆品，悟到这些地方其实都是为男人服务的。她跟体重和色斑斗争了几个月，什么办法都用尽了，钱也成千上万地流走，都打了水漂。柳依依不服，可心里也明白，这就是命运，不服也得服。晚上宋旭升不在家，她抱着琴琴看了又看，觉得付出这样的代价还是值得的。琴琴乖，聪明，长得俊俏，很有灵性的样子，是那种人见人爱的女孩。

89

　　长到三四岁，琴琴就更乖，更聪明，更俊俏，更有灵性，也更是人见人爱了。柳依依生活中有几个快乐时刻，逛商场，和朋友一起喝咖啡聊天，和琴琴在一起。苏姨把她从幼儿园接回来，柳依依问："肚子饿了吗？要吃什么？"她说："皮肤饿了，要吃妈妈！"还有一次，柳依依对宋旭升叹息说："怎么得了，我们都往四十岁奔了。"琴琴说："妈妈，我也往四十岁奔了。"宋旭升冲过去抱起狂亲说："我琴琴开口就是真理。"和女儿在一起，不论是玩耍，看电视，或是给她洗澡换衣，都是她每天最快乐的时刻，也是生活中最大的亮点。生活中有这几个亮点，几个快乐时刻，作为女人，柳依依觉得，就已经很幸福很满足了，也不必去奢求什么。

　　最爱琴琴的还是宋旭升，她就是他的命。好多次柳依依看见他盘着腿坐在床上，低头凝视着熟睡中的琴琴，一看就是一两个小时，天热了不用电风扇，也不开空调，给她摇扇子，摇得那么慢，柳依依看着都觉得累。宋旭升有几句名言："为了我琴琴，我做奴隶都甘心。""谁要损害她的利益，那我就拿命出来拼。""将来她长大了，谁要是欺负她，那就是割我的心啊！"这让柳依依依稀记起自己的爸爸也曾这么说过，可是，真的长大了，他管得了吗？她觉得爸爸有点可怜，宋旭升也有点可怜，他们都是忧心忡忡的父亲。

这几年柳依依在单位没有什么起色，家中的生活却是今非昔比了。宋旭升早辞了职，在福林公司做了副总经理兼技术总监。家中车有了，是公司的；房子也有了，二十年分期付款。房子在麓江边一个小区，是一幢高层的顶楼，复式，五室两厅。楼上有一扇小门，出去是一百多平方米的屋顶花园。房子的装修柳依依花费了许多心思，建材市场不知跑了多少趟，千挑万选，最后选定了升达实木地板，进口的全套家电。她觉得这辛苦是做女人的乐趣。

这天苏姨回家乡去了，柳依依临时有事，就打电话叫宋旭升去幼儿园接琴琴，带她吃晚饭。宋旭升不乐意，说有应酬。推了一下推不掉，就答应了去接。第二天柳依依问琴琴："昨晚上跟爸爸好玩吗？"琴琴说："不好玩。"又说："妈妈，阿姨怎么都坐在叔叔的腿上呢？"柳依依心里一震："有人坐在爸爸腿上没有？"琴琴说："有。"柳依依血往头上一涌。琴琴眼珠轮上来看到妈妈的神色，马上说："那个人就是我呢。"柳依依问："有阿姨没有？"琴琴摇摇头。

柳依依歪在沙发上，头脑里嗡嗡地响。太大意了，这几年忙着女儿、房子的事，竟想都没往这方面去想。宋旭升一年有多少应酬，这些应酬后面又有多少故事？不敢想。快七点钟宋旭升回来了，看见餐桌上是空的，进厨房转了一圈出来说："怎么不做饭？琴琴饿了。"就到厨房去做饭。柳依依冲到厨房，把宋旭升手中的丝瓜一折两段，往垃圾桶一甩说："还吃饭？你出去吃，还有人坐在你腿上陪你喝酒呢。"

宋旭升说："要他们不去茶楼，他们非要去。"又说："我这里没有谁啊！"用力把大腿一拍。柳依依说："琴琴昨天不跟你去，你敢说你不会有？第一次跟你去就出了鬼，这些年还不知出过多少次鬼！"宋旭升说："应酬吧，有什么办法？大家都那样，我一个人清高，那不是扫大家的兴吗？"柳依依跺脚说："没想到你也能够变坏，早知道我干脆嫁个有钱的坏蛋！我嫁给你！"琴琴跑进来，惊讶地望着父母。宋旭升说："琴琴你到自己的房里去。"牵了她上去。柳依依追到楼梯口扯住说："琴琴你别去，看看你爸爸做了什么坏事！"琴琴看看妈妈，又看看爸爸，哇一声哭了。宋旭升抱着琴琴坐到沙发上，柳依依说："琴琴你下来，他身上脏，有细菌，还有'非典'，这刚刚过去就憋不住要风流了！"琴琴看看妈妈，又看看爸爸，犹豫不决。柳依依过去扯她说："说了有'非典'，你没听见？"没想到宋旭升抱得紧，把琴琴扯痛了，哭得更加厉害。宋旭升说："你骂我就骂我，你这样扯她干什么！"柳依依说："那意思是你身上不脏，没有细菌？看得见有密密麻麻的细菌在爬！还不知道有艾滋病毒没有！"宋旭升说："那是他们，我没有！那些人，没有到我身上来。"柳依依向前一步说："那你的意思你一个人是道德的？你不是不想让大家扫兴吗？琴琴三岁四岁，我柳依依也三岁四岁？"宋旭升鼻子抽动几下说："你什么都懂，你什么不懂？"柳依依用力把琴琴一扯说："叫你下来！"又伸开五指在宋旭升脸上抓了一把，"我懂！我昨天还跑到茶楼陪男人喝花酒去了。"宋旭升推开她的手说："我明天还要见人的呢！"柳依依说："我知道你要见人，你这几年见了多少人！"琴琴哇哇大哭，哭得柳依依心痛，但她马上想到，这是博弈，是博弈就不得不狠心。不把琴琴牵扯进来，自己怎么能赢？

宋旭升想去抱琴琴，被柳依依隔开了。宋旭升说："我们到房里去关上门吵吧？"柳依依说："偷人做贼的是我呀？我要关上门？你心里恨不得自己这就得了"非典",扭住那些"妖精",对着她的脸用力地哈气。她扭住宋旭升的胳膊,伸手去他裤口袋掏手机。

没有妖怪你怕什么？只怕还有妖精！"想到"妖精"，柳依依心里被什么扎了一下，恨不得自己这就得了"非典"，扭住那些"妖精"，对着她的脸用力地哈气。她扭住宋旭升的胳膊，伸手去他裤口袋掏手机。宋旭升用力一甩，柳依依摔在地上，爬起来，又扑上去说："我今天硬要看，不看不行！"两人扭了一阵，琴琴坐在地板上大哭。宋旭升最后松了手说："给你给你，以为我真的有什么隐私？"把手机摸出来递给柳依依。柳依依接了手机，跑到一间房把门关上，把上面的信息一条条看了，并没有什么暧昧的内容，再看储存的电话号码，有几个陌生的名字，也看不出什么特别之处。柳依依松了一口气，又有点失望，居然没有抓到他的把柄！她回到客厅里，把手机随手扔在沙发上，说："以后晚上你待在家，琴琴等着你回来做饭给她吃。"宋旭升苦了脸说："你看我是个副总，总不能没有点应酬吧？那也是工作呢。"柳依依说："那你辞职好了。"宋旭升说："辞了谁来付房子的贷款？车也会收去了。"柳依依说："我宁可没房没车！"这样说了她觉得很豪迈，紧接着心里跳了一下，是真的吗？仍然说："我真的宁可没房没车。"宋旭升说："是真的吗？"柳依依心头又一跳："自己怎么想的，他怎么会知道？"马上说："那难道还是假的？"宋旭升无奈地摊开双手："怎么可能呢？这么好的房子，让银行收走，怎么可能？"

90

不可能，的确不可能。柳依依明知别无选择，但还是把这个问题放在心中翻来覆去想了很久，结论还是不可能。天下哪有女人不希望丈夫发达的？要他发达，又要他安分，这可能吗？跟许多女人一样，柳依依被这个问题难住了。

　　这样想着,柳依依真的希望宋旭升就是男人中的一个异类,那些乌七八糟的事情,他也是从来不做的。她知道自己的想法很可笑,还是忍不住要这么想,不然怎么想呢?离婚吗?这个想法从心里跳出来,把自己吓了一跳,马上就否定了。离了婚自己怎么办,琴琴怎么办?谁能保证换一个男人就会好些?还有,再到哪里夫找另外一个男人?否定之后柳依依感到了屈辱。回想当年自己是多么骄傲,半点委屈都咽不下去,可是,这骄傲在时间之流中,在夏伟凯、秦一星,还有宋旭升那里,不知不觉地,被一点一点地磨蚀了。一个女人,能说当年吗?她坐在梳妆台边,对着镜子长久地凝视自己,像凝视一个陌生人。这已经不是当年的柳依依了,自己不服也得服。泪水沁出来,镜中的影像模糊了,那不是自己,而是一个多年不见的朋友,对她的记忆还停留在当年,现在突然见到,那模样有点接受不了似的。时间的潮水涌上来,又退下去,镜中幻化出许多熟悉的身影,真真切切,在悠远的岁月深处向自己遥遥召唤,定睛一看,又倏地消失了。

　　那么,这么认了?这个念头在柳依依心中一闪,马上就否定了。困兽犹斗,何况我柳依依?怎么办呢?她想找苗小慧商量一下,把话筒拿起来,又沉重地放下了。一个女人,她拢不住自己的男人,这不是什么有光彩的事情,她丢不起这个脸。天下有多少女人在痛苦之中隐忍啊!只能孤军作战,这是一个女人对一个男人的战争,也是一个女人对整个世界的战争。是的,这就是战争,一样的残酷,一样的生死攸关。天下有多少女人在这看不见的战线上残酷而惨烈地孤军作战啊!柳依依对着镜中的影像张合着嘴唇,似乎想宣读一个战争宣言,又咬紧下唇,皱着眉,细眯着眼,死死咬着,是不咬出血来誓不罢休的神态。突然,她把牙齿松开来,对着镜中的影子绽放出一个阴郁的媚笑。

这天晚上，宋旭升回家已经快十二点，进了门看见柳依依还在客厅看电视，边换棉拖鞋边说："怎么还没睡？"又自言自语地说："跟他们喝茶去了。"突然发现琴琴在沙发上睡着了，吃惊地说："琴琴怎么睡在这里！"柳依依瞟他一眼，继续看电视。宋旭升说："这么冷的天，冻坏了谁负责？"又说："苏姨呢？"就要去敲苏姨的门。柳依依叫住他说："琴琴坐在这里不肯睡，一定要等爸爸回来。"宋旭升啧啧几声，摇着头说："什么意思呢？"柳依依说："是她自己不肯睡，明天你问她。"宋旭升抱了琴琴去卧室说："没见过这么狠心的人！"柳依依关了电视，跟上去说："真的没见过这么狠心的人！"宋旭升给琴琴脱衣服，盖好被子说："我琴琴才这么点点大，"左手小指翘起来，"几根嫩骨头，你折腾她！"柳依依说："你还知道她几根嫩骨头？她这么点点大，她什么时候看见她爸爸？早上她去幼儿园你还在打鼾，晚上她睡了你还没回来，家里连个宾馆都不如！宾馆除了睡觉还吃餐饭，在我们家里碰上哪年八月飘鹅毛雪的那一天回来吃一餐饭，还要通知苏姨多抓几把米，哪点像个家呢？"宋旭升说："他们在宾馆打牌就睡在那里了呢，我还回来了呢。"柳依依点头说："宾馆里好，半夜还有女人敲门打电话。天天做新郎，怎么会没有吸引力？"宋旭升说："那是他们，我没有，我回来了。"柳依依说："那你是百里挑一的好男人，别人都犯错误，你是绝对不犯的，错误在你面前翘着胸脯扭水蛇腰你都不会去理她。你人回来了，心回来没有？你回来了，细菌也回来了。"

宋旭升不作声，只是冷笑。柳依依说："踩了你的痛脚吧！"宋旭升说："爱怎么想你尽管去想。你想象力丰富你还可以想得更生动些。"柳依依哼一声说："可以肯定生活比我的想象力要丰富得多。"宋旭升说："你什么不知道？你什么都知道。生活的确比我的想象力要丰富得多。别说我没做坏事，做了点坏事也没有那么对不起你。"柳依依一怔，马上体会到了其中恶意的暗示，伸手去推宋旭升，却被他用力推在床上，差一点压着琴琴。她双手撑着床沿，身子软下去，软下去，坐在地板上呜呜哭起来："你害人啊！你那么计较你早点说，你到今天才说，你不是害人？再说你自己又是一张白纸？"宋旭升说："有些事我闷在心里闷死就算了，但是你总不能还要求别人把你当一个圣女供起来吧？"柳依依伏在床沿上哭着："他害人。他害人！"宋旭升说："那首先是你自己害自己。"过一会儿过来又摸摸她的头说："都这么晚了，说什么楼上楼下都听见了。"扶起她躺到床上。柳依依昏沉沉地和衣躺在被子里。宋旭升说："穿夹袄睡呀？"帮她脱了衣服。柳依依软绵绵地由他摆布，恍惚中想起了过去的某个瞬间，也是一个冬日的夜晚，自己和衣倒在床上睡着了，秦一星来了，帮自己脱衣服，自己四肢无力地让他摆弄。缩在被子里柳依依用力地回忆，那个夜晚，后来又做了什么没有？应该是做了的，但怎么也记不起来了。许多记忆重叠起来，跳动，闪耀，在大脑深处模糊一片，终于消逝了。

　　第二天晚上宋旭升十点多回来，在门口报功似的说："我就回来了！"看见琴琴仍然在沙发上睡着了，马上沉下脸，在苏姨住的小房间门上踢了一脚，嚷道："你也这么狠心啊？"苏姨开门出来，眼睛瞟着柳依依："我，我……她，她，我……"宋旭升说："抱琴琴去床上睡！"苏姨走到沙发边对柳依依说："那我还是抱去了啊，他要我抱的。"就轻轻拍着抱走了。宋旭升说："这是你自己身上跌下来的肉，你摸摸自己的心有多硬？"柳依依轻笑一声说："要摸的人不是我。我下了班就守着她，几年了，电影没看过一场，跳操都没怎么去跳了，我还要摸自己的心！"

　　接下来的一天，宋旭升早早地回来了。苏姨对琴琴说："爸爸回来吃晚饭了，没打他的米呢。"宋旭升说："我下面吃。"柳依依说："苏姨看还有什么好菜没有？"开了冰箱去找菜。琴琴在看电视，正在讲十二生肖。宋旭升把琴琴夹在膝中间，两人掰着指头把生肖一个一个数下来。琴琴说:"我属龙的,好,在天上游泳,爸爸属猪,不好,啰啰啰地叫。爸爸你为什么要属猪?"宋旭升说:"爷爷奶奶要爸爸属猪。"琴琴说:"那是你和妈妈要我属龙吗?我是妈妈生的,怎么还有一个爸爸呢?"宋旭升说:"你看小青蛙,也有青蛙爸爸青蛙妈妈。"琴琴皱了眉头在想是怎么回事,宋旭升把她抱起来说:"这么大了,还要爸爸抱,丑不丑?"她说:"不丑,还漂亮。"宋旭升哈哈大笑说:"我的女儿是小龙女呢。"用胡子去扎她的脸。琴琴说:"有干蛤蟆味道。"又说:"我是龙,爸爸是猪。爸爸,你啰啰地叫。"宋旭升就噘了嘴学猪叫,琴琴说:"好像,好像。"

　　宋旭升在家里待了几晚,越待越烦躁,上蹿下跳,做什么都不对的神态。他看着报纸,没几分钟又扔到地板上说:"明天我晚点回来。你看我晚上跟朋友喝茶都习惯了,他们刚才又发信息来了。"柳依依说:"谁知道是谁叫你?说不定是个妖精。"宋旭升无奈地摇头:"哪来的妖精?我有那个魅力?"柳依依说:"如今妖精还少?你什么都没有她都没关系,老了没关系,结了婚也没关系,身体不行都没关系,只要有钱,只有钱是绕不过去的。"宋旭升说:"以后你有脾气对我发就好了,不要迫害到别人,她不是人质。"柳依依说:"谁把谁当人质了?是她自己要等爸爸回来。"又对琴琴说:"琴琴,是你自己不肯睡,要等爸爸回来,是吗?"琴琴抬头说:"是的,我要爸爸。"宋旭升低下头摇着:"训练得很好了嘛。"

　　又在家里来来回回转了几圈,宋旭升在沙发上坐下。这时座机铃响了,宋旭升一把抓起话筒:"哦,颜老板,喝茶?向夫人请示一下。"挂了机说:"颜福林叫我过去喝茶。"柳依依感到他打电话的节奏不对,神态也有点异样,就起了疑心。宋旭升瞟柳依依一眼,神情有点不自然,手足的动作和说话的声调都有点生涩,不熟悉他的人是看不出来的。他转了脸去看电视,拿电视里的人物关系来问柳依依,一只手似乎是无意地移向座机。柳依依似乎是无意地望着那只手，他就把手停在座机旁，指头在茶几上敲打着收了回来。柳依依有一种盯住了小偷，看他怎么表演的快意，几次看着电视突然扭头，看那只手的表演。反复几次，柳依依说："给苗小慧打个电话，好久没联系了。"宋旭升伸了手去抓话筒，马上又缩回来，再一次伸出去说："我帮你拨号。"柳依依飞快地抓着话筒说："我自己拨。"就查了来电显示，最后一个是宋旭升的手机号。她笑笑说："打电话给自己？还没删掉？还把手机兜在裤口袋里呢！"宋旭升苦着脸说："结个婚像坐牢，我结这个婚干什么？真的想出去吐气了。"柳依依说："有些人，不知道他怎么跟家里人待得腻？待在家里是坐牢，要出去吐气！"

接下来几天，柳依依不动声色地在大户室那些女股民中发动了一场讨论：男人给他多少自由才行？围剿与反围剿的斗争有意义吗？一个说："只要他晚上记得回来，记得家里还有个人等他，就可以了。"又一个说："他实在要花呢，也只好让他找小姐花一下，麓城这么多小姐在吃谁的饭？只要不找情人，不威胁家庭就是好男人了。外面这么多诱惑，你要他凡心不动，那不实际。"柳依依说："你们都这么想得开呀！"几个人异口同声说："想不开又怎么样呢？"柳依依想："说起来宋旭升已经算个好男人，由他去吧！"

91

几年了，柳依依人结了婚，心却不知在哪里。刚结婚那年，她的心根本没有落实下来，在虚无中飘着，说不上在哪里。有秦一星，还有夏伟凯，自己感觉的胃口被吊高了。虽然她知道自己最好的年华已经过去，已经没有资本向生活索取那么多，可眼光下不来，感觉也下不来，这是没有办法的事情。但是，这并没有妨碍她以一种具有现实感的清醒处理生活，快三十了，如果还坚守着自己的感觉，一定要找到那种感觉才肯嫁人，那就跟阿雨走到一条道上去了，她不想有那一天。这让她非常遗憾，也更加意识到自己曾经犯下了多么大的错误。在自己最好的青春年华不去寻找可以托付一生的感觉，却将这黄金岁月镶别人幸福的边，这太愚蠢了，自己得为这种愚蠢付出一生的代价。到今天，跟秦一星一点联系都没有了，这错误就更加洞若观火。

幸而，柳依依感到安慰的是，宋旭升还不是一个那么没有出息的男人，他的成功超出了自己的期望。看看家里吧，房子有了，要有的也都有了。也许，再过两年，可以给自己买辆车开着。既然如此，对宋旭升再怎么没有感觉，也认了他是生命中唯一的男人了。一个女人，生了孩子了，又还能怎么样呢？柳依依再自恋，也可以感觉到，周围的男人对自己硬是不同了，热情还有，可热情的后面是一种提示着距离的客气，而不是那种难以压抑的不自觉的激情。柳依依感到了花开始凋谢时的那种寂寥，落寞，惨烈。

因为没有在宋旭升那里找到有感觉的感觉，柳依依也就没有表演激情的激情。有时候她觉得，不应该这样对待宋旭升，这不公平。可是，一个女人的激情，又是可以矫作的吗？有就是有，没有就是没有，想骗自己也骗不了。多少次，跟宋旭升在一起的时候，她闭了眼竭力想象着过去的经历、画面，秦一星，还有夏伟凯，她想把自己激发起来，也让宋旭升更加高兴一些。可这种努力，终归还是没有结果。一个女人，要这样去欺骗自己，又欺骗别人，那太矫情了，也太痛苦了。生活在谎言之中，也不得不生活在谎言之中，天下有多少女人生活在谎言之中啊！对这种状态，宋旭升开始有过一些抱怨，这种抱怨让柳依依想到他曾有过的经验，他也在内心进行比较，这让柳依依更加难以进入激情之中。其实她完全知道怎么让他兴奋起来，既有的经验就足够了，还有那么大的空间可以展开。柳依依把这个问题想了很多次，终于放弃了。后来，两人都放弃了努力，也达成了默契，让事情获得了平淡的表达。有了这种默契，就成了规则，再要改变，已不太可能，再说，她心里懒洋洋的，也没有改变的动力。

这次争吵以后，柳依依好多天没理宋旭升。晚上他试探性地来缠她的时候，她把他的手甩开说："别吵。"把身子侧到一边。根据她的经验，男人既然想吵，总还是会来吵的，不吵不行。她躺在那里等待他再次来吵，设想着要他怎么说好话，答应什么条件，才做出让步。等了一会儿，宋旭升并不来吵，身后有了翻报纸的声音。柳依依眼角余光瞥见宋旭升倚在那里认真地看报，心中就涌上一股怨气，想压也压不下去，说："叫你别吵，我要睡了。"宋旭升说："对不起，对不起。"掀开被子，溜下床去，拿了报纸去了客厅，马上又踅回来，熄了灯，走了。

柳依依躺在黑暗中，心中的怨气变成了憎恨。"他敢，他真的敢！他跟我说对不起！"愤恨之中她想找一个理由，追到客厅，跟他吵个天翻地覆。别过了，大家都别过了！柳依依蓦地翻身，赤脚踩在地板上，跑到门口，停住了。她站在那里，想找一条理由，竟怎么也找不到。就这么跑过去吵，是无赖也是弱者，太掉价了。柳依依回到床上，想着这几年来，不知从什么时候开始，自己竟逐渐地失去了主动，对他赌气也渐渐失效了。刚结婚的时候，叫宋旭升站左边，他不会站右边，那样的日子一去不复返。生活这么现实，几年下来，形势就急转直下。宋旭升渐渐出息了，自己却渐渐失去了青春。当他赢得一个男人最有价值的东西的时候，自己却在失去一个女人最有价值的东西。这个逆向的过程以前想到过，谁知今天轮到自己了，太残酷了。

静卧之中，柳依依听见外面的风发出闷响，像一个巨人悲怆的鸣咽。这响声给了她一种灵感，她爬起来，打了一个冷战，细听客厅里翻报纸的声音，摸黑把窗户开了，一阵冷风扑了进来，她的脸上掠过一阵轻微的刺痛。她马上缩回被子里，再去听客厅的声音，竟沉寂了。她等了一会儿，还是一片窒息的沉默，又爬起来，轻轻走到门口探头去看，宋旭升竟在沙发上和衣睡了。她扶着门站了一会儿，咳了一声，这一声又给了她一种灵感。她回到床上，用力地咳起来，咳了几声，侧耳去听，外面竟没有一点声息。她再拼命地咳，几乎是吼出来，门外终于有了脚步声。柳依依马上把被子掀开，胳膊抱在怀中缩成一团。宋旭升在黑暗中说："谁没关窗？"开了灯想去关窗，突然看到柳依依那样躺着，马上把被子扯过来盖住了她。柳依依一脚把被子踹到床下去，宋旭升又捡起来盖上，又被一脚踹开。宋旭升关了窗说："这干吗呢？"柳依依说："把窗户打开，我闷得要死了，我要通气！"宋旭升再一次把被子盖在柳依依身上，见还要踹开，就双手压住被角，整个身子伏在被子上说："有什么话好好说嘛，这样吃亏的还不是你自己？"柳依依双脚乱蹬说："我就是要害我自己，我没有害别人的权利，害自己的权利也没有？"身子乱晃，想从被子里挣出来，"你让开，你别侵犯我的人权。我死了你就从牢里放出来了，这不是你梦寐以求的吗？"宋旭升用力压住说："怎么这么说？我还是想要一个老婆的。"柳依依身子奋力挣几下说："外面那么多人都可以做你老婆，年轻漂亮，又会陪酒，还会陪唱，什么都会陪，还会按摩洗脚，你没钱她什么都不会做，有钱她什么都会做！做！"宋旭升在上面笑着说："是倒也是啊，可琴琴的妈妈只有一个呢。"柳依依扭着身子说："我除了是琴琴的妈妈，我什么都不是！"宋旭升直起身子骑在她身上，脱着棉夹克说："是你自己要我别吵的，我真的不敢吵了，你又有怨气。"钻到被子里，从后面抱住柳依依，用力把她的身子翻过来说："好了好了，别生气了，找件高兴的事做做好了。"伸手把柳依依胸衣解开。

柳依依还想挣开，觉得身子软软的，没力气了。

在那个时刻，柳依依想着是不是应该表现出更多的激情，像从前曾经表演过的那样，也使事情的状态有一个转机。这样想着她闭上眼睛，心中掠过了夏伟凯的影像，马上又感到了，从理智出发的激情是多么别扭，多么苍白。再说，谁又知道，自己是不是在替一个外面的女人承受他的激情呢？这个念头浮上来，她不由自主地问了一句："好了吗？"宋旭升说："真的影响情绪。"滚到一边去又说："看你也不像个没情趣的人。"

情趣不情趣，柳依依不抱什么希望了，矫作的情趣还不如没有情趣呢。可看了报纸上说，艾滋病正向普通人群靠近，这让柳依依非常担忧，自己是不是也生活在这个阴影之下？根本无法确证，甚至问都没法问，问了也白问。何况还有那么多别的细菌呢。宋旭升对自己越来越淡漠了，这本身就是一个征兆。她在报纸上看到有关的报道，想在上面拿红色的笔框下来，提醒他重点看看，又觉得这太明显也太拙劣了。怎么办呢？她想了一个办法，先把晚报上的其他消息，什么注意健康饮食呀，美容的方式呀，用红笔框出，逐渐地再转到自己真想要他看的报道上去。有时候也直接说几句："你经常在外面出差，细菌这么丰富，这么厉害，比老虎厉害多了，你要小心！"每次宋旭升出差回来，柳依依叫他把里里外外的衣服全部换洗，连毛巾也不放过。她想给他一个外面极其危险的印象。这样做了管不管用？柳依依无法回答自己。苗小慧说过："男人在外面出差，那么无聊，宾馆里有服务电话又准备了现成的作案工具，你要他那么守法，那除非他是真正的好男人。"宋旭升是不是真正的好男人？柳依依不敢细想，世界上的事情真的不敢细想。

92

　　就这样又过了两年。

　　想起那些已经过去的日子，柳依依有一种难以置信的感觉。能这么快吗？似乎还没来得及细细品尝、体味，时间就这样一年年溜过去了，像贼，不，比贼还溜得快。唉唉，岁数摆在这里，你不相信也得相信。没有什么比时间更能够打击一个女人的骄傲和自信，它让柳依依感到了生命的沉重和疼痛。这也让柳依依感觉到了结婚的好处，至少自己还不必像那些大龄的未婚女青年一样，每过去一个月、一个星期，就感到一分更沉重的压迫和焦虑。

　　在既定的生活轨道上，时间是没有痕迹的。也不是真的没有痕迹，琴琴一天天成长起来，这就是痕迹。还有，股市经历了一个漫长的熊市，公司大量裁员，保住这份工作已经不易，几乎发不出工资，客户心情不好，脾气很大，这种压抑的日子总算熬过来了，这也是痕迹。

　　还有一些变化，不论柳依依怎么反抗，还是不可抗拒地发生了，那就是自己的身体。眼角开始有了细细的皱纹，笑起来的时候特别明显。柳依依对着镜子研究了无数次，在别人面前就不敢那么随意地笑了。脸部皮肤的质感、光泽，也在证明着时间确实在流逝。没有什么高级品牌的护肤品没有用过，这是生活中最优先的支出，但还是无法抗拒时间那沉着而固执的步伐。还有，身体也渐渐有了全面松弛的迹象，面颊、脖子、胸、小肚子、臀，都在悄悄发生着变化。特别是胸，似乎是为了证明自己做母亲的功绩，无可挽回地松弛了下来。这两年柳依依没有停止过健美运动，但还是无法抗拒时间那沉着而固执的步伐。她知道这种抗拒有着一个注定失败的结局，这个结局确定着女人生命的悲剧感，但还是进行着顽强的抗争。有时候她想松懈下来，问自己，一个女人，为什么一定要按照社会设定的标准，其实就是男人的眼光要求自己？她想反抗，打破这种眼光，赢得自由解放，以缓解内心的焦虑。有一次她在电视里看到一个青春不再的女主持人谈年龄问题，说到"少有少的美，老有老的美"，"皱纹是笑去过的地方"，一时间受到了鼓舞，解脱了似的。可过了不到一天，又气馁了。她不想要那个"老的美"，不想，不想，离它越远越好。全世界的女人都有一个共同的目标，为了这个目标，成千上万的人不惜冒着毁容甚至生命危险，花上几十万去整容吸脂，那种决绝的精神真可感天动地，自己怎么又可能例外？当她在电视上看到一则消息，福建一个女孩为了增高，动手术把小腿骨头锯断，接上一截人造骨头，被极大地震撼了，也特别理解那个女孩。美有这么高的价值，这么值得追求，比起来自己这点努力又算得了什么？

好多次柳依依对宋旭升说："别人都说我看不出真实年龄，以为我还不到三十岁，都叫我大美眉呢。"这样说了她有一点委屈，好像自己一定要向他证明什么。宋旭升说："那是的，那是的，那确实。"就没了下文。柳依依期待的那些具体的评价，皮肤如何，身材如何，都没有。柳依依买了资生堂搽了一阵子，问宋旭升说："你看我脸上有变化吗？"宋旭升说："今天报纸上说……"她打断他说："我不想跟你讨论报纸。"他说："好多了，那确实。"又没了下文。这让柳依依既忧虑又轻快。宋旭升对美不是那么敏感、那么在乎，这稍稍缓解了她的焦虑；可他对自己美不美这么漠然，又让她非常失落。想来想去，觉得宋旭升还是迟钝点更好，不然，随着时间的推移，自己怎么面对这么一个成功的男人？

柳依依不知宋旭升是不是真的迟钝，逛商场时就指指点点，说这个那个女孩身材好，长相好，肤色白皙，衣着得体。宋旭升总是说："是的，是的。"就不说了，似乎没什么兴趣，可偶然评价一句两句，却柳依依说:"你偷看人家也要光明正大地偷看,那样死盯着,人家都生气了。"

又十分到位，让柳依依非常困惑。

有一次逛商场，有个很漂亮的女孩穿着吊肚衫，柳依依忍不住多看了几眼。再看宋旭升，也不时地斜了眼去瞟那女孩，是看露出来的那一截肚皮。柳依依说："你偷看人家也要光明正大地偷看，那样死盯着，人家都生气了。"宋旭升说："谁死盯着？"又说："怎么看不见她的肚脐眼儿？露出那么宽一截，"说着左手掌在自己小腹上比画一下，"肚脐眼儿是在上面呢，还是在下面？真的怪啊。"柳依依说："在哪里关你什么事！"宋旭升嘿嘿笑两声，有点羞涩似的说："真奇怪啊。"柳依依说："当然在上面。"宋旭升又比画一下说："在上面，再露出这么长一截，那不都快露出……那，那个，那不都快露出胡子来了？"柳依依说："你怎么这么大的兴趣？"宋旭升说："好奇呢，好奇，实在是想不通。"又有一次两人坐在床上看电视，看到朱军在《艺术人生》中对一个曾红极一时的电影明星的访谈。柳依依说："她刚出来的时候真的光彩照人啊！"宋旭升说："现在只能看背影了。"柳依依没想到他竟能够说出这么一句精当的话来，说："你对女人还很有感觉呀！"宋旭升说："我还没有那么老吧？就没有感觉了？"柳依依想说，有感觉怎么没觉得你对我有感觉？话都冲到喉咙了，还是咽了下去。她在心里叹了一声，唉，都不敢拿自己当个讨论对象了。

还有一次，在缠绵之中，柳依依对宋旭升说："我觉得自己的胸有点不那么挺拔了，我去做一个丰胸的小手术好不好？"宋旭升说："难道还有别人看你这里？给我看就没有必要了。我知道里面灌的是塑料，有什么意思？"柳依依说："谁给你看！我自己看着舒服一点。"宋旭升说："那就更没有必要了。天下有哪个女人冒那个风险受那个苦真是为了给自己看？你如果不是想给别人看，那就算了。"柳依依说："我哪里有这个别人？"宋旭升说："你没有，你是没有，相信你是没有。既然没有，何必多此一举？"他把"没有"说得那么肯定，这让柳依依心里堵得慌。

她说:"没有不是没有人来骚扰我,是我没有接受那些人的骚扰。"宋旭升说:"真的还有人来骚扰你?"柳依依说:"没跟你说是怕你睡不着觉。"就信口编了两个被骚扰的故事。宋旭升把身子往后一仰,仔细打量她说:"是吗?是吗?"马上又说:"是的,是的。"柳依依以前的确受到过一些轻微的骚扰,在公共汽车上,在办公室,在商场。那些男人的手似乎是不经意地碰上了她的身体,她脸一沉,男人们装作没看见,就过去了。可这几年,这样的事情很少发生了,她也曾疑惑是不是世上的男人变好了。以前有了难处去求男人,撒个娇就可以了,可现在硬是不行了,那声调,那形体语言,自己也不好再当作武器拿出来。这也让她明白,男人的世界正渐渐对自己封闭。当公司那些女孩说起自己被骚扰的经历,她觉得她们是在进行夸张的描述,心里也有着一种嫉恨:"骚什么骚?不就年轻几岁吗?"这种嫉恨又成了她疯狂地追求年轻漂亮的动力,花多少钱多少精力都在所不惜。

93

柳依依隐隐地有了一种危机感,那就是,宋旭升越来越不需要自己了。

开始是十天半个月,后来竟是一个月,宋旭升都没有吵她的意思。柳依依想,还要我来找你吗?也不理他,这样了也并没有觉得生活有什么过不去的。形成了这种局面,柳依依心里有了疑惑,在疑惑的引诱之下,她在熄灯之后似乎是无意识地,试探着用手触摸他的身体,他打着哈欠说:"今天太累了。"有时候就干脆没有反应。这让柳依依感觉到屈辱,自己真的这么没有魅力了吗?这个问题把自己问住了,问住以后就有了一种自卑，似乎自己真的没有资格去打扰他，那让他太为难了。

　　柳依依心中的疑惑越来越大，也越来越难以压抑探索的愿望。有一天，当宋旭升又一次打着哈欠说"累了"的时候，柳依依冲口而出说："你在哪里跟谁做了什么这么累？"这句话已经在心里压了很久，不想说出来，没有什么意思。可现在既然说出来了，就需要有一个答案。宋旭升细说今天做了什么，又做了什么，所以累了。可柳依依是谁？当年秦一星不累吗？百事缠身，那是真累，可再怎么累也不能阻挡他表演激情。他曾说过，如果累得连这件事都做不动了，那些累还有什么意义呢？这样想着柳依依哼地笑一声说："还做了什么？"宋旭升说："我没做什么，你一定要说我做了什么干什么？"柳依依似乎有了把握说："你再回忆一下，你记性没那么差。"这样说了，她好像真的看见他做了什么一样，脑海中一些画面在波涛汹涌中时隐时现。宋旭升说："你要我把没有发生的事记起来，那不是屈打成招？现在警察对小偷都不能屈打成招呢。"柳依依感到，他这么死顶其实就是最好的办法，反正自己没看到，也拿不出什么证明他在撒谎。她说："想不到宋旭升你也学得这么狡猾了。"宋旭升说："我是狡猾的人吗？"又说："我不狡猾点我怎么跟别人谈生意？"柳依依说："你别把生意场的狡猾搬到家里来。"宋旭升说："没有。"又说："结婚这么多年了，你的心在哪里？你自己说！心在哪里？在哪里？"柳依依吃了一惊，没想到宋旭升竟能够这么准确地说出事情的本质。她硬着头皮说："谁没有心？要说没有心那是你没有心。"宋旭升哈欠连连说："我累了，睡吧。"柳依依感到不安。的确，自己跟他走到一起，不过是一定要结婚了就结了婚罢了。人结婚了，心不知在哪里。既然有过那么复杂的经历和回忆，又怎么可能全心全意？既然没有全心全意，又怎么可能让对方无知无觉？既然有知有觉，又怎么可能相互信任，建立亲情？亲情是融为一体的感觉，超越了博弈。不然，怎么可能不打自己的小算盘？夫妻之间有了打小算盘的心态，多洗几次碗都觉得自己吃亏了，这个婚姻基本上就名存实亡了。既然名存实亡，难道还能要求他忠于自己吗？自己有权利这样要求吗？这么想着，她觉得宋旭升到外面去找别人，也不是没有一点道理的。黑暗中柳依依听着宋旭升安睡的鼻息声，恨得牙齿痒痒。他睡得着，他居然睡得着！她想爬起来开了灯在房间到处走动，又想开了电视机来看，犹豫了很久，忍住了，叹息一声，声音在黑暗中发出一种嗡嗡的回响。多么想到哪里去找个人，倒在他怀里痛哭一场啊！

意识到自己被边缘化，柳依依怎么也咽不下这口气。这不只是一个女人需不需要男人滋润的问题，更是自己还有没有魅力和价值的问题。自己才三十五岁，不想就此退出做女人这个人生舞台，不然，今后的日子怎么过？她要反抗，疯狂地反抗。她去买了资生堂保湿霜搽脸，又买了丰乳霜，每天抹在胸前。健美操坚持了这么多年，一星期一次两次，现在增加到四次。她跳操的时候有了一种疯狂，好像在生谁的气似的。这是一个女人对命运的抗争，但她也知道，再怎么用顶级品牌，脸上的皱纹和隐斑也是抹不去的，再怎么跳操，身上的赘肉也是消不了的，更不可能设想胸变得圆润挺拔。男人这么看女人，她无法反抗，全中国全世界的女人都无法反抗。柳依依感到了悲哀，这悲哀又成了她反抗的动力。要延缓这个过程，哪怕一年，哪怕一个月，哪怕一天。

柳依依觉得自己的努力有了一点效果，忍不住问宋旭升："你是不是觉得我最近精神好点了？"宋旭升连连点头："是的，是的。"又问："哪里好点了？"宋旭升说："到处，到处。"柳依依说："到底是哪里比较明显？"宋旭升说："说了到处，脸上，身上。"柳依依还想追问，看他没多少兴趣，只好算了。

有天晚上，两人倚在床头看电视，是一个爱情连续剧。宋旭升不要看的，柳依依一定要看，他只好跟着看。看着电视，柳依依说："你是不是跟电视里那个丈夫一样，对我没有兴趣了？"宋旭升说："啊呀，啊呀，又来了，累不累嘛，都老夫老妻了。"柳依依说："你真的觉得自己那么老吗？"宋旭升拍着头说："看白头发都上来了。"柳依依说："你真的觉得我那么老吗？"宋旭升说："没有，谁说过这话？谁？"又叹气说："我们讲点别的好不好？"柳依依说："你看我们现在像三十多岁的夫妻吗？"宋旭升说："太累了，你以为颜老板的钱那么好拿？"柳依依说："我要赚那么多钱干什么？累得在家里像条死狗，那个累还有什么意义？你恐怕不只是工作那么累吧？"她盯着他的脸，看他的反应。宋旭升说："没有，没有。哪里有？"柳依依从他的神态看不出什么，说："想不到他也学狡猾了。"心里暗暗想，不能你说没有就没有。柳依依感到了一种强烈的诱惑，她无法抗拒这个诱惑。

周末的早上，柳依依坐在床上看了手机说："苗小慧来信息了，好几条呢。"又说："我手机欠费了，发不出信息，我拿你的手机回几条信息。"宋旭升迟疑着说："我去给你交钱吧。"柳依依说："你先把手机给我，你去交钱，移动公司已经开门了。"宋旭升把手机拿出来，自己先按了几下说："看我是不是也有信息进来？"把手机递给柳依依。柳依依想着他是不是删掉了那些暧昧的信息，越发有了疑心。她发着信息，看见宋旭升坐在旁边，说："你不是去给我交钱吗？守着我干什么？"宋旭升还是磨磨蹭蹭坐在那里，柳依依说："你别等我，我要发好几条信息呢。"见宋旭升还不动，说："是不是我拿着你手机你就不安心？"宋旭升说："没有，你看吧，我这就给你交钱去了。"跳下床很快就走了。宋旭升去了，柳依依想，不该催他去的，他真有什么隐情，还不在外面打个电话通知那边？等宋旭升回来，柳依依把手机递给他。他说："发现新大陆没有？"柳依依说："你这个手机是一个禁区,洗澡都要带进去。"

下午琴琴从幼儿园回来,柳依依说:"我今天发现你爸爸手机里有游戏,真好玩。"等宋旭升回来,琴琴就扑过去搜他的手机,拿在手中玩游戏。柳依依看着电视,瞥见宋旭升心神不定的样子,不作声,仍盯着电视。没几分钟,宋旭升说要打电话,把手机从琴琴手上抢了过去,眼睛却望着柳依依。柳依依感觉到了,仍盯着电视。晚上宋旭升去洗澡,柳依依看他只穿一条裤衩进的水房,就去摸他的衣服,竟没摸到手机。她把衣服照原样摆好,想着在房间到处找找,刚把枕头翻了一下,水房门一响,宋旭升出来了。柳依依倚在枕头上捧本书在看说:"你这是洗澡?身上还有些地方没来得及打湿吧?"宋旭升说:"夏天还不就这么冲冲。"他出来这么快,让柳依依怀疑他是不放心手机。柳依依看着书,瞟见他磨磨蹭蹭,把手机从抽屉里拿了出来,还一边用身子挡着,并朝她这边望了一眼。过了几天柳依依好像忘了这件事,这天当宋旭升再去洗澡时,柳依依马上跳起来,把抽屉抽开,没有。没带进水房,看见他穿一条裤衩进去的。在哪里呢?她用自己的手机拨了他的号,通了,却没有振铃声,他调成静音了。柳依依灵机一动,把房间灯熄了,再拨号,看见书架的一个角落有微光一闪一闪,跑过去是手机被压在一本书下面。她迅速调看了上面的信息,有一条是:"买苹果豆奶情人梅飘柔护垫。"

有那么一个人,女人,敌人。柳依依感到心里隐痛,却没有马上就跳起来的意思。太大意了,自己实在是太大意了。她记起几个月以前,宋旭升倚在床头若有所思的神情,自己随口问一句:"你在想什么?"他马上醒了似的说:"想谁?没有想谁啊。"自己当时哈哈大笑,真是太傻也太迟钝了。心痛是心痛,她还是告诫自己要冷静,冷静。连宋旭升都能够若无其事,自己反而做不到吗?晚上睡在床上,听见宋旭升均匀的鼻息声,柳依依爬起来,想摸到他的手机再看个仔细。黑暗中她轻手轻脚绕到床那边，在床头柜上摸了一下，没有。放在哪呢？她想用自己的手机再拨他的号，又怕他没调静音，铃声响起来可怎么办。摸索之中有什么东西掉在地上咚地一响，好像是一个硬币，柳依依吓得身子发软，坐倒在地板上，想着宋旭升醒来了可怎么解释。宋旭升哼了一声，身体翻了一下，又睡过去了。柳依依不敢站起来，双手着地爬回去，摸到床上睡下。

　　柳依依失眠了。有那么一个人，女人，敌人。她所得到的一切，感情、身体、金钱、时间，都是从自己这里拿去的。第三者，无耻，残忍。一个女孩，她怎么能这样无耻，这样残忍？她就不想想自己也会有十年之后吗？自己人生中最起码的幸福，就这样被她夺去了，轻易地，夺去了。她是自己的敌人，敌人。柳依依细细体会着"敌人"这个词，觉得其中有着丰盈的、感情的、血肉的和残酷的意味，是自己平时没有留意过的。她去揣想那个敌人的模样，似乎很生动，当她想把这生动定格下来，如一张照片，它却消逝了。不管怎么样，比自己年轻，年轻得多，那是一定的，就像当年的自己。年轻多么美好啊，对一个女人来说，那是至高无上的价值，这价值再也不能属于自己了。没有了青春，可是还活着，又不甘心被边缘化，把属于自己的一切拱手让人，还有没有一条路让女人走呢？

　　隐忍，还是反抗？这是一个问题。柳依依从毯子里伸出双手，在黑暗中用力抓了几下，缩回来，又一次伸出去，十指凌空张合着，一片虚空。空调在静夜里发出嗡嗡的轻响，让她烦得不行，就摸到遥控器，把它关了。不一会儿宋旭升热醒了，扯掉毯子爬起来说："停电了？"柳依依说："我病了，身上发冷。"宋旭升说："明天去看医生。"又说："还是把空调开了吧，这么热，你受得了？要不我睡到客厅去。"柳依依说："我身上发冷。"希望他能够想起到药柜里去为自己找点药，真找来了，自己就把它吃下去。宋旭升说："明天去看医生。"柳依依说:"我病了。"宋旭升说:"知道了。"又说:"我又不是医生。"柳依依说:"你去吧,我身上冷,一直冷到心里去了。"宋旭升抱着毯子起来,犹豫了一下说:"实在是太热了。"就出去了。柳依依嚅动着嘴唇,他不是医生,他说他不是医生,他的确不是医生。她靠在床头,看着天从窗户里一点一点地亮出来。

吃早饭的时候柳依依轻轻咳嗽几声,想提醒宋旭升记起自己病了,可宋旭升却没有一点反应。她想再用力地咳几声,然后拿纸擤鼻涕,忽然觉得没什么意思。他不把自己放在心上,自己还要这么努力装病强迫他把自己放在心上吗?太没意思了。唉,他心都用在别人身上去了。情敌,什么叫作情敌?

柳依依去移动公司装作交费,报了那个号码,想知道那个女孩的名字,名字打了出来却是宋旭升。看来,他对她是全面负责了。以后几天她还是用老办法跟踪宋旭升的手机,确定了那个女孩的真实存在,似乎是一个什么学校的学生。有一条信息是:"还没有来,怎么办呢?"柳依依一看就懂,那个女孩出问题了,要去医院了。活该,活该。她一想到那冰冷的器械伸到那女孩的体内,就感到了快意。你以为二奶是那么好当的吗?柳依依要让她痛苦,首先就是让宋旭升没有时间跟她在一起。这天早上柳依依说:"你晚上早点回来,琴琴要你陪她玩呢。明天是周末,带琴琴上公园,你早就答应了的。"宋旭升说:"忙过这几天吧!"柳依依说:"忙忙忙你在外面忙什么?有个妖精在等你?"宋旭升说:"没有,没有,哪里会有妖精看得上我?"柳依依说:"你这么谦虚?她看不上你的人,我相信,天下瞎子只有我一个,可她总看得上你的钱吧!你没有钱她还跟你,那我就佩服她是个纯情少女。"宋旭升脸上掠过一丝不自然的笑说:"说到哪里去了?捕风捉影也要有个影让你去捉。"看他这么理直气壮,柳依依有了一种强烈的冲动,想要戳穿他。可还是忍住了说:"你有时间陪别人,没有时间陪琴琴？"宋旭升连声说："没有没有，有，有。"她说："天知道你有没有？"他说："没有，没有。有时间，有，有，别的没有。"柳依依说："外面的女人很多，琴琴只有一个。"宋旭升说："我懂，这个道理我懂。"柳依依说："我中午打电话给你，你不在办公室那就是见鬼去了。"宋旭升说："好的。"宋旭升出门的时候，柳依依说："下班带几样东西回来，苹果豆奶情人梅飘柔护垫。"宋旭升换着鞋子说："什么飘柔？"柳依依说："飘柔你没买过？买过没有？"宋旭升说："好像，好像。"他穿好了鞋，抬起头，"我买过没有？好像，是的，是的。"说着把门关得砰的一响。柳依依本能地往后退了一下，望着门，阴郁地笑了一笑。

94

柳依依有了很多怨，跟宋旭升说话，开口就是怨，不怨不行。

有天晚上宋旭升睡着老是翻身，柳依依说："你最近是不是有什么心事？半夜老翻身，把我翻醒了。"宋旭升说："我的心事就是想少听几次抱怨。"柳依依说："自己身上的毛病可以筛出几麻布袋，还不准别人说。"宋旭升说："什么时候成了个怨妇？怨怨怨，开口就是怨怨怨。不怨就不会说话？唉，女人，怎么这么能缠呢？近又近不得，远又远不得。"柳依依说："男人只怨女人怨，不想想女人的怨是从哪里来的。"又说："你怨我怨，你的怨就不是怨？"宋旭升说："我的怨只一个，就是怨你的怨太多了，不像你的怨，一天有几麻布袋。"柳依依想，一个男人把女人这么晾着，还怨她的怨太多？有一个大怨，就有无数的小怨。她也想少怨一点，可怎么也没办法，怨成了一种本能，一种说话的方式，总不能每次说话都想好了怎么不怨再说吧。

一天宋旭升把钱交给她，她说："人家的妻子当家那是真当家，钱是一五一十的，不像我们家里，主力部队像潜水兵一样潜在深水里。"宋旭升说："我一个男人养家糊口，糊到这个份上已经可以了，她还有脾气。你什么时候交过钱给我？这是有个我，没有这个我，你还不是要活！"柳依依手指着他说："没有这个你还有那个你！天下只有你这一个你？"喘口气又说："当年，当年啊，当年是我追求你？你别忘记了。"宋旭升说："又说当年，又说当年！一个女人最好不要说当年，有什么意思，什么意思！"柳依依跺脚说："就是要说！一个国家还要说自己几千年的历史呢，当年这才几年，就不能说了？当年你……"宋旭升打断说："当年我穷得一辆单车都买不起。可我不是当年的我了。"停一停又说："你也不是当年的你了。"柳依依心中像爆炸了一颗原子弹，滚滚浓烟都要从嗓子里冲出来，渴啊，渴。她左手扼住自己的喉咙，右手指着宋旭升："你……你，你现在伟大了，一出门就有人给你抛绣球，一抛你就接着。这个伟大人物说的每一句话，那是钢锤也砸不烂的，还怨我怨！我的怨是从天上掉下来的吗？"宋旭升说："别这样指着我，天下没一个人敢这样指着我，不礼貌。要不是看着你可怜，我……"柳依依跳过去说："我可怜？我真可怜也不要你来可怜！"想也没想，挥手朝他脸上打去。宋旭升用手一挡，没打着。柳依依感觉到他用了那么大的劲，手腕都震麻了。柳依依说："你打我！"又扑上去，被宋旭升用力甩在床上，再扑上去，又被甩在地板上。柳依依坐在地板上，一只手撑着地板，呜呜地哭，说："男人打女人呢。"他说："谁先动手？"她说："他这样跟女人斗呢，男人。"他说："斗了又怎么样，你又不是仙女。"柳依依呜咽着说："我不是仙女，他要找仙女，是仙女他才肯让一点。当年谁追求我？"他说："又来了，又来了。"

琴琴欢叫着"爸爸"推门进来，看见这场面，呆住了，好一会儿才说："妈妈，你是真的哭了吗？"柳依依一把抱住她说："你爸爸欺负我！"又说："他打了你妈妈呢。"琴琴望着宋旭升，哀求似的说："爸爸，你没有吧？你没有！"宋旭升高声叫道："苏姨，把琴琴抱走！"苏姨进来，迟疑了一下说："我把琴琴抱去睡吧？"宋旭升说："叫你抱你就抱好了。"柳依依用力抱着琴琴说："琴琴呀，你为什么不是个男孩！今天有人欺负你妈妈不要紧，我就怕明天有人欺负你呢！心痛啊，我心里痛啊！"琴琴撩起裙子给柳依依擦眼泪说："妈妈，妈妈，大人还哭啊！"柳依依松开琴琴，跑出了卧室，到厨房，拿起菜刀，刀锋搁在自己的手腕上，呜咽着："不活了，不活了！"苏姨闯进来，惊叫说："开不得玩笑，依依，开不得玩笑！"琴琴也跑进来，见状大嚷道："爸爸，爸爸！你看妈妈！"身上颤抖起来。宋旭升走过来，把刀夺下说："你吓我你别吓我琴琴！她的心是一颗嫩豆子！"柳依依说："我吓你，我是吓你！"突然分开宋旭升和苏姨，从两人中间穿过去，跑到房间里，爬到桌子上，推开窗户要往外跳。宋旭升追上来一把抓住，抱着她的腰扔到床上。柳依依又跑过去，爬上桌子。琴琴拼命地叫："妈妈！妈妈！"宋旭升用力地把她扯下来，甩在地上，说："琴琴你看见了，是妈妈自己要跳的。"柳依依说："琴琴你记住，是爸爸逼妈妈跳的！"琴琴傻了似的站在那里，不哭，不闹，也不说话。宋旭升说："太残酷！太残酷了！"蹲在地上，使劲地拔自己的头发，"我，我，我啊！"苏姨把琴琴抱起来，对宋旭升说："你做男人的要让，要让！说几句软和的话会丢了你的人呀？出了人命你是要负责的！"宋旭升说："我负责？我负得起这个责？"柳依依跪在地板上，双手伸上去嚷着："天哪，天哪，你是不是存在，你在哪里？你出来讲一句公道话！天哪，你在哪里？"苏姨扶起她说："我们起来，我们起来。"柳依依见宋旭升蹲着不动，又挣扎着跪了下去。宋旭升把她扶起来，塞到苏姨怀里。

苏姨拍着她说:"我们不哭,不哭。"

宋旭升去了客厅。柳依依对苏姨说:"带琴琴去睡吧。"琴琴说:"我不去睡,我要守着妈妈!"柳依依鼻子发酸说:"琴琴好懂事啊。"琴琴从后面抱紧柳依依的腿说:"妈妈,我不想要你死。"柳依依眼眶又湿润了说:"傻孩子,你还没有长大,妈妈怎么会死呢?妈妈要看着你长大,妈妈活着,就是要看着你长大。"过了好久,柳依依以为琴琴睡着了,一看她还睁着眼睛,说:"怎么还没睡着?"琴琴说:"我想爸爸!"柳依依叹口气,没有作声。琴琴说:"妈妈,我去叫爸爸来好吗?"溜下床去,一会儿就牵着爸爸的手进来了,表功似的说:"妈妈,我把爸爸叫来了,他听我的话。"琴琴拍着床说:"我跟爸爸睡,妈妈跟我睡!"

吵了这一架,柳依依胸口堵了几天。她想着,不能吵,不能吵,为了琴琴不能吵,为了自己也不能吵。柳依依不跟宋旭升说话,宋旭升也不跟她说话,倒是琴琴特别活跃,爸爸妈妈地叫个不停,声音也特别大。因为她,家才像个家,才有点人气。柳依依看到女儿这么小就有了焦虑,觉得对不起她。

想好了不能吵,可过了不久又吵了一架,几乎就是上次的翻版。没有什么要紧的事情,就是一句话不对头,形势就急转直下了。她想到这就像两国打仗,反正是要打,怎么打起来就不重要了。自己和宋旭升几乎成了冤家,除非不说话,说话就会吵架,这个局面已经形成,一句平平常常的话都可能点燃一桶炸药。当时宋旭升开了门要出去,柳依依说:"你要走你把你的女儿带走,她是宋家的人,我不管!"宋旭升又转回来,抱起呆站在沙发边的琴琴说:"我正好想带走,我的女儿还没人要?"走到门边柳依依又冲上去说:"你想把琴琴带走!我身上跌下来的肉我让你拿走!你拿我的命都由你,你想拿她!"宋旭升没办法,就在沙发上坐了,叹了会儿气,和衣睡了。柳依依抱着琴琴哭了大半夜，觉得对不起她，给她的伤害太大了，她的心真的是一颗嫩豆子，禁得起这么捶打？

第二天中午，苏姨打电话到营业部来说："他刚才回来了，收拾了一提包东西走了。"柳依依说："哪个他？"苏姨说："他，就是他。"柳依依心里一紧，说："收拾了什么东西？"苏姨说："衣服、毛巾、刷牙的杯子，满满一提袋，还说，"停了一下，"还说，他怕出人命，负不起那个责。"柳依依脱口而出说："你怎么不拦住他？"马上又说："拦他干什么？由他去。"整个下午柳依依神思恍惚，客户来咨询，她也答非所问。几次想打电话给苗小慧，手都把话筒攥热了，最后还是松开了，丢不起这个脸啊！晚上回到家里，看见了琴琴，一下子安心了许多，女儿还在这里，事情还没有坏到那个地步。吃了晚饭琴琴问："爸爸怎么还不回来？"柳依依摸了摸她的头，一下抱紧了说："你爸爸出差去了。"琴琴去看动画片，柳依依看着琴琴想："跟我赌气，赌吧，就赌到底吧！"

晚上睡在床上，她想，宋旭升现在跟谁在一起？那肯定是到那女孩那里去寻找安慰去了。这么晚了，该做的事情也肯定已经做完。自己这么赌气，又好了谁呢？好了情敌啊！让她高兴，这口气又怎么咽得下去？她忽然感到胸口很闷，喘不过气来。在这种状态中，自己不是输家吗？要赢，一定要赢！女人一生什么都能输，就是不能输掉这一局。她开了灯，看着身边熟睡的女儿，轻轻推了推，没醒。她想着自己这样做是不是太残忍了？下了决心，她用力把琴琴推醒。琴琴抬头望着电灯说："要上学了？"柳依依说："你爸爸不是去出差了，他不要我和你了。"琴琴哇地哭了："我要我爸爸！我要我爸爸！"柳依依说："你打他手机，把他喊回来。"琴琴爬到床头柜前，拨了号说："爸爸，你在哪里？"打完电话琴琴说："爸爸他也哭了，他是男的他怎么也哭？"又说："爸爸说他还要我，他明天早上到学校门口看我。"

说完就安心睡了。柳依依想起这么多年来，自己总是在扮演一个怨妇，在秦一星那里是怨，在宋旭升这里也是怨，这简直成了一种定了型的心态。女人没有一份踏实的爱，她能不怨吗？越是得不到爱就越是要怨，越是怨就越是得不到爱，恶性循环，再也分不清哪是结果，哪是原因。这种局面柳依依看得清清楚楚，却无法改变，眼睁睁地看着两人的关系走入了死胡同。想一想，麓城的怨妇有多少啊！她望着窗外的一点微光，静静地听着电子钟的嘀嗒声，均匀，清晰，把时间一点一点剪去。

　　柳依依快到天亮才迷糊了一会儿，突然惊醒了，叫苏姨说："今天早点把琴琴送到学校，一开门就送进去。"她想着学校大门是不让家长进的，宋旭升被那女孩缠着，肯定是掐算着时间到校门口，等他发现琴琴已经进去，已经晚了。这会让琴琴失望的，也顾不得了。事情有这么残忍，就没法不残忍。她想象着宋旭升匆匆开车过来，伸长了脖子张望，最后把头垂下去，就有了一种快意："我有琴琴，我治不住你！"过一会儿苏姨回来，柳依依问："没有碰到谁吧？"苏姨说："他，他在那里等琴琴。"失算了，柳依依心里很沮丧说："送进去没有？"苏姨说："他跟她说话，要我先回来。"柳依依变了脸色说："要你送进去，你怎么不送进去！"苏姨慌了说："他，他是她的爸爸呀！"柳依依发现自己失态了说："好了，好了，没事。"心里想着明天自己去送，看见了他，就像没看见一样，送进去，然后望也不望他一眼，走了。如果琴琴嚷着要爸爸怎么办？也不管，用身体挡着她的视线，用力扯着她的手，一直送进去。柳依依右手用力地来回摆动几下，似乎在感觉扯着琴琴需要多大的力量。

　　柳依依下班回来，琴琴已经在做作业。吃晚饭时柳依依说："琴琴你不是今天要去游泳吗？妈妈不能带你去。"琴琴放下碗就去打电话，欢笑着回到饭桌边说："爸爸等会儿带我去，他开车来接我。"到七点钟门铃响了，宋旭升在楼下从对讲机中和琴琴说话，要她下去。柳依依想，你不上来？好的。她把两个人的游泳裤和毛巾准备好，叫琴琴提着下去了。算着他们快回来的时候，柳依依把苏姨叫着，熄了灯，离开了房间。在外面走了一个小时，在楼下看见房间的灯已经亮了，还不上楼，又回到街上走了一个小时。看看快十一点了，就上了楼，进门看见宋旭升坐在沙发上看电视。柳依依也不打招呼，回到卧室，听见宋旭升在跟苏姨说话。她洗洗熄灯睡下，耳朵尖着听客厅的动静，想着如果宋旭升出门，就马上叫醒琴琴，叫她趴在窗户上对着楼下叫爸爸。过一会儿她听见了鼻息声，宋旭升在沙发上睡了。

95

　　日子还是这么过下去，但没有趣味。柳依依还是天天怨，宋旭升还是天天怨她怨，这个局面似乎无法改变。柳依依边怨边想，这不是冤家吗？凑在一起还有什么意义？离婚的念头在心中闪了几下，不敢往下细想。

　　这天晚上，一家人在客厅看电视，柳依依看着宋旭升吃瓜子，右手抓起一把放在左手心，一仰头，全部塞到嘴里，嚼口香糖似的嚼着，最后把壳渣渣吐出来。宋旭升就是这样吃瓜子的，柳依依也给他提过意见，宋旭升说："从小就这样吃的，习惯了。不要把瓜子壳上的味道浪费了，味道都在壳上。"柳依依说过几次没有用，只好说："乡下脑袋。"提醒他当着别人不要这么个吃法，太丢人了。宋旭升在外面就不吃瓜子，觉得那么一粒一粒地嗑着，太难受了。现在柳依依看他噘着嘴唇把瓜子壳嚼得那么津津有味啧啧有声，忽然有了一种不好的想象,那神态怎么像一只老鼠?柳依依早就接受了他嚼瓜子的神态,可今天怎么看怎么难受,是不是宋旭升也这么感受着自己?前几天她坐在床上吃香蕉,发出一种声音,宋旭升嘴里模仿着那种声音。当自己转过头去看他,他说:"能不能好好吃?"这么一个男人,自己接受了已经很委屈,还有人来抢呢。他到外面去潇洒,居然也潇洒得起来。唉,男人只要成功,就什么都有了,就像女人,只要年轻漂亮,就什么都有了一样。男人与女人的眼光不同,这种不同在时间流逝之中显露出对女人的残酷。这么想着,柳依依又气馁。他有成功,还会越来越成功,可年轻漂亮却与自己渐行渐远,这不是跳操美容可以追回来的。上帝安排的世界这么完美,人的身体就是一个证明,父母和子女这种结构也是一个证明,可是,怎么还留下了一个这么大的缺陷呢?

从此,宋旭升像老鼠的想象仿佛是钉在柳依依头脑中的一颗钉子,拔也拔不去了。这似乎给了她一种勇气,离婚怕什么?你还以为自己是什么宝贝疙瘩吧!有了这个想法,柳依依打电话告诉爸爸,自己跟宋旭升吵架了。爸爸很紧张说:"吵得没那么厉害吧?"柳依依说:"有那么厉害。"爸爸问吵架的原因,柳依依说:"不知道,就这么吵起来了,就没个完了。"爸爸说:"是不是他在外面……到底发生了什么事情?"柳依依说:"不知道。"说不知道其实就是说知道。爸爸说:"依依你这两年刚安定下来,我和你妈妈也放心了,你不要随随便便就有什么想法,不管宋旭升怎么样,琴琴是最重要的,是最最重要的,是最最最重要的。"打了这个电话,离婚的想法又缩了回去,除了忍耐,又还有什么办法?唉,女人,她的选择空间是多么小啊!

晚上没事,也不知宋旭升在哪里,柳依依只有一件事可做,那就是看电视,经常是从七点钟看到十一点多钟,把几十个台搜索遍了,然后睡觉。躺在床上,不论宋旭升在不在身边,心里都是空的,空的,心里那个空啊,空啊!心里虚虚着,柳依依就拼命地逛商场,有用没用的东西买回一大堆。每买一样东西,她就会有一种充实,心中虚着的那一块有了一点填充,可过了一天,最多两天,那感觉又回来了,又得揣了钱去商场,寻找那一份充实。一个周末逛街时,忽然旁边有人说:"是柳依依吧?"柳依依转头一看,是个中年妇女,胖胖的,似乎见过,又想不起来。她试探着说:"你好,你……"那人说:"是依依!连我都不认识了?"柳依依说:"是阿雨吧?阿雨!"两人拍着肩,高兴地跳起来,问对方的情况。柳依依告诉阿雨自己结婚了,有孩子了,阿雨却不说这方面的事,只说工作,现在已经是广告公司的副总经理了。两人一起逛商场,柳依依发现阿雨买衣服真舍得买,一千多一件的试一次就买了,自己买几百的还要反复试穿,比较好多家。阿雨买了一件鄂尔多斯的羊绒衫,说:"宋旭升出息了,你要买几件鲜亮点的衣服鲜亮鲜亮。"柳依依说:"我最近买衣服买太多了,柜子都放不下了。"到了戴安芬专卖店,还是花五百多块钱买了一个文胸一条内裤。不买一点东西,那太没面子了。中午就在街边小店吃饭,说服饰打扮美容,说得很投机。柳依依看阿雨那兴奋的神情,有点可怜她,都这模样了,还有什么可打扮的呢?吃完饭阿雨说:"到我家里去说说话?"

进了门一条大狗蹿出来,吓了柳依依一跳。阿雨叫道:"阿风,这是客人!"那条叫阿风的狗在阿雨身上反复蹭着,很亲热的样子。阿雨说:"这只沙皮狗就是我的安慰了。"柳依依说:"是很可爱的。"又说:"我还是七年前来过一次的。"说着东张西望,想看看有没有男人的痕迹。阿雨说:"没有别人。"柳依依看着房间的摆设,电视柜上的鲜花,墙上阿雨的挂像,都是等待的神情。她吸一口气说:"照了这么多漂亮的相片!基本上就是照相馆的陈列室了。怎么你这么优秀的人……他们眼眶里都镶的是玻璃球吗?"阿雨说:"你知道现在的男人是怎么看人的?没几只好鸟!"柳依依说:"真的没几只!"忽然有了找到知音的感觉，一激动就把宋旭升的事情说了。阿雨说："不足为奇，太不足为奇了。男人他吃饱撑得慌，你要也把那几张钞票往哪里塞？想想古往今来男人就是这么回事啊。"柳依依说："我真的不甘心，我一辈子就这样了？有苦无处吐，父母朋友都没讲过，今天是第一次讲呢。向谁吐去？打电话到妇联去，问我有家庭暴力没有，没有就没办法了。冷暴力就不算暴力吗？什么世界？太欺负人了！"

阿雨没有一点激动，只是悲哀地说："是太欺负人了。不过你怨谁去？怨男人吗？他要你理解他。那么怨上帝？这也许是最后的答案，谁叫你不是男人？整个社会设置了一个个无形的陷阱，黑洞洞的，等待你往里面跳，你不跳还不行。这是文化和上帝的合谋，你逃到哪里去？哭都没理由哭啊！我若是个男人，命运转眼就改变了。修好了巢在这里，我怕没金凤凰来？"柳依依说："是跳不出去，唯一可能的反抗就是离婚，这点权利还是有的，比起封建社会的女人，我们也就多了这一点自由。我都想离婚了，这样下去，有什么意思？"阿雨说："算了，算了，政权没被颠覆已经不错了。有办法就想办法，没办法就忍忍算了。"又说到麓城公园有个相亲角，每个周末都有着急的父母带了儿女的资料照片去找合适的人，有人统计了，女找男是男找女的四倍。柳依依说："不是说性别比例失调吗？男的多吗？都到哪里去了？干脆不要制止非法鉴定性别，都生男孩，看他们还翘翘翘的？"

柳依依叹着气说："总要给我们一条出路吧！"阿雨拍着阿凤说："你也养条狗，它那么忠于你，你对老公就没一点兴趣了。"柳依依说："也是的啊。"阿凤在舔阿雨的手心，柳依依看出这是条男狗，忽然想起什么时候听说过的女人和狗之间的故事，又觉得这样想太不厚道，说："阿凤对你还是好啊。"阿雨说："毕竟不是个人啊！"从茶几上的烟盒中掏出一支烟，点燃，抽着。柳依依说："你怎么抽起烟来了？"阿雨说："我没瘾，只在家里抽，杀时间，晚上的时间太长了，要杀掉。"又说:"我有好多次结婚的机会,总是下不了决心,跟自己赌气,总不能越找越差吧?就这么过来了。女儿悲,嫁个男人是乌龟。有时候想想,有个人,哪怕他是个乌龟,也比没有这只乌龟好啊!吵架都没人吵,有什么意思?"柳依依笑一笑说:"那我还是个幸福人啊。"阿雨说:"看我,总不能天天晚上跟客户谈业务吧?有几个朋友,我总是想着法子找由头请客,还怕她们烦呢。人家有老公孩子,我总不能那么自私吧。我最怕周末,更怕过年过节,心里那个空啊,不知道找什么填进去才好。说不计较,硬了心肠把自己不当人,随便找个男人吧,别说我心里放不下来,他们眼睛也都是雪亮的,你脸上一丝细纹腰上一块赘肉,他都看进眼珠子里。有这么现实,硬是有这么现实,你不年轻不漂亮没人跟你玩浪漫,硬是有这么现实。我没那么强的心理承受力,干脆不玩,做一个嫁给自己的女人好了,把男人当阿司匹林,有没有都没关系,那就是无季节的女人了。我是春天还是秋天,关他屁事?这样我还是可以充满自信,在人前豪情万丈,骄傲地生活。依依你吧,你能有这份狠心吗?没有这一份狠心,你就不要离婚。"柳依依心里结了冰似的冷,说:"阿雨你是跟我说掏心窝子的话啊!"阿雨说:"我没跟别人这么掏过,今天你这么信任我,我也就掏了。谁愿把自己的伤口暴露给人看?"又说:"以后你经常来吧,我总是闲着。"柳依依说:"闲着了听音乐,捧杯茶听着,感觉挺好的。"阿雨笑了笑:"我音响都听烂两套了。"又说:"人一辈子有这么多困扰,真他妈的有意思。"柳依依听着身上发冷,想阿雨怎么还笑得出?阿雨说:"我经常半夜带了阿风出去走,阿风就是我的保镖,那天晚上有个流氓想非礼,我把阿风叫过来说,你问它同意不同意?他连声说对不起跑掉了。以后市区不准养这么大的狗了,没有了阿风,我今后的日子可怎么过呢?"又笑一笑说:"嫁给自己的女人总要有个精神寄托,姐妹情谊是非常重要的,这也是那个法国女人说的。以后如果我出了什么事情，或者病在床上，你会来看我吧？"柳依依说："当然，当然。如果我也有那么一天，你也要来看我。"说着也笑了一笑，鼻子一酸，眼泪就要涌出来了，心想，真有那么一天，自己又去靠谁呢？

从阿雨那里出来，柳依依心里石头压着似的沉重。离婚也不是一条路，那哪里还有一条路让自己走呢，姐妹情谊？

96

吵架归吵架，吵完了宋旭升偶然也会有情绪来招惹柳依依一下。柳依依想拒绝，残饭剩菜给我吃，我那么贱？可不知怎么一来，每次都还是接受了，没有激情，到底还是接受了。不但要接受，还要珍惜。她知道如果拒绝，就不会有下次了，宋旭升就正好有了彻底放逐自己的理由。有个乌龟比什么都没有好，有口残饭剩菜也比什么都没有好吗？她不能回答自己。

自己就落到这个地步了？柳依依不服。终于，有一天晚上，她忍不住对琴琴说："你爸爸不要我们了，你跟妈妈过好吗？"琴琴说："不，爸爸要我。"柳依依说："爸爸天天找妈妈吵架，不在一起就不吵了。"琴琴说："我怕。"柳依依豪迈地说："你怕什么？你还有一个妈妈呢。"眼眶却湿润了。琴琴说："怕你们离婚，我不想要你们离婚。"柳依依说："妈妈这一辈子犯了两个错误，第一是找了你爸爸，第二是生了你。"琴琴说："我要妈妈找我爸爸。"柳依依说："妈妈跟别的叔叔照样可以生小朋友的。"琴琴说："不行，那就不是我了。"柳依依嘿地笑了说："你怎么懂得这么多？"笑着笑着，突然自己也没料到，鼻子一酸，抱着琴琴，失声痛哭起来。琴琴叫着："妈妈妈妈！"一只手伸上来给她擦泪，突然，也哭了起来。

等宋旭升回来，柳依依说："你看你女儿好懂事！"把晚上的情景说了。宋旭升说："女儿是好女儿。"又说："要离婚，那是你说的。"柳依依说："是不是男人都有那么坏？"宋旭升叹息说："我就是太有出息了，我也没想到自己会这么有出息，没办法。"柳依依说："有出息的好男人多着呢。"宋旭升说："多吗？可能是有几个吧，更可能你不知道真相。"说着掰着手指，"世界上是不是还会有一二三四五个好男人？"柳依依想，以前说每一个成功的男人后面都有一个贤惠的女人，现在要改成有一个悲哀的女人了。

宋旭升说："女人吧，有些事情，不可以太执着了，太执着了伤身体，还伤心。"柳依依说："这点执着都没有，女人还要不要在这人间做人？"宋旭升说："那就没有办法了。"又摇头说："没有办法。你说窗前有那么好的风景，却不让探头去观赏一下，那不是很痛苦吗？一块口香糖，就算它真的很甜，又怎么经得起几年的咀嚼？你们不能理解男人的痛苦。没办法，实在是没办法，从古到今都没办法。"柳依依说："就算是没办法，就不能为孩子做点牺牲吗？"宋旭升说："这个牺牲几千年来都是女人做的，这个局面总是有道理的。现在突然要男人做？"柳依依低下头摇着："唉，真的是没办法。"宋旭升说："女人她不那么精彩了，那不是她的错，如果还是那么执着，那就是她的错了。"柳依依说："你干脆说那就不太人道了。"又说："那样对我们人道吗？"宋旭升说："所以说没有办法。"又说："有些事情，对男人来说，古时候是一种生活方式，后来是一种罪行，现在还得看成一种生活方式，这样想就想通了。现在是个宽容的社会了。"柳依依说："你不觉得这样说太不道德了吗？"宋旭升说："道德太道德了就不道德了。"又说："道德难道是谁亲生的孩子，谁昨天想甩就甩在地上，今天想抱就抱了在怀里？"柳依依说："你不要忘记了，你生的是一个女儿,将来也会是一个女人,你维护了某种原则,就是保护了她的未来。你总不愿看到将来别人像你对我一样对她吧?"宋旭升沉默了好一会儿说:"唉,睡吧,睡吧。"

宋旭升很快就睡着了。张开四肢躺在黑暗之中,柳依依想,自己作为一个女人是失败到底了。这失败到底是一种个人的悲剧呢,还是一个时代的悲剧?如果是一个时代的悲剧,自己心里还能找到一点平衡,反正是没有办法,也不是自己一个人没有办法,只好认了。想到"认了"这两个字,她心里像被狗咬下一块肉一样的痛,自己也是个人啊,这个人只有一辈子啊,怎么甘心,怎么放得下来?幸福是朴素的简单的,柴米油盐气息的,有个男人贴心贴肺爱自己,就什么都有了。可现在这点可怜的理想却像一个执着的人搭楼梯登天堂。唉,亲情其实很容易,正因为容易,这世上才有了那么多成功的女人。是自己太漫不经心了,既不相信爱情,又不倾情于这个男人,婚姻只是一个感情的残局罢了,又怎么可能有全部的真心?没有真心哪有亲情?唉唉,在这个追求和谐的社会,男人女人之间的和谐却越来越渺茫了。

这天晚上的谈话似乎是达成了默契,宋旭升也不再避讳什么。手机充电时,或洗澡时就放在桌子上,要出去就说声"有事",什么事,不必解释。柳依依不看手机,看了没有意义,无非是那些陈词滥调;也不问他去哪儿,问了也没有意义,过一会儿让琴琴打电话找他回来,气死那个外面的女孩。有一天她实在忍无可忍,对宋旭升说:"你怎么做我就怎么做,不要以为只有男人才有戏。我做了什么那是向你学习。"宋旭升说:"你小心点,别让我知道了,某种颜色的帽子我是不会戴的。那这个家还有什么意义?"柳依依说:"对我很有意义吗?"宋旭升说:"都没有意义又何必捏在这一起?"

接下来爆发了一场争吵,什么伤人的话都说出来了,把对方刺得越痛,就越过瘾越痛快,像一个将军成功地指挥了一次战役。宋旭升说:"你这样的女人,不但不值得我这样的男人珍惜,也不值得任何男人珍惜。"柳依依说:"我要你珍惜,你是乾隆皇帝?只有那些按摩院的女人才配让你珍惜。"宋旭升说:"你对我提那么高的要求,先要自己照照镜子,看一眼都觉得残酷,"说着手一指,"镜子就在那里。"柳依依说:"我不生宋家的人我不会是现在这个样子,当年是谁求着我要我生的?"宋旭升说:"你要想想你对我还有什么意义?一天到晚怨怨的,我养家糊口了我还要听这个怨,我吃饱了撑得慌?"柳依依嚷着:"你对我有天大的意义,没有你就不能活!"宋旭升也嚷着:"吼狮,河东吼狮!哪个男人会去爱一头吼狮?"话说到这个分上,柳依依有绝望之感。没有性爱,没有亲情,也就是说,灵与肉都落了空,只能靠孩子来建立相互的意义。这是两个圆,相交的部分只剩下孩子了。离婚的念头又在她心中一闪,冲口说:"那还捏在一起干什么呢?"宋旭升说:"我说了要捏吗?"又说:"不捏你让琴琴跟我,我不想要琴琴跟后爹在一起,万一是条色狼呢?"柳依依说:"那我想要她跟后妈在一起!我很放心!"宋旭升摇着头说:"可惜琴琴是个女孩,是个男孩就好安排了。"

这时门响了,苏姨带着琴琴进来。琴琴在门口喊:"爸爸爸爸!"宋旭升马上住了嘴,柳依依也不再作声。琴琴进来发现气氛不对说:"爸爸,你今天怎么妈妈了?"宋旭升说:"没什么。"琴琴说:"妈妈,爸爸怎么你了?"柳依依说:"没什么呢。"上次吵架,琴琴隔在中间举着一本杂志当牌子举着说:"爸爸妈妈不要吵。"两人就达成了一种默契,不当着琴琴的面吵。琴琴牵了宋旭升到客厅去,柳依依倚在床上,胸口闷得厉害。"吼狮",她想,我从前是这样的吗?女人得到了爱就是一只小鹿,失去了爱就是一头吼狮。再不吼几声,就憋死了。唉,宋旭升吵架的姿态跟以前不同了,往死里吵,看来他是不想维护这个家了。是不是外面那个女孩在逼他离婚?想到这里柳依依在心里阴阴一笑,猴子手里有西瓜摘吗?做你的春梦!看你有几年青春,我拖也要拖死你。

琴琴在客厅叫:"爸爸爸爸!我今天看见真的猪了,比你胖。"宋旭升哈哈笑说:"是白色的吗?"琴琴说:"是粉红色的,啰啰地叫,比你叫得像。你叫几声看哪个像一些。"宋旭升就啰啰叫了几声,琴琴说:"好像,正是这样叫的。爸爸你怎么叫得这么像?"宋旭升说:"爸爸小时候房子外面就是喂猪的地方。"琴琴说:"猪一身都是宝,你猜猪身上什么最有用?"宋旭升就猜猪肉可以吃,猪皮可以做鞋子,猪尾巴可以赶苍蝇,可都不对。宋旭升说:"猜不到了。"琴琴拧着他的耳朵唱《猪之歌》:"你的耳朵是那么大,忽扇忽扇也听不到我在骂你傻。"又说:"属猪的猪爸爸,告诉你了你还猜不到?"宋旭升又猜了几次,还是没猜着,说:"你哪里告诉我了?"琴琴高兴地拍手说:"猪爸爸,猪的名字最有用,可以骂人!"宋旭升也拍手说:"对对对,我怎么这么傻,不会脑筋急转弯呢?"琴琴说:"因为你属猪呀!"宋旭升拍手大笑说:"我琴琴怎么这么聪明呢?"琴琴又抱来一堆相册,坐在宋旭升身上说:"这里面都是爱我的人和我爱的人。看完了再跟你说话。"宋旭升忽然叫起来:"快站开,爸爸要放屁了!"琴琴在宋旭升身上黏得更紧说:"爸爸,你好诚实的啊!"宋旭升抱着琴琴转了几圈,拼命亲她的脸说:"我崽,我崽,我的好崽!"

看到这个场景,柳依依想,不能离婚,离了婚琴琴太惨,童年的梦就破碎了。再说她又是娇养大的,早上喝牛奶,还是鲜奶,没吃完背了书包就出门,宋旭升端着半碗奶追到门口说:"好崽,好崽,喝完这点牛奶。"她生气说:"天天让我喝牛奶,像喝尿一样的!"头也不回就走了。这么一个娇娇女,怎么可能跟另一个男人生活?是的,琴琴是最重要的,是最最重要的,是最最最重要的。宋旭升不愿牺牲,琴琴不能牺牲,唯一能被牺牲掉的,就只能是自己了,否则所有的亲人都要做出牺牲。爸爸老了，妈妈也老了。唉，凭什么？就因为自己是个女人吗？自己的一辈子就不是一辈子吗？

97

不甘心，没有办法。还是不甘心，还是没有办法。这两种声音在柳依依心中拳打脚踢好多天，像两个水平相当的跆拳道运动员，在经过了你死我活的争斗之后，不分胜负。想来想去，还是得把琴琴放在第一位来考虑。北京蓝极速网吧起火烧死了那么多人，是几个单亲家庭的男孩干出来的，如果是女孩，她又能做出什么事来？她不会去放火，但她会做出别的事来。这样的例子太多，有一天竟会轮到琴琴？想都不敢想。还有，真离了婚，琴琴还得自己带着吧，自己还得去找个男人吧？带着琴琴去找另一个男人？不说难找，就算找到了，自己又怎么能够相信那个男人，放心琴琴？谁敢说万无一失？自己敢去出差吗？敢在晚上出去喝茶吗？万一发生了什么事情，那自己就不要活了。一个女人让自己潇洒都潇洒不起来，没有本钱，也没有条件。琴琴只能跟自己的爸爸生活在一起，不可能有别的选择。也就是说，自己也没有别的选择。

那天的争吵互相伤得太深，宋旭升从此再也不来招惹柳依依了。他不理她，他没有闲着，可她却被彻底边缘化了。现在，她对他的意义，是琴琴的母亲；他对她的意义，是琴琴的父亲。如此而已。柳依依不能接受这种命运的安排，她想，我要挣扎，我要挣扎！

这天晚上，柳依依约苗小慧到茶之翼去见面，刚坐下，还没等茶端上来，不让自己有犹豫的机会，就把宋旭升的事情说了。苗小慧说："不奇怪,太不奇怪了。"又说："他对你好,那是命好,对你不好,那也不算意外。"柳依依说："怎么你也这样说?"苗小慧说："当年你逼他去发财,你就得有这个心理准备。古代的女人都知道,悔叫夫婿觅封侯,封了侯他还是你的人?"柳依依说："还是有很多男人发达了还对老婆好呢。"苗小慧说："经典的男人还有,可是越来越经典了。女人吧,找不能干的男人没钱用,找能干的男人守活寡,两条鱼都抓住的女人,也越来越经典了。别说我们,香港那些阔太太,名牌大学毕业,名门闺秀,也只能睁只眼闭只眼,谁又跟自己的先生去谈女权主义?连她们都是婚内寡妇,谁叫她是女人呢?"柳依依说："女人就这么倒霉,男人就那么了不起?不就是站着撒尿吗?我洗澡我也站着撒尿!"

茶来了,在幽暗的灯光下,隔着淡淡的热气,柳依依去端详苗小慧,心里想,她也没留住青春,并不是自己一个人在遭受时间的侵蚀啊!这让她感到了一种安慰说："时间对女人都是那么残酷。"苗小慧说："所以要想办法把它挽回来。我越来越看不惯没化妆的我了,恨不得睡觉都要化妆。"又说："你觉得我最近变了点吗?"柳依依怕她察觉了自己的想法,马上说："没变,还是那个样子。"想着对朋友不得不有点善意的虚伪。谁想苗小慧失望地说："真没变呀?我最近在用玫琳凯了。"柳依依只好惊奇地叫一声："真的?"把茶杯拿开,头凑过去做出仔细看的样子,"是细腻些了!"虚伪的话不想说得太多,那太别扭,就说："那些香港太太怎么咽得下那口气?我想不出她们有什么出路。"苗小慧说："去参加刘德华黎明的歌迷会,他们唱到哪里,她们就跟到哪里捧场,反正有的是钱,也有的是时间。"又说："我们去参加一个歌迷会吧!"柳依依说："才懒得去捧那个场呢。"苗小慧神秘地说："麓城现在已经有了太太俱乐部你知道吗?"柳依依说："含含糊糊听说过。"苗小慧说："里面什么都有,你想要什么就有什么。"

柳依依说:"知道,有鸭子。要我去找鸭子,我没那个心理承受力,总得有点感情吧。"苗小慧说:"他们找鸡讲过感情没有?"柳依依说:"他们是男人啊!"苗小慧说:"女人要把自己捆起来,又要怨天尤人,那就只能怨自己了。"柳依依似乎为自己还讲感情感到惭愧,说:"别人说鸭很贵的,比鸡贵多了,我家的房子还贷还没完呢。"

还是没有方向。柳依依说:"要是宋旭升有你老公那么好就好了。"苗小慧说:"我老公你知道的,也算是个能干的男人。能干的男人有些方面就不能指望上。我不跟他吵,也不查他的手机和缴费清单,女人千万不能自作聪明去查老公的手机,屎不臭,挑着臭,为什么要去挑呢?男人的欲望你想彻底扼杀,王熙凤能干到那个分上都做不到。我还要对他好,隔一天两天把他的精力抽干,又告诉他外面有病毒,有艾滋病和乙肝。"柳依依捂嘴笑了说:"他那么听你的话,说抽就抽?"苗小慧也笑了说:"那就看我的武功了,男人他吃这一套。"柳依依想着自己的武功还可以的,这些年来都荒废了,说:"哪儿来的情绪哦。"又说:"他做了什么勾当你都知道?我不太清楚宋旭升。有人说那人是在附近的茶楼端盘子的,后来去读自考了,还不是他安排的?她叫什么名字我都不知道,你看我好蠢吧。我想请私人侦探调查清楚。"苗小慧连连摇手说:"这样的事,千万做不得,做了婚姻就彻底完蛋了。你打算离婚吗?不打算射击就别掏枪。只要不妨碍家庭,还是顾全大局,睁只眼闭只眼吧。"柳依依说:"没想到你也这么想得开,不像苗小慧了。"苗小慧说:"想不开又怎么样?想起香港那些太太受了欺负都想得开,我就想开了。"又说:"希拉里是什么人物?克林顿犯了错误,让她在全世界人民面前丢脸,她还不是要想开点?她是全世界妇女的伟大榜样。"

柳依依心里轻松了一点,连苗小慧还有希拉里和香港太太都这么想,自己也只好这么想了。她说:"总要给人一条出路吧。"苗小慧说:

"你到网上去寻找一点精神安慰吧,实在碰见像样的了,下了网寻找一点安慰,反正事情不是你先做出来的。"又说:"我都网婚好几次了,现在都离了。"柳依依连连摇头说:"我三十多岁了还玩网恋网婚?再说网上又会有什么好东西呢?"

说是这样说了,柳依依还是有了一点心动,太寂寞了。这是理由,又不是理由。她在心里反复对自己说:"到网上去逛逛,又没人知道自己是谁,又不到网下去见面,怕什么呢?"柳依依想起同办公室的小丽,她宣称自己有一个男朋友,又有几个男性朋友,都是网上认识的,而且,那些男性朋友都是流动着的。柳依依问她:"你刚认识他们就到宾馆去,不怕吗?"小丽说:"那怕什么?大不了就是强奸,我不怕强奸。"有次一起去游泳,柳依依看她腿上几处淤青,问怎么回事,她满不在乎地说:"他们咬的。"又有一次小丽说要把准备买房的钱拿来炒股,柳依依提醒她有风险,她说:"做什么没有风险?做那事还会掉套呢。"因为身边总是有那么多男人,小丽总是很有钱,她总是在尽可能短的时间内消耗他们的钱,说,没有钱的人自己是不会交往的。柳依依不由得想,这不就是个网络妓女吗?这样她对网络交友没有好印象。可小丽这么久也没出过什么事,于是柳依依给自己起了个网名"似梦如烟",就进入了情感聊天室。进去了才知道世界这么大,人这么多,又是这么自由。平时看见男人一个个还很文雅体面的,在这里才知道那体面掩饰着多么强烈的欲望。有时说不了几句就进入话题,你是不是跟老公不和谐?是不是很寂寞?需不需要一个真正的男人的安慰?然后就要求视频对话,或者索要电话号码。柳依依感觉,如果只是追求身体的交流,很容易,太容易了,没想到事情可以这么容易,像饿了下楼去买一份肯德基。柳依依开始很不适应,人怎么可以这么不要脸呢?人是人啊!没过多久就释然了,空气已被毒化,爱情不再值得珍惜,也许,网络时代的观念要彻底改变,爱情网络化了,也还叫作爱情。已经有女人在网上讨论一辈子睡几个男人合算，也许自己面临的问题真的就是"睡男人"，而不是什么别的。这多么简单，又多么悲哀啊！意识到自己也会有这种想法，柳依依感到害怕，难道，爱作为女人的生命主题真的已经发生历史性改变？我们已经来到一个重新定义爱情的时代？

柳依依在心里否定了网络恋情的可靠性，但仍然被那种莫名的期待感推动着，在里面漫游，上了瘾似的，被那么多男人包围着，也有了找回自信的感觉。中午休息的那点时间，下午收市以后，晚上宋旭升不在家，她都在网上漫游。只是在玩一玩排遣排遣寂寞吧！她是这样对自己说的，又疑心这种说法是一种自我欺骗，真实的目的对自己也要暂时掩盖起来。有几次她鼓起勇气问自己，是不是想找一个男人？那么，只是想找一个男人呢，还是想找一个爱自己的男人？

目的很明确，又很含糊。心总如箭在弦上，却没有射出。终于，柳依依在聊天室大浪淘沙似的淘出了一个人，网名叫"风华岁月"的，谈得很投机，也有情调。她觉得到这个年龄已经不适合抒情，甚至倾诉，谁还会有兴趣听呢？但她还是把感情的寂寞告诉了对方，试探着他是不是会像别人一样很快地就会谈到床上的事情。竟然没有。这让她感到了一种安慰。互相问到年龄，对方说自己二十七岁，叫小凌，是麓城大学的一个研究生。柳依依突然非常失落，跑到镜子面前看了看自己，觉得自己还没有那么悲观，至少，应该比实际年龄显得小吧，就回到网上，说是三十岁。小凌说，很想见到你。柳依依说，你见姐姐干什么？去找个妹妹吧。经不住小凌一再要求，说再不见面自己就没心学习，毕不了业要她负责。这撒娇的话让柳依依萌生一些不可抑制的想象，想着应该找机会试一试自己的魅力，就同意了。

这天收了市，柳依依去赴约了。到一个小男人那里去试一试自己的魅力，这种冒险让她感到期待的心跳，又感到很不安，不知道自己是不是能够控制局面。她对自己说,见见面怕什么呢?不是天天跟人见面吗?在街角她忽然瞥见一个自动售套机,已经走过去了,心中一动,又转了回来,等到四周无人,迅速丢了两个硬币,跳出一只,闪电般捏住,烫手似的,塞在挎包里。她预感到今天会发生什么事情,不然为什么这街天天经过,自己从来没注意到这墙上挂了这么一个玩意儿呢?这种预感让她很不安,停了下来,想着是不是拐上回家的路。一辆出租车驶过来,她下意识地一抬手,车停住了,她就做梦似的上了车。

在荷韵西餐厅门口,小凌拿着一枝玫瑰在等她,那是接头的暗号。柳依依见他那么年轻,几乎没勇气走过去。转念一想,他哪会知道自己是谁呢?远远地站住犹豫了一下,见小凌四下张望,就扭过头走了几步,装作是一个路人。似乎就要一直往前走,转回去了,但那枝玫瑰花在她眼中一晃,花枝摇荡,很是生动。在重温浪漫的诱惑之下她就过去了。打了招呼后,柳依依观察小凌的表情,并没有一点惊讶的表示,似乎都在想象之中,就放了心,找了一间小包房说话。柳依依说:"我后悔来了,你还是个男孩呢。"小凌说:"别这样说我。再说你怎么看也不像三十岁的人。你怎么把自己的真实年龄说出来了?诚实,我就喜欢诚实的女孩,诚实。"她知道他在信口开河,心里还是很舒服,笑了一笑说:"你说的话很实在。"他说:"小一点点就不能有感觉吗?"柳依依说:"怕你没有感觉。"说了又后悔了,这不是承认自己的被动地位吗?她没话找话说:"这枝玫瑰很漂亮。"小凌说:"我觉得花第二漂亮,你第一漂亮。"柳依依心里很受用,嘴里说:"在哪里学的甜嘴巴?"说了一会儿话,他忽然说:"本来今晚上要去做家教的,你约我,我就推到明天了。"柳依依想,时间是你定的,怎么说我约你呢?说:"耽误你赚钱了。"又说:"你还要赚那点钱?"小凌说:"你不是也当过学生吗?"又说:"学费一年几千呢。"这个话题让柳依依觉得不爽，自己不是来听他诉苦的。她想把这个话题打发过去说："你毕业就好了。"他说："还有两年，怎么熬得过去？"柳依依忽然感到了有一种压力，有责任帮助他度过艰难的学生时代似的。

说话的时候小凌回了几个信息。柳依依说："女朋友管得这么紧呀？"他表情不自然地说："没有，真的没有。"她说："没有女朋友？"他说："没有，真的没有。"她笑了笑说："没有管那么紧？"他怔了一下，说："没有，真的没有。"她不去细究，情绪却打了折扣，几乎不想再说下去，转念一想，自己有丈夫，他有女朋友，这对自己并不是那么不公平。网上来的情缘，能要求那么高吗？想要求高，那就没有。小凌说去洗手间，好一会儿没回来。柳依依怀疑他是打电话去了，掏出手机拨了他的号，果然占线。等他回来，她说："要排队吧？厕所太小了。"他马上说："是的，是的，等，等。"付款的时候柳依依希望他做一个姿态，给自己一点面子，然后自己抢着把钱付了。见他不动，她把钱交给服务员，感觉到自己丢脸了。

站起来要走了，他忽然把头凑过在她脸上亲了一下说："好美啊。"一句话差点解除了柳依依的武装，但她还是闪开了说："第一次见面呢"。他说："不是认识很久了吗？"又来搂她的腰说："身材不错啊。"柳依依身上有点发软，让他搂着。出了门柳依依说："下次再见吧。"他说："这么早，不找个地方休息一下吗？"柳依依心里一惊，想着自己要的只是一个男人，这就算不错的人。忽然想到刚才付钱他姿态都不做一个，没了情绪说："下次，下次。"安慰似的拉了拉他的手，就离开了。在路上，她想，被甜言蜜语灌晕的女人是可怜的，而灌不晕的女人是可怕的。自己宁肯可怕，也不能可怜。

以后柳依依还跟小凌在网上来往，只是冷静了一些。他的热情却更加上来了，每天发过来几束玫瑰，说，没想到你这么漂亮，看上去也比实际年龄年轻好多。柳依依毕竟已经过了几句话就能灌晕的年龄，晕一会儿也会冷静下来。这些话显然不真实，不过没关系，耳朵受用就可以了。她在心里问自己，你要的到底是什么？一个爱人，那不实际，一个男人，这就可以了。至少，在这里安全感还是有的，不会像有些女人碰上了无赖，死缠烂打，甚至威胁说录了音录了像，把第一次作为要永远继续下去的理由，否则还要出钱买断，让她们吃双重的哑巴亏。她需要安全感，她没有决心和勇气去摧毁眼下这种中产阶级的舒适生活。对一个女人来说，这非常重要，也值得珍惜，也就是说，除了琴琴，还有需要考虑的东西。

到底要找一个什么人，柳依依不能回答自己。在没回答之前，她不想再往前走。毕竟，自己心中还是期盼着一份纯正的感情，那感觉是完全不同的。可是，会有这种可能性吗？小凌要求再次见面，她就找理由拖延，想着再次见面，那就一定会去"休息"了。终于有一天，他在说了一大堆好听的话之后，问她能不能帮他一个忙。柳依依有一种不好的预感，但还是回了信，问他什么事需要帮忙。他说，学校催交学费了，否则不能登录考试成绩，无法毕业，问她有什么办法没有。男人要女人想办法，柳依依接受不了这个事实。她心里阴郁地一笑，回信说，你不是在做家教吗？他说，想在你那里扯八千块钱，毕业赚了就还，姐姐一定会体谅我的困境的。柳依依说，让我想想。就下了线。

这件事柳依依想了两天，不是想给不给钱。钱肯定是不给的，给了就回不来了，那是一定的。她想的是"均衡"这两个字，这是世上万事万物的存在状态。找个丈夫，他很成功，他难免花心，你享受了他的成功你就要忍受他的花心，这是均衡；找个情人，他很年轻，你就要倒贴，这也是均衡。当年自己跟秦一星何尝不是浪漫掩盖下的均衡？这很正常，没有奇迹发生，更不能指望发生在自己身上。均衡是情感生存的合理性，又是人性的悲剧性。这样想着，柳依依心灰意冷，中断了这次网恋。

98

可是心还是没死,死不了。柳依依有点恨自己,为什么就不能死了这条心,一心一意地去培养琴琴呢?古往今来,有多少女人,不死心也只得死心,把往后的日子当作人生的残局,一天天挨过去。李纨她能不死心吗?宝钗是何等人物,不到二十岁,也不得不死心啊。惨。自己说惨,还没有惨到那种地步吧。

有天上班的时候,小丽推门进来,欲言又止的神情。柳依依说:"找我?"小丽说:"不,不知郭经理哪里去了?"欲言又止的样子。柳依依说:"又失恋了?"小丽说:"我昨天晚上在华联商厦看见你家里的那个人了。"柳依依询问地望着她,她说:"还有一个人,跟他一起,在试衣服。"柳依依心里一紧,心思飞快地转了一下说:"是一个女孩吧?跟你差不多大,还小点,染黄的头发,不太高,稍微有点胖的,是吗?那是他表妹呢。他表妹是骑在他脖子上长大的,到现在走路都要挽着他的手,你看见他们挽了没有?"等小丽略一点头,又马上说:"我知道挽了吧。我都说,别人会误以为你们是一对情侣呢。"小丽睁大眼张着嘴说:"真的?真的?那我也误以为了。"嘴角却含了一丝隐笑,像一只猫在幽暗之处探头张望,又用古怪的眼神望了柳依依一眼,走了。望着小丽的背影,柳依依想,姐妹情谊,那是人生可能的依托吗?唉,也是一个乌托邦。

柳依依坐在那里发呆,眼睛盯着盘面,双手下意识地敲着键盘。她心里恨啊,恨。宋旭升还这么张扬,害得自己这样丢脸。好,好的,你不仁,我不义,你出轨我出墙,这才是公平。她想起刚刚在《麓城晚报》上看到"相约九点"酒吧的广告,广告词就是"解决你所有的私人问题"。自己的私人问题已经非常严重,看看那里能有怎样的解决的方式？这么多年没去过了，不知又有了什么变化？神秘的想象性给了她一种难以抗拒的诱惑。

几天之后，怀着探险的好奇心，柳依依打扮好就去了"相约九点"。领位小姐把她领到"望城岭"坐下，告诉她想和谁说话就打对方座位上方显示的电话。果汁六十块钱一杯，她点了一杯，慢慢地喝着，等着，看有谁会打电话过来。周围的人多了起来，女孩一个个都是年轻漂亮，衣着性感，她感到了很大的压力。显示屏上不断有信息打出来，"车牌号为××××的宝马车主请打手机××××××……"等等。这些女孩不是看人而是看门口停的车，这是什么意思？疑惑了片刻她忽然明白了，这其实也是一个以美貌换金钱的场所，交友只是一个幌子罢了，现代科技也为风月场所提供了不同的存在方式。大厅里放着轻音乐，很多人都在轻声打电话，寻找自己的另一半。情调是有的，浪漫氛围也是有的，但事情还是那么回事，只不过男人要为这种浪漫情调花更多的钱罢了。柳依依看见不断有男人把女孩带出去。

自己对面的一个女孩接电话有十多分钟，跟她通话的中年男人不停地向她示意，然后，那男人过来，两人轻声说话，开始谈论正在热播的超级女声，又谈到最近上演的电影《夜宴》，最后谈起了姚明和火箭队的季后赛。这让柳依依怀疑是不是自己把事情想得太粗俗了。两人谈了有半个多小时，也许是那男人找到了自己需要的感觉，就打着手势，又有几个数字飘到柳依依耳朵里来，像是在敲定价格。一分钟后，两人就离开了。

柳依依看周围，已经有不少男人女人坐到一起说话了。中年男人居多，说话的神态也很文雅，女孩们的气质也不错，可能是学生吧，或者是刚离开学校的女孩。事情是那么回事，可情调是少不得的。有情调的交易也是交易，交易性的情调也是情调。这些成功男人的口味越来越高了，除了年轻漂亮，还要有情调，否则不必到这里来多花多少倍的钱。柳依依越来越感到自己是多余的人,想着把这杯昂贵的橙汁喝了,这就走吧。正想着眼前的电话铃响了,柳依依四下张望,看是打给谁的。旁边一个女孩说:"阿姨,是打给你的。"柳依依有点不相信,会有人打电话给自己吗?犹豫着是不是接,心中对这女孩非常恼怒,我是阿姨,你就那么小吗?装什么雏!铃声停了她侧身去看那女孩,的确很小,还不到二十岁吧,她们成批地出道,把情感市场搞乱了。有了她们在这个市场中,优秀的男人怎么会把目光停留在自己身上?自己与她们同台竞技,那除了一个输字还会有第二个字吗?这时铃声又响了,那女孩望着她用嘴唇朝电话机努了几下,就把脸转过去,似乎是不屑再提醒这个迟钝的人。柳依依拿起电话,一个男人说:"我是白沙池。"柳依依抬眼去找白沙池,看到白沙池的标牌下有一个男的微笑着向自己招手。他这么年轻,比上次那个研究生年轻,还是个男孩呢。柳依依有点失望,这不是自己想遇到的人。男孩说:"我注意你有很久了,还以为你在等人呢。一个这么有品位的女人不应该那么寂寞。"柳依依感到了一种关切的温暖,"有品位"这几个字也正敲在她的心坎上。柳依依微笑着望着他说:"你太小了,你为什么要这么年轻?"他说:"年轻不等于不会体谅别人的心情,也不等于不会安慰别人。""安慰"这两个字让她明白了一点什么,又不太明白,试探着说:"看样子你还是个学生吧?你为什么不去做家教呢?"他说:"为什么只能做家教呢?"柳依依说:"你那嘴倒是挺会说的啊!"他仰头笑着,把嘴唇撮得像鸡屁股,说:"我的嘴不但会说,还会做很多别的事情。你不愿有一个特别美妙的夜晚吗?"柳依依没有觉得自己对这美妙夜晚有多么的神往,他太年轻了,再说在这种关系之中去体验一个男人也不是自己的理想。她说:"到什么地方去美妙呢?"他说:"麓城的宾馆有几百家呢。"柳依依说:"去宾馆?我今天可能没带那么多钱出来,宾馆还要呢。"他说:"带了多少?"柳依依说:"还有三百块吧。"他停了一下,似乎在算账,说:"有银行卡也可以。"柳依依说:"卡上倒是还有几万,可惜忘带了。"他说:"那你明天来吧,我在这里等你。"朝她招一招手,放下电话。

十分钟后,柳依依离开了"相约九点"。她看见那男孩正拿着电话微笑着招手,顺着他的视线看过去,那边是一个四十来岁的女人,也很优雅的样子,正对着话筒说什么。走到门口,柳依依回头望了一眼,男孩已经坐到那女人身边去了。柳依依走到大街上,望着霓虹灯下来来往往的人,都没有什么异样。她想象着那男孩和那女人如果也在人丛中从容而优雅地走着,别人还以为是母子俩。心想,这世界上,谁知道谁是谁?真相都揭出来,那将是怎样的震撼啊!

99

这天晚上,柳依依在电视里看到了秦一星,这么多年没有见到,他已经是台长了,已经不那么年轻了。第二天,她极力回忆着秦一星当时的样子,觉得他的确是有点老了,忽然有了一种信心,就拨了他的手机。七年多了,从来没有去想过,可这个号码还是一下子就跳入了她的心中。秦一星说:"谢谢你还记得世界上还有一个我。"柳依依说:"人家天天守着卫视频道想看见秦台长呢,他又不经常出镜。"秦一星说:"这么些年了,你还好吧?"柳依依说:"还好。"又鼓起勇气说:"没有什么变化。"秦一星说:"是吗?是的,是的。现在的女孩很会保养的。"就约好了见面。柳依依提出到荷韵餐厅,那是他们第一次有了故事的地方。

柳依依特地去美容店化了妆,在镜中看到自己还算有光彩,就有了自信,去了。坐在出租车中忽然又动摇起来,真的去吗?不去,还可以保持当年的印象,去了,可能就毁了。再说他一个台长,什么女孩没有见过?在这一瞬间她的自信崩溃了,吩咐司机调头回去。司机说:"要到前面路口才能调头。"在路口遇到了红灯,柳依依掏出化妆盒,从小镜子里看自己,还是挺顺眼的,庆幸自己想到了化妆,把不想要他看见的东西都遮住了。又叫司机一直往前开,想着,这张脸对女人来说是多么多么的重要啊,脸不一样,命运也不一样的。为什么身上别的地方都变化慢,偏偏这张脸要跟自己过不去呢?

秦一星已经在小包间里等她,很文雅地起了身,伸手示意她在条桌的对面坐下。柳依依原来设想的兴奋、激动,甚至拥抱的场面都没有出现。秦一星说:"好多年不见了。"柳依依不由自主地说:"你看我都……都不像以前那么那个啥的了。"说了就后悔,这是诚恳吗?傻!幸亏还没把那个"老"字说出来。秦一星说:"听说你现在当经理了。"柳依依说:"当年认识你我大学还没毕业呢。"秦一星说:"现在股市又牛起来了,疯涨,你们收入也上来了吧?听说牛市有黄金十年,你不得了啊!"柳依依说:"当年好穷啊,当年我认识你的时候才多少钱一个月?"又说:"当年我第一次跟你吃饭也是在这里呢,你可能不记得了。"秦一星说:"是吗?真的不记得了。现在每天有几十件事缠着我,大脑被千军万马踩得一塌糊涂。"柳依依说:"台长啊!当年你还是个记者呢,麓城名记。"秦一星说:"现在我不去采访了,那是下面的人干的事。"柳依依说:"当年你摔一跤也就是摔一跤,现在摔一跤就算个事件了。想当年我到人才招聘会上去找工作,你还带了两个记者在那里采访呢。"秦一星极力回忆着说:"是吗,是吗?现在我记性没那么好了,很多事情都记不清了。"

饭上来了。吃着饭秦一星说:"看你的手现在还是那么好,十指葱茏。"柳依依把手伸出来说:"我最喜欢的就是我这双手。"马上又叹息一声:"唉,我知道你是什么意思。"秦一星说:"说你的手漂亮,那还有什么意思？"柳依依说："没有？那好。我傻。"秦一星说："你怎么变得这么敏感？"柳依依说："我傻，我还敏感？"两人说着话，问相互的情况，又说到都认识的熟人。柳依依找不到自己需要的气氛和情调，心里就在退却，想放弃了。这样想着她突然非常感伤，眼泪流出来，也不去擦它，让它停在腮边。秦一星说："依依你怎么了？"柳依依低了头，用手背在脸上揩了一下说："没什么。"又说："心痛。"秦一星说："什么事情那么心痛？"柳依依抬头望着他说："你不知道吗？"就抽泣起来。秦一星不作声，柳依依也不作声，两个人都沉入了回忆之中。过去的种种画面，在柳依依脑海中流过来，又流过去，却留不住，都流走了。情不自禁地，她叹息了一声。

　　这样过了一会儿，柳依依抬起头说："我回去了。"秦一星说："要不我送你吧？"柳依依说："不要你送。"秦一星站起来，犹豫了一下说："依依你过来。"柳依依站着不动。秦一星拉着她的手，把她搂在怀里说："好久没抱抱你了。"柳依依说："你是台长，你身边什么人没有？"秦一星不作声，一只手在她身上缓缓摸索，突然，在小腹上，停了下来。这个明显的动作让柳依依猛地想起那道伤疤，就抓住他的衣袖，把他的手轻轻往外扯了几下。秦一星说："你也是……是……是……是这么回事啊！"似乎是要顺从她的意思，手退了出来。柳依依感到非常失望，也能够想象他有着怎样的感受。她叹息一声说："想回到当年，回不去了啊！"秦一星不接这个话头，说："我觉得你现在的状态也不错呀，不错，不错，真的不错。"

　　这次见面让柳依依后悔了好几天，心里别扭着很不是味道。本来还有个美好的回忆吧，毁了。怪不得闻雅说，以后同学聚会我是不会参加的，不要把当年的美好给毁了。去年暑假全年级同学聚会，一个叫二毛的男同学指着闻雅对班长开玩笑："这是我的夫人。"班长竟没认出她来，握了她的手说："我跟二毛是铁哥们儿呢。"旁边的同学有弯腰捂着肚子的，有双手捧着后脑勺的，都笑得前俯后仰。当时柳依依也笑了，笑过之后又有些感伤。她也知道，在一个如此现实的世界上，感伤成了一种弱者的姿态，改变不了什么，就像今天改变不了秦一星的感觉。

柳依依对自己产生了疑惑，在男人眼中就真的那么没有价值了吗？可自己毕竟还不是阿雨啊。越是疑惑，她就越是想证实自己的价值。怎么证实？也只有到男人那里去证实，天天跟宋旭升生活在一起，晚上睡在一张床上，沉默成了最惯常的交流方式，证实自己作为一个女人的价值的事，没有。有时候她穿了一件新买的衣服，自我感觉很好，私心希望着宋旭升注意到，评价几句，可他总是看见了像没看见一样。她觉得自己做女人太失败了，除了琴琴，亲情没有着落，身体没有着落，什么都没有着落。在这个追求生活质量的年代，自己最起码的生活质量都没有着落。

一天晚上，柳依依从健身中心出来，门口有人在发舞票，附近有一家舞厅开张了。对舞厅柳依依早就不抱什么希望，那里的男人看女人的标准简单而又简单，瞟一眼就什么都有了，就像看一张标签，身材，长相，性感，一，二，三。男人把女人看成女人，女人也只好把男人看成男人，有什么办法？这让柳依依渐渐疏远了舞场。

捏着那张赠票柳依依犹豫了一下，脚不由自主地向那边走去，怀着一种自己也不愿正视的对奇遇的期待。女人总是无可救药的理想主义者，她期望着什么人的时候，就会强烈地想象着被期望的人在等待着她。期待越是强烈，想象就越是生动。

这种想象把柳依依引到了舞厅。看着门口闪烁的霓虹灯，她有了一种莫名的兴奋。在门口她问了一下票价，竟只要三元钱，这让她非常失望，这不是下岗女工们来的地方吗？她犹豫了一下，还是存了包进去了。里面黑黑的看不清楚，坐下一会儿她适应了黑暗，看清了里面的情景，男人女人大多是四十多岁的人，没有几个看得入眼的。有人来请她跳舞，微光中她看见这男人的牙齿有点突出，就拒绝了。下一支舞曲又有人来邀她，她见这人穿着白衬衣，样子还可以，就勉强同意了。跳着舞他问她在哪里上班，她说："居委会。"他说："不错啊，还有份工作。"又介绍说，自己是轴承厂的。这男人舞跳得不错，但柳依依没有一点情绪。女人的情绪，无论如何，首先是要看对方的身份的，就像男人首先要看女人的身材长相。男人和女人有各自的"看法"，而且放之四海而皆准，似乎被一种神秘的力量统一了思想。跳完这一曲，柳依依断定这不是自己来的地方，去门口取了包准备走，那男的追上来说："不想再跳几曲吗？"又说："我明天还会来。"柳依依不置可否地哼哼几声。他把她送到街上，报了自己的手机号，柳依依装模作样地重复了一遍，他纠正了一个错误，又要她在手机上拨一下。柳依依掏出手机，按了几下，没按拨出键，怕暴露了自己的号码。他有些遗憾说："拨一下就存下来了。"柳依依说："好，好，记下了。"匆匆走过马路，想着，我怎么可能结识这样的男人？苍蝇见了血似的，这么能缠，被他缠上了，还不知怎么才脱得了身呢。唉，女人出墙可不是件容易的事，比男人出轨安全感小得多，找到恰当对象的机会也小得多，这太不公平了。

　　还是不甘心。做最后的挣扎似的，柳依依又在网上认识了一个男人，也不再做淑女状，直接讨论感情和身体问题，只不过是用了经过修饰的语言，保留了最后的一丝含蓄。经不住对方的一再要求，交往一个多月后，安排了一次见面。去之前她做好一切准备，如果看着顺心顺眼，也不必扭扭捏捏，就当他是一个纯粹的男人，该做什么就做什么，难道还有必要以一个情种和贵妇的姿态出场吗？什么都无所谓，没有真的，假的也可以，没有永恒，瞬间也可以，比没有好一点点就可以了。唉，女人是多么害怕孤独，多么渴望一份爱，这渴望使她多么脆弱啊！也难怪总有层出不穷的女人跌进了网络陷阱。她们那么傻吗？她们不得不傻，在黑暗之中她们只能把那一线微光当作太阳。这么想着，她还是忍不住想象着一种意外的惊喜，又叹息女人总是在创造偶像，如果生活中没有，就把自己的理想的光芒投射过去，使对方成为偶像。当她进入约定的休闲吧，一眼就看到了那个穿灰色夹克的男人。他说自己四十岁，扯吧，五十都开外了，而且，根本没有她依据网上对话想象出来的魅力。理想主义又一次受到了沉重打击，这一瞬间她也彻底了解了自己，自己最需要的，不只是一个男人，更是一份心情。说到底，女人盼望的还是一种感觉，一份爱啊！她们生命的主题不能改，也改不了！有爱与没爱，那人生是不一样的啊！柳依依东张西望，装作是来找一个什么人的，对那人投来的询问目光毫无反应，就出去了。

　　柳依依从此放弃了东抓西撞的冲动。这一段时间的瞎撞，使她摸索到了一个事实：自己有感觉的男人，他对你不会有感觉，他的眼光落在那些年轻女孩身上，反正多的是；他看上自己的，那自己一定对他没感觉。世界上的事情都是有根有因的，不会有奇迹发生，这就是均衡。一个女人到了这个年龄，还要找感觉，她在心里轻轻哼哼几声，大脑中浮上一张冷笑的脸，轮廓很模糊，笑意却很清晰，电一样地闪了过去，让自己感到寒栗。可自己能大幅度地降低感觉的标杆，能以一个纯粹女人的姿态，去接受一个纯粹的男人吗？在经历了这么多之后，柳依依痛苦地接受了这个事实：没有，也不可能会有奇迹发生。

100

　　这天，苗小慧打电话告诉柳依依，北大的黎教授，专门研究女性问题的，在省图书馆免费讲座，约她去听听。星期天下午她们去了，到了会场柳依依才知道黎教授是个女的,就有了亲切感,总不会像陶教授那样说话吧。黎教授围绕着"性"去讲女性问题,讲到性交易的时候,提出了三条原则,私密性、成人之间、相互自愿,只要不违反这三条,社会就不要干预,因为身体是自己的,一个人有权处理自己的东西,这是对一个社会开放和宽容程度的考验。会场一片骚动。苗小慧说:"以后男人就更自由了,干什么都是合法的。政府都管不着,你还管得着吗?以后赌博吸毒政府也不要管,反正身体是自己的,钱也是自己的。她实在也是个女人,怎么连她也来给我们挖陷阱?不知道她有没有女儿,有女儿就不会这样说了。"柳依依说:"也不怪她,这是一个欲望化社会的思维方式,人性就是欲望,欲望就是人性,这才是觉醒的现代人,教授就能例外?现在做一个女人太难堪了,风险也太大了,坐在家里忽然发现自己是个艾滋病患者,那也不足为奇。除了承认自己活该倒霉,我们还能说什么?"又说:"政府真不管了,黑社会就会管起来。我表妹自己不争气,被那些人控制了,规定一天至少要接十个客人。后来那些人在博客上招嫖,才被发现了,抓起来了。表妹脱了几层皮才出来的,钱没有,青春也没有,惨呢。"苗小慧说:"黎教授自由人性的理想在现实面前太苍白了,也太虚伪了。也许她是想播下龙种,但收获的只能是跳蚤。"柳依依说:"我心里堵得痛,我们走吧。"

柳依依不知道自己该怎么办,又能够怎么办。自由吗?自由。但自由对自己没有意义。欲望优先,这是一个世纪性的错误,也是一个世界性的错误。讲欲望讲身体,女人必然是输家,因为青春不会永久。她感到四面都是高高的墙,往哪个方向走都没有路。要找到一条路,需要有破壁而出的勇气,她没有这个勇气。她觉得自己在时间之中茕茕孑立,形影相吊,四顾茫然。周围的浓黑是那么黑,又有点潮湿,自己只能摸索前行。浓黑中的潮气濡湿了衣裳,没有光亮,没有出路。在某一个瞬间,似乎有光在闪,在不知道有多远的远方。还没看清楚呢,一闪,就过去了,在她脑海的黑暗深处留下一个清晰的亮点,灼得她隐隐地痛。这种隐痛持续着,也许,要到永远永远。

她说服自己这是宿命,悲剧性是天然的,与生俱来。既然如此,反抗又有什么意义?有人说过,母系社会的解体是女性具有历史意义的失败。也许,欲望化社会的出现是女性又一个具有历史意义的失败吧!是的,这是一件小事,可这小事就是她一生的幸福,也是无数沉默中女人一生的幸福,这点点滴滴就汇成了一片浩瀚的海。柳依依怀疑自己得了抑郁症,越是怀疑就越是抑郁,越是抑郁就越是怀疑。她沉默了许多,在公司,在家里。沉默啊,沉默啊,也许,会永远沉默下去,直到时间的深处。在那里,一切都化为乌有,并获得最后的绝对公平。

最让柳依依揪心的,是琴琴将来的命运。她多么希望将来会有一个人,一个男人,会真心真意地爱她、疼她、忠于她。要说自己还有什么人生理想,这就是最大的人生理想了。可是,她又不想欺骗自己,听了黎教授的报告以后就更不想欺骗自己了。既然是宿命,琴琴又怎么躲得过去呢?对于琴琴,自己和宋旭升是一茶一饭一针一线一字一句一点一滴地关切着,操劳着,可会不会有那么一天,在遥远未来的某一天,被一个在岁月深处隐身的男人随手扔下,像扔一只烟蒂一块破抹布?柳依依心中揪着痛,她不敢往下细想,又不能不想,似乎有着强迫性想象的病症,迫使着她想象出种种细节,清晰、逼真、生动,是自己生活的倒影。想到琴琴这无忧无虑的幸福童年,她心中有着一种越来越清晰的声音:琴琴啊,你千万不要长大!

这个周末的中午,柳依依在家闲得无聊。琴琴睡着了,宋旭升不知在何处莺歌燕舞。不知怎么一来,她忽然有了一种冲动,就把床头的抽屉拉出来,抽屉的最底层,她找到了一件游泳衣,用塑料纸包着。

突然,眼前的光影模糊起来,开始转动,越转越快,形成了一个黑色的旋涡,旋转,旋转……似乎要把她吸进去。

那是十多年以前，她刚跟秦一星好上不久，知道了他带着女儿去游泳了，便撒娇要他也带自己去一次。他答应了，还买来这件游泳衣，却没有去成，几年都没去成。她把游泳衣拿起来，塑料纸一碰就碎了，落在地上，化为尘埃。

在游泳衣下面，柳依依看到那只手镯，还是那么嫩黄，那么鲜艳，没有时间的痕迹。她把它拿起来，在手腕上试了一下，一种凉意传到心里。她走到阳台上，太阳刚刚偏西，麓江上跳跃着金色的波光，有轮船开过，发出低沉的汽笛声。在麓江那边，麓山显露出沉静的轮廓，山下就是麓江大学和财经大学。很多年前，她刚进大学的时候，对生活，对爱情，怀着怎样纯洁的向往啊！再过几年，琴琴也会开始理解这些事情了。也许，要趁她还没有成长起来，就要把她那种天然的信仰萌芽摧毁，摧毁了她才不会被悲剧性的宿命所摧毁，因为，她也会成为一个女人。这很残酷，可是，不摧毁更加残酷，冷血的人才不会受到太大的伤害。这样做行吗？不这样做行吗？她无法回答自己。凝望着麓江、麓山，柳依依心中飘过许多往事、许多故人，一切都似梦如烟。

迎着风柳依依站了很久，脸上已经有点麻木。她忽然感到天一下子昏暗了，隐约记起今天有日食。她朝太阳望过去，太阳已经变成了一个黑色的圆影，周围有一层淡黄色的光芒，在缓缓地颤动。她轻轻地把手镯褪了下来，举到眼前，就把黑色的太阳套住了。突然，眼前的光影模糊起来，开始转动，越转越快，形成了一个黑色的旋涡，旋转，旋转……似乎要把她吸进去。